Harry Potter™

哈利波特

火盃的考驗

Harry Potter and the Goblet of Fire

J.K. 羅琳 J.K. ROWLING 著
彭倩文 譯

獻給彼得・羅琳，
紀念瑞德利先生，
並獻給蘇珊・斯拉登，
是她幫助哈利走出了他的櫥櫃。

CONTENTS

1 謎屋

瑞斗家雖然已經很久不住在這裡了，但小漢果頓的村民至今仍稱它為「謎屋」[1]。它矗立在一座俯瞰村莊的山丘上，有幾扇窗封上木條，屋頂磚瓦剝落，常春藤肆無忌憚地在牆上蔓延生長。謎屋，一度曾是棟美輪美奐的宅邸，無疑是方圓數哩內最富麗堂皇的建築，如今卻已淪落為潮溼荒涼的廢棄空屋。

小漢果頓的村民全都認為，這棟老房子令人「毛骨悚然」。在半個世紀以前，那裡曾經發生過恐怖的怪事，一直到現在，村裡的老居民在找不到題材嗑牙聊天時，還是會把這件事拿出來討論一番。這個故事實在太常被人提起，許多細節經過一再地加油添醋，結果到後來根本沒有人確實知道事情的真相了。不過，每個故事的版本，都是一樣的開頭：五十年前，那時的謎屋屋況依然良好，無不讓人印象深刻。在一個晴朗夏日的破曉時分，一名女僕踏進客廳，竟發現瑞斗一家三口全都死了。

這名女僕尖叫著衝下山，跑進村子裡，能吵醒多少人就吵醒多少人。

1. 瑞斗（Riddle）英文原意為「謎」。

「全瞪大眼躺在那裡！冷得像冰一樣！都還穿著晚餐時的衣服！」

警察來到現場，整個小漢果頓群情沸騰，村民充滿了極度震驚的好奇心與掩蓋不住的興奮感。沒人多浪費時間嘆口氣，假裝為瑞斗家感到悲慟，因為他們家的人一直都很不受歡迎。瑞斗老夫婦向來就財大氣粗，既勢利又跋扈，而他們那個已成年的兒子湯姆，跟他們比起來更是有過之而無不及。其實全體村民真正關心的是兇手的真正身分——事實擺在眼前，三個看來健健康康的人，在一夜之間全部暴斃，絕對不可能是自然死亡。

村裡的「吊死鬼酒吧」當晚生意興隆，村裡的人全都出門跑到這裡來討論謀殺案。不過呢，他們拋下家中溫暖的爐火，總算有了代價，因為瑞斗家的廚娘戲劇化地現身酒吧，對著在瞬間變得鴉雀無聲的群眾宣布，警方剛剛逮捕了名叫法蘭克・布萊斯的男子。

「法蘭克！」有好幾個人喊道，「不會吧！」

法蘭克・布萊斯是瑞斗家的園丁，獨自住在瑞斗家庭院裡的一間破敗小屋。他從打完仗回來以後，一條腿就變得十分不靈活，開始極度厭惡人群與喧鬧聲。從此，就一直待在瑞斗家工作。

大家忙著買飲料請廚娘喝，迫不及待地想要聽到更多的細節。

「早就覺得他這個人怪裡怪氣的，」她在喝完第四杯雪利酒後，才對那群急著想聽八卦的村民們表示，「根本就是很不友善。我敢打包票，要是我想請他喝杯茶的話，少說也得問上幾百次。從來就不喜歡跟別人打交道，他就是這樣。」

「哎呀，這我可要說句話，」一名坐在吧台前的女人說，「法蘭克打過一場艱苦的戰爭呀，所以他當然喜歡過平靜的生活嘛，沒道理就為了——」

「那妳倒是說說看，除了他還有誰會有後門的鑰匙？」廚娘大吼，「我可是記得清清楚楚，園丁的小屋後面，就掛了一把備用鑰匙！而且昨晚大門又沒被撞開！窗戶也沒被打破！法蘭克只要趁我們大家睡覺的時候，偷偷地溜進主屋……」

村民臉色陰沉地互使眼色。

「我老早就覺得，那傢伙看起來很不順眼，果真沒錯。」吧台前的一名男子咕噥地說。

「在我看來，他會變得這麼古怪，全都是被戰爭給害的。」店主表示。

「我不是早就告訴過你，我絕對不敢去招惹法蘭克的嗎？對不對呀！小點？」角落一名滿臉興奮的女人說。

「脾氣壞透囉，」小點熱烈地點頭附和道，「我記得他小時候……」

到了第二天早上，小漢果頓的村民們幾乎全都認定，法蘭克．布萊斯就是謀殺瑞斗一家的兇手。

但是，在鄰鎮的大漢果頓，陰暗污穢的警察局裡，法蘭克卻一遍又一遍地否認犯案，固執地堅稱自己是無辜的。他表示在瑞斗一家死亡當天，他在房子附近唯一看到的，是個他從來沒見過的陌生人，一個頭髮烏黑、臉色蒼白、十幾歲的男孩。但村裡其他的人全都沒看過這樣的男孩，警察早就確信，這全是法蘭克信口胡謅的。

然而，就在一切全都顯示出法蘭克涉有重嫌時，瑞斗一家的驗屍報告送到了警局，情況立刻有了一百八十度大轉變。

警察從來沒看過這麼古怪的驗屍報告。一群法醫仔細檢驗過這三具屍體，共同做出一個結論：瑞斗一家人全身上下完全看不出有中毒、窒息，或是遭受刺傷、槍擊、勒殺的痕跡，甚至根本就（就他們所能辨識出的證據判斷）找不到一個傷口。事實上，這份報告持續用一種極為困惑的筆調指出，除了他們已全數宣告死亡之外，瑞斗一家三口簡直可說是健康得不得了。醫生們特別註明（好像是下定決心非得在屍體上找出個不對勁的地方不可），瑞斗家每個人臉上都帶著驚恐的表情——但就像那名灰心失望的警察所說的，有誰聽過三個人一起被活活給**嚇死**的？

既然無法證明瑞斗一家是被謀殺的，警方不得不釋放法蘭克。瑞斗一家人安葬在小漢果頓的教堂墓園，有相當長的一段時間，他們的墳墓依然是眾人矚目的焦點。令人吃驚的是，法蘭克．布萊斯竟然在疑雲重重的情況下，重新返回謎屋院子裡的小屋居住。

「我看他絕對就是兇手，我才不管那些警察是怎麼說的咧，」小點在吊死鬼酒吧裡表示，「他既然曉得，我們大家全都知道人是他殺的，他要是還想要臉的話，就該趕快離開這裡呀。」

但法蘭克並沒有離開。他留下來替謎屋的下一任屋主照料庭院，然後再繼續為下一個家庭服務——但這兩家都沒住多久就搬走了。也許是因為法蘭克的關係，兩任新主人都說這地方讓人有種陰冷的感覺，所以這棟房子在無人居住之後，就開始漸漸荒廢了。

＊＊＊

近年來謎屋的有錢屋主既不住在那裡，也沒拿它來做任何用途；村子裡謠傳，他保有這棟房子純粹是為了解決「稅務問題」，但沒有人清楚這究竟是怎麼一回事。不過那位富裕的屋主，還是繼續花錢請法蘭克替他打理庭院。法蘭克都快要七十七歲了，他的耳朵變得很不中用，傷腿比以前更不靈活，但在天氣晴朗的日子裡，還是可以看到他慢吞吞地在花圃間走動，只是雜草已漸漸把他淹沒。

法蘭克必須對付的並不只是雜草而已。村子裡的男孩養成了朝謎屋窗口扔石頭的習慣，他們騎腳踏車碾過法蘭克苦心呵護的平坦草坪，有一兩次甚至還闖入老屋，把這當作是一種冒險的挑戰。他們知道老法蘭克為這棟屋子與庭院耗費了無數心力，而他手裡揮舞著手杖，朝他們哇哇嘶吼，一跛一跛越過花園的怪相，讓他們覺得非常逗趣。但法蘭克卻認為，這些男孩之所以會這樣折磨他，完全是因為他們受了父母親與祖父母的影響，同樣也把他看作是一名殺人犯。因此當法蘭克在八月某日的深夜醒來，看到老屋樓上出現異狀時，他只是以為，那群男孩又換了個更厲害的方法來懲罰他。

那晚，法蘭克是被他的傷腿痛醒的；上了年紀以後，腿痛變得比以前更加嚴重。他爬下床，跛著腿下樓走到廚房，想要重新把熱水瓶裝滿，用來敷敷僵硬的膝蓋，好疏通血路減輕疼痛。他站在水槽前裝水時，不經意地抬起頭望著謎屋，正好看到樓上的窗口散發出忽明忽暗的閃爍光芒。法蘭克一看就知道發生了什麼事，那群男孩又闖進主屋，照那種搖曳不定的光線來看，他們肯定是點著了火。

法蘭克沒有電話，況且，打從警方因瑞斗家命案，將他收押偵訊之後，他就變得非常不信任警察。他立刻放下水壺，奮力拖著傷腿，用最快的速度趕回樓上。沒過多久，他就穿戴整齊的回到廚房，從門邊的勾環取下一支生銹的舊鑰匙。他抓起靠在牆邊的手杖，踏入屋外的夜色。

謎屋的大門並沒有被破壞的跡象，窗戶也依然完好如初。法蘭克一跛一跛地繞到屋子後面，走到一扇幾乎被常春藤完全掩蓋的門前，掏出那把舊鑰匙，插進鎖孔，安靜無聲地打開了門。

他走進了這間又大又深的廚房。法蘭克已經很多年沒有踏進這裡了，儘管周遭一片漆黑，他仍清楚記得通往門廳的房門位置。他摸索著朝門走去，一股腐敗的氣味竄進他的鼻孔，他豎起耳朵，仔細傾聽樓上是否有腳步聲或是說話聲。他走到了門廳，這裡的大門兩旁各有一大扇落地窗，因此光線稍稍亮了一些。他開始爬上樓，心中暗暗感謝堆積在石梯上的厚厚灰塵，讓他的腳步聲和手杖聲減輕了許多。

一爬上樓，法蘭克往右轉，一眼就看出闖入者是躲在什麼地方：通道盡頭處有一扇門沒關好，一道搖曳不定的光線自門縫透了出來，在漆黑的地板上灑下一道細長的金光。法蘭克握緊手杖，側身慢慢往前走去。他走到距離門口只有幾呎遠的地方，在這裡他就可透過門縫，看到房裡部分的景象。

他現在看清楚了，火光，是來自於壁爐裡的爐火，這讓他吃了一驚。房中忽然響起一個男人的嗓音，於是他停下腳步，專注地傾聽，這聲音聽起來膽怯而恐懼。

「如果您還覺得餓的話，我的主人，瓶子裡還剩一些。」

「待會吧。」另一個聲音答道，那同樣也是男人的嗓音——但聲調卻高亢得出奇，冷得像是一陣突來的颼颼寒風。這嗓音有某種特質，讓法蘭克頸後幾根稀疏的寒毛全都豎了起來。「把我挪得離爐火更近一點，蟲尾。」

法蘭克把聽力較佳的右耳轉向房門，想要聽清楚些。房中傳來瓶子放到堅硬地面上的叮咚聲，接著又響起重物拖過地板的悶悶摩擦聲。法蘭克瞥見一名矮小的男子，他背對著門，忙著把椅子推到適當的位置。他穿著一件長長的黑斗篷，後腦勺上禿了一大塊，接著他又從法蘭克眼前消失了。

「娜吉妮呢？」冰冷的嗓音問道。

「我──我不曉得，我的主人，」第一個聲音緊張地說，「她到屋子裡逛逛了，我想……」

「在就寢前，你得再替她擠一次汁，蟲尾，」第二個聲音說，「夜裡，我還需要再吃點東西，這趟旅程把我累壞了。」

法蘭克皺起眉頭，把他的好耳朵往門邊再湊近一些，努力想要聽清楚。房中沉默了一會，然後那個叫蟲尾的男人再度開口說話。

「我的主人，您可不可以告訴我，我們還會在這裡待多久？」

「一個禮拜吧，」冰冷的嗓音說，「也許更久，這地方還算舒適，而且現在也還不適合去執行任何計畫。在魁地奇世界盃還沒比完之前就貿然行動的話，未免也太不智了。」

法蘭克將一根飽經風霜的粗糙手指，塞進耳朵用力地掏挖轉動。這一定是耳垢搞的鬼，他居然聽到什麼「魁地奇」這種怪話，根本就沒有這樣的字眼。

「這──魁地奇世界盃嗎，我的主人？」蟲尾說（法蘭克挖耳朵挖得更用力了），「原諒我，但──我搞不懂──為什麼非得等世界盃結束才能動手呢？」

「因為，傻子，在這個非常時期，來自世界各地的巫師會紛紛湧進這個國家，而魔法部那些愛管閒事的傢伙也會全部出動，密切注意是否有異常的事件發生，還會不厭其煩地反覆檢查每個人的真實身分。他們會吹毛求疵地加強安全措施，以免引起麻瓜的注意，所以我們才要等。」

法蘭克已不再試圖要把耳朵掏乾淨了，他很清楚聽見什麼「魔法部」啦、「巫師」啦，還有「麻瓜」這些字眼。事情很明顯，每個特殊的怪詞都代表著某種秘密的含意，而法蘭克料想到只有兩種人會需要使用暗語交談──間諜與罪犯。他把手杖握得更緊，聽得更加用力了。

「所以主人的心意還是很堅決囉？」蟲尾輕聲問道。

「當然，我已經下定決心，蟲尾。」那個冰冷的嗓音現在帶有一絲恐嚇的意味。

談話聲微微停頓了一會──然後蟲尾又再度開口，急匆匆地吐出一長串話，似乎是強迫自己在喪失勇氣前趕緊把話說完。

「不用哈利波特，事情一樣可以辦得成，我的主人。」

接下來又沉默了一會，時間比剛才稍稍長了些，然後──

「不用哈利波特？」第二個嗓音溫柔地低聲說，「我知道了……」

「我的主人，我可不是因為關心那個男孩才這麼說！」蟲尾說，他的嗓音變成了尖銳的吱吱叫聲，「那個孩子對我來說根本不算什麼，我從來就不把他放在心上！只不過，我們要是用另一個女巫或是巫師的話──任何巫師都成──事情就可以快點辦成了。如果您能允許我先暫時離開您一下──您知道我可以用最有效的辦法偽裝自己──我只要花上兩天的時間，就可以帶一個合適的人選回來──」

「我可以用另外的巫師，」第二個嗓音柔聲說，「這話倒是沒錯……」

「我的主人，這樣才合乎道理嘛，」蟲尾說，現在他聽起來顯然是已經完全放心了，「要逮到哈利波特實在太困難了，他受到非常嚴密的保護啊——」

「所以你就自告奮勇，要去替我抓一個代替品是不是？我在想……或許是照顧我的工作，開始讓你感到厭煩了是吧，蟲尾？說不定，你會建議要我放棄計畫，只是想找個機會好擺脫我，沒錯吧？」

「我的主人！我——我並不想離開您呀，連想都沒想過哪——」

「少跟我撒謊！」第二個嗓音嘶聲說，「別以為我看不出你心裡在打什麼鬼主意，蟲尾！你後悔回到我的身邊，我讓你感到噁心。在你望著我的時候，我看到你驚跳畏縮，當你觸摸我的時候，我感覺到你在顫抖……」

「不！我是全心全意地效忠主人啊——」

「你效忠我只不過是出於怯懦。你要是還有地方可去的話，你今天就不會站在這裡了。我現在每隔幾個鐘頭就需要進食，你不在，我要怎樣活下去？誰來替娜吉妮擠汁呢？」

「但您好像已經變得強壯多了，我的主人——」

「騙子，」第二個嗓音低聲說，「我並沒有變得強壯，我只要獨自過上幾天，我那好不容易才在你笨拙照料下恢復的一點體力，就會全部消耗殆盡。**閉嘴！**」

剛才一直在嘰哩咕嚕念個不停的蟲尾，聽到這些話立刻安靜下來。在那短短幾秒內，法蘭克只能聽到爐火嗶啪作響的聲音。然後第二個男子又再度開口，而這次換成了一種細不可聞的耳語。

「堅持要用那個男孩，自然有我的道理，這我早就跟你解釋過了，我是絕對不會用其他任何人。我已經等了整整十三年，再多等幾個月也無所謂。我相信我的計畫一定可以有效地擊破那個男孩周圍的保護措施，現在唯一需要的只是你的一點勇氣，蟲尾——你非得要擠出勇氣不可，否則就讓你嘗嘗佛地魔王雷霆怒火的滋味——」

「我的主人，這我一定要說句話了！」蟲尾說，現在他的語氣顯得驚慌失措，「在我們這段旅程中，我一直在腦袋裡反覆思索這個計畫——我的主人哪，他們馬上就會有人注意到柏莎．喬金失蹤了，如果我繼續進行下去，如果我詛咒——」

「如果？」第二個聲音說，「**如果**？如果你當初照計畫辦事，蟲尾，魔法部就絕不會發現另外有人失蹤了。你最好給我乖乖聽話照辦，別再這麼大驚小怪。我真希望我能自己動手，但照我目前的狀況……來吧！蟲尾，只要再移開一塊絆腳石，我們通往哈利波特的道路就可以暢行無阻了。我並沒有要你獨自去做，到了那個時候，我**忠心**的僕人就會前來與我們會合——」

「**我**就是您忠心的僕人啊！」蟲尾說，他的嗓音隱隱透出一絲惱怒。

「蟲尾，我需要一個有頭腦的人，一個對我忠貞不二、從來不曾動搖過的人，而你呢，很不幸，這兩方面都不合格。」

「但我找到了您，」蟲尾說，現在他的嗓音已流露出明顯的怒意，「找到您的人是我呀！我還把柏莎．喬金帶到您面前。」

「這倒是沒錯，」第二個男人的語氣帶有一絲興味，「我從沒想到，你竟然能做出這樣的天才之舉，蟲尾——但若是要究明真相的話，我看你在抓她的時候，其實並沒有想到她會這麼有用吧，是不是？」

「我──我有想到她或許可以派上用場，我的主人──」

「騙子，」第二個嗓音說，他語氣中那種殘酷的興味又加重了幾分，「不過呢，我不能否認，她提供的情報的確是非常珍貴。若是沒有她的情報，我是永遠也想不出這個計畫。你會為了這一點而獲得獎賞，蟲尾。我會允許你去替我執行一項重要任務，一項我眾多追隨者都願意為之獻身的任務……」

「真──真的嗎？我的主人，是什麼──？」蟲尾的語氣又變得非常害怕。

「啊，蟲尾呀！你該不會希望我破壞這份驚喜吧？你的角色要到最後一刻才會出場……不過我可以向你保證，那時你就會變得跟柏莎·喬金一樣有用了。」

「您……您……」蟲尾的聲音突然變得沙啞，聽起來就好像他的嘴巴乾渴得要命似的，「您……也要……殺我嗎？」

「蟲尾，蟲尾呀，」冰冷的嗓音輕聲細語地表示，「我何必要殺你呢？我會殺柏莎，是因為我不得不這麼做。在我盤問過她以後，我就不需要再用到她，她就一點用處也沒有了。再說，要是讓她回去跟魔法部那些人大肆宣傳，說她在度假時遇到你的話，那一定會衍生出很多麻煩的問題。一名被認為已經死掉的巫師，最好還是別在路邊的小客棧裡被魔法部的女巫給撞見……」

蟲尾低聲咕噥了一句，他聲音太小，法蘭克聽不清楚，但這句話卻讓第二個男人放聲大笑──一種陰鬱的笑聲，就跟他的話語一般冰冷。

「**我們可以修正她的記憶？**但記憶咒若是碰到一名法力高強的巫師，還是有可能會被破解，這點在我盤問她的時候就已經證明過了。再說，要是不好好利用我從她那裡探聽到的情報，對她的**記憶**可是一種侮辱呢，蟲尾。」

走廊外的法蘭克突然發現自己滿手是汗，滑溜得幾乎抓不牢手杖。那個語氣冰冷的男人殺了一個女人，他談起這件事來全無悔意——甚至還覺得**挺有趣**哩。這個人危險得很——一個瘋子，而且他還計畫要再殺一個人——這個叫做哈利波特的男孩，管他到底是誰——反正他有危險了——

法蘭克知道自己必須做點什麼事，現在他不得不去找警察了。他要悄悄溜到屋外，直接趕到村裡的電話亭……但那冰冷的嗓音再度開口，法蘭克依然文風不動地杵在原地，儘可能地仔細傾聽。

「只要再下一個詛咒……我在霍格華茲的忠實僕人……哈利波特已逃不出我的手掌心了，蟲尾。事情已經決定了，不准再有任何異議。安靜……我好像聽到娜吉妮的聲音……」

接著第二個男人的聲音就變了，他開始發出一種法蘭克從來沒聽過的怪聲，他發出一連串嘶嘶聲和呼嚕聲，中間完全不曾停下來換口氣。法蘭克猜想他一定是中風或是癲癇發作了。

然後法蘭克聽到背後的黑暗通道傳來一些聲響，他轉過來望著後方，立刻嚇得呆住了。某個東西正沿著黑暗的走廊地板朝他滑行過來，當牠接近門縫所透出的細長火光時，他悚然一驚地發現，那竟是一條至少有十二呎長的巨蛇。法蘭克嚇得呆若木雞，全身僵硬無法動彈，眼睜睜地望著牠那波動起伏的身軀，在積滿厚厚灰塵的地板上劃出一條蜿蜒曲折的寬闊痕跡，朝他迅速逼近——他該怎麼辦？現在唯一的逃生路線就是跑進房間，但裡面有兩個男人正在策劃謀殺，可是他如果繼續待在這裡的話，就一定會被巨蛇殺死——

他還來不及作出決定，蛇就已經滑到他身邊，接著就發生了一件不可思議且近似奇蹟的怪事：蛇竟然逕自滑了過去。牠隨著門後冰冷嗓音所發出的嘶嘶呼嚕聲往前滑行，在短短幾秒內，那有著鑽石形圖案的蛇尾尖端就竄入門縫，完全失去蹤影。

此時此刻，法蘭克額上冒出了冷汗，而他那隻握著手杖的手不停地顫抖。房中的冰冷嗓音繼續發出嘶嘶聲，法蘭克腦中忽然出現一個怪異的念頭，一個荒唐至極的念頭……**這個男人可以跟蛇交談**。

法蘭克搞不清這到底是怎麼回事。他現在只希望能帶著他的熱水瓶回到床上，但他的腿卻又不聽使喚。就在他渾身顫抖地站在那裡，努力想挪動雙腿盡快離開時，那個冰冷的嗓音又突然變回人話。

「娜吉妮帶來有趣的消息，蟲尾。」那個嗓音說。

「真——真的嗎，我的主人？」蟲尾說。

「是真的，」那個嗓音說，「根據娜吉妮的情報，現在有一個老麻瓜就站在這扇門外，一字不漏地偷聽我們談話。」

法蘭克完全沒有機會躲藏。在一陣腳步聲之後，房門就被猛然地推開。

一名灰髮、尖鼻、長了對水粼粼小眼睛的矮小禿頭男子，出現在法蘭克面前，他的神情看起來既驚訝又害怕。

「快請他進來呀，蟲尾。你怎麼一點禮貌都不懂呢？」

那冰冷的嗓音是從爐火邊一張舊扶手椅中傳出來的，但法蘭克看不見說話的人。那條巨蛇正蜷臥在火爐前的破爛地毯上，看起來活像是一頭造型恐怖滑稽的寵物狗。

蟲尾點頭請法蘭克進入房中。法蘭克雖然仍抖個不停，但卻握緊手杖，跛著腿跨過門檻。

爐火是房中唯一的光源，火光在牆上灑落下如蜘蛛網般的細長影子。法蘭克望著扶手椅的椅背，椅中的男人似乎比他的僕人還要矮小，法蘭克根本看不到他的後腦勺。

「你全都聽到了是吧，麻瓜？」冰冷的嗓音說。

「你叫老子啥啊？」法蘭克挑戰似地問道，現在他已經踏進房間，而且也到了必須奮力一搏的最後關頭，因此心裡反而感到勇敢多了，在戰場上總是如此。

「我叫你麻瓜，」那個嗓音淡淡地表示，「意思是你不是一名巫師。」

「我可不懂你說的巫師是啥玩意兒，」法蘭克說，他的聲音鎮定了一些，「我只曉得我今晚聽到的事兒，絕對可以引起警察的興趣。你殺了一個人，而且你現在還在計畫要殺更多的人！我可以順便告訴你一聲，」他突然靈機一動地補上一句，「我老婆知道我上這兒來，要是我沒回去的話——」

「你並沒有老婆，」那個冰冷的嗓音輕聲細語地說，「沒人知道你在這裡，你也沒有告訴任何人你要來這裡。少在佛地魔王面前撒謊，麻瓜，因為他可以看穿一切……他總是無所不知……」

「你說什麼鬼話？」法蘭克粗魯地表示，「你說你是個王呀！我看你也沒多高尚、多禮貌嘛，**我的大王**。你幹嘛不轉過來，像個男人一樣地面對我啊？」

「因為我並不是一個男人，麻瓜，」冰冷的嗓音說，聲音在嗶啪作響的火焰聲中幾乎細不可聞，「我比男人要了不起多了。不過……有何不可？我是可以面對你……蟲尾，來，把我的椅子轉過來。」

僕人發出一聲嗚咽。

「你聽到我說的話了，蟲尾。」

矮小的男人皺起臉來，似乎死都不想靠近他的主人和那條躺在壁爐前地毯上面的巨蛇，但他還是緩緩走上前去，開始轉動椅子。當椅腿擦過毯子時，巨蛇抬起牠那醜陋的三角形頭顱，發出輕微的嘶嘶聲。

接著椅子就轉過來正對著法蘭克，他看到了坐在椅中的東西，他的手杖喀噠一聲落到地上。法蘭克張開嘴，發出一聲尖叫，因為他的尖叫聲太過淒厲響亮，所以他並沒有聽到椅中那東西舉起魔杖時所說的話。在一道綠光閃過和一陣咻咻聲之後，法蘭克．布萊斯的身體就變得皺縮不堪，他在還沒碰到地板前就死了。

在兩百哩之外，那個叫做哈利波特的男孩從夢中驚醒過來。

2 疤痕

哈利波特平躺在床上，像剛跑步過似地喘個不停。他用手蒙著臉，從一個逼真的夢境驚醒過來。他額上那道形如閃電的疤痕，在他手指下陣陣灼痛，彷彿是有人用炙熱的鐵線烙過他的皮膚。

他坐起來，一手仍按著他的疤痕，另一手伸向前方，在黑暗中摸索尋找擱在床頭桌上的眼鏡。他戴上眼鏡，臥室立刻清晰了許多，窗外路燈的光線自窗簾透進來，讓室內洋溢著一種微弱朦朧的橙光。

哈利再度用手指撫過他的疤痕，它仍在發疼。他打開身邊的燈，爬下床，越過房間，打開衣櫥，凝視櫥門內的鏡子。一名瘦削的十四歲男孩在鏡中回望著他，而那凌亂黑髮下的鮮綠雙眸充滿了困惑。他仔細檢查鏡中閃電形疤痕的影像，它看起來正常得很，卻仍在陣陣刺痛。

哈利努力回想驚醒前的夢境。這場夢似乎非常逼真……夢裡有兩個他認識的人，另外還有一人他從未見過……他皺著眉頭苦苦回想，企圖喚回夢中的記憶……

他腦海中浮現出一個模模糊糊的陰暗房間……一條蛇蜷臥在爐前地毯上……一個名叫彼得、外號蟲尾的矮小男子……還有一個冰冷高亢的嗓音……佛地魔王的嗓音。哈利一想到這裡，就感到彷彿有冰塊突然滑進他的胃裡……

他緊緊閉上雙眼，努力回想佛地魔的模樣，但卻怎麼都想不起來……哈利只知道，當佛地魔的椅子轉過來，而他一看到那坐在椅中的東西時，就立刻被一陣恐懼的戰慄所喚醒……或許喚醒他的其實是疤痕的疼痛？

但那個老人又是誰呢？夢中的確是有一個老人，哈利親眼看到他倒在地上。一切全都變得混亂不堪，哈利把臉埋進手裡，刻意遮住眼前的臥室，企圖留住那幅昏暗房間的朦朧畫面，但這就像是想要以手盛水般地徒勞無功；就在他努力想要留住一切時，所有細節也迅速自指縫間流走了……佛地魔和蟲尾提到了某個被他們殺害的人，但哈利卻記不住那個名字……他們正密謀要殺害另一個人……**他自己**……

哈利將臉自手中抬起來，睜開雙眼環顧他的臥室，似乎是想要在這裡找到某些不尋常的異象。事也湊巧，這個房間裡的異常事物偏偏多得驚人。他的床邊放著一個敞開的大木箱，露出裡面的大釜、飛天掃帚、黑長袍，和各式各樣的魔法書。書桌上除了他的雪鴞嘿美平日棲息的空空大鳥籠之外，其他地方全都零落散置著一捲捲的羊皮紙。他床邊的地板上躺著一本攤開的書，那是他前晚的睡前讀物。這本書裡面的照片全都會動，穿著鮮橘色長袍的人騎著飛天掃帚在畫面中忽隱忽現，飛來竄去地忙著互相拋擲紅球。

哈利走過去撿起這本書，正好看到一名巫師將球拋入一個五十呎高的球框，漂亮地射門得分，然後他啪一聲闔上書。目前甚至連魁地奇——哈利眼中全世界最棒的一種運動——都無法讓他轉移心思。他將《與砲彈隊一同飛翔》這本書放在床頭桌上，走到窗前拉開窗簾，俯瞰下方的街道。

水蠟樹街看起來就是一條正派郊區街道在週六凌晨時分所應有的模樣，所有的窗口全都簾幕低垂。哈利在黑暗中凝神搜索，但在他眼力所及的範圍內，沒有任何活生生的動物，連一隻貓也沒有。

但是……但是……哈利浮躁不安地走回床邊坐下，再度用手指撫過他的疤痕。但讓他煩心的並不是疤痕的疼痛，疼痛與受傷對哈利來說可算是家常便飯，他過去曾有過右手臂骨頭完全消失，接著又在歷經一夜劇痛後全數長回來的紀錄；在那不久之後，他這條手臂又被一根長達一呎的毒牙刺穿；就在去年，哈利又在五十呎高空，從一根翱翔中的飛天掃帚上摔下來。他對各種稀奇古怪的意外和傷害早就習以為常了，你若是進入霍格華茲魔法與巫術學院就讀，生性又特別愛惹麻煩的話，這種意外傷害可說是在所難免。

不，真正讓哈利感到煩心的是，他的疤痕上次發疼，是因為佛地魔來到他的附近……但佛地魔現在不可能會在這裡呀……要是他真以為佛地魔就潛伏在水蠟樹街，那實在是荒唐離譜到了極點……

哈利在寂靜中仔細傾聽。難道他是想聽到樓梯咯吱咯吱響，或是斗篷揮擺的窸窣聲嗎？接著他聽到他表哥達力，在隔壁房間發出一聲響亮的呼嚕鼾聲，嚇得他輕輕跳了一下。

哈利心裡也微微一驚，他這樣實在太蠢了。這屋子裡除了他自己之外，就只有威農姨丈、佩妮阿姨和達力三個人，他們都睡得很熟，做著無憂無慮、毫無痛苦的美夢。

德思禮一家人只有在睡著的時候，才最討哈利喜歡；他們清醒時對哈利來說，根本沒有任何幫助。威農姨丈、佩妮阿姨和達力，是哈利在這世上僅有的親人。他們全都是麻瓜（不會魔法的人），並且對魔法深惡痛絕。這表示哈利在他們眼中，簡直就是個腐敗的人渣，處處讓他們看不順眼。哈利在霍格華茲念書的這三年期間，若是有人問起，哈利為何這麼久不在家，他們總是說哈利進了聖布魯特少年慣犯監護中心，用這理由來搪塞過去。他們心裡其實很清楚，哈利是一名未成年巫師，根本不能在霍格華茲之外的地方使用魔法，但家裡一有怪事發生時，他們還是習慣把一切都賴在他的頭上。哈利根本就不可能跟他們傾吐心事，或是告訴他們他在魔法世界的生活。他要是在他們醒來之後，跑去跟他們說他的疤在痛，很擔心是佛地魔在作怪的話，這念頭光想想就已經夠可笑的了。

當初就是因為佛地魔，哈利才會跟德思禮家住在一起。若不是佛地魔，哈利的額頭上就不會有那道閃電形疤痕；若不是佛地魔，哈利的父母現在還會陪在他身邊……

在哈利只有一歲大的時候，佛地魔——百年來法力最高強、過去十一年來不斷累積勢力的黑巫師——在夜晚闖入他們家，殺死了他的父母。接著佛地魔將魔杖轉向哈利，施展了一個他在爭權奪勢之中，用來除去無數成年男女巫師的詛咒——但不可思議地，這個詛咒竟然沒有發揮半點作用。不但無法殺死這個小男孩，竟然還逆火反彈，擊中了佛地魔自己。哈利安然無恙地存活下來，只有在額頭上留下一道閃電形的傷口，而佛地魔卻受到重創，只能半死不活地苟延殘喘。法力全失、只剩下一口氣的佛地魔就此逃逸無蹤，男女巫師秘密組織長久以來所受到的恐怖統治，終於宣告結束，佛地魔的黨羽做鳥獸散，而哈利波特也變成了家喻戶曉的名人。

哈利在他十一歲生日時，才發現自己原來是一名巫師，光是這點就已經夠他感到震驚的了。

當他知道，自己的名字在隱匿的魔法世界中，可稱得上是無人不知無人不曉時，更是覺得驚惶失措。哈利到了霍格華茲之後，發覺他不論走到哪裡，都會有人交頭接耳，探頭探腦地偷看他。不過他現在早就已經習慣這一切了：等到夏天快結束時，他就要回到霍格華茲，展開四年級的學生生涯，他現在已經開始倒數返回城堡的日子了。

不過呢，他還得等上兩個禮拜才能返回學校。他絕望地再度環顧他的臥房，目光停駐在兩張卡片上，那是他的兩個死黨在七月底寄給他的生日賀卡。要是他寫信告訴他們他的疤在痛的話，他們倆會怎麼說呢？

他的腦海中立刻響起妙麗．格蘭傑尖銳驚恐的嗓音。

「你的疤在痛？哈利，那真的很嚴重欸……趕快寫信告訴鄧不利多教授！我也會去查一查《一般魔法疾病與疼痛》……說不定裡面會有一些關於詛咒疤痕的資料……」

沒錯，這就是妙麗會給他的建議：直接去找霍格華茲校長，同時再去查閱一本書。哈利凝望窗外如墨水般的藍黑夜空。他實在很懷疑這次書本能幫得上什麼忙，據他所知，他是唯一曾經從佛地魔詛咒下逃生的人，因此他顯然是絕對不可能在《一般魔法疾病與疼痛》中，找到跟他相符的症狀。至於去通知校長呢，哈利根本就不曉得鄧不利多放暑假時會去哪裡。他暫時放鬆心情，興致盎然地在心中描繪出蓄著銀色長髯、身穿拖地巫師長袍、頭戴巫師尖帽的鄧不利多，四肢攤平地躺在某個海灘上，往他那歪長鼻上抹防曬油的畫面。但哈利十分確定，不論鄧不利多人在哪裡，嘿美都一定能夠找得到他，就算不寫地址，哈利的貓頭鷹也從來沒漏寄過任何一封信，但他信裡究竟該怎麼寫呢？

親愛的鄧不利多教授，很抱歉冒昧打擾你，但是今天早上我的疤突然很痛。你誠摯的哈利波特上。

光在腦袋裡想想都覺得蠢斃了。

於是他又試著想像他另一名死黨榮恩・衛斯理的反應，剎那間，哈利眼前似乎就浮現出榮恩那張鼻子長長、雀斑點點的面孔，他的神情顯得相當困惑。

「你的疤在痛？可是……可是『那個人』現在不可能會接近你呀，對不對？我的意思是……你知道的啦，對吧？他應該正忙著再想詭計來殺死你呀，是不是？我不曉得欸，哈利，說不定詛咒疤痕本來就是動不動會痛上一下……我會去問問我爸……」

衛斯理先生是一位在魔法部麻瓜人工製品濫用局工作的合格巫師，但他對於詛咒這個領域並沒有什麼特別的研究。不管怎樣，哈利都不想讓衛斯理全家知道，他，哈利波特，只不過因為疤痛了一下，就這樣疑神疑鬼嚇得半死。衛斯理太太會比妙麗還要大驚小怪，而榮恩那對十六歲的雙胞胎哥哥弗雷和喬治，說不定還會以為哈利變成了一個膽小鬼咧。衛斯理家是哈利在這世上最喜歡的一家人，他現在正在暗暗期待他們會來邀請他到家裡去住（榮恩說過要邀他一起去看魁地奇世界盃），而他不知怎地，就是不想在到他們家去玩的時候，被那些擔心他疤痕的詢問給掃了興。

哈利用指關節揉揉額頭，他真正需要的（他在對自己承認這一點時，甚至感到有點難為情）是某個像——某個像**父母**一樣的人：一個他可以不怕丟臉地去徵求意見的成年巫師，某個關心他、曾經跟黑魔法交過手的人……

然後他腦中靈光一閃，有了答案。這個答案是如此簡單，如此明顯，他簡直不敢相信自己竟然花了這麼久的時間才想到——**天狼星**。

哈利跳下床，匆匆越過房間，坐到書桌前。把一張羊皮紙拉到面前，將老鷹羽毛筆蘸滿墨水，提筆寫下「親愛的天狼星」，接著他就停下筆來，一面想著該用什麼樣的措辭把他的問題說清楚，一面仍在暗暗詫異，自己怎麼會沒有馬上想到天狼星。但接著他又覺得，這似乎並沒有那麼令人驚訝——畢竟他是在兩個月以前，才發現天狼星是他的教父。

天狼星過去之所以會在哈利生命中完全缺席，原因很簡單——天狼星一直被關在恐怖的巫師監獄阿茲卡班，那裡的獄卒是一種叫做催狂魔的生物，而在天狼星脫逃之後，這種毫無視覺卻能吸人魂魄的惡魔，就來到霍格華茲搜尋他的蹤跡。但天狼星是無辜的——那樁讓他被判刑的謀殺案，真兇其實是佛地魔的黨羽蟲尾。目前幾乎所有的人全認定這個人早就死了，但哈利、榮恩和妙麗知道完全不是這麼回事；他們去年曾跟蟲尾碰過面，但就只有鄧不利多教授一個人肯相信他們的話。

在那美好的一刻裡，哈利以為自己終於可以脫離德思禮家，因為天狼星答應過哈利，他一旦洗清罪名，就會給哈利一個家。但這個機會卻從他手中被硬生生地給奪走——他們還來不及把真兇蟲尾交給魔法部，就讓他逃走了，迫使天狼星必須開始逃命。天狼星在哈利的協助下，騎著一頭叫做巴嘴的鷹馬順利脫身，但在那之後，他便踏上了逃亡之旅。整個夏天，哈利魂牽夢縈地想著，那個要是蟲尾沒脫逃成功，他便可能擁有的家。得知自己差點就可以永遠擺脫德思禮家之後，要他重新返回這個家，對他來說就變得加倍困難了。

儘管如此，雖然天狼星不能陪在哈利身邊，但多少還是幫上了一點忙。就因為天狼星，哈利現在才能把學校所有的物品全放在他的房間。德思禮家以前從不允許他這麼做，他們原本就希望哈利過得越悲慘越好，後來他們又害怕哈利施展魔法，所以在這之前的每年暑假，他們都是把哈利上學用的行李箱鎖在樓梯下的碗櫥裡面。但自從他們知道哈利的教父是個危險的殺人犯之後，他們的態度就有了一百八十度的大轉變——哈利為了方便行事，自然忘了告訴他們天狼星其實是無辜的。

哈利在回到水蠟樹街之後，已經收到天狼星兩封信。這兩封信的信差都不是貓頭鷹（巫師常用的郵差），而是色彩鮮豔的巨大熱帶鳥類。嘿美非常看不慣這些俗豔的不速之客，當牠們再度起飛前，會先去飲用牠碟裡的清水，牠總是一副心不甘情不願的樣子。哈利卻很喜歡牠們，牠們讓他聯想到棕櫚樹與白沙灘，他深深地希望天狼星不論現在人在哪裡（天狼星擔心信被中途攔截，從未透露自己的行蹤），都能過得稱心如意。哈利理解到他根本無法想像催狂魔在明亮的大太陽底下能待得了多久，而這或許就是天狼星為何要前往南方的原因吧。天狼星的信現在就藏在哈利床下那塊超級有用的鬆脫地板下，信的內容看起來都相當快活，而且兩封信都沒忘了提醒哈利可以隨時找他幫忙。嗯，好吧，現在他真的是需要……

當日出前冷冷的灰光緩緩潛入房中時，哈利的桌燈也漸漸暗了下來。最後當太陽升起，房中四壁轉為一片金光，他聽到威農姨丈和佩妮阿姨房中響起的走動聲音時，哈利把桌上揉縐的羊皮紙團清乾淨，又看了一次他剛寫完的信。

親愛的天狼星：

謝謝你的上一封信，那隻鳥好大喔，差點就沒辦法穿過我的窗戶。

這裡一切如常。達力的節食計畫進行得不是很順利，阿姨昨天發現，他偷偷把甜甜圈帶進房間。他們告訴他，要是他下次再犯的話，就要扣他的零用錢，這真把達力給氣壞了，牛脾氣一發就把他的ＰＳ（這是一種可以用來玩遊戲、類似電腦的東西）從窗口扔出去。他這麼做實在是有點蠢，現在他甚至沒辦法玩《超級傷害三》來轉移注意力了。

我過得還算不錯，主要是因為德思禮一家人怕我一跟你告狀，你就會馬上跑過來把他們全都變成蝙蝠。

但今天早上發生了一件怪事，我的疤又在痛了。上次發痛是因為佛地魔到了霍格華茲，但我想他現在不可能會接近我呀，你說對不對？你知不知道，詛咒疤痕在受傷多年以後，還是有可能會偶爾發疼嗎？

等嘿美一回來，我就會請她把這封信送給你，她現在出門獵食了。請代我向巴嘴問好。

哈利

很好，哈利暗暗想著，這封信看起來還不錯。沒必要在信裡提到那場夢，他可不想讓自己顯得太過憂慮。他把羊皮紙折好，擱在桌上，等嘿美回來送信。然後他站起來，伸伸懶腰，再度打開他的衣櫥。看都不看鏡子裡的自己一眼，就穿上衣服，準備下樓去吃早餐。

3 邀請

哈利踏進廚房的時候，德思禮一家三口已圍坐在餐桌旁。在他走進來或是坐下時，都根本沒人抬頭看他一眼。威農姨丈的大紅臉埋在晨間版的《每日郵報》後面，佩妮阿姨則噘起嘴唇包起她那口大馬牙，忙著把一顆葡萄柚切成四份。

達力看起來怒氣沖沖、悶悶不樂。不知怎地，他占據的空間好像又比往常大了一些，這可是件很不得了的事情，因為他早就是一個人獨占方桌的一整邊了。佩妮阿姨將四分之一未加糖的葡萄柚放進達力的餐盤中，聲音發抖地說了一句：「這給你，乖達達。」達力只是惡狠狠地瞪著她。打從他帶著年度成績單返家過暑假開始，他的生活就為之一變，墜入痛苦的深淵。

威農姨丈和佩妮阿姨就跟往常一樣，忙著替達力的爛分數找各種各樣的藉口。佩妮阿姨老是再三強調，達力其實是個很有天分的孩子，可惜老師全都不了解他，而威農姨丈則是堅持「反正他也不希望自己的兒子變成一個光會啃書的小娘娘腔」。師長在達力的成績單上對於他惡形惡狀的指控，他們同樣也是不以為意輕輕帶過——「他是個愛吵鬧的孩子沒錯，但他連一隻蒼蠅都不忍心傷害！」佩妮阿姨淚汪汪地說。

不過呢，學校護士寫在成績單最底下那幾行言詞極為謹慎的評語，卻讓威農姨丈和佩妮阿姨沒辦法幫達力再找什麼藉口。不論佩妮阿姨是怎樣哭喊著說達力只是骨架大了些、他的體重其實全都是嬰兒肥、他是個成長中的小男孩，自然需要充足的食物，都無法改變這個鐵一般的事實：學校制服供應商已找不到任何一件他穿得下的燈籠褲了。學校護士已經看出佩妮阿姨的眼睛——那雙隨時在偵查她那幾面亮得不能再亮的牆壁是否有指紋，觀察鄰居進進出出、一舉一動時銳利無比的眼睛——根本就拒絕去看清真相：達力不需再做任何進補，他的體積和重量幾乎跟一頭小殺人鯨不相上下了。

因此——在發過多次脾氣，經歷過幾場撼動哈利臥室地板的激烈爭吵，並讓佩妮阿姨淌下無數淚水之後——新的飲食制度就此展開。冰箱上貼著司梅汀學校護士寄來的減肥菜單，上面完全刪除達力所有最愛吃的東西——蛋糕、汽水、巧克力棒和漢堡——反而填滿蔬菜水果和威農姨丈斥為「兔食」的各種東西。佩妮阿姨為了讓達力心情好過一些，堅持全家都要照著減肥菜單一起吃。她現在將四分之一的葡萄柚遞給哈利，哈利注意到這片要比達力的小塊多了。佩妮阿姨似乎覺得，幫達力打氣最好的方法，就是至少讓他吃得比哈利多一些。

但佩妮阿姨完全不知道，樓上那片鬆脫的地板下藏了些什麼。她完全不曉得，哈利根本沒跟他們一起節食。哈利一聽到風聲，知道整個暑假得靠胡蘿蔔棒維生時，立刻派嘿美去向他的朋友們求助，而他們果然沒讓他失望，以相當巧妙的方法幫他度過難關。嘿美從妙麗家帶回來一大盒無糖點心（妙麗的父母都是牙醫）；霍格華茲的獵場看守人海格，也慷慨地送他一大袋自製的石頭蛋糕（但哈利卻連碰都沒碰，因為他早就領教過海格的手藝）；衛斯理太太則是派他們家的貓頭鷹愛落，送來一個超大的水果蛋糕，和各式各樣的肉餡餅。可憐的愛落，又老又虛弱，在經過這趟旅程後，整整休養了五天才好不容易恢復體力。之後哈利在生日當天（德思禮一家完全不加理會），總共收到四個非常棒的生日蛋糕，榮恩、妙麗、海格和天狼星各送了一個蛋糕。哈利還剩下兩個沒吃，心裡暗自期待等一下能回到樓上，享用一頓真正的早餐，因此毫無怨言地開始吃他的葡萄柚。

威農姨丈不以為然地深深吸了一口氣，擱下他的報紙，低頭望著他自己那片四分之一的葡萄柚。

「就這麼一點？」他脾氣暴躁地質問佩妮阿姨。

佩妮阿姨嚴厲地瞪了他一眼，接著又非常明顯地朝達力的方向點了點頭，達力早把他份內的葡萄柚吃個精光，滿臉不悅地用他那對肥豬似的小眼盯著哈利瞧。

威農姨丈深深嘆了口氣，吹得他那一大把濃密鬍鬚四處散飛，然後抓起他的湯匙。

門鈴響了。威農姨丈用身子撐開椅子，然後走向玄關。達力趁他母親忙著拿水壺的時候，以迅雷不及掩耳的動作，偷走了威農姨丈沒吃完的葡萄柚。

哈利聽到大門前響起說話的聲音，某個人的大笑聲和威農姨丈簡短的回答。然後大門關上，從玄關傳來一陣撕紙聲。

佩妮阿姨把茶壺放在餐桌上，好奇地東張西望，想看看威農姨丈到底跑到哪裡去了。沒等多久就有了答案，他在大約一分鐘後回到廚房，氣得臉色發青。

「你，」他對哈利大吼，「到客廳去！現在！」

哈利一頭霧水，暗自揣測他這次又犯了什麼錯，不過還是乖乖地站起來，跟著威農姨丈走出廚房到旁邊的房間。威農姨丈一進去就急急忙忙地關上門。

「好啊，」他說，大搖大擺地踏到爐火前，轉過頭來面對著哈利，擺出一副活像要宣布哈利已被逮捕的架式，「**好樣的**。」

哈利心裡真想頂他一句「好什麼好？」但哈利知道自己最好還是別在一大早就惹威農姨丈發脾氣，而且他現在已經因為吃得太少，憋了一肚子火了。哈利只好露出十分有禮的困惑表情。

「我剛收到這個，」威農姨丈說，朝哈利揮舞著一張紫色信紙，「一封信，一封和你有關的信。」

哈利又添加了幾分困惑。誰會寫信給威農姨丈提起他的事？他認識的人，有哪個會用郵差送信？

威農姨丈怒目瞪視哈利，然後低頭望著那封信，開始大聲朗讀：

親愛的德思禮先生及太太：

我們雖未經過正式引介認識，但我想你一定常聽哈利提起我的兒子榮恩。

哈利或許已經跟你們提起過，魁地奇世界盃決賽已訂在下個星期一晚上舉行，而我先生亞瑟已透過關係從魔法遊戲與運動部門那裡，拿到了幾張貴賓席的票。

這是一輩子才能碰到一次的難得機會，希望你們能允許我們帶哈利去看球賽。英國已經整整有三十年沒主辦過世界盃球賽了，因此這場比賽真的是一票難求。我們當然也十分樂意請哈利留下來跟我們一起度過剩下的暑假，並會安全地把他送上返校的火車。

最好是請哈利用正常的管道盡快將你們的回信送到我們手上，因為麻瓜郵差從來沒給我們送過信，我無法確定他到底曉不曉得我們住在哪裡。

希望能盡快見到哈利。

你誠摯的 茉莉．衛斯理

P. S. 希望我們郵票有貼夠。

威農姨丈讀完信，就把手探進胸前的口袋，掏出了另一樣東西。

「你看看這玩意兒！」他怒聲咆哮。

他舉起衛斯理太太寄來的信封，哈利拚命地忍住才沒笑出來。信封上密密麻麻地貼滿了郵票，只在正中央留下一個非常小的方塊，衛斯理太太用小得跟螞蟻一樣的字體，把德思禮家的地址擠進去。

「所以她郵票有貼夠嘛。」哈利刻意輕描淡寫地說，就好像衛斯理太太只不過是犯了一個任何人都可能會犯的錯誤似的。他的姨丈眼中閃過一道光芒。

「郵差注意到了，」他咬牙切齒地說，「他很想知道，這封信到底是哪裡來的？所以才會按門鈴，好像是覺得它很**可笑**。」

哈利什麼也沒說。其他人或許無法理解，只不過信封上的郵票貼得太多了，威農姨丈幹嘛要大驚小怪的，但哈利跟德思禮家住在一起太久了，所以知道，他們只要一碰到稍微有些不正常的事情，就會開始神經過敏，鬧個不休。他們這輩子最怕的，就是被別人發現他們竟然會跟衛斯理太太這類怪胎扯上關係（不管關係有多遠）。

威農姨丈仍怒目瞪視哈利，哈利則是盡量維持一種喜怒不形於色的中立表情。要是他不做傻事、不說傻話，說不定就可以接受邀請，參加這場千載難逢的盛會。哈利靜靜地等待威農姨丈的答覆，但他卻只是繼續瞪著他。哈利決定打破沉默。

「那——我可以去嗎？」他問道。

威農姨丈的大紫臉上掠過一陣輕微的痙攣，他的鬍鬚豎了起來。哈利似乎可以猜出在那把鬍鬚底下所隱藏的內心掙扎：威農姨丈最基本的兩個直覺正進行一場激烈的角力戰。答應哈利去看比賽，會讓哈利感到快樂，這可是威農姨丈十三年來所極力避免的事；但在另一方面，讓哈利離開，到衛斯理家過完暑假，就可以比原先預期的日期提早兩個禮拜擺脫掉他，威農姨丈早就嫌哈利在家裡礙手礙腳了。他又一次低頭看著衛斯理太太的信，似乎是想要給自己多一點時間考慮考慮。

「這女的是什麼人？」他厭惡地盯著信上的簽名問道。

「你見過她呀，」哈利說，「她是我朋友榮恩的母親。上學期放假的時候，她有到車站去接他下霍格——下學校的火車。」

他差點就脫口說出「霍格華茲特快車」，那鐵定會讓他姨丈火冒三丈，沒人敢在德思禮家說出哈利的學校名稱。

威農姨丈皺起他的大臉，好像在努力喚回某個極端不快的記憶。

「那個女的是不是矮矮胖胖的啊？」最後他終於怒聲吼道，「還帶了一大群紅頭髮的小鬼？」

哈利皺起眉頭，覺得威農姨丈根本沒資格說任何人「矮矮胖胖」，因為他自己的兒子達力終於完成了打從三歲以來就被他們逼著做的事，他現在橫著量還比身高多上好幾公分。

威農姨丈又開始仔細看信。

「魁地奇，」他低聲喃喃念道，「**魁地奇**——這是什麼鬼玩意兒？」

哈利又感到一股無名火往上衝。

「這是一種運動，」他不耐煩地說，「玩的時候要騎飛天掃帚——」

「夠了，夠了！」威農姨丈大聲說。哈利看到他的姨丈隱隱露出一絲驚慌的表情，心裡感到相當痛快。顯然他脆弱的神經，已無法忍受在自家客廳裡聽到「飛天掃帚」這個字眼，他連忙再度低頭看信，好藉此迴避問題。哈利看到他嘴唇無聲地念道：「用正常的管道將你們的回信送到我們手上。」他皺起眉頭露出不悅之色。

「她指的**正常管道**是什麼意思？」他啐道。

「是指我們正常在用的管道，」哈利說，在姨丈還來不及阻止他之前，他又補充說明，「你也知道的嘛，就是貓頭鷹郵件，對巫師來說那樣才算正常。」

威農姨丈勃然大怒，就好像哈利剛才說了什麼不堪入耳的髒話似的。他氣得發抖，還神經質地朝窗口瞄了一眼，好像是擔心鄰居剛好把耳朵貼在窗玻璃上偷聽。

「我跟你說過多少遍了，絕對不准在我家屋頂下，提起那種不正常的事！」他嘶聲說，他的臉現在脹成了深李子紅，「你這忘恩負義的小子，大剌剌地站在那裡，身上還穿著佩妮跟我買給你的衣服——」

「這只是達力穿剩不要的。」哈利冷冷地說，確實是這樣沒錯，他身上那件寬棉線衫，尺寸大得他必須將袖口連捲五次，才能把手伸出來用，而且下襬長得足以蓋住他那條超級寬鬆牛仔褲的膝蓋。

「不准你這樣跟我說話！」威農姨丈氣得全身發抖。

但哈利才不吃他這一套。他現在可不會再像以前一樣，毫不違抗地乖乖遵守德思禮家所有愚蠢規矩。他不會跟達力一起節食，威農姨丈也休想阻止他去看魁地奇世界盃，他已經忍無可忍了。

哈利沉著地深深吸了一口氣，然後開口說：「好吧，不能去看世界盃球賽就算了。那我可以走了吧？我想去把給天狼星的信寫完。你知道的——我的教父。」

他終於做了，他說出了那個魔咒般的字眼。現在他看到威農姨丈臉上的紫潮東一塊西一塊地陸續褪去，他的臉看起來活像是一團沒調勻的黑醋栗冰淇淋。

「你——你說你正在寫信給他？」威農姨丈用一種自以為鎮定的口吻說——但哈利卻看出他那對小眼睛被突如其來的恐懼嚇得瞳孔收縮。

「是呀，就是這樣，」哈利漫不經心地答道，「我已經有好一陣子沒跟他聯絡了。你也知道，他要是沒聽到我的消息，說不定會覺得事情不太對勁。」

他暫時停下來，欣賞他這段話所造成的效果。他幾乎可以看到，威農姨丈那頭髮線分得一絲不苟的濃密黑髮下，有許多齒輪正在快速地運轉。要是他不讓哈利寫信給天狼星，那麼天狼星就會以為哈利受到虐待。但要是他不准哈利去看魁地奇世界盃，哈利又會寫信向天狼星告狀，那麼天狼星就會**知道**哈利受到虐待。現在威農姨丈只有一件事可做，哈利彷彿可以清楚看到結論在他心中逐漸成形，就好像他那張長滿鬍子的大臉是完全透明似的。哈利忍著笑，臉上盡量不帶任何表情。然後——

「嗯，那好吧。你可以去看這該死的……愚蠢的……什麼世界盃的玩意兒。對了，別忘了寫信叫那些——那些姓**餵死貍**的傢伙過來接你，我可沒那個閒工夫為了送你在國內到處亂跑。你可以留在那裡過完暑假，還有，你可以告訴你的——你的教父……跟他說……跟他說你要去看比賽。」

「好啊。」哈利愉快地說。

他轉身走向客廳大門，努力忍住想跳起來歡呼的衝動。他就要去……他就要去衛斯理家，就要去看魁地奇世界盃了！

哈利一踏入玄關，差點一頭撞上達力，他剛才就躲在大門後面，顯然是想偷聽哈利挨罵。他看到哈利竟咧嘴笑得非常開心，不禁露出震驚的表情。

「早餐真是**棒透了**，對不對？」哈利說，「我吃得好撐喔，你呢？」

哈利被達力那副驚愕的呆相逗得呵呵大笑，開始一步跨三級地跑上樓梯，衝回房間。

他一眼就注意到嘿美已經回來了。牠坐在牠的籠子裡，用那對琥珀色的大眼睛凝視哈利，並喀噠喀噠地咬動鳥喙，顯然示意他有某件事情惹牠很不高興。而幾乎就在下一秒，那個惹牠生氣的原因，就明顯地出現在哈利眼前。

「**哎喲！**」哈利喊道。

哈利的頭被一個看起來像是長滿灰色羽毛小網球的東西不偏不倚撞了一下。哈利用力揉著頭，抬頭想看清楚撞他的到底是什麼東西，他看到一隻小得可以站在他掌心的迷你貓頭鷹，正像剛發射的煙火般，興奮地繞著房間飛快兜圈子。然後哈利才發現，這隻貓頭鷹已將一封信扔到他腳邊。他彎下腰來，立刻認出榮恩的筆跡，於是他連忙撕開信封，裡面有一張匆匆寫就的潦草信箋：

哈利——**我爸弄到票囉**——星期一晚上愛爾蘭對保加利亞的比賽。我媽正寫信給那些麻瓜，請他們讓你到我們家來住。我不曉得麻瓜郵件有多快，說不定他們現在已經接到信了呢。但不管怎樣，我這封信還是會請小豬替我送過去。

哈利瞪著「小豬」這個字眼，然後抬頭望著那隻正在天花板燈罩下飛快打轉的小貓頭鷹。他從來沒見過比牠更不像豬的東西，也許是榮恩字太草讓他看花了眼吧，他重新低頭看信：

不管麻瓜答不答應，我們都會過去接你，你怎麼能錯過世界盃球賽呢？但我爸媽覺得，我們最好還是先假裝徵求他們的同意。要是他們說可以，你馬上派小豬給我們回音，我們就會在星期天下午五點過去接你。要是他們說不行，也馬上派小豬回來，而我們還是會在星期天下午五點過去接你。

妙麗今天下午就會到我家，派西已經開始上班了——在國際魔法交流合作部門工作。你住在這裡的時候，千萬別提起任何關於國外的事，否則你就會被他給活活煩死。

回頭見囉——

榮恩

「安靜！」哈利說，因為那隻小貓頭鷹已飛到他的頭頂上方，吱吱喳喳地拚命叫個不停，哈利只能猜想，牠大概是在為自己居然送信成功，因而感到驕傲得不得了吧。「過來，我要你替我送信回去！」

小貓頭鷹拍著翅膀停到嘿美的鳥籠上。嘿美冷冷地抬頭打量牠，露出一副「我諒你也不敢再靠近一步」的神情。

哈利再度拾起他的老鷹羽毛筆，拉過一張新的羊皮紙，開始書寫：

榮恩，全都沒問題了，麻瓜說我可以去。那就明天五點見囉。我等不及了。

哈利

他把信箋折得非常小，小貓頭鷹一直興奮地在那裡蹦蹦跳跳，因此他費了很大的工夫，才好不容易將信綁到牠腿上。信才剛繫好，小貓頭鷹就再度飛起，牠迅速掠出窗口，一下就飛不見了。

哈利轉向嘿美。

「妳想來趟長途飛行嗎？」他問牠。

嘿美擺出一副莊嚴高貴的架式嗚嗚啼叫。

「妳可以替我把這送去給天狼星嗎？」他拾起他的信問道，「等一下……我還要再加幾句話。」

他重新攤開信紙，提筆匆匆加了幾行字。

你要是想跟我聯絡的話，接下來的暑假我都會住在我朋友榮恩．衛斯理家。他爸替我們拿到了魁地奇世界盃的票！

他一寫完，就把信綁到嘿美腿上。牠一動也不動，身子穩得出奇，似乎是打定主意要讓他好好見識一下，一名真正貓頭鷹信差的良好風範。

「妳回來以後到榮恩家來找我，懂了嗎？」他告訴牠。

牠親暱地啄了一下他的手指，然後輕輕颼地一聲，展開牠寬大的雙翼，疾飛竄出敞開的窗口。哈利目送牠離去，然後再爬到床下，拉開鬆脫的木板，取出一大塊生日蛋糕。他坐在地板上吃蛋糕，細細品味那如潮水般湧遍他全身的幸福感。他有蛋糕可吃，而達力卻只能吃葡萄柚。這真是一個晴朗愉快的夏日，他明天就可以離開水蠟樹街，他的疤已重新恢復正常，而且就要去看魁地奇世界盃了。現在他實在很難去擔憂任何事——甚至連佛地魔王也不例外。

4

重返洞穴屋

第二天中午十二點，哈利已經在行李箱裡面塞滿學校要用的物品，以及所有最珍貴的財產——父親遺留下來的隱形斗篷、天狼星買給他的火閃電，以及弗雷和喬治・衛斯理兩兄弟去年送他的霍格華茲魔法地圖。他把鬆脫地板下的食物全都清乾淨，仔細檢查臥室的角落縫隙，看看是否遺漏了任何魔法書或是羽毛筆。最後他從牆上取下那張標示到九月一日的日期表，他每天都要在上面的日期畫個大叉，期盼能早點回到霍格華茲。

水蠟樹街四號的氣氛變得十分緊張。一群怪裡怪氣的巫師馬上就要闖進他們家來了，這讓德思禮全家變得既著急又暴躁。當哈利去通知威農姨丈，跟他說衛斯理家的人明天下午五點會過來接他時，可真把威農姨丈給嚇了一大跳。

「我要你去告訴這些傢伙，叫他們至少給我穿得像樣一點，」他立刻怒吼道，「我知道你們這種人穿的是什麼怪玩意兒。他們要是還懂點禮貌的話，最好是穿上正常的衣服，懂了吧！」

哈利隱隱感到一絲不祥的預感，他從沒看到衛斯理夫婦穿過一件德思禮所謂的「正常」衣服。他們的孩子在放假時，還可能會穿上麻瓜的衣服換換口味，但衛斯理夫婦兩人，卻老是穿著各種破爛程度不等的長袍。哈利根本懶得管鄰居們會怎麼想，但他卻暗暗擔心，要是榮恩他們出現時，外表果真符合德思禮一家心目中的最差勁的巫師形象，天曉得這家人會變得多粗魯無禮。

威農姨丈穿著他最好的一套西裝，對某些人來說這或許是代表歡迎，但哈利心裡很清楚，威農姨丈之所以這麼做，只是希望自己看起來氣勢逼人，並讓人心生畏懼。不過呢，達力看起來卻倒像是縮小了一些。這並不代表他的節食計畫終於產生了效果，而是因為他簡直快要嚇死啦，所以變得畏畏縮縮的。達力上次遇到一名成年巫師時，發生了從褲子後面冒出一條蜷曲豬尾巴的慘事，結果佩妮阿姨和威農姨丈只好把他帶到倫敦的一家私人醫院，花錢請人將它切除。難怪達力現在老是緊張兮兮地摸屁股，還躲躲閃閃地出入房間，免得讓敵人瞄準跟上次同樣的箭靶。

午餐時大家幾乎一言不發。達力甚至沒開口抱怨食物（脫脂白乾酪和芹菜泥）不好；佩妮阿姨什麼也沒吃。她雙手抱胸、噘起嘴巴，做出一種好像是在嚼自己舌頭的動作，似乎是在努力忍住對哈利破口大罵的衝動。

「他們應該會開車過來吧？」威農姨丈在餐桌對面吼道。

「呃，這個嘛……」哈利說。

他沒想到這一點。衛斯理家的人**以前**是怎麼來接他的？他們早就沒車了，那輛老福特安格里亞現在已在霍格華茲的禁忌森林裡變野了。但衛斯理先生去年曾向魔法部借了一輛車，他今天大概也會這麼做吧？

「我想是吧。」哈利說。

威農姨丈在他的鬍鬚下哼了一聲。在通常的情況下，威農姨丈接下來就該問衛斯理先生開的是什麼車，他習慣用人們開的車有多大多貴，來衡量他們的等級。但哈利懷疑，就算衛斯理先生開的是法拉利跑車，威農姨丈大概也不會喜歡他。

哈利下午大半的時間都待在房間，他受不了佩妮阿姨那種每隔幾秒就透過網織窗簾凝望窗外的緊張德行，活像是剛聽說有頭犀牛逃到大街上似的。最後，在五點差一刻時，哈利終於重新走下樓，踏進客廳。

佩妮阿姨神經質地拚命整理椅墊；威農姨丈假裝在看報紙，但他那對小眼睛卻老是停在一個定點，哈利可以確定，他其實是在全神貫注地傾聽，窗外是否有車子駛近的聲音；達力擠在一張扶手椅中，一雙肥豬手塞在身子底下，緊抓住他的屁股。哈利受不了這種緊張的氣氛，於是他離開客廳，走到玄關樓梯邊坐下來，眼睛緊盯著錶，一顆心既緊張又興奮地怦怦狂跳。

但五點到了，又過了。穿著西裝並微微冒汗的威農姨丈，起身打開大門，凝神往街道左右打量了一會，然後立刻把頭縮回去。

「他們遲到了！」他對哈利怒吼。

「這我知道，」哈利說，「說不定——呃——是因為堵車，要不然就是碰到其他事情。」

五點十分……然後是五點一刻……現在連哈利也開始感到擔心了。到了五點半時，他聽到威農姨丈和佩妮阿姨在客廳裡緊張地低聲交談。

「完全不考慮別人。」

「我們說不定有其他約會呀。」

「他們還以為故意晚點到，我們就會請他們吃晚餐呢。」

「哼，他們真是想得美咧。」威農姨丈說，而哈利聽到他站起來，開始在客廳中來回踱步，「叫他們過來接了那小子就滾，休想賴在這裡不走。但天知道他們到底來不來呀？我看可能是弄錯日期囉！他們**那種人**根本就沒什麼時間觀念，大概就是這麼回事，要不是就是他們家的破爛車拋錨——**啊啊啊啊啊啊！**」

哈利跳了起來。客廳大門裡響起德思禮一家三口驚慌逃竄的聲音，在下一刻，達力就帶著嚇得半死的表情，飛也似地跑進玄關。

「怎麼啦？」哈利問道，「發生什麼麼事啦？」

但達力卻好像突然變成了啞巴，他依然用雙手夾住屁股，想盡辦法用最快的速度，搖搖晃晃地跑進廚房。哈利連忙衝進客廳。

德思禮家的壁爐是用木板封死，並在前方裝上人工電動火爐，此刻卻從木板後方傳來一陣響亮的敲擊聲與摩擦聲。

「這是什麼？」佩妮阿姨屏息問道，她早就退到牆壁旁邊，滿臉驚恐地望著爐火，「這是什麼聲音，威農？」

但她說完還不到一秒，他們的疑惑就得到了解答，他們聽到封死的壁爐裡面傳來說話的聲音。

「哎喲！弗雷，不要——回去，回去，這裡出了些問題——叫喬治不要——**哎喲**！喬治，不要，這裡找不到房間呀，快回去告訴榮恩——」

「說不定哈利可以聽到我們的聲音，爸——說不定他可以放我們出去——」

電動爐火後方響起一陣拳頭捶擊木板的敲打聲。

「哈利？哈利，你聽得到我們的聲音嗎？」

德思禮夫婦像一對瘋狗似地轉身怒斥哈利。

「這是什麼意思？」威農姨丈咆哮，「這到底是怎麼回事？」

「他們——他們想要用呼嚕粉旅行到這裡來，」哈利說，並努力按捺住想要放聲大笑的強烈衝動，「他們可以利用火四處旅行——只是你們已經把壁爐封死了——你們聽著——」

他走到壁爐前，透過木板大喊。

「衛斯理先生？你聽得見我的聲音嗎？」

敲打聲頓時停止，壁爐後面有某個人說了聲：「噓！」

「衛斯理先生，我是哈利啊……壁爐已經被封死了，你們沒辦法從那裡出來。」

「可惡！」衛斯理先生的嗓音說，「他們幹嘛要把壁爐給封死？」

「他們裝了一個電動火爐。」哈利解釋。

「真的嗎？」衛斯理先生的嗓音興奮地問道，「你說癲動？有**插頭**的那種玩意兒？我的天哪，我非去瞧瞧不可……讓我來想想看……哎喲，榮恩！」

接著榮恩的嗓音也出現加入談話。

「我們跑到這裡來做什麼？出問題了嗎？」

「喔，不，榮恩，」傳來弗雷極盡挖苦的嗓音，「不，這裡正就是我們最想去的地方呢！」

「沒錯，我們正在這裡享受這輩子最快樂的時光呢。」喬治說，他的聲音聽起來悶悶的，好像他是整個人被壓得緊貼在牆壁上似的。

「男孩們、男孩們……」衛斯理先生心不在焉地說，「我正在想辦法……沒錯……就只有這個方法……退到後面去，哈利。」

哈利退到沙發旁邊，但威農姨丈卻踏向前方。

「等一下！」他對著爐火喊道，「你究竟打算要——」

砰！

封死的壁爐突然朝外爆炸，震得電動火爐疾飛掠過房間，衛斯理先生、弗雷、喬治和榮恩，在一陣四處散飛的瓦礫碎片中竄了出來。佩妮阿姨尖叫著仰頭栽倒在咖啡桌上；威農姨丈趕在她摔到地上前及時扶住她，他張大嘴巴瞪著衛斯理一家，嚇得完全說不出話來。這家人全都有一頭豔紅色的頭髮，而弗雷和喬治兩人，甚至連雀斑的位置都長得一模一樣。

「好多了，」衛斯理先生喘著氣說，他先拍拍綠長袍上的灰塵，再扶扶眼鏡，「啊——兩位想必就是哈利的阿姨和姨丈囉！」

又高又瘦、頭髮漸禿的衛斯理先生，伸出一隻手走向威農姨丈，但威農姨丈卻拉著佩妮阿姨慌忙退後了好幾步。威農姨丈連一個字也說不出來，他最好的一套西裝沾滿白灰，有些白灰甚至還滲進他的頭髮和鬍子裡，讓他看起來好像一下子老了三十歲。

「呃——對了——這我很抱歉，」衛斯理先生說，他垂下手，轉頭望著炸毀的壁爐，「這全都是我的錯，我完全沒想到，我們到了以後竟然會出不去。我把你家壁爐連到了呼嚕網上，你瞧——有效期只有一個下午，這樣我們才能到這裡來接哈利。嚴格說來，麻瓜壁爐本來應該是連不上的——但我在呼嚕網管理局那裡，找到了一位很能幹的聯絡人，他替我做了些安排。但你不用擔心，我只要眨眨眼就可以把它重新調整好。我先生堆火把這些孩子送回去，在我用消影術離開前，會把你的壁爐修好。」

哈利敢打包票，這段話德思禮夫婦根本就連一個字也聽不懂。他們仍在張口凝視衛斯理先生，看來是完全被嚇呆了。佩妮阿姨搖搖晃晃地重新挺起身來，躲到威農姨丈背後。

「哈囉，哈利！」衛斯理先生愉快地說，「行李打包好了吧？」

「就放在樓上。」哈利咧嘴笑道。

「我們上去拿。」弗雷立刻表示。他對哈利眨了眨眼，就跟喬治一起走出房間。他們過去曾有一次在深夜把哈利從房間裡救出來的經驗，所以他們知道該怎麼走。哈利懷疑弗雷和喬治真正的目的是想要去看看達力，他們早從哈利那裡聽到一大堆關於達力的事。

「好，」衛斯理先生說，他雙手微微擺盪，努力想找話題打破這極端難堪的沉默，「你們家——嗯——你們家真是太漂亮了。」

平常一塵不染的客廳，此刻覆滿了灰塵與磚屑，因此這句評語自然讓德思禮夫婦聽了不太順耳。威農姨丈的臉再度脹成紫色，佩妮阿姨又開始做出類似嚼舌頭的怪動作，但他們大概是太害怕了，因此只是敢怒不敢言。

衛斯理先生打量四周，只要是跟麻瓜有關的東西他全都喜歡。哈利可以看出，他恨不得現在就走過去，好好觀賞一下電視和錄影機。

「它們的癲力流光了，沒錯吧？」他頗有心得地發表意見，「啊，對了，我可以看到插頭。我在蒐集插頭，」他對威農姨丈補充說明，「還有電池，我蒐集了好多的電池呢。我太太覺得我瘋了，怎麼會呢，你說是不是？」

但威農姨丈顯然也覺得衛斯理先生瘋了。他用非常輕微的動作，往右邊挪了一下，把佩妮阿姨遮住，似乎是害怕衛斯理先生突然瘋病發作，衝過來攻擊他們。

達力忽然又出現在客廳。哈利聽到行李箱拖過樓梯的咚隆咚隆聲，知道達力鐵定就是被這聲音給嚇得逃出廚房。達力用畏懼的目光望著衛斯理先生，開始沿著牆壁側身往前移動，想要躲到他父母親後面藏起來。但不幸的是，威農姨丈的大塊頭要擋住瘦巴巴的佩妮阿姨雖是綽綽有餘，但要想遮住達力那還差得遠呢。

「這位就是你的表哥對不對，哈利？」衛斯理先生再次鼓起勇氣找話題攀談。

「是呀，」哈利說，「那就是達力。」

他和榮恩互瞄了一眼，接著兩人就默契十足地把頭別過去，免得忍不住突然放聲大笑。達力仍小心翼翼地捧著他的大屁股，活像是生怕屁股會突然掉下來。衛斯理先生似乎真的很關心達力的怪異行徑，事實上，一聽到他接下來講話的語氣，哈利相當肯定衛斯理先生一定認為達力瘋了，就跟德思禮先生認為衛斯理先生瘋了一樣。但不同的是，衛斯理先生心裡感到的是同情，而不是害怕。

「暑假過得還愉快吧，達力？」他和藹地說。

達力嗚咽一聲。哈利看到他那雙捧著大屁股的雙手，又抓得更緊了些。

弗雷和喬治帶著哈利的學校行李箱回到客廳。他們的目光往室內溜了一圈，接著就停在達力身上。他們咧開嘴，臉上綻出一模一樣的邪惡笑容。

「啊，好了，」衛斯理先生說，「該開始辦正事囉。」

他捲起長袍袖口，取出他的魔杖。哈利看到德思禮一家三口全都一溜煙地退到牆邊。

「吼吼燒！」衛斯理先生舉起魔杖，指著他後方牆邊的洞口念道。

壁爐中立刻竄起火焰，爐火歡快地嗶啪作響，彷彿已連續燒了好幾個小時似的。衛斯理先生從口袋中取出一個小拉繩袋，從裡面捏了一小撮粉末，扔到火焰裡，爐火立刻變成翡翠綠，燒得比先前更旺。

「你先走吧，弗雷。」衛斯理先生說。

「來了，」弗雷說，「喔，不──等一下──」

有包糖果從弗雷口袋中撒出來，在地上滴溜溜地滾動──全都是裹著鮮豔糖果紙、包得又大又鼓的太妃糖。

弗雷趴到地上，爬來爬去地將糖果撿起來塞回口袋，接著他就活潑地朝德思禮一家揮了揮手，直接走進火中說：「洞穴屋！」佩妮阿姨發出一小聲顫抖的驚呼，在一陣嘶嘶聲之後，弗雷就消失了。

「好了，喬治，」衛斯理先生說，「你帶著行李箱一起走。」

哈利幫喬治一起將行李箱抬到火焰中，再把它豎起來讓喬治比較好拿。然後喬治喊了聲：「洞穴屋！」接著他也隨著另一陣嘶嘶聲消失了。

「榮恩，輪到你了。」衛斯理先生說。

「再會囉！」榮恩愉快地對德思禮一家說。他大大咧開嘴，對哈利笑了笑，踏入火中叫道：「洞穴屋！」然後就完全失去了蹤影。

現在只剩下哈利和衛斯理先生兩個人了。

「嗯，那就再見囉！」哈利對德思禮一家說。

他們什麼也沒說。哈利走向爐火，但他才剛走到壁爐邊，就被衛斯理先生伸手拉住。衛斯理先生驚愕地望著德思禮一家三口。

「哈利剛才跟你們說再見，」他說，「難道你們沒聽見嗎？」

「沒關係啦，」哈利低聲告訴衛斯理先生，「說真的，反正我也不在乎這些。」

但衛斯理先生卻依然攬著哈利的肩頭不放。

「你們要一直等到明年暑假，才會再看到你們的外甥，」他略帶怒意地對威農姨丈說，「你們總該跟他說聲再見吧？」

威農姨丈的面孔劇烈地抽搐。被一個剛把他家客廳牆壁轟掉一半的男人教訓他不懂禮貌，似乎已讓他感到忍無可忍。

但衛斯理先生手裡依然握著魔杖，威農姨丈的小眼珠飛快地朝魔杖瞄了一眼，然後才用充滿怨恨的語氣說：「好吧，再見。」

「下次再見囉。」哈利說，他一腳踏進綠色火焰中，而那感覺就像是一陣溫暖的氣息，讓他感到非常舒服。但就在那一刻，他背後突然響起一陣恐怖的窒息聲，佩妮阿姨開始放聲尖叫。

哈利連忙回過身來。達力現在已不再躲在他的父母背後，他屈膝跪倒在咖啡桌邊，嘴裡冒出一條看起來黏不拉嘰、少說也有一呎長的紫色怪東西，並發出一種似乎快要窒息的急促怪音。哈利只楞了一秒，就看出那一呎長的怪玩意兒，其實是達力的舌頭——他旁邊的地板上有一張顏色鮮豔的太妃糖果紙。

佩妮阿姨撲倒在達力身邊，一把抓起他腫脹的舌尖，想要用力把它從他嘴巴裡拔出來；結果可想而知，達力痛得大喊，聲音變得比先前更加急促雜亂，並掙扎著想要把她推開。威農姨丈厲聲咆哮，雙手像車輪似地轉個不停，衛斯理先生不得不大聲吼叫，才能讓大家聽清楚他的聲音。

「不用擔心，我可以讓他恢復正常！」他喊道，並舉起魔杖走向達力，但佩妮阿姨卻叫得比先前更加淒厲，並用整個身子蓋住達力，不讓衛斯理先生的魔杖指向他。

「不要這樣，真是的！」衛斯理先生氣急敗壞地說，「這沒什麼大不了的——都是因為那顆太妃糖——我的兒子弗雷——這傢伙專門愛惡作劇——但這只是一個暴食咒——至少我看來是這樣沒錯——拜託妳讓開，我可以把他治好——」

但德思禮夫婦聽了之後，不僅沒有放下心來，反而還變得更加驚慌失措。佩妮阿姨歇斯底里地哭個不停，死命拉扯達力的舌頭，似乎是打定主意非把它給拔出來不可；達力在母親和舌頭的兩面夾攻之下，露出一臉快要窒息而死的慘相；威農姨丈完全失去控制，他從餐具架上抓起一個小瓷像，死勁扔向衛斯理先生，衛斯理先生連忙低頭閃過，讓這個裝飾品落到炸毀的壁爐裡摔得粉碎。

「哎呀，真是的！」衛斯理先生揮著魔杖生氣地說，「我是想要**幫忙**欸！」

威農姨丈發出一聲活像是負傷河馬的吼叫聲，接著又一把抓起另一個裝飾品。

「哈利，走吧！快走啊！」衛斯理先生用魔杖指著威農姨丈喊道，「這裡交給我處理就行了！」

哈利真不想錯過這場好戲，但威農姨丈扔出的第二件裝飾品，差點就砸到他的左耳，因此他考慮一會，決定還是讓衛斯理先生來收拾殘局。他踏進火中說：「洞穴屋！」並回頭望了一眼，他對客廳最後的印象是，衛斯理先生用魔杖炸毀了威農姨丈抓起的第三件裝飾品；佩妮阿姨躺在達力身上尖聲慘叫；達力的舌頭軟趴趴地捲成一團，看起來活像是隻滑溜溜的巨蟒。但在下一刻，哈利就開始飛快地旋轉，德思禮家的客廳也在一陣翡翠綠火焰中消失得無影無蹤。

5 衛氏巫師法寶

哈利兩手緊貼著腹側，旋轉得越來越快，他身邊掠過一連串朦朧不清的壁爐影像，讓他看得頭昏眼花，胃裡作嘔，忍不住閉上了眼睛。最後他終於感到速度慢了下來，於是他連忙伸出雙手，及時穩住身軀，才不至於從衛斯理家廚房爐火中摔出來，跌個狗吃屎。

「他吃了嗎？」弗雷伸手拉起哈利，興奮地問道。

「吃了，」哈利站起來答道，「那到底是什麼東西？」

「吹舌太妃糖，」弗雷愉快地表示，「是我和喬治發明出來的，我們這整個暑假都想找人試試它的效果……」

狹小的廚房中爆出一陣大笑，哈利環顧四周，看到那張舊木桌旁除了榮恩和喬治之外，還坐了另外兩個哈利從沒見過的紅髮男子，但哈利馬上就猜到，他們一定就是衛斯理兄弟中最大的兩個，比爾和查理。

「你好嗎，哈利？」兩人中靠哈利比較近的那人咧嘴微笑，並伸出一隻大手。哈利跟他握手，感覺到他手上長滿硬繭和水泡，這位一定就是在羅馬尼亞研究龍的查理。查理不像派西和榮恩兩人那麼瘦高，他的身材跟雙胞胎兄弟相當接近，個子比較矮，也結實得多。他有一張好脾氣的寬臉，皮膚看起來飽經風霜，雀斑又多又密，簡直就像是整張臉都被曬黑了一樣。他的雙臂肌肉暴凸，一隻手上還有個醒目的大疤。

比爾面帶微笑站起來，同樣也跟哈利握手問好。比爾倒是令人感到出乎意料。哈利知道比爾在巫師銀行古靈閣工作，還擔任過霍格華茲的男學生主席，因此他總是把比爾想像成年紀稍大的派西：別人稍微犯點規他就大驚小怪，而且老愛頤指氣使地支使人。但比爾其實很——再也找不到比這更恰當的形容詞了——**酷**。他身材高大，長髮在腦後束成馬尾，戴了一個看起來像是牙齒的耳環。他的服裝就算是去參加搖滾音樂會也不會顯得突兀，但哈利卻可以看出，他靴子的材質不是皮革，而是龍皮。

大家還來不及開口說話，房中就忽然響起一聲輕微的啵聲，衛斯理先生在喬治身邊憑空冒了出來。他怒容滿面，哈利從來沒看到他這麼生氣過。

「**那可不是開玩笑的事**，弗雷！」他喊道，「你究竟給那個痲瓜男孩吃了什麼？」

「我什麼也沒給他呀，」弗雷說，又咧嘴露出邪惡的笑容，「我只不過是把它**掉在**地上而已……他把它撿起來吃是他自己的錯，我可沒叫他這麼做。」

「你根本就是故意把它掉在地上！」衛斯理先生怒吼，「你明明曉得他一定會撿起來吃，你知道他正在節食——」

「他舌頭變得有多大？」喬治急切地問道。

「足足漲了四呎長，他的父母才讓我把它給縮小！」

哈利和衛斯理兄弟又哄然大笑。

「**這一點也不好笑！**」衛斯理先生喊道，「這一類的行為，嚴重危害到巫師與麻瓜之間的關係！我這大半輩子都在努力遏止巫師們虐待麻瓜，而我自己的兒子卻——」

「我們又不是因為他是麻瓜才給他糖吃！」弗雷忿忿不平地說。

「才不是這樣呢，我們會把糖給他，純粹是因為他是個超愛欺負人的混蛋。」喬治說，「我沒說錯吧，哈利？」

「沒錯，他就是這種人，衛斯理先生。」哈利誠懇地表示。

「那不是重點！」衛斯理先生大發雷霆，「你們等著看好了，我要把這全都告訴你們母親——」

「告訴我什麼呀？」他們背後響起一個聲音。

衛斯理太太剛踏進廚房。她個子很矮、體態豐滿，有一張非常和善的面孔，但此刻她卻狐疑地瞇起眼睛。

「喔，哈囉，哈利，親愛的。」她看到哈利，微笑著打了聲招呼，然後她的目光又迅速回到她的丈夫身上，「告訴我**什麼**，亞瑟？」

衛斯理先生遲疑不決。哈利可以看出，雖然他很氣弗雷和喬治，但他並不是真的打算要把事情告訴衛斯理太太。室內變得鴉雀無聲，衛斯理先生緊張兮兮地望著他的太太。就在此時，衛斯理太太背後的廚房門口出現了兩個女孩。那個頂著一頭蓬鬆的濃密褐髮，還有兩顆兔寶寶門牙的女孩，是哈利和榮恩的朋友妙麗·格蘭傑。另一個瘦小的紅髮女孩，是榮恩的妹妹金妮。她們兩人都對哈利露出微笑，哈利也咧嘴朝她們笑了笑，這讓金妮立刻羞紅了臉——自從哈利上次到洞穴屋作客開始，她就一直很迷戀哈利。

「告訴我**什麼**，亞瑟？」衛斯理太太又問了一次，口氣有點不安。

「沒什麼，茉莉，」衛斯理先生囁嚅地答道，「弗雷和喬治剛才——但我已經說過他們了——」

「他們這次又闖了什麼禍？」衛斯理太太說，「要是又跟那些**衛氏巫師法寶**有關的話——」

「你要不要帶哈利去看看他睡的地方，榮恩？」妙麗站在門口說。

「他知道自己要睡在哪裡呀，」榮恩說，「就在我的房間嘛，他上次來的時候就是睡——」

「我們一起去。」妙麗意有所指地說。

「喔，」榮恩這才會意過來，「好啊。」

「太好了，我們也一起去吧。」喬治說。

「**你們給我乖乖待在這裡！**」衛斯理太太厲聲吼道。

哈利和榮恩側身走出廚房，開始跟妙麗及金妮一起沿著狹窄的走廊往前出發，踏上那條以鋸齒狀貫穿整棟屋子、通往上方樓層的搖晃樓梯。

「什麼是**衛氏巫師法寶**？」哈利在爬樓梯時問道。

榮恩和金妮兩人都放聲大笑，但妙麗卻沒出聲。

「媽在打掃弗雷和喬治房間的時候，找到一大疊這些東西的訂貨單，」榮恩止住笑解釋，「一長串的價目表，全都是他們自己發明的東西。你懂吧！全都是些惡作劇玩具，假魔杖啦、惡作劇糖果啦，有好多好多的東西呢。實在是太厲害了，我從來不曉得他們竟然發明了這麼多東西……」

「我們在好久以前，就聽到他們房間裡有爆炸聲，但我們從來沒想過，他們居然是在**製造**東西，」金妮說，「我們還以為他們只是喜歡那種聲音咧。」

「只不過，大部分東西——好吧，其實是所有東西——都有一點危險，」榮恩說，「而且你知道嗎？他們計畫要把這些東西帶到霍格華茲去賣，好賺點錢用。這可真把媽給氣壞囉，她命令他們不准再做任何東西，還把訂貨單全都燒光……其實她本來就已經在生他們的氣了。他們拿到的普等巫測，沒有她原先希望的那麼好。」

普等巫測全名是普通等級巫術測驗，是霍格華茲的學生在十五歲時，必須參加的資格檢定測驗。

「接下來他們又大吵了一架，」金妮說，「因為媽希望他們跟爸一樣，也到魔法部去上班，可是他們卻告訴她，他們只想要開一家惡作劇商店。」

就在此時，第二層樓梯台邊有扇門突然敞開，從裡面冒出一張戴著角質框架眼鏡，看起來老大不高興的面孔。

「嗨，派西，」哈利說。

「喔，哈囉，哈利，」派西說，「我剛還在奇怪是誰這麼吵呢。我現在正想辦法在這裡辦公，你懂吧——我必須替部裡趕一份報告——但老是有人乒乒乓乓地在樓梯上跑上跑下的，我實在很難專心做事。」

「我們才沒有**乒乒乓乓**跑呢，」榮恩暴躁地說，「我們只是在走路。很抱歉干擾到貴魔法部最高機密的偉大工作。」

「你現在在趕什麼報告？」哈利問道。

「替國際魔法交流合作部門做一份報告，」派西沾沾自喜地表示，「我們想要將大釜的厚度標準化。有些國外來的進口貨薄了點——大釜滲漏的機率，在一年中幾乎提高了三個百分點——」

「這可真是一份能改變全世界的偉大報告呀，」榮恩說，「鐵定能登上《預言家日報》頭版，大釜滲漏，了不起。」

派西的臉微微泛紅。

「你盡量嘲笑好了，榮恩，」他激動地說，「我們如果不制定一條國際法規，我們的市場就可能會充斥著一些質地脆弱、底部輕薄的劣貨，而這將會嚴重危害到——」

「是，是，您說的對。」榮恩說，並開始繼續往上走。派西砰地一聲摔上房門。在哈利、妙麗和金妮跟著榮恩再爬了三道樓梯時，突然從下面的廚房傳來一陣喊叫聲。聽起來衛斯理先生似乎是已經把太妃糖慘案告訴衛斯理太太了。

榮恩位於屋子頂樓的臥房，看起來跟哈利上次來住時沒什麼兩樣。房中依然貼滿了同樣的查德利砲彈隊海報，而這支榮恩最喜歡的魁地奇球隊，不停地在牆壁和斜天花板上快速地飛來竄去。窗台上那個原先裝著青蛙卵的魚槽，現在裡面養了一隻非常大的青蛙。榮恩以前的老鼠斑斑已經不在這裡了，現在他的寵物換成了一隻灰色迷你貓頭鷹，也就是那隻替榮恩送信到水蠟樹街交給哈利的小豬。牠在小籠子裡激動地跳上跳下，興奮地吱吱喳喳吵個不停。

「給我**閉嘴**，小豬。」榮恩說，側身從兩張床中間擠過去，現在他房間裡塞了四張床，「弗雷和喬治把他們房間讓給比爾和查理住，所以要到這裡來跟我們一起睡。」他告訴哈利，「派西還是一人獨占一個房間，因為他必須**工作**嘛。」

「呃——你為什麼要叫那隻貓頭鷹小豬？」哈利問榮恩。

「因為他很笨啊，」金妮說，「他真正的名字是豬水凫。」

「是呀，這個名字可一點也不笨哪，」榮恩嘲諷地說，「這是金妮替他取的名字，」他對哈利解釋，「她覺得這個名字很可愛很好聽。我本來還想替他改個名字，但已經來不及啦，他只對這名字有反應，所以現在他就變成小豬啦。我必須把他關在這裡，因為愛落和赫密士都覺得他很煩，說實在我也快要被他給煩死了。」

豬水凫快樂地繞著籠子打轉，發出尖銳的啼叫聲。哈利太了解榮恩了，所以並沒有把他的話當真。他以前就常常抱怨他的老寵物鼠斑斑這不好那不好的，但是當他以為斑斑被妙麗的貓歪腿吃掉時，卻難過得不得了。

「歪腿呢？」哈利問妙麗。

「大概是在花園裡玩吧，」她說，「他好喜歡去追那些地精唷，他以前從來沒看過呢。」

「那派西還喜歡他的工作吧？」哈利問道，他坐到其中一張床上，望著查德利砲彈隊在天花板上的海報中快速地飛進飛出。

「喜歡？」榮恩陰沉地說，「要不是我爸逼他的話，我看他根本就不會回家。他簡直就入迷了，千萬別在他面前提到他的老闆，**根據柯羅奇先生的看法……就像柯羅奇先生所說的……柯**

羅奇先生認為……柯羅奇先生跟我說……我看他們現在隨時都會宣布說他們訂婚囉。」

「你這個暑假過得還好吧，哈利？」妙麗說，「你有收到我們寄去的食物和其他東西嗎？」

「有啊，多謝了，」哈利說，「那些蛋糕救了我一命呢。」

「那你有沒有聽說——」榮恩才剛開口，妙麗就朝他使了個眼色，於是他立刻閉上嘴巴。哈利知道榮恩是想問他有沒有天狼星的消息，榮恩和妙麗在營救天狼星逃離魔法部追捕時出了很大的力，因此他們對哈利的教父幾乎就跟哈利自己一樣關心。但這個話題並不適合在金妮面前討論，除了他們三人和鄧不利多教授之外，沒有任何人知道天狼星是用什麼方法逃走，也無人相信他其實是無辜的。

「我想他們應該已經吵完了，」妙麗為了掩飾這尷尬的一刻而立刻轉換話題，因為金妮正在用好奇的目光輪流打量榮恩和哈利，「我們下樓去幫忙你媽準備晚餐好嗎？」

「好呀，」榮恩說。他們四人離開榮恩的房間，回到樓下，看到衛斯理太太獨自坐在廚房，看起來一臉的怒氣。

「晚餐在花園裡吃，」她在他們走進廚房後說，「這裡坐不下十一個人。請妳們把餐盤端到外面好嗎，女孩們？比爾和查理正在架餐桌，然後請你們兩位負責拿刀叉。」她對榮恩和哈利說，順手用魔杖指向水槽裡的馬鈴薯，但力道稍稍比她原先預期的猛了些，馬鈴薯立刻飛快地脫皮迸出，在牆壁和天花板之間彈來蹦去。

「喔，看在**老天爺**的份上，」她厲聲罵道，又用魔杖指向一個畚箕，畚箕馬上跳出來，開始在地板上滑來滑去，舀起地上的馬鈴薯，「這兩個傢伙！」她突然大發雷霆，從碗櫥裡取出一大堆鍋碗瓢盤，哈利想也知道她指的是弗雷和喬治，「我不曉得他們兩個到底是怎麼了，我真的搞不懂，完全沒有一點野心，除非你把到處惹麻煩算在內……」

她把一個大銅燉鍋重重摔到廚房餐桌上，開始把魔杖伸到裡面沿著鍋緣繞圈子。在她攪拌的時候，魔杖頂端不斷湧出一股濃稠的白醬汁。

「他們也不是腦袋不夠靈光，」她繼續暴躁地數落，同時將燉鍋放到爐子上，用魔杖輕戳一下點燃爐火，「但他們卻只會浪費自己的聰明才智。他們要是再不趕快振作起來，鐵定會捅出天大的紕漏。霍格華茲為了他們派貓頭鷹來的次數，比其他所有孩子加起來的總和還要多，要是他們再繼續這樣下去的話，總有一天會被魔法不當使用局叫去問話。」

衛斯理太太用魔杖狠狠戳向擺放金屬刀叉的抽屜，抽屜立即彈開。哈利和榮恩嚇得連忙跳到旁邊，有好幾把刀從裡面飛了出來，掠過廚房落下，開始切那些剛被畚箕倒回水槽裡面的馬鈴薯。

「我真想不通，我們教育他們的方式到底出了什麼毛病，」衛斯理太太說著，放下魔杖，開始取出更多的燉鍋，「這種情形已經持續好多年了，麻煩總是一件接著一件來，而且他們從來就不肯聽——**喔，別又來了！**」

她剛把魔杖從餐桌上拿起來，但這根魔杖卻發出一陣響亮的吱吱怪叫，變成了一隻大橡膠老鼠。

「又一根他們製造的假魔杖？」她叫道，「我不是跟他們說過很多次，叫他們不要把這些東西到處亂放嗎？」

她抓起真正的魔杖，轉過身來，發現爐子上的醬汁已經開始冒煙。

「走吧，」榮恩連忙告訴哈利，並從敞開的抽屜裡抓起一把金屬刀叉，「我們去幫比爾和查理的忙。」

他們拋下衛斯理太太，從後門出去，走進庭院。

他們才走了幾步，妙麗那頭四腿彎曲的薑黃貓兒歪腿，就高舉著牠那瓶刷似的尾巴，飛快地從花園衝出來，追趕一個看起來活像是長了腿並沾滿泥巴的馬鈴薯怪物。哈利一眼就認出那是一隻地精，這個才只有十吋高的生物用牠粗硬的雙腳，劈哩啪啦地快速奔過庭院，一頭栽進一隻散落在門前的橡膠長靴裡面。歪腿把一隻爪子探進靴子裡想要抓牠，而哈利可以聽到地精在裡面興奮地吃吃竊笑。就在此時，從屋子另一邊傳來一陣響亮的撞擊聲。他們一踏進花園，就立刻看出這場騷動的禍源。比爾和查理兩人都已掏出魔杖，正忙著指揮兩張破爛舊餐桌飛到草坪上空互相撞擊作戰，努力想要把對方的餐桌打下來。弗雷和喬治在一旁歡呼加油，金妮哈哈大笑，而妙麗則在籬笆邊徘徊，顯然是覺得既好玩又擔心，正在那裡天人交戰左右為難呢。

比爾的餐桌突襲成功，在一聲驚天動地的巨響之後，把查理的餐桌敲斷了一條腿。他們上方響起一陣喀噠聲，大家全都抬起頭來，看到派西的頭從二樓窗口探了出來。

「你們小聲點好不好？」他怒吼道。

「對不起呀，派西，」比爾咧嘴笑道，「你的大釜底部報告進行得怎麼樣啦？」

「糟透了。」派西氣呼呼地說，接著就重重把窗戶關上。比爾和查理咯咯輕笑，用魔杖指揮餐桌，讓它們安全降落在草地上，頭尾相連地整齊排好，然後比爾輕輕彈了一下魔杖，把餐桌腿重新接上，再平空變出了兩張桌布。

到了七點，這兩張餐桌已被衛斯理太太一盤又一盤的美味佳肴壓得嘎嘎作響，而衛斯理一家九口，以及哈利和妙麗兩人，已在餐桌邊安頓下來，坐在晴朗的深藍色夜空下用餐。這對整個暑假只靠日漸腐壞的蛋糕維生的人來說，簡直就像是到了天堂。哈利在剛開始用餐時很少加入談話，只是忙著埋頭大嚼雞肉火腿派、煮馬鈴薯還有沙拉。

派西坐在餐桌尾端，正在口沫橫飛地跟他父親談論他的大釜底部厚度報告。

「我告訴柯羅奇先生，我會在星期二把報告準備好，」派西自負地表示，「這比他原先預期的時間早一些，但我這個人做事情向來就要把它做到最好。我想他會很感激我能提早完成，我的意思是，目前我們部裡正為了籌備世界盃球賽而忙得人仰馬翻，而我們沒辦法從魔法遊戲與運動部門那裡得到任何必要的協助。魯多．貝漫——」

「我很喜歡魯多，」衛斯理先生溫和地說，「我們全都是靠他才能拿到這麼好的世界盃球票。他過去欠了我一份人情，他的兄弟奧圖遇到了一點小麻煩——他有一台擁有非自然力量的割草機——我替他把事情給擺平了。」

「喔，貝漫當然是很**討人喜歡**啦，」派西輕蔑地說，「但我只要拿他來跟柯羅奇先生一比……我死都想不通，他憑什麼能當上魔法遊戲與運動部門主管！要是柯羅奇先生發現我們部裡有員工無故失蹤，他一定會想辦法去查個水落石出。你知道柏莎．喬金現在已經失蹤整整一個月了嗎？你知道她跑去阿爾巴尼亞度假，結果就再也沒回來了嗎？」

「這我聽說了，我也跟魯多問起這件事，」衛斯理皺著眉頭說，「他說柏莎以前就失蹤過很多次——但我必須說，要是我自己部門裡發生這樣的事，我一定會很擔心……」

「喔，柏莎那個人簡直就是**差勁透頂**，」派西說，「我聽說，她這幾年來都是被各部門踢來踢去，大家都覺得她成事不足，敗事有餘……話雖然是這麼說，不管怎麼樣，貝漫也得想辦法去找她呀。柯羅奇先生個人很關切這件事——你也知道，她以前在我們部裡待過一陣子，我想柯羅奇先生相當喜歡她——但貝漫卻只是一直打哈哈，說她大概是看錯地圖，結果沒去成阿爾巴尼亞，反倒跑到澳洲去了。但話說回來，」派西煞有介事地嘆了口氣，仰頭灌下一大口接骨木花酒，「現在國際魔法交流合作部門的事情已經忙不過來了，實在也沒空去替其他部門尋找失蹤員工。你也曉得，在世界盃球賽結束以後，我們還得繼續籌劃另一件大事咧。」

他意味深長地清清喉嚨，目光朝坐在餐桌另一端的哈利、榮恩和妙麗瞄了一眼，「**你**該知道我說的是什麼吧，父親，」他微微提高嗓門，「就是那個最高機密嘛。」

榮恩骨碌碌轉動眼珠，低聲告訴哈利及妙麗，「他一進魔法部上班，就一直故意引我們去問他那到底是什麼大事，我看大概是一場厚底大釜的展覽會吧。」

坐在餐桌中央的衛斯理太太和比爾，正在為比爾的耳環爭論不休，這好像是他最近才開始佩戴的裝飾。

「……上面還掛了個恐怖兮兮的大牙，真是的，比爾，銀行裡的人難道沒說話嗎？」

「媽，只要我能替他們帶來足夠的財源，銀行裡的人才懶得管我怎麼打扮呢。」比爾耐心地說。

「還有你的頭髮也長得太難看了，親愛的，」衛斯理太太溫柔地撫摸她的魔杖說道，「讓我來替你修剪一下吧……」

「我覺得很好看啊，」坐在比爾身邊的金妮說，「妳實在是太老古板了，媽。而且他的頭髮再怎麼長，也長不過鄧不利多教授啊……」

弗雷、喬治和查理坐在衛斯理太太旁邊，興致勃勃地討論世界盃球賽。

「冠軍一定是愛爾蘭隊，」塞了滿嘴馬鈴薯的查理口齒不清地說，「他們在準決賽時把秘魯隊打得潰不成軍。」

「可是保加利亞隊有維克多．喀浪欸。」弗雷說。

「他們就只有喀浪一個好球員，但愛爾蘭隊卻有七個，」查理不耐煩地說，「我真希望英格蘭隊能打進決賽，上次那場比賽真是糗斃了。」

「發生了什麼事？」哈利急切地問道，此刻他對自己獨自被困在水蠟樹街，跟魔法世界完全隔離的處境，感到比先前更加地懊惱。哈利非常熱愛魁地奇，從進霍格華茲的第一年開始，他就一直擔任葛來分多魁地奇球隊的搜捕手，而且還擁有一根世界上最棒的比賽用飛天掃帚火閃電。

「被外西凡尼亞隊打得落花流水，比數是三百九十比十，」查理悶悶不樂地說，「表現真是糟到無以復加。而威爾士隊輸給了烏干達隊，蘇格蘭隊又被盧森堡隊痛宰了一頓。」

衛斯理先生在大家開始享用甜點（自製草莓冰淇淋）前，用魔法變出了幾根蠟燭，照亮了逐漸轉暗的庭院。當大家都用完餐之後，飛蛾開始在餐桌上方振翅飛舞，溫暖的空氣中瀰漫著青草與忍冬花的香味。哈利吃得心滿意足，望著幾隻地精咯咯大笑地飛快竄過玫瑰花叢，而歪腿在後面緊追不捨，心中不禁感到世界一片安詳美好。

榮恩抬起頭來，謹慎地朝餐桌邊瞄了一圈，看看他的家人是不是都在忙著說話，然後才非常小聲地詢問哈利：「那麼——你最近到底**有沒有**收到天狼星的消息？」

妙麗環顧四周，仔細地傾聽。

「有啊，」哈利輕聲說，「收到過兩封信，看起來過得還不錯。我前天寫了封信給他，他說不定會在我住在這裡的時候回信給我呢。」

他突然記起寫信給天狼星的原因，在那一剎那，他差點就衝口而出告訴榮恩和妙麗，他的疤又發疼了，而且還做了一個把他嚇醒過來的惡夢……但他實在不想在這一刻，在他自己感到如此快樂安詳的時候讓他們擔心。

「看看現在幾點啦，」衛斯理太太突然看著錶說，「你們應該上床睡覺了，大家全都一樣，你們明天一大早就得爬起來去看世界盃球賽。哈利，你可以把學校的用品單交給我，我明天會到斜角巷幫你把東西買齊，我要到那裡去幫大家把東西全都買好。我看等到世界盃球賽結束以後，你們根本就沒時間買東西，上次比賽打了整整五天才結束呢。」

「哇——希望這次也一樣！」哈利狂熱地表示。

「嗯，我可不希望這樣，」派西擺出一副正氣凜然的架式說，「我**死都不敢**去想，要是我連續五天沒去工作的話，我的收文架會滿成什麼樣子咧。」

「是呀，說不定又會有人偷偷在裡面放龍屎了，對吧，派西？」弗雷說。

「那是從挪威寄來的肥料樣品！」派西的臉脹得通紅，「又不是針對我，那跟**我個人**沒有任何關係！」

「有關係唷，」弗雷在大家起身離開餐桌時低聲告訴哈利，「因為是我們寄給他的。」

6

港口鑰

哈利覺得自己好像才剛在榮恩房裡躺下來，就立刻被衛斯理太太搖醒。

「該出發了，哈利，親愛的。」她輕聲說，接著再走過去叫醒榮恩。

哈利摸索著找眼鏡，戴上眼鏡，然後坐了起來。戶外依然一片漆黑，榮恩被他母親搖醒，發出一陣模糊的咕噥聲。哈利低頭望著他的床腳邊，看到兩個蓬頭垢面的巨大人影，從一團亂七八糟的棉被堆裡鑽了出來。

「時間到了嗎？」弗雷有氣無力地問。

他們默默穿上衣服，睏得完全不想講話，接著這四個人就一面打呵欠伸懶腰，一面下樓走到廚房。

衛斯理太太正忙著攪拌爐上大鍋裡的食物，衛斯理先生則坐在餐桌旁，檢查一綑超大的羊皮紙球票。男孩們一踏進廚房，他就抬起頭來，展開雙臂，讓大家看清楚他身上穿的衣服。他穿了一件看起來像是高爾夫球衫的上衣，再加上一條又破又舊的牛仔褲，褲子的尺寸對他來說稍稍大了一些，因此他得用一條寬皮帶將它束緊。

「你們覺得怎麼樣啊？」他擔心地問，「我們去的時候，最好是喬裝打扮一下——我看起來還像個麻瓜吧，哈利？」

「像，」哈利微笑著說，「像得不得了呢。」

「怎麼沒看到比爾、查理還有派——派——派西呢？」喬治問道，忍不住打了個大呵欠。

「嗯，他們不是要用現影術去嗎？」衛斯理太太邊說邊將大鍋搬到餐桌上，開始將麥片粥舀到大家碗裡，「所以他們可以睡晚一點。」

哈利知道現影術是一種非常困難的魔法，施行的人會先從一個地方消失，並在瞬間出現在另一個地方。

「所以他們還在睡囉？」弗雷脾氣暴躁地問，順手把一碗麥片粥拉到面前，「那我們為什麼不能也用現影術去？」

「因為你們年紀不夠大，而且也沒有通過測驗。」衛斯理太太怒喝道，「那兩個女孩怎麼還在那摸東摸西的呀？」

她匆匆走出廚房，接著他們就聽到她爬上樓梯的聲音。

「要用現影術還得先通過考試啊？」哈利問道。

「喔，是啊，」衛斯理先生說，將球票塞進牛仔褲後面口袋放好，「前幾天才有兩個人因為無照施行現影術，被魔法運輸部門罰款呢。現影術不太好學，要是施行不當的話，很可能會導致嚴重的後果。我剛才提到的那兩個人，結果把自己給活活分肢了。」

除了哈利之外，桌邊所有人聽了都縮了一下。

「呃——**分肢**？」哈利說。

「他們把自己的一半身體留在原地，」衛斯理先生說，添了一大匙糖蜜在他的麥片粥裡，「所以呢，他們自然被困住了，進也進不得，退也退不了。最後只好等魔法意外矯正組趕過來，才把事情給擺平。我可以告訴你，這不是件簡單的事，有麻瓜注意到他們留在原地的破碎肢體……」

哈利腦海中忽然浮現出一幅水蠟樹街人行道上，躺了兩條腿和一顆眼珠子的恐怖畫面。

「他們沒事吧？」他驚駭地問道。

「喔，沒事啦，」衛斯理先生輕描淡寫地答道，「卻被罰了一大筆錢，我看他們短時間內是不敢再犯了。現影術是不能隨便亂碰的，有很多成年巫師都懶得去學它。他們寧願騎飛天掃帚──速度是慢些，但卻安全得多。」

「但比爾、查理和派西三個人都會對不對？」

「查理考了兩次才通過，」弗雷咧嘴笑道，「他第一次沒成功，不但現影的地點在原先目的地的南邊五哩遠，而且還一屁股坐到某個正在買東西的可憐老太太頭上，記得吧？」

「是這樣沒錯，但他第二次就通過啦。」在一片開心的嬉笑聲中，衛斯理太太大步踏進廚房。

「派西兩個禮拜前才通過考試，」喬治說，「從那時候開始，他每天早上都會在樓下現影來現影去的，故意想讓大家看看他有多棒。」

走廊上響起一陣腳步聲，接著妙麗和金妮就走進廚房，兩人都一副臉色蒼白、睡眼迷濛的樣子。

「我們幹嘛要這麼早起呀？」金妮揉著眼睛說，在餐桌邊安坐下來。

「我們得走一段路。」衛斯理先生說。

「走路？」哈利說，「什麼，我們要走路去看世界盃球賽嗎？」

「不，不是，那遠得很咧。」衛斯理先生微笑著說，「我們只需要走一小段路。若是有一大群巫師聚在一起，難保不會引起麻瓜的注意。所以我們出外旅行時必須特別謹慎，好好選一個最恰當的時間，而且碰到像魁地奇世界盃這種難得一見的盛會——」

「喬治！」衛斯理太太突然大聲怒吼，把大家嚇得全都跳了起來。

「幹嘛？」喬治用一種故作無辜的語氣問道，但沒人會上他的當。

「你口袋裡放了什麼東西？」

「沒有啊！」

「不准跟我撒謊！」

衛斯理太太用魔杖指著喬治的口袋念道：「速速前！」

幾顆色彩鮮豔的小東西從喬治口袋裡飛出來，他趕緊伸手一抓，卻一顆也沒抓著，它們全都迅速飛入衛斯理太太伸出的手掌心。

「我們早就叫你把它們銷毀！」衛斯理太太抓起那堆無疑是吹舌太妃糖的東西，狂怒地斥道，「早就叫你把這些東西全都扔掉！把口袋裡的東西全都給我掏出來，快點，兩個人都一樣！」

這真是個難堪的景象。雙胞胎兄弟之前一定是想盡量多偷帶一些太妃糖出門，衛斯理太太完全是靠召喚咒，才有辦法把它們全都搜出來。

「速速前！速速前！速速前！」她叫道，許多太妃糖立刻從喬治的夾克襯裡啦、弗雷的牛仔褲折邊啦和各種意想不到的地方飛了出來。

「這可是我們花了六個月的時間，才好不容易研發出來的欸！」弗雷在母親將太妃糖扔掉時對她喊道。

「喔，這樣消磨掉六個月還真是值得呢！」她尖叫，「難怪你們普等巫測考得那麼差！」

所以呢，他們出門時，家裡的氣氛並不是很好。衛斯理太太跟衛斯理先生吻別時還是滿臉怒容，但雙胞胎卻比她更氣，他們一人扛起一個帆布背包，連句話也沒跟她說就走出家門。

「好吧，你們好好玩吧，」衛斯理太太說，「**你們兩個最好給我檢點一些**。」她朝著雙胞胎遠去的背影喊道，但他們倆既沒有回頭，也不曾開口答話，「中午的時候，我會叫比爾、查理和派西過去跟你們會合。」衛斯理太太在衛斯理先生踏出家門時說。接著衛斯理先生就和哈利、榮恩、妙麗和金妮一同出發，跟在弗雷和喬治背後，穿越漆黑的庭院。

屋外寒氣逼人，月亮依舊高掛天空。只有右方地平線盡頭一抹朦朧的輕綠，顯示出黎明即將到來。哈利剛才一直在想像成千上萬巫師同時趕去看魁地奇世界盃的盛況，他此時快步趕到衛斯理先生身邊。

「那大家**究竟**要用什麼方法趕過去，才不會引起麻瓜的注意？」他問道。

「這在規劃方面的確是個大難題，」衛斯理先生嘆了一口氣，「問題在於，會去看世界盃球賽的巫師，大約有十萬名，我們當然找不到大得足以容納這麼多人的魔法地點。我們是有幾個麻瓜無法進入的地方，但你想想看，我們怎麼可能有辦法把十萬人塞進斜角巷，或是九又四分之三月台呢？所以我們必須先找一個人煙罕至的荒野，再儘可能設置最多的防麻瓜保護措施，整個魔法部為這件事忙了好幾個月呢。首先呢，我們自然是得錯開大家到達的時間。持便宜票券的人，必須在開賽前兩個禮拜抵達現場。有少數人會使用麻瓜的交通工具，但我們可沒辦法在他們的公車和火車裡面塞進太多人──別忘了，全世界的巫師全都會湧到這裡來。當然啦，有些人可以施展現影術，但我們還是得替他們準備一些遠離麻瓜的安全地點讓他們現身，我想他們是利用附近的樹林做現影術到達站。至於那些不想或是不會使用現影術的人，我們就會使用港口鑰。這是一種可以在某個預定時間，將巫師從一個地點轉送到另一個地方的東西。如果有需要的話，它也可以同時運送一大群巫師。英國境內總共設立了兩百個港口鑰，分別放置在各個不同的重要地點，而離我們最近的一個港口鑰是在鼬頭丘山頂上，所以我們現在就要趕去那裡。」

衛斯理先生伸手指向前方，在奧特瑞聖凱奇波村莊外，矗立著一座巨大的黑影。

「港口鑰長什麼樣子？」哈利好奇地問道。

「什麼樣都有，」衛斯理先生說，「當然都是些不起眼的物品，這樣麻瓜才不會把它們撿起來玩……全是些他們會以為是垃圾的玩意兒……」

他們沿著通往村莊的黑暗陰溼小徑往前走去，四周一片寂靜，只聽得見自己的腳步聲。他們穿越村莊時，天色已在不知不覺中漸漸轉亮，從如墨的漆黑，稀釋成深沉的靛藍。哈利的雙手與雙腳都凍得發僵，衛斯理先生不停低頭看錶。

他們開始爬上鼬頭丘時，大家全都喘得沒力氣說話，還不時被隱匿的兔子洞絆上一跤，或是踩到厚厚的腐爛草堆而滑倒在地。哈利每吸一口氣，就感到胸口一陣刺痛，當他好不容易終於

怒色，西追顯得有點窘。

「哈利從掃帚上掉了下來，爸。」他喃喃地說，「我告訴過你……那是個意外……」

「沒錯，但**你**就沒有掉下來呀，是不是？」阿默親暱地吼道，伸手往兒子背上拍了一下，「我們家小追老是這麼謙虛，這麼有紳士風度……但總要有實力才能獲勝呀，我想這點連哈利也會同意的，你說是不是，嗄？一個從掃帚上掉下來，一個穩穩坐在上面，連白痴都可以看出，到底誰才是真正的飛行高手！」

「時間快到了，」衛斯理先生連忙說，又掏出他的懷錶，「這裡還會不會有人過來，阿默？」

「沒啦，羅古德家早在一個禮拜前就去了，而法賽特家根本沒弄到球票，」迪哥里先生說，「除了他們之外，這附近應該就沒有我們的人了吧，有嗎？」

「據我所知是沒有，」衛斯理先生說，「好，只剩下一分鐘了……我們最好先準備好……」

他回頭望著哈利和妙麗說：「你們只要伸手去碰港口鑰，就這麼簡單，用一根手指頭就行了──」

他們九個人都扛著笨重的大背包，所以大家花了一番功夫，才在拿著舊靴子的阿默．迪哥里四周圍成一圈站好。

他們緊緊圍成一圈站在那裡，一陣冷冽的微風掠過峰頂，沒有人開口說話。哈利忽然想到，要是現在有麻瓜爬上山的話，不知他們現在的模樣看起來會有多麼詭異……九個人，包括兩名成年男子，站在陰暗的山頂，緊抓著一隻髒兮兮的舊靴子靜靜等待……

「三……」衛斯理先生騰出一隻眼睛盯著錶低聲念道，「二……一……」

事情在瞬間發生，哈利感到他肚臍上彷彿有個鉤子，突然以無法抗拒的強大力量將他拉向前方。他的雙腳飛離了地面，他可以感覺到榮恩和妙麗把他夾在中間，他和他們的肩膀不停地砰砰互相撞擊，他們全都在呼嘯的狂風與旋轉的色彩中高速往前疾飛。他的食指跟靴子黏得非常緊，感覺就像是被靴子的磁力吸向前方似的，然後——

他的雙腳重重落到地面，榮恩跌跌撞撞地撲過來，把他撞得摔倒在地。港口鑰落到他頭邊的地上，發出一聲驚天動地的巨響。

哈利抬起頭來，只有衛斯理先生、迪哥里先生和西追三人仍站著沒倒，但他們看起來被狂風吹得狼狽不堪，其他人全都躺在地上。

「五點七分自鼬頭丘抵達此地。」一個嗓音說。

7 貝漫與柯羅奇

哈利推開榮恩站了起來。他們到達的地方，看起來像是一片杳無人煙的霧濛濛荒野。他們面前站了兩個看起來非常疲累，滿臉不高興的巫師，其中一人手裡握著一個大金錶，另一人拿著一捲厚厚的羊皮紙卷和一枝羽毛筆。他們兩人都穿著麻瓜的服裝，但卻搭配得古怪至極。拿錶的巫師穿著斜紋軟呢套裝，再加上一雙高到大腿的橡膠套鞋；他的同事則是穿蘇格蘭短裙，再配上一件南美大斗篷。

「早，巴西爾。」衛斯理先生說，撿起地上的靴子，交給穿著蘇格蘭短裙的巫師，讓他把靴子扔進旁邊一個大盒子裡，一看就知道這是專門用來裝使用過的港口鑰的。哈利可以看到盒子裡有一份舊報紙、一個空飲料罐和一顆破掉的足球。

「哈囉，亞瑟，」巴西爾疲倦地說，「你不用值班是吧？有些人就是這麼好命……我們已經在這裡站了一整夜了……你最好先讓開，五點十五分會有一大群巫師從黑森林抵達。等一下，我先替你找好營區。衛斯理……衛斯理……」他查閱他的羊皮紙名單，「往那個方向走大約四分之一哩，看到的第一個營區就是了。營區經理叫做羅伯先生。迪哥里……第二營區……到了以後找一位派恩先生。」

「謝啦，巴西爾。」衛斯理先生說，示意大家跟著他往前走。

他們往前出發，越過蒼涼的荒野，在霧中無法看清周遭的景象。在大約走了二十分鐘之後，他們眼前漸漸浮現出一棟位於營區大門邊的小石屋。哈利只能隱約辨識出，石屋後是一片廣闊的營地，一路綿延至地平線盡頭的漆黑樹林，而在營地平緩的斜坡上，矗立著成千上百個如鬼影般的帳篷。他們跟迪哥里父子道別，走向石屋大門。

一名男子站在石屋門前，眺望遠方的帳篷。哈利一眼就看出，這人是方圓數畝內唯一真正的麻瓜。他一聽到腳步聲，就轉過頭來望著他們。

「早！」衛斯理先生愉快地說。

「早。」麻瓜答道。

「請問你是羅伯先生嗎？」

「是，我就是，」羅伯先生說，「你貴姓？」

「衛斯理——兩天前我預訂了兩個帳篷。」

「是，」羅伯先生說，察看釘在門上的名單，「你的營地是在樹林那邊，只住一晚嗎？」

「是的。」衛斯理先生說。

「可以請你現在就付費嗎？」羅伯先生說。

「啊——是——當然可以——」衛斯理先生答道。他慌忙退到距離石屋稍遠的地方，示意哈利走過來，「快幫幫我呀，哈利，」他低聲說，從口袋中掏出一捲麻瓜錢，一張一張地攤開來檢查，「這張是——是——十塊錢嗎？啊，沒錯，我看到上面印的小字了，那這張是五塊嗎？」

「是二十塊。」哈利小聲糾正，不安地察覺到羅伯先生正豎起耳朵，想聽清楚他們在說些什麼。

「啊，好，這就對了，我真搞不清這些小紙頭。」

「你是外國人吧？」羅伯先生在衛斯理拿著正確的鈔票走回來時問道。

「外國人？」衛斯理先生被問得一頭霧水。

「你並不是第一個弄錯錢的人，」羅伯先生仔細打量衛斯理先生，「十分鐘前，還有兩個人硬要付給我跟輪胎一樣大的金幣咧。」

「真的嗎？」衛斯理先生緊張地說。

羅伯先生把手伸進罐子裡，抓了些零錢。

「這裡從來沒這麼擠過，」他突然開口說，再度抬頭眺望霧濛濛的營區，「事先訂位的就有好幾百人。通常大家都是隨到隨住。」

「是嗎？」衛斯理先生說，他伸手想要接過零錢，但羅伯先生就是不給他。

「是啊，」他若有所思地表示，「這些人來自世界各地，有一大堆外國人。而且不只是外國人，還出現了好多的怪胎，懂了吧？有個傢伙還穿著蘇格蘭短裙和南美大斗篷到處走來走去咧。」

「這樣穿不行嗎？」衛斯理先生不安地問道。

「這看起來根本就像是……我不曉得，就像是在進行什麼集會，」羅伯先生說，「他們好像都互相認識，就像是在開一場大型派對。」

就在那一刻，羅伯先生的大門前，突然平空冒出了一個穿著燈籠馬褲的巫師。

「空空，遺忘！」他用魔杖指著羅伯先生沉聲喝道。

羅伯先生在剎那間變得目光渙散、眉心舒展，露出一臉如做夢般的漠然表情。哈利知道這是記憶被修正的人所出現的典型徵兆。

「這是你的營區地圖，」羅伯先生安詳地告訴衛斯理先生，「還有找給你的零錢。」

「多謝了。」衛斯理先生說。

那名穿著燈籠馬褲的巫師陪他們一起走向營區大門。他看起來非常疲憊，下巴冒出青青的鬍髭，眼下有著深紫色的黑影。他們一走出羅伯先生聽力所及的範圍，他就低聲告訴衛斯理先生：「他給我們添了一大堆麻煩。一天至少要對他施展十次記憶咒，才能讓他保持心情愉快。而魯多．貝漫連一點忙都不幫，成天跑來跑去，大剌剌地扯起嗓門談論搏格和快浮，完全不把麻瓜防護措施放在心上。天哪，我真希望這一切快點結束。待會見啦，亞瑟。」

他施展消影術離去。

「貝漫先生不是魔法遊戲與運動部門的主管嗎？」金妮驚訝地問道，「他應該曉得，不能在麻瓜附近提到搏格呀，對不對？」

「他是應該曉得，」衛斯理先生帶領大家走進營區大門，帶著微笑回答，「但魯多對防護措施的態度，向來就有點……嗯……有點**散漫**。但你再也找不到像他這麼熱心的運動部門主管了，你們該知道，他自己以前就是英格蘭魁地奇代表隊球員，而且他還是溫伯黃蜂隊有史以來最出色的打擊手呢！」

他們沿著兩排長長的營帳中的通道往前出發，越過霧濛濛的營地。大部分的帳篷看起來幾乎可說是相當正常，但卻自作聰明地加了些煙囪啦、拉鈴啦，或是風標之類的東西，反倒露出了馬腳。不過呢，到處都可以看到一、兩座顯然只有魔法才能變幻出的獨特帳篷，讓哈利不禁暗暗嘆道，難怪羅伯先生會起疑心。他們走到營區中央時，看到前方矗立著一個絲綢製成的奢華帳篷，看起來活像是一座小型宮殿，前面還拴了幾隻活生生的孔雀。再往前走了一小段路，他們又經過一個足足有三層樓高，並點綴著幾座角塔的帳篷。而在後面不遠處，又出現一個附了前院的帳篷，裡面有噴泉、日晷儀和鳥浴盤，應有盡有、樣樣俱全。

「總是這樣，」衛斯理先生微笑著說，「我們這些人只要聚到一起，就忍不住想要開始互相炫耀。啊，我們到了，你們看，這裡就是我們的營地。」

他們已到達營區最高處的森林邊緣，這裡有一個空出的場地，地上插著一面寫著「衛子里」的小牌。

「這個地點實在是太棒了！」衛斯理先生高興地說，「球場就在樹林的另一邊，真是近得不能再近了。」他卸下肩上的背包，「好，」他興奮地說，「照理說，我們有這麼多人一起踏進麻瓜的領土，自然是不能使用魔法囉。所以我們要自己動手搭帳篷！應該不至於太困難，麻瓜還不都是自己搭的，哈利，你覺得我們該怎麼做呀？」

哈利這輩子從來沒露營過，德思禮夫婦從不會帶他一起去度假，總是把他扔給一個老鄰居費太太照顧。哈利和妙麗兩人同心協力，漸漸研究出大部分棍樁的用法，而衛斯理先生一碰到木槌這種新鮮的工具，就忍不住興奮過度，樂得忘形了，所以他其實只會幫倒忙。最後，他們好不容易成功搭好了兩座兩人用的破爛帳篷。

大家全都退後一步，欣賞自己辛苦完成的傑作。哈利心想，不論是誰看到這兩座帳篷，都絕對猜不出它們的主人竟然是巫師，但問題是，等比爾、查理和派西到達之後，他們總共就會有十個人。妙麗好像也注意到這個問題，她露出不解的神情望著哈利，衛斯理先生也在此時趴下來，爬進了第一座帳篷。

「地方不是很寬敞，」他喊道，「但我想應該是擠得下。進來參觀一下吧。」

哈利彎下身來，從帳篷縫隙鑽進去，他立刻驚訝地張大了嘴。他踏進的地方，看起來就像是一間附有廚房浴室的老式三房公寓。最奇怪的是，裡面的家具風格竟然跟費太太家一模一樣，不成套的座椅上套著針織椅套，而且還有著一股濃濃的貓臊味。

「好吧，大家暫時將就一下，」衛斯理先生說，用手帕揩揩他的禿頭部位，凝神打量臥室裡的四張雙層床，「這是我向部裡的同事薄京借來的。他現在很少露營了，可憐的傢伙，犯了腰痛玩不動啦。」

他抓起一個滿是灰塵的水壺，朝壺裡瞥了一眼，「我們需要用水……」

「麻瓜給我們的地圖上，有標出一個水龍頭的位置，」榮恩說，他已跟著哈利爬進帳篷，但他對於室內不符合比例的驚人空間，卻好像是早就見怪不怪，完全無動於衷，「是在營區的另一邊。」

「好，那麼就請你和哈利、妙麗一起去替我們取點水過來吧——」衛斯理先生把水壺遞給他，另外再找了兩個燉鍋，「——我們其他人去撿木頭來生火。」

「我們有烤箱呀，」榮恩說，「我們何必要——？」

「榮恩，千萬別忘了麻瓜防護措施！」衛斯理先生滿臉閃耀著期盼的光輝，「真正的麻瓜去露營的時候，全都是在戶外生火煮食。這可是我親眼看到的！」

他們先到女孩的帳篷裡匆匆看了一下，這裡比男生的地方稍稍小一些，但卻沒有貓臊味。然後哈利、榮恩和妙麗三人，就帶著水壺和燉鍋開始穿越營地。

此時太陽剛剛升起，霧氣也漸漸消散，因此他們可以看清楚眼前那片往四面八方延伸，壯觀的帳篷海。他們慢慢從帳篷間的空隙擠過去，一路上興致勃勃地東張西望。哈利直到現在才明白，原來世上的巫師人口竟然如此龐大；事實上，他以前根本不曉得別的國家也有巫師。

營地裡的其他夥伴已開始陸續清醒過來。最先起床的是那些帶著小小孩的家庭，哈利過去從沒見過年紀這麼小的巫師和女巫。一個最多只有兩歲大的小男孩，蹲在一座金字塔型的大帳篷外面，開心地拿魔杖輕戳一隻躲在草叢裡的蛞蝓，這隻倒楣的蛞蝓，快要漲得跟香腸一樣大了。當他們走到小男孩身邊時，他的母親正好從帳篷裡衝出來。

「你要我告訴你**多少次**，凱文？**不准——碰——爸爸的——魔杖**——噁！」

她不小心踩到那隻大蛞蝓，而牠馬上就爆炸了。在一片沉寂中，他們聽到身後傳來她的怒罵聲，其中還參雜著小男孩的喊叫聲——「妳弄壞了我的蟲蟲！妳弄壞了我的蟲蟲！」

再往前走一小段路，他們又看到兩個沒比凱文大多少的小女巫，在騎兩根玩具飛天掃帚玩耍。她們的掃帚顯然飛不高，只能讓她們的腳趾剛好掠過露溼的草地。一名魔法部的巫師注意到她們，連忙急匆匆地從哈利、榮恩和妙麗身邊趕過去，心煩意亂地叨叨數落著：「現在可是大白天欸！我看她們的父母親八成還在床上睡懶覺——」

不時地可以看見成年的巫師和女巫從帳篷中走出來，開始煮早餐。有些人先鬼鬼祟祟地往周遭瞄了一眼，接著就用魔杖憑空變出一堆火來；其他人則帶著懷疑的表情擦火柴，似乎心裡早就認定這絕對不會成功。三名穿著白長袍的非洲巫師坐在地上，一本正經地討論某個嚴肅的話題，就著一堆豔紫色的營火，烤著一種看起來像是兔子的東西；另外有一群中年美國女巫，在兩座營帳中間，拉起一條綴滿亮片、上面寫著「賽倫女巫協會」的旗幟，坐在下面嘻嘻哈哈地閒聊。哈利在經過的營帳中，聽到裡面有人在用奇怪的語言交談，雖然他連一個字都聽不懂，不過可以聽得出來每個人的語氣都非常地興奮。

「呃——難道我眼睛出了毛病嗎？這裡的東西怎麼全都變成綠色的啦？」榮恩說。

榮恩的眼睛並沒有出毛病。他們現在踏入的營區，裡面所有的帳篷上全都覆蓋著厚厚的酢漿草，看起來活像是從地上冒出了一大堆奇形怪狀的綠色小山丘。透過敞開的帳篷縫隙，他們看到了一張張開心的笑臉，然後聽到背後有人在叫他們的名字。

「哈利！榮恩！妙麗！」

是葛來分多四年級的同學西莫・斐尼干。他坐在他們家那座長滿酢漿草的帳篷前面，旁邊還坐著一個有著淡茶色頭髮的女人，一看就知道是他的母親。另外還有他的好朋友丁・湯馬斯，同樣也是葛來分多的學生。

「喜歡我們的裝飾嗎？」西莫在哈利、榮恩和妙麗走過去跟他們打招呼時咧嘴笑道，「這讓魔法部很不高興呢。」

「哼，我們為什麼就不能秀出自己球隊的顏色？」斐尼干太太說，「你幹嘛不去看看那些保加利亞人在**他們**的帳篷上掛了些什麼飄來飄去的鬼玩意兒？你們自然也是希望愛爾蘭隊獲勝吧？」她又加上一句，還用亮晶晶的眼珠緊盯著哈利、榮恩和妙麗。

他們在向她保證自己的確是支持愛爾蘭隊之後，就繼續往前走，但就像榮恩說的：「被那些綠東西團團包圍住，誰還有膽子說自己不支持愛爾蘭隊呀？」

「我很好奇保加利亞人到底在他們的帳篷上掛了些什麼飄來飄去的東西呀？」妙麗說。

「我們過去看看吧。」哈利指著前方的一大片帳篷說，那裡可看到保加利亞的紅綠白三色旗幟在微風中飄揚。

這些帳篷並沒有用鮮活的植物來裝飾，但每一座帳篷上面，都貼著同一張海報，上面印著一張眉毛粗黑濃密、神情乖戾的面孔。這張海報當然也會動，但它從頭到尾就只有眨眼和蹙眉瞪視兩種動作而已。

「喀浪。」榮恩小聲地說。

「什麼？」妙麗問道。

「喀浪！」榮恩說，「保加利亞隊的搜捕手維克多．喀浪！」

「他看起來太陰沉了。」妙麗望著周遭那一大堆朝著他們眨眼蹙眉的喀浪說。

「**太陰沉**？」榮恩把眼睛往上一翻，「誰管他看起來是什麼樣子？他簡直就是個活生生的傳奇，而且他還很年輕，才不過十八歲左右。他是一個**天才**哪，妳等著吧，今天晚上妳就會見識到了。」

營地角落的水龍頭前，已排了一條短短的隊伍。哈利、榮恩和妙麗走過去，排在兩個正在激烈爭吵的男人後面。其中一個是名年紀很大的老巫師，身上竟然穿著一件長長的花睡衣；另一個顯然是魔法部的巫師，他手裡抓了一件細條紋長褲，氣得都快要哭出來了。

「拜託你穿上這件衣服嘛，阿奇，你人最好了，你不能穿成這樣走來走去呀，守門的麻瓜已經開始起疑心——」

「這我可是在麻瓜的店裡買來的，」老巫師執拗地表示，「麻瓜本來就是穿這樣的衣服。」

「這是麻瓜**女人**穿的，阿奇，男人不能穿呀，他們穿的是**這種**。」魔法部巫師揮著細條紋長褲說。

「我才不要穿上那種鬼東西，」老阿奇憤慨地說，「悶都悶死啦，我想讓屁股吹吹健康的微風，謝了。」

聽到這裡，妙麗實在憋不住想笑，只好趕緊彎著腰從隊伍裡跑開，一直等到阿奇裝好水離開，她才回來排隊。

他們踏上回程穿越營區時，因為手裡提著水，所以速度變慢了許多。一路上他們看到了更多熟悉的面孔，全都是跟家人一起來觀賽的其他霍格華茲學生。奧利佛．木透是葛來分多學院魁地奇代表隊的老隊長，最近剛從學校畢業，他把哈利拉到他父母的帳篷內，向他們做了介紹，並興奮地告訴哈利，他剛簽約成為泥水池聯隊的候補球員。接下來又有一名赫夫帕夫的四年級生阿尼．麥米蘭，大呼小叫地跟他們打招呼。再往前走了一小段路，他們就看到了張秋，她是個非常漂亮的女孩，擔任雷文克勞代表隊的搜捕手。她對哈利揮手微笑，哈利慌忙揮手回禮，害他的長袍前襟被水潑溼了一大塊。哈利為了制止榮恩臉上那討厭的竊笑，趕緊伸手指著一大群他從來沒見過的青少年。

「他們是誰呀？」他問道，「應該不是霍格華茲的學生，對吧？」

「我想大概是從外國學校來的，」榮恩說，「我知道國外也有其他的魔法學校，但我從來就沒碰過那裡的學生。比爾以前有個在巴西魔法學校念書的筆友，這是好久以前的事了，後來他想要到巴西去做交換學生，但我爸媽付不起旅費。他只好告訴他的筆友說他不去了，這可把他的筆友給氣壞了，寄給他一頂下了詛咒的帽子出氣，結果害他的耳朵都皺了起來。」

哈利放聲大笑，但並沒有說出他在聽到世上還有其他魔法學校時，心裡究竟有多驚訝。現在他已經在露營區中，看到了這麼多來自不同國家的巫師，這讓他覺得自己過去簡直是蠢到家了，竟然完全沒想到，霍格華茲根本不可能是世上唯一的一所魔法學校。他瞥了妙麗一眼，發現她對這消息一點都不感到驚訝。毫無疑問地，她早就在某本書上或其他地方，知道其他魔法學校的情況。

「你們怎麼去了這麼久？」喬治在他們終於返回衛斯理家帳篷時問道。

「遇到了幾個熟人，」榮恩說著，把水放下，「你們怎麼到現在還沒生火？」

「爸玩火柴玩瘋囉。」弗雷說。

衛斯理先生的點火柴壯舉雖然完全失敗，但這並不表示他缺乏再接再厲的實驗精神。他的身旁散置著無數根斷裂的火柴，看他的樣子，好像時間還多得是，一點都不急。

「噢！」他好不容易點燃一根火柴，卻嚇得驚呼一聲，連忙把它扔到地上。

「讓我來，衛斯理先生。」妙麗體貼地接過他手中火柴盒，向他示範使用火柴的正確方法。

最後他們終於點著了火，但接著又至少再等了一個鐘頭，火勢才旺得可以用來煮東西，但在等待的時候，他們也不覺得無聊，因為實在有太多新鮮事可看了。他們紮營的地點，似乎正好位於通往球場的主要幹道旁邊，魔法部的員工行色匆匆地在這條路上往來疾走，並在經過時熱絡地跟衛斯理先生打招呼問好。衛斯理先生不厭其煩地替大家做現場即時介紹，這主要是為了哈利和妙麗兩人，他自己的孩子對魔法部的員工早就瞭若指掌，因此並沒有什麼興趣聽他解說。

「那是喀斯八．馬疾，妖精聯絡處處長。現在走過來的是基博．溫波，他是實驗魔咒委員會的成員，他頭上那對角已經長了好一陣子了，到現在還沒消掉。哈囉，阿諾，這是阿諾．皮思古，他是一名除憶師——也就是魔法意外矯正組的成員，知道吧？那邊兩位是簿德和郭魯克，他們是『不可說』。」

「他們是什麼？」

「他們是神秘部門的員工，那是最高機密組織，根本不曉得他們是做什麼工作……」

最後火終於燒得夠旺了，他們才剛開始煮蛋和臘腸，比爾、查理和派西就走出樹林，朝他們慢慢晃過來。

「我們剛施完現影術，爸。」派西大聲說，「啊，真棒，可以吃飯了！」

他們開始拿盤子享用蛋和臘腸，才吃到一半，衛斯理先生就突然跳起來，咧開嘴朝一個正向他們大步走來的男人揮手微笑，「啊哈，」他說，「今天的風雲人物到囉！魯多！」

魯多・貝漫絕對是哈利到目前為止，看過最醒目的一個人，甚至連那位穿著花睡衣的老阿奇都望塵莫及。他穿著一件鮮豔的黃黑粗橫條紋魁地奇長球袍，胸口還有一大張正在嗡嗡飛翔的黃蜂照片。他以前一定是個魁梧壯碩的男人，但現在身材已略微走樣，過於貼身的長袍下，凸出一個他當年在英格蘭魁地奇球隊時想必還沒有的大肚腩。他的鼻子塌塌的（哈利心想，那大概是不小心被搏格撞扁的），但他那圓圓的藍眼睛、短短的金髮和紅潤的膚色，讓他看起來活像是個大了好幾號的男學童。

「喂！」貝漫愉快地喊道。他走路的模樣活像是腳底板裝了彈簧似的，一看就知道這個人現在的心情是興奮得不得了。

「亞瑟，老傢伙，」他一走到營火邊就誇張地說，「多棒的一天哪，是吧？實在是太棒了！還會有比這更完美的天氣嗎？今晚天空想必連一片雲也看不到……而且我們的安排也順得很，幾乎沒碰到什麼麻煩……根本沒什麼事可做咧！」

此時正好有一群臉色憔悴的巫師，伸手遙指著遠方，從他身後氣急敗壞地衝過去。很明顯的是有人在那裡偷點魔火，天空閃現出一串直竄到二十呎高空的紫羅蘭色火花。

派西連忙伸出一隻手趕上前來，看來他雖然不滿魯多・貝漫的領導作風，但他還是想讓自己在這位長官面前留下一個好印象。

「啊——對了，」衛斯理先生咧嘴笑道，「這是我的兒子派西，他才剛進魔法部上班——這是弗雷——不對，是喬治，對不起——**那才是**弗雷——比爾、查理、榮恩——我女兒金妮——還有榮恩的兩個朋友，妙麗・格蘭傑和哈利波特。」

貝漫在聽到哈利的名字時，只隱隱露出一絲幾乎無法察覺的驚訝表情，但他的目光也不能免俗地迅速掠向哈利額前的疤痕。

「各位，」衛斯理先生繼續介紹，「這位就是魯多．貝漫，你們都知道他是誰吧，我們全都是靠他才能拿到這麼好的票——」

貝漫笑吟吟地揮了一下手，似乎是表示這根本不算什麼。

「要不要為這場比賽打個小賭呀，亞瑟？」他熱切地問，順勢把黃黑條紋球袍口袋撥得叮咚咚響，聽起來裡面好像是裝了一大堆金幣，「洛迪．龐納已經下注，跟我打賭保加利亞會先射門得分——我考慮到愛爾蘭隊的三名先鋒是多年來難得一見的超強陣容，所以我開給他不錯的贏金——而小阿嘉莎．丁畝拿她一半的鰻魚養殖場，來賭比賽會整整持續一個禮拜。」

「喔……那好吧，」衛斯理先生說，「我看看……我出一個加隆賭愛爾蘭獲勝，可以嗎？」

「一個加隆？」魯多．貝漫看起來有些失望，但他馬上就恢復正常，「很好，很好……還有人要下注嗎？」

「他們還小，不能賭博，」衛斯理先生說，「茉莉不會願意——」

「我們出三十七個加隆，十五個西可和三個納特，」弗雷說，他和喬治兩人連忙把他們所有錢掏出來湊在一起，「賭愛爾蘭獲勝——但維克多．喀浪會抓到金探子。喔，對了，我們還會額外附送一根假魔杖。」

「你們少在貝漫先生面前，把那種垃圾拿出來丟人現眼——」派西不屑地說，但貝漫似乎一點也不覺得這根魔杖是無用的垃圾；相反地，當他從弗雷手中接過那根魔杖時，他那張孩子氣的面孔散發出興奮的光芒，而在魔杖發出一陣響亮的嘎嘎聲，變成一隻橡膠雞時，貝漫先生又樂得呵呵大笑。

「太厲害了！我已經有好多年沒看到做得這麼像的假貨了！我願意為這再多付五個加隆！」

派西嚇得楞住了，露出一臉不以為然的驚訝表情。

「男孩們，」衛斯理先生壓低聲音說，「我不希望你們賭博……那是你們所有的積蓄呀……你們的母親——」

「不要這麼掃興嘛，亞瑟！」魯多．貝漫沉聲說，興奮地把他的口袋撥得喀噠喀噠響，「他們已經大得可以自己決定該怎麼做了！你們認為愛爾蘭會獲勝，但喀浪會抓到金探子是吧？不可能的啦，孩子，完全沒有任何勝算……我可以開給你們一大筆的贏金咧……為了這根好玩的魔杖，我還會再另外多加上五個加隆，那麼我們就來……」

魯多．貝漫迅速掏出一本筆記本和一枝羽毛筆，匆匆寫下雙胞胎的姓名，衛斯理先生只能站在一旁乾瞪眼，完全無能為力。

「太好了。」喬治說，接過貝漫遞給他的羊皮紙頭，小心地收好。

貝漫興高采烈地轉過頭來望著衛斯理先生：「可以請我喝杯茶吧？我正在找巴堤．柯羅奇。保加利亞那邊的負責人不斷找我麻煩，但他說的話我連一個字都聽不懂。巴堤可以替我解決這件事，他會說一百五十多種語言。」

「柯羅奇先生嗎？」派西立刻收起他那副不以為然的僵硬撲克臉表情，臉部肌肉興奮得連連抖動，「他會說兩百多種語言呢！人魚話啦、妖精語啦、還有山怪話……」

「山怪話誰不會呀，」弗雷不屑地表示，「你只要伸手亂指，再發出咕嚕咕嚕的聲音就行啦。」

派西惡狠狠地瞪了弗雷一眼，忿忿地拚命替營火添加燃料，讓水壺的水又重新滾得冒泡。

「還沒聽到柏莎．喬金的消息嗎，魯多？」衛斯理先生等貝漫在他們身邊的草地上坐好後開口問道。

「半點消息也沒有，」貝漫神情舒適地答道，「但她遲早會出現的。可憐的老柏莎記性差得跟破釜似的，而且一點方向感也沒有。你們看著好了，她一定是迷路啦。她大概會在十月左右晃回辦公室，她自己還以為才七月咧。」

「你覺得，現在是不是該派個人去找她了？」衛斯理先生在派西遞茶給貝漫時遲疑地問道。

「巴堤．柯羅奇也老是嘮嘮叨叨地跟我說同樣的話，」貝漫一臉無辜地瞪大他那對圓圓的眼睛，「但我們目前真的是挪不出人手呀。喔──說人人到！巴堤！」

一名巫師剛在營火邊施展現影術現身，他跟那位身穿舊黃蜂球袍、攤開四肢躺在草地上的魯多．貝漫，恰好相反，形成強烈的對比。巴堤．柯羅奇是一個上了年紀的男人，他站得又直又挺、姿態略顯僵硬，身上是一套看來無懈可擊、嶄新的西裝和領帶。他的短灰髮梳得一絲不苟，髮線直得不太自然，唇上那道牙刷似的短髭，看起來簡直就像是就著尺量修出來的，他的皮鞋也擦得光可鑑人。哈利一眼就看出，派西為什麼會把他當作偶像一樣崇拜。派西向來就把嚴守規定奉為至高無上的法則，柯羅奇先生這一身裝扮，完全符合麻瓜的穿衣標準，就算是冒充麻瓜銀行的經理也沒人會起疑心。哈利猜想，甚至連威農姨丈也沒辦法看出他的真實身分。

「到草地上來坐坐吧，巴堤。」魯多拍拍身邊的草地愉快地說。

「不了，謝謝你，魯多，」柯羅奇說，他的語氣帶有一絲不耐，「我一直到處在找你，那些保加利亞人堅持要在頭等包廂再多加十二個座位。」

「喔，原來他們是**這個**意思呀？」貝漫說，「我還以為那傢伙要我去借兩個鑷子給他咧，他的口音實在是太重了。」

「柯羅奇先生！」派西屏息說著，並彎下上身做了個類似鞠躬的動作，讓他看起來活像是個駝子，「您要喝杯茶嗎？」

「喔，」柯羅奇略帶詫異地望著坐在旁邊的派西，「好的——謝謝你，衛勒比。」

正在喝茶的弗雷和喬治馬上被水嗆到。被叫錯名字而羞得耳根發紅的派西，趕緊故作忙碌地拿水壺泡茶。

「喔，我正好也有事要跟你說，亞瑟，」柯羅奇先生銳利的目光落到了衛斯理先生身上，「阿里·拔什爾正在大發脾氣，他想要跟你談談你禁止販賣飛天毛毯的事。」

衛斯理先生重重嘆了口氣說：「我上個禮拜就派貓頭鷹送了封信跟他解釋這件事情。不論他問多少遍，我的答案還是一樣：依照禁咒物登記處的標準，毛毯被歸為麻瓜人工製品，但他願意接受這個答案嗎？」

「我很懷疑，」柯羅奇先生說，伸手接過派西遞給他的一杯茶，「他急著想要把飛天毛毯進口到這裡來販賣。」

「喔，但在英國，飛天毛毯是絕對無法取代飛天掃帚的地位，你說是不是？」貝漫說。

「阿里認為，飛天毛毯可以打進家庭交通工具市場，」柯羅奇先生說，「記得我祖父以前有一張可坐十二個人的黃麻底羊毛地毯——那自然是地毯被禁以前的事了。」

聽他的語氣，似乎是不想讓任何人懷疑，他有哪位祖先不是奉公守法的正派人士。

「所以你一直都很忙是吧，巴堤？」貝漫輕鬆地問道。

「忙得很，」柯羅奇冷淡地答道，「要負責籌劃在全世界五大洲放置港口鑰，並不是件容易辦到的事，魯多。」

「我看比賽一結束，你們兩個到時都會很高興吧？」衛斯理先生說。

魯多·貝漫露出驚訝的表情。「高興！我這輩子從來沒玩得這麼開心過，但話又說回來，接下來還是有些值得我們去期待的事，沒錯吧，巴堤？是不是呀？還有好多事等著我們去籌備咧，你說是不是？」

柯羅奇先生對著貝漫揚起眉毛，「我們不是說好暫時不對外公布，等到所有細節——」

「喔，細節！」貝漫像趕蚊子般地揮揮手，「就好像這個字眼是群惱人的小蟲似的，「他們已經簽約了，是吧？他們已經同意了，是吧？我可以跟你打包票，不管你再怎麼遮遮掩掩，這些孩子馬上就會曉得了。我的意思是，這檔事不就是訂在霍格華茲——」

「魯多，你知道的，我們得去跟保加利亞人碰面了。」柯羅奇先生厲聲說，硬生生把貝漫的話給打斷，「謝謝你的茶，衛勒比。」

他把一口也沒喝的茶推還給派西，站在一旁等魯多起身；貝漫掙扎著爬起來，一口氣喝光杯裡的茶，口袋中的金幣愉快地叮咚作響。

「那就待會見囉！」他說，「你們等一下會跟我坐在同一個頭等包廂——我要負責做現場實況報導！」他揮揮手，巴提．柯羅奇微微點了點頭，接著兩人就一起施消影術消失了。

「有什麼事要訂在霍格華茲舉行，爸？」弗雷立刻問，「他們到底在說什麼呀？」

「你們馬上就會曉得了。」衛斯理先生微笑答道。

「在部裡決定發布消息之前，這件事是被列為機密情報處理，」派西打官腔表示，「柯羅奇先生不肯說是有道理的。」

「喔，閉嘴，衛勒比。」弗雷說。

隨著午後時光逐漸消逝，一種興奮的情緒，開始如低雲般籠罩住整個露營區。到了黃昏時分，周遭沉滯的夏日空氣，似乎也因殷切的期盼而開始微微顫動。當夜幕落下，漆黑的夜色覆蓋住數千名等得心焦欲焚的巫師時，甚至連最後一絲掩飾魔法的意圖都完全消失了。魔法部好像也知道形勢比人強，終於決定向大環境屈服，現在雖處處可見露骨的魔法跡象，卻完全看不到有人出面制止。

每隔幾呎遠，就會有一名推銷員施現影術現身，他們或端著盤子，或推著推車，裡面全都裝滿了一些稀奇古怪的貨物。那裡有著會尖聲喊出球員姓名的發光胸花（綠色代表愛爾蘭，紅色代表保加利亞）。有綠色尖帽，裝飾著會婆娑起舞的酢漿草。有保加利亞圍巾，點綴著真的會吼叫的獅子圖案，以及揮動時會自動演奏國歌的兩國國旗。另外還有真的會飛的火閃電模型和供人蒐集的著名球員人偶，它們會在你手掌心裡面慢慢走動，並擺出志得意滿的亮相姿態。

「我省了一整個夏天的零用錢，就是為了到這裡來大開殺戒。」榮恩告訴哈利，他們和妙麗在推銷員的攤位間四處亂逛，選購各式各樣的紀念品。榮恩雖然替自己買了一頂會跳舞的酢漿草帽和一枚綠色的大胸花，但他同樣也買了一個保加利亞搜捕手維克多．喀浪的小人偶。這個迷你喀浪在榮恩手上走來走去，抬頭蹙眉瞪視上方的綠色胸花。

「哇，快來看看這個！」哈利說，並快步趕到一輛推車前，裡面有一大堆看起來像是黃銅雙筒望遠鏡的東西，但它們上面還多加了許多稀奇古怪的開關和轉盤。

「這是全效望遠鏡，」巫師推銷員熱心地介紹，「你可以用它來重播畫面……放慢動作……你要是需要的話，它還可以秀出分場戰況分析。便宜賣給你啦——一副只要十個加隆。」

「我真後悔買了這個。」榮恩舉起他的跳舞酢漿草帽說，並滿臉渴望地凝視那些全效望遠鏡。

「給我三副。」哈利口氣堅定地告訴那名巫師。

「不要——幹嘛呀。」榮恩說，他的臉脹得通紅。哈利的父母留給他一小筆財產，因此他比榮恩有錢得多。榮恩每次只要一碰到錢的事，就會變得特別敏感。

「這就算是你的聖誕禮物好了，」哈利告訴他，把全效望遠鏡硬塞進他和妙麗手裡，「我告訴你，接下來你大概有十年都休想再拿到聖誕禮物了。」

「很公平。」榮恩咧嘴笑道。

「喔喔，謝啦，哈利。」妙麗說，「我來替大家買幾份節目單，看——」

他們回到帳篷時荷包減輕了許多。比爾、查理和金妮也在開心地展示他們買的綠色胸花，衛斯理先生手裡則拿著一面愛爾蘭國旗。弗雷和喬治把所有錢全都給了貝漫，所以他們什麼也沒買。

然後，從樹林外某個地方，傳來一聲低沉的隆隆鑼聲，掛在樹上的紅色和綠色提燈立刻發出光芒，照亮了一條通往球場的小徑。

「時間到了！」衛斯理先生說，他看起來就跟大家一樣興奮得要命，「來吧，我們出發囉！」

8 魁地奇世界盃

他們手裡抓著剛買到的東西，在衛斯理先生的帶領下，一起快步走進樹林，沿著燈光照亮的小徑往前走去。他們可以聽到數千名巫師在他們周遭走動的聲音，有人笑鬧喊叫，也有人引吭高歌。這種狂熱的氣氛具有高度的感染力，讓哈利一路笑得闔不攏嘴。他們高聲談笑著穿越樹林，走了大約二十分鐘左右，才終於走了出來，發現他們處於一座大體育場的陰影中。雖然哈利看到的只是那座環繞在球場外金色巨牆的一小部分，但他卻一眼就可看出，就算把十座大教堂搬進去，裡面的空間仍是綽綽有餘。

「裡面可以坐十萬人，」衛斯理先生注意到哈利臉上的敬畏表情，於是開口解釋，「魔法部派了五百名員工，足足花了一整年的時間才布置完成。這裡的每一吋地方，都施了麻瓜驅逐咒。這一年來，每當麻瓜一走到這附近，就會突然想起自己有某個緊急約會，只好又趕快離開……上帝祝福他們。」他用鍾愛的語氣加上一句，接著就一馬當先地走向最近的入口，那裡早已圍了一大群高聲叫鬧的男女巫師。

「最好的座位！」入口處的魔法部女巫看看他們的票，然後說，「頭等包廂！請直接上樓，亞瑟，走到最上面就對了。」

通往看台的樓梯上鋪著深紫色的地毯，他們跟著人潮一起往上爬，其他觀眾漸漸自左右兩旁通往看台的門，慢慢分散出去。由衛斯理先生領軍的一群人仍繼續往上爬，最後他們終於到達樓梯最頂端，踏進一個小包廂。這裡不但是體育場最高處，同時也位於兩列金色球門柱的正中央。包廂中有兩排紫色鍍金座椅，大約可坐二十人左右，哈利隨著衛斯理一家人排成一列，走進前排的座位坐好，然後低下頭來，看到了一幅他做夢都想不到的奇景。

長橢圓形的球池周圍，環繞著一排排逐漸攀升的座席，大約有十萬名男女巫師，正在那裡忙著找位子就坐。這裡的一切，全都鍍著一層神秘的金光，而那似乎是運動場本身發出的光芒。從他們高聳的座位俯瞰下去，球池看起來就像是天鵝絨一般平滑。球池兩端分別矗立著三根五十呎高的球門柱，他們的正對面，大約與哈利視線等高的地方，有著一面巨大的黑板。上面令人目不暇給地閃現出一行又一行的金色字跡，彷彿有一隻隱形的巨手正在上面不停地潦草書寫，接著又立刻把字全都擦掉。哈利凝神細看，這才發現它原來是在朝球場的觀眾打廣告。

藍瓶號：一根適合全家大小使用的飛天掃帚——安全可靠，並附有內藏式自動防盜警鈴……

史高太太的全效神奇除污劑：輕鬆除垢！……高級巫師服飾——倫敦、巴黎、活米村……

哈利勉強將目光自廣告看板上移開，回過頭來看看跟他們坐在同一個包廂的是些什麼人。目前包廂裡仍是空蕩蕩的，只有一個小生物坐在他們後排座位倒數第二個位子上。這個生物的一雙小短腿直挺挺地伸在座椅前方，身上披了一塊繫成羅馬袍式樣的茶巾，他把整張臉埋在手裡，但他那對蝙蝠似的長耳朵，看起來出奇地眼熟⋯⋯

「**多比**？」哈利不敢相信地喊道。

那個小生物抬起頭來，分開手指，從指縫中露出一對褐色大眼睛和一個形狀跟尺寸都活像是大番茄的鼻子。這並不是多比——但她顯然就跟哈利的朋友多比過去一樣，同樣也是一個家庭小精靈。哈利已將多比從他的老主人馬份家解救出來，讓他恢復了自由之身。

「先生正在叫我多比？」小精靈透過指縫好奇地尖聲問道。她的聲音比多比尖銳高亢，是一種微弱且略帶顫抖的尖細嗓音，哈利猜想——雖然實在是很難分辨家庭小精靈的性別——這個小精靈很可能是女的。榮恩和妙麗連忙轉過頭來看，他們雖然常從哈利那裡聽到許多關於多比的事，卻從來沒親眼見過他，甚至連衛斯理先生也相當感興趣地回過頭來。

「對不起，」哈利對小精靈說，「我剛才還以為妳是我認識的一個人。」

「但我正巧也認識多比呀，先生！」小精靈尖聲說，她一直遮住臉，好像是覺得光線太過刺眼，但頭等包廂中的燈光並不是很亮，「我叫眨眨，先生——你呢，先生——」她的目光落向哈利的傷疤，她那對深褐色的眼睛立刻瞪得跟小碟子一樣大，「你一定就是哈利波特！」

「是，我是。」哈利說。

「多比一天到晚都提到你，先生！」她摀著臉的雙手微微下滑了一些，露出滿臉敬畏的表情。

「他好嗎？」哈利說，「還適應自由的生活吧？」

「啊，先生，」眨眨搖著頭說，「啊，先生，沒有不敬的意思，先生，可是，你放多比自由，我正在不曉得是不是真的對他好。」

「為什麼？」哈利吃了一驚，「他有什麼不對勁嗎？」

「自由正在讓多比昏了頭囉，先生，」眨眨難過地說，「開始有了非分之想。都找不到工作呢，先生。」

「為什麼會找不到？」哈利問道。

眨眨把嗓子壓低了半個音階，輕聲說：「**他正在想要領薪水，先生。**」

「領薪水？」哈利茫然地說，「嗯——他為什麼不能領薪水？」

眨眨似乎被這種想法嚇了一跳，她的手指微微闔攏了一些，又把臉遮住了一大半。

「家庭小精靈不能領薪水，先生！」她發出悶悶的尖叫聲，「不行，不行，不行。我給多比說，我說呀，快替自己找個好家庭，安頓下來吧，多比。他現在整天只知道尋歡作樂，先生，家庭小精靈這樣真的是很不成體統。我給多比說，你再照這樣胡鬧下去的話，你遲早會跟那些低賤的妖精一樣，被奇獸管控部門抓去關咧。」

「這個嘛，他苦了那麼久，也該找點樂子。」哈利說。

「家庭小精靈根本就不應該找樂子，哈利波特，」眨眨透過手指縫堅決地表示，「家庭小精靈要乖乖聽主人的吩咐辦事。我一直有懼高症，哈利波特——」她朝包廂邊緣瞄了一眼，打了個哆嗦，「——可是我主人派我到頭等包廂，我就乖乖來啦，先生。」

「他既然知道妳有懼高症，幹嘛要派妳到這裡來呢？」哈利皺起眉頭說。

「主人——主人要我替他占個位子呀，哈利波特，他正在很忙。」眨眨歪頭指著她旁邊的空位說，「眨眨正在好想回到主人的帳篷，哈利波特，但眨眨很聽話，眨眨是一個乖乖家庭小精靈。」

她又滿臉驚恐地瞥了包廂邊緣一眼，再度把眼睛完全遮住。哈利轉過來望著其他同伴。

「所以那是一個家庭小精靈囉？」榮恩低聲說，「她好奇怪喲，你說是不是？」

「多比比她更怪。」哈利富有感情地說。

榮恩掏出他的全效望遠鏡，舉起來望著體育場對面的群眾，開始實驗它的各種功能。

「太厲害了！」他轉動旁邊的球形重播開關說，「我可以讓下面那個老傢伙再挖一次鼻孔……再來一次……再來一次……」

妙麗此時則是急切地翻閱她那本有著天鵝絨封面，綴著流蘇的漂亮節目單。

「『在比賽開始前，會先舉行一場各隊吉祥物展示表演』。」她大聲念。

「喔，這向來都很有看頭，」衛斯理先生說，「各國代表隊會把他們家鄉的特殊生物，帶過來做一場小型演出，懂了吧？」

在接下來的半個鐘頭之中，他們四周的座位逐漸坐滿了人，衛斯理先生不斷跟一些一看就大有來頭的巫師握手問好。派西實在太常從座位上跳起來了，讓人忍不住懷疑他其實是坐在一頭刺蝟上。當魔法部長康尼留斯．夫子駕到時，派西深深鞠了一個九十度的大躬，結果不小心把眼鏡掉到地上摔破了。他糗得要命，趕緊用魔杖把眼鏡修好，接下來他就一直乖乖坐在椅子上，對備受部長青睞的哈利投以又妒又羨的目光——剛才康尼留斯．夫子像碰到老朋友似地跟哈利打招呼。他們兩個人以前就認識了，夫子像慈父般地跟哈利握手，詢問他的近況，並熱心地把他介紹給旁邊的巫師。

「這位就是哈利波特，你應該聽說過吧？」他大聲告訴保加利亞魔法部長，但這位穿著華麗天鵝絨黑色鑲金長袍的外國貴賓，卻好像連一個英文字都聽不懂，「**哈利波特**……喔，拜託，你應該知道他是誰吧……就是從『那個人』手裡逃生的男孩呀……你總該曉得他是什麼人吧——」

那位保加利亞巫師突然發現哈利額前的疤痕，連忙伸手指著那道疤，開始發出一連串既興奮又響亮的嘰哩咕嚕怪話。

「總算讓他聽懂了，」夫子疲憊地告訴哈利，「我對語言並不是很在行，我需要巴堤・柯羅奇來替我處理這一類的事情。啊，我看到他的家庭小精靈替他占了一個位子……太好了，這些保加利亞討厭鬼，老是想把所有的好位子全都討去……啊，魯休思來了！」

哈利、榮恩和妙麗立刻回頭張望。那群正沿著第二排座椅，側身移向衛斯理先生正後方三個空位的新到觀眾，正是家庭小精靈多比過去的主人——魯休思・馬份、他的兒子跩哥和一個想必是跩哥母親的女人。

哈利和跩哥・馬份兩人，在第一次搭車前往霍格華茲的旅程中就彼此看不順眼，變成了死對頭。跩哥是一個皮膚蒼白，有著一頭淡色金髮的尖臉男孩，長得跟他父親像是一個模子刻出來似的。他的母親同樣也有一頭金髮，她的身材高瘦苗條，要是她臉上沒露出那副好像聞到臭味的怪相，她可以說是長得相當漂亮。

「啊，夫子，」馬份先生走到魔法部長面前，伸出手說，「近來好嗎？我想你還沒見過我太太水仙吧？還有我的兒子跩哥？」

「幸會，幸會，」夫子微笑著對馬份太太鞠躬問好，「讓我來為你介紹歐八龍先生——歐八龍——先生——算了，他是保加利亞魔法部長，反正不管我說什麼他全都聽不懂，就別管他好了。我們看看這裡還有誰呀——我想你應該認識亞瑟．衛斯理吧？」

這真是緊張的一刻。衛斯理先生和馬份先生互相對望，哈利腦中清楚地回想起，他們兩人上次碰面時的情形。那是在華麗與污痕書店裡，當時他們還打了一架。馬份先生冰冷的灰眼珠掠過衛斯理先生，然後朝前排座位來回繞了一圈。

「我的天哪，亞瑟，」他悄聲說，「你到底是賣了什麼東西，才能把全家大小帶進頭等廂來看球？我想你家的房子是絕對換不到這麼多錢吧？」

沒聽到他講話的夫子自顧自地開口說：「魯休思慷慨解囊，捐了**一大筆**錢給聖蒙果魔法疾病與傷害醫院，亞瑟，他是我的貴賓呢。」

「真——真是太好了。」衛斯理先生硬擠出一個不自然的笑容答道。

馬份先生的目光落到妙麗身上，妙麗雖然微微臉紅，但卻不甘示弱迎上他的視線。哈利知道馬份先生為什麼會撇下嘴來，馬份一家向來都以擁有純粹巫師血統而感到自豪；換句話說，像妙麗這類的麻瓜後代，在他們眼中只是卑賤的次等公民。不過在魔法部長面前，馬份先生也不敢多說什麼。他冷笑著對衛斯理先生點了點頭，繼續往前走到座位坐下。跩哥先滿臉不屑地瞄了哈利、榮恩和妙麗一眼，然後才走過去坐到他父母親兩人中間。

「卑鄙的混蛋。」榮恩低聲罵道，他和哈利及妙麗又把頭轉向球池。接著，魯多．貝漫就衝進了包廂。

「大家都準備好了嗎？」他說，他的圓臉散發出興奮的光芒，看起來活像是一個大紅餅，「部長——可以開始了嗎？」

「看你呀，你覺得可以就開始吧，魯多。」夫子一派清閒地答道。

魯多抽出魔杖，瞄準自己的喉嚨念了聲：「哄哄響！」接著就扯開嗓門，在擁擠的體育場的喧鬧聲中大聲喊叫。他迴音裊裊的聲音蓋過一切噪音，響遍看台的每一個角落：「各位先生，各位女士……歡迎大家！歡迎大家前來觀賞第四百二十二屆魁地奇世界盃冠軍賽！」

觀眾們尖叫著拍手歡呼，數千面旗子在場中飛舞，原先的喧譁聲中，此刻又加入了許多荒腔走板、互不搭調的國歌曲調。他們對面的大黑板現在已將最後一行訊息（柏蒂全口味豆，每一口都是一場冒險！）擦得一乾二淨，顯示出兩隊分數，**保加利亞：〇，愛爾蘭：〇**。

「好了，閒話少說，現在就讓我為大家介紹……保加利亞球隊的吉祥物！」

看台右手邊那片清一色的猩紅陣營，立刻發出一陣響亮的叫好聲。

「不知道他們會帶什麼過來？」衛斯理先生伸長脖子眺望下方，「啊啊！」他突然摘下眼鏡，匆匆用長袍擦了一下，「**迷拉！**」

「什麼是迷——？」

大約一百名迷拉就在此時飄進了球池，哈利的疑惑立刻得到了解答。迷拉是女人……哈利這輩子從來沒見過這麼美的女人……但她們並不是——她們不可能會是——人類。哈利困惑地猜想她們到底是何方神聖，卻完全摸不著頭緒。是什麼讓她們的皮膚如月光般閃爍生輝，而她們那白金色的飄飄秀髮，又為何能如此優美地無風自揚……接著樂聲響起，哈利立刻不再費神去想她們到底是不是人類——事實上，他現在根本什麼都不想，他已經把一切全都拋到九霄雲外了。

迷拉開始翩翩起舞，哈利的心完全陷入一片幸福的茫然。世上唯一重要的事，就是目不轉睛地盯著迷拉，因為要是她們停止跳舞的話，世界就會變得悲慘不堪……

當迷拉舞得越來越急促狂野時，哈利恍惚的腦袋中，開始閃現出一些模糊的念頭。他好想做出一些讓人印象深刻的事情，而且急著要現在就做。從包廂跳進體育場這個主意好像還不賴……但還有沒有比這更引人矚目的方法？

「哈利，你**想要**幹嘛？」妙麗的聲音從遠處傳來。

音樂停下來，哈利眨眨眼，發現自己已站起身來，而且還把一條腿跨到了包廂圍牆上。他身邊的榮恩像楞住似地僵在原地，擺出一副好像正要從跳板上跳下去的怪姿勢。

體育場中充滿了憤怒的喊叫聲，觀眾全都不想讓迷拉離開。哈利也跟著他們一起喊叫，他當然要替保加利亞隊加油，而他微微感到有些奇怪，想不通自己胸前為什麼會別了一朵綠色的大酢漿草胸花。榮恩此時正茫然地把他帽子上的酢漿草撕成碎片，衛斯理先生微微一笑，俯過身去把帽子從榮恩手裡搶過來。

「等到愛爾蘭隊大顯神通的時候，」他說，「你就會想要保留它了。」

「啊？」榮恩仍張嘴凝視迷拉，她們現在已退到球池旁邊，排成一排站好。

妙麗發出一聲響亮的「嘖」聲，她伸手揪住哈利的背心，把他拉回座位，「**真是的**！」她說。

「現在，」貝漫的聲音吼道，「請大家舉起魔杖……歡迎愛爾蘭國家代表隊的吉祥物進場！」

接下來，一個看起來好像是金綠色大彗星的東西，呼嘯著飛進了體育場。它沿著球場繞了一圈，然後分裂成兩個較小的彗星，各自竄向兩端的球門柱。球池上空突然出現一道彩虹橋，將兩團光球連結在一起。群眾們就像是在看煙火表演似的，發出一陣陣「喔喔喔喔」和「哇哇哇哇」的讚嘆聲。現在彩虹橋已漸漸消失，兩枚光球也重新會合並融為一體，形成一個閃爍發光的大酢漿草，接著又飛快地竄到空中，飛到看台上方，撒落下一陣彷彿是黃金雨似的東西——

「太棒了！」榮恩大喊，此時酢漿草飛到了他們頭頂上，一堆重重的金幣撒落下來，在他們的頭頂和座位間蹦來跳去。哈利抬起頭來，定睛打量那個酢漿草，而他看出，它事實上是一個由數千個小男人所排成的圖案，這些小男人留著短鬍，穿著紅背心，每個人手裡都提著一盞金色或綠色的迷你燈。

「矮妖！」衛斯理先生在群眾混亂喧囂的喝采聲中喊道，有許多人仍在爭先恐後地往座位邊摸來摸去，想要把金幣全都撿起來。

「給你，」榮恩快樂地喊道，把一堆錢塞進哈利手裡，「這是還你全效望遠鏡的錢！現在你可得替我買聖誕禮物了吧，哈！」

大酢漿草漸漸分解消失，矮妖紛紛飄落到迷拉對面的球池邊，盤腿安坐下來，等著觀看比賽。

「現在，各位先生，各位女士，讓我們歡迎——保加利亞國家魁地奇代表隊！這位是——狄米楚！」

一個騎著飛天掃帚的猩紅色人影，從最下方的入口處如子彈般竄進球場，他的速度實在是太快了，大家只能看到一團朦朧的紅影，保加利亞隊的支持者立刻報以熱烈的喝采。

「伊凡！」

第二名穿著猩紅球袍的球員飛進場中。

「左拉夫！雷斯基！伏強諾！傅可！最後是是是——**喀浪！**」

「就是他，就是他！」榮恩喊道，拿起全效望遠鏡緊追著喀浪猛瞧，哈利連忙將自己的望遠鏡對準目標。

維克多・喀浪長得黑黑瘦瘦、皮膚蠟黃，有一個大鷹鉤鼻和一雙粗黑的濃眉。他看起來活像是一頭超大的猛禽，實在讓人無法相信他竟然只有十八歲。

「現在，請讓我們一起來歡迎——愛爾蘭國家魁地奇代表隊！」貝漫喊道，「現在出場的是——康諾利！雷恩！崔洛！穆莉！莫蘭！裘格力！最後是是是——**林奇！**」

七位團員朦朧的綠影掠進球池，哈利轉動全效望遠鏡旁邊的一個小轉盤，把球員的速度放慢，這樣他就可以清楚看到他們每個人飛天掃帚上印的「火閃電」和他們球袍背上用銀線繡成的球員姓名。

「這位是從埃及不遠千里而來，也就是我們這場比賽的裁判，國際魁地奇協會的巫師會長，哈山・莫塔法！」

一名又瘦又小、頭髮全禿，但鬍子卻足以跟威農姨丈媲美的巫師，此時穿著一身和體育場十分相稱的純金長袍，大搖大擺地走進球池。他一手夾著一個大木板箱，另一手夾著他的飛天掃帚，濃密的鬍鬚中有著一枚銀色的哨子。哈利把他全效望遠鏡背後的調速盤調回正常，目不轉睛地望著莫塔法跨上飛天掃帚，抬腿踢開木板箱——四枚球忽地竄到空中：猩紅色的快浮、兩枚黑搏格和（哈利只看到它在眼前一閃而過，接著就飛不見了）那個長了翅膀的迷你金探子。莫塔法用力吹了聲哨子，就隨著四枚球一起竄向空中。

「他們出出出出出**出發**了！」貝漫尖叫道，「持球的是穆莉！崔洛！莫蘭！狄米楚！重新回到穆莉手中！崔洛！雷斯基！莫蘭！」

哈利過去從沒看過像這樣的魁地奇比賽。他將全效望遠鏡緊貼在眼前，鏡框壓得他鼻梁發疼。這些球員的速度實在是快得不可思議——快浮在眾位追蹤手之間不斷地傳來傳去，快得讓貝漫根本無暇多做解說，只能迅速報出他們的名字。哈利重新調整全效望遠鏡右邊的「慢動作」轉盤，再按下頂端的「分場戰術解說」按鈕，於是他立刻就可以在群眾震耳欲聾的叫鬧聲中，一面用慢動作觀賞球賽，一面閱讀鏡頭前閃現出的紫色發光字體了。

「鷹首開雲陣」，鏡頭前閃過一排文字，他看到愛爾蘭隊的三名追蹤手從各處飛過來集中在一起，崔洛排在中間，略略領先穆莉和莫蘭一小段距離，然後三人一同朝保加利亞隊迅速逼近。「波斯寇欺敵術」，接著又閃出一行文字，崔洛做出要帶著快浮朝上竄升的明顯姿勢，引開保加利亞追蹤手伊凡的注意力，然後冷不防地把球扔給莫蘭。保加利亞的一名打擊手傅可舉起短棒猛力一揮，把一枚搏格打過來擋住莫蘭，莫蘭為了閃避搏格側身一躲，失手扔掉了快浮，雷斯基急急從下方竄上來，接住了快浮——

「**崔洛射門得分！**」貝漫吼道，體育場中響起了一陣驚天動地的歡呼喝采聲，「愛爾蘭以十比〇領先！」

「什麼？」哈利大叫，慌亂地透過全效望遠鏡四處張望，「快浮不是在雷斯基手裡嗎？」

「哈利，你要是不用正常速度看的話，你一定會錯過很多精采畫面！」妙麗大喊，她激動地跳上跳下，並朝著正在環場一周向群眾答禮的崔洛瘋狂揮手。哈利連忙從全效望遠鏡上方望過去，看到原先坐在球場邊線觀賽的矮妖，現在又飛到空中，聚集成一個閃閃發光的大酢漿草圖案，球場對面的迷拉滿臉不高興地瞪著牠們。

哈利氣自己氣得半死，趕緊在球賽繼續開始前把速度調回正常。

哈利對魁地奇相當了解，因此他可以看出，愛爾蘭隊的追蹤手個個都是技藝高超的一流球員。他們搭配得天衣無縫，而他們排陣位時所展現出的絕佳默契，更是讓人懷疑他們似乎可以心意相通。哈利胸前的胸花不斷尖聲叫出他們三位的名字：「**崔洛——穆莉——莫蘭！**」在短短十分鐘之內，愛爾蘭隊又射進了兩球，把比數拉到三十比〇，使得綠色陣營的支持者發出一陣如潮水般的瘋狂喝采聲。

比賽的節奏越來越快，但也開始變得更加野蠻。保加利亞的兩名打擊手傅可和伏強諾，毫不留情地揮棒痛擊，狠狠把搏格送過去撞愛爾蘭的追蹤手，並開始用各種方法來阻止他們施展拿手的戰術。愛爾蘭追蹤手有兩度被敵方逼得散開，然後，伊凡終於成功衝破他們的防守，閃過守門手雷恩，為保加利亞隊射進了第一球。

「快摀住耳朵！」衛斯理先生在迷拉開始起舞慶祝時大聲喝道。哈利甚至連眼睛都瞇了起來，他想要專心觀看比賽，怕自己被引誘分了心。幾秒之後，他冒險地朝球池瞥了一眼。迷拉已經停止舞蹈，快浮又再度落到保加利亞隊手中。

「狄米楚！雷斯基！狄米楚！伊凡——喔，哎呀！」貝漫吼道。

現場的十萬名男女巫師全都屏住氣息，望著喀浪和林奇這兩名搜捕手垂直俯衝向下，急急從追蹤手中間穿過去，速度快得就像是沒帶降落傘就從飛機上跳下來似的。哈利透過全效望遠鏡，追蹤他們急速降落的身影，並仔細搜尋金探子的蹤跡。

「他們這樣會撞到地欸！」妙麗在哈利身邊尖叫。

她只說中了一半——就在快要撞到地的那一刻，維克多·喀浪忽然拔高竄起，旋轉著往上攀升，但林奇卻重重摔到地上，發出一聲響徹整個體育場的沉悶撞擊聲。愛爾蘭支持者的觀眾席爆出一陣響亮的抱怨聲。

「笨哪！」衛斯理先生嘆道，「喀浪分明就是在耍詐嘛！」

「比賽暫停！」貝漫的聲音喊道，「目前已有數名合格的醫療巫師趕進球場，檢查愛丹·林奇的傷勢。」

「他不會有事的，他只不過是栽到了泥巴裡！」查理安慰金妮，她滿臉驚恐地趴在包廂邊朝下看，「當然啦，這就是喀浪的目的……」

哈利趕緊按下全效望遠鏡上「重播」和「分場戰術解說」兩個按鈕，調整調速盤，再重新舉到眼前。

他看到喀浪和林奇再度以慢動作俯衝向下，「隆斯基詐騙法——危險的搜捕手牽制戰術」，鏡頭前閃過一行發光的紫色文字。他看到當林奇摔到地上，而喀浪在最後一刻拔高竄升時，喀浪的面孔因專注而微微扭曲，於是他立刻就明白了——喀浪根本沒看到金探子，他只是想引林奇模仿他的動作罷了。哈利從來不曉得人竟然可以如此飛翔，喀浪看起來彷彿並沒有使用飛天掃帚，他如行雲流水般地在空中自由飛舞，似乎完全不用靠外力支撐，全身輕飄飄好像沒有半點重量。哈利把全效望遠鏡調回正常速度，瞄準喀浪凝神細看。他正駕著掃帚在林奇上方高處盤旋，一連被醫療巫師灌了好幾杯魔藥的林奇，此時也慢慢甦醒過來。哈利再調整焦距，仔細望著喀浪的面孔，看到他那對黑眼睛正飛快地朝百呎下的地面往來搜尋。他顯然是想趁林奇還沒完全復原之前，利用這段無人干擾的時間加緊尋找金探子。

林奇終於在綠衣支持者熱烈的歡呼聲中站起身來，跨上他的火閃電，再度飛回空中。他的復原似乎讓愛爾蘭隊士氣大振，當莫塔法重新吹響哨子，三名追蹤手立刻擺開陣式，展現出哈利前所未見的絕佳技術。

在經過節奏更加急促、戰況愈發慘烈的十五分鐘之後，愛爾蘭隊又多投進了十球，把比數大大拉開。他們現在是以一百三十比十遙遙領先，而整場比賽也開始變得越來越野蠻不堪。

當穆莉將快浮緊挾在腋下，再度衝向球門柱時，保加利亞的守門手左拉夫立刻飛過來攔住她。接下來的事情發生得太快，哈利並沒有看清楚到底是怎麼回事，但從愛爾蘭觀眾群發出的憤怒尖叫聲以及莫塔法那聲長而淒厲的哨音，一聽就曉得有人犯規了。

「莫塔法指責保加利亞守門手肘撞犯規——過度使用手肘！」貝漫對怒吼的觀眾們報告，「而且——沒錯，愛爾蘭罰一球！」

在穆莉被欺負時，矮妖像一群發光大黃蜂似地飛了起來，現在他們又急急忙忙地分散開來，在空中共同排出一行大字：「哈哈哈！」球池對面的迷拉跳了起來，氣呼呼地甩動長髮，又開始翩翩起舞。

衛斯理兄弟和哈利不約而同地舉手塞住耳朵，但沒過多久，未把耳朵塞住的妙麗用力拉了哈利一下。他回過頭來望著她，她不耐煩地扯下他塞住耳朵的手。

「你看裁判！」她吃吃笑著說。

哈利低頭望著球池。哈山．莫塔法已經降落在起舞的迷拉正前方，並做出非常奇怪的動作。他鼓起肌肉，並興奮地用手指梳理他的鬍鬚。

「夠了，我們實在看不下去了！」魯多．貝漫說，但他的語氣卻透出濃濃的笑意，「有誰趕快去賞裁判一巴掌，把他給打醒！」

一名醫療巫師用手塞住自己的耳朵，疾飛越過球池，朝莫塔法脛骨上狠狠踹了一腳。莫塔法似乎回過神來，哈利重新舉起全效望遠鏡，看到滿臉羞慚的莫塔法，正惱羞成怒地對著迷拉大吼大叫，迷拉已停止跳舞，並露出一臉不服氣的表情。

「除非是我弄錯了，但莫塔法現在分明是想要把保加利亞代表隊的吉祥物攆出球場。這可是從來沒見過的**奇事**……喔，現在場面越來越難看了……」

果真沒錯，保加利亞的打擊手傅可和伏強諾，已分別降落在莫塔法兩旁，開始聲色俱厲地提出抗議，並且比手畫腳地指著空中那群正興高采烈排出「嘻嘻嘻」字形的矮妖。然而莫塔法對保加利亞隊的抗議卻完全置之不理，伸出手指狠狠往空中戳了一下，顯然是叫他們趕快騎掃帚滾開，當他發現這兩個頑劣份子竟然抗命不從時，他乾脆拿起哨子吹了短短兩聲。

「愛爾蘭隊罰**兩**球！」貝漫叫道，保加利亞觀眾發出憤怒的咆哮，「我看傅可和伏強諾最好還是快點騎掃帚逃走……好了……他們飛走了……崔洛接住快浮……」

比賽現在變得越來越野蠻，大家從來沒看過這麼暴力的魁地奇球賽。兩隊的打擊手都展現出毫不留情的殘酷手段：特別是傅可和伏強諾兩人，他們朝空中猛力揮棒時，似乎根本就懶得去管棍棒打到的是搏格還是人。狄米楚朝抱著快浮的莫蘭直衝過去，差點就把她撞得從掃帚上摔下來。

「**犯規！**」愛爾蘭隊支持者異口同聲地吼道，全都站了起來，看起來就像是一波綠色巨浪。

「犯規！」貝漫那由魔法擴大的嗓音附和道，「狄米楚擦撞莫蘭──蓄意飛過去撞她──這必然會再判一次罰球──沒錯，哨音響了！」

矮妖再度升到空中，他們這次是排成一隻巨手，朝球池另一端的迷拉比出一個非常下流的手勢。這讓迷拉氣得忍無可忍，完全失去控制。她們衝過球池，開始用一種狀似火球的東西扔矮妖。哈利透過全效望遠鏡望過去，發現她們現在看起來並沒有那麼美如天仙了。相反地，她們的面孔漸漸拉長，變成有著殘酷鳥喙的尖鳥頭，她們的肩膀上也突然冒出布滿鱗片的長翅膀──

「男孩子注意啦，就是**這個**，」衛斯理先生在下方群眾的鼓噪聲中喊叫，「所以你們絕對不能獨自去找她們！」

魔法部的巫師紛紛湧進場中，想要把迷拉和矮妖隔開，卻不怎麼成功。但在這段時間中，球池下方的吉祥物對決賽，卻遠不及上方的球賽戰場那麼精采好看。快浮如子彈般快速地在眾位球員手中傳來傳去，哈利透過他的全效望遠鏡不停地變換目標，看得他目不暇給──

「雷斯基──狄米楚──莫蘭──崔洛──穆莉──伊凡──啊，又是莫蘭──莫蘭——**莫蘭射門得分！**」

但愛爾蘭隊支持者的歡呼聲，卻幾乎被迷拉的尖叫、魔法部巫師魔杖發出的爆炸聲，以及保加利亞觀眾的憤怒狂吼所掩蓋。比賽立刻重新開始，現在快浮落到雷斯基手中，然後是狄米楚——

愛爾蘭隊的打擊手袞格力使勁全身力氣奮力一揮，把一枚搏格送過去猛撞喀浪。喀浪這次閃得不夠快，搏格狠狠撞到他的臉上。

群眾發出一陣震耳欲聾的哀號聲。喀浪的鼻子好像被打斷了，鮮血流得到處都是，但哈山．莫塔法這次卻沒有吹哨子。有事情讓他分了心，哈利一點也不怪他，有個迷拉對他扔了一團火球，害他飛天掃帚的尾巴燒了起來。

哈利急著想找人通報說喀浪受傷了，雖然他是愛爾蘭隊的支持者沒錯，但喀浪可是球場中表現最亮眼的明星球員哪。榮恩顯然也跟他有一樣的想法。

「暫停！啊，拜託，不能讓他這樣比賽呀，看看他——」

「**你看林奇！**」哈利大叫。

這位愛爾蘭隊的搜捕手突然俯衝向下，哈利相當確定這並不是什麼隆斯基詐騙法，這次是真的……

「他看到了金探子！」哈利喊道，「他看到它了！你看他的動作！」

有一半的觀眾好像已經了解到發生了什麼事，愛爾蘭隊的支持者又如一波綠色巨浪般站了起來，尖叫著替他們的搜捕手加油……但喀浪卻在後面緊追不捨。他在飛翔時背後灑落下一大片細碎的血點，哈利真想不通他怎麼還有辦法看路，但他現在卻已迎頭趕上，再度跟林奇兩人並駕齊驅地朝地面俯衝——

「他們會撞到地上！」妙麗尖叫。

「他們才不會呢！」榮恩吼道。

「林奇會撞到！」哈利大喊。

果真被他說中了——林奇第二度重重摔落到地面上，立刻被一群發怒的迷拉踩了好幾腳。

「金探子呢？金探子在哪裡呀？」跟他們隔了幾個座位的查理吼道。

「他抓到了——喀浪抓到了金探子——比賽結束了！」哈利喊道。

喀浪的紅袍因沾滿鼻血而溼得發亮，他現在正緩緩升到空中，高高舉起一隻緊握的手，指縫間透出一點閃爍的金光。

計分板隨即對觀眾閃現出，**保加利亞：一百六十分，愛爾蘭：一百七十分**，但觀眾似乎並不明白到底發生了什麼事。然後，彷彿就像是一架蓄勢待發的巨無霸噴射機一般，愛爾蘭支持者的嗡嗡抱怨聲，慢慢變得越來越響亮，最後終於爆發出一陣狂喜的尖叫。

「**愛爾蘭隊獲勝！**」貝漫大叫，他似乎也跟愛爾蘭隊支持者一樣，因比賽驟然劃下句點而大吃一驚，「**喀浪抓到了金探子**——**但愛爾蘭隊獲勝**——我的天哪，這真是大家意想不到的結果！」

「那他何必要去抓金探子呢？」榮恩雖也樂得上下跳動，雙手高舉在頭上拚命鼓掌，但卻仍忍不住喝道，「他偏偏選在愛爾蘭隊領先一百六十分的時候結束比賽，真是個白痴！」

「他知道他們永遠也沒辦法把比數拉平，」哈利一面用力拍手，一面在滿場喧囂中喊回去，「愛爾蘭隊的追蹤手實在太強了……他想要用他自己的方式結束比賽，就是這樣……」

「他真的是非常勇敢，不是嗎？」妙麗說，她俯向前方，望著喀浪降落到地面，一大群醫療巫師忙著在打成一團的矮妖和迷拉中間炸出一條通路，好趕過去替他治療，「他看起來傷得好嚴重唷……」

哈利再度舉起全效望遠鏡。他實在很難看清楚下面的情況，因為矮妖正興高采烈地在球池中滿場亂飛，但他還是可以隱約看到喀浪被一大群醫療巫師團團圍住。喀浪的臉色看起來比先前更加乖戾，硬是不肯讓他們把他身上的血擦乾淨。他的球隊夥伴們環繞在他身邊，垂頭喪氣地連連搖頭。而在相隔不遠處，愛爾蘭隊卻在他們吉祥物撒落的黃金雨中，歡天喜地地跳起舞來。體育場中旗幟滿場飛舞，愛爾蘭隊的國歌在四面八方悠然鳴響。迷拉現在又回復她們原先的美麗模樣，但卻露出一副無精打采、落落寡歡的可憐相。

「者個嘛，沃們可說是雖敗猶榮。」哈利背後響起一個陰鬱的嗓音，他連忙東張西望，結果說話的人竟然是保加利亞魔法部長。

「原來你會說英語！」夫子語氣聽起來十分憤慨，「那你還故意讓我整天比手畫腳地演默劇！」

「者個嘛，沃覺得者樣哼好玩。」保加利亞部長聳聳肩說。

「愛爾蘭隊在他們吉祥物的簇擁下，開始環場一周向觀眾答禮，而魁地奇世界盃冠軍獎盃，也在此時運到了頭等包廂！」貝漫吼道。

哈利突然被一道刺目的白光炫得睜不開眼，頭等包廂在瞬間被魔法照得大放光明，好讓看台上的每一個人都能看清包廂裡的情形。哈利瞇眼望著包廂入口，看到兩名氣喘吁吁的巫師，帶著一個龐大的金色獎盃走進包廂，將它呈交給康尼留斯．夫子，而這位部長仍是滿面怒容，顯然還在為自己白白比了一天的手語而老大不高興。

「讓我們用最熱烈的掌聲，歡迎我們英勇的戰敗者——保加利亞代表隊！」貝漫喊道。

而七名出師未捷的保加利亞球員，開始沿著階梯爬向包廂。下方的群眾發出激賞的掌聲，哈利可以看到有成千上萬的全效望遠鏡鏡片，全都閃閃發光轉過來對準他們。

保加利亞球員們排成一列縱隊，一個接一個地沿著座位中間的通道走進包廂，而當他們先後與自己的部長與夫子握手時，貝漫一一高聲喊出他們的名字。喀浪排在最後一個，他看起來真的是傷得很重，在他那張鮮血淋漓的面孔上，鑲著兩枚壯觀的瘀黑眼睛。他手裡依然抓著金探子，哈利注意到，他在地面上看來好像跟在天空時很不一樣，身材遠不及在空中時那麼健美勻稱。他的腳有點外八字，而且肩膀很削。在叫到喀浪的名字時，整個體育場立刻爆出一片響徹雲霄，幾乎可以震破耳膜的熱烈叫好聲。

然後就輪到了愛爾蘭隊入場。愛丹．林奇由莫蘭和康諾利攙扶著走進包廂。第二次墜地好像把他給撞昏了頭，他的目光看起來出奇地渙散。但是當崔洛和袞格力將冠軍杯舉向空中，下方的觀眾響起一陣如雷的喝采時，他也咧嘴露出開心的笑容。哈利兩手拍得都發麻了。

最後，當愛爾蘭代表隊終於離開包廂，騎上掃帚再次環場一周向觀眾答禮時（愛丹．林奇坐在康諾利背後，用手緊抱住他的腰，仍然咧嘴傻笑個不停），貝漫舉起魔杖指著自己的喉嚨低聲念道：「噓噓靜！」

「這場比賽可以讓大家津津樂道好幾年哩，」他啞聲說，「最後來了個出人意料的驚人大逆轉……真可惜比賽這麼快就結束了……啊，對了，好，我欠你們……多少錢呀？」

弗雷和喬治已爬過椅背，走到魯多．貝漫正前方，笑得合不攏嘴地伸手向他討錢。

9 黑魔標記

「千萬**不要**把你們賭錢的事告訴媽媽。」衛斯理先生要求弗雷和喬治，現在大家正慢慢走下鋪著紫毯的樓梯。

「別擔心啦，爸，」弗雷興高采烈地表示，「我們準備要拿這筆錢來進行一些大計畫，我們才不想被沒收咧。」

衛斯理先生在那一瞬間，似乎是想開口問，究竟是哪些了不起的大計畫，但他考慮了一下又閉上嘴，似乎覺得還是不問為妙。

他們很快就趕上那波正忙著湧出體育場的人潮，隨著大家一起返回營區。當他們沿著那條燈光照亮的小徑踏上回程時，陣陣刺耳的歌聲劃破寂靜的夜空，傳送到他們耳邊，矮妖也開始咯咯大笑著揮舞燈籠，在他們頭上飛過來竄過去。終於走回帳篷時，大家又覺得四周實在太吵了，全都不想上床睡覺，因此衛斯理先生同意讓大家先一起喝杯熱可可，再各自回帳篷休息。沒過多久，他們就開始為這場比賽展開愉快的辯論。衛斯理先生跟查理兩人，對於肘撞犯規有著不同的看法，滔滔雄辯地戰得好不熱鬧，一直到金妮終於不支倒地，一頭栽到小桌子上呼呼大睡，把熱巧克力潑得滿地都是時，衛斯理先生才命令大家停止這場口頭實況重播報導，堅持要他們趕快上床休息。妙麗和金妮爬進旁邊的帳篷，哈利和衛斯理父子換上睡衣，爬上臥鋪。他們仍然可以聽到營區另一邊傳來的陣陣歌聲，與迴音裊裊的怪異爆炸聲。

「喔，真高興我不用去值班，」衛斯理先生睡意朦朧地低聲咕噥，「我可不想板起臉孔去叫愛爾蘭人不准慶祝。」

哈利躺在榮恩上方的臥鋪，睜大眼睛凝視帳篷的帆布屋頂，望著不時在上方飄過的矮妖燈籠閃光，暗自在心中回想喀浪的一些精采絕招。他好想快點騎上他自己的火閃電，試著練習「隆斯基詐騙法」……奧利佛．木透當初在解說戰術時，雖用了一大堆會動的圖表，卻完全無法傳達出這項絕招的神采與精髓……哈利彷彿看到自己穿上背後繡著他姓名的球袍，試著想像當他聽到魯多．貝漫用響徹整個體育場的嗓音喊道：「讓我為你介紹……**波特！**」足足有十萬名觀眾齊聲叫好時，他心裡會是什麼樣的一種感覺。

哈利並不曉得自己到底有沒有真的睡著——他一直在幻想自己跟喀浪一般自由自在地飛翔，那很可能已在不知不覺間轉變成真實的夢境——他只知道突然聽到衛斯理先生的喊叫聲。

「起來！榮恩——哈利——快起來呀，情況緊急！」

哈利立刻坐起來，一頭撞上了帆布屋頂。

「怎麼啦？」他說。

他模模糊糊地意識到事情不太對勁。營區中的吵鬧聲，已變得跟剛才很不一樣。歌聲已經停止了，他現在聽到的是尖叫聲和群眾急促奔跑的腳步聲。

他爬下床，伸手去抓他的衣服，但只在睡褲外套了件牛仔褲的衛斯理先生卻出言阻止：

「沒時間了，哈利──抓件夾克就趕快出去吧──快點！」

哈利聽他的話趕緊爬出帳篷，榮恩緊跟在後。

營區中仍有幾堆營火尚未熄滅，他藉著火光看到有許多人狂奔跑入樹林，好避開某個正越過營區朝他們走來的怪東西。那是一個不斷發出束束詭異閃光，與陣陣砲火般噪音的龐大黑影。響亮的嘲諷聲、哄笑聲與酒醉的狂呼飄送到他們耳邊。然後他眼前突然出現一道強烈的綠光，照亮了眼前的景象。

一大群圍成一團、齊步往前移動的巫師，一同將魔杖指向天空，以遊行的姿態緩緩越過營區。哈利瞇眼望著他們……他們看起來好像根本沒有臉……接著他才發現，原來他們頭上罩著斗篷帽、臉上戴著面具。在他們頭頂上空，飄浮著四個身體扭曲成古怪姿勢、不斷在掙扎的人影，地上那群戴著面具的巫師，彷彿是一群傀儡戲表演者，正在用魔杖尖端射出的隱形線，來操控空中那些傀儡似的人影，其中有兩個人影看起來非常小。

更多的巫師加入遊行隊伍，興奮地指著空中的人影縱聲大笑。遊行的群眾聲勢越來越浩大，他們的隊伍所到之處，帳篷也隨之歪折倒塌。哈利甚至看到，有一、兩次遊行者懶得繞路，索性用魔杖炸掉擋路的帳篷。有些營帳起火燃燒，尖叫聲變得越來越響亮。

在隊伍經過一座燃燒的帳篷時，飄浮的人影在瞬間被火光照亮，哈利認出了其中一個人──營區經理羅伯先生，其他三人看來大概是他的妻子和兒女。下方一名遊行者揮動魔杖，把羅伯太太整個人翻轉過來，變成頭上腳下，她的睡袍隨即落下來，露出一條鬆垮垮的內褲。下方的人潮興奮叫囂，大喝倒采。

「真可惡，」榮恩望著那最小的麻瓜孩子低聲說，那個小孩開始在離地六十呎的高空，像陀螺似地快速旋轉，他的頭部癱軟無力地左右甩動，「實在是太可惡了……」

妙麗和金妮朝他們快步衝過來，一面跑一面把外套罩在睡衣上，衛斯理先生緊跟在她們身後。就在同一時間，比爾、查理和派西也穿戴整齊地從男生帳篷中走出來，並捲起袖口，抽出了魔杖。

「我們要趕去幫魔法部的忙，」衛斯理先生一面捲起袖子，一面在周遭吵雜的噪音中喊道，「你們大家——快躲進樹林，**大家待在一起不准分開**。等我們把這件事解決之後，我就會過去接你們。」

比爾、查理和派西已全速奔向那群逐漸逼近的遊行隊伍，衛斯理先生飛奔著跟在他們後面。魔法部的巫師從四面八方湧向紛爭的禍源，羅伯先生全家下方的那群喧鬧的人潮，現在已距離他們越來越近了。

「走吧。」弗雷說，一把抓起金妮的手，開始拉著她走向樹林，哈利、榮恩、妙麗和喬治也跟著走過去。他們一到達樹林，就不約而同地回頭張望。羅伯一家底下的人群越來越龐大，他們可以看到，魔法部的巫師們正努力想要擠過人潮，走向正中心那群罩著斗篷帽的巫師，但卻怎麼擠也進不去。看來他們似乎是投鼠忌器，不敢任意施展魔咒，免得害羅伯一家從空中摔下來。

原先照亮通往體育場小徑的彩色提燈，此刻已完全熄滅。無數黑影在樹叢間盲目地亂竄，孩子們大聲哭鬧，而擔憂的喊叫與驚恐的吵雜聲，在他們周遭的清冷夜色中隆隆迴響。哈利感到自己不斷被一些看不見面孔的人推過來撞過去，然後他聽到榮恩的呼痛聲。

「怎麼了？」妙麗擔心地問道，猛然停下腳步，害哈利一頭撞到她身上，「榮恩，你在哪裡？喔，笨哪——路摸思！」

她點亮魔杖，將一束細細的光線射向前方的小徑，榮恩趴倒在地上。

「被樹根絆了一跤。」他忿忿地說，重新站了起來。

「這也難怪，腳大成那副蠢德行，想不被絆倒都難唷。」他們後方響起一個慢腔慢調的聲音。哈利、榮恩和妙麗急急回過身來。跩哥．馬份獨自站在他們附近，身子斜倚著一棵樹，看起來非常地輕鬆自在。他雙手抱胸，似乎一直在透過樹林的縫隙，欣賞營區的熱鬧好戲。

榮恩對馬份說了一句話，哈利知道要是衛斯理太太在場的話，這種話打死他也說不出口。

「你嘴巴放乾淨一點，衛斯理，」馬份說，他淺色的雙眼閃閃發光，「你們該往前走了吧？要是**她**被人發現怎麼辦，你們說是不是啊？」

他下巴朝妙麗點了一下，就在同一瞬間，從營區那裡傳來一聲如炸彈落地般的爆炸聲，空中閃現出一道綠光，照亮了他們周遭的樹林。

「你這話是什麼意思？」妙麗不服氣地問。

「格蘭傑，他們是在抓**麻瓜**欸，」馬份說，「難道妳想飛到空中，讓大家看妳的小內褲嗎？妳要是想的話，那就待在這裡吧……他們正往這走過來，這樣我們就有笑話看囉。」

「妙麗是一個女巫。」哈利厲聲大吼。

「你要這樣想，那我也沒辦法，波特。」馬份咧嘴露出惡意的笑容說，「你要是真以為他們認不出麻種的話，那你們就待在這裡好了。」

「你說話放尊重一點！」榮恩叫道。在場的人全都曉得，「麻種」對麻瓜家庭出身的巫師與女巫來說，是一個非常侮辱人的字眼。

「別理他，榮恩。」妙麗連忙說道，並一把抓住榮恩的手臂，不讓他衝過去找馬份算帳。

此時突然從樹林的另一邊，傳來一聲讓人心魂俱裂的巨響，他們這輩子從沒聽過這麼響亮的聲音，附近有幾個人嚇得尖聲狂叫。

馬份咯咯輕笑，「這些人膽子還真小呢，你說是不是？」他懶洋洋地表示，「我猜你老爸是叫你們全都躲起來對不對？他到底想要幹嘛呀——難道他是想去救那些麻瓜？」

「那**你的**父母又在哪裡呢？」哈利開始發怒了，「正戴著面具站在那堆人裡面，我沒說錯吧？」

馬份將面孔轉向哈利，臉上依然帶著微笑說：「這個嘛……就算他們真的是站在那裡，我也不可能會告訴你啊，你說是不是，波特？」

「喔，好了啦，」妙麗滿臉嫌惡地瞄了馬份一眼說，「我們去找其他的人吧。」

「把妳的醜蓬頭壓低一點，格蘭傑。」馬份譏嘲道。

「**好了啦**。」妙麗又說了一聲，強拉著哈利和榮恩繼續往前走去。

「我敢跟你們打賭，他老爸一定**就是**其中一個戴面具的傢伙！」榮恩忿忿地說。

「嗯，真希望魔法部可以逮到他！」妙麗激動地說，「喔，我真不敢相信會發生這種事，其他人到底跑到哪裡去了？」

小徑上雖然擠滿了人，但卻到處都找不著弗雷、喬治和金妮的蹤影。路上的每一個人，全都在緊張地回頭打量營區的暴動情景。

在小徑前方不遠處，有一群穿著睡衣褲的少女正在高聲爭執。她們一看到哈利、榮恩和妙麗走過來，其中一名留著濃密鬈髮的女孩，就回過頭來急急地問道：「Où est Madame Maxime? Nous l'avons perdue——[2]」

「呃——什麼？」

「喔……」剛才說話的女孩轉過頭去背對著他，當他們經過她們身邊時，他們清楚地聽到她說了一句：「握格娃茲。」

「波巴洞。」妙麗低聲說。

「妳說什麼？」哈利問道。

「她們一定是波巴洞的學生，」妙麗說，「知道了吧……波巴洞魔法學院嘛……我在《歐洲魔法教育評鑑》上看過這所學校。」

「喔……是呀……沒錯。」哈利說。

「弗雷和喬治不可能會走這麼遠呀，」榮恩掏出魔杖，跟妙麗一樣點亮魔杖頂端，瞇眼望著前方的小徑。哈利把手伸進夾克口袋，想拿他的魔杖——卻竟然沒摸到。他唯一能找到的，就只有他的全效望遠鏡。

2.此句為法文，意思是：「美心夫人呢？我們跟她走散了——」。

「啊，不會吧，真不敢相信……我的魔杖不見了！」

「別開玩笑了！」

榮恩和妙麗一起高舉魔杖，讓細細的光束照亮周遭的地面。哈利低頭往四周搜尋了一圈，並沒有看到他的魔杖。

「說不定你把它留在帳篷裡沒帶出來。」榮恩說。

「說不定它是在我們往前跑的時候，從你的口袋裡掉了出來？」妙麗焦急地說。

「沒錯，」哈利說，「說不定就是這樣……」

他只要一進入魔法世界，就會把魔杖帶在身邊。在這種混亂的場面中，突然發現魔杖不見了，這讓他覺得自己變得非常脆弱，很沒有安全感。

一陣沙沙聲把他們三人嚇得跳了起來。家庭小精靈眨眨正掙扎著想要從附近一叢灌木跑出來。她跑步的模樣非常特別，似乎必須用盡全力才能跑得動。看起來就好像是有某個隱形人躲在後面，硬把她往後拉似的。

「這裡有好多壞巫師！」她俯向前方，繼續奮力往前跑，氣急敗壞地尖聲大叫，「人飛得好高……飛到好高的天上！眨眨正在想快點逃走！」

接著她就跑進小徑另一邊的樹林消失了，但他們可以聽到她仍在氣喘咻咻、哇哇大叫地奮力對抗那股將她往後拉的神秘力量。

「她是怎麼啦？」榮恩好奇地望著眨眨的背影問道，「她為什麼沒辦法好好跑步？」

「我看她一定是沒得到主人許可就自己逃跑。」哈利說。他想到了多比，多比每次想要做出馬份家不允許的事情之前，都會被迫先動手狠揍自己一頓。

「家庭小精靈真的是受到**非常**不平等的待遇！」妙麗憤慨地說，「這簡直就是奴隸制度嘛！柯羅奇先生先是叫她爬到體育場最上面，把她嚇得半死，現在又對她施法術，害她在帳篷被摧毀時連跑都跑不動！為什麼就沒有一個人肯出來為這**做**點事？」

「嗯，但家庭小精靈卻覺得很快樂呀，對不對？」榮恩說，「你在看比賽的時候，也老聽到眨眨說……『家庭小精靈根本就不應該找樂子』……她就是喜歡受人指使嘛……」

「就是因為有**你**這種人，榮恩，」妙麗開始動了怒，「你們一味支持腐敗不公的制度，只因為你們根本懶得去——」

樹林盡頭傳來另一聲迴音隆隆的巨響。

「我們繼續往前走，好不好？」榮恩說，哈利看到他急躁地瞄了妙麗一眼。或許馬份說的話有幾分道理，或許妙麗的處境**確實是**比他們危險多了。他們再度向前出發，哈利雖曉得口袋裡沒有魔杖，卻依然不死心地把手探進口袋裡找個不停。

他們沿著黑暗的小徑漸漸深入樹林，一路上仍在仔細搜尋弗雷、喬治和金妮的身影。途中經過一群圍著一袋金幣咯咯怪笑的妖精，顯然是牠們靠這場比賽打賭贏來的獎金，營地的亂象似乎完全沒對牠們造成任何干擾。再沿著小徑往前走了一段路，他們踏進了一片銀光中。他們抬頭望進樹林深處，看到裡面有一小片空地，三個高瘦美麗的迷拉站在那裡，身邊圍著一群聒噪不休的年輕巫師，全都在扯起嗓門大聲說話。

「我一年可以賺到一百袋加隆呢，」其中一人叫道，「我是危險生物處分委員會的屠龍師。」

「胡說，你才不是呢，」他的朋友喊道，「你是破釜酒吧的洗碗工……但我可是貨真價實的吸血鬼獵人唷，我到目前為止已經殺了九十隻左右的吸血鬼了——」

第三名年輕巫師臉上的青春痘，在迷拉朦朧的銀光中依然清晰可見，此時他插嘴說道：「我馬上就會成為有史以來最年輕的魔法部長了，是真的喔。」

哈利噗哧一聲笑了出來。他認出了那個長青春痘的巫師。他的名字叫做史坦．桑派，他其實是騎士公車的車掌。

他轉過頭來想要告訴榮恩，但榮恩的臉卻變得出奇地茫然恍惚，接著，榮恩突然大聲喊道：「我有沒有告訴你們，我發明了一種可以飛到木星的飛天掃帚？」

「**真是的！**」妙麗罵了一聲，她和哈利兩人緊抓住榮恩的手臂，拉他轉過身來，再一起押著他繼續往前走。等到迷拉和她們愛慕者的聲音完全消失之後，他們已走到了樹林最深處。這裡似乎只有他們三個人，一切都顯得平靜多了。

哈利打量四周的環境，「我看我們就待在這裡等好了，要是有人走過來，在一哩之外我們就可以聽到他的腳步聲。」

他話才剛說出口，魯多．貝漫就從他們前面的一棵樹後走了出來。

即使是在兩盞魔杖燈微弱的光線之下，哈利也可以看出貝漫已完全變了一個人。他現在已不再是那副一派樂天、面色紅潤的愉快模樣，腳步也不再輕快活潑。他看起來面色蒼白，神情緊張。

「什麼人？」他問道，並眨眼望著他們，想要看清他們的面孔，「你們跑到這裡來做什麼？

怎麼沒其他人跟你們在一起呢？」

他們驚訝地面面相覷。

「嗯——那裡有場暴動。」榮恩說。

貝漫瞪著他問道：「什麼？」

「就在營地那裡……有人抓了一個麻瓜家庭……」

貝漫大聲咒罵：「可惡！」他顯得有些心慌意亂，他沒再跟他們多說一個字，就輕輕啵的一聲，施展消影術消失了。

「這位貝漫先生實在不怎麼樣嘛，對不對？」妙麗皺眉表示。

「但他以前真的是一個非常傑出的打擊手，」榮恩說，他率先離開小徑，踏入一片狹小的林中空地，坐到樹下一堆枯草上，「他還在溫伯黃蜂隊的時候，這支球隊可是一連拿到三年的聯賽冠軍呢。」

他從口袋中掏出他的小喀浪人偶，把它放到地上，注視著它走來走去。這個人偶就跟喀浪本人一樣，有些削肩和外八字。他用外八字走路的模樣，跟他在飛天掃帚上展現的英姿比起來，實在是失色太多了。哈利仔細傾聽營地的動靜，周遭的一切仍然相當寧靜，也許暴動已經結束了。

「希望其他人不會出事。」過了一會，妙麗說。

「他們不會有事的啦。」榮恩說。

「要是你爸能抓到魯休思．馬份就好了，」哈利說，他在榮恩身邊坐下來，望著正垂頭彎腰地在落葉上走動的小喀浪人偶，「他老是說想要抓住魯休思．馬份的把柄。」
「很好，我看這樣踋哥就笑不出來囉。」榮恩說。
「但那些可憐的麻瓜怎麼辦？」妙麗不安地說，「要是他們沒辦法把那些麻瓜救下來呢？」
「別擔心，」榮恩安慰她說，「他們會想出辦法來的。」
「真是瘋狂，今天晚上魔法部員工幾乎全部出動，他們竟然還敢做出這樣的事！」妙麗說，「我的意思是，難道他們以為自己可以逃過法律的制裁嗎？你覺得他們是不是喝醉了？還是──」
但她突然閉上嘴，回頭望著背後，哈利和榮恩也立刻環顧四周。聽起來好像是有某個人正在跌跌撞撞走向他們這片林中空地，他們默默等待，仔細傾聽黝黑樹林中的踉蹌腳步聲，但腳步聲卻突然停了。
「哈囉？」哈利喊道。
四周鴉雀無聲。哈利站起來，凝神環顧周遭的樹林。這裡實在太黑了，沒辦法看得很遠，但他卻可以感覺到，有某個人現在就站在他看不見的地方。
「是誰？」他說。
然後，在毫無預警的情況下，一個不像是會在樹林中聽到的嗓音忽然劃破寂靜，而它所發出的並不是驚惶的喊叫，反倒像是一句咒語。
「**魔魔甕！**」
在那片哈利努力想要看透的黑暗中，猛然爆現出某個巨大閃亮的綠色東西。它竄升到樹林上方，再飛向空中。

「那是什麼——」榮恩屏息問道，他重新跳起身來，抬頭凝視那個剛出現的綠東西。

在那一瞬間，哈利還以為那只不過是矮妖排出來的另一個圖案。接著他才看清楚，它其實是由一些翡翠綠星星似的東西，所凝聚成的一個大骷髏頭，嘴巴洞裡還冒出一條如舌頭般的大蛇。就在他們抬頭仰望的時候，它飛得越來越高，在一團淡綠煙霧中發出明亮的光芒，彷彿在漆黑的天空中鏤刻一個嶄新的星座。

突然間，他們周遭的樹林爆出一片驚恐的尖叫聲。哈利不明白這是為了什麼，但唯一可能的原因，就是那個忽然出現的骷髏頭。骷髏頭現在已飛到高空，光芒照亮了整個樹林，看起來就像是一盞猙獰恐怖的霓虹燈。他的目光掃過黑暗的樹林，想要找出用咒文召來骷髏頭的人，卻什麼人也看不到。

「是誰站在那裡？」他再度喊道。

「哈利，好了啦，**快走！**」妙麗從背後一把揪住他的夾克，用力拉著他往後走。

「怎麼啦？」哈利看到她蒼白害怕的面孔，不禁驚訝地問道。

「那是『黑魔標記』啊，哈利！」妙麗呻吟道，用盡全力拉著他往後走，「是『那個人』的標誌！」

「**佛地魔的**——？」

「哈利，**快走啊！**」

哈利轉過身來，榮恩慌忙抓起他的迷你喀浪，他們三人開始穿越林中空地，但他們才匆匆往前走了幾步，就聽到一連串的啵啵聲，二十名巫師隨即平空冒了出來，包圍住他們。

哈利急急繞了一圈，他在瞬間認清了一個事實：周圍的每一名巫師都已掏出魔杖，而每一根魔杖都不偏不倚地指向榮恩、妙麗還有他自己。他還來不及思索就高聲喊道：「**快閃！**」並伸手抓住其他兩人，拉著他們一起趴到地上。

「**咄咄失！**」二十個嗓音齊聲吼道——哈利眼前出現一連串炫目的閃光，彷彿有一陣忽來的狂風掃過林中空地，把他的頭髮全都吹了起來。他微微抬起頭來，看到一道道火紅的光束，從眾位巫師的魔杖激射出來，飛到他們三人上空，縱橫交錯地在樹根間彈來跳去，竄進漆黑的夜色——

「住手！」一個他熟悉的嗓音喊道，「**住手！那是我的兒子！**」

哈利的頭髮落了下來，他把頭再略略抬高了一點。站在他面前的巫師已全都放下了魔杖，他翻過身來，看到衛斯理先生帶著驚駭的表情大步趕到他們面前。

「榮恩——哈利——」他的聲音在發抖，「——妙麗——你們沒事吧？」

「讓開，亞瑟。」一個冷漠無禮的嗓音說。

那是柯羅奇先生，他和其他的魔法部巫師正漸漸朝他們逼近，哈利站起來面對他們，柯羅奇先生憤怒地繃緊了臉。

「是你們哪一個人做的？」他厲聲怒吼，銳利的目光朝他們臉上往來梭巡，「是哪一個人施法召出了黑魔標記？」

「那又不是我們召來的！」哈利指著天空的骷髏頭說。

「我們什麼也沒做呀！」榮恩揉著手肘，一臉憤慨地望著他的父親說，「你們幹嘛要攻擊我們？」

「別撒謊，先生！」柯羅奇先生叫道。他依然用魔杖指著榮恩，眼珠子氣得暴凸出來——這表情讓他看起來有點像瘋子，「你們是在犯罪現場當場被逮到！」

「巴堤，」一名穿著長羊毛睡袍的女巫輕聲說，「他們都還只是孩子呀，巴堤，他們不可能會有能力——」

「你們三個告訴我，黑魔標記究竟是從哪裡冒出來的？」衛斯理先生連忙問道。

「就在那裡，」妙麗指著他們剛才聽到人聲的地方，用顫抖的嗓音說，「剛才有人躲在樹林後面……他大聲喊了幾個字——喊了一段咒文——」

「喔，他就站在那裡，是不是？」柯羅奇先生說，現在他將那對暴凸的眼睛轉向妙麗，臉上寫滿了懷疑，「他還念了一段咒文，對吧？妳好像很了解召出那個標記的方法嘛，小姐——」

除了柯羅奇先生之外，其他的魔法部巫師好像全都不相信哈利、榮恩或是妙麗真有可能召喚出那個骷髏頭；相反地，他們一聽到妙麗說的話，就全都再度舉起魔杖，指向她剛才手指的地方，瞇眼望進漆黑的樹林。

「我們來得太遲了，」那名穿著長羊毛睡袍的女巫搖著頭說，「他們早就施消影術離開了。」

「我可不這麼想，」一名蓄著一把雜亂褐鬚的巫師說，他就是西追的父親阿默·迪哥里，

「咱們這些昏擊師乾脆直接走進樹林裡去搜吧……我看還是有機會可以逮到他們……」

「阿默，小心點！」幾名巫師忍不住出聲警告，但迪哥里先生已挺起胸膛，高舉魔杖，擺出迎戰的姿勢，大步越過林中空地，踏入黑暗中失去蹤影。妙麗用雙手摀住嘴巴，望著他的身影在黑暗中消失。

才過了幾秒鐘，他們就聽到迪哥里先生的叫聲。

「成了！逮到他們了！這裡有一個人！已經昏過去了！這是——但——哎呀……」

「你抓到人了嗎？」柯羅奇喊道，他的語氣顯得非常懷疑，「是誰？是什麼人？」

他們聽到細枝斷裂的劈啪聲、林葉摩擦的沙沙聲，然後在一陣嘎扎嘎扎的腳步聲後，迪哥里先生從樹林中走了出來。他手裡抱著一個癱軟的小黑影，哈利一眼就認出他身上那條茶巾，那是眨眨。

當迪哥里先生將柯羅奇先生的家庭小精靈放到他腳邊時，柯羅奇先生並沒有移動，也不曾開口說話。其他的魔法部巫師們，全都瞪大眼睛看著柯羅奇先生。他呆若木雞地楞了幾秒鐘，蒼白的臉上那雙發出耀眼光芒的眼睛瞪著在地上的眨眨，然後又回過神來。

「這——不可能——是真的，」他斷斷續續地說，「不——」

他迅速繞過迪哥里先生，大步走向剛才找到眨眨的地方。

「你不用過去，柯羅奇先生，」迪哥里先生在他背後喊道，「那兒已經沒人在了。」

但柯羅奇先生好像根本就不願相信他的話。他們可以聽到他在樹林中四處走動，聽到他在推開灌木叢搜尋時所發出的沙沙林葉聲。

「眼前這場面實在有點尷尬，」迪哥里先生低頭望著昏迷不醒的眨眨，「巴堤・柯羅奇的家庭小精靈……我的意思是……」

「別扯了，阿默，」衛斯理先生平靜地表示，「你該不會真以為是那個家庭小精靈吧？黑魔標記是巫師的標誌，必須用魔杖才能將它召出來。」

「沒錯，」迪哥里先生說，「而她確實是**有**一根魔杖。」

「**什麼**？」衛斯理先生說。

「在這裡，你看，」迪哥里先生舉起一根魔杖，讓衛斯理先生看清楚，「剛才就握在她的手裡。所以她一開始就觸犯了魔杖使用法規第三條，**非人類生物不得攜帶或使用魔杖**。」

然後又響起另一聲**啵**，魯多・貝漫施現影術出現在衛斯理先生身邊。他看起來氣喘吁吁，暈頭轉向的，只是瞪大眼睛望著翡翠綠骷髏頭在原地打轉。

「黑魔標記！」他喘著氣說，並詫異地轉向他的同事時，差點就踩到了地上的眨眨，「是誰做的？你們逮到他們了嗎？巴堤！這是怎麼回事？」

柯羅奇先生此時已空手而回，他的面孔依然白得像鬼似的，他的雙手與牙刷般的鬍子都在連連抽搐。

「你剛才跑到哪裡去啦，巴堤？」貝漫說，「你怎麼沒去看球賽呢？你的家庭小精靈還替你占了個位子哩——狼吞虎嚥的石像鬼呀！」貝漫直到現在才注意到躺在他腳邊的眨眨，「**她**是怎麼啦？」

「我一直都在忙，魯多，」柯羅奇先生說，他說話依然斷斷續續的，甚至連嘴唇都很少移動，「而我的家庭小精靈是中了昏擊咒。」

「中了昏擊咒？是你們這些人下的手？但這是為什麼——」

貝漫容光煥發的圓臉上，忽然露出恍然大悟的表情。他先抬頭望著骷髏頭，再低頭看看眨眨，最後將目光轉向柯羅奇先生。

「**不可能！**」他說，「眨眨？是她召出了黑魔標記？她根本就不可能會嘛！而且她至少得有根魔杖才能做得到啊！」

「她是有一根魔杖，」迪哥里先生說，「我發現她手裡就握著一根魔杖，魯多。要是你不反對的話，柯羅奇先生，我想我們現在就來聽聽，她要怎樣替自己辯護！」

柯羅奇先生似乎根本就沒聽到迪哥里先生說的話，迪哥里先生卻一廂情願地把他的沉默當成了默許。他舉起魔杖，指著眨眨念道：「カカ復！」

眨眨微微移動身軀，她睜開她那對褐色大眼睛，迷惑地眨了幾下。她在周遭巫師們無言的注視下，顫巍巍地撐起身子坐了起來。她瞥見迪哥里先生的腳，忐忑不安地慢慢抬起眼睛，看到了他的面孔，然後她又開始用更加緩慢的速度，抬頭仰望天空。哈利可以看到空中飄浮的骷髏頭，在她那對如玻璃珠般的大眼睛中，映出了兩個清楚的倒影。她驚駭地倒抽了一口氣，用慌亂的眼神環顧擠滿人的林中空地，接著就突然害怕地哭了出來。

「精靈！」迪哥里先生嚴厲地說，「妳知道我是誰嗎？我是奇獸管控部門的人！」

坐在地上的眨眨，身體開始不停地前後搖晃，呼吸急促得變成了刺耳的哮喘聲。這讓哈利忍不住回想起，多比以前在違抗主人命令時的害怕表情。

「妳自己也已經看到，精靈，不久之前，有人在這裡召出了黑魔標記，」迪哥里先生說，「而它才剛出現，妳就正好在它下面被人逮到！告訴我這是怎麼回事，說！」

「我——我——我沒有正在做呀，先生，」眨眨喘著氣說，「我也不曉得要怎麼正在做，先生！」

「妳被發現的時候，手裡就握著一根魔杖！」迪哥里先生揮著魔杖對她厲聲咆哮。魔杖舞到空中，暴露在骷髏頭照亮整片林中空地的綠光下，哈利一眼就認出了它。

「嘿——那是我的！」他說。

林中空地上的每一個人全都轉頭望著他。

「你說什麼？」迪哥里先生不敢相信地問道。

「那是我的魔杖！」哈利說，「是我掉的！」

「是你掉的？」迪哥里先生懷疑地重複了一次，「你這是在招供嗎？你是說，你是在召出黑魔標記之後把它扔掉的？」

「阿默，你以為你是在跟誰說話呀！」衛斯理先生非常生氣地說，「**哈利波特**有可能會去召出黑魔標記嗎？」

「呃——這當然不可能，」迪哥里先生囁嚅地表示，「抱歉……」一時昏了頭……」

「我不是在那裡掉的，」哈利豎起大拇指，朝骷髏頭下方的樹林比了一下，「我們一走進樹林，我就發現魔杖不見了。」

「所以呢，」迪哥里先生說，他再度轉頭望著正瑟縮在他腳下的眨眨，目光又立刻變得冷酷無情，「是妳發現了這根魔杖，是吧，精靈？妳把它撿了起來，想要拿它來找點樂子，對不對？」

「我沒有正在用它來施魔法，先生！」眨眨尖聲叫道，淚水沿著她那又圓又塌的鼻梁兩邊不斷地滾落下來，「我只——我只——我只是正在把它撿起來，先生！我沒有正在做出那個黑魔標記，先生，我根本就正在不知道要怎麼做哩！」

「不是她！」妙麗說。在一大群魔法部巫師面前說話，顯然讓她感到非常緊張，但她顯然已下定決心有話直說，「眨眨的聲音尖尖細細的，但那個念咒文的聲音，聽起來比她低沉多了！」她回頭望著哈利和榮恩，向他們求援，「那聽起來一點也不像眨眨的聲音，對不對？」

「是不像，」哈利搖搖頭說，「那聽起來絕對不是家庭小精靈的聲音。」

「沒錯，那是人類的聲音。」榮恩說。

「好吧，這我們很快就會知道了，」迪哥里先生吼道，他顯然完全不為所動，「有一個簡單的方法，可以測出魔杖最後施展的符咒，精靈，妳知道嗎？」

眨眨拚命地搖頭，把耳朵甩得啪噠啪噠響，迪哥里先生已重新舉起魔杖，頂住哈利魔杖的尖端。

「呼呼，前咒現！」迪哥里先生吼道。

兩根魔杖的交會點，忽地冒出一個有著巨蛇舌頭的大骷髏頭，哈利聽到妙麗嚇得倒抽了一口氣。但這只能算是高空骷髏頭的影子，它看起來似乎是由一團團灰色的濃霧凝聚而成，這是符咒的鬼魂。

「吹吹除！」迪哥里先生叫道，而那濃霧凝成的骷髏頭立即消失，只殘留下一縷淡淡的輕煙。

「看吧。」迪哥里先生帶著一種殘酷的勝利感，低下頭來望著眨眨說，而她仍在陣陣抽搐地抖個不停。

「我沒有正在做出它！」她尖叫，眼珠子驚恐地骨碌碌轉動，「我沒有，我沒有，我正在不曉得要怎麼做！我是一個乖乖小精靈，我不會正在用魔杖，我根本正在不曉得要怎麼做！」

「**妳可是當場被逮個正著，精靈！**」迪哥里先生怒吼，「**手裡還握著犯案的兇魔杖！**」

「阿默，」衛斯理先生大聲說，「你自己想想看……只有極少數的巫師才會施展這種符咒……你說她要去跟誰學呀？」

「也許阿默是在暗示，」柯羅奇先生說出的每一個音節，都帶有冰冷的怒意，「我固定在家裡教僕人學習召喚黑魔標記囉？」

接下來是一段極端難堪的沉默。

阿默．迪哥里顯然嚇了一跳。「柯羅奇先生……不是……我不是那個意思……」

「你現在一連指控了兩個**最**不可能會召出黑魔標記的人！」柯羅奇先生怒喝道，「哈利波特——還有我本人！我想你應該知道這孩子的故事吧，阿默？」

「當然知道啦——這大家全都曉得的嘛——」迪哥里先生喃喃地說，神情顯得非常狼狽。

「而我相信你應該記得，在我這漫長的事業生涯中，我曾經多次以事實證明，我對黑魔法和施展它們的人，究竟有多麼深惡痛絕且不屑一顧？」柯羅奇先生喊道，眼珠子又再度暴凸出來。

「柯羅奇先生，我——我絕對無意暗示你跟這件事有任何關係！」阿默．迪哥里喃喃地說，現在他那張藏在雜亂褐色鬍子下的臉已開始變紅了。

「你指控我的小精靈，就等於是指控我，迪哥里！」柯羅奇先生叫道，「否則她還有哪裡可以學到召出黑魔標記的方法？」

「她——她說不定是在別的地方撿到魔杖——」

「說得好，阿默，」衛斯理先生說，「**她說不定是在別的地方撿到魔杖……**眨眨？」他轉向小精靈和藹地問道，但她還是嚇得畏縮了一下，彷彿他是在對她怒吼似的，「妳究竟是在什麼地方，發現到哈利的魔杖？」

眨眨用力扭著她那條茶巾的縫邊，布都快要被她的手指給磨破了。

「我——我是正在……我是正在那裡發現的，先生……」她輕聲說，「在那裡……在樹叢裡面，先生……」

「你看吧，阿默？」衛斯理先生說，「不管是誰召出了黑魔標記，他在完事以後，都可以拋下哈利的魔杖，趕緊施消影術離開。這麼做真的是很聰明，不用自己的魔杖，這樣就不會洩漏他的真實身分。而這個倒楣的眨眨呢，偏偏在不久之後，無意間看到這根魔杖，並把它撿了起來。」

「這樣的話，那她跟真正的罪犯一定沒隔多遠！」迪哥里先生急躁地說，「精靈？妳有看到任何人嗎？」

眨眨現在抖得比先前更加厲害。她用她那對大眼睛先瞄了迪哥里先生一眼，接著再轉向魯多．貝漫，最後落到柯羅奇先生身上。

然後她嚥了一口口水，說：「我一個人也沒有正在看到，先生……一個人也沒有……」

「阿默，」柯羅奇先生唐突地表示，「我很清楚，要是依照這類事件的正常程序，你應該是把眨眨帶回你部裡問話。但我要在此請求你，把她交給我處理。」

迪哥里先生似乎對這個建議非常不以為然，但哈利心裡很清楚，柯羅奇先生是魔法部的大官，迪哥里先生根本不敢拒絕他。

「你大可放心，我一定會讓她受到懲罰。」柯羅奇先生冷冷地補上一句。

「主──主──主人……」眨眨結結巴巴地說，她抬頭望著柯羅奇先生，大眼睛中盈滿了淚水，「主──主──主人，求──求──求求……」

柯羅奇先生回望著她，他的面孔似乎變得更加鮮明清晰，上面的每一根皺紋，都顯得如蝕刻般明顯深刻，他眼中完全沒有一絲同情。「眨眨今天晚上的行為，真是讓我不敢相信，」他緩緩表示，「我告訴她，要她待在帳篷裡。我告訴她，在我去解決問題的時候，乖乖待在那裡別動。而我發現她違抗了我，**這就意味著──衣服**。」

「不！」眨眨匍匐在柯羅奇先生腳下尖聲慘叫，「不，主人！不要衣服，不要衣服！」

哈利知道，想要讓家庭小精靈獲得自由，唯一的方法就是賞給他一件像樣的衣物。看到眨眨緊抓著她的茶巾，趴在柯羅奇先生腳下哭泣的模樣，實在令人感到不忍。

「但她感到害怕呀！」妙麗突然忿忿不平地衝口而出，並怒目瞪視柯羅奇先生，「你的小精靈很怕高，而那些戴面具的巫師，偏偏又在施法讓人飄到空中！她當然想要避開他們啦，這你怎麼能怪她呢！」

柯羅奇先生退後一步，不讓小精靈碰到他。他望著她的眼神，就好像她是個腐爛的髒東西，生怕她弄髒了他那雙光可鑑人的皮鞋。

「我不需要一個不聽話的家庭小精靈，」他抬頭望著妙麗，冷漠地表示，「我不需要一個忘了謹守主人交辦的任務，和不為她主人名譽著想的僕人。」

眨眨哭得實在太厲害了，她的哭泣聲在林中空地激起陣陣迴音。

大家陷入一片極端尷尬的沉默，最後衛斯理先生終於輕聲地開口說：「好了，如果你們不反對的話，我想先帶我的同伴回帳篷休息去了。阿默，那根魔杖應該已經用不到了——能不能請你把它還給哈利——」

迪哥里先生把魔杖還給哈利，哈利把它接過來放進口袋。

「好了，你們三個跟我走吧，」衛斯理先生輕聲說，但妙麗好像根本就不想走，她的雙眼依然緊盯著那個哭得唏哩嘩啦的小精靈。「妙麗！」衛斯理先生喊道，這次他的語氣變得急促了些。她轉過身來，跟著哈利和榮恩走出林中空地，開始穿越樹林。

「眨眨會怎麼樣？」妙麗等他們一走出林中空地，就立刻開口問道。

「我不曉得。」衛斯理先生說。

「他們怎麼可以這樣子對她！」妙麗激動地說，「迪哥里先生，從頭到尾就只叫她『精靈』……還有柯羅奇先生！他明明知道她什麼也沒做，卻還是把她開除！他完全不在乎她心裡有多害怕，也不管她會不會難過——根本就不把她當人看！」

「嗯，她本來就不是人嘛。」榮恩說。

妙麗立刻就將矛頭轉向了榮恩。「但是那並不代表她就沒有感情呀，榮恩，你這態度真是太令人厭惡——」

「妙麗，我完全同意妳的看法，」衛斯理先生連忙接口說，並示意她繼續往前走，「但現在並不是討論精靈權的時候，我想要盡快帶大家回到帳篷。其他人怎麼了？」

「我們在黑暗中跟他們走散了，」榮恩說，「爸，為什麼大家一看到那個像骷髏頭的玩意兒，全都變得那麼神經兮兮的？」

「等回到帳篷以後，我再跟你們解釋清楚。」衛斯理先生緊張地說。

但當他們走到森林邊緣時，卻發現有人擋住了去路。

前方聚集了一大群滿臉驚恐的男女巫師，他們一看到衛斯理先生走過來，許多人就一湧而上，「那裡到底出了什麼事啊？是誰把它召出來的？亞瑟——該不會是——**他**吧？」

「當然不會是他，」衛斯理先生不耐煩地答道，「我們目前還不曉得是誰做的，下手的人好像已經施消影術離開了。很對不起，請你們讓開，我現在想上床休息了。」

他領著哈利、榮恩和妙麗擠過人群，返回營區。現在一切都已恢復平靜，那群戴面具的巫師也已銷聲匿跡，但仍有幾座殘破的帳篷冒出陣陣黑煙。

查理的頭從男生帳篷冒了出來。

「爸，出了什麼事？」他在黑暗中喊道，「弗雷、喬治和金妮都安全回到帳篷，但其他人——」

「我已經把他們帶回來了。」衛斯理先生說，並彎腰鑽進帳篷。哈利、榮恩和妙麗也跟著他一起鑽進去。

比爾坐在廚房小桌上，用床單按住他那鮮血直流的手臂。查理的襯衫被扯破了，而派西臉上則是掛了個血淋淋的醒目鼻子。弗雷、喬治和金妮看起來毫髮無傷，但人卻顯然是嚇呆了。

「你逮到他們了嗎，爸？」比爾猛然地道，「有沒有逮到那個召出黑魔標記的人？」

「沒有，」衛斯理先生說，「我們只發現巴堤．柯羅奇的家庭小精靈，握著哈利的魔杖躺在現場，但我們還是不曉得，究竟是誰召出了黑魔標記。」

「**什麼**？」比爾、查理和派西異口同聲地喊道。

「哈利的魔杖？」弗雷說。

「**柯羅奇先生的家庭小精靈**？」派西用震驚至極的語氣說。

在哈利、榮恩和妙麗的協助之下，衛斯理先生開始將樹林中發生的事情一五一十地告訴大家。他們才剛說完，派西就露出一臉義憤填膺的表情。

「很好，柯羅奇先生決定把那種家庭小精靈擺脫掉，做的真是太對了！」他說，「他已經明白告訴她不准走開，而她竟然還敢跑走……在全魔法部同仁面前丟他的臉……要是她被奇獸管控部門抓去偵訊的話，那就太——」

「但她什麼也沒做呀——她只是運氣不好，偏偏選在那個時候走到出事地點！」妙麗對派西厲聲吼叫道，這顯然讓他大吃了一驚。妙麗向來都跟派西處得相當不錯——事實上，可說是比其他人要好太多了。

「妙麗，以柯羅奇先生的身分地位，可絕不能讓自己的家庭小精靈，這樣子拿著魔杖胡亂闖禍呀！」派西恢復鎮定，用傲慢的語氣表示。

「她才沒有拿著魔杖胡亂闖禍呢！」妙麗大叫，「她只不過是把它從地上撿了起來！」

「聽我說，有沒有人可以跟我解釋一下，那個像骷髏頭的玩意兒，到底是什麼東西呀？」榮恩不耐煩地說，「它又沒有傷人……大家幹嘛要這麼大驚小怪？」

「我告訴過你，它是那個人的標誌呀，榮恩，」大家還來不及開口，妙麗就應聲答道，「我是在《黑魔法的興起與衰落》裡面看到的。」

「而且它已經有整整十三年不曾出現了，」衛斯理先生平靜地說，「也難怪大家會這麼驚惶失措……那幾乎就等於是看到『那個人』重新出現一樣。」

「我還是搞不懂，」榮恩皺著眉頭說，「我的意思是……說穿了那也只不過是空中的一個圖案嘛……」

「榮恩，『那個人』和他的黨羽，通常是在殺人的時候，才會召出黑魔標記，」衛斯理先生說，「它在當年引起了非常大的恐慌……這你不會懂的，你還太年輕了。你只要試著想想看，在你回家時，發現黑魔標記在你家屋頂上盤旋，而你心裡很清楚，在你走進去之後，會看到什麼樣的慘狀……」衛斯理先生打了個哆嗦，「這是所有人心中最大的恐懼……甚至連想都不敢去想……」

接下來有相當長的一段時間，大家全都沉默不語。

然後比爾掀開手上的床單，察看他的傷口，並開口說：「好吧，不管那東西是誰召出來的，它今晚都壞了我們的大事。那群食死人一看到它出現，全都嚇得落荒而逃。我們還來不及走過去摘下他們的面具，他們就全都施消影術離開現場。不過呢，我們還是趕在羅伯一家摔到地上前接住了他們，現在有人正在施法修正他們的記憶。」

「食死人？」哈利說，「什麼是食死人？」

「這是『那個人』的黨羽自稱的封號，」比爾說，「我想我們今晚看到的是他們剩下的餘孽——也就是當年設法逃脫刑責，沒被送進阿茲卡班的那群爪牙。」

「我們還無法證明那真的就是他們，比爾，」衛斯理先生說，「不過那的確很有可能。」他絕望地再加上一句。

「沒錯，我想那一定就是他們。」榮恩突然開口說，「爸，我們在樹林裡碰到了跩哥．馬份，他雖然沒有直說，但卻很明顯地對我們暗示，說他爸就是那群戴面具的神經病之一！而且我們大家都曉得，馬份一家本來就是『那個人』的爪牙！」

「但是佛地魔的黨羽為什麼要——」哈利才一開口，大家就全都嚇得畏縮了一下——就像魔法世界中的大多數人一樣，衛斯理一家總是避免直稱佛地魔的名字，「對不起，」哈利趕緊表示，「『那個人』的黨羽，為什麼要讓麻瓜飄到半空中呢？我的意思是，到底有什麼目的？」

「目的？」衛斯理先生發出一陣空洞的笑聲，「哈利，那是他們取樂的方式。在『那個人』得勢的時候，那些被屠殺的麻瓜，至少有一半是他們殺來玩的。我想他們今晚大概是多喝了幾杯酒，忍不住想提醒我們，他們這群人至今依然逍遙法外。我看這對他們來說，簡直就是一場小型重逢聯歡會。」他滿臉厭惡地做下結語。

「他們真的**是**食死人的話，他們為什麼一看到黑魔標記，就立刻施消影術逃走呢？」榮恩說，「他們看到它應該很高興才對呀，是不是？」

「用用腦袋吧，榮恩，」比爾說，「如果他們真的是食死人，那他們當年在佛地魔一敗塗地的時候，不知用了多少手段，才沒有被抓去阿茲卡班監獄，而且一定還天花亂墜地撒了一大堆謊，說什麼他們會殺戮折磨別人，全都是被『那個人』逼的。我敢說，要是他真的重新出現的話，他們會比我們還要害怕。在他失去法力的時候，他們一口否認自己跟他有任何關係，安安穩穩地回去過他們的正常生活……我想他對他們應該不會太滿意，你說是不是？」

「所以說……不管是誰召出了黑魔標記……」妙麗緩緩表示，「他們這麼做，究竟是要顯示出對食死人的支持，還是想要把他們給嚇跑？」

「我們也在思索同樣的問題，妙麗，」衛斯理先生說，「但我可以告訴妳……只有食死人才會知道該如何召出黑魔標記。我個人是認為，就算召出它的人現在已改邪歸正，他當年一定曾經是食死人中的一份子……聽著，現在已經很晚了，你們母親要是聽到這裡發生的事，她一定會擔心死了。我們先去睡幾個鐘頭，然後再設法搭早上的港口鑰離開這裡。」

哈利帶著他那嗡嗡作響的腦袋回到床上。他知道自己應該感到筋疲力竭才是。現在是凌晨三點鐘了，他卻感到異常清醒——異常清醒，並且憂心忡忡。

三天以前——感覺上好像過了很久，但事實上只有短短三天——他因為疤痕突然灼痛而在半夜裡驚醒。而在今晚，佛地魔王的標記，則在銷聲匿跡了整整十三年之後，首次在天空出現。這些事情究竟代表什麼意義？

他想到他在離開水蠟樹街前寫給天狼星的信，天狼星不知收到信了沒有？他什麼時候才會回信？哈利躺在床上，望著帆布天花板發楞，但腦袋裡卻沒有天馬行空的幻想來幫助他入睡。查理的鼾聲響徹整個帳篷，過了許久，哈利才終於昏昏睡去。

10 魔法部大亂

他們才睡了幾個鐘頭，衛斯理先生就把大家叫醒。他用魔法收拾好帳篷，再帶著大家加快腳步，走過站在小屋門前的羅伯先生身邊，儘可能快點離開露營地。羅伯先生露出一臉古怪的恍惚神情，並且在跟他們揮手道別時，嘴裡低聲咕噥了一句：「聖誕快樂。」

「他會好起來的，」衛斯理先生在他們踏入荒野時平靜地說，「有時候，在一個人的記憶被修正以後，他會有好一陣子變得有些迷迷糊糊的……何況他們必須讓他遺忘的那些事，不是什麼雞毛蒜皮的小事。」

逐漸接近放置港口鑰的地點時，他們聽到一陣陣焦急的說話聲，一到達目的地，就看到有一大群男女巫師，團團包圍住港口鑰管理員巴西爾，吵吵鬧鬧地嚷著要盡快離開露營地。衛斯理先生跟巴西爾匆匆討論了一下，隨後就加入長龍排隊，順利地趕在太陽高升前，搭乘一個舊橡膠輪胎返回鼬頭丘。他們在黎明的曙光中，穿越奧特瑞聖凱奇波村莊走向洞穴屋，大家全都累得要命，一心想要快點趕回去吃早餐，因此一路上很少開口交談。當他們繞過小巷轉角，洞穴屋出現在眼前時，潮溼的小徑上立刻響起一聲迴音裊裊的哭喊。

「喔，謝天謝地，謝天謝地！」

衛斯理太太顯然一直都站在前院等他們，此刻她朝著他們飛奔過來，腳上仍穿著寢室用拖鞋，她的面孔看起來既蒼白又緊張，手裡還抓著一份揉得縐巴巴的《預言家日報》。「亞瑟——我擔心死了——**擔心死了**——」

她撲過來抱住衛斯理先生的脖子，鬆開手任由《預言家日報》落下來摔到地上。哈利低下頭來，看到上面的頭條寫著：「**魁地奇世界盃出現驚悚畫面**」，另外還加上一張黑魔標記高掛樹梢的發光黑白照片。

「你們大家都沒事吧，」衛斯理太太焦急地喃喃問道，她放開衛斯理先生，用泛紅的雙眼一一凝視在場的所有人，「你們還活著……喔，**孩子們**……」

她出乎所有人意料地抓住弗雷和喬治，將他們緊緊擁入懷中，害他們的頭砰地一聲撞個正著。

「**哎呦**！媽——妳要把我們給勒死了——」

「我在你們出發之前還對你們大吼大叫！」衛斯理太太忍不住哭了出來，「我腦袋裡一直在想這件事！要是你們真落到『那個人』手裡，而我對你們說的最後一句話，竟然是嫌你們拿到的普等巫測不夠好？喔，弗雷……喬治……」

「好了啦，茉莉，我們全都好得很呀。」衛斯理先生安慰地說，將她的手從雙胞胎身上掰開，拉著她往屋子裡走去。「比爾，」他悄聲再說了一句，「把報紙撿起來，我想看看它寫了什麼……」

當他們全都擠進狹小的廚房，妙麗替衛斯理太太泡了杯超濃熱茶，並依照衛斯理先生吩咐，在茶裡加了些歐登牌陳年火燒威士忌之後，比爾才將報紙遞給他的父親。衛斯理先生飛快地瀏覽頭版新聞，而派西湊到他背後一起看。

「我就曉得，」衛斯理先生沉重地說，「魔法部大擺烏龍……罪犯逍遙法外……防護措施漏洞百出……黑巫師四處橫行無阻……國家的恥辱……這到底是誰寫的？啊……想也知道……麗塔・史譏。」

「這女的老愛跟魔法部過不去！」派西憤怒地說，「上個禮拜她還說我們放著該做的事不做，不去對付作亂的吸血鬼，成天就只會浪費時間雞蛋裡挑骨頭，斤斤計較大釜的厚度！難道她不知道在《非巫師半人生物處理指導方針》的第十二段中有**特別註明**——」

「拜託你幫個忙好嗎，派西？」比爾打著呵欠說，「閉上你的嘴。」

「上面有提到我。」衛斯理先生說，他現在已讀到《預言家日報》新聞報導的最後一段，他鏡片後的雙眼立刻瞪得老大。

「在哪裡？」衛斯理太太立刻被她的威士忌茶嗆到，口齒不清地急急問道，「我要是早點看到的話，就可以知道你們還活著了！」

「上面並沒有提到我的名字，」衛斯理先生說，「聽聽這個：『那些飽受驚嚇、提心弔膽地站在樹林邊緣等待的巫師與女巫，若是期待能從魔法部那裡得到任何安慰與保證，他們想必會感到大失所望。在黑魔標記出現不久之後，一名魔法部官員走出樹林，對大家宣告並沒有任何人受到傷害，除此之外，卻拒絕再透露任何訊息。謠傳魔法部在事發之後一小時從樹林中抬出好幾具屍體，而這位魔法部官員的聲明是否能有效救平謠言，目前尚有待觀察。』喔，真是夠了，」衛斯理先生勃然大怒，順手將報紙遞給派西，「既然**沒人**受到傷害，他們到底要我說些什麼？謠傳從樹林中抬出好幾具屍體……好吧，她這樣在報紙上一登，現在沒有謠言才怪咧。」

他重重地嘆了一口氣。「茉莉，我現在必須趕去辦公室，想辦法把這件事給壓下來。」

「我跟你一起去，父親。」派西神氣十足地表示，「柯羅奇先生想必會需要員工在身邊待命，而且我還可以把我的大釜報告當面交給他。」

他急匆匆地走出廚房。

衛斯理太太顯得非常沮喪。「亞瑟，你現在是在度假欸！這件事跟你的部門完全沒有任何關係，就算你不去，他們自己也可以處理吧？」

「我一定得去，茉莉，」衛斯理先生說，「我有責任，是我讓情況變得更加糟糕。我去換上長袍就得走了……」

「衛斯理太太，」哈利突然開口問道，他再也忍不住了，「嘿美有沒有送信給我？」

「嘿美嗎，親愛的？」衛斯理太太心煩意亂地答道，「沒……沒有，我連一封信都沒收到。」

榮恩和妙麗好奇地望著哈利。

他對他們兩人使了一個眼色，說道：「我現在可以把東西放到你的房間嗎，榮恩？」

「可以呀……我也一起去好了，」榮恩連忙答道，「妙麗？」

「好啊。」她立刻說，於是他們三人就大步踏出廚房，爬上樓梯。

「怎麼啦，哈利？」榮恩在他們踏進閣樓，關上房門後開口問道。

「我有件事情沒告訴你們，」哈利說，「星期六早上，我睡覺時又被我的疤給痛醒了。」

榮恩和妙麗兩人的反應，幾乎就跟哈利當初在水蠟樹街的臥房中所想的一模一樣。妙麗先倒抽了一口氣，緊接著就開始對他提出各式各樣的建議，並列舉了一長串的參考書籍，上自鄧不利多、下至霍格華茲護士長龐芮夫人的各路人馬，更是半個不漏地被她一一點名。

榮恩露出一臉嚇得發傻的神情。「可是——他又不在那裡，對不對？『那個人』？我的意思是——上次你的疤一直發疼的時候，他就躲在霍格華茲，不是嗎？」

「我確定他並沒有躲在水蠟樹街，」哈利說，「但我夢到了他……夢到他和彼得——也就是蟲尾。現在詳細情形我已經記不清了，但他們正在計畫要謀殺……某個人。」

他差點就衝口說出「我」這個字，但他猶豫了一會，終究還是沒說出口。看到妙麗那副嚇得半死的模樣，他實在不忍心再讓她更加害怕。

「那只是個夢嘛，」榮恩試著替大家打氣，「只是個惡夢啦。」

「話是沒錯，但那真的是夢嗎？」哈利說，並轉過頭來望著窗外逐漸泛白的天空，「這真的很詭異，不是嗎……我的疤突然發疼，而三天之後，食死人就開始大肆遊行，而佛地魔的標誌又重新在天空出現。」

「不要——說出——他的——名字！」榮恩從齒縫中迸出一句。

「而且你們還記得崔老妮教授說的話嗎？」哈利不理榮恩，逕自說下去，「她在上個學期末說的話？」

崔老妮教授是他們在霍格華茲的占卜學老師。

妙麗不屑地哼了一聲，臉上驚恐的表情立刻消失，「喔，哈利，你該不會真的把那個老騙子的話放在心上吧？」

「妳當時不在場，」哈利說，「沒聽到她說的話。那次跟以前很不一樣，我告訴妳，她陷入一種恍惚的失神狀態——那絕對不是裝出來的。她說黑魔王將會東山再起……比以前更加強大且更加駭人……還說他之所以能夠成功，是因為他的僕人將會回到他的身邊……而那天晚上蟲尾就逃走了。」

在一片沉默中，榮恩心不在焉地撥弄他查德利砲彈隊床單上的一個破洞。

「你剛才為什麼要問嘿美有沒有回來，哈利？」妙麗問道，「你在等信嗎？」

「我把疤痕發疼的事告訴了天狼星，」哈利聳聳肩說，「我正在等他的回信。」

「真有你的！」榮恩說，他臉上的擔憂神情一掃而光，「我想天狼星一定知道該怎麼辦！」

「希望他能快點給我回信。」哈利說。

「但我們不曉得天狼星現在人在哪裡……他說不定是躲在非洲的某個地方呢，對不對？」妙麗理智地表示，「嘿美沒辦法在短短幾天之內飛**那麼**遠呀。」

「是呀，這我也曉得。」哈利說，但當他望著窗外那片看不到嘿美的天空時，他卻感到胃部變得像鉛塊一般沉重。

「走，我們到果園裡去打一場魁地奇，哈利，」榮恩說，「走吧——找比爾、查理、弗雷和喬治跟我們一起打，正好三對三……你可以試著練習隆斯基詐騙法……」

「榮恩，」妙麗用一種「天下怎麼會有你這麼沒神經的人」的語氣說，「哈利現在才不會想要打魁地奇呢……他很擔心，而且他累了……我們大家全都需要上床休息……」

「好呀，我要去打魁地奇，」哈利突然開口說，「等一下，我去拿我的火閃電。」

妙麗轉身踏出房間，嘴裡低聲咒了一句，聽起來很像是在說：「**臭男生**。」

* * *

接下來的一個禮拜，衛斯理先生和派西都很少回家。他們兩人都是趕在全家其他人都還沒起床前，一大早就匆匆出門，而且每天晚上，總是在晚餐過後許久才回到家裡。

「部裡完全亂成一團，」派西在大家該返回霍格華茲上課前的週日晚上，擺出一副很了不起的樣子告訴他們，「我整個禮拜都在忙著滅火。不斷有人送咆哮信過來，你們也曉得，要是不馬上打開咆哮信的話，它就會立刻爆炸。我的辦公桌上到處都是燒焦的痕跡，我最好的一枝羽毛筆也被燒成了焦炭。」

「他們為什麼都要寄咆哮信？」金妮問道，她正坐在客廳爐火前的地毯上，忙著用魔法膠帶修補她的《一千種神奇藥草與蕈類》。

「對我們在世界盃球賽的防護措施提出抱怨啊，」派西說，「他們要求賠償在暴動中毀損的物品。蒙當葛．弗列契要求我們賠償一座附有全套按摩泡沫浴設備的十二房帳篷，但我一眼就看穿了他的伎倆。我知道他原先睡的帳篷，事實上只是隨便拿件斗篷罩在樹枝上湊合湊合的破爛玩意兒。」

衛斯理太太朝角落的老爺鐘瞄了一眼。哈利很喜歡這座鐘，你若只是想要察看時間的話，這座鐘可說是毫無用處，但它卻可以為你提供許多豐富的訊息。鐘面上共有九根金色的指針，上面分別刻著衛斯理家中每一位成員的名字。鐘面周圍並沒有數字，只有一些關於每位家人目前所在位置的說明文字。上面可以看到「家」、「學校」、「工作」等一般地點，但同時也包括了「迷路」、「醫院」、「監獄」等特殊狀況，而在平常鐘錶十二點的位置則寫著：「生命危險」。

目前有八根指針全都指向「家」的位置，但代表衛斯理先生那根最長的指針，卻依然指向「工作」。衛斯理太太嘆了一口氣。

「打從『那個人』失勢那天起，你們父親就從來沒在週末加過班，」她說，「他們現在實在是讓他工作得太過辛苦了。他要是再不快點回來的話，他的晚餐就要糟蹋掉了。」

「嗯，我想父親是認為，他必須為他在球賽時所犯的錯誤做些彌補吧，是不是？」派西說，「說實話，他沒先跟他部門的主管討論清楚，就貿然公開發表聲明，這種做法實在是不太聰明——」

「就為了那個叫史譏的卑鄙女人寫了篇無聊東西，你竟然就責怪自己的父親！」衛斯理太太立刻大發雷霆。

「就算爸什麼也沒說，那個老麗塔照樣也會大肆批評：魔法部竟然無人出面發表任何聲明，實在是可恥至極，」正在跟榮恩下棋的比爾搭腔說，「麗塔．史譏從來就不會寫任何人好話。你們還記不記得，她上次訪問過古靈閣所有的解咒師，結果說我是『一無是處的長髮白痴』？」

「這個嘛，你的頭髮是長了點，親愛的，」衛斯理太太柔聲說，「要是你肯讓我——」

「**絕不**，媽。」

雨水猛烈拍打客廳的窗戶。妙麗埋首研究她的《標準咒語·四級》，這是衛斯理太太到斜角巷為她和哈利及榮恩買來的新課本。查理忙著縫補一頂防火羊毛保暖頭巾。哈利把他十三歲時妙麗送他的生日禮物「飛天掃帚保養工具箱」打開來擱在腳邊，專心為他的火閃電上油保養。弗雷和喬治兩人窩在遠方的角落，手裡握著羽毛筆，彎腰俯向一張羊皮紙，正在嘰嘰咕咕地悄聲交談。

「你們兩個又在搞什麼鬼啊？」衛斯理太太緊盯著雙胞胎厲聲喝道。

「在寫功課啊。」弗雷含混地答道。

「別說笑話了，你們還在放假欸。」衛斯理太太說。

「是啊，我們有點耽擱到了。」喬治說。

「你們該不會是剛好擬出了一份新的**訂貨單**吧，是不是啊？」衛斯理太太精明地追問，「你們該不會是打算要重新開始進行你們的**衛氏巫師法寶**，是不是啊？」

「好了啦，媽，」弗雷抬頭望著她，露出一臉受傷的表情，「要是霍格華茲特快車明天出車禍，我和喬治死掉了，而妳跟我們說的最後一句話，竟然是平白無故誣賴我們犯錯，妳作何感想？」

大家全都放聲大笑，連衛斯理太太也不例外。

「喔，你們父親回來了！」她突然抬頭望著老爺鐘喊道。

衛斯理先生的指針突然從「工作」轉到「旅行中」，一秒後它又一陣抖動，跟其他指針一同停在「家」的位置，接著他們就聽到從廚房傳來他的喊叫聲。

「就來了，亞瑟。」衛斯理太太喊道，急忙走出房間。

過了一會，衛斯理先生就端著晚餐盤踏入溫暖的客廳，他看起來真的是累慘了。

「唉，這次真的是碰到大麻煩了，」他坐到爐火邊的扶手椅上，不太感興趣地撥弄他那些有點乾掉的花椰菜，開口對衛斯理太太說，「麗塔．史譏這整個禮拜都在虎視眈眈地搜查資料，想要找到魔法部更多的失誤，好讓她拿來大肆報導一番。現在她已經發現可憐的老柏莎失蹤了，所以這消息明天就會上《預言家日報》。我早在幾百年前就**告訴**過貝漫，叫他快點派人去把她找回來。」

「柯羅奇先生已經跟他說了好幾個禮拜了。」派西立刻接口說。

「柯羅奇已經算夠幸運的了，沒讓麗塔發現眨眨的事。」衛斯理先生暴躁地說，「他的家庭小精靈手裡握著召出黑魔標記的魔杖，這消息只要一曝光，包管會在報上連登一個禮拜。」

「我們不是全都一致認為，那個小精靈雖然不太可靠，但絕對**不可能**會召出黑魔標記的嗎？」這下派西也發怒了。

「你要是問我的話，我可以告訴你，那個柯羅奇先生沒被《預言家日報》的人發現他對家庭小精靈有多惡劣，已經算他夠幸運的了！」妙麗生氣地說。

「妳聽我說，妙麗！」派西說，「像柯羅奇先生那樣的魔法部高層官員，自然有權利要求他的僕人完全服從——」

「你是說他的**奴隸**吧！」妙麗的嗓門變得又高又尖，「因為他根本就沒有給過眨眨**薪水**，我沒說錯吧？」

「我看你們大家最好趕快上樓，去檢查行李是不是全都整理好了！」衛斯理太太打斷了這場爭吵，「快去呀，大家全都上樓去吧……」

哈利收好他的飛天掃帚保養工具箱，再把火閃電扛到肩上，跟榮恩一起回到樓上。窗外的雨聲在樓頂聽起來比先前更響亮，雨聲伴隨著颼颼狂嚎的淒厲風聲，另外再偶爾點綴上一、兩聲閣樓惡鬼的厲聲號叫。他們一走進房間，豬水鳧就開始吱吱喳喳地在籠子裡面飛著打轉。看到正在打包的行李箱，似乎讓牠興奮得快要發狂了。

「給他一點貓頭鷹樂樂伴，」榮恩丟給哈利一包東西，「大概可以讓他暫時閉上嘴巴。」

哈利透過欄杆縫隙，往鳥籠裡塞了一點貓頭鷹樂樂伴，然後回過頭來望著他的行李箱。嘿美的鳥籠就擱在箱子旁邊，裡面仍然是空的。

「已經一個多禮拜了，」哈利望著嘿美寂寞的棲木說，「榮恩，你覺得天狼星會不會是被抓了？」

「不會啦，《預言家日報》又沒報導這個消息，」榮恩說，「魔法部要是真逮到了像他這樣的**重量級人物**，他們一定會想要讓大家全都知道的嘛，你說是不是？」

「沒錯，我想也是……」

「你看，這是我媽在斜角巷替你買的東西，而且她還幫你從地下金庫裡提了些金幣出來……她也把你的襪子全都洗乾淨了。」

他把一堆包裹抬到哈利的行軍床上，再往旁邊扔了一個錢包和一大堆襪子。哈利開始拆衛斯理太太替他買來的東西。除了米蘭達．郭汐客的《標準咒語．四級》，另外還有幾枝新羽毛筆，一打羊皮紙卷，並替他的魔藥學藥材箱補了一些貨——他的獅子魚刺和顛茄精油都快要用光了。在他忙著把內衣褲塞進大釜的時候，他背後的榮恩突然發出一聲充滿嫌惡的吼聲。

「怎麼會有**這種**鬼東西？」

他手裡抓著某樣東西，哈利覺得那好像是一件茶色天鵝絨長洋裝。它的領子和袖口都鑲著一圈式樣相同、看起來有點發霉的蕾絲花邊。

門外傳來一陣敲門聲，接著衛斯理太太就抱著一大堆洗得香噴噴的霍格華茲長袍走了進來。

「把這收好，」她說，並把衣服分成兩份，「好了，打包的時候注意一點，別把衣服給壓縐了。」

「媽，妳把衣服弄混了，妳給了我一件金妮的新洋裝。」榮恩說，把衣服遞到她面前。

「我怎麼會弄混呢？」衛斯理太太說，「那本來就是要給你的呀，你的禮袍嘛。」

「**什麼**？」榮恩露出一臉嚇壞的表情。

「禮袍！」衛斯理太太重複了一遍，「你學校的單子上說，你們今年必須準備一件禮袍……就是正式場合穿的長袍啦。」

「妳不是在開玩笑吧？」榮恩不敢相信地說，「我才不要穿那種鬼玩意咧，休想。」

「全世界都在穿，榮恩！」衛斯理太太沒好氣地表示，「這種衣服本來就是這個樣子的嘛！你父親自己就有一件，拿來在參加正式宴會的時候穿！」

「我寧願脫光光，也不要穿上那種東西。」榮恩頑固地回答。

「別說傻話了，」衛斯理太太說，「你的單子上寫得清清楚楚，你必須要準備一件禮袍！我也替哈利買了一件……拿給他看呀，哈利……」

哈利帶著三分驚恐拆開行軍床上的最後一個包裹，但它看起來並沒有他想像中那麼糟糕。他的禮袍上並沒有任何蕾絲花邊，事實上，它看起來就跟他學校的長袍制服差不多，唯一的差別就是它並不是黑色，而是酒瓶綠。

「我覺得這正好可以襯托出你眼睛的顏色，親愛的。」衛斯理太太慈愛地表示。

「好啊，那件不錯呀！」榮恩望著哈利的長袍生氣地說，「那為什麼不替我也買一件跟他一樣的？」

「因為……嗯，你的我必須上二手店去買，那裡實在沒多少選擇！」衛斯理太太紅著臉說。

哈利別過頭去。他非常樂意把他在古靈閣的所有存款，拿出來與衛斯理家共同分享，但他知道他們連一分錢也不肯拿的。

「我死都不要穿那種東西，」榮恩頑固地表示，「休想。」

「很好，」衛斯理太太厲吼，「那你就光著身子好了。哈利，別忘了替他照張相片，天知道我有多需要好好大笑一場。」

她走出房間，砰地一聲摔上房門。他們背後響起一陣嘰哩咕嚕的怪聲音，豬水鳧被一塊過大的貓頭鷹飼料噎到了。

「為什麼我用的東西全都是些破爛垃圾？」榮恩狂怒地說，大步跨過房間，掰開豬水鳧的鳥喙。

11 登上霍格華茲特快車

哈利在第二天早上醒來時，衛斯理家中一片愁雲慘霧，充滿了假期結束的陰鬱氣氛。他穿上牛仔褲和寬棉線衫，豪雨仍一陣陣地潑灑到窗戶上。他們在登上霍格華茲特快車之後，才會換上學校的長袍。

他、榮恩、弗雷及喬治一起下樓去吃早餐，才剛走到一樓的樓梯台，衛斯理太太就滿臉不安地出現在樓梯口。

「亞瑟！」她對著樓梯喊道，「亞瑟！魔法部有急信！」

急得連長袍都穿反的衛斯理先生乒乒乓乓地衝下樓梯，哈利趕緊把整個身子貼到牆上讓他通過，他一溜煙就跑不見了。當哈利和其他人踏進廚房時，他們看到衛斯理太太正焦急地往餐具櫥抽屜裡翻找摸索——「我記得我在這裡放了一枝羽毛筆呀！」——而衛斯理先生俯身對著爐火說話，火中有——

哈利用力閉上眼睛，然後再重新張開，想確定自己的眼睛是不是出了毛病。

阿默・迪哥里的頭顱出現在火堆中，看起來活像一顆長了鬍鬚的大蛋。它完全無視於周遭飛舞的火舌正在舔噬它的雙耳，嘰哩呱啦講個不停。

「……麻瓜鄰居聽到了碰撞聲和喊叫聲，所以他們就去叫那個你說是什麼來著——『金茶』是吧？亞瑟，你非得趕過去一趟——」

「拿去！」衛斯理太太屏息說，把一張羊皮紙、一瓶墨水和一枝縐巴巴的羽毛筆，塞到衛斯理先生手中。

「——還好這件事讓我給聽到了，實在是不幸中的大幸，」迪哥里先生的頭說，「我今天必須一大早就趕到辦公室，去派貓頭鷹送幾封信，我發現魔法不當使用局的人全都跑出去了——要是被麗塔·史譏抓到這個把柄，亞瑟——」

「瘋眼自己是怎麼說的？」衛斯理先生扭開墨水瓶蓋，用羽毛筆蘸了些墨水，準備做筆記。迪哥里先生的頭顱骨碌碌地轉動眼珠。「說他聽到有人闖進他家院子，還說他們偷偷摸摸地想溜進他的房子裡去，結果卻被他那些埋伏在一旁的垃圾桶偷襲。」

「那些垃圾桶做了什麼？」正忙著振筆疾書的衛斯理先生繼續追問。

「我只曉得，它們發出一聲非常可怕的聲音，把垃圾噴得到處都是，」迪哥里先生說，「在『金茶』出現的時候，還有一個垃圾桶正在那兒衝來衝去哩——」

衛斯理先生發出一聲呻吟，「那些闖進來的人呢？」

「亞瑟，你也很清楚瘋眼這個人是怎麼回事，」迪哥里先生的頭顱說，眼珠子又開始骨碌碌地轉個不停，「真有人敢在三更半夜溜進他家院子嗎？我看是不知從哪裡晃來一隻身上掛滿馬鈴薯皮、正在大發神經的貓還比較有可能哩。但要是讓魔法不當使用局的人逮到瘋眼的小辮子，那他就真的慘囉——想想看他有多少前科——我們非得找個較輕的罪名來讓他脫身不可，最好是某個歸你部裡管的罪名——會爆炸的垃圾桶該判什麼罪呀?」

「頂多判個警告吧,」衛斯理先生仍在飛快地寫個不停,而他的眉頭皺了起來,「瘋眼有沒有使用他的魔杖?他該不會真的攻擊別人吧?」

「我敢打包票,那傢伙一定是一跳下床,就不分青紅皂白地開始對窗外所有他能擊中的東西下惡咒,」迪哥里先生說,「不過並沒有任何人受到傷害,所以他們很難找到證據。」

「好吧,我得走了。」衛斯理先生說,將那張記滿筆記的羊皮紙塞進口袋,又急急忙忙衝出廚房。

迪哥里的頭轉過來望著衛斯理太太。

「真不好意思,茉莉,」他的語氣變得平靜多了,「一大早就來吵你們……但只有亞瑟才有辦法讓瘋眼脫罪,而瘋眼的新工作正好是在今天開始上班,他為什麼偏偏要選在昨晚……」

「這沒什麼,阿默,」衛斯理太太說,「你要不要先吃片吐司再走?」

「喔,那我就不客氣了。」迪哥里先生說。

衛斯理太太從廚房餐桌上的一大堆麵包中,取出一片奶油吐司,用火鉗夾住,送進迪哥里先生嘴裡。

「葉了。」他口齒不清地道了聲謝,然後就輕輕啵地一聲消失了。

哈利聽到衛斯理先生提高嗓門,跟比爾、查理、派西和女孩子們匆匆道別。在短短五分鐘之內,他又回到廚房,這次長袍總算穿對了面,他正拿了把梳子忙著梳理頭髮。

「我得趕快走——祝你們學期愉快囉,男孩們。」衛斯理先生對哈利、榮恩和雙胞胎兄弟說，伸手抓了件斗篷披在肩上，開始準備施展消影術，「茉莉，妳一個人送孩子們去王十字車站沒問題吧？」

「當然沒問題啦，」她說，「你只要專心照顧瘋眼就行了，不用擔心我們。」

衛斯理先生一消失，比爾和查理就踏進廚房。

「剛才是不是有人提到瘋眼？」比爾問道，「他這次又有什麼新花樣？」

「他說昨晚有人企圖闖進他家。」衛斯理太太說。

「瘋眼穆敵？」喬治一面往吐司上抹果醬，一面沉吟地說，「他不就是那個神經病嗎——」

「你們父親可是很看重瘋眼穆敵的。」衛斯理太太嚴厲地說。

「話是沒錯，但爸自己也在收集插頭對吧？」弗雷等衛斯理太太一離開房間，就悄悄地說，「這就叫做物以類聚……」

「穆敵當年是一位非常了不起的巫師呢。」比爾說。

「他跟鄧不利多是老朋友了，對不對？」查理說。

「但鄧不利多也不能算是**正常人**嘛，你說是不是？」弗雷說，「我的意思是，我知道他是個天才……」

「這個瘋眼到底**是**什麼人呀？」哈利問道。

「他以前也在魔法部工作，現在已經退休了。」查理說，「以前爸帶我去辦公室的時候我碰過他一次，他是一名正氣師——而且是他們之中最出類拔萃的人才……正氣師就是專門捉拿黑巫師的人，」他看到哈利茫然的表情，連忙補充說明，「阿茲卡班牢房裡的囚犯，幾乎有一半是他抓到的。但他自己也因此而結了許多仇……主要是被捕罪犯的親人……而且我聽說，他老了以後變成了一個不折不扣的偏執狂，什麼人都不信任，成天疑神疑鬼，覺得到處都是黑巫師。」

比爾和查理決定一起去王十字車站送大家，但派西一再道歉，說他實在太忙，非得去上班不可。

「我實在不能再請假了，」他告訴他們，「柯羅奇先生現在真的越來越依賴我了。」

「是呀，你知道嗎，派西？」喬治一臉認真地表示，「我想他很快就不會再叫錯你的名字了。」

衛斯理太太非常勇敢地到麻瓜村子裡的郵局打了通電話，叫了三輛普通麻瓜計程車，來載他們去倫敦。

「亞瑟本來想向魔法部借車送我們去，」衛斯理太太悄聲告訴哈利，他們站在被雨水洗淨的院子裡，望著那些計程車司機將六個沉重的霍格華茲大皮箱，扛到他們的車子裡放好，「但他們現在實在是挪不出車來……喔，天哪，這些人好像真的是很不高興欸，你說是不是啊？」

哈利並不想告訴衛斯理太太，這些麻瓜計程車司機很少有機會載到興奮過度的貓頭鷹，而豬水鳧現在偏偏又發出一種震耳欲聾的恐怖噪音。但事情還不僅止於此，沒過多久，弗雷的行李箱又忽然彈開，放在箱子裡的「飛力博士的神奇水燃無熱煙火」立刻意外爆炸，把歪腿嚇得用爪子抓住那個扛箱子司機的腿，氣急敗壞地拚命往上竄，害司機又驚又痛地喊個不停。

這趟旅程並不是很舒適，主要是因為他們全都得跟箱子一起擠在計程車後座。歪腿過了相當長的一段時間，才從煙火的驚嚇中恢復過來，等車子駛入倫敦時，哈利、榮恩和妙麗已經全都被牠抓得渾身是傷了。當他們終於在王十字車站下車時，大家全都大大鬆了一口氣。雨下得比剛才更大，他們才拖著箱子走了一小段路，越過擁擠的街道進入車站，就被淋成了落湯雞。

哈利對於前往九又四分之三月台所必經的過程，現在已經越來越習慣了。這其實相當簡單，只要對準那道位於第九和第十月台中間，外表看起來很堅固的路障，輕輕鬆鬆直接走過去就行了。唯一比較需要用到技巧的部分，就是你在穿越的時候，要做得很不顯眼，這樣才不會引起麻瓜的注意。他們今天是分批前進，哈利、榮恩和妙麗三人（他們是其中最引人注目的一組，因為他們身邊還帶著豬水鳧和歪腿）最先走。他們漫不經心地靠著路障，有一搭沒一搭地閒聊，接著就身子往旁一歪，輕輕鬆鬆地就穿了進去……他們一穿過去，九又四分之三月台就赫然出現在他們面前。

霍格華茲特快車閃亮的猩紅色火車頭，已停在那裡等待他們。火車頭冒出一陣陣滾滾白煙，在煙霧中看來，月台上那些人潮洶湧的霍格華茲學生和送行的父母，就好像是一群黑色的鬼影。煙霧中傳來許多貓頭鷹的嗚嗚啼叫聲，而豬水鳧為了跟牠們應和，變得比先前更加聒噪。哈利、榮恩和妙麗開始去找座位，沒過多久，他們就在靠近火車中央位置的地方找到一個廂座，把行李箱塞進去。接著他們又跳回月台，去跟衛斯理太太、比爾和查理道別。

「我說不定馬上就會跟你們大家再碰面了。」查理在跟金妮擁別時咧嘴笑道。

「為什麼？」弗雷機警地問。

「你很快就會曉得了，」查理說，「但你可別跟派西說我提到這件事，畢竟『在部裡決定發布消息之前，這件事是被列為機密情報處理』嘛。」

「是呀，我今年還真有點希望能回到霍格華茲去看看呢。」比爾雙手插在口袋裡，用一種幾近渴望的眼神凝視著火車。

「**為什麼**？」喬治不耐煩地問道。

「你們今年會過得非常有趣，」比爾說，他的雙眼閃閃發光，「我說不定真的會休個假，回去看看那個……」

「那個**什麼**呀？」榮恩說。

汽笛正好就在這一刻鳴響，衛斯理太太連忙趕他們上火車。

「謝謝妳請我們到家裡玩，衛斯理太太。」妙麗說，此時大家已全都走上車，關上車門，他們從窗口探出頭跟衛斯理太太說話。

「是呀，真的很謝謝妳照顧我們，衛斯理太太。」哈利說。

「喔，我也很高興請你們來玩呀，親愛的，」衛斯理太太說，「我本來還想請你們來過聖誕節呢，但是……這個嘛，我想你們一定會想要留在霍格華茲過節，因為那裡有……有一件大事嘛。」

「媽！」榮恩暴躁地說，「你們三個到底在賣什麼關子啊？」

「我想你們今天晚上就會曉得了，」衛斯理太太微笑著說，「那一定非常刺激——我可以告訴你們，我真的很高興他們更改了規定——」

「什麼規定？」哈利、榮恩、弗雷和喬治齊聲問道。

「我想鄧不利多教授一定會跟你們說的……好了，你們在學校要乖乖守規矩點，知不知道？**可以嗎**，弗雷？你呢，喬治？」

火車的活塞發出響亮的嘶嘶聲，火車開始往前移動。

「快告訴我們，霍格華茲究竟有什麼大事呀？」弗雷趴在窗口，對著迅速遠去的衛斯理太太、比爾和查理吼道，「他們到底又更改了什麼規定？」

但衛斯理太太只是揮手微笑，火車還沒繞過轉角，她、比爾和查理就已經施消影術離開了。

哈利、榮恩和妙麗回到他們的廂座。豆大的雨水潑灑在窗戶上，因此很難看清窗外的景象。榮恩打開他的行李箱，掏出他的茶色禮袍，扔到豬水鳧的鳥籠上，好蓋住牠吵鬧的啼聲。

「上次貝漫就想告訴我們霍格華茲會發生什麼事，」他坐到哈利旁邊，開始大發牢騷，「就是在看世界盃球賽的時候，記得吧？但我自己的母親，居然死都不肯透露。真奇怪，那到底——」

「噓！」妙麗突然輕聲說，她將手指貼在唇邊，指著他們隔壁的廂座。哈利和榮恩豎起耳朵，聽到一陣熟悉的慢腔慢調的聲音，透過敞開的大門飄送進來。

「……你們知道嗎？事實上，我父親原先想讓我念的學校是德姆蘭，而不是霍格華茲。他認識那邊的校長，懂了吧？嗯，你們也曉得，他對鄧不利多不是很滿意——這個人簡直就是個麻種迷嘛——德姆蘭才不會准那種賤民入學呢，但我母親不肯讓我到那麼遠的地方去上學。我父親說，德姆蘭對黑魔法的態度比霍格華茲明理多了。德姆蘭的學生可以真的**學習**黑魔法，哪像我們只能學那些無聊的防禦垃圾……」

妙麗站起來，踮起腳尖走到廂座門前，輕輕帶上房門，遮住馬份的聲音。

「所以他是覺得德姆蘭會比較適合他囉？」她生氣地說，「我真希望他**去**那個學校，這樣我們就不用再去忍受他那副嘴臉了。」

「德姆蘭是另一間魔法學校嗎？」哈利問道。

「是啊，」妙麗不屑地說，「但它的名聲糟透了，《歐洲魔法教育評鑑》上說他們特別注重黑魔法。」

「我應該聽過這所學校，」榮恩咕噥地說，「它在哪裡？在哪個國家？」

「咦，根本不會有人知道，不是嗎？」妙麗揚起眉毛說。

「呃——為什麼沒人知道？」哈利問道。

「所有的魔法學校，自古以來一直都有非常強烈的競爭意識。德姆蘭和波巴洞不願意讓別人知道它們的地點，是因為這麼做的話，就不用擔心被別人偷走它們的機密了。」妙麗用一種實事求是的口吻表示。

「別扯了，」榮恩放聲大笑，「德姆蘭至少應該跟霍格華茲差不多大吧？你怎麼有辦法藏住一座髒兮兮的城堡啊？」

「但霍格華茲本身**就是**隱藏起來的呀，」妙麗驚訝地說，「這不是大家全都知道的事嗎……好吧，至少看過《霍格華茲：一段歷史》的人全都會曉得。」

「那不就只有妳一個人嗎？」榮恩說，「繼續說下去吧——你要怎樣才能藏住像霍格華茲這麼大的地方？」

「對它施法術呀，」妙麗說，「要是有麻瓜望著它的話，它們看到的只不過是一個腐朽的古老廢墟，入口處還掛了個牌子，上面寫著：『**危險，請勿進入，此處不安全。**』」

「所以在外人眼中看來，德姆蘭也像廢墟囉？」

「大概吧，」妙麗聳肩答道，「要不然它也可能像世界盃球賽體育場一樣，下了麻瓜驅逐咒。而且為了不讓外國巫師發現到它，他們還必須讓它變得『不可記』——」

「這又是什麼呀？」

「嗯，你可以對一座建築施魔法，讓它變得不能被記錄在地圖上，是不是？」

「呃，這個嘛……妳說是就是啦。」哈利說。

「但我認為，德姆蘭一定是在很遠的北方，」妙麗沉吟地說，「某個非常寒冷的地方，因為他們的制服還包括一頂毛氈帽咧。」

「啊，想想看在那裡可能會發生什麼好事，」榮恩帶著做夢的表情說，「把馬份從冰山推下去，再假裝是發生意外，一定簡單得要命……他母親幹嘛要這麼喜歡他呀……」

隨著火車逐漸深入北方，窗外的雨勢也越下越大。天空一片漆黑，窗口霧氣瀰漫，因此只好在大白天就點亮了燈。午餐推車唧唧嘎嘎地滑過走廊，哈利去買了一大堆大釜蛋糕跟大家分享。

下午的時候，他們有幾位朋友走過來看他們，其中包括西莫·斐尼干、丁·湯馬斯，還有奈威·隆巴頓。奈威是一個超級健忘的圓臉男孩，從小就由他那位恐怖的老巫婆奶奶撫養長大。西莫身上依然別著他的愛爾蘭胸花，胸花原先的魔法現在好像已經消退了許多，它雖然仍在尖聲叫著：「**崔洛！穆莉！莫蘭！**」聲音卻變得極端虛弱無力。過了半小時左右，妙麗開始對那永無止盡的魁地奇討論會感到厭煩，於是她再度埋首研讀《標準咒語·四級》，並嘗試練習一個召喚咒。

大家重新回想那場世界盃球賽時，奈威在一旁羨慕地傾聽他們的談話。

「奶奶根本不想去，」他難過地說，「也不肯替我買球票。這場比賽聽起來好像很棒。」

「真的是很棒，」榮恩說，「你看這個，奈威……」

他伸手往行李架上的箱子裡摸索，掏出了維克多·喀浪的小人偶。

「喔，**哇**。」奈威在榮恩將喀浪倒在他肥嘟嘟的手掌心時，不禁羨慕地驚嘆。

「而且我們還在離他很近的地方看過他呢，」榮恩說，「我們那時候就坐在頭等包廂——」

「我看這是你這輩子第一次，也是最後一次坐頭等包廂，衛斯理。」

跩哥·馬份出現在門口。他背後站著他那兩位身材高大、貌似兇漢的密友克拉和高爾，他們兩人看起來在這暑假中至少竄高了一呎。他們顯然是透過敞開的廂座門偷聽到他們的談話，剛才丁和西莫進來時忘了把門帶上。

「我不記得我有邀請你們過來，馬份。」哈利冷冷地說。

「衛斯理……**那是**什麼東西啊？」馬份指著豬水鳧的籠子說。榮恩的禮袍有隻袖子從籠子上垂下來，隨著火車行進的節奏微微擺動，使得袖口邊那些發霉的爛蕾絲花邊看起來格外醒目。

榮恩想要把禮袍塞到看不見的地方，但馬份的動作實在是太快了，他一把抓住袖子，把它拉了過來。

「大家快來看哪！」馬份狂喜地叫道，舉起榮恩的禮袍，讓克拉和高爾仔細看清楚，「衛斯理，你該不會真的想要**穿上**這東西吧？我的意思是——這應該是一八九〇年代左右最時髦的款式……」

「吃屎去吧，馬份！」榮恩說，他硬把禮袍從馬份手裡搶回來，整張臉脹成了和禮袍同樣的顏色。馬份嘲弄地高聲狂笑，克拉和高爾傻呼呼地呵呵大笑。

「那麼……你要不要參加，衛斯理？要不要去替你們家掙點面子呀？而且你知道嗎？這還有獎金可以拿咧……你要是能贏的話，就有錢去買幾件像樣的禮袍囉……」

「你到底在說什麼啊？」榮恩怒吼。

「**你要不要參加**？」馬份重複了一遍，「我想**你**是一定會參加的對吧，波特？你從來都不肯放過任何出風頭的機會的，對不對？」

「你把話給說清楚，要不然就快點滾開，馬份。」妙麗從《標準咒語．四級》上方探出頭來，沒耐性地回嘴。

馬份蒼白的臉上綻出一個欣喜的微笑。

「難道你們**不知道**嗎？」他開心地說，「你的父親和哥哥都在魔法部上班，你竟然會**不知道**？我的天哪，我的父親可是在幾百年前就告訴我了……是康尼留斯．夫子親口跟他說的。但話說回來，跟我父親有來往的全都是魔法部的大官……說不定是因為你的父親職位太低了，所以根本就不曉得這件事，衛斯理……沒錯……他們大概不會在他面前談什麼重要的事情……」

馬份再度放聲大笑，跟克拉和高爾招了招手，接著三人就離開了。

榮恩站起來，惡狠狠地拉上廂座滑門，結果他用力過猛，把玻璃給震得粉碎。

「**榮恩！**」妙麗用譴責的語氣喊道，並掏出魔杖，低聲念道：「復復修！」玻璃碎片立刻飛攏過來聚成一片窗玻璃，重新裝回門上。

「什麼嘛……擺出一副好像他什麼都知道，而我們全是白痴的死德行……」榮恩怒喝，「**跟我父親有來往的全都是魔法部的大官**……我爸要是願意的話，他隨時都可以升官……他只是很喜歡現在的工作罷了……」

「當然是這樣啦，」妙麗平靜地說，「千萬別讓馬份影響到你，榮恩——」

「他！影響到我？想得美唷！」榮恩說，一把抓起一片剩下的大釜蛋糕，捏得稀巴爛。

在接下來的旅程中，榮恩的心情一直都很壞。他在大家換穿學校長袍時，還是不太愛講話，一直到霍格華茲特快車終於放慢速度，最後停在一片漆黑的活米村車站時，他依然橫眉豎眼地在一旁生悶氣。

火車門一敞開，天空就響起一陣轟隆隆的雷聲。他們走下火車時，妙麗用斗篷裹住歪腿，榮恩把禮袍罩在豬水甕籠子上，大家低下頭，瞇起眼睛，在傾盆大雨中奮勇前進。雨勢現在下得又大又急，簡直就像是有一桶桶冰水不斷潑到他們的頭上。

「嗨，海格！」哈利看到月台盡頭出現一個龐大的剪影，連忙揚聲喊道。

「還好吧，哈利？」海格揮著手吼道，「我們要是沒被淹死的話，那就宴會上再見囉！」

根據學校傳統，一年級新生向來都是跟海格一起去坐船，越過湖泊前往霍格華茲城堡。

「喔喔，我可一點也不想在這種天氣坐船渡湖。」妙麗熱烈回應海格的問候，接著就渾身發抖地隨著人潮在漆黑的月台上緩緩前進。車站外有一百輛無馬馬車停在那裡等待他們。哈利、榮恩、妙麗和奈威感激涕零地爬上其中一輛馬車，車門啪地一聲關上，過了一會，這列長長的馬車隊就開始轟隆隆、啪啦啦地涉水前進，顛顛簸簸地爬上通往霍格華茲城堡的道路。

12 三巫鬥法大賽

馬車滾過兩旁列著飛豬雕像的城門，爬上寬闊綿延的私用車道，在越吹越烈的狂風中危險地左右晃動。哈利靠在窗邊，看到霍格華茲逐漸逼近眼前，它那許許多多發光的窗口，在厚重的雨幕後散發出朦朧的幽光。當馬車在那扇矗立於石階頂端的橡木大門前停下來時，天空正好劃過一道閃電。坐在前面馬車裡的人，已急匆匆地爬上石階奔進城堡，哈利、榮恩、妙麗和奈威跳下馬車，同樣也一鼓作氣地衝上石階，直到安全踏入那座大又深邃的入口大廳時，他們才又抬起頭來。入口大廳點著火把，大理石階梯氣派非凡。

「我的媽呀，」榮恩說，他甩甩頭，把水濺得到處都是，「再這樣下去的話，湖水就要漲出來囉。我全身都溼透了——**哎喲！**」

一個裝滿水的大紅水球從天花板掉落下來，砸到榮恩頭上爆開。榮恩淋了滿身水，氣得嘰哩咕嚕地忿忿詛咒，重心不穩地往旁一歪，撞到哈利身上，而第二枚水彈正好在此時掉下來——這次差點就打到了妙麗。水彈在哈利腳邊爆破，往上噴出一道冰冷的水柱，越過哈利的球鞋邊緣，不偏不倚地濺到他的襪子上。他們身邊的人尖叫著互相推擠，想要趕快逃離災區——哈利抬起頭來，看到愛吵鬧的皮皮鬼，就飄浮在他們上方二十呎的高空。他是一個頭戴鐘形帽、繫著橘色領結的小男人，此刻他正忙著再度瞄準目標，那張充滿惡意的大臉也因專注而扭曲。

「**皮皮鬼**！」一個憤怒的聲音喊道，「皮皮鬼，你**立刻**給我下來！」

身兼副校長與葛來分多學院導師二職的麥教授，已從餐廳衝了出來。她踩到溼答答的地板，不小心腳底一滑，連忙一把抱住妙麗的脖子，才沒有摔到地上，「哎唷——抱歉，格蘭傑小姐——」

「沒關係，教授！」妙麗邊揉著喉嚨邊喘氣答道。

「皮皮鬼，**現在**就給我下來！」麥教授咆哮，伸手把她歪掉的巫師尖帽扶正，再透過她的方框眼鏡怒目瞪著空中。

「我什麼也沒做呀！」皮皮鬼咯咯大笑，又抓起一個水炸彈，對準幾名五年級女生拋出一個高飛球，把她們嚇得尖叫著跑進餐廳，「他們早就已經溼透了嘛，對不對？這群目中無人的小混蛋！咻——！」他又對一群才剛走進來的二年級生丟出另一個水彈。

「我要去叫校長過來了！」麥教授喊道，「我警告你，皮皮鬼——」

皮皮鬼伸出舌頭，再往空中丟了最後一枚水彈，接著就一溜煙地沿著大理石階梯飛不見了，一路上還在像發瘋似地咯咯狂笑。

「好了，快走呀！」麥教授對著這群又溼又髒的學生厲聲喊道，「到餐廳去，快呀！」

哈利、榮恩和妙麗連滑帶滾地越過入口大廳，走進右手邊的大門，榮恩用手撥開黏在臉上的溼髮，忍不住氣得低聲咒罵。

餐廳裡為開學宴會布置了美麗的裝飾，看起來就像往常一樣富麗堂皇。餐桌上方飄浮著成千上百枝蠟燭，桌上的金杯金盤在燭光照耀下閃爍發光。四張學院長桌邊，坐滿了正在熱烈交談的學生。在餐廳主位放著第五張餐桌，學校的教職員面對著學生排成一排坐好，這裡比外面溫暖多了。哈利、榮恩和妙麗往前走去，經過史萊哲林、雷文克勞和赫夫帕夫的餐桌，走到餐廳最遠處，和其他葛來分多學生們坐在一起。他們正好坐在差點沒頭的尼克旁邊，尼克是葛來分多的駐塔幽靈，全身是半透明的珍珠白。他今晚穿著他平常穿的緊身上衣，卻加上一圈特別大的白色輪狀縐領，這麼穿可說是一舉兩得，不僅看起來很符合節慶氣氛，而且還可以確保他那顆掛在半斷脖子上的腦袋，不至於晃得太過厲害。

「晚安。」他笑吟吟地對他們說。

「安個頭喔，」哈利說，脫下他的球鞋，把裡面的水倒乾淨，「希望分類儀式能進行得快一點，我快餓死了。」

為新生分派學院的分類儀式，是在每年開學時舉行，但哈利在參加過自己的分類儀式之後，種種陰錯陽差的因素，使他再也沒參加過。其實他還滿期待能看到的。

就在此時，餐桌遠處突然傳來一個極度亢奮、氣喘吁吁的聲音：「嗨，哈利！」

那是柯林．克利維，一個把哈利當作英雄崇拜的三年級生。

「嗨，柯林。」哈利小心地回應。

「哈利，你猜怎樣？你猜怎樣呀，哈利？我弟弟也進來念書了！我弟弟丹尼！」

「呃——很好。」哈利說。

「他快要興奮死了！」柯林說，屁股在座位上興奮地上下跳動，「我希望他也能分到葛來分多！你幫忙禱告嘛，好不好呀，哈利？」

「呃——好啊，沒問題。」哈利說。他轉過頭來望著妙麗、榮恩和差點沒頭的尼克。「兄弟姊妹通常都會被分到同一個學院，對不對？」他問道。他這麼說是根據衛斯理家的情形判斷，他們家七個人全都是被分到葛來分多。

「喔，不，這不一定的啦。」妙麗說，「芭蒂．巴提的雙胞胎妹妹，就被分到了雷文克勞啊，她們兩個根本就一模一樣嘛，你本來還以為她們一定會被分到一起，對不對？」

哈利抬頭望著教職員餐桌，那裡的空位好像比以往來得多。海格自然還在跟一年級生一起奮勇渡湖，麥教授大概是在忙著派人把入口大廳地板上的水清乾淨，但除此之外還有另外一個空位，他實在想不出到底還少了誰。

「新來的黑魔法防禦術老師在哪裡？」妙麗問道，她同樣也抬頭望著師長坐席。

他們過去從沒有一位黑魔法防禦術老師能待到一年以上，到目前為止，哈利最喜歡的就是已經在去年辭職的路平教授。他來回打量教職員餐桌，那裡顯然並沒有任何新面孔。

「說不定他們根本就找不到人！」妙麗帶著擔憂的表情說。

哈利再仔細檢視教職員餐桌。矮小的符咒學老師孚立維教授窩在一大疊椅墊上，藥草學老師芽菜教授坐在他旁邊，飄揚的灰髮上斜戴著一頂巫師尖帽，她正在跟教天文學的辛尼區教授聊天。辛尼區教授的另一邊就是那位面孔蠟黃、鼻子鷹勾、頭髮油膩膩的魔藥學老師石內卜——他是哈利在全霍格華茲最討厭的人。哈利對於石內卜的強烈憎惡，大概就跟石內卜對他的深惡痛絕不相上下，他原本以為，石內卜對他的痛恨早已達到頂點，但是當哈利在去年當著石內卜的大鼻子醜臉，成功幫助天狼星脫逃之後，這份痛恨又變得比以前更加強烈——石內卜和天狼星在學生時代就結下了樑子。

石內卜另一邊的座位是空的，哈利猜想那大概是麥教授的座位。在空位旁邊，餐桌最中央的位置，坐著校長鄧不利多教授，他身上穿著一件繡滿許多星星、月亮圖案的華麗墨綠長袍，長長的銀髮銀鬍在燭光照耀下閃閃發光。鄧不利多兩手合掌，用他那又細又長的手指尖端托住下巴，透過他的半月形鏡片仰望天花板，看起來似乎是在沉思。哈利也抬頭朝天花板瞥了一眼，這片魔法天花板完全模擬外面的天空，哈利過去從來沒看過它變得這麼風雲詭譎過。黑色和紫色的烏雲打著漩渦掠過天空，當屋外又響起一聲暴雷時，天空也立刻閃過一道叉狀閃電。

「喔，拜託快一點，」榮恩在哈利身旁發出呻吟，「我餓得可以吞下一頭鷹馬。」

他話才剛說出口，餐廳的大門就立刻敞開，室內隨即安靜下來，麥教授領著一長列一年級新生走向教職員餐桌。哈利、榮恩和妙麗身上已經夠溼的了，但是跟這些一年級新生比起來，根本就不算什麼，他們看起來簡直就像是從湖裡游過來似的。當他們排成一列縱隊，沿著教職員餐桌往前走，然後停下來，面對其他學生排成一排站定時，他們顯然是感到既寒冷又緊張，因此所有人全都在發抖——只有其中最小的一個孩子沒在抖，他是個有著一頭鼠灰髮的男孩，哈利認出他身上裹的是海格的鼴鼠皮大衣。這件衣服對他來說實在是太大了，看起來活像是身上披了個黑毛皮大帳幕似的。他的小臉蛋從衣領中冒出來，看起來好像興奮得快要發狂了。當他跟他那些滿臉害怕的同學們排成一排站好時，他迎上柯林．克利維的目光，並豎起兩根大拇指，用唇語說：「我掉到湖裡了！」看他的表情顯然是高興得很呢。

麥教授現在將一張三腳凳放在一年級新生前方，凳子上擺了一頂非常舊、非常髒，並綴滿補釘的巫師尖帽。一年級新生們瞪大眼睛望著它，其他人也全都望著它，室內霎時變得鴉雀無聲。然後帽緣邊的一條裂縫像嘴巴般地大大張開，帽子突然開始放聲高歌：

大約在一千多年以前，
我才剛被縫製得亮麗新鮮，
有四位非常著名的巫師，
他們的名字至今依然廣為人知：
來自荒野，英勇無匹的葛來分多，
出身峽谷，公正無私的雷文克勞，
溫柔和藹的赫夫帕夫，成長於寬闊溪谷，
精明機智的史萊哲林，生活在沼澤泥淖，
他們共同擁有一個願望，一種希冀，一份夢想，
他們籌劃出一個大膽的計畫，
準備教育年輕的魔法家，
而霍格華茲學院就這樣開始打出天下。
現在這四位創辦人，

分別成立屬於自己的學院，
因為每個人對於學生所應具備的優點，
都有著各自不同的意見。
葛來分多認為，勇者
比其他人更加珍貴；
雷文克勞覺得，智者
總是格外出類拔萃；
赫夫帕夫心想，勤奮的人
最有資格入學用功；
而渴望權力的史萊哲林，
卻對野心勃勃的人情有獨鍾。
當他們還活在世上，
選擇愛徒時就已經各自為謀，
等他們死了以後，
這個問題不是就變得更加棘手？
於是葛來分多想出明路一條，
他伸手一揮，讓我從他頭上往下掉，
四名創辦人分別給了我一點兒聰明腦，

所以我就可以代他們來好好挑一挑！
現在快把我舒舒服服套上你的耳朵，
我可從來沒出過半點兒差錯，
讓我來好好看清你的心靈，
並告訴你該到哪張餐桌去坐！

分類帽一唱完，餐廳中就響起一片喝采聲。

「這首歌跟我們上次聽到的不一樣欸。」哈利在跟著大家一起拍手時表示。

「它每年都唱不一樣的歌，」榮恩說，「帽子的生活想必是無聊得很，你說是不是？我想它大概是花一整年的時間來編下一首歌。」

麥教授現在攤開一捲大羊皮紙卷。

「我一叫到你的名字，你就走出來戴上帽子，坐到凳子上，」她告訴一年級新生，「等分類帽宣布你的學院，你就可以坐到你們的學院餐桌去。」

「史都華．艾克利！」

一個從頭到腳都在劇烈顫抖的男孩走上前，抓起分類帽戴到頭上，再坐到凳子上。

「**雷文克勞！**」分類帽叫道。

史都華．艾克利脫下帽子，快步走向雷文克勞餐桌，那裡大家全都在為他鼓掌叫好。哈利瞥見雷文克勞的搜捕手張秋，在史都華．艾克利坐下來時為他加油打氣。在那短暫的一瞬間，哈利心中忽然湧出一種古怪的渴望，恨不得自己也能坐到雷文克勞那桌去。

「馬康・巴達克！」

「**史萊哲林！**」

餐廳另一邊的餐桌爆出一陣喝采。哈利可以看到，在巴達克坐到史萊哲林餐桌邊時，馬份在一旁用力拍手。哈利忍不住好奇地猜想，這個巴達克到底曉不曉得，史萊哲林學院出身的黑巫師、黑巫婆，遠比其他學院都要多出許多。弗雷和喬治在馬康・巴達克坐下時，噓聲連連地大喝倒采。

「艾莉諾・布蘭東！」

「**赫夫帕夫！**」

「歐文・高德威！」

「**赫夫帕夫！**」

「丹尼・克利維！」

矮小的丹尼・克利維跌跌撞撞地走向前，一不小心被海格的鼴鼠皮外套給絆了一跤，而海格本人正好在此時從教職員餐桌後的一扇門悄悄走出來。海格的身高是正常人的兩倍，身寬則至少寬上三倍，他留著雜亂糾結的長髮長鬚，看起來確實有幾分嚇人——但這是個錯誤的印象，因為哈利、榮恩和妙麗都知道海格天性非常善良。海格走到教職員餐桌尾端坐下，先對他們眨眨眼，再抬頭望著丹尼・克利維，看他戴上分類帽。帽緣邊的裂縫大大敞開——

「**葛來分多！**」帽子喊道。

海格跟葛來分多學生們一起拍手，丹尼・克利維露出開心的笑容，脫下分類帽，放回凳子上，迫不及待地跑去找他的哥哥。

「柯林，我掉下去了！」他撲到一個空座位上尖聲大叫，「真是棒透了！而且水裡還有個東西抓住我，把我重新推到船上。」

「太酷了！」柯林就跟他弟弟一樣興奮，「說不定就是大烏賊呢，丹尼！」

「哇！」丹尼說，好像就算在最瘋狂的美夢中，也沒人有這個福分能在狂風暴雨中，掉到一個波濤洶湧且深不可測的湖裡，再被一個大海怪給重新推上來。

「丹尼！丹尼！你看到坐在那裡的男生了嗎？就是那個黑頭髮戴眼鏡的？看到了嗎？**你猜他是誰呀，丹尼？**」

哈利把臉別過去，目不轉睛地望著分類帽替一個叫做艾瑪・多布的女孩分派學院。

分類儀式繼續進行下去，臉上驚駭程度不等的男孩與女孩，一個接一個地走向三腳凳，而當麥教授叫到「L」開頭的姓名時，隊伍已在不知不覺間縮短了許多。

「喔，拜託快一點嘛。」榮恩揉著肚子抱怨。

「聽我說，榮恩，分類儀式可比食物來得重要多了。」差點沒頭的尼克說，而一名叫做「蘿拉・馬德利！」的女孩就在此時成為赫夫帕夫的新生。

「死人當然是這麼覺得囉。」榮恩厲聲說。

「我真希望今年新出爐的葛來分多學生，素質能達到一定的水準，」差點沒頭的尼克在拍手歡迎一名剛加入葛來分多餐桌的「娜妲莉・麥唐納！」時說，「我們可不希望失掉我們蟬聯多年的冠軍寶座，對吧？」

葛來分多學院已經一連衛冕了三年的學院盃冠軍。

「葛拉罕．普利查！」

「**史萊哲林**！」

「奧拉．奎克！」

「**雷文克勞**！」

最後在「凱文．惠比！」（「**赫夫帕夫**！」）之後，分類儀式終於宣告結束。麥教授帶著分類帽和三腳凳離開餐廳。

「時間差不多了。」榮恩說，他抓起刀叉，滿臉期待地望著他的金盤。

鄧不利多教授站了起來，他敞開雙手歡迎大家，笑吟吟地環顧他的學生。

「我只有一句話要說，」他告訴他們，低沉的嗓音在餐廳中隆隆迴響，「**大吃大喝吧**。」

「耶，好耶！」哈利和榮恩看到空盤像變魔術似地突然裝滿食物，忍不住大聲叫好。

哈利、榮恩和妙麗取東西吃時，差點沒頭的尼克在一旁哀傷地望著他們。

「啊啊，烏服多了。」榮恩塞了滿嘴的馬鈴薯泥，口齒不清地嘆道。

「你知道嗎，你們今晚還能開宴會，已經算是夠幸運的了，」差點沒頭的尼克說，「先前廚房裡出了些問題呢。」

「為什麼？發生了什麼事？」嘴裡含了一大塊牛排的哈利問道。

「自然又是皮皮鬼啦，」差點沒頭的尼克搖著頭說，害他的頭連連晃動，看起來危險至極。他把脖子上的白色輪狀縐領調高了一些，「還不是那個老問題，懂了吧。他想要參加宴會——嗯，這實在是不太可能，你們也曉得他是什麼德行，一點教養也沒有，只要看到裝著食物的盤子就想抓起來亂扔。我們召開了一場幽靈會議——胖修士極力主張要給他一次機會——但血腥男爵卻堅守立場絕不讓步，我個人認為這是非常明智的做法。」

血腥男爵是史萊哲林學院的幽靈，一個渾身沾滿銀色血跡，面容枯槁且沉默寡言的鬼魂。全霍格華茲就只有他能真正制得住皮皮鬼。

「沒錯，我們也覺得皮皮鬼好像真的是鬧得太不像話了，」榮恩沉著臉說，「他到底在廚房裡做了什麼？」

「喔，老樣子，」差點沒頭的尼克聳聳肩說，「盡量大肆破壞來洩恨。鍋碗瓢盤扔得滿地都是，鬧得整個地方全都浮著一層湯汁，把那些家庭小精靈嚇得魂不附體——」

噹啷。妙麗打翻了她的金高腳杯，南瓜汁在桌布上漸漸滲開，一連把好幾呎長的白亞麻桌布全染成了橘色，但妙麗卻毫不在意。

「**這裡**有家庭小精靈？」她驚駭至極地瞪著差點沒頭的尼克問道，「在**霍格華茲**？」

「當然啦，」差點沒頭的尼克說，他顯然被妙麗的反應嚇了一跳，「我想在全英國的住宅中，就屬這裡的家庭小精靈人數最多，將近有一百多個呢。」

「但我連一個也沒看過啊！」妙麗說。

「這個嘛，他們白天本來就很少會離開廚房，不是嗎？」差點沒頭的尼克說，「他們晚上會出來做點清潔工作……替爐火添些材料什麼的……我的意思是，妳本來就不應該看到他們的嘛。讓妳根本就感覺不到他們的存在，這才是優秀家庭小精靈的目的呀，妳說是不是？」

妙麗瞪大眼睛望著他。

「但他們有拿到**薪水**嗎？」她說，「他們可以**休假**嗎？還有——病假和退休金呢？」

差點沒頭的尼克縱聲大笑，他笑得實在太厲害了，害得脖子上的白色輪狀縐領鬆脫滑落，讓他的頭猛然墜下來，只靠著一吋左右的幽靈皮肉支撐，顫巍巍地掛在脖子上。

「病假和退休金？」他說，伸手把頭推回肩膀上，再重新用白色輪狀縐領固定好，「家庭小精靈哪會想要病假和退休金！」

妙麗低頭望著她那盤幾乎連碰都沒碰的食物，然後把刀叉放到盤上，將它推到一旁。

「好了啦，大聖人。」榮恩開口說，卻不小心把嘴裡的約克郡布丁噴到哈利身上，「哎唷——對不起呀，阿利——」他嚥下嘴裡的食物，「就算妳把自己給餓死，他們還是沒辦法休病假啊！」

「奴工，」妙麗說，用鼻子重重哼了一聲，「這份晚餐原來是這麼來的。**奴工**。」

接著她就連一口都不肯吃了。

雨水仍在滴滴答答地敲打漆黑的高窗，另一聲暴雷撼動窗戶，烏雲密布的天花板閃過一道閃電，照亮了桌上的金盤，殘留的第一批食物正好在此時忽然消失，並在剎那間裝滿了甜點。

「糖蜜水果餡餅欸，妙麗！」榮恩說，並故意把香氣揮到妙麗面前，「妳看，葡萄乾布丁！巧克力奶油蛋糕！」

妙麗瞪了他一眼，表情活脫脫就是麥教授的翻版，嚇得榮恩再也不敢故意鬧她了。

當甜點同樣也被吃得精光，而盤中最後一些碎屑完全消失，金盤又變得潔淨閃亮時，阿不思・鄧不利多再度站了起來。大廳中喧鬧的嗡嗡交談聲幾乎立刻安靜下來，只聽得見呼嘯的狂風和滴滴答答的雨聲。

「所以呢！」鄧不利多笑吟吟地望著大家說道，「現在我們大家全部都吃飽喝足了，」

（「哼！」妙麗說。）「我必須請大家注意聽我宣布幾件事。」

「管理員飛七先生要我告訴大家，今年禁止帶入城堡的物品又多添了幾項，其中包括會尖叫的溜溜球、長牙齒的飛盤和一直緊追著人不放的迴力鏢。我記得這整份清單，總共包含了大約四百三十七個項目，要是有人想仔細核對一下的話，可以到飛七先生的辦公室裡去查查清單。」

鄧不利多的嘴角微微抽動了一下。

他繼續說下去：「就跟以前一樣，我要在此提醒各位，校園中的森林禁止學生進入，而三年級以下的學生也不准前往活米村。

「同時，我也很遺憾地通知大家，今年學院之間的魁地奇冠軍盃競賽，必須停辦一年。」

「**什麼？**」哈利倒抽了一口氣。他轉頭望著弗雷和喬治，他們兩個人都是他在魁地奇球隊的好夥伴。這對雙胞胎兄弟正朝著鄧不利多無聲地蠕動嘴唇，顯然已被嚇得完全說不出話來了。

鄧不利多繼續說下去：「這是因為，我們將於今年十月開始，舉辦一場長達一整年的盛大活動，這將會占去老師們大部分的時間和心力──但是我很確定，大家一定會非常喜歡這個活動。現在，我很高興能在這裡對大家宣布，今年在霍格華茲──」

但就在這一刻，屋外突然響起一陣震耳欲聾的隆隆雷聲，餐廳大門砰地一聲猛然敞開。

一個男人出現在門口，他手裡拄著一根長長的拐杖，身上裹著一件黑色的旅行斗篷。餐廳中所有人全都轉頭望著他，此時天花板正好閃現出一道X形閃電，照亮了這個陌生人。他掀開斗篷帽，甩出一頭如鬃毛般的斑白深灰色長髮，然後開始邁步走向教職員餐桌。

他每跨一步，餐廳中就迴盪著一聲悶悶的**咚咚**聲。他走到主桌尾端，再往右一轉，一跛一跛地拖著沉重的步伐，走向鄧不利多。天花板又劃過另一道閃電，妙麗不禁倒抽了一口氣。

閃電將這個男人的面孔照得纖毫畢露，哈利這輩子從來沒看過像這樣的面孔。它看起來彷彿就像是用朽木雕成，同時雕刻的人不僅對人類的面孔僅有一點最粗淺的概念，使用鑿子的技巧顯然也不是很熟練。他臉上的每一寸皮膚，似乎都覆蓋著傷疤，他的嘴巴看起來就像是一條歪斜的切痕，鼻子也缺了一大塊，但這個男人真正嚇人的地方，卻是他的眼睛。

他一隻眼睛小而漆黑晶亮，但另外一隻眼睛，卻像硬幣似地又大又圓，顏色則是一種極端鮮豔強烈的藍。藍眼睛毫不間斷地滴溜溜轉動，甚至連眨都不眨一下，它上下左右地轉個不停，彷彿跟那隻正常的眼睛毫不相干——接著它忽然往上一翻，對準這個男人的後腦勺，因此他們只能看到一大片眼白。

陌生人走到鄧不利多面前，伸出一隻疤痕跟臉上一樣多的手。鄧不利多跟他握手，並低聲說了幾句話，可惜哈利連一個字也聽不到。他好像是問了陌生人某個問題，而陌生人毫無笑容地搖搖頭，輕聲答了一句。鄧不利多點點頭，揮手請這個男人坐到他右手邊的空位上。

陌生人坐下來，甩開他那頭蓋住臉的深灰長髮，把一盤臘腸拉到面前，端到他殘缺的鼻子前嗅了一下。接著他從口袋裡掏出一把小刀，叉起一根臘腸，開始吃了起來。他那隻正常眼睛定定地盯著臘腸，但那隻藍眼睛卻在眼窩裡不停四處亂竄，忙著打量餐廳和室內的學生。

「讓我來為大家介紹，我們新任的黑魔法防禦術老師，」鄧不利多在一片死寂中開朗地表示，「穆敵教授。」

通常新來的教職員，都會獲得一陣熱烈的歡迎掌聲，現在卻只靠鄧不利多和海格兩人獨撐大局，除了他倆沒有任何一個老師或是學生拍手歡迎他。鄧不利多和海格捧場地用力鼓掌，但孤零零的掌聲在一片寂靜中顯得格外淒涼，而且很快就停止了。其他人好像全都被穆敵的詭異長相給嚇傻了，完全不曉得該怎麼辦，只能呆呆地望著他。

「穆敵？」哈利低聲詢問榮恩，「**瘋眼穆敵**？就是今天早上你爸趕去幫忙的那個人？」

「一定就是。」榮恩用一種充滿敬畏的語氣輕聲答道。

「他是怎麼啦？」妙麗悄聲問道，「他的**臉**是怎麼搞的？」

「不曉得。」榮恩悄聲回答，入迷似地望著穆敵。

穆敵對自己沒受到熱烈的歡迎似乎毫不在意。他連看都不看放在他面前的南瓜汁，逕自伸手探進他的旅行斗篷，掏出一個扁平小酒瓶，仰頭灌了一大口。在他抬手灌酒時，他的斗篷被拉到離地好幾吋的地方，哈利看到餐桌下露出一截木腿，尾端還附著一個爪狀腳掌。

鄧不利多再度清清喉嚨。

「我剛才講到，」他笑咪咪地望著眼前一大片黑壓壓的學生，大家仍在呆呆地凝視瘋眼穆敵，「我們很榮幸能在接下來的好幾個月中，負責主辦一場非常令人振奮的活動，這個活動到目前為止已經停辦一百多年了。我要在此非常高興地通知各位，今年霍格華茲將會舉行『三巫鬥法大賽』。」

「你這是在**說笑話**吧！」弗雷．衛斯理大聲說。

他這句話立刻打破了自穆敵出現後餐廳中所充滿的緊張氣氛。

幾乎所有的人全都放聲大笑，鄧不利多也跟著咯咯輕笑。

「我**不是**在說笑話，衛斯理先生。」他說，「不過呢，既然你提到了笑話，我在暑假的時候倒是聽到了一個很精采的笑話。有一個山怪、一個醜老巫婆和一個矮妖全都跑到一個酒吧裡去喝酒——」

麥教授大聲清清喉嚨。

「呃——但現在好像不應該說這些……不說了……」鄧不利多說，「我剛才說到哪啦？啊，對了，三巫鬥法大賽……嗯，有些人大概不曉得這個鬥法大賽是怎麼回事，所以我要請那些**已經**知道的人包涵一下，讓我先做個簡單的介紹，你們可以想些別的事情，不用專心聽我說。

「三巫鬥法大賽大約創立於七百多年以前，用來做為歐洲三大魔法學校——霍格華茲、波巴洞和德姆蘭——之間的友誼賽。每個學校各選出一名鬥士，來代表學校參加比賽，競賽的方法，是讓這三名鬥士去執行三項魔法任務。鬥法大賽每隔五年舉行一次，由三所學校輪流主辦，一般認為，這是讓不同國籍的年輕巫師、女巫們互相交流的最佳管道——但是後來因為死亡人數實在是太多了，鬥法大賽終於宣告停辦。」

「**死亡人數**？」妙麗滿臉驚恐地悄聲說。但餐廳中的大部分學生，似乎都不像她這麼擔心。有許多人在興奮地互咬耳朵，哈利自己則是急著想再聽到更多關於鬥法大賽的事，根本沒空去為好幾百年以前的死亡人數操心。

「在過去幾百年中，也曾經有些人向魔法部提案，想要重新恢復鬥法大賽，」鄧不利多繼續說下去，「但都沒有成功。不過呢，我們自己的國際魔法交流合作部門和魔法遊戲與運動部門，這次卻一致決定，目前時機已經宣告成熟，可以試著再進行一次。我們忙了一整個夏天，來確保這次參賽的鬥士不至於遇到生命危險。

「波巴洞和德姆蘭的校長，將會在十月率領他們精心挑選的競爭者來到這裡，並在萬聖節時舉行三位鬥士的選拔儀式。屆時將由一位公正無私的裁判來決定，究竟誰最有資格參加鬥法大賽為校爭光，並獨得一千加隆獎金。」

「我要參加！」弗雷．衛斯理對著餐桌那邊壓低聲音說，這種名利雙收的美好遠景，讓他滿臉閃耀著狂熱的光輝。他並不是現場唯一一個大做白日夢，幻想自己是霍格華茲鬥士的人。哈利看到，每張餐桌邊的學生不是在全神貫注地望著鄧不利多，就是在熱烈地低聲交談。接著鄧不利多又再度開口，整個餐廳立刻安靜下來。

「我知道大家全都很希望能代表霍格華茲參賽，把三巫大賽獎盃抱回家，」他說，「但三所參賽學校的校長以及魔法部都已一致同意，要對今年的選手加上一層年齡限制，只有足齡的學生——也就是說，必須年滿十七歲以上——才有資格報名參選。我們——」鄧不利多微微提高嗓音，因為聽完這段話以後，已經有好幾個人忍不住發出忿忿不平的抗議聲，衛斯理雙胞胎兄弟也突然變得滿臉怒容，「認為這是一項必要的措施，不論我們事先做了多麼嚴密的防範，鬥法大賽的任務，仍然是非常困難且具有高度的危險性，六、七年級以下的學生根本不可能應付得來。

我可以擔保，絕對沒有任何年齡不夠的學生，可以騙過我們那位公正無私的裁判，成為霍格華茲的鬥士。」他那淡藍色的眼睛，在掠過弗雷和喬治滿臉不服的面孔時閃過一道光芒，「因此我在這裡請求各位，如果你年紀未滿十七歲，就不用浪費時間報名。

「波巴洞和德姆蘭的代表團將會在十月抵達，而在接下來的大半年，他們會留下來與我們共處。我相信，在他們到此作客期間，大家全都會盡心盡力招待這些外國訪客，並全心全意支持最後所選出來的霍格華茲鬥士。現在呢，時間已經不早了，我知道大家都必須充分的休息，明天早上才會有精神上課。上床啦！快快！」

鄧不利多再度坐下，轉過頭來跟瘋眼穆敵說話。全體學生在一陣響亮的摩擦碰撞聲中站起身來，開始湧向通往入口大廳的大門。

「他們怎麼可以這樣！」喬治．衛斯理說，他並沒有隨著人潮一起走向大門，仍然站在原地怒目瞪視鄧不利多，「我們到四月就滿十七歲了，為什麼就不能讓我們試試看？」

「他們休想不讓我參加，」弗雷固執地表示，同樣也在蹙眉瞪著主桌，「鬥士可以為所欲為，做好多平常不能做的事呢，而且還可以拿到整整一千加隆獎金！」

「是呀，」榮恩說，臉上出現如做夢般的恍惚神情，「是呀，一千加隆呢……」

「好了啦，」妙麗說，「你們要是再不動的話，待會餐廳的人就會全都走光，只剩下我們幾個了。」

哈利、榮恩、妙麗、弗雷和喬治開始往入口大廳走去，一路上弗雷和喬治仍在忙著討論，鄧不利多到底會用什麼方法，來阻止十七歲以下的人參加鬥法大賽。

「這個負責選出鬥士的公正裁判到底是誰呀？」哈利問道。

「不曉得，」弗雷說，「但那就是我們要想辦法騙過的人。我想一、兩滴老化藥大概就可以了，喬治……」

「鄧不利多知道你們年齡還不夠啊。」榮恩說。

「話是沒錯，但決定鬥士的人並不是他，對不對？」弗雷狡獪地說，「我覺得照他的話聽來，好像是這個裁判只要知道有誰想參加比賽，就會從每個學校各挑出一名最優秀的代表，他根本不會管他們年齡到底夠不夠。鄧不利多真正的用意，是想要阻止我們報名。」

「但這以前死過人欸！」妙麗用擔憂的語氣說，此時他們已穿過一扇藏在刺繡帷幕後面的門，開始爬上另一道狹窄的階梯。

「話是沒錯，」弗雷輕鬆地說，「但那是好久以前的事了，對不對？何況所有好玩的事，不是全都會有點危險嗎？嘿，榮恩，要是我們能找出騙過鄧不利多的方法，你想不想參一腳呀？」

「你覺得怎麼樣？」榮恩詢問哈利，「當鬥士還滿酷的，你說是不是？但我想，他們大概是想選個年紀大一點的……不曉得我們學的東西夠不夠……」

「我是一定不夠的，」弗雷和喬治背後響起奈威悶悶不樂的嗓音，「但我知道，我奶奶會很希望我能參加，她一天到晚都在嘮嘮叨叨，說我應該想辦法重振家聲。我必須——哎呀……」

奈威的一隻腳整個陷進樓梯中央的一級樓梯裡去。霍格華茲中有許多這類的惡作劇樓梯，老一點的學生，早就習慣下意識地跳過某些特定的樓梯，但奈威這個人的記性卻是出名的壞。哈利和榮恩分別撐住他兩邊腋窩，把他拉了出來，樓梯頂端的一副盔甲立刻發出一陣唧唧嘎嘎、叮噹噹的聲音，笑得上氣不接下氣。

「你夠了沒啊。」榮恩說，並在經過時往它的面甲上狠狠捶了一拳。

他們走向葛來分多塔的入口，這個入口是藏在一幅穿著粉紅絲綢禮服的胖女士畫像後方。

「通關密語？」她在他們走進時出聲問道。

「胡言亂語。」喬治說，「樓下一個級長告訴我的。」

畫像往前敞開，露出牆上的洞口，他們全都爬了進去。圓形交誼廳中擺滿了鬆軟的扶手椅和餐桌，一堆嗶啪作響的爐火把室內烤得溫暖無比。妙麗臉色陰沉地瞄向那些歡欣舞動的火焰，哈利清楚地聽到她低聲咒罵了一句「**奴工**」，接著她就跟他們道聲晚安，走向通往女生寢室的大門，一下就跑不見了。

哈利、榮恩和奈威爬上最後一道螺旋梯，終於到達他們位於塔樓頂端的寢室。牆邊擺了五張垂掛著深紅色簾幕的四柱大床，床主人的行李箱正安安穩穩地躺在床腳邊。丁和西莫已經在準備上床睡覺了，西莫把他的愛爾蘭胸花釘在床頭板上，而丁則是在床頭桌上方貼了一張維克多·喀浪的海報，就貼在他以前那張西漢姆足球隊舊海報旁邊。

「真是瘋了。」榮恩嘆了口氣，對著那些死都不動的足球隊員連連搖頭。

哈利、榮恩和奈威換上睡衣，爬上床睡覺。有人——無疑的是一名家庭小精靈——用長柄暖床器替他們把床單溫得暖呼呼的。躺在溫暖的床上，傾聽在屋外肆虐的狂風暴雨，實在是讓人感到舒服得不得了。

「我跟你說，我說不定會去參加唷，」榮恩在黑暗中睡意矇矓地說，「要是弗雷和喬治能找到辦法……參加鬥法大賽……誰也說不準，你說是不是？」

「我想也是……」哈利在床上翻了個身，腦海中漸漸出現一連串令人炫惑的嶄新畫面……他成功地騙過那名公正無私的裁判，說他已經滿十七歲了……他成為霍格華茲的鬥士……他站在全校師生面前，高舉雙手擺出勝利的姿勢，所有的人全都在為他尖叫歡呼……他贏得了三巫鬥法大賽……在那群面目模糊的群眾中，張秋的面孔顯得特別地清晰，她滿臉閃耀著崇拜的光彩……

他把頭埋在枕頭裡咧嘴微笑，深深慶幸還好榮恩不知道他在想些什麼。

13 瘋眼穆敵

到了第二天早上，暴風雨雖已平息，但餐廳的天花板依舊是一片晦暗。哈利、榮恩和妙麗在早餐時察看他們的新課程表時，灰如白蠟的濃厚烏雲就在他們頭頂上方打著漩渦。跟他們隔了幾個位子的弗雷、喬治和李．喬丹三人，正在熱烈討論有什麼魔法花招可以讓他們年紀變大，蒙混過關去參加三巫鬥法大賽。

「今天還不錯……整個早上都在戶外上課。」榮恩用手指劃過他的課程表，「跟赫夫帕夫合上藥草學，還有一堂奇獸飼育學……可惡，我們還是得跟史萊哲林一起上課……」

「今天下午要連上兩堂占卜學。」哈利低頭望著課程表呻吟道。除了魔藥學之外，他最不喜歡的一門科目就是占卜學。崔老妮教授老是愛預言說他會死，這讓他覺得煩得要命。

「你應該學學我，乾脆就放棄這門科目算了，你說是不是？」正忙著往吐司上抹奶油的妙麗輕快地說，「這樣你就可以去學一些像算命學之類的科目，那可比這合理多了。」

「我發現妳又在吃東西囉。」榮恩說，望著妙麗繼續在那片抹了奶油的麵包上塗上大量的果醬。

「我已經決定了，要維護精靈權，還有很多比絕食更好的方法。」妙麗傲慢地表示。

「沒錯……而且妳也餓了嘛。」榮恩咧嘴笑道。

他們頭頂上方突然響起一陣沙沙聲，一百隻貓頭鷹帶著晨間郵件從敞開的窗口飛了進來。哈利下意識地抬起頭來，但在那一大團褐色與灰色的影子中，完全看不到一點白色。貓頭鷹在餐桌上方盤旋，尋找牠們身上郵件及包裹的主人。一隻大灰林鴞飛向奈威・隆巴頓，把一個小包裹放到他腿上——奈威總是有東西忘了帶。在餐廳的另一端，跩哥・馬份的雕鴞停在他的肩膀上，而牠送來的東西看來就跟往常一樣，是他家裡替他定期補充的糖果餅乾。哈利努力不去注意他腹中那種空空洞洞的失落感，垂下頭來繼續吃他的麥片粥。嘿美說不定是出了什麼事，天狼星會不會根本就沒收到他的信？

穿越溼透的菜圃小徑時，他心裡仍在專心想著這件事。直到他到達第三號溫室，芽菜教授開始對全班同學展示一種他這輩子見過最醜陋的植物時，他才暫時把這件事擱在一旁。事實上，這些東西看起來不太像植物，反倒像是從土壤裡冒出一大堆垂直豎起的肥嘟嘟黑色大蛞蝓。它們全都在微微扭動，而且上面還長了一些閃閃發光、看起來好像裝滿液體的大疙瘩。

「泡泡莖，」芽菜教授輕快地告訴他們，「它們需要擠汁了。你們待會要把它們的膿汁收集起來——」

「它們的**什麼**？」西莫・斐尼干用一種充滿嫌惡的聲音問道。

「膿汁，斐尼干，膿汁。」芽菜教授說，「這東西珍貴得很，所以千萬不要浪費掉。我剛才說到，你們要把膿汁收集到這些瓶子裡。現在先戴上你們的龍皮手套，要是被未稀釋的泡泡莖膿汁沾到的話，皮膚會出現古怪的反應。」

擠泡泡莖膿汁雖然很噁心，卻帶給他們一種怪異的滿足感。每擠破一個疙瘩，就會從裡面流出一大堆黃綠色的濃稠汁液，聞起來還帶有強烈的汽油味。他們按照芽菜教授的指示，把汁液裝進瓶子裡，到了下課的時候，他們已經收集了好幾品脫的膿汁了。

「龐芮夫人看到這一定很高興，」芽菜教授說，順手替最後一個瓶子塞上瓶塞，「泡泡莖的膿汁具有絕佳的療效，可以治癒特別難纏的面皰。有了這種良藥，學生應該就不會再急病亂投醫，不顧一切地用非常手段來消除他們的青春痘了。」

「可憐的艾蘿．米金就是這樣，」一名叫做漢娜．艾寶的赫夫帕夫女生輕聲說，「她試著用咒語來消除她的面皰。」

「傻女孩，」芽菜教授搖著頭說，「幸好龐芮夫人最後還是把她的鼻子裝回去了。」

一陣迴音裊裊的鐘聲，從城堡越過潮溼的校園傳過來，宣告下課時間已到，於是班上的同學分頭散開；赫夫帕夫的學生們爬上石階回去上變形課，而葛來分多的學生們卻往另一個方向出發，步下草坪斜坡，走向海格那棟矗立在禁忌森林邊緣的小木屋。

海格站在屋外等待他們，用一手緊按住他的黑色大獵豬犬牙牙的項圈。他腳邊的地上擺著幾個敞開的板條箱，牙牙不停地嗚咽，硬扯著項圈拚命往前掙，顯然是急著想要跑近一點，去檢查箱裡的東西。快要走到時，他們開始聽到一陣怪異的嘎嘎聲，間或還點綴著一種聽起來像是小型爆炸的砰砰聲。

「早！」海格說，並朝哈利、榮恩和妙麗咧嘴微笑，「最好先等一下史萊哲林的學生，他們絕對不會想要錯過這個——爆尾釘蝦！」

「他又來啦？」榮恩說。

海格伸手指著板條箱。

「噁！」文妲．布朗尖叫著往後一跳。

哈利倒是認為，這一聲「噁」，就可以概略描繪出爆尾釘蝦給人的印象。牠們看起來就像是畸形的無殼龍蝦，顏色是嚇人的慘白，看起來黏呼呼的，全身到處長滿了腳，而且根本看不出哪裡是頭。每個板條箱裡都裝了上百隻釘蝦，每一隻大約有六吋長，全都擠成一團在彼此身上緩緩爬行，盲目地朝板條箱內側亂碰亂撞。牠們有一股非常強烈的腐魚腥味，每隔不久，就會有一隻釘蝦**噗**地一聲，從尾巴噴出一陣直竄到好幾吋外的火花。

「才剛孵出來哩，」海格驕傲地說，「所以可以給你們養唷！我想我們可以來好好計畫一下！」

「但我們為什麼會**想要**養牠們呢？」一個冷漠的嗓音說。

史萊哲林的學生已經到了，說話的人是跩哥．馬份，克拉和高爾被他的話逗得咯咯傻笑。

海格看來是被這個問題給難倒了。

「我要問的是，牠們會**做**什麼？」馬份問道，「牠們的**特色**是什麼？」

海格張開嘴巴，顯然是在努力思索，他沉默了好幾秒鐘，然後才粗聲粗氣地說：「這個我們下一堂課會講到，馬份，你們今天只是要餵牠們吃點東西。現在聽我說，你們得拿些不同的東西試著餵牠們吃——我以前沒養過這玩意兒，不曉得牠們到底愛吃啥——我這兒準備了螞蟻蛋、青蛙肝和一些無毒小草蛇——只要每樣拿一點餵牠們就行了。」

「先是膿汁，現在又來這個。」西莫低聲埋怨。

哈利、榮恩和妙麗三人，完全是為了他們跟海格之間的濃厚情誼才挺身而出，抓起一把咯吱咯吱響的青蛙肝，放進板條箱裡去引爆尾釘蝦來吃。但哈利實在按捺不住心中的疑惑，他總覺得這整件事根本一點意義也沒有，因為這些釘蝦好像根本就沒有嘴巴。

「**哎喲！**」大約十分鐘以後，丁．湯馬斯忽然大叫，「牠把我弄傷了！」

海格急忙趕過去，神情顯得非常擔心。

「牠的尾巴忽然爆炸！」丁生氣地說，伸手讓海格看到他手上的灼傷。

「啊，沒錯，在牠們發射火花的時候，是可能會碰到這樣的情況。」海格點點頭說。

「噁！」文妲．布朗又喊了一聲，「噁，海格，牠上面那尖尖的東西是什麼？」

「啊，有些釘蝦身上有長螯刺，」海格熱心地解說（文妲立刻把手從箱子裡抽出來），「我想牠們應該是公的……母的肚子上長了個像吸盤似的玩意兒……我想牠們說不定是用這來吸血。」

「很好，現在我總算知道，到底為什麼要養活牠們了，」馬份挖苦地說，「誰不想養一個同時會灼人、刺人和咬人的寵物呢？」

「牠們只是長得不太好看，這並不代表牠們就一點用也沒有，」妙麗厲聲喝道，「龍血具有非常神奇的功效，但你並不會想要養隻龍當寵物吧，對不對？」

哈利和榮恩對海格咧嘴微笑，海格望著他們，蓬亂的大鬍子下露出一抹鬼祟的微笑。哈利、榮恩和妙麗都知道，海格非常希望能養隻龍當寵物——他們在一年級的時候，海格曾短暫養過一隻名叫蘿蔔的兇猛挪威脊背龍。海格天生就對兇暴的猛獸情有獨鍾——越危險他越愛。

「好吧，至少這些釘蝦還滿小的。」一個鐘頭後，榮恩在他們一起走回城堡去吃午餐時說。

「是**現在**還小，」妙麗氣呼呼地說，「但只要海格一找出牠們愛吃的東西，我看牠們一定會長到六呎長。」

「這個嘛，要是牠們可以治療暈船之類的毛病，大一點也無所謂嘛，妳說是不是呀？」榮恩說，並戲謔地對她咧嘴一笑。

「你明明曉得，我剛才是為了要讓馬份閉嘴才會那麼說。」妙麗說，「其實我覺得他說的沒錯，最好是現在就把牠們全都踩死，免得讓牠們長大以後來攻擊我們。」

他們坐到葛來分多餐桌邊，取了一些羊排和馬鈴薯。妙麗立刻開始狼吞虎嚥，讓哈利和榮恩都看傻了眼。

「請問這是一種擁護精靈權的新方法嗎？」榮恩說，「妳是不是準備讓自己吃到吐出來？」

「不是，」妙麗說，儘可能在塞了滿嘴芽菜的情況下保持優雅的風度，「我只是想早點去圖書館。」

「**什麼**？」榮恩不敢相信地說，「妙麗——這可是開學第一天欸！我們根本還不用做功課！」

妙麗聳聳肩，繼續拚命把食物往嘴裡塞，活像是餓了好幾天似的。然後她跳起來，說了聲：「那就晚餐時再見囉！」接著就用最快的速度往前衝，一溜煙跑不見了。

當鐘聲再度響起，宣告下午課程開始時，哈利和榮恩開始出發前往北塔。在北塔那列狹窄螺旋梯頂端有另一道銀梯，可以通往天花板上的一扇圓形活板門，門後就是崔老妮教授居住的房間。

他們一爬到銀梯頂端，就聞到一股從爐火中散發出的熟悉甜膩香味。這裡就像以往一般簾幕低垂，室內的許多盞燈上，全都罩著紅色的圍巾或是披肩，使得整個房間沐浴在一層朦朧的紅光中。房中散亂放置了一大堆印花棉布椅子和矮軟墊，大部分都已經有人坐了，哈利和榮恩從中穿過去，走到他們固定坐的小圓桌旁邊。

「日安。」哈利背後突然響起崔老妮教授迷濛的嗓音，害他嚇得跳了起來。

崔老妮教授是個骨瘦如柴的女人，臉上戴著一副巨大的眼鏡，讓她的眼睛看起來大得不成比例，而此時她露出她每次看到哈利時慣用的悲痛表情，凝神打量著哈利。她仍跟往常一樣，珠串項鍊、手鐲腳環樣樣不缺，叮叮噹噹掛了一身，在火光照耀下顯得金光閃閃、瑞氣千條。

「你有心事，親愛的，」她憂傷地對哈利說，「我的心靈之眼可以透過你那張勇敢的面龐，看到裡面那個受苦的靈魂。我很遺憾我必須告訴你，你的憂慮並不是空穴來風。我看到你的前途多災多難，唉……可說是兇險無比……恐怕你最害怕的事情將會真的發生……也許比你原先所以為的還要更快一些……」

她的聲音沉了下來，變成幾乎細不可聞的耳語。榮恩將目光轉向哈利，哈利只是面無表情地回望著他。崔老妮教授大步掠過他們身邊，走到爐火前一張翼形大扶手椅前，坐下來面對著全班同學。極端崇拜崔老妮教授的文妲．布朗和芭蒂．巴提兩人，就坐在最靠近她的兩張矮軟墊上。

「親愛的，現在是我們該開始研究群星的時候了，」她說，「行星的運行與它們所洩露出的神秘預兆，只有那些深深瞭解天體舞蹈的每一個獨特舞步的人，才能真正參透明瞭。我們可以依據行星的光芒破解人類的命運，它們的光芒混合了……」

但哈利的思緒早就飄到了九霄雲外。爐火散發出的香味總是讓他感到昏昏欲睡、腦袋空空，而崔老妮教授那些漫無邊際的預言空談，從來就沒辦法讓他感到入迷——但她剛才對他說的話卻老在他腦海中揮之不去。「恐怕你最害怕的事將會真的發生……」

妙麗說的沒錯，哈利忿忿地想著，崔老妮教授其實只是個老騙子，他現在根本就沒什麼好怕的……好吧，除非你把擔心天狼星被捕也算在內……但崔老妮教授又知道什麼？他早在好久以前就得到一個結論，她所謂的預言，事實上只不過是瞎貓碰死老鼠式的胡亂猜測，另外再加上一些故弄玄虛、虛張聲勢的伎倆罷了。

不過，她在上學期末做出的預言卻是例外，那次她說佛地魔將會東山再起……而且鄧不利多聽到哈利描述當時的情形時，也認為她這次的出神狀態並不是裝出來的……

「**哈利！**」榮恩低聲喊道。

「什麼？」

哈利連忙環顧四周，全班同學全都在盯著他看。他挺起身軀坐好，剛才他被熱氣悶得頭暈腦脹，心裡又一個勁地胡思亂想，差一點就睡著了。

「我剛才說到，親愛的，你在出生時，很明顯是受到土星的不祥力量所影響。」崔老妮教授說，她的語氣微微透露出一絲憎惡的意味，好像是在怪他剛才沒注意聽她說話。

「出生時受到——對不起，是受到什麼的影響？」哈利說。

「土星，親愛的，是土星！」崔老妮教授說，這次她的聲音帶有明顯的怒意，顯然是氣他竟然沒立刻被這消息給嚇到，「我剛才說到，在你出生的那一刻，土星必定是走到天空一個非常強而有力的位置……你的黑髮……你的矮小身材……還有你在這麼小的時候就痛失雙親……我想我可以大膽斷言，親愛的，你應該是在隆冬時出生的，對吧？」

「不對，」哈利說，「我是七月出生的。」

榮恩噗哧一聲笑了出來，並趕緊用一陣乾咳掩飾過去。

半個鐘頭之後，他們每個人都分到了一張複雜的圓形圖表，開始忙著在裡面填上他們出生時的行星位置。這是一項單調乏味的工作，必須不斷查閱時刻表與計算角度。

「我這裡有兩個海王星，」過了一段時間，哈利皺眉望著他的羊皮紙說，「這一定有問題，是不是？」

「啊啊啊，」榮恩模仿崔老妮教授神秘兮兮的耳語說，「當天空同時出現兩個海王星時，就表示有一個戴眼鏡的小侏儒出生了，哈利……」

坐在他們旁邊的丁和西莫大聲地吃吃笑，但聲音還沒大到能蓋過文妲．布朗興奮的尖叫聲——「喔，教授，妳看！我想我找到了一個方位未定的行星！喔喔，那到底是什麼星呀，教授？」

「這是天王星，親愛的。」崔老妮教授凝神望著圖表說。

「那能不能讓我也見識一下那顆天王星呀，文妲？」榮恩說。

非常不幸地，他說的話全都被崔老妮教授聽見了，這讓她氣得在下課前開給他們一大堆作業。

「回去根據你們個人的行星圖表寫一份報告，詳細分析接下來一整個月中的行星運行位置，將會對你們自己造成什麼樣的影響。」她厲聲喝道，聲音迥異於她平常那種仙女般飄然出塵的嗓音，反倒比較像是麥教授的嚴厲口吻，「我要你們在星期一準時交過來，不准找藉口拖延時間！」

「可惡的老蝙蝠，」榮恩在他們隨著人潮一起下樓到餐廳吃晚餐時怨恨地說，「那得花上一整個週末的時間才寫得完，一整個……」

「作業太多了嗎？」妙麗趕到他們身邊愉快地說，「薇朵教授根本沒叫我們寫作業欸！」

「是，薇朵教授真是好得不得了，可以了吧？」榮恩情緒低落地說。

他們走到入口大廳，廳中已擠滿人潮，大家正在排隊準備要去吃晚餐。他們才走到隊伍最後面排好，背後就傳來一個響亮的嗓音。

「衛斯理！嘿，衛斯理！」

哈利、榮恩和妙麗轉過頭來。馬份、克拉和高爾站在那裡，他們全都露出開心的表情，顯然是有某件事讓他們高興得要命。

「幹嘛？」榮恩不耐煩地答道。

「你爸上報紙囉，衛斯理！」馬份手裡揮舞著一份《預言家日報》，並故意扯著喉嚨直吼，好讓入口大廳裡所有人都能聽得見，「聽聽這個！」

魔法部一錯再錯

魔法部的麻煩似乎沒完沒了，**本報特約記者麗塔．史譏特別報導**。魔法部最近才因魁地奇世界盃時所表現出的拙劣群眾控制能力而飽受批評，同時，他們至今依然未能對該部一名女巫失蹤事件提出任何合理解釋，也遭受到輿論猛烈的砲火攻擊。而就在昨天，魔法部又因其麻瓜人工製品濫用局職員阿諾．衛斯理的古怪行徑，而陷入新的窘境。

馬份抬起頭來。

「你想想看，他們居然連他的名字都寫錯，衛斯理，看來他簡直就是個沒人理的無名小卒嘛，是不是呀？」他扯著喉嚨大叫。

現在入口大廳裡的所有人全都在注意傾聽。馬份故意賣弄地耍了個手勢，把報紙弄平，再繼續念下去：

阿諾．衛斯理在兩年前曾被控非法擁有一輛飛車，他昨天又涉嫌為了幾個具有高度攻擊性的垃圾桶，而與數名麻瓜執法者（「警察」）爭執扭打。衛斯理先生顯然是為了援助「瘋眼」穆敵才趕到出事現場，這位年老的前正氣師當年之所以會從魔法部退休，是因為他再也無法分辨出，別人究竟是要與他握手，還是意圖謀害他的性命。可想而知，當衛斯理先生到達穆敵先生防護嚴密的屋子時，他隨即發現，穆敵先生這次又是疑神疑鬼虛驚一場。衛斯理先生必須先施咒修改那些麻瓜警察的記憶，才能僥倖脫身，然而當《預言家日報》記者詢問他為何要讓魔法部涉入這種有失莊重，且稍一不慎就有可能顏面盡失的事件時，衛斯理先生卻拒絕回答。

「而且報上還登了張照片呢，衛斯理，」馬份說，他把報紙翻過來舉到空中，「一張你父母親站在你家房子前的照片——這玩意兒也配叫做房子！你母親怎麼不去減減肥呢？」

榮恩氣得渾身打顫，全部的人都盯著他瞧。

「夠了，馬份。」哈利說，「別理他，榮恩……」

「喔，對了，你今年暑假不是住在他們家嗎，波特？」馬份嘲笑地說，「那你告訴我，他母親真的是這種肥豬樣，還是這張照片照得不好？」

「那**你**的母親呢，馬份？」哈利反唇相譏——他和妙麗兩人都不約而同地從背後抓住榮恩的長袍，不讓他撲過去找馬份算帳——「她臉上那種表情，活像是鼻子下掛了坨大便似的。她一直都是這副鬼臉，還是只有跟你在一起的時候才會做出怪相？」

馬份蒼白的臉，頓時一陣紅。「不准你侮辱我的母親，波特。」

「那你就給我閉上你的臭嘴！」哈利說，隨即轉過身去。

砰！

有好幾個人放聲尖叫——哈利感到有某個白白熱熱的東西擦過他的臉頰——他連忙把手探進長袍去找他的魔杖，但他連摸都還沒摸到，接著又是一聲響亮的**砰**，一陣迴音轟轟的怒吼響遍了整個大廳。

「你好大的狗膽，小子！」

哈利急急回過身來。穆敵教授正一跛一跛地走向大理石階梯。他已掏出魔杖，指著一頭趴在石板地上瑟縮顫抖的純白雪貂，那正好就是馬份剛才站的位置。

大家全都嚇得楞住了，入口大廳突然變得一片死寂。除了穆敵之外，其他人全都連眼皮都不敢動上一下。穆敵轉頭望著哈利——只有他那隻正常眼睛是在看著哈利，另一隻眼睛整個對著後腦勺往後翻。

「他有傷到你嗎？」穆敵嘶吼道，他的聲音低沉而沙啞。

「沒有，」哈利說，「只差一點。」

「**不準碰他！**」穆敵大叫。

「碰——碰什麼呀？」哈利困惑地問道。

「不是說你——是他！」穆敵吼道，大拇指猛然指向他背後的克拉。克拉本來正準備把雪貂抱起來，現在整個人頓時被嚇呆了。穆敵那隻滾個不停的眼珠子好像具有神奇的功能，可以穿透後腦勺看到背後的景象。

穆敵開始一跛一跛地走向克拉、高爾和那頭雪貂，雪貂發出一聲驚恐的吱吱怪叫，隨即一躍而起，飛快地竄向地窖。

「休想逃！」穆敵教授怒吼，再度用魔杖指著那頭雪貂——牠飛到十呎高的空中，再啪地一聲摔到地上，然後又立刻彈了起來。

「我生平最看不慣在背後暗算別人的傢伙，」穆敵嘶吼道。那隻雪貂越彈越高，痛得尖聲哀鳴，「這是一種極端卑鄙、懦弱又差勁的舉動……」

雪貂竄向高空，四肢和尾巴無助地狂亂揮舞。

「永──遠──不──准──再──犯──」穆敵在雪貂摔到地上，又彈起來時，一個字一個字地沉聲喝道。

「穆敵教授！」一個震驚的聲音喊道。

麥教授正抱著一大堆書走向大理石階梯。

「哈囉，麥教授。」穆敵若無其事地打聲招呼，繼續施法讓雪貂彈得更高。

「你──你這是在做什麼？」麥教授問道，目光隨著彈起的雪貂掠過空中。

「在教學。」穆敵說。

「教──穆敵，**你說那是一個學生**？」麥教授尖叫，懷中的書撒了滿地。

「是。」穆敵說。

「不！」麥教授喊道，連忙跑下樓梯並掏出她的魔杖。沒過多久，在一聲響亮的劈啪聲之後，跩哥．馬份又重新出現。他歪七扭八地躺在地上，光滑的金髮披下來，蓋住他那張已變成鮮豔粉紅色的面龐。他畏畏縮縮地站了起來。

「穆敵，我們這裡**從來不會**用變形術處罰學生！」麥教授虛弱地說，「我想鄧不利多教授一定告訴過你吧？」

「沒錯，他是提過這件事，」穆敵滿不在乎地摸摸下巴回答，「但我認為狠狠處罰一下──」

「我們都是罰他們勞動服務，穆敵！或是去向犯錯者的學院導師報告！」

「那我就照那樣辦吧。」穆敵帶著深沉的厭惡盯著馬份說。

馬份那對淡色的眼睛，因疼痛與羞辱而盈滿了淚水，但他卻執拗地抬起頭來，滿懷惡意地望著穆敵，嘴裡嘰哩咕嚕地喃喃低語，但只能聽出「我父親」這幾個字。

「喔，是嗎？」穆敵平靜地說，跛著腿往前走了幾步，木腿悶悶的**咚咚**聲在入口大廳中迴響不已，「嗯，我跟你父親老早以前就認識了，孩子……你告訴他，瘋眼穆敵現在已盯上了他的兒子……告訴他是我說的……現在你告訴我，你的學院導師是石內卜沒錯吧？」

「是的。」馬份憎恨地答道。

「他也是我的老朋友了，」穆敵吼道，「我一直很希望能跟老石內卜好好聊一聊呢……快走啊，你……」他一把抓住馬份的前臂，押著他走向地窖。

麥教授擔憂地凝視他們的背影，過了好一會，她才用魔杖指向掉在地上的書，它們立刻飛起來重新落入她懷中。

「別跟我說話。」幾分鐘之後，榮恩在他們坐在葛來分多餐桌邊時，小聲地對哈利和妙麗表示。此時他們前後左右的人，全都在興奮地談論剛才發生的事。

「為什麼？」妙麗驚訝地問道。

「因為我想把這一幕牢牢記在腦海裡，永遠不要忘記。」榮恩閉上雙眼，帶著心滿意足的表情說，「跩哥．馬份，神奇的彈跳雪貂……」

哈利和妙麗兩人都放聲大笑，接著妙麗開始替他們每人添了一些牛肉燉鍋。

「但他剛才可能會真的傷到馬份呢，」她說，「所以說麥教授出面阻止，可以算是件好事——」

「妙麗！」榮恩憤怒地說，眼睛啪一聲迅速張開，「在我這輩子最棒的一刻，妳幹嘛偏偏要來掃我的興啊！」

妙麗不耐煩地嘖了一聲，又開始用最快的速度狼吞虎嚥。

「別跟我說妳晚上又要回圖書館？」哈利望著她問道。

「非去不可，」妙麗口齒不清地答道，「好多事情要做呢。」

「可是妳明明告訴我們說薇朵教授——」

「不是做學校的功課啦。」她說。在短短五分鐘之內，她就把盤中的食物一掃而光，起身離去。

她才剛離開，弗雷．衛斯理就坐到她的位子上。「穆敵！」他說，「他到底有多酷啊？」

「超酷。」喬治說，坐到弗雷對面的位子上。

「酷斃了！」雙胞胎兄弟最好的朋友李．喬丹在喬治身邊坐下，「我們今天下午上過他的課。」他告訴哈利和榮恩。

「上課情形怎麼樣？」哈利急切地問道。

弗雷、喬治，和李意味深長地互望了一眼。

「從來沒上過像這樣的課。」弗雷說。

「他是真的**懂**呢，老弟。」李說。

「懂什麼？」榮恩問道，並把身體往前傾。

「懂另外那邊的人是怎麼**做**的。」喬治故意賣關子地說。

「做什麼？」哈利問。

「施展黑魔法啊。」弗雷說。

「他全都見識過呢。」喬治說。

「真是太神奇了。」李說。

榮恩連忙把手探進包包裡去掏他的課程表。

「我們一直要等到星期四才能上到他的課！」他的語氣顯得相當失望。

14

不赦咒

接下來兩天平靜無波，並未發生任何重要的事，唯一值得一提的就是，奈威又在上魔藥學的時候，燒壞了他的第六個大釜。過了一個暑假，石內卜教授的報復心似乎又更進一步，毫不容情地立刻罰奈威勞動服務，強迫他把一整桶角蟾蜍的內臟全都挖出來，害他回來時差點精神崩潰。

「你知道石內卜心情為什麼那麼糟，是吧？」榮恩問哈利，他們兩人在一旁望著妙麗教奈威施展一種去污咒，好把他指甲縫裡的蟾蜍內臟清乾淨。

「這還用說，」哈利說，「就是因為穆敵嘛。」

大家全都曉得，石內卜覬覦黑魔法防禦術教職已久，但他這個願望到現在卻已連續第四次落空。石內卜對以前所有的黑魔法防禦術教師全都看不順眼，而且毫不掩飾他心中的厭惡——但奇怪的是，他這次卻好像特別小心，完全不敢對瘋眼穆敵露出一絲敵意。事實上，每當哈利看到他們兩人碰面時——在用餐時，或是在走廊上無意間碰到的時候——他總是很強烈地感覺到，石內卜在刻意迴避穆敵的目光，不論是那隻魔眼或是正常的眼睛，他全都不敢正視。

「你知道嗎，我覺得石內卜好像有點怕他。」哈利若有所思地說。

「想想看，要是穆敵把石內卜變成一隻角蟾蜍，」榮恩說，雙眼泛出迷濛的光輝，「然後逼他在自己的地窖裡到處彈來彈去……」

葛來分多所有的四年級生，對穆敵的第一堂課全都充滿了期待，因此在星期四吃過午餐後，甚至連上課鈴聲都還沒響起，大家就全都自動自發地提早到達，排隊等著進入教室。

只有妙麗沒跟大家一起湊熱鬧，她一直到快開始上課時才及時趕到。

「我剛剛是在——」

「——圖書館，」哈利接口說，「好了，快一點，要不然我們就占不到好位子坐了。」

他們匆匆走到講桌前的三個座位上坐好，取出他們的《黑暗力量：自衛指南》，反常地乖乖坐在那裡安靜等待。才過一會，他們就聽到穆敵那招牌式的咚咚腳步聲，正沿著走廊走過來，接著他就踏入教室，看起來依然像以往一樣地詭異而嚇人。他們可以看到他的長袍底下，露出一截爪狀木腳。

「把那給我收起來！」他嘶吼道，一步一步拖著沉重的步伐，走到講桌後坐下來，「我是說那些書，你們不需要那些玩意兒！」

他們把書重新收回包包裡，榮恩顯得非常興奮。

穆敵取出點名簿，甩開他那頭如鬃毛般的斑白灰髮，露出他那張扭曲的疤臉，開始點名。他那隻正常的眼睛順著名單依次往下滑，但他的魔眼卻滴溜溜地不停轉動，輪流停駐在每個答「有」的學生臉上。

「好了，」他在最後一名學生應聲回答後表示，「路平教授給了我一封信，告訴我你們這一班的情形。看來你們在擒拿黑魔獸方面，似乎已經打下相當扎實的基礎——你們已經學過幻形怪、紅軟帽、哼即砰、滾帶落、河童還有狼人，對吧？」

教室中響起一片表示同意的嗡嗡聲。

「但在應付咒語這方面，你們卻是進度落後——嚴重落後，」穆敵說，「所以呢，我要在這裡帶領大家稍稍研究一下，巫師們可能會對彼此施什麼樣的法術。我有一整年的時間，可以好好教你們該怎樣去對付黑——」

「什麼，難道你不準備留下來嗎？」榮恩不假思索地衝口而出。

穆敵的魔眼迅速轉過來盯著榮恩，榮恩顯得非常不安，過了一會，穆敵竟然露出微笑——這是哈利第一次看到他的笑容，這讓他那張疤痕累累的面孔，變得比以前更加詭異扭曲，但儘管如此，在知道他這人也會做出微笑這類友善舉動之後，確實讓大家放心不少。榮恩看起來更是大大鬆了一口氣。

「你是亞瑟．衛斯理的兒子吧，嗄？」穆敵說，「前幾天我遇上一個大麻煩，還是你父親救我脫身的呢……沒錯，我只會在這裡待一年。算是特別幫鄧不利多一個忙……只教一年，然後就再回去過我平靜的退休生活。」

他發出一陣刺耳的笑聲，然後用他那雙粗糙的手往空中拍了一下。

「好——我們言歸正傳。詛咒，它們有許多不同的力量與形式。現在注意聽我說，根據魔法部的規定，我應該只教你們反詛咒，其他就廢話少說。在你們升上六年級以前，我照理是不能讓你們親眼見識一下，那些非法的黑魔咒到底是怎麼回事。在那之前，你們年紀還太小，應付不了這樣的課程。但鄧不利多教授對於各位的膽量，卻有非常高的評價，他認為你們應該可以應付得來，而我自己是覺得，對於那些你們未來必須去對抗的東西，還是越早知道越好。要是連那東西是啥玩意兒都搞不清楚，到時候你怎麼可能有辦法去保護自己？那些想要對你下非法詛咒的巫師，是不會在你面前有禮貌地好好演練給你看的。你們必須先做好準備，你們必須睜大眼睛，隨時保持警覺。在我說話的時候，妳必須把那東西收起來，布朗小姐。」

文妲嚇得驚跳一下並羞紅了臉，她剛才偷偷從桌子底下把她已完成的占星圖拿給芭蒂看。顯然穆敵的魔眼不僅可以透過後腦勺看到背後，同時也可以穿透堅固的木頭看清下方的景象。

「所以呢……你們有沒有人知道，施展哪些詛咒會遭受到巫師法律最嚴厲的懲罰？」

有幾個人遲疑地舉起手來，其中包括榮恩和妙麗。穆敵伸手指著榮恩，但他那隻魔眼卻依然緊盯著文妲不放。

「呃，」榮恩不太有把握地說，「我爸跟我說過一個……是不是有一個叫『蠻橫咒』的詛咒？」

「啊，是的，」穆敵激賞地說，「你父親**自然**知道這個詛咒。過去有段時間，蠻橫咒曾帶給魔法部不少麻煩呢。」

穆敵撐起他那雙不相稱的腿，緩緩站起來，打開講桌抽屜，取出一個玻璃罐。有三隻黑色大蜘蛛在裡面四處亂竄，哈利感到身邊的榮恩微微瑟縮了一下——榮恩最討厭蜘蛛了。

穆敵把手伸進罐子裡，抓起一隻蜘蛛，放在他的手掌心讓大家看清楚。

然後他用魔杖指著牠低聲念道：「噩噩令！」

蜘蛛噴出一條細細的銀線，從穆敵手裡一躍而起，開始像空中飛人似地在空中來回擺動。牠把八隻長腿伸得又僵又直，然後朝後一翻，扯斷銀線落到講桌上，開始在那裡用側滾翻繞圈子打轉。穆敵的魔杖猛然抖動，蜘蛛立刻用兩隻後腿直立豎起，有模有樣地跳起踢躂舞來。

所有人全都放聲大笑——只有穆敵例外。

「你們覺得這很好笑是不是？」他吼道，「要是我對你們施展這個詛咒，你們還會覺得有趣嗎？」

笑聲立即在瞬間消失得無影無蹤。

「這是一種完全的控制，」穆敵平靜地說，此時蜘蛛已縮成一個圓球，開始不停地滾動，「我可以讓牠從窗戶跳出去，把自己淹死，或是竄進你們其中某一個人的喉嚨……」

榮恩不由自主地打了個哆嗦。

「在多年以前，有許多男女巫師曾受到蠻橫咒的控制，」穆敵說，哈利曉得他說的是佛地魔全盛時期的事情，「魔法部為了要分辨出誰是被迫作惡，誰又是出於自願，著實花了不少工夫。

「蠻橫咒是有辦法可以破解的，這我稍後會教你們該怎麼做，但成不成還得看個人的毅力，所以不是每個人都能學得會。如果可以的話，你們最好還是想辦法盡量避開這個詛咒。**隨時提高警覺！**」他大喝，所有人全都嚇得跳了一下。

穆敵抓起那隻正在翻筋斗的蜘蛛，把牠扔回罐子裡，「還有人知道別的嗎？其他的非法詛咒？」

妙麗的手再度竄到空中，哈利有些吃驚的發現，奈威竟然也舉起了手。通常奈威只有在上他最拿手的藥草學時，才會主動舉手作答。奈威看來似乎也被自己的膽量給嚇了一跳。

「是的？」穆敵說，他的魔眼滾過來緊盯住奈威。

「有一個——『酷刑咒』。」奈威的聲音雖小，但卻相當清晰。

穆敵專注地凝視奈威，這次他總算用上了兩隻眼睛。

「你叫隆巴頓是吧？」他說，他的魔眼又猝然滾下去檢查點名簿。

奈威緊張地點點頭，但穆敵並未再多做詢問。他的魔眼重新轉向全班同學，把手探進罐子裡抓出第二隻蜘蛛，放到講桌上。蜘蛛停在那裡一動也不動，顯然是嚇得完全無法動彈。

「酷刑咒，」穆敵說，「我得把蜘蛛變大一點，才能讓你們瞭解它的作用。」他說，揮動魔杖指向蜘蛛，「暴暴吞！」

蜘蛛身形暴脹，變得比毛毒蛛還要大些。這下榮恩再也顧不得顏面，連忙把椅子推向後方，儘可能離穆敵的講桌越遠越好。

穆敵再度舉起魔杖，指著蜘蛛低聲念道：「咒咒虐！」

蜘蛛的長腿立刻彎起來貼到身上，在桌面上滾動，開始激烈地痙攣、左右擺動。牠並沒有發出任何聲音，但是哈利心裡很確定，牠若是能出聲的話，必定會淒厲地尖叫。瘋眼穆敵並沒有移開魔杖，蜘蛛又是一陣抖動，抽搐得比剛才更加厲害——

「住手！」妙麗尖聲喊道。

哈利轉過來望著她。她現在並沒有在看蜘蛛，反而緊盯著奈威，哈利順著她的目光望過去，看到奈威用雙手緊抓著前方的書桌，用力得連指關節都開始泛白了。他的目光狂亂，充滿了恐懼。

穆敵舉起魔杖，蜘蛛鬆開長腿，卻仍在不停抽搐。

「啾啾縮。」穆敵低聲念道，蜘蛛隨即縮回原來的大小。他把牠放回罐子裡。

「疼痛，」穆敵輕聲說，「你要是會施展酷刑咒，想要折磨人時，根本就不需要再用到拇指夾或是刀子之類的刑具了……這個詛咒過去有段時間也非常出名。

「好了……還有沒有人知道別的詛咒？」

哈利環顧四周，看到大家臉上的表情，他推斷他們心裡大概全都在猜想，不曉得那最後一隻蜘蛛，到底會遭遇到什麼樣的命運。妙麗第三度將手舉向空中，這次她的手在微微顫抖。

「是的？」穆敵望著她說。

「啊哇呾喀呾啦。」妙麗小聲說。

包括榮恩在內的好幾個人都不安地轉頭望著她。

「啊！」穆敵說，他那歪斜的嘴角又扭出一個隱約的微笑，「是的，最後一個，同時也是最可怕的一個咒語。啊哇呾喀呾啦……『索命咒』。」

他將手伸進玻璃罐裡。第三隻蜘蛛彷彿已感到自己大難臨頭，拖著長腿在玻璃罐底部拚命亂竄，想要躲開穆敵的手指，但還是被穆敵逮到，抓到了講桌上，接著牠又開始在桌面上拚命亂竄。

穆敵舉起魔杖，哈利突然感到心頭一顫，掠過一絲不祥的預感。

「啊哇呾喀呾啦！」穆敵吼道。

眼前出現一道炫目的綠光，並響起一陣破空而過的咻咻聲，就好像有某個看不見的巨大物體突然從空中飛過似的——蜘蛛在剎那間猛地朝後一翻，外表雖看不出有任何異樣，但顯然是已經一命嗚呼。有好幾個女孩忍不住掩口驚呼，榮恩剛才在蜘蛛急急竄向他的時候，嚇得連忙用力往後仰，差點從椅子上摔了下來。

穆敵揮手將講桌上的死蜘蛛掃到地上。

「這個詛咒不太好看，」他平靜地說，「也讓人感到很不舒服。而且這個詛咒完全沒有任何反詛咒可以破解，完全無法抵擋，至今只有一個人曾在這個詛咒下逃過一劫，而他現在就坐在我的正對面。」

穆敵的眼睛（兩隻眼睛都是）深深望進哈利眼裡，哈利感到自己的臉變紅了。他可以感覺到，其他的人全都轉過頭望著他。哈利彷彿入迷似地緊盯著黑板不放，但事實上他根本就對它視而不見……

所以他的父母就是這麼死的……就和那隻蜘蛛一模一樣。他們身上同樣也完全看不出一絲傷痕嗎？他們死前是不是只看到眼前閃過一道綠光，聽到死神疾飛而來的咻咻聲，接著就立刻被奪去了生命？

自從知道父母是被人謀殺，特別是在了解那天晚上發生的事情之後，哈利這三年來，一直不斷在腦海中想像他父母死時的情景：蟲尾是如何背叛他父母，對佛地魔洩露他們的行蹤，害他們在藏身的小屋中被黑魔王逮住。佛地魔是如何先下手殺死他的父親，當時詹姆．波特又是如何試圖絆住佛地魔，並喊著要他妻子帶著哈利快點逃走……接著佛地魔又將魔掌轉向莉莉．波特，命令她退到一旁，讓他動手殺死哈利……而她又是如何緊抱著兒子不放，懇求佛地魔讓她代哈利一死……於是佛地魔乾脆也將她殺死，然後再用魔杖指著哈利……

哈利之所以會知道得這麼詳細，是因為他去年在跟催狂魔作戰時，聽到了他父母親臨死前的聲音——而那正是催狂魔最恐怖的力量：強迫他的犧牲品重新經歷他們一生中最悲慘的回憶，讓他們無能為力地被自己的絕望所淹沒……

穆敵再度開口說話，但哈利卻覺得穆敵的聲音好像離他很遠很遠。哈利費了很大的工夫，才勉強收束心神，把思緒拉回現在，傾聽穆敵究竟在說些什麼。

「索命咒是一個需要擁有強大的法力才能施展的詛咒——你們現在全都把魔杖抽出來，一起指著我念這段咒語。我想我最多只會流一點鼻血。但這無關緊要，我到這裡來，並不是為了要教你們如何施展詛咒。

「現在大家注意聽，要是這些詛咒根本就沒有反詛咒可以破解，那我幹嘛還要表演給你們看呢？**因為你們必須知道**，你們必須了解最壞的是什麼，你們不會希望讓自己陷入必須面對這些詛咒的困境。**隨時保持警覺！**」他大吼，全班同學又嚇得跳了一下。

「現在仔細聽我說……這三個詛咒——索命咒、蠻橫咒和酷刑咒——統稱為『不赦咒』。只要對人類施展其中一項詛咒，就足以讓你在阿茲卡班關上一輩子。這就是你們要去對付的東西，這就是我得教你們去對抗的詛咒。你們必須先做好準備，你們必須先學到一身本領，但最重要的是，你們必須要學習如何隨時提高戒備，永遠保持警覺。現在拿出你們的羽毛筆……把這些全記下來……」

他們開始記下每一個不赦咒的重點，就這樣在抄寫中結束了這堂課。在下課鈴聲響起前，教室中鴉雀無聲，沒有一個人開口說話──但等穆敵一宣布下課，大家全都走出教室後，就立刻響起一片七嘴八舌的交談聲。大部分人都在用敬畏的語氣談論剛才那三個詛咒──「你有沒有看到牠抽搐的模樣？」「──還有他動手殺牠的時候──就這樣一下子就完蛋了！」

哈利暗暗心想，他們談論這堂課的語氣，簡直就像是把它當成某種壯觀的表演似的，但他自己並不覺得它有多麼有趣──妙麗好像也是這麼認為。

「快點。」她緊張地催促哈利和榮恩。

「妳該不是又想去那個鬼圖書館了吧？」榮恩說。

「不是，」妙麗簡短地答道，伸手指著一條側廊，「奈威。」

奈威獨自站在走廊中央，望著對面的石牆發楞，他的眼神看來就跟剛才穆敵示範酷刑咒時一樣地狂亂驚恐。

「奈威。」妙麗柔聲喊道。

奈威轉過頭來。

「喔，哈囉，」他說，他的嗓門變得比平常高亢了許多，「這堂課真有意思，對不對？我正在想，晚上不曉得會吃什麼，我──我快餓死了，你們呢？」

「奈威，你還好吧？」妙麗說。

「喔，好啊，我很好啊，」奈威連珠砲似地說個不停，語氣就跟剛才一樣高亢得很不自然，「非常有意思的晚餐——不，我是說這堂課——要吃什麼呀？」

榮恩吃驚地瞥了哈利一眼。

「奈威，你到底——？」

此時他們背後突然響起一陣怪異的咚咚聲，他們回過身來，看到穆敵教授正跛著腿朝他們走來。他們四人立刻安靜下來，憂慮不安地望著他走近。當他開口說話時，雖仍是平常那種嘶啞的吼聲，但卻低沉且溫和多了。

「沒事了，孩子，」他對奈威說，「跟我一起去辦公室坐坐吧？走啊……我們可以一起喝杯茶……」

奈威聽到自己要跟穆敵一起喝茶，臉上的表情變得更加害怕。他既沒有移動，也沒有開口答話。

穆敵將他的魔眼轉向哈利。「你沒事吧，啊，波特？」

「沒事。」哈利用一種略帶反抗的語氣答道。

穆敵的藍眼在眼窩中微微顫動，仔細打量哈利。

然後他開口說：「你們必須知道。這看來似乎是很殘酷，**但你們必須知道**，沒必要去粉飾太平……好了……走吧，隆巴頓，我那裡有幾本你也許會有興趣的書。」

奈威用懇求的目光望著哈利、榮恩和妙麗，但他們三人卻什麼也沒說，因此他別無選擇，只好任由穆敵用一隻粗糙的手按住他的肩膀，乖乖跟著他走了。

「這到底是怎麼回事？」榮恩望著奈威和穆敵的背影繞過轉角，忍不住問道。

「我不知道。」妙麗帶著憂傷的神情答道。

「不過這堂課還真不是蓋的，嗄？」榮恩在他們三人一起出發前往餐廳時對哈利說，「弗雷和喬治說的沒錯，對不對？這個穆敵果真有一套，你說是不是？你看他施展索命咒的時候，那隻蜘蛛是怎麼**死**的，一下子就翹辮子啦——」

榮恩一看到哈利臉上的表情，就立刻閉上嘴巴，一路上沒再開口說過一句話。直到他們抵達餐廳時，他才跟哈利建議說，他們今天晚上最好趕快開始寫崔老妮教授交代的預言作業，因為那得花上好幾個小時才寫得完。

妙麗在晚餐時並沒有跟哈利和榮恩一起聊天，只是用驚人的速度埋頭猛吃，然後就又匆匆趕去圖書館報到。哈利和榮恩走向葛來分多塔，而剛才在吃飯時，腦袋裡一直想著不赦咒的哈利，此時終於主動開口提起這個話題。

「魔法部要是知道我們親眼見識到那三個詛咒，穆敵和鄧不利多不是會惹上麻煩嗎？」哈利在他們走向胖女士畫像時問道。

「沒錯，大概會吧，」榮恩說，「但鄧不利多這個人向來就是我行我素，不是嗎？而我看穆敵反正早就一連惹了好多年的麻煩了。他總是不先把事情問清楚，就不分青紅皂白地先動手再說——別忘了他的垃圾桶。胡言亂語。」

胖女士畫像往前敞開，露出後方的洞口，於是他們爬進葛來分多交誼廳，裡面又擠又吵。

「我們現在是不是該去把占卜學的東西拿下來了？」哈利問道。

「我想是吧。」榮恩呻吟地說。

他們走到寢室去拿他們的課本和占星圖，看到奈威獨自待在房中，坐在自己的床上看書。他看起來比剛上完穆敵的課時平靜多了，但仍然沒有完全恢復正常。他的眼睛紅紅的。

「你沒事吧，奈威？」哈利問他。

「喔，沒事，」奈威說，「我很好，謝謝。我正在看穆敵教授借給我的書……」

他舉起手中的書：《神奇的地中海水生植物及其特性》。

「芽菜教授顯然跟穆敵教授提過，說我藥草學這門科目表現得很出色，」奈威說，他的語氣微微透出一絲哈利幾乎不曾從他嘴裡聽過的驕傲，「他認為我應該會喜歡這本書。」

告訴奈威芽菜教授對他的好評，哈利心中暗想，其實是不露痕跡地在替奈威打氣，因為奈威真的很少得到別人的稱讚。這聽起來很像是路平教授才會做出的事。

哈利和榮恩帶著他們的《撥開未來的迷霧》重新回到交誼廳，找到一張空桌坐下，開始努力預測自己接下來一個月的命運。過了一個鐘頭之後，他們並沒有多少進展，但桌上早已亂七八糟堆了一大堆畫滿計算數字和象徵符號的羊皮紙頭，而哈利也不由得感到頭腦發脹，就好像是腦袋裡裝滿了崔老妮教授教室中的爐煙似的。

「我到現在還是完全搞不懂這些東西是什麼意思。」他低頭瞪著那一長串計算數字表示。

「你知道嗎？」榮恩說，他剛才因飽受挫折而不斷地猛抓頭，害頭髮變得到處亂翹，「我想該祭出占卜學慣用的老法寶了。」

「什麼——你是說亂編嗎？」

「沒錯。」榮恩說，一古腦兒將那些胡亂塗鴉的小紙頭全都掃下桌，用筆蘸了些墨水，開始振筆疾書。

「下個星期一，」他邊說邊匆匆寫下，「由於火星與木星接近時所產生的不祥力量，我很可能會開始咳嗽。」他抬頭望著哈利，「你也曉得她這個人是什麼德行——你只要盡量把自己寫得多災多難，她就一定會全盤照收。」

「就這麼辦，」哈利說，一把將他剛才寫的東西揉成一團，順手抛出一個高飛球，紙團隨即越過一群正在熱烈交談的一年級新生頭頂，落到了爐火中，「好……星期一，**我**將會有——呃——有被燒傷的危險。」

「沒錯，這倒是很有可能，」榮恩臉色陰沉地說，「我們星期一又要碰到那些釘蝦了。好，星期二……**我將會**……嗯……」

「失去一件珍貴的東西。」哈利說，他正忙著翻閱《撥開未來的迷霧》尋找靈感。

「好主意，」榮恩說，立刻把它抄下來，「因為……嗯……水星。對了，你要不要寫說，有某個你把他當作朋友的人，會從背後捅你一刀？」

「好……這夠酷……」哈利匆匆把這寫下來，「而這是因為……金星落到了第十二宮。」

「在星期三呢，我跟人打架打輸了。」

「啊，我也正想寫跟人打架呢，好吧，那就寫我打賭賭輸好了。」

「沒錯，因為你賭我打架會贏嘛……」

他們又花了一個鐘頭捏造各式各樣的預言（悲劇的色彩越來越濃），在這段時間中，他們周遭的人群紛紛上床睡覺，交誼廳也漸漸空了下來。歪腿朝他們慢慢晃過來，輕輕一躍跳到一張空扶手椅中，用一種高深莫測的謎樣眼神凝視哈利，看起來活像是妙麗在逮到他們亂做功課時會出現的神情。

哈利抬頭環顧四周，絞盡腦汁地想要再找出一種他還沒用上的災難，忽然瞥見弗雷和喬治兩人坐在對面牆邊，手裡握著羽毛筆，把頭湊在一起，正在專心研究一張羊皮紙。弗雷和喬治兩人竟然會躲在角落，安安靜靜地做事情，實在是件很不尋常的事，他們向來總是喜歡待在人群中心，成為大家注目的焦點人物。他們望著那張羊皮紙的神情，看起來有點神秘兮兮的，這讓哈利忍不住回想起，他們兩人在洞穴屋時坐在一起寫東西時的模樣。他那時候還以為，他們是在草擬另一份衛氏巫師法寶訂購單，但這次看起來卻不像是這麼回事。如果真是在擬訂購單的話，他們一定會讓李·喬丹也加入討論，大家一起來好好樂上一番。哈利不禁好奇地猜想，不曉得這會不會跟參加三巫鬥法大賽有些關連。

就在哈利盯著他們瞧的時候，喬治忽然對弗雷搖搖頭，提起羽毛筆畫掉了一些東西，然後用一種壓得極低，但在空曠的交誼廳中仍聽得一清二楚的聲音說：「不行——聽起來好像是我們在告發他似的，最好是謹慎一點……」

然後喬治抬起頭來，發現哈利正在看他。哈利咧嘴微笑，立刻低下頭來，繼續寫他的預言作業——他不想讓喬治覺得他在偷聽。沒過多久，雙胞胎兄弟就捲起羊皮紙，跟他們道了聲晚安，回寢室睡覺去了。

弗雷和喬治走了大約十分鐘左右，畫像洞口突然敞開，妙麗一手抱著一大疊羊皮紙，另一手拎了個盒子爬進交誼廳。盒子裡的東西在她走路時不停發出喀噠喀噠的聲音，歪腿呼嚕呼嚕地弓起背脊。

「哈囉，」她說，「我終於完成了！」

「我也是！」榮恩拋下羽毛筆，得意洋洋地表示。

妙麗坐下來，把手裡的東西擱到一張空扶手椅上，把榮恩的預言作業拉到面前。

「你下個月看起來滿倒楣的嘛，是不是？」她挖苦地說，歪腿已蜷縮成一團窩在她的腿上。

「啊！這個嘛，至少我有事先得到警告。」榮恩打著呵欠答道。

「你好像要被溺死兩次唷！」妙麗說。

「喔，真的啊？」榮恩說，低頭仔細檢查他的預言作業，「我看我還是來換點花樣，寫我被一頭亂衝亂撞的鷹馬踩到好了。」

「難道你不覺得你編得太明顯了嗎？」妙麗說。

「大膽！」榮恩佯怒道，「我們簡直就像家庭小精靈一樣辛苦工作呢！」

妙麗揚起眉毛。

「這只是一種比喻嘛！」榮恩慌忙補上一句。

哈利同樣也放下羽毛筆，他剛剛寫完一個咒他自己會人頭落地、慘遭橫死的預言，完成了這篇作業。

「那盒子裡裝了什麼東西？」他指著盒子問道。

「奇怪，原來也有人會關心這個呀。」妙麗說，不悅地瞪了榮恩一眼。她掀開蓋子，讓他們看清楚裡面的東西。

裡面大約有五十來個徽章，顏色全都不一樣，但每個上面都有著四個同樣的英文字母：「S.P.E.W.」。

「『吐』[3]？」哈利說，伸手抓起一個徽章來看，「這是什麼意思？」

「不是吐啦，」妙麗不耐煩地說，「是小精靈福進會，『家庭小精靈福利促進協會』[4]的縮寫。」

「這我從來沒聽過。」榮恩說。

「嗯，你當然沒聽過啦，」妙麗輕快地答道，「我才剛成立不久嘛。」

「是嗎？」榮恩有些詫異地問道，「請問貴協會目前有幾位成員呀？」

「這個嘛——要是你們兩個加入的話——三個。」妙麗說。

「妳以為我們肯戴了個上面寫『吐』的怪徽章走來走去嗎？」榮恩說。

「是小精靈福進會！」妙麗開始發怒了，「我本來是想在上面印『阻止殘酷虐待我們的奇獸夥伴與改善其法律地位運動』——可惜這太長了放不下，所以只好用那來當作我們的宣言標題囉。」

她抓起那一大疊羊皮紙朝他們揮舞，說：「我在圖書館裡徹底研究了，小精靈奴隸制度早在好幾個世紀前就已經開始實行。我真不敢相信，在這之前竟然完全沒人肯站出來為他們做點事。」

「妙麗——豎起妳的耳朵，聽清楚了，」榮恩大聲說，「他們——喜歡——這樣，他們就是**喜歡**做奴隸！」

「我們的短期目標，」妙麗的聲音甚至比榮恩還要大，而且好像根本就沒聽到榮恩說的話，「是確保家庭小精靈能獲得合理的工資與良好的工作環境。而我們的長期目標，則是更改精靈不得使用魔杖的法律規定，並設法把一名精靈送進奇獸管控部門，因為他們實在太過弱勢，幾乎完全沒有任何代表來替他們自己爭取權利。」

「那我們要怎樣才能做得到這些呢？」哈利問道。

「我們先從吸收新會員開始呀，」妙麗愉快地說，「我想把入會費定為兩個西可——用來買一個徽章——而我們可以把這筆收入，做為我們印製宣傳單的基金。你是會計，榮恩——我已經在樓上替你準備了一個募款罐——而哈利呢，你是秘書，所以你應該把我現在說的話全都寫下來，替我們的第一次會議做份紀錄。」

妙麗笑吟吟地望著他們兩人，但他們沉默了好一陣子，然後哈利才坐下來，心裡一半是在生妙麗的氣，一半是為榮恩臉上的表情感到好笑。最後打破沉默的人，並不是那位顯然已驚訝得說不出話來的榮恩，而是窗口邊一陣輕柔的**答**、**答**敲擊聲。哈利的目光掃過已空無一人的交誼廳，在月光照耀下，看到窗台上站了一隻雪鴞。

「嘿美！」他喊道，從椅子上跳起來，快步跑過房間，把窗戶拉開。

嘿美飛進來，掠過房間，降落到那張堆著哈利預言作業的桌子上。

「總算回來了！」哈利說，急急趕到牠身邊。

3.「spew」中文為「吐」，或是「噴出」之意。
4.英文全名為「Society for the Promotion of Elfish Welfare」，縮寫為「S. P. E. W.」。

「她帶了一封回信！」榮恩興奮地說，伸手指著一張綁在嘿美腿上髒兮兮的羊皮紙。

哈利連忙把信解下，坐下來開始看信，而嘿美也拍著翅膀飛到他膝蓋上，溫柔地嗚嗚啼叫。

「上面寫什麼？」妙麗屏息問道。

這封信非常短，看起來好像是在倉卒間匆匆寫就。哈利大聲念道：

哈利：

我馬上就要往北方飛了。我在這裡早就聽到一連串古怪的傳聞，而你疤痕發疼的消息算是最後一個。要是你疤痕又開始發疼的話，你就直接去找鄧不利多——他們說，他已經把退休的瘋眼重新請出山，這就意味著，鄧不利多已經開始意會到這些跡象了，即使其他的人都還被蒙在鼓裡。

我很快就會跟你聯絡，代我向榮恩和妙麗問好。保持警覺，哈利。

天狼星

哈利抬頭望著榮恩和妙麗，他們也瞪大眼睛凝視著他。

「他正在往北方飛？」妙麗悄聲問道，「他就要回來了？」

「鄧不利多又意會到什麼跡象啊？」榮恩滿臉困惑地說，「哈利——怎麼啦？」

因為哈利剛才突然往自己額頭上捶了一拳，把嘿美嚇得從他膝上跳開了。

「我不應該告訴他的！」哈利憤怒地說。

「你到底在說什麼呀？」榮恩驚訝地說。

「這讓他以為他非趕回來不可！」哈利說，他又往桌上重重搥了一拳，害得嘿美只好停到榮恩的椅背上，並忿忿不平地嗚嗚啼叫，「他要回來，是因為他以為我遇到麻煩了！但我根本一點事也沒有！而且我也沒東西給妳吃，」哈利對嘿美厲聲吼道，牠一直在滿懷期待地咔咔咬動鳥嘴，「妳要是想吃東西，就快飛回貓頭鷹屋去。」

嘿美用受到嚴重傷害的表情瞄了哈利一眼，接著就展翅飛向敞開的窗口，途中還故意用翅膀往哈利頭上狠狠拍了一下。

「哈利。」妙麗用一種勸解的語氣喊道。

「我要睡覺了，」哈利沒好氣地說，「明天再見了。」

他爬上樓回到寢室，換上睡衣，躺上他的四柱大床，但他卻一點也不覺得累。

要是天狼星回到這裡，並且不幸被捕的話，那完全是他哈利波特一個人的錯。他為什麼口風就不能緊一點？只不過才痛了幾秒鐘，他就這樣沉不住氣，非得說出來不可……他當初要是有點腦筋，能夠守口如瓶的話……

過了一會，他聽到榮恩走進寢室，卻沒開口跟他說話。哈利躺在床上，望著上方漆黑的罩篷發楞，就這樣過了許久許久。寢室裡一片死寂，而哈利若不是想心事想得出神的話，他一定會意識到，今夜輾轉難眠的不是只有他一個人，因為房中並沒有聽到奈威平常的鼾聲。

15 波巴洞與德姆蘭

第二天一大早，哈利在醒來時心裡已經擬出一個完整的計畫，就好像他的腦袋趁睡覺時偷偷連夜趕工想出來似的。他爬下床，在微弱的曙光中穿好衣服，沒叫醒榮恩就獨自離開寢室，下樓走到空無一人的交誼廳。他走到那張仍堆著他占卜學作業的桌子前，抓起一張羊皮紙，寫下一封信：

親愛的天狼星：

上次我寫信給你的時候還沒完全睡醒，我想疤痕發疼的事，純粹只是我自己的想像。這裡一切都很好，你沒必要趕回來。別替我擔心，我的頭現在正常得很，一點事也沒有。

哈利

接著他就爬出畫像洞口，穿越寂靜的城堡（途中只被皮皮鬼稍稍耽擱了一下，他在哈利走到四樓走廊中央時，暗中把一個大花瓶推下來打哈利），最後抵達位於西塔頂端的貓頭鷹屋。

貓頭鷹屋是個圓形石室，窗口都未裝上玻璃，因此相當涼爽且通風良好。地上滿滿覆蓋著一層稻草、鳥糞，以及吐出來的老鼠和田鼠骨頭。成千上百隻品種無奇不有的貓頭鷹，互相依偎著棲息在高聳至塔頂的棲木上，大多數都仍在沉睡，但到處可見琥珀色的圓眼珠，老大不高興地瞪著哈利。哈利瞥見嘿美窩在一頭草鴞和灰林鴞中間，於是他連忙走過去，不小心踩到沾滿鳥糞的稻草，差點滑了一跤。

他花了一段時間才把牠哄醒，牠醒來以後，卻不停地在棲木上走來走去，硬是用屁股對著哈利，於是他又花了好大的工夫，總算哄得牠肯用正眼看他，牠顯然還在為他前晚忘恩負義的舉動氣得要命。到了最後，哈利忽然靈機一動，說牠大概太累了，也許他還是去請榮恩把豬水鳧借給他好了，這句話果然成功地讓牠伸出一條腿，讓哈利把信綁上去。

「快點找到他，好嗎？」哈利撫摸著牠的背脊說，並讓牠停在手臂上，帶牠走向牆上的一個洞口，「別讓催狂魔先逮到他。」

牠在他手指上啄了一下，也許比往常用力了一些，儘管如此，牠仍發出一陣似乎是要他放心的溫柔啼聲，然後就展開翅膀，飛向破曉的天空。哈利目送牠遠去消失，他的胃又出現那種熟悉的不適感。他本來非常確定，天狼星的回信必定能減輕他的憂慮，沒想到卻適得其反。

* * *

「那是**說謊**欸，哈利，」妙麗在早餐時聽到哈利把他所做的事情告訴她和榮恩之後，話鋒尖銳地說，「你自己心裡很清楚，你的疤痛明明就**不是**想像的。」

「那又怎樣？」哈利說，「我絕對不能讓他因為我而被抓回阿茲卡班。」

「夠了。」榮恩看到妙麗張開嘴想要再多說幾句，連忙對她厲聲吼道，而妙麗這次居然聽他的話，乖乖閉上了嘴。

接下來的兩個禮拜，哈利儘可能叫自己不要為天狼星擔心。但事實上，不管是每天早上送信的貓頭鷹抵達時，還是他每晚臨睡之前，他總是忍不住要焦急地東張西望，而且他總是會胡思亂想地想像許多關於天狼星的恐怖幻相，比方說看到天狼星在漆黑的倫敦街道上被催狂魔逮個正著。不過在其他時間裡，他一直努力不去想到他的教父。他真希望他現在還能藉由魁地奇來轉移自己的注意力；對於心事重重的人來說，一場痛快淋漓的辛苦訓練課程，可說是最佳的靈丹妙藥。但在另一方面，他們的課程卻變得越來越艱難，要求也越來越多，其中最重的課就是黑魔法防禦術。

出乎意料的，穆敵教授竟然對大家宣布，說他打算輪流對每一個人施展蠻橫咒，示範這個咒語的效用，測試他們是不是有辦法抵擋。

「可是——可是你自己說過這是犯法的呀，教授。」妙麗遲疑地說，而穆敵已經揮動魔杖把書桌清掉，在教室正中央清出一大片空地，「你自己說過——用這個詛咒來對付人類會——」

「鄧不利多要我教你們親身體會這個詛咒的效用，」穆敵說，他的魔眼滴溜溜地轉向妙麗，目不轉睛地盯著她瞧，眼皮連眨都不眨一下，看起來詭異至極，「如果妳寧可循困難的途徑——也就是等有人用它來對妳下毒手，讓妳完全受到他們控制——來學習這個詛咒，那我也不反對。這堂課妳不用上了，妳走吧。」

他伸出一隻粗糙的手指，指著門口。妙麗的臉羞得通紅，囁嚅地說她並不想離開教室。哈利和榮恩相對咧嘴一笑，他們知道妙麗寧可去喝泡泡莖膿汁，也絕不肯錯過這麼重要的一堂課。

穆敵開始要學生輪流走向前，對他們施展蠻橫咒。哈利眼睜睜地望著他的同學們，一個接一個地在這個咒語的影響下做出各種稀奇古怪的行徑。丁．湯馬斯一面唱著國歌，一面用青蛙跳在教室裡繞了三圈。文妲．布朗惟妙惟肖地模仿小松鼠。奈威表演了一連串驚人的體操絕技，若是照他平常的水準，絕對是連半個也做不出來。他們好像沒有一個人有能力去對抗這個詛咒，全都是到穆敵停止施咒時才能恢復正常。

「波特，」穆敵吼道，「你下一個。」

哈利走向教室中央，踏進穆敵清出的空地。穆敵舉起魔杖，指著哈利念道：「噩噩令。」

這真是一種美妙無比的感覺。哈利感到渾身輕飄飄的，就好像他腦中所有的思緒與憂慮，全都在一瞬間被輕輕抹去，只剩下一種無可名狀的淡淡幸福感。他站在那裡，感到無比的輕鬆，只隱約意識到大家全都在望著他。

然後他聽到穆敵的嗓音，在他空空腦袋中某個遙遠的地方嗡嗡迴響：跳到桌上……跳到桌上……

哈利聽話地彎下膝蓋，準備往前跳。

跳到桌上……

但這是為什麼？

他腦中突然響起另一個聲音。這麼做真的很蠢呢，那個聲音說。

跳到桌上……

不，我不想這麼做，謝了。另一個聲音說，這次比先前稍稍堅定了一些……我真的不想……

跳啊！**快跳啊！**

接下來哈利只感到身上一陣疼痛，他剛才往前一跳，但同時又阻止自己往前跳去——這造成的結果是：他一頭撞到桌子上，桌子應聲倒地，而照他雙腿的感覺來看，他的兩個膝蓋骨好像都被撞裂了。

「好，**這**才有點意思了！」穆敵的聲音嘶吼道，哈利感到他腦中那種空洞且迴音臭臭的感覺，也在瞬間消失無蹤。剛才發生的事他全都記得一清二楚，而他的膝蓋似乎也變得加倍疼痛。

「大家看這裡……波特做到了！他對抗這個詛咒，而他差點就成功了！我們再試一次，波特，其他人注意看了——看他的眼神，這樣你們才能了解到其中的奧妙……很好，波特，真的是非常好！他們想要控制**你**可沒那麼容易囉！」

「聽他的語氣，」哈利在一個鐘頭後，跛著腿（穆敵堅持要哈利一連試了四次，直到哈利可以完全不受詛咒影響才肯罷休）走出黑魔法防禦術時嘟囔地說，「好像我們隨時都可能受到攻擊。」

「是呀，這我知道。」榮恩說，他正在輪流用單腳往前跳。他在練習抵擋詛咒時，吃的苦頭比哈利大多了，不過穆敵對他保證，詛咒的效用到了午餐時就會開始漸漸消退，「說到這個人的偏執狂哪……」榮恩緊張兮兮地朝後瞥了一眼，先確定他們確實已走到穆敵聽力範圍所及之外，然後才繼續說下去，「也難怪魔法部的人會這麼喜歡挖苦他，你有沒有聽到他告訴西莫，說他對那個在愚人節的時候，朝他背後喊了聲『呸』的女巫做了什麼？何況我們還有其他這麼多的事要做，哪來的閒工夫去研究該怎樣抵擋蠻橫咒啊？」

所有四年級的學生全都注意到，他們這個學期的功課很明顯地加重許多。有天當麥教授正在指定變形學作業，而全班發出一陣特別響亮的抱怨聲時，她只好開口對他們解釋原因。

「你們現在正進入魔法教育中最重要的一個階段！」她告訴他們，眼睛在方框眼鏡後閃出一道危險的光芒，「你們就快要接受普通巫術等級測驗——」

「我們一直要到五年級才會考普等巫測欸！」丁．湯馬斯氣憤地說。

「你說的也許沒錯，湯馬斯，但相信我，你們必須先做好萬全的準備！目前班上就只有格蘭傑小姐一個人，能成功地把豪豬變成令人滿意的針墊。我可以在這裡提醒你一聲，湯馬斯，**你**的針墊直到現在，還是一有人拿針走過去，就嚇得縮成一團！」

妙麗的臉又再度微微泛紅，看起來好像是在努力讓自己不要顯得太過得意。

在下一堂占卜學時，崔老妮告訴哈利和榮恩，說他們的作業得到全班最高分，讓他們兩人樂得要命。她把他們大部分的預言朗讀給全班聽，並極力稱讚他們面對未來眾多險惡命運，仍能泰然處之的堅毅勇氣——但當她要求他們再繼續做下下個月的預言時，他們就沒這麼樂了。他們兩人這次就已經把點子全都用光，再也想不出還有什麼災難好寫。

同時，教魔法史的幽靈丙斯教授，要他們根據十八世紀的妖精叛亂事件每週交一篇報告；

石內卜教授強迫他們研究解毒劑，他們對這完全不敢掉以輕心，因為他對大家暗示說，他有可能會在聖誕節之前挑個人對他下毒，好看看他們的解毒劑到底有沒有效；孚立維教授要求他們多讀三本課外書，來為他們的召喚咒課程進行準備。

甚至連海格都來湊一腳，增加了他們的功課量。雖然到現在為止還沒人搞清楚那些爆尾釘蝦愛吃什麼，但牠們卻仍以驚人的速度不斷成長。海格自然很高興，提議要大家每隔一天晚上，就到他的小屋來觀察釘蝦，並將牠們的異常行為記錄下來，做為他們這偉大「研究計畫」的一部分。

「我才不幹呢，」跩哥．馬份在聽到海格擺出一副聖誕老公公從布袋裡掏出一個大玩具似的神情，對大家宣告這個消息時，他立刻斷然表示，「謝了，我在上課的時候看這些髒東西看得已經夠膩了。」

海格臉上的笑容黯淡下來。

「你最好乖乖聽我的話去做，」他吼道，「否則我就照穆敵教授的方法來治你……聽說你當雪貂還挺夠瞧的，馬份。」

葛來分多學生哄堂大笑。馬份氣得滿臉通紅，但上次被穆敵處罰的記憶實在太過深刻慘痛，所以他並不敢回嘴反駁。哈利、榮恩和妙麗下課後懷著興奮的心情走回城堡，在馬份去年無所不用其極地想要害海格被解雇之後，看到海格這次把馬份治得死死的，令人感到特別地痛快。

走到入口大廳時，他們發現自己根本就沒辦法前進，裡面聚集了一大群學生，全都圍在一面豎在大理石階梯口的告示牌周圍亂擠亂轉。他們三人中長得最高的榮恩，踮起腳來越過前方的頭頂望過去，把告示牌上的內容大聲讀給其他兩人聽。

三巫鬥法大賽

波巴洞與德姆蘭的代表團將於十月三十日星期五下午六點抵達此地，屆時學校將會於半個小時前開始停課——

「太棒了！」哈利說，「星期五最後一堂課是魔藥學！這樣石內卜就根本沒時間對我們下毒了！」

學生必須在歡迎宴會開始前，先將背包與課本放回寢室，再到城堡大門前集合，一同迎接我們的客人。

「只剩一個禮拜了！」赫夫帕夫的阿尼．麥米蘭從人群中竄出來，兩眼發光地說，「不曉得西追知不知道？我還是趕快去通知他一聲……」

「西追？」榮恩望著匆匆離去的阿尼茫然問道。

「就是迪哥里，」哈利說，「他一定可以參加鬥法大賽。」

「讓那個白痴做我們霍格華茲的鬥士？」榮恩說，他跟哈利正忙著擠過喋喋不休的人潮，往樓梯的方向走去。

「他才不是白痴呢，你只是因為他曾經在魁地奇比賽中打敗過葛來分多，你就懷恨在心、看他不順眼，」妙麗說，「我聽說他是一個很優秀的學生——**而且**還是級長呢。」

聽她的語氣，彷彿光是這一點就足以蓋棺論定。

「妳只不過是因為他人長得**帥**才喜歡他。」榮恩尖酸地說。

「對不起，我這個人從來就不會以貌取人！」妙麗忿忿不平地說。

榮恩發出一陣響亮的假咳聲，但聽起來卻像是在說：「洛哈！」

入口大廳的告示牌，對住在城堡裡的人產生了極為顯著的影響。在接下來的一個禮拜中，哈利不論走到哪裡，都聽到大家在談論同一個話題：三巫鬥法大賽。謠言就像具有高度傳染性的病菌一般，在校園中迅速蔓延：有誰想要參加霍格華茲鬥士選拔賽、鬥法大賽到底是在比些什麼、波巴洞和德姆蘭的學生又跟他們自己有什麼不同……

哈利同時也注意到，城堡似乎正在進行一場徹底的大掃除。幾幅髒兮兮的畫像已經被擦拭得煥然一新，把畫像中的主題氣得要命，他們縮成一團坐在畫框裡，臉色陰沉地喃喃自語，而且一碰到他們那被擦成粉紅色的面頰就立刻痛得畏縮一下。盔甲們在突然間變得閃閃發亮，走動時也不再發出吱吱嘎嘎的難聽聲音，而管理員阿各．飛七，則是只要有人忘了擦皮鞋，就會惹得他兇性大發，殘暴狠惡到了極點，以至於把兩個一年級女生嚇得魂飛魄散。

其他的老師們似乎也顯得非常緊張。

「隆巴頓，求你行行好，千萬**不要**在任何德姆蘭學生面前露出馬腳，讓他們看出你甚至連一個最簡單的轉換咒都做不好！」麥教授在上完一堂特別艱難的課程時厲聲吼道，笨拙的奈威剛才又不小心在上課時，把自己的耳朵移植到一棵仙人掌上去了。

十月三十日早上，大家下樓去吃早餐時，發現餐廳已在一夜之間布置完成。牆壁上懸掛著絲綢製成的巨大旗幟，而每一面旗幟分別代表霍格華茲的一個學院——上有金獅圖案的紅旗代表葛來分多、褐鷹圖案的藍旗是雷文克勞、黑獾圖案的黃旗是赫夫帕夫，而銀蛇圖案的綠旗則是史萊哲林。在教師的餐桌後方，有著一面印著霍格華茲盾徽的旗幟：獅子、老鷹、獾與蛇環繞住一個巨大的「H」。

哈利、榮恩和妙麗瞥見弗雷和喬治兩人坐在葛來分多餐桌邊。他們這次又非常反常地坐離其他人遠遠的，並且在神秘兮兮地低聲交談。榮恩一馬當先地朝他們走去。

「這的確是件不好的事，」喬治正悶悶不樂地對弗雷說，「但就算他不肯當面跟我們談談，我們還是可以寫信給他呀！要不然我們乾脆把信硬塞到他手裡，他總不能躲我們一輩子吧！」

「是誰要躲你們呀？」榮恩坐到他們身邊問道。

「我倒很希望是你。」弗雷說，顯然很氣榮恩打岔。

「有什麼不好的事啊？」榮恩問喬治。

「有個像你這樣愛管閒事的混蛋弟弟。」喬治說。

「你們兩個弄清楚三巫鬥法大賽是怎麼回事了嗎？」哈利問道，「還想不想再設法參加比賽？」

「我去問過麥教授鬥士是怎麼選出來的，但她硬是不肯說，」喬治怨恨地表示，「她只是叫我閉嘴，又繼續用變形術來對付我的浣熊。」

「不曉得會是什麼樣的任務？」榮恩若有所思地說，「你知道我怎麼想嗎？我敢打包票，我們一定可以辦得到。哈利，我們以前做過那麼多危險的事情……」

「但你們可沒在一整個評審團面前這麼做過，對吧？」弗雷說，「麥教授說，評審團是根據鬥士執行任務時的表現，來分別給予評分。」

「評審是哪些人呀？」哈利問道。

「這個嘛，三所參賽學校的校長向來都會列席評審，」妙麗說，大家全都相當驚訝地轉頭望著她，「因為在一七九二年的鬥法大賽中，一頭原本應該由鬥士抓住的雞頭蛇身怪突然兇性大發，亂衝亂撞，把當年的三位校長全都弄傷了。」

她發現他們全都望著她，於是又擺出平常那副「怎麼這些書除了我之外就從來沒人看過」的不耐煩態度說，「這些在《霍格華茲：一段歷史》中全都找得到。但話說回來，那本書自然也不能算是完全可靠。我看書名應該改成《一段**修改過**的霍格華茲歷史》還比較恰當，或是《一份具有嚴重偏見與**高度選擇性**的霍格華茲歷史，完全掩蓋住這所學校令人髮指的黑暗面》。」

「妳到底想說什麼呀？」榮恩說，但哈利心裡已有準備，知道自己接下來八成又會聽到那件事。

「**家庭小精靈**！」妙麗大聲喊道，哈利果然猜中了，「在《霍格華茲：一段歷史》整整一千頁中，竟然隻字未提我們全都串通好，共同迫害一百多名奴隸的事！」

哈利搖搖頭，專心低頭吃他的炒蛋。他和榮恩這種缺乏熱情的冷淡態度，完全無損於妙麗為家庭小精靈爭取公道的決心。沒錯，他們兩人都分別付了兩個西可買下一枚小精靈福進會徽章。他們這麼做只是希望能讓妙麗閉上嘴巴，但他們若是想圖個耳根清靜的話，這兩個西可顯然是白白浪費掉了，不知怎地，他們的做法似乎讓妙麗變得比以前更加聒噪。在那之後，她就一天到晚來煩哈利和榮恩，先是逼他們戴上徽章，接著又叫他們去說服別人也同樣照做，而且她最近還養成了一個怪習慣，每天晚上都帶著叮叮噹噹響的募款罐在交誼廳裡四處走動，一逮到機會就纏上某個人，把募款罐湊到他鼻子底下。

「你們應該曉得，替你們換床單、生爐火、清理教室、煮東西吃，把你們伺候得無微不至的幕後功臣，其實是一群毫無酬勞，並遭受到奴役的奇獸吧？」她總是這樣氣勢洶洶地質問。

有些人就像奈威一樣，純粹只是害怕被妙麗瞪，所以乾脆付錢了事。另外有幾個人雖然對她提出的議題有點興趣，卻不願意在這個運動中扮演更積極的角色，但大多數的人都把這整件事當笑話看。

榮恩現在兩眼上翻，望著那片讓他們全身浴滿秋陽的天花板，而弗雷則是突然對他的培根產生高度興趣（雙胞胎兄弟兩人都拒絕花錢買小精靈福進會徽章），喬治卻俯身向前，望著妙麗說。

「我問妳，妳到底有沒有去過廚房，妙麗？」

「沒有，當然沒有啊，」妙麗沒好氣地說，「我認為學生根本就不應該——」

「這樣啊，我們兩個倒是去過，」喬治指著弗雷說，「而且去過好多次了，都是去找好東西吃。而且我們在那裡碰過他們，他們都很**快樂**呀，他們覺得自己做的是全世界最棒的工作——」

「那是因為他們沒機會接受教育，而且全都被洗腦了！」妙麗怒氣騰騰地開始大發議論，但她接下來的話卻被上方一陣宣告貓頭鷹郵件抵達的咻咻聲完全掩蓋。哈利立刻抬起頭來，看到嘿美正朝他飛來，妙麗立刻閉上嘴巴。她和榮恩兩人都焦急不安地望著嘿美飛到哈利肩膀上，收起翅膀，然後疲累地伸出一隻腿。

哈利取下天狼星的回信，把他吃剩的培根皮扔給嘿美，牠感激地開始大嚼。哈利先瞥了弗雷和喬治一眼，看到他們正在專心地繼續討論三巫鬥法大賽的事，確定安全無虞之後，才開始小聲地把天狼星的信念給榮恩和妙麗聽。

謝謝你來信阻止，我心領了，哈利。

我目前已經回國，並躲到一個安全的地方。我希望你能把霍格華茲發生的所有事情，持續寫信向我報告。別再派嘿美送信，最好每次都換不同的貓頭鷹。不用替我擔心，只要注意你自己的安全就行了。別忘了上次談到你疤痕時，我是叫你怎麼做的。

天狼星

「他為什麼要叫你每次換不同的貓頭鷹？」榮恩低聲問道。

「嘿美很容易引起別人注意，」妙麗立刻答道，「她太醒目了，一隻雪鴞老是在他藏身的地方出入……我的意思是，雪鴞並不是英國土產的鳥類吧，對不對？」

哈利捲起信，放進長袍口袋裡，心裡一時分不清，自己究竟是變得較為放心，或是更加擔憂。他想不管怎樣，天狼星能夠成功逃過追捕，安全返回此地，應該可以算是件好事吧。同時，他也不能否認，知道天狼星現在就在他附近，確實讓他安心了不少，至少他以後等回信不用再等那麼久了。

「謝了，嘿美。」他說，並伸手撫摸嘿美。牠昏昏欲睡地啼了幾聲，把嘴伸進他的高腳杯裡匆匆喝了幾口柳橙汁，然後就再度起飛，顯然是急著趕回貓頭鷹屋好好地大睡一覺。

那天校園中瀰漫著一股愉快的期待氣氛，所有人心裡都記掛著當晚波巴洞和德姆蘭的客人即將抵達的事，因此大家都不是很專心上課。由於提早半個鐘頭下課，甚至連魔藥學都變得比平常好過多了。當下課的鐘聲提前響起時，哈利、榮恩和妙麗就依照指示，匆匆趕回葛來分多塔，放下背包和書本，套上斗篷，再快步衝下樓來到入口大廳。

各個學院的導師正忙著替學生整隊。

「衛斯理，把你的帽子調正，」麥教授對榮恩厲喝道，「巴提小姐，把妳頭髮上那個可笑的東西拿下來。」

芭蒂滿臉不高興地取下她綁在辮子上的蝴蝶髮飾。

「請大家跟我來，」麥教授說，「一年級先走……不要擠……」

他們列隊走下大門前的石階，在城堡前排隊站好。這是一個寒冷清朗的黃昏，夜幕已漸漸落下，而一輪蒼白透明的月亮，已開始在禁忌森林上方散發出閃亮的光輝。哈利站在從前面數過來第四排，夾在榮恩和妙麗兩人中間，他看到站在一年級生中間的丹尼・克利維，居然在滿臉期盼地渾身打顫，顯然是興奮過頭了。

「快要六點了，」榮恩望著錶說，然後再抬頭凝視那條通往城堡大門的私用車道，「你想他們是怎麼來的？坐火車嗎？」

「我懷疑。」妙麗說。

「那他們還能坐什麼？難道是騎飛天掃帚嗎？」哈利望著繁星閃爍的天空說。

「我想不會……不可能騎那麼遠……」

「還是搭港口鑰？」榮恩也來出主意瞎猜，「或是施展現影術——說不定在他們那裡不到十七歲就可以施展現影術吧？」

「根本就不能在霍格華茲校園裡施展現影術，到底要我跟你說多少次啊？」妙麗不耐煩地說。

他們興奮地掃視迅速轉黑的天空，但卻看不到有任何東西在動。周遭的一切全都是如此安靜沉寂，和平常一樣，並沒有什麼異樣的徵兆。哈利開始覺得冷。他暗暗希望他們能快點出現……說不定這些外國學生正在籌劃一個戲劇性的出場儀式……他回想起在魁地奇世界盃決賽開打前，衛斯理先生在露營區跟他說的話：「總是這樣，我們這些人只要聚到一起，就忍不住想要開始互相炫耀……」

然後，跟其他老師們一起站在最後一排的鄧不利多忽然揚聲喊道——「啊哈！這次不會錯的，波巴洞代表團來了！」

「在哪裡？」有許多學生同聲急切地追問，但卻都望著不同的方向。

「**那裡！**」一名六年級生指著森林喊道。

有某個相當龐大，遠大過一根飛天掃帚——事實上該說是一百隻飛天掃帚——的東西——正疾馳越過深藍色的天空，朝城堡的方向飛過來，而且變得越來越大。

「那是一頭龍！」一個一年級女生驚慌失措地尖叫。

「別蠢了……那是一棟飛行屋啦！」丹尼．克利維說。

丹尼可算是猜對了一半……當那個龐大的黑影疾飛掠過禁忌森林的樹梢，迎向自城堡窗口流瀉而出的燈光時，他們看到一輛跟房子一樣大的淺藍灰色巨大馬車，正越過天空朝他們迅速飛來，而拉車的是十二頭長了翅膀的天馬，牠們全都是有著金色鬃毛的巴洛米諾馬，而且每一隻都跟大象一般龐大。

當馬車疾馳著飛奔而下，以驚人的高速準備降落時，站在前三排的學生全都開始往後退——然後，伴隨著一聲把奈威嚇得往後一跳，不小心踩到一名史萊哲林五年級生的驚天動地巨響——馬兒那些跟晚餐盤一樣大的馬蹄落到了地面上。在轉眼間，馬車也降落在地，車身在巨大的輪胎上彈跳晃動，而那群金色馬兒揚起牠們巨大的頭顱，火紅的眼睛骨碌碌地滾動。

哈利才剛看清馬車上有一個盾徽（兩根互相交叉的金色魔杖，每根頂端各射出三顆星星），車門就忽然敞開了。

一個穿著淡藍色長袍的男孩從車上跳下來，俯身往馬車地板上某處摸索了一會，然後放下了一列金梯。他神色恭敬地往後一跳，然後哈利看到從馬車中伸出了一隻閃亮的黑色高跟鞋——一隻尺寸跟兒童用雪橇差不多大的鞋子——接著他眼前出現了一名他這輩子見過最龐大的女人。在這一刻，那輛巨大馬車，和那些龐大馬匹所激起的一切疑問，全都在剎那間得到了解答，有好幾個人忍不出倒抽了一口氣。

哈利這輩子只見過另一個身高跟這女人不相上下的人，而那就是海格，他懷疑這兩人的身高簡直一模一樣。但不知怎地——也許只是因為他看海格實在是看得太習慣了——這個女人（現在她已走到石階下面，轉頭環視那群正瞪大眼睛等著迎接他們的人潮）看起來似乎比海格還要大得不自然些。當她踏進自入口大廳流瀉而出的光暈時，大家才看清楚，她有著一張橄欖色的漂亮面孔，一雙清澈的黑色大眼睛，和一個微微有點鷹勾的鼻子。她的頭髮整個往後梳，在腦後挽成一個光潔的髮髻。她從頭到腳都裹著黑色綢緞，脖子和粗大的手指上戴了許多璀璨華麗的貓眼石。

鄧不利多開始拍手，學生們也學他的榜樣，跟著一起鼓掌。許多人踮起腳尖，想要再看清楚那個女人一些。

她的臉上綻出一個優雅的微笑，而她走向鄧不利多，朝他伸出一隻閃爍發光的手。鄧不利多已經夠高了，但他在吻她的手時，幾乎連腰都不用彎。

「我親愛的美心夫人，」他說，「歡迎來到霍格華茲。」

「鄧不來——朵，」美心夫人用低沉的嗓音說，「窩洗望你一切都好？」

「好得不得了呢，謝謝妳。」鄧不利多說。

「窩的學生。」美心夫人說，大手隨意往背後揮了一下。

哈利的注意力原先完全集中在美心夫人身上，而他到現在才發現，有十二名男女學生——看起來全都是十七、八歲的模樣——已從馬車上走下來，站在美心夫人背後。他們全都在發抖，這也難怪，因為他們的長袍似乎是用精美的薄絲製成，而且他們全都沒穿斗篷，甚至還有幾個人用圍巾和披肩裹住頭。哈利看不清他們的面孔（他們正好被美心夫人的大影子遮住），但根據他所隱約看到的神情推斷，他們正帶著憂慮的表情抬頭凝視霍格華茲。

「卡卡夫到了嗎？」美心夫人問道。

「他馬上就會到了，」鄧不利多說，「妳是要在這裡等著接他呢，還是想先進去稍微暖暖身？」

「窩看先進去暖暖身好了，」美心夫人說，「不過者些馬——」

「我們的奇獸飼育學老師，會很樂意負責照顧牠們的。」鄧不利多說，「現在他負責照料的其他——呃——其他東西出了一點小狀況，等他處理完之後，我就請他馬上過來。」

「釘蝦。」榮恩笑著低聲對哈利說。

「窩的馬兒需要——呃——很強的力量才能控制得住，」美心夫人說，似乎是在懷疑霍格華茲的奇獸飼育學老師是否有能力應付得來。「塔們非常強壯……」

「我可以向妳擔保，海格一定能夠應付得了。」鄧不利多微笑著說。

「很好，」美心夫人說，並微微鞠了個躬，「能不能請你告訴者個矮格，說者些馬兒只肯喝用純麥芽釀的威士忌？」

「我會請他注意這一點。」鄧不利多說，同樣也鞠了一個躬。

「走啊！」美心夫人高傲地吩咐她的學生，霍格華茲師生們立刻退向兩旁，空出一條路讓她和她的學生們踏上石階。

「你們覺得德姆蘭的馬會有多大呀？」西莫．斐尼干探出頭來，越過文妲和芭蒂詢問哈利和榮恩。

「嗯，要是牠們比這些馬還要大的話，我看甚至連海格都沒辦法應付囉。」哈利說，「希望他沒被那些釘蝦給傷到，不曉得牠們到底是出了什麼狀況？」

「說不定是牠們全都逃走了。」榮恩滿心希望地說。

「喔，別說這種話，」妙麗忍不住打了個哆嗦，「想想看，要是那些東西在校園裡到處亂跑……」

他們站在那裡，等待德姆蘭代表團到達，夜晚的寒意讓他們忍不住開始微微顫抖，大部分人都在滿臉期盼地仰望天空。在接下來的幾分鐘，周遭一片沉寂，只聽得見美心夫人那些巨馬的噴氣跺腳聲，然後——

「你有沒有聽到一種怪聲音？」榮恩突然問道。

哈利側耳傾聽，一陣響亮而詭異的聲音，自黑暗中朝他們飄送過來。那是一種悶悶的隆隆聲和吸氣聲，聽起來就好像是有一台龐大的真空吸塵器正在河床上滑行……

「湖心！」李．喬丹指著湖面喊道，「快看那湖！」

他們現在是站在俯瞰校園的草坪最高處，這個位置可以一覽無遺地看到那漆黑光滑的水面——只不過，現在水面在突然間變得一點也不光滑了。湖心深處出現了某種騷動，水面上開始冒出巨大的氣泡，波浪陣陣衝上泥濘的湖岸——然後，在湖的正中央出現了一個漩渦，看起來就好像是有人剛從湖底拔掉了一個大水塞……

從漩渦中心緩緩冒出一根看起來像是長黑竿似的東西……接著哈利看到了船索……

「那是一根船桅！」他對榮恩和妙麗說。

一艘船緩緩冒出水面，在月光下散發出幽暗的光芒，氣勢極為驚人壯觀。它看來有一種似乎只剩骨架在支撐的古怪模樣，彷彿就像是一艘重新出土的沉船殘骸，而那些閃爍著朦朧幽光的舷窗，看起來活像是陰森的鬼眼。最後在一陣水花四濺的響亮嘩啦聲中，這艘船終於完全破水而出，在洶湧不定的湖水中上下起伏，並開始慢慢飄向湖岸。不久之後，他們就聽到船錨拋入淺灘的噗通聲，與木板落到湖岸的碰撞聲。

船上的人開始陸續走下船，當他們經過船舷透出的燈光下時，霍格華茲學生們可以依稀看到他們的剪影。哈利注意到，他們所有人的身材似乎都跟克拉和高爾一樣魁梧……但是當他們逐漸走近，爬上草坪，踏入自入口大廳流瀉而出的燈光下時，他才看清楚，他們之所以看起來這麼龐大，事實上是因為他們全都穿著一種用雜亂黯淡毛皮製成的斗篷。但那個帶領他們走向城堡的男人，身上穿的皮裘卻跟他們完全不同，他的皮裘就跟他的頭髮一樣，銀白耀眼且光澤閃亮。

「鄧不利多！」他在爬上斜坡時熱忱地喊道，「你好嗎？我親愛的朋友，你好嗎？」

「好得不得了，謝謝你，卡卡夫教授。」鄧不利多答道。

卡卡夫有著一種油腔滑調的圓潤嗓音，當他踏入自城堡大門湧出的亮光中時，他們看到他的身材就跟鄧不利多一樣又瘦又高，但他的白髮卻修得很短，他的山羊鬍（尾端微微翹起）也無法完全遮蓋住那有些單薄的下巴。他一走到鄧不利多面前，就同時用兩隻手和鄧不利多握手。

「我親愛的老霍格華茲，」他抬頭凝視城堡，露出微笑說。他有一口黃板牙，哈利注意到，他雖然在微笑，但眼中卻沒有一絲笑意，目光仍顯得冷酷而精明，「真高興來到這裡，實在是太高興了……維克多，快過來，快到裡面去暖暖身……你不介意吧，鄧不利多？維克多有點傷風……」

卡卡夫揮手示意他的一名學生向前走。當這個男孩經過他們身邊時，哈利驚鴻一瞥地看見了一個突出的大鷹勾鼻，和一對粗黑的濃眉。他一眼就認出了那個輪廓，因此當榮恩掐他的手臂，並附在他耳邊通風報信時，他只覺得多此一舉。

「哈利——**那是喀浪！**」

16 火盃

「我真不敢相信！」榮恩在霍格華茲學生們排成一列縱隊，跟在德姆蘭代表團後面爬上石階時，用一種被嚇呆了的語氣說，「是喀浪！哈利，**維克多．喀浪！**」

「幹嘛呀，榮恩，他只不過是一個魁地奇球員嘛。」妙麗說。

「**只不過是一個魁地奇球員**？」榮恩瞪著她說，完全不敢相信自己的耳朵，「妙麗——他可是全世界最傑出的搜捕手之一欸！我沒想到他竟然還是個學生！」

他們隨著其他霍格華茲學生重新穿越入口大廳，朝餐廳走去時，哈利看到李．喬丹的雙腳在不停地踮上踮下，想要看清喀浪的後腦勺。幾名六年級女生在他們經過時慌亂地忙著搜尋口袋——「喔，我真不敢相信，我竟然連一枝羽毛筆也沒帶——」「你覺得他肯不肯用口紅在我帽子上簽名？」

「**真是的**。」妙麗自命清高地嘆了一聲，而在他們經過時，那群女生又開始為了是否該用口紅而吵個不休。

「要是可以的話，**我**現在就要去找他簽名，」榮恩說，「你身上有沒有帶羽毛筆，哈利？」

「沒，全都收進包包裡拿到樓上去了。」哈利說。

他們走到葛來分多餐桌邊坐下來，榮恩特意選了一個面對大門口的座位，因為喀浪和他的德姆蘭同伴們仍聚集在門口，顯然還沒打定主意要坐在哪裡。波巴洞的學生們已經在雷文克勞餐桌邊安坐下來，他們用陰鬱的表情打量餐廳，有三個人依然用圍巾和披肩緊裹住頭。

「根本就沒**那麼**冷嘛，」一直在盯著他們瞧的妙麗暴躁地說，「他們為什麼不穿斗篷呢？」

「過來呀！過來這邊坐呀！」榮恩噓聲說，「過來呀！妙麗，挪一下，讓個空位出來——」

「什麼？」

「來不及了。」榮恩忿忿地說。

維克多·喀浪和其他的德姆蘭學生們，已經走到史萊哲林餐桌邊坐下來。哈利可以看到，這讓馬份、克拉和高爾露出一副沾沾自喜的得意嘴臉，而就在他望著他們的時候，馬份立刻俯身向前去跟喀浪說話。

「沒錯，就是這樣，盡量去纏著他討好賣乖呀，馬份。」榮恩尖刻地說，「我敢說喀浪一眼就可以看穿他的為人……我敢說喀浪一定成天都有人圍在他身邊搶著拍他馬屁……你覺得他們今晚會睡在哪裡？我們可以讓他睡我們的寢室呀，哈利……我願意把床讓給他，反正我可以睡行軍床嘛。」

妙麗哼了一聲。

「他們看起來比波巴洞的人快樂多了。」哈利說。

德姆蘭學生們紛紛脫下他們厚重的毛皮斗篷，興趣濃厚地仰望繁星密布的漆黑天花板。其中有一、兩個人甚至抓起金盤金杯細細觀看，露出明顯的讚嘆表情。

管理員飛七正在替教職員餐桌添座椅，他特意為了這個場合穿上他那套發霉的舊燕尾服。哈利驚訝地發現，他在鄧不利多兩旁分別添了兩張椅子，所以總共多加了四個座位。

「不是只多了兩個人嗎？」哈利說，「飛七幹嘛要加四張椅子？還有誰會來？」

「嗯？」榮恩心不在焉地應了一聲，他仍在滿懷熱情地凝視喀浪。

所有學生都進入餐廳，在他們的學院餐桌邊安坐下來之後，師長們接著走了進來，排成一列縱隊走到首席餐桌邊坐下。鄧不利多教授、卡卡夫教授與美心夫人三人走在最後面。波巴洞學生們一看到他們的女校長，就立刻像觸電似地跳起來。有幾名霍格華茲學生忍不住笑出了聲，但這些波巴洞的學生顯然一點也不覺得難為情，他們一直等到美心夫人在鄧不利多左手邊坐下來之後，才重新坐回座位上。鄧不利多依然站著沒坐，餐廳迅速安靜下來。

「晚安，各位先生、各位女士、各位幽靈，以及——我們所特別歡迎的——各位貴賓，」鄧不利多說，笑吟吟地環顧那些外國學生，「我十分榮幸能在此歡迎大家來霍格華茲作客。但願你們在這裡能感到賓至如歸，而我也深深相信，大家在這裡一定能住得非常舒適愉快。」

一名仍用圍巾緊包住頭的波巴洞女生，此時發出一聲帶有明顯嘲笑意味的冷笑。

「又沒人請妳留下來！」妙麗勃然大怒地瞪著她輕聲罵道。

「鬥法大賽將於這場宴會結束時正式展開，」鄧不利多說，「現在請大家盡量大吃大喝，把這裡當作自己的家，千萬不要客氣！」

他坐下來，哈利看到卡卡夫立刻俯身向前，跟鄧不利多聊了起來。

就像以往一般，他們面前的餐盤中突然裝滿了食物，廚房中的家庭小精靈們這次似乎是使出了渾身解數；哈利過去從沒見過像現在這麼豐富多樣的菜色，其中甚至還包括了幾道帶有明顯異國風味的菜餚。

「那是什麼？」榮恩指著放在大牛肉腰子布丁旁邊的一大盤菜餚問道，看起來好像是一種貝類燉湯。

「Bouillabaisse[5]。」妙麗說。

「真是謝謝妳呀。」榮恩說。

「那是法國菜，」妙麗說，「我前年到法國度假的時候嚐過，味道很棒呢。」

「我相信妳的話。」榮恩說，卻伸手取了一些黑布丁。

雖然餐廳裡只不過多了二十名學生，不知怎地，室內好像變得比平常擁擠多了，也許是因為他們那不同顏色的制服，在霍格華茲一片黑壓壓的黑色長袍中顯得格外醒目。德姆蘭學生們已脫下厚重的皮裘，露出裡面血紅色的長袍。

宴會開始二十分鐘後，海格才悄悄從教職員餐桌後面的一扇門側身走進來。他走到餐桌尾端坐下，朝哈利、榮恩和妙麗揮揮手，他們看到他手上纏滿了繃帶。

「那些釘蝦現在怎麼啦，海格？」哈利喊道。

「正在活蹦亂跳呢。」海格開心地回喊道。

「沒錯，我想牠們一定是好得很，」榮恩小聲說，「看來牠們總算找到一種愛吃的食物了，是不是？海格的手指嘛。」

就在那一刻，他們耳邊突然響起一個嗓音：「對不起，者些bouillabaisse你們還要嗎？」

那是剛才在鄧不利多發言時出聲嘲笑的波巴洞女生，她現在終於脫下了包在頭上的圍巾，一襲銀金色的長髮垂到腰際，再配上一對深藍色的大眼睛和極端整齊潔白的漂亮牙齒。

榮恩的臉脹成了紫色，他瞪大眼睛凝視著她，張開嘴巴想要答話，但卻只能發出一種微弱的咯咯聲。

「不要了，拿去吃吧。」哈利說，並把那盤菜推到女孩面前。

「者些你們嚐過了嗎？」

「嚐過了，」榮恩喘著氣說，「嚐過了，真是太好吃了。」

女孩拿起盤子，小心翼翼地把菜端回雷文克勞餐桌。榮恩仍瞪大眼睛緊盯著那個女孩，就好像他這輩子從沒見過女人似的，哈利忍不住放聲大笑，笑聲似乎終於讓榮恩如夢初醒地回過神來。

「她是一個**迷拉**！」他用嘶啞的嗓音對哈利說。

「她是才有鬼咧！」妙麗尖酸刻薄地說，「除了你以外，我可沒看到還有哪個人，會像白痴似地張大嘴巴望著她發楞！」

她這話並非事實。當那個女孩穿越餐廳時，許多男孩紛紛轉過頭來，其中有些人跟榮恩一模一樣，彷彿是突然間暫時喪失了說話的能力。

「我告訴你，那可不是個普通的女孩！」榮恩說，他把身子側向一旁，好看清那個女孩，「霍格華茲哪裡找得到像這樣的超級大美女！」

5. 普羅旺斯的馬賽魚湯。

「霍格華茲的女孩已經很不錯了。」哈利想都沒想就衝口而出。張秋恰好跟那個銀髮女孩只隔了幾個座位。

「等你們兩個把眼睛轉回來以後，」妙麗輕快地說，「就可以看到是誰來了。」

她指向教職員餐桌，原先剩下的兩個空座位現在都已經有人坐了。魯多．貝漫就坐在卡卡夫教授的另一邊，而派西的上司柯羅奇先生則是坐在美心夫人隔壁。

「他們到這裡來做什麼？」哈利驚訝地問道。

「三巫鬥法大賽是他們負責籌劃的呀，對不對？」妙麗說，「我看他們是想要到這裡來參加開幕儀式。」

在第二批菜出現時，他們注意到裡面也有一些他們從來沒見過的甜點。榮恩仔細研究一種顏色慘白、看起來有點奇怪的牛奶凍，然後再刻意把它挪到他右手邊幾吋遠的醒目位置，好讓坐在雷文克勞餐桌邊的人可以一眼就看到它。不過那個長得像迷拉的女孩顯然已經吃飽了，她並沒有再走過來向他們要菜。

當金盤中的食物再次消失時，鄧不利多又站了起來。此刻餐廳中開始瀰漫著一種愉快的緊張氣氛，哈利暗暗猜想接下來會發生什麼樣的事，心中微微感到一陣興奮的戰慄。跟他隔了幾個座位的喬治和弗雷把身體往前傾，全神貫注地凝視著鄧不利多。

「這一刻終於來臨了，」鄧不利多說，笑吟吟地看著這一大群抬頭仰望著他的面孔，「三巫鬥法大賽即將展開，在把箱子拿進來以前，我想先跟各位解釋一下——」

「把什麼拿進來？」哈利低聲問道。

榮恩聳聳肩。

「——把我們在接下來一年中所必須進行的程序，先跟各位解釋清楚。首先呢，在座有些人大概還不認識這兩位貴賓，所以我先在這裡跟大家介紹一下，這位是國際魔法交流合作部門的主管，巴堤．柯羅奇先生，」——室內響起一陣零零落落的禮貌性掌聲——「以及魔法遊戲與運動部門的主管，魯多．貝漫先生。」

貝漫所獲得的掌聲比柯羅奇熱烈多了，這或許是因為他過去身為傑出打擊手的名氣，但也可能純粹只是因為他看起來比柯羅奇討人喜歡得多。他愉快地對群眾揮手答禮，但巴堤．柯羅奇在鄧不利多向大家介紹他的時候，仍是繃著一張臉，既沒有微笑也不曾揮手。哈利想起他在魁地奇世界盃時穿著一身優雅西裝的模樣，心裡總覺得他穿上巫師長袍看起來怪怪的，而他那牙刷狀的鬍子和一絲不苟的髮線，跟鄧不利多長長的銀髮銀鬍一比，更是顯得格外突兀礙眼。

「貝漫先生和柯羅奇先生在過去幾個月中，不辭勞苦地辛勤工作，為我們籌辦這場三巫鬥法大賽，」鄧不利多繼續說下去，「而他們兩位將與我個人、卡卡夫教授以及美心夫人，共同組成評審團，負責為鬥士們的表現評分。」

他一提到「鬥士」這個字眼，原本已在仔細傾聽的學生們，此時的注意力似乎又再提高了幾分。

鄧不利多或許是注意到，他的聽眾們已在瞬間變得鴉雀無聲，隨即笑吟吟地開口吩咐：

「那就請你把箱子拿過來吧，飛七先生。」

大家全都沒注意到，飛七一直躲在遠方的角落，此刻他開始走向鄧不利多，手裡抬著一個上面鑲滿珠寶的大木箱，這個箱子看起來非常古老。看得兩眼發直的學生們，立刻爆發出一陣興趣濃厚的興奮耳語。丹尼·克利維索性爬到椅子上，但他實在太過矮小，旁邊的人就算是坐著，頭還是比他高一些。

「我們已將今年鬥士們所必須執行的任務，列出詳文說明呈交給柯羅奇先生與貝漫先生審核，」鄧不利多等飛七小心翼翼地將木箱安置在他前方的餐桌上之後，就立刻開口表示，「而他們已分別就每一項挑戰做出必要的安排。這場比賽總共有三項任務，每隔一段日期分別舉行，時間將貫穿整個學年，而這些任務將會就許多不同的層面，來測試參賽鬥士們的各種才能……他們的魔法技藝——他們的膽識——他們的推理判斷力——當然也包括他們面對危險的能力。」

聽到最後一句話，餐廳中立刻變得一片死寂，大家似乎連大氣也不敢喘一下。

「你們該知道，三名參加鬥法大賽的鬥士，」鄧不利多平靜地繼續說下去，「是由三所學校各派一名代表參加。評審團將會根據他們在每場鬥法大賽任務中的表現，來分別給予評分，而三項任務總積分最高的那一位，就可以獲得三巫大賽獎盃。三名參賽鬥士將會由一個公正無私的裁判來進行挑選……而這個裁判就是『火盃』。」

鄧不利多現在掏出他的魔杖，往箱子上輕輕敲了三下。箱蓋咿咿嘎嘎地緩緩掀開，鄧不利多把手探進箱裡，取出一個粗斧劈成的大木杯。若不是杯裡盛滿了活潑舞動、溢出杯緣的藍白色火焰，這個杯子可說是毫不起眼。

鄧不利多關上箱子，將高腳杯擱在箱蓋上，好讓餐廳裡所有的人都能清楚地看見它。

「所有希望能報名參加鬥士選拔的人，必須先將他們的姓名與所屬學校，清楚地寫在一張羊皮紙上，再將這張紙頭投進火盃。」鄧不利多說，「有心成為鬥士的人，接下來會有整整二十四小時的時間，讓你們把自己的名字扔進盃裡。到了明天晚上，也就是萬聖節當晚，火盃就會選出三名它認為最有資格代表所屬學校參賽的人。今晚我們會把火盃放在入口大廳裡，讓所有希望能參加競賽的人，都可以自行前往扔紙條報名。

「為了避免讓年齡不夠的學生們因受不了誘惑而違規報名，」鄧不利多說，「等火盃在入口大廳安置妥當之後，我會立刻在它周圍畫上一圈年齡限制線。只要是年齡不到十七歲的人，都絕對無法越過這條線。

「最後，我要在此特別提醒那些有意參賽的同學，不要把這場鬥法大賽當作兒戲，它可不能讓你隨便決定參加、然後再任意退出，因此大家在決定參加之前，必須先多做考慮。火盃一旦選出鬥士人選，他或是她，就有義務全程參賽到底。只要把你的名字投進火盃，就會形成一種具有約束力量的魔法合約。在你成為鬥士之後，你就絕對不能反悔。因此，大家在把名字投進火盃之前，請先再三確定，你是否全心全意想要準備參加比賽。好了，我想現在該上床睡覺了。大家晚安。」

「一條年齡限制線！」弗雷．衛斯理在大家一起擠過餐廳，走向通往入口大廳的大門時，兩眼發光地表示，「很好，這樣老化藥總該可以騙得過它吧，是不是？只要把名字投進那個火盃裡，你就可以開懷大笑囉——它才搞不清你到底有沒有滿十七歲咧！」

「但我不相信有任何年齡不到十七歲的人會有機會入選，」妙麗說，「我們學的東西還不夠……」

「妳是說妳自己吧？」喬治不客氣地說，「你要不要想辦法參加呀，哈利？」

哈利腦海中雖短暫掠過鄧不利多堅持不讓年齡未滿十七歲學生報名的叮嚀，但這個念頭一閃即逝，接著他的腦海中又再度填滿了他自己贏得三巫大賽獎盃的美好畫面……他不禁暗自猜想，要是真**有**不到十七歲的學生設法越過年齡限制線，鄧不利多不知道會有多生氣……

「他在哪裡呀？」榮恩說，他根本無心傾聽他們的談話，只是一個勁地在人潮中搜尋，想看清喀浪到底人在哪裡，「鄧不利多並沒有說德姆蘭的人今晚要睡在哪裡，是不是？」

但這個問題幾乎在瞬間就得到了解答，他們現在正好走到史萊哲林餐桌邊，卡卡夫也已匆匆趕過來找他的學生。

「那就快回船上去吧，」他正在說，「維克多，你現在覺得怎麼樣？吃飽了嗎？要不要請廚房替你準備一些加香料的熱葡萄酒？」

哈利看到喀浪搖搖頭，並穿上他的皮草斗篷。

「教授，**我**哼想要喝一點就。」另一個德姆蘭男孩滿懷希望地說。

「我可沒說要給**你**，帕理柯，」卡卡夫厲聲喝道，原先那種慈父般的溫暖神情立刻蕩然無存，「你的長袍前襟上又沾滿了食物渣，真是個噁心的孩子——」

卡卡夫轉過身去，領著他的學生們走向大門，正好跟哈利、榮恩和妙麗三人同時抵達門前。哈利停下腳來，讓他先走出去。

「謝謝你。」卡卡夫漫不經心地道謝，並瞄了他一眼。

接著卡卡夫就整個人呆住了，他再次將目光轉向哈利，用一種彷彿不敢相信自己眼睛似的神情，專注地凝視著他。德姆蘭學生們也在他們的校長背後停了下來，卡卡夫的目光緩緩往上移向哈利的面龐，最後定定地停駐在他的疤痕上。那個胸前沾滿食物渣的男孩，用手肘輕頂他身邊的女孩，並毫不掩飾地伸手指著哈利的額頭。

「沒錯，這就是哈利波特。」他們背後響起一個嘶吼的嗓音。

卡卡夫教授急急回過身來，瘋眼穆敵就站在那裡，他把全身重量靠在他的拐杖上，用那隻詭異的魔眼眨也不眨地怒目瞪著德姆蘭的校長。

哈利看到卡卡夫的面孔刷一下變得慘白，他的臉上出現一種既憤怒又害怕的恐怖表情。

「是你！」他說，眼睛直勾勾地望著穆敵，彷彿是不敢確定自己真的看到了他。

「是我，」穆敵冷酷地說，「你如果沒話要跟波特說的話，就快點往前走吧，卡卡夫，你擋住門了。」

他說的沒錯，現在餐廳裡有一半學生被擋在他們背後，全都伸長脖子想要看清楚，前面到底為什麼塞住了過不去。

卡卡夫教授並未再多說一個字，就帶著他的學生們快步離去。穆敵目送他離去，魔眼緊盯著他的背影，殘缺不全的面孔上流露出強烈的憎惡。

* * *

第二天是週六，大多數學生通常都會比平常晚一點來吃早餐。不過呢，哈利、榮恩和妙麗卻反常地沒在週末睡懶覺，一大早就爬下床，這麼做的自然並不是只有他們三個。他們下樓走到入口大廳時，看到裡面已經擠了大約二十來個人，其中有些人正在啃吐司，但所有人的目光全都緊盯著那個火盃。它就放置在大廳正中央，擱在那把原來是分類帽專用的凳子上。地板上有一條細細的金線，在距離凳子十呎處畫出一個大圈。

「已經有人把名字扔進去了嗎？」榮恩急切地詢問一名三年級女生。

「德姆蘭的人全都把名字扔進去了，」她答道，「但我還沒看到有霍格華茲的人過來報名。」

「我敢說他們一定是趁昨晚我們全都在睡覺的時候，偷偷把名字扔進去了，」哈利說，「要是我想報名的話，我就會這麼做……我可不想在所有人眼前扔紙條。要是火盃立刻就把紙條吐出來怎麼辦？」

哈利背後響起一陣笑聲。他轉過頭來，看到弗雷、喬治和李．喬丹正急匆匆地從樓梯上衝下來，他們三人看起來全都興奮得要命。

「成了，」弗雷得意洋洋地悄聲告訴哈利、榮恩和妙麗，「剛剛吞下去了。」

「什麼？」榮恩問道。

「老化藥呀，豬腦。」弗雷說。

「每人一滴，」喬治興高采烈地搓著雙手說，「我們只需要再老幾個月就行了。」

「我們中間只要有一個人能贏得比賽，我們就三人一起平分那筆一千加隆獎金。」李說，他笑得合不攏嘴。

「我想這根本就沒有用，」妙麗警告他們，「我相信鄧不利多一定事先就想到要防範這類花招。」

弗雷、喬治和李理都不理她。

「準備好了嗎？」弗雷對其他兩人說，他興奮地微微顫抖，「那就來吧——我先——」

哈利入迷似地望著弗雷把手探進口袋，掏出一片上面寫著：「弗雷．衛斯理——霍格華茲」的羊皮紙。弗雷直接走到金線邊緣，腳趾前後連踮了好幾下，看起來活像是一名正準備自五十呎高空躍下的跳水選手。然後，等到入口大廳中所有人的目光都移到他身上之後，他才深深吸了一口氣，抬腿跨過金線。

在那一瞬間，哈利還以為詭計奏效了——喬治必然也是這麼想，因為他立刻發出一聲勝利的歡呼，緊跟在弗雷後面一起跳了進去——但在下一刻，大家就聽到一陣響亮的嘶嘶聲，雙胞胎兄弟隨即從金線圈中飛了出來，就好像是被一名隱形鉛球選手扔出來似的。他們重重摔落到十呎外的冰冷石板上，接著又雪上加霜地響起另一陣響亮的砰砰聲，他們兩人臉上立刻各冒出一大把一模一樣的長長白鬍子。

入口大廳中響起一陣驚天動地的大笑，當弗雷和喬治站起身來，好好欣賞過對方的鬍子之後，甚至連他們兩人也忍不住放聲大笑。

「我早就警告過你們了，」一個低沉帶有笑意的聲音說，大家全都轉頭張望，看到鄧不利多教授從餐廳走出來。他仔細打量弗雷和喬治，雙眼閃閃發光地說：「我建議你們兩位趕緊上樓去找龐芮夫人，她現在已經在忙著照料雷文克勞的法賽特小姐和赫夫帕夫的桑謨先生。他們兩位也跟你們一樣，決定替自己多增加一點歲數，但我可以告訴你們，他們的鬍子可沒有你們兩位的這麼好看。」

弗雷和喬治出發前往醫院廂房，李陪著他們一起去，一路上仍在捧著肚子笑個不停，同樣也在咯咯輕笑的哈利、榮恩和妙麗則轉身走進餐廳去吃早餐。

今天早上餐廳已經布置得跟平常很不一樣了。今天是萬聖節，一大群活生生的蝙蝠，正拍著翅膀在魔法天花板下盤旋飛舞，而每個角落裡都擺著數百盞瞇眼咧嘴的南瓜燈。哈利一馬當先地走到丁和西莫身邊，他們兩人正在熱烈地討論，有哪些十七歲以上的霍格華茲學生可能會報名參加比賽。

「我聽到一個謠言，說瓦林頓今天一大早就爬下床，把他的名字扔進去了，」丁告訴哈利，「就是史萊哲林那個長得活像是樹懶的大塊頭！」

和瓦林頓比賽過魁地奇的哈利馬上憎恨地搖搖頭說：「千萬不要讓史萊哲林當上鬥士！」

「而赫夫帕夫的所有人，全都在談論那個迪哥里，」西莫不屑地說，「照我看來，他是不會願意拿他那張漂亮面孔去冒險的。」

「你們聽！」妙麗突然開口說。

入口大廳中的人正在熱烈喝采，他們全都回過身來，正好看到莉娜．強生走進餐廳，她咧開嘴，露出有點不好意思的笑容。莉娜是一個身材瘦高的黑人女孩，她同時也是葛來分多魁地奇球隊的追蹤手，她現在朝他們走過來，找位子坐下，然後說：「好了，我報名了！剛剛把我的名字扔進去了！」

「妳在開玩笑吧！」榮恩說，顯然受到相當大的震撼。

「所以妳已經滿十七歲了，是嗎？」哈利問道。

「這還用問，你看到她臉上長鬍子了嗎？」榮恩說。

「我上禮拜剛滿十七歲。」莉娜說。

「嗯，我很高興葛來分多有人報名參加，」妙麗說，「我真的很希望妳能入選，莉娜！」

「謝啦，妙麗。」莉娜答道，並對她露出微笑。

「沒錯，妳可比那個叫迪哥里的帥哥好多了。」西莫說，這句話讓幾名正好走過他們餐桌的赫夫帕夫學生，氣得惡狠狠地瞪了他好幾眼。

「那我們今天要幹嘛呀？」榮恩在他們吃完早餐，起身離開餐廳時詢問哈利和妙麗。

「我們到現在還沒去看過海格呢。」哈利說。

「好吧，」榮恩說，「只要他別叫我們貢獻出幾根手指頭，去餵他那些寶貝釘蝦就行了。」

妙麗臉上突然出現一種如夢初醒的狂喜表情。

「我這才想到——我還沒請海格參加小精靈福進會欸！」她開心地說，「你們等我一下，讓我先上樓去拿徽章好不好？」

「她幹嘛呀？」榮恩說，惱怒地望著快步跑上大理石階梯的妙麗。

「嘿，榮恩，」哈利突然喊道，「你的朋友來囉……」

波巴洞的學生們正紛紛自校園越過大門走進來，那個長得像迷拉的女孩自然也在其中。原先聚集在火盃周圍的人隨即退到一旁，讓他們通過，並帶著熱切的神情在旁邊觀望。

美心夫人跟在她的學生後面踏進入大廳，吩咐學生們排隊站好。波巴洞學生們一個接一個地踏過年齡限制線，將他們的羊皮紙投進藍白色的火焰。每當有羊皮紙落進火中時，火焰就會暫時變成紅色並冒出火花。

「你覺得那些報了名，卻沒入選的人會怎樣？」榮恩在那個像迷拉的女孩將羊皮紙扔進火焰中時，低聲詢問哈利，「你覺得他們會先返回學校，還是會留下來看鬥法大賽？」

「不曉得，」哈利說，「我想大概會留下來看比賽吧……美心夫人不是要待在這裡當評審嗎？」

等到所有波巴洞學生全都報名完畢之後，美心夫人就領著他們走出入口大廳，重新踏入校園。

「**他們**晚上到底睡在哪裡呀？」榮恩問道，並快步走向大門，凝視他們的背影。

他們背後傳來一陣喀噠喀噠的響亮聲音，這代表妙麗已帶著一盒小精靈福進會徽章重新回到大廳。

「喔，太好了，快點。」榮恩說，連忙急匆匆跳下石階，目光依然緊盯著那個像迷拉的女孩的背影不放，現在她已隨著美心夫人一起走到了草坪中央。

在他們快走到海格位於禁忌森林邊緣的小木屋時，波巴洞一行人究竟住在哪裡的謎底終於揭曉了。他們來時所搭乘的那輛粉藍色巨大馬車，就停放在距離海格家大門兩百碼左右的地方，學生們現在正在排隊爬上馬車。旁邊有一個臨時搭建出的小牧場，那些拉車的龐大天馬正在裡面低頭吃青草。

哈利敲響海格家的大門，裡面立刻響起牙牙的隆隆低吼。

「早該來了！」海格一推開大門，看清是誰在敲門之後，就開口表示，「我還以為你們這些傢伙忘了我住在哪兒了呢！」

「我們前陣子真的是忙翻了，海——」妙麗才剛準備解釋，但接著就突然閉上嘴巴，望著海格發楞，完全忘了該說些什麼。

海格身上穿著他最好的（卻非常恐怖的）一套三件式褐色毛皮西裝，另外再加上一條黃橘相間的格子領帶。但這還不算是最可怕的；他顯然是想要把他的頭髮弄得服貼一些，因此抹了一大堆看起來活像是輪胎機油的東西。他的頭髮現在滑溜溜地垂下來紮成兩束——他本來大概是想學比爾綁個馬尾，但結果卻發現自己的頭髮實在是太多了。這種打扮實在一點也不適合海格，妙麗瞪大眼睛看了他一會，然後她顯然是決定不作任何批評，只是說：「嗯——那些釘蝦呢？」

「就擱在南瓜田旁邊，」海格高興地說，「牠們越長越大囉，現在就快要長到三呎長了。但麻煩的是，牠們現在又開始自相殘殺了。」

「喔，不，真的嗎？」妙麗說，並用制止的目光瞪了榮恩一眼，榮恩一直盯著海格古怪的髮型，他剛才正張開嘴，想必是準備說出一些不中聽的話來。

「是呀，」海格難過地說，「不過還好啦，我現在已經把牠們分開來養了，大概還剩下二十來隻。」

「喔，那可真是幸運呀！」榮恩說。海格沒聽出他話裡的挖苦意味。

海格的小木屋總共就只有一個房間，角落邊擱著一張鋪著拼花被的巨床。爐火前擺著一套同樣巨大的木頭桌椅，上方的天花板上垂掛著許多醃製處理過的火腿與死鳥。他們在桌邊坐下來，海格忙著替他們泡茶，沒過多久，大家就又繼續開始熱烈地討論三巫鬥法大賽。海格一談到這個話題，簡直就跟他們一樣興奮。

「你們等著吧，」他咧嘴笑道，「你們等著看吧，這次保證可以讓你們大開眼界。第一項任務……啊，這我不能跟你們說。」

「你說嘛，海格！」哈利、榮恩和妙麗催促他繼續說下去，但海格卻只是笑嘻嘻地連連搖頭。

「我可不想為你們破壞規定，」海格說，「但我可以告訴你們，這場比賽真的是非常壯觀，好看得不得了。那些鬥士得使出渾身本事，才有辦法完成任務。我沒想到這我輩子居然還能再看到三巫鬥法大賽！」

他們接著跟海格一起吃午餐，但他們三人都沒吃多少——海格煮了一鍋他稱之為牛肉燉鍋的東西，但是當妙麗在她碗裡撈到一根大爪子之後，哈利和榮恩就有些失去胃口。不過呢，他們旁敲側擊地試著從海格嘴裡，再套出更多關於鬥法大賽任務的內幕，推測在那些報名參賽的人當中，有哪幾位較有可能雀屏中選，並好奇地猜想，弗雷和喬治兩人臉上的鬍子到底刮乾淨了沒有，就這樣度過了一段相當愉快的時光。

到了下午時，屋外開始飄起小雨，屋裡卻非常溫暖舒適，他們坐在爐火邊，傾聽雨水敲窗的輕柔聲響，望著海格一面補襪子，一面跟妙麗爭論家庭小精靈的問題——因為在她把徽章拿給他看的時候，他立刻斷然拒絕參加小精靈福進會。

「妳這麼做等於是害了他們呀，妙麗，」他一面用穿著粗黃毛線的巨大骨頭針補襪子，一面嚴肅地說，「他們天性就是喜歡照顧人類，他們就是喜歡這個樣子，懂嗎？妳要是不讓他們工作的話，他們會很難過的，而且還說要付他們薪水，這簡直就是在侮辱他們嘛。」

「但哈利讓多比恢復自由，多比可是樂得快瘋了！」妙麗說，「而且我們聽說他現在還開口要薪水呢！」

「話是沒錯，但不管是哪種生物，多多少少都會出幾個怪胎嘛。我並不是說世上完全找不到喜歡自由的奇怪小精靈，但妳要是想讓大部分的小精靈全都聽妳的話爭取自由，那真是連想都別想——不行，沒有用的，妙麗。」

妙麗露出非常不高興的表情，臭著一張臉把她那盒徽章塞回斗篷口袋。

到了五點半的時候，天色已開始逐漸轉黑，哈利、榮恩及妙麗決定現在就回城堡去參加萬聖節宴會——當然，最重要的還是去聽火盃宣布鬥士人選。

「我跟你們一起去，」海格放下他的襪子說，「等我一下。」

海格站起來，走到床邊的衣櫃前，把手伸進去找東西。他們原先沒怎麼注意他的行動，但沒過多久，他們就聞到一種非常可怕的味道。

榮恩被嗆得咳嗽，開口問道：「海格，這是什麼味道呀？」

「啊？」海格說，手裡抓著一個大瓶子轉過身來，「你不喜歡嗎？」

「那是鬍後水嗎？」妙麗用一種似乎在努力憋氣的嗓音問道。

「呃——是古龍水啦，」海格紅著臉囁嚅地說。「大概是抹太多了，」他啞聲說，「我去洗掉好了，等一下……」

他拖著沉重步伐走出小木屋，他們看到他把頭埋在窗外的水桶裡面用力擦洗。

「古龍水？」妙麗用驚愕的語氣說，「**海格**？」

「而且他幹嘛要穿上西裝，還把頭髮弄成那副怪樣？」哈利小聲說。

「快看！」榮恩突然指著窗外喊道。

海格已挺身轉過頭來，他剛才的臉已經夠紅了，但是跟現在比起來，那簡直就是小巫見大巫。哈利、榮恩和妙麗怕海格發現他們在偷看，小心翼翼地緩緩站起身來，凝神望著窗外，看到美心夫人和波巴洞學生們已從馬車上走下來，顯然也是準備要出發前去參加宴會。他們聽不到海格說的話，但他在跟美心夫人說話時那種全神貫注、雙眼迷濛的神情，哈利過去只在他臉上見過一次——以前他在望著龍寶寶蘿蔔的時候，就是這副癡迷的德行。

「他要跟她一起去城堡欸！」妙麗忿忿不平地說，「他不是在等我們嗎？」

海格甚至沒回頭朝小木屋瞥上一眼，就跟美心夫人一起大步越過校園，波巴洞的學生們隨著他們一起往前走，但必須用跑的才能跟上他們的步伐。

「他迷上她了！」榮恩不敢相信地說，「好吧，要是他們最後結婚生小孩的話，一定可以打破世界紀錄——我敢說他們兩個的小孩，一出生起碼就會有一噸重。」

他們走出小木屋並關上大門，沒想到屋外已是一片漆黑。他們裹緊斗篷，開始走上斜坡。

「喔喔，是他們呢，快看！」妙麗悄聲說。

德姆蘭代表隊正從湖邊朝城堡走去。維克多．喀浪跟卡卡夫教授並肩走在一起，其他德姆蘭學生們零零落落地跟在他們後面。榮恩興奮地緊盯著喀浪，但是當喀浪比哈利、榮恩和妙麗先一步走到大門前時，他立刻目不斜視地走進去，並未多看他們一眼。

當他們踏入燭火通明的餐廳時，裡面幾乎全都已經坐滿了。火盃已自入口大廳移到這裡，它現在就放置在教職員餐桌上，鄧不利多的空座位前方。弗雷和喬治——鬍子已完全刮乾淨了——兩人看來似乎是提得起放得下，先前的失望早已不放在心上了。

「希望是莉娜。」弗雷在哈利、榮恩和妙麗三人坐下後表示。

「我也希望！」妙麗屏息說，「好吧，我們馬上就知道了！」

這場萬聖節宴會好像比以往漫長許多，或許是因為他們兩天前才剛開過一場宴會，因此桌上那些精心烹調的豐盛餐點，似乎並不像以往那麼合哈利的胃口。哈利看到餐廳裡其他的人全都伸長脖子，每張臉上都帶著急躁的表情，不時還有人坐立不安地站起身來，看看鄧不利多到底吃完了沒有。哈利也跟其他人一樣，恨不得盤子裡的食物趕快清光，好知道究竟是誰被選為鬥士。

等了好長的一段時間之後，桌上的金盤終於又變回原先一塵不染的樣子。餐廳裡的聲浪本來有逐漸升高的趨勢，但是當鄧不利多一起身，室內幾乎在瞬間安靜下來。卡卡夫教授和美心夫人分別坐在鄧不利多兩邊，他們兩人的表情，就跟大家一樣緊張並充滿了期待。魯多．貝漫露出愉快的笑容，並不時朝許多學生擠眉弄眼。柯羅奇先生看起來卻似乎興趣索然，甚至有點無聊。

「好，火盃就快要作出決定了，」鄧不利多說，「我估計它大概只要再一分鐘，就可以完成任務了。現在請大家聽我說，在我宣布鬥士姓名時，請這幾位入選人，走到餐廳最裡面，再沿著教職員餐桌往前走，從這扇門進入隔壁房間——」他指著教職員餐桌後的房門，「他們將在那裡接受初步的指導。」

他掏出魔杖用力一揮，在空中劃出一個大弧，除了南瓜燈以外，室內所有的蠟燭全都在頃刻間完全熄滅，陷入一片昏暗。現在火盃變成了整個餐廳裡最明亮的光源，而它那燦爛的藍白色火焰，耀眼得幾乎令人不敢逼視。每一個人都在望著它，靜靜等待……有幾個人不停地低頭看錶……

「快了。」跟哈利隔了兩個座位的李．喬丹悄聲說。

火盃的火舌突然再度轉變成紅色，杯中開始竄出火花。在下一刻，一條火舌就忽地噴向空中，一片燒得焦黑的羊皮紙，從火舌中飄了出來——整個餐廳變得鴉雀無聲。

鄧不利多抓住那片羊皮紙，伸長手舉到前方，好就著此刻已重新變成藍白色的火光，看清紙上的字跡。

「德姆蘭的鬥士，」他用一種清晰洪亮的聲音念道，「是維克多．喀浪。」

「想也知道！」榮恩喊道，一陣如暴雨驟來的喝采聲，已響遍了整個餐廳。哈利看到維克多．喀浪起身離開史萊哲林餐桌，無精打采地走向鄧不利多。他轉向右方，沿著教職員餐桌往前走，接著就穿越房門，踏進隔壁的房間，失去了蹤影。

「太棒了，維克多！」卡卡夫沉聲大喝，他的嗓門實在太大了，即使是在喧囂的喝采聲中，還是能讓在場的每個人都能聽到他的聲音，「我早就知道一定是你！」

拍手聲與交談聲漸漸沉寂下來，現在大家的注意力又重新轉向火盃。幾秒之後，火焰又再度轉紅，第二片羊皮紙藉著火焰的衝力噴射而出。

「波巴洞的鬥士，」鄧不利多說，「是花兒．戴樂古！」

「是她耶，榮恩！」哈利叫道，那個長得像迷拉的女孩優雅地站起身來，甩甩她那頭銀金色的秀髮，抬頭挺胸地沿著雷文克勞與赫夫帕夫兩張餐桌間的通道往前走去。

「喔，你們看，他們全都很失望呢。」妙麗在喧鬧中大聲說，並朝剩下的波巴洞代表團成員點了點頭。哈利認為「失望」這個字眼事實上還算是輕描淡寫，完全不足以形容眼前的景象。有兩個沒入選的女孩甚至已經哭成了淚人兒，正把頭埋在臂彎裡低聲啜泣。

等花兒．戴樂古同樣也走進隔壁房間消失之後，室內又再度安靜下來，但這次的沉默中帶著一種高度緊繃、幾乎可以嚐得到的興奮情緒，接下來就要宣布霍格華茲的鬥士了……

火盃再一次變成紅色，杯中冒出一陣火花，火舌高高竄入空中，鄧不利多伸手自火焰頂端取出了第三張羊皮紙。

「霍格華茲的鬥士，」他喊道，「是西追．迪哥里！」

「不！」榮恩大叫，但除了哈利之外，沒有任何人聽到他的聲音，他們隔壁餐桌爆發出的瘋狂歡呼聲實在是太響亮了。當西追起身離開餐桌，帶著笑得合不攏嘴的高興神情，走向師長餐桌後的房間時，赫夫帕夫的每一個學生全都激動得跳了起來，不停地跺腳尖叫。事實上，大家給予西追的掌聲實在太過熱情久久不退，以至於鄧不利多等了好長一段時間，才能讓大家再聽到他的聲音。

「太好了！」鄧不利多等喧鬧聲終於漸漸平息下來之後，愉快地喊道，「好，現在我們已經選出了三位鬥士。而我相信，包括波巴洞及德姆蘭代表團在內的在場所有同學，都將會毫不吝惜地給予你們學校的鬥士全心全意的支持。為你們自己的鬥士打氣，就等於是在這場極為難得的競賽中貢獻出一己——」

鄧不利多突然閉上嘴，大家一眼就可以看出是什麼事情讓他分心了。

火盃中的火焰又再度轉紅，點點火花自盃中飛出來，一條長長的火舌猛然竄到空中，上面附著另一張羊皮紙。

鄧不利多彷彿不自覺地伸出一隻修長的手，抓住了那張羊皮紙。他舉起紙條，望著上面寫的名字。接下來是一段長久的沉默，鄧不利多在一片死寂中，凝視著手中的羊皮紙，而室內的每一個人全都凝視著鄧不利多。然後鄧不利多清清喉嚨，念出上面的名字——

「**哈利波特。**」

17 四名鬥士

哈利坐在那裡，意識到餐廳中的人全都轉過頭來望著他。他驚得楞住了，腦袋裡一片空白。他確定自己一定是在做夢，一定是聽錯了。

沒有任何人鼓掌，餐廳中開始漸漸響起一片如同發怒蜂群般的嗡嗡聲。有幾個學生忍不住站起來想要看哈利，但他卻像是定住似地呆坐在位子上。

坐在主桌邊的麥教授已站起身來，快步掠過魯多．貝漫與卡卡夫教授身邊，俯身對鄧不利多教授急促地輕聲耳語，鄧不利多側耳傾聽，眉頭微微皺了起來。

哈利轉過來望著榮恩和妙麗，他的目光掠過他們，看到所有坐在葛來分多長桌旁的人，全都在張大嘴巴望著他。

「我並沒有把名字扔進去。」哈利茫然地說，「你們明明知道我沒有。」

但他們兩人卻只是同樣茫然地回望著他。

坐在前方主桌邊的鄧不利多已挺起身來，朝麥教授點了點頭。

「哈利波特！」他再度喊道，「哈利！請你到這裡來！」

「去呀。」妙麗悄聲說，輕輕推了哈利一下。

哈利站起來，不小心踩到自己的長袍下襬，微微絆了一下。他開始沿著葛來分多與赫夫帕夫兩張餐桌間的通道往前走。這條路似乎漫長得永遠走不完，不論他走多久，前方的主桌好像遙不可及，同時他感到有數百雙探照燈般的眼睛，正在緊盯著他不放。室內的嗡嗡聲變得越來越響亮，感覺上彷彿過了整整一個鐘頭，他才好不容易走到鄧不利多面前，並清楚地意識到每一位老師都在凝視著他。

「嗯……到那扇門裡面去吧，哈利。」鄧不利多說，他的臉上不帶一絲笑意。

哈利沿著老師們的餐桌往前走，海格就坐在最後一個位子上，他既沒有眨眼，也不曾揮手，甚至完全沒露出一絲想跟哈利打招呼的神情，他臉上帶著震驚至極的表情。當哈利走過他身邊時，他也只是跟別人一樣瞪大眼睛凝視著他。哈利穿越那扇門離開餐廳，發現自己踏入了一個較小的房間，旁邊的牆壁上掛著一排巫師和女巫的畫像，對面的壁爐中有著一堆嗶啪作響的旺盛爐火。

哈利一踏進房中，畫像中的面孔就紛紛轉過來望著他。他看到有一個又乾又皺的女巫，倏地從她的畫框中飛出來，竄進旁邊那幅蓄著兩條海象鬍的巫師畫像裡面，皺巴巴的女巫開始附在巫師耳邊竊竊低語。

維克多・喀浪、西追・迪哥里和花兒・戴樂古，正圍在爐火旁邊。在火光掩映之下，他們三人的剪影看起來格外地出色耀眼，令人一見難忘。喀浪獨自站在距離其他兩人較遠的地方，弓背靠在壁爐架邊沉思。西追負手站在那裡凝視爐火。花兒・戴樂古在哈利一走進來，就甩動她那頭銀色長髮轉過頭來。

「什麼事？」她問道，「塔們要窩們回餐廳去嗎？」

她以為他只不過是被派到這裡來傳話的，哈利不曉得該如何解釋剛才所發生的事。他只是站在那裡，呆呆地望著三位鬥士，他現在才突然意識到他們三人有多高。

他背後傳來一陣急促的腳步聲，接著魯多．貝漫就踏進房間。他一把抓住哈利的手臂，拉著他往前走去。

「太離奇了！」他緊握著哈利的手臂喃喃地說，「實在是太離奇了！各位先生……還有一位女士，」他趕緊補上一句，並快步走向爐火邊，對其他三個人說，「能不能讓我先向各位介紹──雖然這好像令人不敢相信──三巫大賽的**第四位**鬥士？」

維克多．喀浪立刻挺直身軀，他仔細打量哈利，而他那張陰鬱乖戾的面孔隨即暗了下來。西追露出一副不知所措的神情，目光在貝漫和哈利兩人臉上來回梭巡，似乎是認為剛才自己一定是聽錯了。花兒．戴樂古卻甩甩長髮，微笑著說：「喔，匪常有趣的笑話，北漫先生。」

「笑話？」貝漫滿臉迷惑地重複一遍，「不，不，完全不是這麼回事！火盃剛才吐出了哈利的名字！」

喀浪微微蹙起濃眉，西追仍帶著一臉彬彬有禮的迷惑神情。

花兒皺起眉頭，「可是者一定是弄錯了，」她不屑地對貝漫說，「塔不能參加比賽，塔太小了。」

「嗯……這的確是讓人大吃一驚，」貝漫說，伸手搓搓他那光滑的下巴，並低下頭來對哈利露出微笑，「不過呢，你們大家也知道，年齡限制是今年才加上的新規定，用意是做為一種額外的安全措施。而且，既然火盃都已經吐出他的名字……我的意思是，到了這個地步，我想這已經是勢在必行，完全沒辦法避免的了……規則上清楚註明，你們有義務要全程參賽到底……哈利只要竭盡全力來——」

他們背後的房門再度敞開，接著就有一大群人走了進來：鄧不利多教授，背後緊跟著柯羅奇先生、卡卡夫教授、美心夫人、麥教授以及石內卜教授。門一打開，哈利就聽到了從牆另一邊傳來數百名學生的嗡嗡交談聲，但麥教授接著就關上了房門。

「美心夫人！」花兒立刻喊道，大步走到她的女校長面前，「塔們說者個小男生也要參加比賽！」

哈利覺得他空白麻木的腦袋裡，升起了一絲怒意，**小男生**？

美心夫人此時已完全挺起她那高得驚人的身軀，她那漂亮的頭顱頂端擦過裝滿蠟燭的枝型吊燈架，她那裹著黑緞的巨大胸部也鼓了起來。

「者是捨麼意思？鄧不來——朵？」她傲慢地問道。

「我也很想知道這是怎麼回事，鄧不利多，」卡卡夫教授說。他臉上掛著一個冰冷的笑容，而他的藍眼睛冷得像是兩片寒冰，「**兩名**霍格華茲鬥士？我可不記得有誰告訴過我，說主辦學校可以多指派一名鬥士——還是我看規則手冊看得不夠仔細？」

他發出一陣短促並充滿嘲諷意味的乾笑。

「C'est impossible[6]，」美心夫人說，她伸出一隻戴滿上好貓眼石的巨掌，按住花兒的肩頭，「握格娃茲不能有兩名鬥士，者非常不公平。」

「我們本來都以為，閣下的年齡限制線，可以將年齡不夠的參賽者摒除在外，鄧不利多，」卡卡夫說，他的臉上依然掛著冷酷的笑容，但他的目光卻變得比先前更加冰冷，「要不然我們就會從學校多帶一些候選人過來。」

「這全都是波特一個人的錯，卡卡夫，」石內卜柔聲說，雙眼不懷好意地閃閃發光，「全都是因為他冥頑不靈，執意要破壞規定，你實在不應該因此而責怪鄧不利多。打從波特這小子入學開始，他就老是不停在犯規——」

「謝謝你，賽佛勒斯。」鄧不利多態度堅決地說，石內卜立刻閉上嘴巴，但他那對藏在油膩膩黑髮後方的眼睛，依然閃爍著惡意的光芒。

鄧不利多此刻低頭望著哈利，而哈利坦然回望著他，並試著透過那副半月形眼鏡，想要分辨出他的眼神是怒是喜。

「你有把你的名字扔進火盃嗎，哈利？」鄧不利多冷靜地問道。

「沒有。」哈利答道。他清楚地意識到，在場的每一個人都在目不轉睛地望著他，石內卜在暗影中發出一聲既不信又不耐的輕嗤。

「你是不是請高年級同學替你把名字扔進去？」鄧不利多不理石內卜，繼續詢問哈利。

「**沒有**。」哈利激動地否認。

「啊，塔當然是在說謊！」美心夫人喊道。石內卜此刻搖搖頭，嘴唇撇了下來。

6. 此句為法文，意思是「不可能」。

「他根本就不可能越過年齡限制線，」麥教授厲聲說，「我相信我們大家全都同意這一點——」

「鄧不來——朵在畫者條線的時候，一定是翻了錯。」美心夫人聳聳肩說。

「這自然也是有可能的。」鄧不利多客氣地表示。

「鄧不利多，你明明知道你根本就沒有犯錯！」麥教授生氣地說，「真是的，這簡直是在胡扯嘛！哈利自己是絕對不可能越過那條線，而且，既然鄧不利多教授相信，他並沒有請高年級學生代他報名，我想其他人應該就沒什麼好講的了，這件事就到此為止！」

她滿臉怒容地狠狠瞪了石內卜一眼。

「柯羅奇先生……貝漫先生，」卡卡夫說，他又重新恢復他那油腔滑調的奉承語氣，「你們兩位是我們——呃——客觀的評審。你們想必也認為，這實在是完全不合規定吧？」

貝漫用手帕揩揩他那張孩子氣的圓臉，轉頭望著柯羅奇先生。柯羅奇先生站在爐火光圈外面，臉孔半隱在暗影中。他看起來有些詭異，昏暗的光線使他顯得老態畢露，簡直就像是一具死氣沉沉的骷髏。然而當他開口說話時，依然是他平常那種不多說半句的簡潔口吻：「我們必須遵照規定，而規則上定得清清楚楚，只要是由火盃吐出名字的人，就一定得參加鬥法大賽。」

「可以了吧，巴堤可是把整本規則手冊，從頭到尾全都背得滾瓜爛熟呢。」貝漫說，他笑吟吟地轉頭望著卡卡夫與美心夫人，就好像現在事情已全都解決了似的。

「我堅持要讓我其他的學生們重新報名參加，」卡卡夫說，現在他那油腔滑調的奉承語氣和虛情假意的笑容都已經蕩然無存了，事實上他此刻的表情可說是非常猙獰醜陋，「你們重新把火盃點燃，然後我們再繼續把學生的名字扔進去，直到它為每個學校選出兩名鬥士為止。只有用這方法補救，才能算是公平，鄧不利多。」

「但是卡卡夫，我們沒辦法這麼做啊。」貝漫說，「火盃剛才已經熄滅、封印了——一直要到下次鬥法大賽開賽時，它才會重新點燃——」

「——那麼下一場比賽德姆蘭絕對不會參加！」卡卡夫忍不住大發雷霆，「在我們開過那麼多次會，作過那麼多的協商和妥協之後，我實在沒想到竟然會發生這種事！我考慮乾脆現在就退出算了！」

「少在那邊虛言恫嚇了，卡卡夫，」門邊突然響起一個嘶吼的嗓音，「你現在不可能拋下你的鬥士，他一定得參加比賽，他們全都得參加比賽。鄧不利多剛才說過，這是一種具有約束力量的魔法合約，很方便是吧，嗄？」

穆敵剛走進房中。他一跛一跛地走向爐火，而他右腳每往前踏上一步，就會發出一聲響亮的**咚咚**聲。

「方便？」卡卡夫說，「我想我不明白你的意思，穆敵。」

哈利可以看出他刻意語帶輕蔑，想要裝出一副穆敵的話根本不值得他去注意的漠然神情，然而他的手卻讓他洩了底，他的雙手已緊握成拳頭。

「你不明白嗎？」穆敵平靜地說，「這其實很簡單，卡卡夫。這個把波特名字扔進去的人心裡很清楚，只要火盃一吐出他的名字，他就一定得全程參加比賽。」

「事情很明顯，者個人是想要讓握格娃茲比別人多一份機會！」美心夫人說。

「我相當同意妳的看法，美心夫人，」卡卡夫說，並對她鞠了一個躬，「我準備向魔法部**以及**國際巫師聯盟提出抱怨——」

「這裡唯一有理由抱怨的人是波特，」穆敵吼道，「不過呢……可真奇怪……我可還沒聽到**他**說過一句話……」

「塔有什麼好抱怨的？」花兒忍不住爆發，跺著腳大喊道，「塔有機會參加比賽呀，不是嗎？窩們大家為了能夠入選，全都已經盼了好幾個禮拜了！者是代表為窩們的學校爭光呀！還有一千加隆獎金——者可是個難得的大好機會哩，有很多人都會願意為者而死！」

「也許，有人真的**是**希望波特為它而死。」穆敵用幾乎細不可聞的嘶吼聲說。

在這句話之後，室內陷入一片極端緊張的沉默。

魯多．貝漫緊張地不停上下跳動，並帶著極端焦慮不安的神情說：「穆敵，老傢伙……這可不是開玩笑的話！」

「我們大家全都曉得，穆敵教授要是沒在午餐前，一連揭發六個意圖謀殺他的陰謀，他就會覺得這個早上是完全浪費掉了，」卡卡夫大聲說，「他現在分明是在教學生們有樣學樣，也變得跟他一樣害怕被暗殺。一名堂堂黑魔法防禦術老師，竟然會有這樣的個性，還真是奇怪透頂。不過呢，鄧不利多，我想你自然有你的道理在。」

「你說我是在幻想？」穆敵吼道，「你是說我有幻覺是吧，嗄？能把那個男孩的名字扔進火盃的人，必然是一名法力極端高強的女巫或是巫師……」

「你者麼說有什麼證據？」美心夫人攤開她的大手問道。

「因為他們騙過了一個具有強烈魔法的物品！」穆敵說，「他們必須用一個效果非常強的迷糊咒，才能成功哄過火盃，讓它忘了總共只有三所學校參加這場比賽……我猜想，他們在替波特報名時，大概是把他列在第四所學校名下，這樣就完全沒任何人來跟他競爭……」

「你倒是考慮得挺周詳的嘛，穆敵，」卡卡夫冷漠地表示，「而這的確是一個非常具有原創性的理論——不過呢，我聽說你最近不曉得腦袋是怎麼想的，居然一口咬定，說你的生日禮物裡面，藏了個經過巧妙偽裝的蛇妖蛋，不由分說地把它摔得粉碎，結果卻發現它只不過是個旅行鐘。所以呢，你應該可以理解，我們為什麼沒辦法把你的話完全當真……」

「有些人就是喜歡藉題發揮、趁火打劫，」穆敵用一種帶有恐嚇意味的語氣反唇相譏，「我的工作讓我必須去揣測黑巫師的想法，卡卡夫——你一定還記得……」

「阿拉特！」鄧不利多警告地喊道，哈利剛開始還不曉得他到底是在喊誰，但接著他就立刻想到，穆敵的名字不可能真的是叫「瘋眼」。穆敵閉上嘴巴，但仍帶著滿足的表情緊盯著卡卡夫——卡卡夫的臉已變得像火燒般通紅。

「我們並不曉得，為什麼會發生這樣的情況，」鄧不利多對室內的所有人表示，「不過，在我看來，我們除了接受它以外，實在也別無選擇。西追和哈利兩人都已獲選參加鬥法大賽，因此這表示他們將……」

「啊，但鄧不來——朵——」

「我親愛的美心夫人，如果妳有更好的替代方案，我樂意洗耳恭聽。」

鄧不利多靜靜等著，但美心夫人並沒有開口講話，只是瞪大眼睛怒目而視。生氣的並不只是她一個人，石內卜滿面怒容，卡卡夫臉色發青，然而貝漫卻顯得相當興奮。

「好，那麼我們可以開始了嗎？」鄧不利多搓搓雙手，笑吟吟地望著大家，「我們總得替我們的鬥士們做些說明嘛，是不是？巴堤，這份榮耀就交給你囉？」

柯羅奇先生好像才剛從白日夢中驚醒過來。

「對，」他說，「指導，是的……這第一項任務……」

他往前踏入火光中。靠近一看，哈利才發現他滿臉病容。他的眼睛下有著深深的黑影，而他那皺紋密布的皮膚，也出現一種如紙般薄脆的不健康感覺，他在魁地奇世界盃時並沒有這麼憔悴。

「第一項任務，主要是要測驗你們的膽量，」他告訴哈利、西追、花兒以及喀浪，「我們不打算在賽前告訴你們是什麼任務，面對未知事物的勇氣，是巫師所必需具備的一項重要特質……非常重要……

「第一項任務將會於十一月二十四日，在所有學生與評審團面前開始進行。

「鬥士們在執行鬥法大賽所賦予的任務時，不得請求或是接受師長們的任何協助。鬥士們在接受第一項挑戰時，唯一能使用的武器，就是他們自己的魔杖。等他們完成第一項任務之後，我們才會告訴他們關於第二項任務的指示。由於這場鬥法大賽將會耗費極大的時間與心力，因此參賽鬥士們可以不用參加期末考。」

柯羅奇先生轉過來望著鄧不利多說：「我想就是這些了，沒錯吧，阿不思？」

「我想也是，」鄧不利多說，他有些關心地凝視著柯羅奇先生，「你確定你今晚不要留在霍格華茲過夜嗎，巴堤？」

「不了，鄧不利多，我得趕回部裡去。」柯羅奇先生說，「我們目前不僅忙得要命，處境也是格外艱難……我現在是把事情交給年輕的衛勒比負責處理……他這個人非常熱心……說實話是有點熱心過頭了……」

「那在你走之前，至少先跟我們喝一杯酒好嗎？」鄧不利多說。

「好了啦，巴堤，我可要留下來呢！」貝漫愉快地說，「你也知道，現在所有的事情都已經移到霍格華茲這裡來了，待在這裡可比窩在辦公室裡要刺激多囉！」

「我可不這麼想，魯多。」柯羅奇說，語氣微微透出一絲他慣有的不耐。

「卡卡夫教授、美心夫人，要一起喝杯睡前酒嗎？」鄧不利多問道。

但美心夫人已伸手攬住花兒的肩頭，帶著她迅速走出房間。哈利可以聽到她們兩人一踏進餐廳，就開始嘰哩咕嚕地用法語飛快地交談。卡卡夫朝喀浪揮了揮手，接著他們也同樣離去，不過這兩個人倒是安安靜靜地沒開口說話。

「哈利、西追，我建議你們趕快回去睡覺吧，」鄧不利多微笑望著他們兩人說，「我很確定，葛來分多和赫夫帕夫的學生們，現在正等你們回去一起慶祝呢。要是剝奪掉這個可以讓他們大吵大鬧的絕佳機會，這可是說不太過去喔。」

哈利瞥了西追一眼，看到他點了點頭，於是他們兩人就一同離開。

餐廳中現在已空無一人，蠟燭已燒成了短短一截，使得南瓜燈上那些硬刻出來的笑容，在火光中忽隱忽現，看起來詭異至極。

「那麼，」西追微微一笑地說，「我們兩個又要開始競爭了！」

「是啊。」哈利說，除此之外他實在想不出還能說些什麼。他的腦袋好像剛被強盜洗劫過似地，變得一片混亂。

「那麼……告訴我……」西追說，此時他們走進了入口大廳，火盃已經被移走，火炬成了這裡唯一的光源，「你**究竟是**怎樣把名字扔進去的？」

「我沒有，」哈利抬頭望著他說，「我並沒有把名字扔進去，我說的是實話。」

「啊……好吧，」西追說，哈利可以看出西追根本就不相信他的話，「嗯……那就再見了。」

西追並沒有踏上大理石階梯，反而走向階梯右邊的一扇門。哈利站在原地，聽到他走下門後的石階，然後才慢慢開始爬上大理石階梯。

除了榮恩和妙麗之外，還會有其他任何人相信他嗎？還是大家全都認定，是他自己報名參加比賽的？但是他現在必須去面對的三名對手，全都比他多接受過三年的魔法教育——而且他必須去面對的那些任務，聽起來不僅非常危險，還得在好幾百人面前公開舉行，他們既然知道是這樣，為什麼還會那麼想呢？沒錯，他是有想過要參加比賽……他確實是做過這樣的幻想……但這只不過是個玩笑嘛，真的，只不過是一種無聊的白日夢罷了……他其實從來就沒有**認真**考慮要參加……

但卻有某個人考慮到了……某個希望他參加鬥法大賽，並確保他能入選的人。但這是為什麼呢？為了要給他一次特別招待嗎？不知怎地，他並不這麼想……

為了想看他出醜嗎？嗯，這他們倒有希望可以稱心如願……

還是為了要**殺**他？穆敵是否只是偏執狂又發作了？有人把哈利的名字扔進去，難道不可能只是為了要開玩笑、惡作劇嗎？真的有人希望他死嗎？

哈利立刻就可以回答這個問題，是的，的確是有某個人希望他死，有某個人從他一歲時就想要他的命……佛地魔王。但佛地魔怎麼有辦法把哈利的名字扔進火盃呢？佛地魔現在應該是在遠方，藏匿在某個遙遠的國度，孤身一人獨自飄零……虛弱委頓並且法力全失……

然而在他的夢境中，在他因疤痕劇痛而驚醒過來之前，佛地魔並不是孤身一人……他當時正在跟蟲尾說話……計畫要謀殺哈利……

哈利猛然發現自己已經走到胖女士畫像前，他剛才忙著想心事，根本就沒注意到自己走到哪裡了。同時令他驚訝的是，畫框中並不是只有胖女士一個人。那個剛才當他在樓下與其他鬥士們會合時，竄到隔壁畫像中嚼舌根的乾皺女巫，此刻正得意洋洋地坐在胖女士旁邊。她想必是一口氣衝過整整七層樓梯邊的所有畫像，趕在他之前來到這裡。她和胖女士兩個都用銳利的目光、興趣濃厚的打量著他。

「好，好，好，」胖女士說，「紫羅蘭剛才把所有事都告訴我了，你倒是說說看，究竟是誰當選我們學校的鬥士呀？」

「胡言亂語。」哈利毫無反應地說。

「我哪有胡言亂語！」那個蒼白的女巫憤慨地喊道。

「不是啦，不是啦，小紫，他只是在說通關密語啦。」胖女士安撫地說，接著就往前敞開，讓哈利進入交誼廳。

畫像洞口一敞開，就有一股巨大的聲浪迎面撲來，嚇得哈利差點就往後栽倒。接下來他只知道自己立刻被大約十二雙手用力拉進交誼廳，站在葛來分多學院全體學生面前，所有人全都在不停地尖叫、鼓掌與吹口哨。

「你應該早點跟我們說你要參加的！」弗雷沉聲喝道，他臉上露出一副半是惱怒、半是佩服的複雜神情。

「你到底是用什麼方法報名成功，而且也沒長出半根鬍子？太厲害了！」喬治吼道。

「我沒有，」哈利說，「我根本不曉得這到底──」

但此時莉娜已快步趕到他面前說：「喔，就算不是我，至少還有個葛來分多的學生入選──」

「你上次魁地奇比賽栽在迪哥里手中，現在總算可以報一箭之仇了，哈利！」葛來分多的另一名追蹤手凱娣．貝爾尖叫道。

「我們準備了一點食物，哈利，過來吃些東西吧──」

「我不餓，我剛才在宴會中已經吃飽了──」

但大家全都不願聽到他說不餓，大家全都不願聽到他說他根本就沒把名字扔進火盃，似乎完全沒有人注意到，他現在根本就沒心情慶祝……李．喬丹不知從哪裡找到一面葛來分多旗幟，並堅持要把它像斗篷似地披在哈利身上。哈利根本就沒辦法脫身，每當他想要悄悄挪向通往寢室的樓梯時，身邊的人潮立刻就聚集過來，把他團團圍住，強逼他再灌下另一瓶奶油啤酒，並硬把薯片和花生塞在他手中……大家全都想要知道他究竟是怎麼辦到的，他究竟是用什麼花招騙過鄧不利多的年齡限制線，成功地將他的名字扔進火盃……

「我沒有，」他一次又一次地重複表示，「我不曉得這到底是怎麼回事。」

照大家那種恍若未聞的模樣，他其實乾脆閉嘴還比較省事。

「我累了！」過了大約半個鐘頭後，他終於忍不住吼道，「不，我是說真的，喬治——我要去睡了——」

他現在最希望的就是能快點找到榮恩和妙麗，從他們那裡得到一些理性的回應，但他們兩人好像都不在交誼廳裡面。哈利在堅決表示自己一定得上床休息，並幾乎把企圖在樓梯底下攔截他的矮小克利維兄弟打倒在地之後，終於成功甩掉了所有人，用最快的速度爬到寢室。

他發現榮恩獨自待在空蕩蕩的寢室中，身上仍穿著整齊的服飾，躺在自己床上發楞，不禁大大鬆了一口氣。哈利摔上背後的門，榮恩立刻抬起頭來。

「你剛才到哪裡去啦？」哈利說。

「喔，哈囉。」榮恩說。

他咧嘴微笑，但他的笑容卻顯得怪異且不自然。哈利突然意識到，他身上仍披著李替他繫上的猩紅色葛來分多旗幟。他連忙動手想把它脫下來，但上面的結綁得太緊了。榮恩一動也不動地躺在床上，望著哈利滿頭大汗地想要把結解開。

「那麼，」他在哈利終於脫下旗幟，並把它扔到角落時，才開口說，「恭喜了。」

「你這是什麼意思，恭喜？」哈利凝視著榮恩說。榮恩的笑容看起來真的很不對勁，簡直就像是在做鬼臉。

「嗯……其他人全都沒辦法越過年齡限制線，」榮恩說，「甚至連弗雷和喬治都不行。你到底是用了什麼法寶──隱形斗篷嗎？」

「隱形斗篷並不能讓我越過那條線。」哈利緩緩答道。

「喔，沒錯，」榮恩說，「如果是用隱形斗篷的話，我想你應該會告訴我……因為它可以遮住我們兩個人，不是嗎？但你找到了另外一個方法，沒錯吧？」

「聽我說，」哈利說，「我並沒有把名字扔進火盃，這一定是別人做的。」

榮恩揚起眉毛，「他們幹嘛要做這種事？」

「我不曉得。」哈利說。他覺得若是答「為了殺我」，那也未免太像誇張的通俗劇了。

榮恩的眉毛抬得極高，簡直就快沒入頭髮裡看不見了。

「好吧，你知道，你至少可以跟**我**說實話啊。」他說，「要是你不想讓其他任何人知道的話，沒關係，但我實在想不通，你何必說謊呢？這件事並沒有讓你惹上麻煩，對不對？那個胖女士的朋友，那個叫什麼紫羅蘭的，她已經把一切全都告訴我們了，她說鄧不利多已經決定讓你參加比賽。一千加隆獎金是吧，嗄？而且你也不用考期末考……」

「我沒有把名字扔進火盃！」哈利說，他開始感到生氣了。

「好吧，隨你怎麼說，」榮恩用跟西追一模一樣的懷疑語氣說，「只不過今天早上你自己才說過，要是你的話，你就要趁昨天晚上溜去報名，這樣就不會有人看到……你該曉得，我並不是白痴。」

「那麼你現在的表現，倒真是令人刮目相看呢。」哈利厲聲吼道。

「是嗎？」榮恩說，不論他剛才的笑容是硬擠出來或是發自內心的，此刻他的臉上已完全看不出一絲笑意，「你要上床睡覺了是吧，哈利？我看你明天一大早就得起來，等著接受拍照採訪還什麼的呢。」

他猛然拉上四柱大床周圍的簾幕，讓哈利一個人站在門邊，望著那深紅色的天鵝絨布幕發楞。現在那片簾幕已將他原先認為一定會相信他的少數人之一，給完全阻隔住了。

18 檢測魔杖

當哈利在週日早晨醒來時，他一時間還想不起來，自己為什麼會覺得這麼難過這麼擔心，接著昨晚的記憶就如潮水般朝他襲來。他翻身坐起，拉開四柱大床的簾幕，想找榮恩談談，強迫榮恩相信他的話——卻發現榮恩的床是空的，顯然已下樓去吃早餐了。

哈利穿上衣服，走下螺旋梯來到交誼廳。但他才一現身，那些已吃完早餐的人，就又立刻開始拍手歡呼。哈利只要一想到，他得下樓走進餐廳，去面對那些全把他當作英雄對待的其他葛來分多學生，就感到意興闌珊，懶得下去。不過呢，他要是待在這裡的話，就會被那對正在瘋狂揮手，招呼他過去一起坐的克利維兄弟給逮個正著。他毅然決然地走向畫像洞口，推開畫像爬出去，卻發現妙麗就站在外面。

「哈囉，」她喊道，遞給他一疊她細心用餐巾包好的吐司麵包，「我替你帶了點東西吃……要出去走走嗎？」

「好主意。」哈利感激地說。

他們走下樓，穿越入口大廳，途中甚至沒向餐廳瞥上一眼，沒過多久，他們就大步踏過草坪走向湖畔，德姆蘭的船停泊在水面上，在水中倒映出一個暗沉沉的黑影。這是一個寒冷的早晨，他們不停地往前走去，大口大口地啃著吐司麵包，哈利開始傾吐心事，把昨晚他離開葛來分多餐桌之後發生的所有事情，一五一十地告訴妙麗。當他發現妙麗竟然毫無異議地完全接受他的說法時，他不禁大大鬆了一口氣。

「嗯，我當然曉得你並沒有自己報名，」聽完他述說餐廳隔壁房間中所發生的事後，她說，「我一看到鄧不利多念出你名字時，你臉上那副茫然的表情就曉得了！但問題是，那到底**是**誰扔進去的呢？因為我想穆敵說得沒錯，哈利……我也認為這不是學生能辦到的事……他們絕對沒辦法騙過火盃，或是跨越鄧不利多的——」

「妳剛剛有看到榮恩嗎？」哈利插嘴問道。

妙麗遲疑了一會。

「呃……有啊……他有去吃早餐。」她說。

「他還是認為那是我自己扔進去的嗎？」

「嗯……我想不是……**不真的是**。」妙麗吞吞吐吐地答道。

「什麼叫做**不真的是**？」

「喔，哈利，這不是很明顯嗎？」妙麗絕望地喊道，「他在嫉妒嘛！」

「**嫉妒**？」哈利不敢相信地說，「他有什麼好嫉妒的？難道他想要在全校同學面前出醜嗎？」

「聽我說，」妙麗耐心地解釋，「你也曉得，不管在哪裡，你總是大家注意的焦點，我知道這並不是你的錯，」看到哈利憤怒地張開嘴巴，於是她趕緊加上一句，「我知道你自己並不想要這樣……可是——這麼說吧——榮恩在家裡要跟這麼多兄弟競爭，而你是他最要好的朋友，偏偏你又是這麼有名——每次別人一看到你，他就會被冷落在一邊。他一直在忍耐，也從來沒開口提過，但我想這次他是覺得忍無可忍了……」

「很好，」哈利忿忿地說，「真是太好了，妳就告訴他這是我說的，如果他想要的話，我隨時都可以跟他對換。妳跟他說，我歡迎他來嘗嘗這種滋味……不管我走到哪裡，總是有人兩眼發直地盯著我的額頭……」

「我不會去告訴他任何事，」妙麗不耐地表示，「要說你自己去說，這是唯一的解決方法。」

「我才懶得去纏住他，想辦法逼他快點長大呢！」哈利說，聲音大得讓旁邊一棵樹上的幾隻貓頭鷹嚇得飛了起來，「要讓他相信我一點也不喜歡出名，說不定得等我脖子斷掉或是——」

「這並不好笑，」妙麗平靜地說，「這一點也不好笑。」她露出非常焦慮的表情，「哈利，我剛才一直在想——你知道我們現在該做什麼，對吧？你知道等我們一回到城堡，就得立刻做什麼事嗎？」

「知道呀，就是去狠狠踢榮恩——」

「**寫信給天狼星**，你必須把發生的事情告訴他，他要你持續向他報告霍格華茲的所有事情……聽起來他似乎是早就料到會發生這一類的事情。我身上帶了一些羊皮紙和一枝羽毛筆——」

「別扯了，」哈利說，他環顧四周，檢查看有沒有人會偷聽到他們的談話，但校園中幾乎看不到一個人影，「我的疤才痛了一下，他就急得立刻趕回國。要是我再告訴他，說有人設計讓我參加三巫鬥法大賽的話，我看他大概會直接闖進城堡裡來——」

「**他會希望你告訴他的**，」妙麗嚴厲地表示，「反正他遲早都會知道——」

「他怎麼會知道？」

「哈利，這件事不可能保密的，」妙麗的神情變得非常嚴肅，「這場比賽很有名，而你也很有名，要是《預言家日報》沒報導任何你參加比賽的消息，我一定會感到非常驚訝……在所有關於『那個人』的書籍中，已經有一半都提到了你的名字，懂了吧……而天狼星寧願聽你自己告訴他，我知道他一定會希望這樣。」

「好啦，好啦，我寫信給他就是了。」哈利說，順手將最後一片吐司麵包拋到湖裡。他們兩人站在那裡，望著麵包在湖面上漂浮了一會，然後突然從水中冒出一條大觸鬚，把它捲到了水裡，接著他們就返回城堡。

「我該用誰的貓頭鷹？」哈利在他們爬上樓梯時問道，「他說我不能再派嘿美去送信了。」

「去問榮恩可不可以借你——」

「休想要我去問榮恩任何事情。」哈利斷然表示。

「好吧，那就去借一隻學校的貓頭鷹好了，反正大家都可以用牠們。」妙麗說。

他們走到貓頭鷹屋。妙麗遞給哈利一張羊皮紙、一枝羽毛筆和一瓶墨水，然後就開始繞著那裡的長排棲木信步閒晃，欣賞那些各式各樣的貓頭鷹，讓哈利一個人坐在牆邊專心寫信。

親愛的天狼星：

你要我向你報告霍格華茲發生的事情，是這樣的——我不曉得你聽說了沒有，今年這裡要舉行三巫鬥法大賽，而我在星期六晚上，被選為第四名鬥士。我不曉得是誰把我的名字扔進火盃，因為我自己並沒有這麼做。霍格華茲的另一名鬥士是赫夫帕夫的西追．迪哥里。

寫到這裡，他停下筆來思索了一會。突然感到一股衝動，想要把自昨晚開始填滿他胸膛的龐大焦慮，全都告訴天狼星，但他卻不知該如何將它轉化為文字，因此他只是重新提筆蘸了些墨水寫道：

祝你和巴嘴一切安好。

哈利

「寫完了。」他告訴妙麗，接著就站起來拍掉長袍上的稻草。嘿美一看到他站起來，就拍著翅膀飛到他的肩膀上，並伸出一隻腿。

「我不能派妳去，」他告訴牠，並東張西望地搜尋一隻可用的學校貓頭鷹，「我必須從牠們裡面挑一隻去替我送信……」

嘿美發出一聲非常響亮的啼聲，接著就突然飛起，爪子深深刺入哈利的肩膀。在哈利將信綁在一隻大草鴞腿上時，牠一直背對著他生悶氣。等草鴞飛走之後，哈利伸手想要摸摸嘿美，但牠卻憤怒地咬動鳥喙，並迅速飛到哈利碰不到的屋椽上。

「先是榮恩，現在妳又這樣，」哈利生氣地說，「**這又不是我的錯。**」

* * *

哈利若是以為，等到大家漸漸習慣他入選為鬥士的事實以後，情況就會大大好轉，那麼第二天所發生的事情，就會讓他發現，這種想法實在是大錯特錯。他一開始回去上課，就再也沒辦法避開學校其他學生了——事情很明顯，學校其他學生也跟葛來分多同學一樣，認為哈利是自己報名參加鬥法大賽。然而，他們跟葛來分多同學不一樣的是，他們對這點似乎並不怎麼讚賞。

赫夫帕夫學生們向來都跟葛來分多學生們關係絕佳，但現在卻對他們愛理不理，態度變得驚人地冷漠。他們才只共上了一堂藥草學，這種情形就立刻表露無遺。赫夫帕夫學生們顯然是認為哈利搶了他們鬥士的光彩，另外再加上赫夫帕夫難得有幾回出風頭的機會，而那個曾在魁地奇比賽中領軍擊潰葛來分多的西追，又是極少數能為他們學院爭光的人，這或許也使得情況變得更加惡化。阿尼·麥米蘭和賈斯汀·方列里兩人，本來一直都跟哈利處得非常好，但現在他們就算是跟哈利一起移植同一個花盆的跳跳根，他們還是死都不跟他說話——不過，當一個跳跳根奮力掙脫哈利的掌握，並啪地一聲砸到他臉上時，他們卻發出了一陣讓人不太舒服的笑聲。榮恩同樣也不跟哈利說話，妙麗坐在他們兩人中間，像傳聲筒似地勉力維持交談，他們兩人對她的問話雖會正常回答，但卻刻意迴避對方的視線。哈利甚至覺得連芽菜教授對他的態度，似乎都變得冷漠疏遠許多——這也難怪，她畢竟是赫夫帕夫的學院導師。

在平常的情況下，他向來都是非常期待能見到海格，但去上奇獸飼育學課，同時也代表他會遇到史萊哲林的人——這是他在成為鬥士之後，第一次跟他們正面相逢。

果然如哈利所料，馬份臉上掛著他那慣有的嘲諷冷笑，走到海格的小木屋。

「啊，快看哪，孩子們，這位是鬥士呢，」他一走進哈利聽力所及範圍之內，就立刻對克拉和高爾說，「你們準備好簽名簿了嗎？最好現在就找他簽名，因為我看他在這裡也待不久囉……有一半鬥法大賽的鬥士會死掉嘛……你覺得你可以撐多久啊，波特？我敢打賭，賭你第一項任務才開始沒十分鐘就玩完囉。」

克拉和高爾巴結地放聲狂笑，但馬份接下來就沒辦法再繼續發揮了，因為海格正好在此時從木屋後面走出來，他手裡抱著一大疊堆成塔狀、搖搖欲墜的木箱，每個箱子裡都裝了一隻非常巨大的釘蝦。然後海格開始對大家解說，釘蝦之所以會互相殘殺，是因為牠們必須發洩過多的精力，解決方式就是要班上每一個人都拿根皮帶綁在釘蝦身上，帶牠們去散個小步。這番話讓他們全都嚇得半死，而這個計畫唯一的好處，就是完全轉移了馬份的注意力。

「帶這種鬼東西去散步？」他凝視木箱內部，滿臉憎惡地重複了一遍，「你說我們要把皮帶綁在哪裡呀？是要綁在牠的螫刺、爆尾，還是吸盤上啊？」

「綁在中間，」海格邊示範邊說，「呃——我看你們最好還是戴上龍皮手套，多一層保護總是比較好。哈利，你過來幫我對付這隻大傢伙……」

但海格真正的用意，是想避開其他同學跟哈利私下談談。

等他們全都牽著釘蝦離開之後，海格才轉身望著哈利，並用一種非常嚴肅的口吻說：「所以——你要去比賽了，哈利。參加鬥法大賽，當選學校的鬥士。」

「鬥士之一。」哈利糾正他。

海格那對藏在雜亂濃眉下、如甲蟲般的黑眼睛，流露出非常擔心的神情。「想不出到底是誰替你放進去的嗎，哈利？」

「所以你相信不是我自己扔的？」哈利說，努力掩飾海格這句話在他心中引起的強烈感激。

「我當然相信，」海格咕噥一聲，「你說不是你扔的，我就相信你囉——而且鄧不利多也相信你。」

「我真希望能知道這究竟**是**誰做的。」哈利怨恨地說。

他們兩人眺望前方的草坪，現在班上同學已四處散開，並且全都陷入苦戰。這些釘蝦已經長到三呎長，而且力大無窮。牠們現在已長出一身發亮的厚厚淺灰色盔甲，不再是以前那種既無甲殼、也沒色彩的狼狽相。牠們看起來像是一種介於大蠍子和長形螃蟹之間的怪異品種——但還是看不出牠們的頭和眼睛到底在什麼地方。牠們已變得極端強壯，且非常難以控制。

「牠們看起來玩得很開心哩，你說是不是？」海格高興地說。哈利猜想他指的應該是那些釘蝦，因為他的同學們顯然是一點也開心不起來。每隔不久，其中一隻釘蝦就會尾巴突然爆炸，發出一聲驚天動地的**砰**聲，一連往前衝了好幾呎才停下來，班上不只一位同學被釘蝦拖得肚子貼地，氣急敗壞地掙扎著想要重新站起來。

「啊，我不曉得，哈利。」海格忽然嘆了口氣，帶著憂心忡忡的表情重新望著哈利說，

「學校的鬥士……所有的事好像全都會落到你頭上，是不是？」

哈利沒有回答。沒錯，所有的事好像全都會落到他的頭上……妙麗跟他在湖邊散步時，也說過差不多一樣的話，而根據她的說法，這正是榮恩為什麼不再跟他講話的真正原因。

＊＊＊

接下來幾天，是哈利在霍格華茲所度過最難熬的一段日子。現在他的情形就跟當初他在二年級時，學校大部分人都懷疑他攻擊其他同學的慘況十分接近，但那時至少榮恩還站在他這一邊。哈利心中暗想，要是榮恩能跟他和好如初的話，他就不會像現在這樣，把學校其他人的惡劣態度這麼放在心上，但如果榮恩真的不想跟他說話，那他也絕不會巴著臉主動去跟榮恩和解。儘管如此，獨自面對從四面八方湧來的憎惡與敵意，的確讓他感到萬分寂寞。

雖然他不喜歡赫夫帕夫學生們的態度，但他可以理解他們的心情，他們必須支持他們自己的鬥士。他早就料到，史萊哲林只會給他最惡毒的侮辱——不論是在魁地奇比賽或是學院盃競賽中，葛來分多都曾在哈利的大力協助下，多次擊敗史萊哲林贏得比賽，因此哈利在他們學院向來非常不受歡迎。他原本還存著一線希望，但願雷文克勞的學生們，能在內心深處給予他和西追同樣的支持與鼓勵，然而他錯了，大部分的雷文克勞學生，好像覺得他這個人是因為名利心太重，才無所不用其極地設法騙過火盃，好讓自己再多出一點風頭。

而且他不得不承認，西追看起來的確是很有鬥士的風範，比他自己稱頭多了。西追有著一頭黑髮、一雙灰色眼睛，以及端正的鼻梁，長得英俊挺拔、一表人才。在最近這段日子中，西追和維克多·喀浪是校園中的兩大偶像，他們的愛慕者人數可說是平分秋色、不相上下。哈利有次在吃午餐的時候，就親眼看到當初那群急著想找喀浪簽名的六年級女生，懇求西追在她們的書包上簽名。

同時，在這段時間中，天狼星一直都沒有回信。嘿美拒絕讓他靠近，崔老妮教授預言他死亡時的態度，變得比以前更加肯定，而他在上孚立維教授的課時，對於新教的召喚咒又表現奇差，因此教授多開了些功課要他回去好好練習——班上就只有他和奈威兩人遭受到這樣的待遇。

「這其實沒那麼難，哈利。」妙麗在他們上完孚立維的課之後，試著想要勸他放心一點——她每次上課時，總是有辦法讓那些東西快速飛到她身邊，就好像她是一個專門吸黑板擦、字紙簍和觀月儀的怪異大磁鐵似的，「你只是沒有好好專心——」

「妳知道這是為什麼嗎？」哈利沉著臉說，此時西追·迪哥里正好從旁邊走過，他身邊圍了一大群吃吃傻笑的女孩，而她們一瞥見哈利，就全都露出一副活像是看到一頭超大釘蝦似的嫌惡表情，「還是——算了，別提了，嗄？今天下午要連上兩堂魔藥學……」

哈利一直都很怕上雙堂魔藥學，但近來上這堂課更是成了可怕的折磨。跟石內卜和史萊哲林學生一起關在地牢裡，整整相處一個半鐘頭，實在是哈利所能想像到最難熬的酷刑。因為哈利竟敢成為學校鬥士的大膽行為，這些人似乎全都下定決心，要給予他最嚴厲的懲罰。這上禮拜五多虧妙麗一直坐在他身邊，拚命低聲複誦「別理他們，別理他們，別理他們」，才好不容易熬過了兩堂課，他實在看不出，這個禮拜會比上次好過多少。

當他和妙麗在午餐後走到石內卜的地牢外面時，他們發現史萊哲林的學生們全都站在外面等待，而且每個人的長袍前襟上，都別著一個大徽章。在那慌亂的一瞬間，哈利還以為他們戴的是妙麗的小精靈福進會徽章咧——然後他才看清楚，這些徽章上全都有著一行同樣的紅色發光字跡，在陰暗的地下室走廊上散發出明亮的光芒：

支持**西追·迪哥里**——

真正的霍格華茲鬥士！

「你喜歡嗎，波特？」馬份在哈利走近時大聲喊道，「而且這還有別的功能唷——你看！」

他按了一下胸前的徽章，上面的字體立刻消失，換上另一行發出綠光的字跡：

波特是大爛貨

史萊哲林學生們放聲狂笑，他們每個人全都按了一下徽章。哈利最後被一大堆「波特是大爛貨」的發光字體團團包圍，一股熱氣猛地竄上他的脖子和臉龐。

「喔，**非常**有趣，」妙麗用挖苦的語氣對潘西·帕金森和她那些狐群狗黨說，「真是**機智絕倫**。」

榮恩、丁和西莫一起站在牆邊。他並沒有笑，但也沒有挺身而出支持哈利。

「妳要不要也戴一個呀，格蘭傑？」馬份說，並將一個徽章遞到妙麗面前，「我這裡有一大堆呢。但妳聽好，千萬別碰到我的手，我剛剛才洗過，我可不想被麻種碰髒。」

哈利胸腔中壓抑多日的憤怒，似乎在瞬間完全爆發。他還來不及多作思索，就伸手掏出了魔杖。他們周圍的人爭先恐後地迅速逃竄，慌慌張張地退到走廊另一端。

「哈利！」妙麗用警告的語氣喊道。

「來呀，波特，」馬份平靜地說，並掏出他的魔杖，「現在可沒穆敵在這裡護著你——你要是有膽子的話，就快動手啊——」

在那一瞬間，他們兩人先深深望進對方的眼底，然後就在同一時間展開行動。

「熔熔沸！」哈利吼道。

「涎涎牙！」馬份尖叫。

兩根魔杖同時射出光束，在半空中互相撞擊，接著就分別彈向兩旁——哈利射中高爾的臉，而馬份擊中了妙麗。高爾雙手摀著鼻子怒吼，他的鼻子上如雨後春筍般迅速冒出了許多又大又難看的疔瘡——妙麗驚恐地低聲啜泣，並用手緊遮住自己的嘴巴。

「妙麗！」榮恩快步趕過來檢查妙麗的傷勢。

哈利回過頭來，看到榮恩硬把妙麗的手從臉上扯下來。那實在是一幅可怕的畫面，妙麗的門牙——原本就比一般人大一點——現在正以驚人的速度迅速變長。當她的牙齒越長越長，沒過多久就越過下嘴唇，一路竄向下巴時，她看起來就越來越像是一頭海狸——妙麗發現她的長牙齒，不禁嚇得驚慌失措，發出一聲恐懼的哭喊。

「這裡到底在吵什麼呀？」一個有氣無力的柔和嗓音問道，石內卜來了。

史萊哲林學生們開始七嘴八舌、吵吵鬧鬧地對他解釋剛才發生的事。石內卜伸出一根又長又黃的手指，指著馬份說：「你說。」

「波特剛才攻擊我，先生——」

「我們是同時互相攻擊！」哈利大叫。

「——而他打到了高爾——你看——」

石內卜檢查高爾的傷勢，現在他的臉看起來活像是某本毒蕈百科全書裡面的圖片。

「去醫院廂房吧，高爾。」石內卜冷靜地表示。

「馬份擊中了妙麗！」榮恩說，「**看！**」

他逼妙麗讓石內卜看她的牙齒——她儘可能地用手遮住，但這實在是太困難了，因為她的門牙現在已經長到了衣領下面。潘西．帕金森和其他的史萊哲林女生站在石內卜背後，用手指著妙麗，憋笑憋到雙手抱肚，全身抖個不停。

石內卜冷冷地打量妙麗，然後開口說：「我看不出有什麼不同。」

妙麗發出一聲嗚咽，她的眼裡滿是淚水。她急急轉身，接著就拔足狂奔，沿著走廊一溜煙就跑不見了。

哈利和榮恩同時開始對石內卜破口大罵，這一點或許可算是相當幸運。他們兩人的吼聲在石頭走廊上激起隆隆迴音，在這一片混亂的吵雜聲中，石內卜根本聽不清他們到底罵了什麼難聽的字眼，但他依然可以約略了解他們的意思。

「我們來看看吧，」他用他最輕最細微的嗓音說，「葛來分多扣五十分，而波特和衛斯理兩人罰勞動服務。現在快進教室去吧，否則我就罰你們一整個禮拜的勞動服務。」

哈利的耳邊轟然作響，這麼不公平的判決，讓他恨不得施詛咒讓石內卜粉身碎骨才甘心。他越過石內卜，跟榮恩一起走向地牢最後面，砰地一聲把包包用力摔到桌上。榮恩同樣氣得發抖——在那一刻，他們兩人感覺上似乎又回復到從前那種同甘共苦的親密情誼，但接著榮恩就轉過身去，跑去跟丁和西莫坐在一起，只留下哈利一個人孤零零地坐在桌邊。馬份坐在地牢的另一邊，他此刻背對著石內卜，帶著得意的笑容按了一下徽章，房間對面又重新閃耀出「波特是大爛貨」的字跡。

開始上課以後，哈利坐在那裡，凝視著石內卜，在心中描繪出石內卜遭受到種種可怕折磨的情景……要是他會施酷刑咒就好了，哈利心中暗想……他要讓石內卜像那隻蜘蛛一樣地平躺在地上，不停地抽搐痙攣……

「解毒劑！」石內卜環顧全班同學，黑眼閃耀著令人不悅的光芒，「你們大家現在應該都已經把配方準備好了。我希望你們能仔細熬藥，然後我們就要選某個人來試試其中一種……」

石內卜與哈利視線相接，哈利心裡很清楚接下來會發生什麼樣的事。石內卜打算對**他**下毒，哈利幻想自己抓起大釜，跳到全班同學面前，把整鍋藥倒在石內卜那油膩膩的頭上——

接著地牢門外突然響起一陣敲門聲，立刻打斷了哈利的思緒。

敲門的人是柯林．克利維，他悄悄走進房間，對哈利露出愉快的微笑，直接走到教室最前方，站在石內卜的講桌前。

「什麼事？」石內卜沒好氣地問道。

「是這樣的，先生，我是來帶哈利波特上樓去。」

石內卜垂下他的鷹勾鼻盯著柯林，笑容在柯林那張熱切的臉上消失了。

「波特還要再上一個鐘頭的魔藥學，」石內卜冷冷地表示，「課上完以後他就會上樓去。」

柯林的臉變成了粉紅色。

「先生——先生，是貝漫先生要我來叫他上去的，」他緊張地說，「所有的鬥士全都得去呀，我想他們大概是想要拍張照片……」

哈利願意放棄他所擁有的一切，來阻止柯林說出最後幾個字。他偷偷瞄了榮恩一眼，但榮恩卻緊盯著天花板不放。

「很好，非常好，」石內卜厲聲喝道，「波特，你把東西留在這裡，我要你等一下就回到這裡來，試試你自己調配的解毒劑。」

「拜託，先生——他必須把東西一起帶走呀，」柯林尖聲叫道，「所有的鬥士——」

「**很好！**」石內卜說，「波特——帶著你的東西滾吧，別讓我再看到你！」

哈利把包包甩到肩膀上，站起來走向大門。他從史萊哲林學生中間穿過時，「波特是大爛貨」這幾個字又開始在他的四面八方閃爍發光。

「這真是太酷了，對不對，哈利？」哈利剛把地牢大門關上，柯林就立刻開口說，「你說是不是啊？你竟然會當選鬥士？」

「是呀，真是太酷了。」哈利沉重地說，他們一同走向通往入口大廳的階梯，「他們幹嘛要拍照呀，柯林？」

「我想是要登在《預言家日報》上！」

「太棒了，」哈利無精打采地說，「我就是想要這個，再多出一點風頭。」

「祝你好運！」柯林說，此時他已把哈利帶到該去的房間門前。哈利伸手敲門，然後走進房間。

他踏入了一間相當狹小的教室，大部分桌椅都已推到後方，教室中央清出一大塊空間。其中有三張桌子併起來放在黑板正前方，上面罩了一塊長長的天鵝絨布。在這些罩著天鵝絨布的桌子後方，放置了五把椅子，魯多．貝漫就坐在其中一把椅子上，正在跟一名身穿紫紅色長袍的女巫說話，哈利確定自己過去並沒有見過她。

維克多．喀浪就跟往常一樣，帶著陰鬱的神情獨自窩在角落，不跟任何人說話，西追和花兒兩人正在聊天。哈利到目前為止，還沒看到花兒像現在這麼開心過，她不停甩動她那頭銀髮，好讓秀髮在燈光下發出柔亮的光芒。一個大肚皮的男人手裡握著一架微微冒煙的黑色大相機，正在用眼角偷偷瞄花兒。

貝漫突然瞥見哈利，立刻起身跳向前方說：「啊，他來了！第四名鬥士！過來，哈利，快過來呀……沒什麼好擔心的，只不過是要舉行檢測魔杖儀式，其他評審馬上就到了——」

「檢測魔杖？」哈利緊張地重複一遍。

「我們必須先檢查一下，看看你的魔杖是否具有完善的功能，或是有什麼毛病之類的。你也曉得，魔杖畢竟是你們未來在執行任務時最重要的工具嘛！」貝漫說，「負責檢測魔杖的專家，現在跟鄧不利多一起待在樓上。接下來我們還要拍幾張照片，這位是麗塔．史譏，」他補充說明，朝那個穿深紫紅色長袍的女巫比了一個手勢，「她要在《預言家日報》上替鬥法大賽寫一篇短短的報導……」

「也許並不是**那麼**短，魯多。」麗塔．史譏說，她的目光落到哈利身上。

她頂著一頭精雕細琢且文風不動的華麗鬈髮，跟她那張下巴厚實的大臉形成古怪的對比。她戴了一副鑲著珠寶的眼鏡。她那緊抓著鱷魚皮手提袋的粗肥手指，蓄著十根長達兩吋塗成深紅色的指甲。

「我可以在儀式開始前，先跟哈利談一會嗎？」她對貝漫說，但眼睛依然緊盯著哈利不放，「最年輕的鬥士，你也曉得……可以讓這篇報導生色不少呢，是不是？」

「當然可以！」貝漫喊道，「我是說——如果哈利不反對的話，可以嗎？」

「呃——」哈利說。

「太棒了。」麗塔．史譏說，在眨眼間，她那鑲著猩紅爪子的手指，就用大得驚人的手勁猛然抓住哈利前臂，將他再度拖出房間，打開旁邊的一扇門。

「我們可不想待在那麼吵的地方，」她說，「讓我們看看……啊，就是這裡吧，裡面既漂亮又舒服呢。」

這是一個掃帚櫃，哈利瞪大眼睛望著她。

「進來吧，親愛的……這就對了——太棒了。」麗塔．史譏又讚了一聲，並半挨半坐地靠在一個翻過來的水桶上，再把哈利推到一個硬紙板盒上，接著就關上門，他們立刻陷入一片黑暗，「現在讓我們來看看……」

她輕輕打開她的鱷魚皮手提袋，從裡面掏出一把蠟燭，輕揮魔杖點燃蠟燭，再施魔法讓它們飄浮在半空中，這樣他們就可以藉著燭光進行訪談了。

「你應該不會介意我使用速記筆吧，哈利？這樣我就可以跟你正常說話了……」

「用什麼？」哈利說。

麗塔．史譏微笑的嘴角又咧得更開了些。哈利數了數，她總共有三顆金牙。她再度將手探進手提袋，取出一枝青綠色羽毛筆和一捲羊皮紙，攤開來擱在他們兩人中間的一箱史高太太的全效神奇除污劑上面。她抓起青綠色羽毛筆，把筆尖含在嘴裡，帶著津津有味的陶醉表情吸吮了一會，然後將它豎直起來，擱在羊皮紙上。羽毛筆就這樣靠筆尖支撐平衡立起，只是微微有些搖晃。

「測試……我叫麗塔．史譏，是《預言家日報》的記者。」

哈利立刻低頭望著羽毛筆，麗塔．史譏一張開嘴說話，那枝綠色羽毛筆就開始迅速滑過羊皮紙，在上面急急書寫：

風情萬種的金髮美女麗塔．史譏，現年四十三歲，而她那一針見血的犀利筆鋒，至今已成功戳破了無數沽名釣譽人士的假象——

「太棒了。」麗塔．史譏又讚了一聲，順手把這段話撕下來，揉成一團塞進她的手提袋。

然後她俯身向前對哈利說：「那麼，哈利……是什麼讓你決定要報名參加三巫鬥法大賽？」

「呃——」哈利又說了一聲，但他忍不住被那枝羽毛筆給吸引分了心。即使他連一個字也沒說，但它卻已開始迅速滑過羊皮紙，他看到上面出現一行新的字跡：

額上那道醜陋的疤痕，是悲傷過往所遺留下來的痕跡，而這破壞了哈利波特那張原本應該相當迷人的面孔。他的雙眼——

「別管那枝筆，哈利，」麗塔．史譏態度堅決地表示，哈利只好心不甘情不願地收回目光，抬頭望著她，「現在聽我說——你為什麼會決定要報名參加鬥法大賽？」

「我沒有報名，」哈利說，「我搞不懂我的名字為什麼會被扔進火盃，我並沒有把名字扔進去。」

麗塔．史譏揚起一道細心描繪的眉毛，「好了啦，哈利，你不用害怕自己會惹上麻煩。我們大家全都曉得，你其實根本就不應該報名參加，但你不用擔心這個，我們的讀者愛死叛逆小子了。」

「但我真的沒有報名呀，」哈利重複解釋，「我不曉得是誰——」

「你對於那些即將執行的任務，心裡有什麼樣的感覺？」麗塔．史譏說，「興奮？還是緊張？」

「我還沒仔細想過這個問題……沒錯，我想應該是緊張吧。」哈利說。他說話時感到自己的腸子好像全都絞在一塊，讓他覺得非常不舒服。

「過去曾經有鬥士在比賽中死亡，對不對？」麗塔．史譏輕鬆地問道，「你有沒有想過這一點？」

「嗯……他們說今年會比以前安全得多。」哈利說。

羽毛筆颼颼畫過那張擱在他們兩人中間的羊皮紙，彷彿是溜冰似地在上面不停地往來滑行。

「當然啦，你過去曾經面對過死亡，是不是？」麗塔．史譏問道，仔細盯著哈利的面龐，「你認為這對你造成什麼樣的影響？」

「呃。」哈利又說了一聲。

「你認為過去的創傷，是否讓你急著想要去證明自己？證明你並沒有浪得虛名？你有沒有想過，或許你之所以會受不了誘惑，而去報名參加三巫鬥法大賽，是因為——」

「**我並沒有報名參加**。」哈利說，他開始感到不太高興。

「你對你的父母有沒有任何記憶？」麗塔．史譏繼續追問。

「沒。」哈利說。

「你認為，他們如果知道你要參加三巫鬥法大賽，他們心裡會是什麼樣的感覺？是驕傲？擔心？還是生氣？」

這下哈利真的生氣了，他哪會曉得他父母要是還活著的話，心裡會有什麼樣的感覺？他可以感覺到麗塔．史譏正在全神貫注地盯著他。他皺起眉頭，刻意避開她的視線，低頭望著羽毛筆剛才寫下的字跡：

當我們將話題轉向他幾乎完全不復記憶的雙親時，他那對碧綠得驚人的雙眸立刻盈滿了淚水。

「我眼睛裡才**沒有**淚水呢！」哈利大聲說。

麗塔·史識還來不及說話，櫃門就突然被拉開。哈利連忙回頭看，但卻被明亮的光線眩得連連眨眼。阿不思·鄧不利多站在門口，低頭打量擠在櫃子裡的兩個人。

「**鄧不利多！**」麗塔·史識喊道，她全身上下全都帶著滿滿的愉快神情——哈利卻注意到，原本擱在那箱史高太太的全效神奇除污劑上的羽毛筆和羊皮紙突然消失無蹤，而麗塔正忙著用她像鳥爪般的手指，啪地一聲關上手提袋的扣環。「你好嗎？」她說，站起身來，對鄧不利多伸出一隻如男人般的大手，「我希望你已經看過，我在今年夏天寫的那篇關於國際巫師聯盟會議的報導？」

「那真是一篇迷人的嘲諷文章，」鄧不利多說，他的雙眼閃閃發光，「我特別欣賞妳說我是報廢老瘋癲的那一段。」

麗塔·史識臉上完全看不出一絲困窘的神情，「我只不過是想要指出，你有些看法的確是有點跟不上時代了，鄧不利多，而街上有許多巫師全都——」

「我是很樂意聽聽看，這種無禮行為背後究竟有什麼動機，麗塔，」鄧不利多面帶微笑地說，並禮貌地鞠了一個躬，「但我想我們必須把這件事留到稍後再繼續討論。檢測魔杖儀式就快要開始了，要是我們有一位鬥士還躲在掃帚櫥裡的話，儀式就沒辦法開始舉行。」

哈利非常高興能夠擺脫掉麗塔．史譏，他等鄧不利多話一說完，就連忙快步趕回房間。其他鬥士們此刻全都坐在門邊的椅子上，他趕緊走過去坐到西追旁邊，抬頭望著前方那張鋪著天鵝絨布的桌子，其他四名評審已全都坐在那裡等待——卡卡夫教授、美心夫人、柯羅奇先生，以及魯多．貝漫。麗塔．史譏走到角落坐下來，哈利看到她偷偷摸摸地把羊皮紙從手提袋裡重新掏出來，攤開來擱在她的腿上，把速記筆尖放在嘴裡含了一會，再一次把它豎直放到羊皮紙上。

「現在我可以向大家介紹奧利凡德先生了嗎？」鄧不利多坐到評審桌邊，對鬥士們說，「他將會仔細檢查各位的魔杖，好在比賽開始前，先確保這些魔杖全都處於最佳狀態。」

哈利環顧四周，看到一名有著一對淺色大眼睛的老巫師，正安安靜靜站在窗邊，他心裡猛然一驚。哈利過去就見過奧利凡德先生——三年多以前，哈利就是在斜角巷中，從這位魔杖製造商手中買下他的魔杖。

「戴樂古小姐，能不能請妳先把魔杖拿過來？」奧利凡德先生走到教室中間的空地說。

花兒．戴樂古昂首闊步地走到奧利凡德先生面前，把魔杖交給他。

「嗯……」他說。

他像耍儀仗似地用他那長長的手指轉動魔杖，它立刻冒出許多粉紅色和金色的火花。接著他再把它貼到眼前，非常仔細地檢查。

「是的，」他輕聲說，「九吋半長……質地堅硬且不易彎曲……木材是花梨木……裡面有一根……我的天哪……」

「一根死去迷拉的頭髮，」花兒說，「者是窩外婆的頭髮。」

所以花兒真的**有**迷拉的血統，哈利心想，暗暗決定待會一定要把這件事告訴榮恩……但接著他就想起，榮恩現在已經不跟他說話了。

「是的，」奧利凡德先生說，「是的，不過我自己是絕不會使用迷拉的頭髮。我發現用它做出來的魔杖，脾氣相當不穩定……但話說回來，個人有個人的偏好，只要這根魔杖跟妳可以合得來……」

奧利凡德先生用手指撫過魔杖，顯然是在檢查上面是否有擦痕或是突起物，然後他低聲念道：「噗噗蘭！」魔杖尖端突然迸出了一束花。

「非常好，非常好，它的功能相當良好。」奧利凡德先生說，一把抓起花束，再把花束跟魔杖一起還給花兒，「迪哥里先生，輪到你了。」

花兒踏著輕悄的腳步返回座位，並對跟她擦身而過的西追嫣然一笑。

「啊，這根是我的作品，對不對？」奧利凡德先生說，他接過西追的魔杖，態度顯得比剛才熱心多了，「是的，我記得這根魔杖。裡面的獨角獸毛，是我從一頭出奇漂亮的公獨角獸尾巴上拔下來的……那根毛少說也有十七手寬長，我一拔下牠的尾毛之後，牠氣得差點用角刺我呢。十二又四分之一吋長……材料是梣木……彈性十足且柔韌順手，狀況十分良好……你有定期保養是吧？」

「昨天晚上才剛替它打磨上光。」西追咧嘴笑道。

哈利低頭望著他自己的魔杖，他可以看到上面布滿了指痕。他一把抓起腿上的長袍，想要偷偷把它擦乾淨，魔杖尖端隨即冒出了好幾個金色火花。花兒・戴樂古用一種非常高傲的鄙夷神情瞄了他一眼，他立刻打消了這個念頭。

奧利凡德先生用西追的魔杖，射出一串緩緩飄過室內的銀色煙圈，表示對它的功能相當滿意，接著開口說：「喀浪先生，請你過來。」

維克多．喀浪站起來，垂頭彎腰地走向奧利凡德先生，仍是那副削肩膀和外八字的模樣。他猛然遞出他的魔杖，然後就把雙手插到長袍口袋裡，站在那裡蹙眉瞪視。

「嗯……」奧利凡德先生說，「這應該是葛果羅威的作品，我沒弄錯吧？他的確是一位優秀的魔杖製造者，但至於他的造型風格呢，我卻從來都不……不過……」

他舉起魔杖，湊在眼前不停地轉動，非常仔細地檢查。

「是的……角木與龍的心弦是吧？」他瞄了喀浪一眼，而喀浪點點頭，「比平常看到的粗了一些……感覺有點僵硬……十又四分之一吋長……飛飛禽！」

那根角木魔杖發出一聲如槍響般的爆炸聲，接著就從魔杖尖端飛出一大群吱吱喳喳的小鳥，穿越窗戶飛入水溶溶的陽光中。

「好，」奧利凡德先生說，把魔杖還給喀浪，「現在只剩下……波特先生。」

哈利站起來，越過喀浪走向奧利凡德先生。他遞出自己的魔杖。

「啊啊，是的，」奧利凡德先生說，他那對無色的眼睛突然綻放出閃亮的光芒，「是的，是的，是的，我記得非常清楚。」

哈利同樣也記得當時的情景，他的記憶清晰得就像昨天才發生似的……

四年前，在他十一歲生日當天，他和海格一同踏入奧利凡德先生的店去買魔杖。奧利凡德先生先替他量身，然後就開始讓他試魔杖。哈利記得自己好像把整個商店的魔杖全都揮過一遍，最後才好不容易找到一根適合他的魔杖——那就是他現在遞出的這根魔杖，是用冬青木製成，有十一吋長，裡面有一根鳳凰尾羽。當時奧利凡德先生非常驚訝哈利竟然能跟這根魔杖這麼合得來，「真稀奇，」他那時連連嘆道，「……真是稀奇。」哈利問他是什麼事讓他覺得稀奇時，奧利凡德先生才吐露實情，告訴哈利說他魔杖中的鳳凰尾羽，和佛地魔王魔杖中的魔法物質，事實上是來自於同一隻鳳凰。

哈利從來沒把這件事告訴過任何人。他非常喜歡他的魔杖，而他自己是認為，它跟佛地魔那根魔杖的關係，是一種無法改變也莫可奈何的事實——就像他自己跟佩妮阿姨的血緣關係一樣。但儘管如此，他還是非常希望奧利凡德先生千萬不要在房中所有人的面前提起這件事。他有一種怪異的感覺，總覺得奧利凡德先生要是說出這件事，麗塔．史譏的速記筆說不定會興奮地爆炸咧。

奧利凡德先生花在檢查哈利魔杖的時間，比其他任何人都要長上許多。不過，在他讓魔杖噴出一道酒泉之後，終於把魔杖還給哈利，並宣布說它目前的狀況依舊完美無缺。

「謝謝大家，」坐在評審桌邊的鄧不利多站起來表示，「現在你們可以回去上課了——對了，既然都已經快下課了，那你們就乾脆直接去吃晚餐好了——」

哈利心想，今天總算還碰到了一件好事，他站起身來準備離去，但那個握著黑相機的人卻跳了起來，並大聲清清喉嚨。

「拍照，鄧不利多，要拍照啊！」貝漫興奮地喊道，「所有評審和鬥士們全都來拍張合照吧。妳覺得怎麼樣呀，麗塔？」

「呃——好的，我們就先拍合照好了，」麗塔．史譏說，她的目光落到哈利身上，「然後呢，也許我們再來分別拍幾張獨照。」

拍照花了非常長的時間才宣告結束。美心夫人不論站在哪裡，其他所有人全都會被她的影子遮住，而攝影師不管退到多後面，也沒辦法將她的全身納入鏡頭。最後只好請她坐下來，讓其他人站在她四周。卡卡夫不斷用手指捲他的山羊鬍，好讓它的弧度翹得更漂亮一些。哈利原本以為喀浪對這種場面早就習以為常，但他卻出乎意料地悄悄躲到其他人背後。攝影師好像非常想讓花兒站在最前面，但麗塔．史譏卻老是快步趕上前來，把哈利拉到較醒目的位置。然後她又堅持要替每一位鬥士分別拍幾張獨照。過了許久之後，他們才終於獲准離開。

哈利下樓去吃晚餐。妙麗並沒有出現——他猜想她大概是仍待在醫院廂房裡治療她的牙齒。他坐在餐桌尾端獨自用餐，然後他想到他還有一大堆額外的召喚咒作業沒做，於是他起身返回葛來分多塔。他一回到寢室就遇到了榮恩。

「有隻貓頭鷹送信給你。」哈利一走進房間，榮恩就沒頭沒腦地拋過來一句。他指著哈利的枕頭，那隻學校的草鴞正在那裡等著他。

「喔——好。」哈利說。

「還有我們明天晚上得去接受勞動服務，在石內卜的地牢。」榮恩說。

他一說完就直接走出房間，連看都沒看哈利一眼。在那一刻，哈利考慮要追出去找榮恩——但卻無法確定自己究竟想要跟他談談，還是狠狠揍他一頓，這兩樣似乎都相當令人心動——但天狼星回信的誘惑力實在是太強了，哈利大步走向那隻草鴞，將牠綁在腿上的信解下來，攤開來閱讀。

哈利：

我沒辦法把想說的事全寫在這封信裡，這麼做實在是太冒險了，萬一這隻貓頭鷹被中途攔截怎麼辦——我們必須面對面談談。你是否可以確定在十一月二十二日凌晨一點，能獨自待在葛來分多塔的爐火邊呢？

我比所有人都清楚，你絕對有能力照顧自己，而且有鄧不利多和穆敵待在你身邊，我想也沒有任何人能夠傷害到你。但話說回來，現在好像已經有某個人做了一次相當成功的嘗試。要讓你參加那場鬥法大賽，特別是在鄧不利多面前，他必須冒非常大的風險才能辦得到。

盡量保持警覺，哈利。我還是希望你能繼續把所有不尋常的事情全都告訴我。關於十一月二十二日的事情，不論可不可行都請盡快通知我。

天狼星

19 匈牙利角尾龍

在接下來的兩個禮拜，能夠跟天狼星見面交談的期待，是支撐哈利繼續熬下去的唯一力量，那就像是地平線上唯一不曾越變越黑的光點。現在他已從赫然發現自己成為學校鬥士的震驚中稍稍恢復過來，但他對於那些他所即將面對事物的恐懼，卻開始變得日漸清晰強烈。第一項任務的進行日期逐漸逼近，他感到它彷彿像是某種潛伏在他前方的恐怖怪獸，阻擋住他的去路。他以前從來沒有過這麼緊張膽怯的感覺，這跟他過去在魁地奇比賽前的感覺可說是天差地別，甚至連他在最後那場跟史萊哲林爭奪魁地奇冠軍決賽前的心情，跟現在比起來也只是小巫見大巫。哈利發現自己完全沒辦法去思考未來，他感到他這一生似乎全都是在為了執行第一項任務做準備，而他的生命同樣也將會在此結束……

他必須承認，他實在看不出天狼星能用什麼方法，讓他覺得好過一些，畢竟他得在好幾百人面前，施展一種情況不明、卻又困難危險的魔法。在目前這種艱難的時刻，只要能瞥見一張友善的面孔，就足以讓他感到莫大的安慰。哈利回信給天狼星，表示他會在天狼星指定的時間，坐在交誼廳的爐火邊等待。他和妙麗兩人花了非常多的時間，反覆討論各種在預定時間當晚強迫其他人離開交誼廳的計畫。要是情況真的大大不妙，他們就只好扔出一整袋的屎炸彈，但他們希望最好是不用亮出這最後絕招——否則飛七一定會活剝他們的皮。

在這段期間，哈利在城堡的日子，甚至變得比先前更難捱了，這是因為報上登出了麗塔·史譏那篇關於三巫鬥法大賽的報導，這篇文章根本就不像是在報導鬥法大賽，反而變成了關於哈利多采多姿一生的人物專訪。哈利的獨照就占了頭版的大半空間，文章（從頭版一直延續到第二、第六，與第七版才宣告結束）內容全都是在講哈利一個人，波巴洞和德姆蘭鬥士（兩人的名字都拼錯）的名字一直壓到文章最後一行才一筆帶過，而西追這個人更是根本連提都沒提到。

這篇文章是在十天前刊出的，但哈利直到現在，每當一想到這件事，胃中仍會出現一種隱隱作嘔、如燒灼般的恥辱感。麗塔·史譏還在報導中引用了一大堆他說的話，這些話他這輩子壓根兒連聽都沒聽過，更別說是在那個掃帚櫥裡跟一個陌生人傾吐了。

「我想我的力量是來自於我的雙親，而我知道，他們現在要是能看到我的話，一定會為我感到萬分驕傲……是的，有時我仍會在深夜裡偷偷為他們哭泣，我可以毫不羞恥地承認這一點……我知道在這場鬥法大賽中，沒有任何事可以傷害到我，因為他們會在天堂守護著我……」

但麗塔·史譏還不只是把他的「呃」轉換成又長又噁心的句子，她同時還去訪問其他人，叫他們談談他們眼中的哈利。

哈利終於在霍格華茲找到了真愛。他的好友柯林·克利維表示，哈利跟一名叫做妙麗·格蘭傑的女生幾乎可說是形影不離。這位出生於麻瓜家庭、美若天仙的女孩，就跟哈利一樣，也是學校出類拔萃的高材生之一。

自從這篇文章登出來以後，哈利就必須忍受人們——主要是史萊哲林的學生——嘲弄，他們老是在他經過的時候，當著他的面大聲引述文章裡的話，並加以冷嘲熱諷。

「要不要拿一條小手絹呀，波特，免得你在上變形學時又哭出來了。」

「你什麼時候變成學校的高材生啦，波特？難道你跟隆巴頓兩人成立了一所新學校嗎？」

「嘿——哈利！」

「沒錯，就是這樣，可以了吧？」哈利赫然發現自己在大吼，他在走廊上急急回過身來，他已經忍無可忍了。「我剛才為了我死去的母親哭紅了眼，現在我還要痛哭一場……」

「不——我只是——你的羽毛筆掉了。」

是張秋，哈利感到自己的臉開始泛紅了。

「喔——好——對不起。」他囁嚅地說，把筆從地上撿起來。

「呃……那就祝你禮拜二好運囉，」她說，「我真的很希望你能在比賽中有出色的表現。」

這讓哈利覺得自己簡直就是大白痴。

妙麗同樣也遇到許多不愉快的經驗，但她可沒失態到對無辜路人大吼大叫的地步。事實上，她在處理這類事的表現，實在是讓哈利感到佩服至極。

「**美若天仙？她嗎？**」潘西．帕金森在麗塔那篇文章登出來之後，在校園中跟妙麗相遇時就立刻尖聲叫道，「那個記者到底是拿她跟誰比呀——難道是花栗鼠嗎？」

「不用理會這些事情，」妙麗用一種高貴的語氣說，並把頭仰得高高的，昂首闊步地經過那群吃吃竊笑的史萊哲林女生身邊，彷彿根本就沒有聽到她們說的話似的，「真的別理他們就好了，哈利。」

但哈利就是沒辦法不理這些事情。榮恩自從上次通知他到石內卜那裡去進行勞動服務之後，就再也沒有跟他說過一句話。哈利本來還希望，在他們被強迫關在石內卜的地牢，一起醃老鼠腦的兩個鐘頭中，或許能讓他們兩人重新和好，但麗塔的文章偏偏選在那天登出來。那讓榮恩更加肯定，哈利這個人真的非常愛出風頭。

妙麗很氣他們兩個人，她不停在他們之間往來奔走，試著強迫他們跟對方說話，但哈利的態度非常堅決：除非榮恩願意承認哈利並沒有自己把名字扔進火盃，並為罵他說謊這件事向他道歉，否則他絕對不會再開口跟榮恩說一句話。

「又不是我先開始跟他吵的，」哈利固執地表示，「那是他自己的問題。」

「但你想他呀！」妙麗急躁地說，「而我**知道**他也在想你——」

「**想他**？」哈利說，「鬼才會**想他**……」

這是個不折不扣的謊言。哈利非常喜歡妙麗，但她畢竟還是跟榮恩很不一樣。當妙麗變成你最好的朋友時，就表示你胡鬧大笑的機會少了許多，並且有大半時間全都得泡在圖書館裡面。哈利仍然沒學會召喚咒，他覺得自己跟那個咒語之間，似乎有著某種無法突破的阻礙，而妙麗堅持要他去多念些理論，她認為這可以幫助他改善目前的狀況。因此在午休時間，他們經常花許多時間埋首研讀書籍。

維克多·喀浪同樣也是一天到晚都泡在圖書館裡，哈利不禁暗暗猜想，他這麼做究竟有什麼目的。他是到這裡來念書，還是為通過第一項任務來找一些有用的資料？妙麗常常抱怨說喀浪幹嘛也要到圖書館來——這並不是說他會干擾到他們，而是因為只要他人在這裡，附近就隨時都可能會突然冒出一群吃吃傻笑的女生，躲在書架後面偷窺他的一舉一動，而妙麗覺得這種吵鬧聲讓她不能專心看書。

「他根本長得一點也不帥！」她生氣地低聲數落，並怒目瞪視喀浪瘦削的側面，「她們完全是因為他很有名才會喜歡他！他要是不會做那個什麼龍屎雞爪變化之類的花招，她們根本連看都不會多看他一眼……」

「是隆斯基詐騙法。」哈利說，但他這句話是從齒縫中迸出來的。這不僅只是因為他急著想要去糾正妙麗的魁地奇術語，而是當他想到，榮恩若是聽到妙麗口中吐出「龍屎雞爪變化」這麼可笑的話，臉上會出現什麼樣的表情時，他的心中就不禁感到一陣劇烈的痛楚。

* * *

奇怪的是，當你非常畏懼某種事物，並甘願拿任何東西來做交換，好求時間過得慢一些時，它卻偏偏跟你作對，反而比平常過得更快。從現在到第一項任務之間的日子飛快地流逝，彷彿是有人偷偷把時鐘調快了一倍似的。哈利不論走到哪裡，總是有一種無法控制的恐慌感如影隨形地跟著他不放，簡直就跟他們針對《預言家日報》那篇報導對他的冷嘲熱諷一般，可說是片刻不離、無所不在。

第一項任務前的那個週六，學校批准讓所有三年級以上的學生到活米村去度週末。妙麗對哈利說，暫時離開城堡去散散心對他是有好處的，哈利自然是求之不得。

「那榮恩呢？」他說，「妳不想跟他一起去嗎？」

「喔……好吧……」妙麗的臉微微泛紅，「我想我們說不定會在三根掃帚碰到他……」

「算了。」哈利斷然表示。

「喔，哈利，這樣真的很蠢——」

「我會去，但我可不想跟榮恩碰面，而且我要穿隱形斗篷去。」

「喔，那就隨便你吧……」妙麗厲聲說，「我真的很討厭跟穿著隱形斗篷的你說話，我永遠都不曉得我的眼睛到底是不是正對著你。」

於是哈利到寢室穿上隱形斗篷，下樓和妙麗一起到活米村。

哈利在隱形斗篷底下覺得特別地輕鬆自在，他們踏進活米村的時候，他望著那些從他們身邊走過的其他學生。他們大部分都戴著「支持**西追．迪哥里**」的徽章，但跟以前不一樣的是，這次並沒有任何人對他發動惡意的攻擊，而且也沒人在他面前引述那篇愚蠢的文章。

「一直有人在看**我**，」不久之後，當他們從蜂蜜公爵糖果店走出來，啃著大塊的奶油夾心巧克力時，妙麗滿臉不高興地表示，「他們都以為我是在自言自語。」

「那妳嘴巴就不要動得那麼厲害嘛。」

好了啦，拜託你暫時把隱形斗篷脫掉好不好？在這裡根本就不會有人來煩你。」

「喔，是嗎？」哈利說，「妳回頭看看吧。」

麗塔．史譏和她的攝影師朋友，剛從三根掃帚酒吧中走出來。他們低聲交談著走過妙麗身邊，連看都沒看她一眼。哈利連忙退到蜂蜜公爵的牆邊，免得被麗塔．史譏的鱷魚皮手提袋打到。

等他們走遠之後，哈利才開口說：「她現在就待在這個村子裡，我敢說她一定是想來看我們執行第一項任務。」

這句話一說出口，他的胃中就湧出一股如熔岩般的驚恐狂潮。他過去從來沒提起過這件事，他和妙麗很少會討論到第一項任務的內容。他隱隱有種感覺，這件事她好像連想都不願去想。

「她走了，」妙麗說，目光透過哈利直接望著大街的盡頭，「我們先到三根掃帚去喝杯奶油啤酒吧。這裡有點冷，是不是？我又不是叫你去跟榮恩說話！」她暴躁地加上一句，顯然是完全猜中了哈利沉默背後的含意。

三根掃帚裡面擠滿了人，主要是過來享受悠閒午後時光的霍格華茲學生，但同樣也有許多哈利在其他地方很少看到的各種魔法族群。哈利猜想，大概是因為活米村是全英國唯一居民全都是巫師的村莊，所以它對老巫婆那類不像巫師那麼善於偽裝的生物，多多少少可以算是一個安全的避難所。

身上若是穿著隱形斗篷，要擠過人群，就會變成一件非常困難的事。萬一你不小心踩到某個人，很可能會替自己惹上麻煩。哈利側身慢慢移向放在角落的一張空桌，妙麗則負責去買飲料。哈利在穿越酒吧途中瞥見了榮恩，他跟弗雷、喬治和李．喬丹坐在一起。哈利往前走去，努力克制住心中那股伸手往榮恩後腦勺狠狠戳上一下的衝動，最後終於走到餐桌邊坐了下來。

過了一會，妙麗也走過來坐下，並偷偷往他斗篷下塞了瓶奶油啤酒。

「我看起來簡直像個白痴，一個人呆呆坐在這裡。」她低聲埋怨，「幸好我帶了些東西過來做。」

接著她就掏出了一本用來記錄小精靈福進會會員名單的筆記本。哈利看到在那行短得驚人的名單最上方，列著榮恩和他自己的名字。當初他和榮恩兩人坐在那裡一起胡謅預言，而妙麗突然出現，指派他們兩人擔任秘書和會計的情景，似乎已經是非常非常久以前的事了。

「你知道嗎，也許我現在應該找幾個村民來參加小精靈福進會。」妙麗環顧酒吧中的人群，若有所思地說。

「是呀，沒錯，」哈利說，他躲在斗篷底下灌了一大口奶油啤酒，「妳究竟要到什麼時候才會放棄小精靈福進會？」

「直到家庭小精靈能享有合理的工資和工作環境為止！」妙麗悄聲答道，「你知道嗎？我正考慮要開始採取更直接的行動，你曉不曉得學校的廚房要怎麼去呀？」

「不清楚，妳去問弗雷和喬治好了。」哈利說。

妙麗一言不發地陷入沉思，而哈利在一旁一面喝奶油啤酒，一面欣賞酒吧中的人群。他們看起來全都非常輕鬆愉快。阿尼．麥米蘭和漢娜．艾寶坐在他們隔壁桌，交換巧克力蛙的卡片，兩人的斗篷上都戴著「**支持西追．迪哥里**」的徽章。他看到張秋和一大群她那些雷文克勞的朋友，坐在一張靠近門的餐桌邊，但她身上並沒有戴那個「**西追**」的徽章……這讓他的心情稍微好了一些……

如果他能變成這些人中的一分子，坐在那裡跟他們一起高聲談笑，除了功課之外，完全不用為其他任何事情擔心，他寧願放棄一切事物。他想像，要是火盃**沒有**吐出他名字，他現在在這裡會是什麼樣的感覺。首先呢，他就不用穿著隱形斗篷，而榮恩也會跟他坐在一起。他們三個人說不定會一起快樂地猜測，學校鬥士在星期二將會面對什麼樣具有致命的危險任務。他會對這充滿了期待，想要看到他們去執行那不可知的任務……安安全全地坐在看台最後排，跟其他人一起為西追加油打氣……

他很好奇其他鬥士們現在心裡是什麼樣的感覺。最近他每次碰到西追，這位帥哥身邊總是圍了一大群愛慕者，臉上的神情顯得既緊張又興奮。哈利偶爾會在走廊上瞥見花兒．戴樂古，她看起來依然是她平常那副高傲冷靜的模樣，而喀浪只是成天窩在圖書館裡埋首研究書籍。

哈利想到了天狼星，他胸腔中那個緊密的死結，似乎微微鬆脫了一些。再過十二個鐘頭就可以跟他交談了，因為今晚就是他們約定在交誼廳爐火前碰面的夜晚——只要一切順利，千萬不要像近來的所有事情，在中途出了差錯……

「你看，是海格欸！」妙麗說。

海格毛茸茸大頭的後腦勺——他終於大發慈悲地放棄了那種綁兩個馬尾的怪髮型——從人潮中冒了出來。哈利覺得奇怪，海格的塊頭這麼大，自己怎麼過這麼久才發現到他。但接著哈利就小心翼翼地站起來，而他這才看清，原來海格剛才正俯下身跟穆敵教授說話。海格面前跟往常一樣，擱著一個大啤酒杯，但穆敵卻一如以往地用他自己的扁平小酒瓶喝酒。那個漂亮的女老闆羅梅塔夫人，好像很瞧不起他這種行徑：當她到他們隔壁桌收杯子的時候，她非常不以為然地斜睨了穆敵一眼。也許她覺得，這種舉動對她的香料熱酒來說是一種莫大的侮辱，但哈利對穆敵的行為稍稍有些理解。穆敵在上一堂黑魔法防禦課中，對全班同學表示，不管是在什麼時候，他都寧可自備食物飲料，因為黑巫師若想在一杯沒人盯著的飲料裡下毒的話，實在是有太多機會了。

就在哈利望著他們的時候，他看到海格和穆敵站起來準備離去。他朝他們揮手，然後才想到海格根本就看不見他。然而穆敵卻停下腳步，他的魔眼轉向哈利站立的角落。他往海格的後腰（因為他沒辦法拍到海格的肩膀）上輕輕拍了一下，並低聲對海格說了幾句話，然後他們兩人就重新折回來越過酒吧，走向哈利和妙麗坐的餐桌。

「好嗎，妙麗？」海格大聲說。

「哈囉。」妙麗笑著回答。

穆敵一跛一跛地繞過餐桌，彎下身來。哈利本來還以為他是在看那本小精靈福進會筆記本，但接著他就低聲說：「這斗篷不錯，波特。」

哈利大吃一驚地凝視著他。從這只隔幾吋的近距離看來，他鼻子上的大缺口，顯得格外地怵目驚心。穆敵咧嘴微笑。

「你可以看出——我的意思是，你可以——？」

「沒錯，是有一些可以看透隱形斗篷的方法，」穆敵平靜地說，「而我可以告訴你，這有時候還挺管用的哩。」

海格同樣也笑咪咪地望著哈利。哈利知道海格看不見他，但穆敵顯然有告訴海格，哈利人是躲在哪裡。

海格現在也有樣學樣，彎下腰來假裝在看小精靈福進會筆記本，並用只有哈利一個人才能聽得見的耳語說：「哈利，今晚午夜到小木屋來找我，記得要穿隱形斗篷。」

海格挺起身來，大聲說：「真高興見到妳，妙麗。」接著就眨眨眼，轉身離去，穆敵跟著他一同走出酒吧。

「他幹嘛要我半夜去找他？」哈利非常驚訝地問道。

「他要你去找他？」妙麗露出震驚的神情說，「不知道他到底又有什麼事？我不知道你是不是應該去找他，哈利……」她緊張地環顧四周，然後悄聲說，「這說不定會讓你趕不上跟天狼星的碰面呢。」

妙麗說得沒錯，若是他在午夜時先下樓去找海格，再趕回來赴天狼星的約，時間可說是非常緊。妙麗提議派嘿美送封信，告訴海格說他不能去——她一定以為嘿美會願意替他送信——不過，哈利卻認為，不論海格找他是為了什麼事，他最好還是先去一趟，再馬上趕回來比較妥當。他非常想知道那到底是怎麼回事，海格從來沒要哈利在深夜去找過他。

＊＊＊

當晚十一點半，假裝早早上床就寢的哈利又重新披上隱形斗篷，悄悄溜下樓，穿越交誼廳。交誼廳裡仍坐著幾名學生，克利維兄弟不知從哪裡弄來了一大堆「**支持西追‧迪哥里**」的徽章，正在設法用魔法將上面的字跡改成「支持**哈利波特**」。但到目前為止，他們只是讓字跡卡在「**波特是大爛貨**」那裡無法動彈。哈利躡手躡腳地經過他們身邊，走到畫像洞口前，不停地低頭看錶，等了一分鐘左右。然後妙麗按照計畫，從外面替他打開胖女士畫像。他悄悄從她身邊溜過去，輕聲說了句：「多謝！」就開始動身穿越城堡。

校園中一片漆黑，哈利步下草坪，朝海格小木屋的閃亮燈光走去。那輛巨大的波巴洞馬車裡同樣也亮著燈光，哈利敲響海格家大門時，可以聽到美心夫人在車中講話的聲音。

「你來了嗎，哈利？」海格打開大門，東張西望地悄聲問道。

「沒錯，」哈利說，悄悄溜進小木屋，掀開隱形斗篷的帽子，「什麼事？」

「要帶你去看些東西。」海格說。

海格看起來興奮得要命，他的鈕釦孔裡插了一朵活像是超大朝鮮薊的花。看來他似乎已不再往頭上抹機油，但仍然試著想要把頭髮梳整齊些——哈利可以看到他頭髮上纏了幾根斷掉的梳齒。

「你要帶我去看什麼？」哈利謹慎地問道，暗自揣測究竟是釘蝦剛下了蛋，還是海格又在酒吧裡向陌生人買了另一隻巨大的三頭狗。

「跟我來吧，記得不要出聲，也別把隱形斗篷脫掉。」海格說，「這次我們不帶牙牙去，他不會喜歡的……」

「聽我說，海格，我不能待太久……我必須在一點以前回到城堡——」

但海格根本就沒在聽，他自顧自地打開木屋大門，大步踏入夜色之中。哈利連忙跟過去，卻大吃一驚地發現，海格竟然帶著他走向波巴洞的馬車。

「海格，什麼？——」

「噓！」海格說，並伸手往那扇鑲著兩根交叉金魔杖圖案的門上敲了三下。

美心夫人打開車門，她用絲綢披肩裹住她那寬大的肩膀，她一看到海格就露出微笑說：

「啊，矮格……時間到了嗎？」

「Bong-sewer[7]。」海格用不標準的法語說，並伸手攙她走下金梯。

美心夫人關上車門，海格對她伸出手臂，他們就這樣手挽著手，繞過那個圈養美心夫人巨大天馬的小牧場。被愛情沖昏了頭的海格，花了極大心力將牠們照顧得無微不至。難道海格要帶他看的就是美心夫人嗎？但他若是想看的話，隨時都可以看到她呀……何況她又不算是什麼不容錯過的奇景……

美心夫人好像只不過是跟哈利受到同樣的邀請，因為過了一會之後，她半開玩笑地問道：

「你要呆我去哪裡呀，矮格？」

「妳一定會喜歡的，」海格啞聲說，「相信我，真的很值得一看，只不過——妳可千萬別跟別人說我帶妳去看過，好嗎？妳本來是不應該知道這件事的。」

「窩當然不會啦！」美心夫人眨著她黑色的長睫毛說。

他們又繼續往前走，哈利在他們後面追著跑，每隔不久就低頭看錶，脾氣變得越來越暴

7. 海格想說法語的「Bonsoir」，意思是「晚安」。

躁。海格腦袋裡有個異想天開的蠢計畫，而這很可能會害他錯過跟天狼星的約會。要是他們再不快點到達目的地的話，他就要掉過頭直接返回城堡，讓海格自己留在這裡慢慢跟美心夫人一起月下散步好了……

然後——此時他們已沿著森林邊緣繞了大半個圈，城堡與湖泊全都失去蹤影——哈利聽到了某種聲音。前方傳來男人的喊叫聲……接著又響起一陣驚天動地、震耳欲聾的咆哮……

海格領著美心夫人繞過一叢樹林，停了下來。哈利連忙趕到他們身邊——在那一瞬間，他還以為看到的是幾堆烽火，另外還有許多男人在火堆四周衝來衝去——接著他的嘴巴就大大張開。

龍。

四頭完全長成、巨大且長相兇惡的龍，正在一個用粗厚木板圈起來的圍場中，用後腿挺起身體，不停地咆哮與噴著鼻息——牠們高高昂起離地五十呎的長脖子，從長滿尖牙的血盆大口中噴出熊熊烈火，射入漆黑的天空。一隻有著長長尖角的銀藍色龍，齜牙咧嘴地朝著地上的巫師狺狺怒吼；一隻渾身布滿平滑綠鱗的龍，正使盡力氣拚命扭動身軀並狠狠跺腳；一隻臉孔邊鑲了圈金穗般怪鬚的紅龍，仰頭往空中噴出一朵蕈狀火雲；而距離他們最近的那隻龐大黑龍，跟牠的同伴們一比，看起來反倒比較像是一頭蜥蜴。

現場至少有三十名巫師，每七、八個人對付一頭龍，他們現在正忙著拉扯那些綁在龍粗厚皮項圈與腳圈上的鐵鍊，試著想要控制住牠們。哈利像被催眠似地抬起頭來，望著高空，他看到了那隻黑龍的眼睛，牠的瞳孔就像貓般瞇成一條細縫，但眼珠子卻瞪得暴凸出來。他無法分辨出那究竟是因為憤怒還是恐懼……牠發出一種恐怖的聲音，一聲長而淒厲的尖叫……

「別靠太近，海格！」一名靠近柵欄的巫師一面喊，一面用力扯動鐵鍊，「牠們噴火的射程可以高達整整二十呎，懂了吧！我還看過這頭角尾龍噴火噴到四十呎外呢！」

「牠不是很美嗎？」海格柔聲說。

「這樣不行！」另一名巫師喊道，「用昏擊咒吧，我數到三！」

哈利看到每一個馴龍人全都掏出魔杖。

「咄咄失！」他們齊聲叫道，而昏擊咒如同炙熱火箭般竄入黑暗，在空中爆出一陣火雨，灑落到龍布滿鱗片的獸皮上——

哈利看到那頭距離他們最近的龍，靠後腿站立危險地搖晃了一會，牠突然發出一聲無聲的嚎叫，接著下巴就整個垮了下來。牠的鼻孔也在突然間停止噴火，但仍在冒煙——然後牠非常緩慢地倒落下來——這隻重達好幾噸、肌肉結實、渾身布滿黑鱗的龍，砰地一聲重重摔落到地上。哈利十分確定，背後的樹林鐵定都被牠震得連連搖晃。

那些馴龍人放下魔杖，走向他們負責照料的那四頭倒在地上的巨龍，每一頭龍的體積，都大得活像是座小山。他們趕過去綁緊龍身上的鐵鍊，並將鏈子安全地繫在鐵樁上，接著再揮動魔杖，讓鐵樁深深陷入土中。

「想靠近點兒看嗎？」海格興奮地詢問美心夫人。他們兩人直接走向柵欄，哈利也跟著一起走過去。那個剛才警告海格別再靠近的巫師轉過身來，哈利這才看出他是誰——查理・衛斯理。

「還好嗎，海格？」他走上前來，氣喘吁吁地問道，「牠們現在應該不會再鬧了——我們在到這裡來的路途上，用安眠藥水讓牠們暫時昏睡，我們本來是以為，若是讓牠們在黑暗安靜的地方醒過來，情況也許會比較好些——不過呢，你剛才也看到了，牠們很不高興，一點也不高興——」

「你們運到這兒來的龍，都是些什麼樣的品種呀，查理？」海格帶著一種幾乎可說是崇敬的表情，凝視那頭離他們最近的龍——也就是那頭黑龍。牠的眼睛依然是睜開的，哈利可以看到，在牠那多皺紋的黑色眼瞼下，有著一條閃爍發光的黃線。

「這是一頭匈牙利角尾龍，」查理說，「那邊那一頭，那頭最小的是威爾士綠龍——那頭藍灰色的是瑞典短吻龍——另外還有一隻中國火球龍，就是那頭紅色的。」

查理環顧四周，美心夫人正繞著圍場邊緣緩緩走動，打量那些駭人的龍。

「我不曉得你要帶她一起過來，海格。」查理皺著眉頭說，「照理說鬥士不應該知道他們即將面對的是什麼樣的任務——但她一定會把這告訴她的學生，是不是？」

「我只想到，她應該會喜歡看這些龍。」海格聳聳肩說，仍帶著狂喜的表情凝視著牠們。

「這還真是個浪漫的約會呢，海格。」查理搖著頭說。

「四隻……」海格說，「所以是每個鬥士對付一隻囉，對不對？他們到底得做什麼呀——跟龍作戰嗎？」

「我想應該只是從牠們身邊經過就行了，」查理說，「我們會在旁邊隨時待命，若是發現情況不妙的話，就立刻施展熄火咒。他們特別指定要用正在孵蛋的母龍，我不懂這是為了什麼……但我可以告訴你，我可真同情那個得對付這頭角尾龍的鬥士，這傢伙非常難纏，牠後面的尾巴，就跟前面的利牙利爪一樣危險，你看。」

查理指著那頭角尾龍的尾巴，哈利看到上面每隔數吋，就突起一根青銅色的長長稜刺。

五名查理的同伴，現在同心協力地抓著一張上面放著一窩花崗岩灰巨蛋的大毯子，踉踉蹌蹌地走過來。他們將這窩蛋小心翼翼放到角尾龍旁邊，海格發出一聲渴望的呻吟。

「這些蛋我已經數過了，海格，」查理嚴厲地表示，然後他又開口問道：「哈利好嗎？」

「好呀。」海格答道，他仍在目不轉睛地凝視那些龍蛋。

「我只希望他在面對這場危險之後，還能夠平平安安，」查理嚴肅地說，抬頭眺望圈養巨龍的圍場，「我根本不敢告訴我媽，他的第一項任務究竟是要做什麼，她本來就已經在替他緊張得要老命了……」查理尖起嗓子，模仿他母親擔憂的語氣，「『他們怎麼可以讓他參加那種比賽，他年紀這麼小！我本來還以為他們全都會非常安全，我本來還以為這應該會有年齡限制！』在《預言家日報》登出那篇關於哈利的文章之後，她就一天到晚念個不停。『他直到現在還會為他的父母親哭泣！喔，上帝祝福他，我竟然從來不曉得！』」

哈利再也聽不下去了。他知道海格現在的心思，已完全被這四頭龍和美心夫人所占據，他在不在這裡，海格根本就無所謂，於是他默默轉過身來，開始走回城堡。

現在他已經看到即將面對的事物，卻分不清自己心裡到底高不高興。也許這樣比較好吧，第一眼的震驚此刻已漸漸平息。

要是一直到星期二才看到那些龍的話，他或許會在全校師生面前昏死過去……說不定不管怎樣他還是會昏倒……他會用他的魔杖——現在那根本就像根細細的木棒——做武器，來對抗一頭高達五十呎、渾身布滿鱗片與尖刺，而且還會噴火的巨龍。他必須設法衝破龍的防守飛過去，大家都會盯著他瞧，這到底要**怎麼**通過呀？

哈利加快腳步，繞過森林邊緣。他得在十五分鐘之內，趕回交誼廳的爐火邊，去跟天狼星碰面交談。他完全不記得，這輩子曾有哪次像現在這麼渴望跟某個人說話——接著在毫無預警的情況下，他突然撞到了某個非常堅硬的東西。

哈利連眼鏡都被撞歪了，他連忙裹緊斗篷退向後方。他旁邊響起一個嗓音：「哎喲！是誰啊？」

哈利匆匆檢查了一下，看看隱形斗篷是否有把他全身都完全遮蓋住，他待在原地完全不敢動彈，抬頭望著那個被他撞到的巫師的模糊輪廓。他認出了那把山羊鬍……是卡卡夫。

「是誰？」卡卡夫又用非常疑惑的口吻問了一次，東張西望地往黑暗中搜尋。哈利依然靜止不動，連大氣也不敢吭一聲。過了一分鐘左右，卡卡夫似乎已認定他剛才撞到的是某種動物，他的目光開始往大約與腰部等高的地方往來巡梭，彷彿是想要找到一頭狗似的。然後他就悄悄退回樹蔭底下，開始繞過森林邊緣，朝龍的方向走去。

哈利非常緩慢且極端小心地站起身來，在盡量不發出聲音的情況下，用最快的速度繼續往前走去，匆匆穿越黑暗返回霍格華茲城堡。

他很清楚卡卡夫心裡究竟是在打什麼主意。這位校長顯然是偷偷摸摸溜下船，想要設法探聽出第一項任務的內容。他說不定還在無意間瞥見海格和美心夫人一起繞過森林咧——要從遠處看到他們兩人，並不是件難事……卡卡夫現在只要跟著聲音走就行了，他跟美心夫人一樣，必然也會把這件事告訴他的鬥士。照這樣看來，唯一不曉得自己在星期二將會面對何種任務的鬥士，就只剩下西追一個人了。

哈利到達城堡，躡手躡腳地從大門溜進去，開始爬上大理石階梯。他累得快要喘不過氣來，卻不敢放慢速度……他必須在五分鐘之內趕到爐火前……

「胡言亂語！」他氣喘吁吁地對胖女士說，她正窩在畫像洞口前的畫框內打盹。

「沒錯。」她睡意矇矓地低聲說，連眼睛都沒張開，畫像就立刻往前敞開，露出洞口放他進去。哈利爬到裡面，交誼廳裡空無一人，空氣中也聞不到什麼異味。妙麗顯然不需要動用到屎炸彈，來確保他和天狼星的密談了。

哈利脫下隱形斗篷，跌坐到爐火前的扶手椅中。室內十分陰暗，爐火是這裡唯一的光源。克利維兄弟剛才試著想拿來改頭換面的那些「**支持西追．迪哥里**」徽章，此刻全都堆在附近一張桌子上，在火光映照下發出閃爍的光芒，現在上面的字跡變成了「**波特真是大爛貨**」。哈利收回目光，重新望著爐火，他立刻嚇得跳了起來。

天狼星的頭顱出現在爐火中。哈利要不是曾在衛斯理先生家廚房中，看到迪哥里先生做過同樣事情的話，這幅畫面很可能會把他嚇得魂飛魄散，但此刻他臉上反而綻放出許多天以來的第一個笑容，他連忙從椅子上爬下來，蹲在爐火前的地板上說：「天狼星——你還好嗎？」

天狼星看起來跟哈利記憶中不太一樣，他們兩人上次分手時，天狼星的面孔既瘦削又憔悴，周圍還鑲了一大圈蓬亂糾結的黑長髮——但現在天狼星的頭髮剪得短短的，梳理得十分整齊，他的面孔豐潤了一些，人也變得年輕許多，跟哈利唯一擁有的那張天狼星相片（也就是在波特夫婦婚禮中拍的那張照片）要像得多了。

「別管我了，你怎麼樣？」天狼星用嚴肅的語氣問道。

「我——」在那一瞬間，哈利努力想要說出「很好」這兩個字——但他卻怎麼也說不出口。他還來不及阻止自己，就開始滔滔不絕地對天狼星傾吐心事，而他此刻所說的話，比這幾天加起來的總和還要多出許多——他告訴天狼星，大家都不肯相信，他並沒有自願報名參加鬥法大賽；麗塔．史識又在《預言家日報》上信口胡謅，寫了一大堆他根本就沒說過的話；而且他現在只要一走過走廊，就會招來一大堆人的冷嘲熱諷——還有榮恩，榮恩完全不相信他，榮恩嫉妒他……

「……剛才海格帶我去看我們第一項任務要對付的東西，居然是龍欸！天狼星，我看我是死定了。」他絕望地做下結論。

天狼星望著他，眼中充滿了關懷，直到現在，你依然可從那對眼睛裡看出阿茲卡班對它們所造成的影響——眼中依然帶著那種如中蠱般的茫然空洞神情。他毫不打斷地默默聆聽，讓哈利盡情傾吐心事，最後他終於開口說：「龍我們有辦法可以應付，哈利，但我們待會再討論這件事——我不能在這裡待太久……我現在是闖進一個巫師家裡，偷用他們的爐火，但他們隨時都可能會回來。我有些事情要先警告你多加留意。」

「什麼事？」哈利問道，並感到他的情緒又更加低落了……總不會有比龍更糟糕的事情吧？

「卡卡夫，」天狼星說，「哈利，他是一個食死人。你知道什麼是食死人嗎？」

「知道——他——什麼？」

「他被捕下獄，跟我一起監禁在阿茲卡班，但他後來被釋放了。我可以打包票，這絕對就是鄧不利多為什麼今年要找個正氣師，到霍格華茲來坐鎮的原因——專門負責來盯住他。當年逮捕卡卡夫的人就是穆敵，就是他把卡卡夫送進了阿茲卡班。」

「卡卡夫被釋放出獄？」哈利緩緩地說——他的腦袋似乎正拚命想要消化另一個驚人的訊息，「他們為什麼要釋放他？」

「他跟魔法部做了個交易，」天狼星怨恨地說，「他說他已經痛改前非，然後就供出了一大堆名單……他讓其他許多人關進了阿茲卡班，而他自己卻獲得了自由……我可以告訴你，他在那裡可不太受歡迎。據我所知，在他出獄以後，每一個從他學校畢業的學生，都從他那裡學會了黑魔法，所以你同樣也得留意那個德姆蘭的鬥士。」

「好吧，」哈利緩緩答道，「不過……難道你是說，把我的名字投進火盃的人，就是卡卡夫嗎？如果是他做的話，那他真是個非常棒的演員。他看起來好像為這件事氣得要命，甚至還想要阻止我參加比賽咧。」

「我們全都知道他是個好演員，」天狼星說，「他不是成功地讓魔法部聽信他的說詞，放他出獄了嗎？現在聽我說，我一直在注意《預言家日報》上的新聞，哈利——」

「全世界都一樣。」哈利怨恨地說。

「——我上個月，在那個叫史譏的女人的文章裡看到，說穆敵在到霍格華茲任教的前一晚曾經受到攻擊。沒錯，我曉得她說那只不過是穆敵又一次自己嚇自己，虛驚一場，」天狼星看到哈利張口準備說話，連忙匆匆加上一句，「但我卻不這麼想，我認為有某個人想要阻止他到霍格華茲教書。我想，可能是有某個人覺得，若是有穆敵在他們附近礙手礙腳的話，他們的工作就會變得困難許多。瘋眼實在有太多前科，他一天到晚都在疑神疑鬼，說有人闖進他家，所以沒人肯仔細調查這件事。但這並不表示，他現在已經無法察覺到真正的危機，穆敵是魔法部有史以來最傑出的正氣師。」

「那麼……你到底想說什麼？」哈利緩緩問道，「你是說，卡卡夫想要殺我嗎？但——為什麼呢？」

天狼星遲疑了一會。

「我聽到了一些非常奇怪的傳聞，」他緩緩表示，「食死人最近似乎在蠢蠢欲動。他們不是在魁地奇世界盃時現身了嗎？有人放出了黑魔標記……然後，你知道魔法部有一名女巫失蹤了嗎？」

「柏莎．喬金？」哈利說。

「完全正確……她是在阿爾巴尼亞失蹤的，而那正是傳聞中佛地魔最後藏匿的地方……她應該知道魔法部正計畫要舉辦三巫鬥法大賽，對不對？」

「沒錯，可是……她不太可能就這樣撞見佛地魔呀，不是嗎？」哈利說。

「聽我說，我認識柏莎．喬金，」天狼星冷酷地表示，「我當年跟她一起在霍格華茲念書，她比我跟你爸高幾個年級。她是個不折不扣的白痴，非常愛管閒事，但卻完全不長腦袋，連一丁點也沒有，這可不是個很好的組合，哈利。我認為要引誘她掉入陷阱，可說是輕而易舉。」

「所以……所以說，佛地魔可能已經發現到鬥法大賽的事了？」哈利說，「你是這個意思嗎？你覺得卡卡夫也許是佛地魔派來的奸細？」

「我不曉得，」天狼星緩緩答道，「我真的不曉得……在我看來，依照卡卡夫的為人，他除非是先確定佛地魔能有足夠的力量保護他，否則他是不會貿然回到佛地魔身邊的，他就是這種人。但不論那個把你的名字扔進火盃的人是誰，他這麼做一定是有理由的，而我忍不住想到，這場鬥法大賽實在是一個對你下手的絕佳機會。不管你出了什麼事，他們都有辦法讓它看起來像是一個意外。」

「照目前的情況看來，這還真是個完美的計畫呢。」哈利陰鬱地說，「他們只要站在那裡袖手旁觀，讓龍替他們下手就行了。」

「對了——那些龍，」天狼星說，現在他說話的速度變得非常快，「有個方法可以對付牠們，哈利。千萬別受引誘去施什麼昏擊咒——龍是一種非常強壯，並且具有強大魔法力量的生物，單單只靠一名昏擊師，是絕對無法讓牠昏迷過去的。至少得用半打以上的巫師，才有辦法制伏一頭龍——」

「沒錯，這我知道，我剛才親眼見識過了。」哈利說。

「但你仍然可以獨力制伏一頭龍，」天狼星說，「有一個方法，而且你只需要用上一個簡單的符咒，只要——」

哈利卻突然舉起一隻手，制止他再繼續說下去。哈利的心突然怦怦狂跳，就好像快要從胸腔中蹦出來似的。他聽到背後響起一陣腳步聲，有人正從螺旋梯走下來。

「走吧！」他對天狼星噓聲說，「**快走！有人來了！**」

哈利連忙站起來，擋住爐火——要是被人發現天狼星的面孔竟然在霍格華茲中出現的話，必然會引起一陣非常大的騷動——魔法部將會被牽扯進來——至於哈利自己呢，則會被他們死纏著盤問天狼星的下落——

哈利聽到背後的爐火發出一聲輕輕的啵聲，知道天狼星已經離開了——他凝望著螺旋梯的最下方——到底是誰突然半夜發神經，想要在凌晨一點出來散步，害天狼星無法傳授他闖過巨龍防守的方法？

是榮恩。身上穿著紫紅色變形蟲花紋睡衣的榮恩，一看到站在房間對面的哈利，就立刻停下腳步，東張西望地打量四周。

「你到底在跟誰說話呀？」他說。

「關你什麼事？」哈利厲聲吼道，「你三更半夜跑下來做什麼？」

「我只是想知道你人在哪——」榮恩閉上嘴，聳聳肩，再開口說，「沒事，我要回去睡覺了。」

「所以你就跑來多管閒事，是不是？」哈利大叫。他知道榮恩根本不曉得自己在無意間撞見了什麼事，也知道榮恩並不是故意要打斷他們的談話，但他現在什麼都不管了——他在那一刻恨榮恩恨得要命，甚至連榮恩睡褲下露出的那一大截腳踝，都讓他看得非常不順眼。

「我很抱歉，」榮恩說，氣得面紅耳赤，「我不曉得你不想受到干擾。我現在馬上就走，讓你一個人安安靜靜地待在這裡，為下個訪問好好做排演練習吧。」

哈利從桌上抓起一個「**波特真是大爛貨**」徽章，用盡全力朝房間對面扔過去。徽章打到榮恩的額頭，再猛然彈開。

「這個給你，」哈利說，「讓你下星期二戴在身上。如果你夠幸運的話，說不定額頭上還會多出一道疤痕呢……這就是你想要的，沒錯吧？」

他大步跨過房間走向樓梯，心裡有些希望榮恩會攔住他，甚至寧可榮恩狠狠揍他一拳，但榮恩卻只是穿著他那套過小的睡衣褲站在原地。哈利在乒乒乓乓衝上樓之後，睜大眼睛躺在床上獨自生了好久的悶氣，卻一直都沒聽到榮恩回寢室上床休息的聲音。

20 第一項任務

星期日早晨，哈利爬下床，心不在焉地開始穿衣服，他過了好一陣子，才發現自己居然錯把巫師帽當成襪子硬往腳上拉。等他終於把全身衣物穿戴整齊，便立刻趕下樓去找妙麗。他到餐廳看到她坐在葛來分多餐桌邊，跟金妮一起吃早餐。哈利覺得肚子悶悶的什麼也不想吃，因此他只是坐在一旁，等妙麗嚥下最後一口麥片粥，就不由分說地把她拖到校園中去散步。他們再一次沿著湖邊走了很長的時間，哈利把他看見龍的事，還有天狼星昨天吐露的一切，全都鉅細靡遺地告訴妙麗。

聽到天狼星關於卡卡夫的警告，妙麗雖然感到十分震驚，但她還是認為，那些龍才是他們目前最急需解決的問題。

「我們還是先設法讓你活過星期二晚上再說吧，」她絕望地說，「然後我們才有餘力來擔心卡卡夫的事情。」

他們沿著湖畔整整繞了三圈，絞盡腦汁苦苦思索，想要找出一個可以制伏龍的簡單符咒。結果什麼也想不出來，所以只好一起上圖書館去找資料。到了圖書館之後，哈利把所有跟龍有關的書，全都從書架上抽出來，接著他們兩人就開始埋首研究，企圖從這一大疊書中找到有用的資料。

「用符咒修剪爪子……治療鱗片腐爛……這一點用也沒有，這是給海格那種喜歡照顧龍的神經病看的啦……」

「屠龍是一件非常困難的工作，這是因為牠們那身厚皮帶有古老的魔法力量，唯有最強的符咒才有辦法能夠穿透……但天狼星明明說只要用一個簡單的符咒就可以成功的呀……」

「那我們就找幾本簡單的符咒書來試試看吧。」哈利拋下手中的《為龍癡迷的人》說。

他抱了一堆符咒書回到桌旁，把書放下，開始一本接一本地快速翻閱，但妙麗老是在他耳邊叨叨絮絮地念個不停：「好，這裡有些轉換咒……但這到底有什麼用呀？除非你是要把牠的尖牙，掉換成口香糖之類的東西，這樣牠就會變得比較不危險……問題是，就像書上所說的，根本就沒多少符咒能夠穿透龍皮呀……我看還是對牠施變形術比較妥當，可是像龍那麼龐大的東西，你簡直一點成功希望也沒有嘛，我想甚至連麥教授都辦不到……難道你應該對**你自己**下咒嗎？說不定是要你施咒，好讓自己增加一點力量？但這可不能算是簡單的符咒，我的意思是，我們到現在連學都沒學過呢，我會知道有這樣的符咒，是因為我在做普等巫測練習卷的時候看過……」

「妙麗，」哈利從齒縫中迸出一句，「拜託妳能不能暫時不要說話？這樣我沒辦法專心。」

妙麗安靜下來之後，哈利卻又覺得腦袋裡充滿了一種空洞的嗡嗡聲，讓他完全沒有辦法專心思考。他絕望地低頭凝視《為忙碌困擾的人所提供的基本厄咒》這本書的索引：瞬間剃除頭皮……但龍根本就沒有頭髮，哪來的什麼頭皮……胡椒氣……那大概還會增強龍的火力呢……尖角舌……太好了，他要的就是這個，讓龍再多添一項武器……

「喔，不，他**又**來了，他幹嘛不待在那艘笨船上用功呀？」妙麗暴躁地說，維克多．喀浪垂頭彎腰地走進來，帶著陰鬱的神情瞥了他們兩人一眼，接著就抱著一疊書坐到遠方的角落。

「走吧，哈利，我們回交誼廳去吧……要不了多久，他的粉絲俱樂部就會吱吱喳喳地湧到這裡來了……」

妙麗說的沒錯，他們才走出圖書館，就有一堆女生跟他們擦身而過，躡手躡腳地走進圖書館，其中有個人還在腰間繫了條保加利亞圍巾。

＊＊＊

哈利那天晚上根本沒睡多久。他在星期一早上醒來時，第一次開始認真考慮要逃出霍格華茲。吃早餐時，他抬頭環顧餐廳周遭的環境，當他一想到離開霍格華茲這個舉動，代表他必須面對什麼樣的未來時，他就知道自己絕對不能這麼做。這裡是唯一能讓他感到快樂的地方……好吧，他待在父母身邊時想必也十分快樂，可惜他卻一點也不記得了。

不過，能想清楚他寧願待在這裡面對惡龍，也不願意回到水蠟樹街跟德思禮家在一起，總算對他有些好處，他感到心情平靜了一些。他努力把培根全都吞下去（他的喉嚨好像有點失靈），他和妙麗一同站起來時，一眼看到西追．迪哥里正準備離開赫夫帕夫餐桌。

西追仍然不知道龍的事……要是哈利料得沒錯，美心夫人和卡卡夫都已經把這件事告訴花兒和喀浪的話，那所有的鬥士，就只剩下西追被蒙在鼓裡了……

「妙麗，妳先走吧，我會到溫室跟妳會合。」哈利說，他看到西追走出餐廳時，立刻下定決心，「走吧，我會趕上妳的。」

「哈利，你這樣會遲到欸，上課鈴就快要響了——」

「我會趕上妳的，好嗎？」

哈利趕到大理石階梯口的時候，西追已經走到了樓梯最上面。他跟他的一堆六年級朋友們走在一起，哈利不想當著他們的面跟西追說話；他們同樣也是屬於那群只要一看到哈利，就會大聲引述麗塔・史譏文章的刻薄鬼。他刻意跟西追保持一段距離，默默跟在後面。他看到西追往符咒課教室的方向走過去，這倒給了哈利一個靈感，他在他們遠處停下腳步，掏出魔杖，仔細瞄準目標。

「吩吩綻！」

西追的背包應聲裂開，羊皮紙、羽毛筆和書本掉了滿地，另外還摔碎了好幾瓶墨水。

「別管了，」西追在他的朋友們彎腰幫他撿東西時，用懊惱的語氣說，「跟孚立維說我馬上就會到，快去呀……」

這完全符合哈利的期望。他悄悄將魔杖收回長袍口袋，等西追的朋友們全都走進教室以後，便快步沿著走廊往前走，現在這裡就剩下他和西追兩個人了。

「嗨，」西追說，從地上撿起一本已沾滿墨水的《高級變形學指南》，「我的背包裂開了……才剛新買的，所有的……」

「西追，」哈利說，「第一項任務是龍。」

「什麼？」西追抬起頭來問道。

「龍，」哈利說，他擔心孚立維教授會走出來找西追，因此飛快地說下去，「一共有四隻龍，每個人對付一隻，而我們必須設法從牠們面前通過。」

西追瞪大眼睛望著他。哈利看到從週六夜晚以來，就一直在他自己心中揮之不去的驚惶，此刻正在西追那雙灰色的眼睛裡閃動。

「你確定嗎？」西追壓低聲音說。

「確定得很，」哈利說，「我親眼看到牠們。」

「你是怎麼發現的？我們不應該知道……」

「這你就別管了，」哈利連忙答道——他知道要是說實話的話，一定會讓海格惹上麻煩，「知道的人並不是只有我一個。現在花兒和喀浪應該也已經曉得了——美心和卡卡夫也看到了那些龍。」

西追挺直身軀，他的手裡抱著一大堆被墨水染污的羽毛筆、羊皮紙和書本，那只裂開的背包掛在一邊的肩上晃來晃去。他盯著哈利，眼中帶著一種迷惑，甚至是懷疑的神情。

「你為什麼要告訴我？」他問道。

哈利難以置信地望著他，他非常確定，西追要是親眼看過那些龍的話，就絕不會問這樣的問題。就算是最惡劣的敵人，哈利也不忍心讓他在毫無準備的情況下去面對那些怪獸——好吧，或許馬份和石內卜兩人例外……

「這樣才……才公平嘛，對不對？」他對西追表示，「現在我們大家全都曉得了……所以我們就都是站在同樣的起跑點了，你說是不是？」

西追依然用略帶懷疑的眼神望著他，哈利突然聽到背後響起一陣熟悉的咚咚聲。他轉過身來，看到瘋眼穆敵從旁邊的一間教室走出來。

「跟我來，波特。」他嘶吼道，「迪哥里，你走吧。」

哈利忐忑不安地望著穆敵，他是不是聽到他們說的話了？「呃——教授，我現在應該去上藥草學——」

「這你不用管，波特，請你跟我到辦公室來……」

哈利跟在他後面，暗自揣測自己現在將會遭遇到什麼樣的命運。要是穆敵問他究竟是怎樣發現到龍的事，他該怎麼辦？穆敵會不會跑去找鄧不利多告海格的狀，或者乾脆把哈利變成一隻雪貂？好吧，說不定當一隻雪貂會比較容易從龍的面前溜過去，哈利麻木地想著，這樣他就會變得小一些，五十呎高的龍想看到他就沒那麼容易了……

他跟著穆敵走進辦公室。穆敵關上門，轉過來正對著哈利，他的魔眼和他的正常眼睛一同凝視著哈利。

「你剛才做了件非常高貴的事，波特。」穆敵輕聲地說。

哈利不知道該說些什麼，穆敵的態度完全出乎他意料之外。

「坐呀。」穆敵說。哈利坐下來，打量周遭的環境。

他曾來過這裡，當時這間辦公室還屬於前兩任主人。在洛哈教授時期，牆壁上貼滿了洛哈教授本人笑容滿面、擠眉弄眼的照片。當路平住在這裡的時候，這裡常會出現某種迷人黑魔獸的新樣本，那都是路平教授為了教學，特地為他們弄來的輔助教材。如今這間辦公室中卻擺滿了許多稀奇古怪的物品，哈利暗暗猜想，那些大概都是穆敵當正氣師時所使用的工具。

在穆敵的書桌上，放置著一個看起來像是裂了縫的玻璃大陀螺的怪玩意兒。哈利一眼就看出那是一個測奸器，因為他自己也有一個，不過比穆敵的小多了。在角落一張小桌上，有一個彎彎曲曲，像是金色電視天線的東西，不停地發出微弱的嗡嗡聲。哈利對面的牆上，掛著一面類似鏡子的物品，它卻沒有映照出房中的景象。一些朦朧的人影在框架中遊走，看起來非常模糊。

「你喜歡我這些黑魔法偵測器嗎？」穆敵問道，並仔細地打量哈利。

「那是什麼東西？」哈利指著那個彎曲的金色天線問道。

「秘密感應器。每當它偵測到謊言和隱匿的事情時，就會開始震動……當然啦，放在這裡是一點用也沒有，實在是太多干擾了——到處都有學生為了沒做功課而撒謊。打從我到這個學校開始，它就一直在嗡嗡響個不停。而且我也不得不讓我的測奸器喪失功能，因為它老是在咻咻尖叫。它實在太敏感了，只要是方圓一英里內的事情，它都能偵測得到。當然啦，它能探測出的，可不光是小孩子們的詭計。」他嘶吼著補上一句。

「那這面鏡子有什麼用呢？」

「喔，那是我的仇敵鏡。你看到裡面那些竄來竄去的傢伙了嗎？要是我能看清楚他們的眼白，我就知道情況不妙囉，那時我就得打開我的行李箱了。」

他發出一陣短促而刺耳的笑聲，指著擱在窗戶下面的大行李箱，箱子上有七個排成一列的鑰匙孔。哈利好奇地猜想箱子裡到底放了些什麼東西，直到穆敵問他下一個問題，才將他猛然拉回現實世界。

「所以呢……你已經發現到龍的事情了，是不是？」

哈利遲疑了一會。他怕的就是這個——但剛才他並沒有把海格違反規定的事情告訴西追，自然也不打算告訴穆敵。

「沒關係，」穆敵說，他坐下來，呻吟著伸直他那條木腿，「作弊本來就是三巫鬥法大賽的部分傳統，一直都是如此。」

「我沒有作弊，」哈利激動地表示，「那只是——我會發現這件事，應該算是一種意外。」

穆敵咧嘴微笑。「我並不是在責備你，年輕人。打從一開始我就告訴鄧不利多，說他大可去做他的正人君子，但我可以打包票，老卡卡夫和美心這兩個傢伙絕不會這麼光明磊落。他們會把知道的一切，全都告訴他們學校的鬥士。他們想贏得比賽，他們想要打敗鄧不利多。他們一心想證明，他也只不過是個凡人罷了。」

穆敵發出一陣刺耳的笑聲，他的魔眼滴溜溜地迅速轉動，讓哈利看得頭暈眼花，胃裡作嘔。

「那麼……想好要怎樣從龍面前通過了嗎？」穆敵問道。

「還沒。」哈利說。

「嗯，這我可不能教你，」穆敵用粗嗄的嗓音說，「我這個人是不會偏心的。我只能給你一些善意、普通的建議，而我的第一個建議是：**盡量發揮你的長處**。」

「我根本就沒什麼長處。」哈利還來不及阻止自己就衝口而出。

「很抱歉，」穆敵嘶吼道，「我說你有長處，你就一定有長處。現在你好好想一想，你究竟有什麼拿手的專長？」

哈利試著專心思考。什麼**是**他拿手的專長？好吧，這問題其實相當簡單——

「魁地奇，」他無精打采地答道，「但那一點用也沒有——」

「就是這個，」穆敵說，他緊盯著哈利，魔眼像定住似地幾乎完全靜止不動，「我聽說你是個非常了不起的飛行者。」

「話是沒錯，可是……」哈利望著他說，「我不能使用飛天掃帚呀，比賽規定只能用魔杖——」

「我第二個普通的建議是，」穆敵大聲打斷他的話，「就是用一個簡單好用的符咒，讓你能夠**拿到你所需要的東西**。」

哈利茫然地望著他，他到底需要什麼東西？

「快想呀，孩子……」穆敵悄聲說，「你把這兩個建議湊到一塊想一想……沒那麼困難嘛……」

突然靈光一現，他最拿手的專長是飛行，他需要從空中飛過龍的身邊，為了這一點，他需要用到他的火閃電，而為了能夠拿到火閃電，他需要——

*

「妙麗，」哈利在遲到三十分鐘之後，火速趕到溫室，在經過芽菜教授身邊時匆匆向她道聲歉，然後悄聲喊道，「妙麗——我需要妳幫忙。」

「要不然你以為我一直在幹嘛，哈利？」她悄聲答道，她正忙著修剪一株晃個不停的拍拍木，此時她從樹後冒出頭來，露出一對充滿焦慮的大眼睛。

「妙麗，我必須在明天下午之前學會召喚咒。」

* * *

於是他們開始練習。他們兩人沒去吃午餐，直接走進一間空教室，哈利開始使出渾身解數，設法讓各式各樣的物品，越過教室飛到他身邊。他仍然遇到一些無法突破的瓶頸，那些書本和羽毛筆老是在飛到一半時就失去火力，像石頭似地掉到地上。

「要專心哪，哈利，**專心**……」

「要不然妳以為我現在是在幹嘛？」哈利生氣地說，「但我腦袋裡老是動不動就跳出一頭噁心巨龍的畫面……好了，再試試看吧……」

他想要蹺掉占卜學課繼續練習，但妙麗卻斷然拒絕，說她並不想錯過算命學，而若是妙麗不在的話，他一個人待在這裡也沒什麼用處。所以他只好花一個多小時忍受崔老妮教授的嘮叨，她這次花了整整半堂課的時間，對全班同學詳細解釋，以當時火星與土星的相對位置來看，表示在七月出生的人，極有可能慘遭橫死。

「嗯，很好，」哈利再也控制不住自己的脾氣，大聲喊道，「只要讓我快點斷氣就行了，我可不想半死不活地拖著活受罪。」

榮恩看了他一會，似乎就快要忍不住笑出來了。這是他多日來第一次迎上哈利的目光，但哈利心裡仍然氣他氣得要命，根本就懶得理他。這堂課剩下的時間，他一直偷偷把手藏在桌子底下，試著用魔杖讓一些小東西飛到他身邊。他成功地讓一隻蒼蠅竄進他的手中，但他不太確定這究竟是因為他精湛的召喚咒技巧——還是這隻蒼蠅實在是太笨了。

上完占卜學之後，他強迫自己吃了點晚餐，然後就跟妙麗一起披上隱形斗篷，避開師長的耳目，重新回到那間空教室。他們在那裡一直練習到午夜，原本還想再待久一點，但皮皮鬼卻突然出現，假想哈利是喜歡有人朝他扔東西，開始拿椅子在房間裡亂扔。哈利和妙麗趕在飛七被吵鬧聲引來之前，匆匆離開教室，回到葛來分多交誼廳，幸好現在這裡一個人也沒有。

凌晨兩點鐘，哈利站在壁爐旁邊，身邊圍了一堆又一堆的東西——書本、羽毛筆、幾把翻倒的椅子、一副舊多多石，以及奈威的蟾蜍吹寶。直到最後一小時哈利才抓到召喚咒的訣竅。

「好多了，哈利，真的是好太多了。」妙麗說，她看起來疲憊至極，卻非常愉快。

「好吧，下次我要是再有什麼符咒學不會的話，我們就知道該怎麼做了，」哈利說，順手把一本古代神秘文字字典扔給妙麗，這樣他就可以再多練習一次，「只要拿一頭龍來恐嚇我就行了。好……」他再一次舉起魔杖，「速速前，字典！」

那本厚重的大書立刻從妙麗懷裡竄到空中，疾飛越過房間，被哈利一把接住。

「哈利，我真的覺得你已經摸到竅門了！」妙麗開心地說。

「希望它明天不要失靈，」哈利說，「跟這裡的東西比起來，火閃電實在是遠太多了。它是放在城堡裡，而我卻是在外面的空地上……」

「那沒關係的啦，」妙麗堅定地表示，「只要你真的非常非常專心地想著它，它就一定會飛過來。哈利，我們最好去睡一下……你需要休息。」

* * *

哈利那天晚上非常專注地練習召喚咒，心中那股盲目的驚恐因而減輕了不少，但到了第二天早上，原先的恐懼又排山倒海地湧回來。校園中的氣氛顯得既緊張又興奮，學校在中午以後就全部停課，讓學生有足夠的時間走到圈養龍的圍場——不過呢，他們當時自然還不曉得到達那裡，究竟會看到什麼樣的東西。

哈利感到一種古怪的疏離感，在他走過時，那些不論是祝他好運，或是對他悄聲說「**我們會準備好一整盒的面紙，波特**」的人也好，全都讓他覺得距離自己非常遙遠。他的心情實在太過緊張，忍不住開始擔心，他們領他走向那頭龍的時候，他會不會忽然失去理智，開始朝他看到的每一個人破口大罵。

時間似乎也變得跟平常很不一樣，正以驚人的速度迅速流逝。他在上一刻，好像還坐在那裡上他的第一堂課魔法史，但到了下一刻，他居然得要趕去吃午餐了……然後（他早上的時間到哪裡去了？他最後一段沒有龍的寶貴時光到哪裡去了？）麥教授就在餐廳裡匆匆向他走來，許多人都看著他們。

「波特，鬥士們現在就得趕到校園裡去了……你得準備接受第一項任務了。」

「好。」哈利說，他站起來，叉子卡嗒一聲掉進盤子裡。

「祝你好運，哈利，」妙麗悄聲說，「你不會有事的！」

「是啊。」哈利說，他的聲音簡直像變了個人似的。

他跟麥教授一起離開餐廳，她好像也跟平常不太一樣。事實上，她看起來就跟妙麗一樣焦慮。她領著哈利走下前門石階，踏入清冷的十一月午後時，伸手按住他的肩膀。

「聽我說，不要太慌張，」她說，「盡量保持冷靜……我們有許多巫師在旁邊隨時待命，若是情況失控的話，他們就會立刻出面解決……重要的是，你只要全力以赴就行了，絕對沒有人會看不起你的……你還好吧？」

「是的，」哈利聽到自己說，「是的，我很好。」

她帶領他繞過森林邊緣，走向圈養龍的地方。他們快要走到那片擋住圍場的樹叢時，哈利卻看到那裡搭起了一座入口，正對著他們的帳篷，把龍給完全遮住了。

「進到帳篷裡去，跟其他鬥士待在一起，」麥教授說，她的聲音有些顫抖，「在那裡等著輪流上場接受考驗，波特。貝漫先生也在裡面……他會告訴你們——比賽的程序……那就祝你好運了。」

「謝謝。」哈利用一種平板淡漠的語氣說。她把他送到帳篷入口，哈利走了進去。

花兒．戴樂古坐在角落一張矮木凳上，她臉色蒼白、額冒冷汗，跟平常完全兩個樣。維克多．喀浪的臉色，比平常還要更陰鬱乖戾，哈利猜想這大概就是他緊張的樣子。西追不停地來回踱步，哈利一走進去，西追就對他微微一笑，哈利也露出微笑，卻感到自己的臉部肌肉僵硬，似乎已完全忘了該怎麼做表情。

「哈利！好喔！」貝漫回過頭來看到他，立刻高興地喊道，「進來，快進來呀，別拘束，放輕鬆點！」

不知怎地，貝漫站在這些臉色蒼白的鬥士中間，看起來竟有些像是誇張的卡通人物。他又再度穿上了他的舊黃蜂球袍。

「好，大家全都到了——現在該為你們提供最新的情報了！」貝漫愉快地說，「等觀眾到齊以後，我就要把這個袋子，輪流遞到你們每個人面前，」——他舉起一個紫色絲綢小袋子——「你們每人從裡面抽出一個小玩偶，而那就代表你們待會得去對付的東西！這些東西之間有些差異——呃——可說是各式各樣，每個都不同，懂了吧！另外還有件事得告訴你們……啊，對了……你們的任務就是**去取金蛋！**」

哈利飛快往四周瞄了一眼。西追立刻點點頭，表示他明白貝漫的意思，然後繼續繞著帳篷兜圈子踱步，他的臉色微微發綠。花兒．戴樂古和喀浪完全沒有任何反應，或許他們覺得自己要是張開嘴的話，很可能就會吐出來，而那就是哈利現在的感覺，但至少他們是自願參加比賽……

沒過多久，他們就聽到數百雙腿從帳篷外面經過的聲音，這些腿的主人在興奮地高聲談笑、互相打趣……哈利感到自己與人群非常疏離，他們好像是屬於不同的世界。然後——哈利感覺上好像只過了一秒——貝漫解開了紫色絲綢袋的繫繩。

「女士優先。」他說，並將袋子遞到花兒．戴樂古面前。

她將一隻顫抖的手伸近袋中，取出一個小巧精緻的龍玩偶——一頭威爾士綠龍，它的脖子上印了一個數字「2」。花兒臉上絲毫沒露出一絲驚訝，反倒是帶著一臉聽天由命的神情，哈利一看就曉得，事情果真被他給料中了：美心夫人已經把龍的事情全都告訴她了。

喀浪也是同樣的情形，他抽到的是猩紅色的中國火球龍，它的脖子上印著「3」。他甚至連眼睛都沒眨一下，只是低頭望著地面。

西追將手伸進袋中，他取出的是藍灰色的瑞典短吻龍，脖子上印的數字是「1」。哈利知道最後剩下的是什麼了，他將手伸進絲綢袋，取出脖子上印了「4」的匈牙利角尾龍。當哈利低頭望著它的時候，這個龍玩偶立刻伸展翅膀，露出它那口迷你利齒。

「好，大家都拿到了！」貝漫說，「你們剛才每個人抽到的玩偶，就是你待會得去對付的東西，而上面那些數字，則是代表你們上場去對付龍的出場順序，懂了吧？現在聽我說，我馬上得離開你們，因為我要負責去做現場實況報導。迪哥里先生，你第一個出場，只要在聽到哨聲響的時候，走出去踏進圍場就行了。可以嗎？現在……哈利……我可以很快地跟你談一下嗎？到外面去好嗎？」

「呃……好。」哈利茫然地說，他站起來，跟貝漫一起走出帳篷。貝漫領著他往前走了一小段路，踏進樹林中，這才轉過身來，用一種慈父般的神情望著他。

「覺得還好嗎，哈利？需要我幫忙嗎？」

「什麼？」哈利說，「我——不，不用了。」

「有想到什麼好計畫嗎？」貝漫鬼鬼祟祟地壓低聲音說，「你知道，如果你想要的話，我倒是可以給你一些指示。我的意思是，」貝漫把聲音壓得更低，繼續說下去，「你在這場比賽中是處於劣勢哪，哈利……只要我能幫得上忙……」

「不用了，」哈利立刻答道，他知道自己答得太快，聽起來有些失禮，「不用了——我——我已經決定好該怎麼做了，謝謝。」

「這不會有人**知道**的，哈利。」貝漫朝他眨眨眼說。

「不用了，我很好，」哈利說，心裡不禁感到奇怪，自己最近為什麼老是得跟別人說這句話，並暗自忖度他這輩子有沒有像現在這麼「好」過，「我已經想好了一個計畫，我——」

忽然從某個地方傳來一聲哨音。

「我的天哪，我得趕快跑過去！」貝漫驚慌地說，接著就匆匆離去。

哈利走回帳篷，正好看到西追從裡面走出來，他的臉色變得比剛才更綠。他們擦身而過的時候，哈利企圖開口祝西追好運，卻只能發出沙啞的咕嚕聲。

哈利走進帳篷，跟花兒和喀浪待在一起。幾秒之後，他們聽到群眾發出一陣響亮的喧譁聲，這代表西追已踏進圍場，現在正跟他那個龍玩偶的活生生版本正面交鋒……

哈利坐在那裡，傾聽外面的動靜，這種感覺甚至比他原先所想像的還要糟糕。群眾彷彿已凝聚成一個龐大的多頭怪物，隨著西追企圖衝過瑞典短吻龍防守所做出的每一個動作，不斷地同時尖叫……大喊……驚呼。喀浪仍然望著地面，花兒現在已步上西追的後塵，在帳篷裡不停地繞圈子踱步，而貝漫的現場實況報導更是讓情況變得糟糕百倍……「喔喔，就差那麼一點，真是驚險萬分。」……「他這個舉動實在是太冒險了！」……「好個**妙招**——可惜並沒有成功！」每當哈利聽到這些話，就會在腦中浮現恐怖的畫面。

大約過了十五分鐘之後，哈利突然聽到一陣震耳欲聾的喧鬧聲，那只可能代表一件事：西追已成功突破龍的防守，取到了金蛋。

「真的表現得非常出色！」貝漫在大叫，「現在我們請評審評分！」

但他並沒有喊出分數，哈利猜想評審大概是把分數牌舉起來，顯示給觀眾們看吧。

「一個人通過了，還有三個人要上場！」貝漫在另一聲哨音響起時喊道，「戴樂古小姐，請妳出場！」

花兒從頭到腳都在顫抖，當她高高昂起頭，手裡緊握著魔杖走出帳篷時，哈利首次感到自己對她有了一些好感。現在帳篷裡只剩下他和喀浪兩個人了，他們兩人各據一角，並且刻意迴避對方的視線。

接下來又開始同樣的過程……「喔，我不曉得這麼做算不算聰明！」他們可以聽到貝漫欣喜地喊道，「喔……就快成功了！現在小心點……我的天哪，我還以為她贏定了呢！」

十分鐘之後，哈利聽到群眾再度爆出一陣喝采……花兒想必也已經成功地完成任務。接下來暫時安靜了一會，讓裁判亮出花兒的分數……又是一陣掌聲……然後，哨音第三度響起。

「輪到喀浪先生上場了！」貝漫喊道，喀浪垂頭彎腰地走出去，現在就只剩下哈利一個人了。

他現在對身體的感覺，變得比平常敏銳許多。他非常清楚地意識到，他的心臟跳得有多快，他的手指又是如何因恐懼而陣陣刺痛……但情況仍然一樣，他似乎跟他的身體是分開來的，他望著帳篷四周，聽到群眾喧譁，這一切似乎都距離他非常遙遠……

「非常大膽！」貝漫大喊，哈利聽到那隻中國火球龍發出一聲恐怖而淒厲的尖叫，群眾則同時倒抽了一口氣，「他這麼做實在相當勇敢——而且——是的，他取到了金蛋！」

喝采聲如破冰般一舉擊碎了原先凝重的空氣，喀浪已經完成任務——馬上就要輪到哈利了。

他站起來，迷迷糊糊地意識到，他的雙腿感覺活像是棉花糖似的。他默默等待，然後他聽到哨音響起。他穿越帳篷的出口走到外面，心中的恐懼也竄到了最高點。現在他走過樹林，從圍場柵欄敞開的缺口走進去。

眼前的一切對他來說，就好像是一個色彩繽紛的夢境。在四周那圈自他上次站在此地時，就用魔法搭建起的看台上，有成千上百張面孔正在低頭凝視著他。角尾龍就低伏在圍場最盡頭，趴在牠那窩龍蛋上，牠的翅膀半收半張，並用那對邪惡的黃眼緊盯著他。這隻兇惡殘暴、渾身布滿鱗片的黑蜥蜴，正在奮力拍動牠那長滿尖刺的尾巴，在堅硬的地面上留下一道道長達一碼的鑿孔。群眾發出更響亮的喧鬧聲，不論這些聲音是善意或是惡意，哈利現在是一概不知，也全不在意。現在他必須把該做的事情做好……努力集中精神，全神貫注且毫無雜念地，想著那個現在已成為他唯一機會的東西……

他舉起魔杖。

「速速前，火閃電！」他叫道。

他靜靜等待，而他全身上下的每一根纖維，都在暗暗希望、默默祈禱……要是這個符咒失

是催狂魔，今年是龍，他們下次又打算把什麼妖魔鬼怪送進學校來啦？你實在非常幸運……傷口滿淺的……但我得先把它清乾淨，才能開始治療……」

她先幫哈利用一種塗抹時會冒煙，並帶有刺痛感的紫色液體清洗傷口，接著用魔杖往哈利肩膀上輕輕戳了一下，他感到傷口立刻就痊癒了。

「現在呢，你給我乖乖在這裡坐幾分鐘——**坐下**！等休息夠了再出去看你的分數。」

她匆匆離去，他聽見她走到隔壁問道：「現在覺得怎麼樣，迪哥里？」

哈利並不想乖乖坐著不動，他剛才腎上腺素分泌過多，直到現在仍感到興奮異常。他站起來，想要出去看看外面的情形，他才剛走到帳篷入口，就有兩個人突然衝了進來——妙麗，而榮恩緊跟在她的後面。

「哈利，你棒透了！」妙麗激動得大喊大叫，她的臉上還殘留著剛才因太過害怕而掐出的指甲印，「你實在是太神奇了！我是說真的！」

哈利的眼睛卻盯著榮恩，榮恩的臉色非常蒼白，而他望著哈利的眼神，簡直就像是見到鬼似的。

「哈利，」他非常嚴肅地表示，「不管是誰把你的名字扔進了火盃——我——我認為他們真正的用意，是想要你的命！」

這感覺就好像先前的幾個禮拜都完全不存在似的——就好像這是哈利在成為鬥士之後，第一次跟榮恩碰面。

「你懂了吧？」哈利冷冷地說，「你花的時間還真夠長呢。」

妙麗緊張兮兮地站在他們兩人中間，目光在他們兩人臉上來回巡梭。榮恩不太有把握地張開嘴，哈利知道榮恩正準備跟他道歉，但突然之間，他發現自己已不需要聽到他的道歉了。

「沒關係，」他在榮恩還沒說出口以前就立刻表示，「算了。」

「不，」榮恩說，「我不應該——」

「**算了**。」哈利說。

榮恩緊張地對哈利咧嘴微笑，哈利臉上也綻開笑容，妙麗突然哭了出來。

「這有什麼好哭的！」哈利慌亂地表示。

「你們兩個實在是太**笨**了！」她跺著腳大叫，眼淚撲簌撲簌地滾落到長袍前襟上。他們兩人還來不及反應，她就緊緊抱了他們兩人一下，接著就轉身狂奔，原先的啜泣現在變成了響亮的哭號。

「簡直像是狗叫嘛，」榮恩搖著頭說，「哈利，走吧，他們就要公布你的分數了……」

哈利撿起金蛋和他的火閃電，心裡感到得意洋洋，又興奮至極，而這是他在一個鐘頭之前，連想都不敢想的事情。哈利走出帳篷，榮恩在他身邊飛快地跟他說話。

「你知道嗎？你是表現最出色的一個，沒人能比得上。西追用的方法相當詭異，他對地上的一塊石頭施變形術……把它變成了一隻狗……他想讓龍拋下他去抓那隻狗。嗯，用變形術是滿酷的，而且也還算管用，因為他的確取到了龍蛋，不過他自己也被燒傷了——那隻龍追狗追到一半突然改變心意，覺得還是放棄那隻拉布拉多犬，跑去抓他比較好，他能夠脫身已經算夠幸運的了。那個叫花兒的女孩用了一種符咒，我想她大概是想要讓龍失神昏迷吧——那還滿有效的，龍開始打瞌睡，但接著就突然噴了一下鼻息，射出一大堆火焰，燒到了她的裙子——她用魔杖噴了些水把火澆熄。而喀浪呢——你絕對不會相信，他根本就沒打算要用飛的！不過他大概可算是除了你之外，表現最優異的一個。他直接用某種符咒打中了龍的眼睛，但問題是，那隻龍痛得到處亂踩，結果把真蛋壓碎了一半——他們因為這一點而扣了他一些分數，他不應該讓龍蛋受到傷害。」

他們兩人走到圍場邊緣時，榮恩深深吸了一口氣。現在那隻角尾龍已經被帶走了，哈利總算可以看清那五名評審究竟是坐在哪裡——他們就坐在圍場另一端五個高高架起，並鋪上金色布幕的座位上。

「他們每個人分別以十為滿分來給分數。」榮恩說。哈利瞇眼望著圍場上空，看到第一位評審——美心夫人——將魔杖舉向空中。從魔杖頂端射出一條看起來像是銀色緞帶的東西，扭動著在空中排出一個大大的「8」。

「還可以啦！」榮恩在群眾的鼓掌聲中表示，「我想她大概是因為你肩膀受傷而扣了點分……」

接下來輪到柯羅奇先生，他朝空中射出了一個「9」。

「看來不錯欸！」榮恩喊道，往哈利背上捶了一拳。

下一個是鄧不利多，而他同樣也給了九分。群眾的喝采聲變得比先前更加響亮。

魯多．貝漫——**十分**。

「十分？」哈利不敢相信地說，「可是……我受傷啦……他到底是什麼意思？」

「哈利，這你也要抱怨！」榮恩興奮地喊道。

現在換卡卡夫舉起了魔杖，他停頓了一會，然後他的魔杖頂端同樣也射出了一個數字——四分。

「**什麼**？」榮恩憤怒地吼道，「**四分**？你這個偏心的惡劣人渣，你給喀浪十分欸！」

但哈利一點也不在意，就算卡卡夫給他零分，他也覺得無所謂；對他來說，榮恩為了他而感到憤慨不平，就足足抵得上一百分了。他自然沒把這告訴榮恩，當他轉身離開圍場時，他的心情卻感到無比地輕鬆。這並不只是因為榮恩……剛才除了葛來分多的學生之外，另外也有些其他學院的學生在為他鼓掌。事到臨頭，當他們親眼看到哈利所必須面對的挑戰，大部分學生都開始對他和西追一視同仁，給予他同樣的支持與鼓勵……他才不在乎史萊哲林那些人的惡劣態度呢，不管他們對他做出什麼過分的舉動，現在他都可以忍受了。

「你們積分相同，同居冠軍，哈利！你和喀浪兩人雙雙領先！」查理．衛斯理在他們出發走回城堡時趕過來表示，「聽我說，我得趕快走。我得趕快派隻貓頭鷹送信給媽，我對她保證過，說我會把這裡發生的事，一點一滴向她報告清楚——那實在太令人難以置信了！喔，對了——他們要我告訴你，你必須在這裡再待幾分鐘……貝漫有事情要跟你們說，他要你先回到鬥士的帳篷裡去。」

榮恩說他可以等哈利，於是哈利回到帳篷，但不知道為了什麼，這裡看起來似乎跟先前不太一樣，變得既友善又溫暖。他回想他在閃避角尾龍時的感覺，再把它拿來跟他出去面對龍之前的漫長等待做比較……根本就沒什麼好比的，等待自然是比執行任務糟糕千萬倍。

花兒、西追和喀浪三人一起走進來。

西追的半邊臉上塗了一層厚厚的橘色藥膏，那顯然是用來治療他的燒傷。他一看到哈利就咧嘴笑道：「做得好，哈利。」

「你也是。」哈利也同樣咧嘴微笑。

「大家**全**都表現得太棒了！」貝漫說，他跳進帳篷，高興得活像是他自己剛成功地從龍面前通過似的，「現在請大家注意聽，我要在這裡很快地跟各位說幾句話。你們在接受第二項任務之前，可以先好好休息一陣子了，我們預定在二月二十四日早上九點半開始舉行——不過在這段期間，我們要留點問題讓你們先好好思考一番！你們現在低頭看看手裡的金蛋，就會發現它其實是可以打開來的……看到那裡的接縫了嗎？你們必須解開藏在金蛋裡的線索——它會告訴你們第二項任務的內容，你們可以事先做好準備！大家聽清楚了嗎？沒問題了嗎？好，你們可以解散了！」

哈利走出帳篷，先去跟榮恩會合，接著他們兩人就開始繞過森林邊緣，一路上仍在聊個不停。哈利想要知道其他鬥士通過任務時的詳細過程，當他們繞到那叢哈利在那裡首次聽到龍吼的樹叢後面時，一名女巫突然從他們背後跳了出來。

那是麗塔．史譏。她今天穿了一件青綠色長袍，長袍的顏色跟她手裡的青綠色速記筆搭配得完美至極，天衣無縫地融合為一。

「恭喜呀，哈利！」她笑咪咪地望著他說，「你能不能很快地跟我說句話？你在面對龍的時候，心裡是何感覺？而你**現在**對於評分的公正性，有沒有什麼看法？」

「好啊，我是可以跟妳說句話，」哈利惡狠狠地說，「**再見**。」

接著他就跟榮恩一起走回城堡。

21 家庭小精靈解放陣線

當天晚上，哈利、榮恩和妙麗一起到貓頭鷹屋去找豬水鳧。哈利要寄封信給天狼星，告訴他自己已安然無恙地從龍面前通過，完成了第一項任務。哈利在路途中把天狼星對於卡卡夫的所有評語，全都鉅細靡遺地告訴榮恩。榮恩聽到卡卡夫曾經是一名食死人時雖然感到大為震驚，但等到他們踏入貓頭鷹屋時，榮恩卻已在大言不慚地表示，他們早該看出一些蛛絲馬跡。

「這樣事情就全都湊起來了，對不對？」他說，「你們記得馬份在火車上時不是說過，他爸和卡卡夫是朋友嗎？現在我們已經曉得他們兩個是在哪裡認識的了。他們說不定還在魁地奇世界盃的時候，一起戴著面具到處亂跑咧……不過我可以告訴你一件事，哈利，如果**是**卡卡夫把你的名字扔進火盃，那他現在一定會覺得自己笨得要死，你說是不是？根本行不通，對吧？你只不過是擦破了一塊皮！過來——讓我來——」

豬水鳧一聽到自己要出去送信，就樂得興奮過度，在哈利頭頂上不斷地兜圈子打轉，並不住口地嗚嗚啼叫。榮恩一把將牠從空中抓下來，然後再緊緊夾住牠，好讓哈利把信綁在牠的腿上。

「其他任務應該不會有這麼危險了吧，我想是不可能的啦。」榮恩把豬水鳧帶到窗口邊，繼續說下去，「你知道我是怎麼想的嗎？我覺得你很可能會成為這場大賽的冠軍咧，哈利，我是說真的。」

哈利知道榮恩之所以會這麼說，主要是想為他過去這幾個禮拜的惡劣態度做些彌補，儘管如此，哈利心裡還是覺得很感激。但妙麗卻靠在貓頭鷹屋的牆邊，雙手環抱在胸前，皺眉望著榮恩。

「哈利在完成這場鬥法大賽之前，還有好長的一段路要走，」她嚴肅地表示，「如果第一項任務是那種東西的話，我真不敢想接下來會是什麼。」

「妳這人還真不是普通的悲觀欸，是不是呀？」榮恩說，「妳偶爾也該跟崔老妮教授碰個面，好好地互相切磋琢磨一番。」

他把豬水鳧從窗口拋出去，豬水鳧一連垂直降落了十二呎，才好不容易飛了起來。牠腿上綁的那封信比平常長了些也重了些——哈利一提起筆，就忍不住要把他在對付角尾龍時是如何突然轉向、旋轉誘敵，以及巧妙閃躲的所有過程，全都鉅細靡遺地告訴天狼星。

他們望著豬水鳧消失在漆黑的夜空，然後榮恩說：「好了，我們最好趕快下樓去參加你的驚喜派對，哈利——弗雷和喬治現在應該已經從廚房弄到一大堆食物了。」

果真沒錯，他們一踏進葛來分多交誼廳，室內就再度爆出另一陣響亮的喝采歡呼聲。桌面上全都擺滿了堆積如山的糕點、裝滿南瓜汁的細口瓶，和許多奶油啤酒。李・喬丹剛才放了一個飛力博士的神奇水燃無熱煙火，因此現在空中到處都可以看到星星與火花。而善於繪畫的丁・湯馬斯，在房中布置了一些出色醒目的新旗幟，上面大多是描繪哈利騎著火閃電，在角尾龍頭邊盤旋飛馳的英勇畫面，其中也有一兩幅呈現出西追頭上著火的狼狽相。

哈利拿了一些食物，他都幾乎快忘記肚子餓是什麼滋味了。他、榮恩和妙麗一起坐下來，他真不敢相信自己現在竟然會這麼快樂，他已經跟榮恩和好，也順利通過第一項任務，而且三個月以後才會面對第二項任務。

「天哪，這東西怎麼這麼重呀，」李．喬丹說，他抓起哈利擱在餐桌上的金蛋，並用手掂掂它的重量，「把它打開吧，哈利，快呀！讓我們瞧瞧裡面是什麼玩意兒！」

「哈利應該完全靠自己的力量來解開裡面的線索，」妙麗立刻表示，「這是鬥法大賽的規定……」

「我本來也應該要靠自己的力量通過龍的防守呀。」哈利壓低聲音，因此只有妙麗一個人聽到他的聲音，她有些心虛地咧嘴一笑。

「沒錯，哈利，快打開吧！」有幾個人也開始慫恿他。

李把金蛋遞給哈利，哈利把手指甲插進蛋中間的一圈溝紋中，把蛋撬開。

蛋裡面是空心的，什麼也沒有——但哈利一打開，一種最恐怖的聲音，一種響亮而尖銳的哭嚎聲，立刻響遍了整個房間。哈利過去聽過最接近這種嚇人鬼叫的聲音，就是他在差點沒頭的尼克的忌日宴會中，那支幽靈樂隊用音樂鋸子所演奏出的樂曲。

「快把它關上！」弗雷摀住耳朵大吼道。

「那是什麼聲音？」西莫．斐尼干在哈利猛然把蛋合上時，望著它問道，「聽起來像是報喪女妖的哭聲……說不定你下次就是要通過報喪女妖的防守，哈利！」

「那是有人受到酷刑折磨的聲音！」奈威說，他的臉色已變得慘白，還不小心打翻盤子，讓臘腸捲滾得滿地都是，「你下次必須去對抗酷刑咒！」

「別傻了，奈威，那可是非法的詛咒呢，」喬治說，「他們絕對不會用酷刑咒來對付鬥士。我覺得那聽起來倒有點像是派西的歌聲……說不定你下次是必須在派西淋浴的時候去攻擊他喔，哈利。」

「要不要嚐一個果醬餡餅，妙麗？」弗雷說。

妙麗用懷疑的目光望著他遞過來的餐盤，弗雷咧嘴微笑。

「這沒問題的啦，」他說，「我沒對它動什麼手腳。妳要留意的是那些奶油乳蛋糕——」

奈威才剛咬了口奶油乳蛋糕，一聽到這句話就被嚇得嗆到，趕緊把它給吐了出來。

弗雷大笑，「只是開個玩笑啦，奈威……」

妙麗拿了一個果醬餡餅吃。

然後她開口問道：「這些全都是從廚房拿過來的嗎，弗雷？」

「沒錯，」弗雷答道，並朝她咧嘴一笑。他尖起嗓子，模仿家庭小精靈高亢尖細的嗓音：「『你要什麼請儘管開口，我們都可以替你準備，先生，什麼都可以！』他們真是非常樂意幫忙喔……我要是跟他們說我餓得半死的話，他們甚至可以替我準備一隻烤全牛呢。」

「那你是怎麼進到廚房去的？」妙麗用一種既隨意又天真的語氣問道。

「簡單，」弗雷說，「門藏在一幅水果靜物畫的後面。你只要在梨子上面搔搔癢，它就會吃吃傻笑——」他突然閉上嘴，疑心地望著妙麗問，「妳問這幹嘛？」

「沒什麼。」妙麗連忙表示。

「妳現在又想去遊說那些家庭小精靈進行罷工啦？」喬治說，「妳打算放棄傳單之類的紙上談兵，乾脆跑過去煽動他們造反了是吧？」

有好幾個人忍不住咯咯竊笑，妙麗什麼也沒說。

「妳可千萬別跑去煩他們，跟他們說什麼他們必須穿衣服、領薪水之類的鬼話！」弗雷警告妙麗，「妳這樣會讓他們不想煮飯！」

就在此時，奈威突然變成了一隻大金絲雀，稍稍轉移了一下大家的注意力。

「喔——對不起，奈威！」弗雷在狂笑聲中喊道，「我忘了——我們**就是**對奶油乳蛋糕下咒——」

短短一分鐘之內，奈威身上的羽毛就迅速脫落，等到羽毛全掉光，他就像沒事般地重新恢復正常，甚至自己也忍不住跟大家一起放聲大笑。

「金絲雀奶油！」弗雷對著興奮的群眾叫道，「這是我和喬治發明的新產品——現在特價供應，一塊只賣七個西可！」

差不多凌晨一點時，哈利才跟榮恩、奈威、西莫和丁一起回到寢室。哈利在拉上四柱大床的簾幕之前，先把他的匈牙利角尾龍小玩偶放在床邊的桌子上，它躺在桌上打了個呵欠，蜷縮著身子閉上眼睛。說真的，哈利在拉上四柱大床簾幕時暗暗想著，海格的看法確實有幾分道理……龍這種動物其實還算不錯啦。

＊＊＊

十二月翩然到來，並為霍格華茲帶來了狂風與冰霰。雖然城堡在冬季時總是有寒風從縫隙竄進來，但每當哈利經過那艘停泊在湖上的德姆蘭大船，看到它在暴風中顛簸浮沉，黑色的風帆在漆黑的天空中鼓脹飄揚時，他不禁暗自慶幸，至少城堡還有溫暖的爐火與厚實的圍牆為他們阻擋嚴寒。他覺得波巴洞的拖車式住宅好像也是冷得要命，而他注意到，海格總是毫不間斷地為美心夫人的馬兒，準備牠們最喜歡的純麥芽威士忌；光是從小牧場角落馬槽邊所飄送出的陣陣酒香，就足以讓奇獸飼育學課的全班同學感到醺然欲醉。這對他們並沒什麼好處，他們仍然得去照料那些可怕的釘蝦，因此必須讓頭腦保持清醒。

「我不確定牠們到底要不要冬眠，」海格在下一堂課時，對著那群在寒風刺骨的南瓜田中凍得發抖的學生說，「我想我們先來試一下，看牠們想不想打個盹……我們只要把牠們放進這些盒子裡就成了……」

現在總共只剩下十隻釘蝦，而牠們自相殘殺的慾望，顯然還沒有完全消失。每一隻釘蝦現在都快要長到六呎長了，牠們那身厚厚的灰色盔甲，牠們那窸窣竄動的有力長腿，牠們那會噴火的尾巴，以及牠們的螫刺和吸盤，使牠們成為哈利這輩子見過最令人厭惡的東西。全班同學無精打采地望著海格搬出來的大盒子，看到裡面墊滿了枕頭，並鋪上毛茸茸的毯子。

「我們只要讓牠們進到裡面，」海格說，「再蓋上蓋子，看看會出現什麼樣的情況就行了。」

但結果卻顯示出，這些釘蝦根本就不需要冬眠，而且也不喜歡被強迫關進墊滿枕頭的箱子裡，待在那裡沒辦法動彈。沒過多久，海格就開始不停地大呼小叫：「不要慌，聽我說，大家不要慌！」釘蝦在南瓜田裡到處亂衝亂撞，此時地上早已堆滿了燒焦的木箱殘骸。班上大多數學生——由馬份、克拉和高爾三人領軍——已一溜煙地從後門逃進海格的小木屋，把自己關在裡面死都不肯出來；哈利、榮恩和妙麗則和其他人一起留在外面，幫忙海格收拾殘局。他們同心協力地設法制住了九隻釘蝦，把牠們用繩子綁好，最後只剩下一隻釘蝦。

「聽著，千萬別嚇到牠呀！」海格看到榮恩和哈利兩人用魔杖指著釘蝦，朝牠射出一束束炙熱的火花，不禁急得大叫，而那隻釘蝦正充滿威嚇意味地朝他們步步逼近，牠的螫刺呈拱狀豎起，顫巍巍地在牠背上晃動，「先想辦法用繩子套住牠的螫刺呀，這樣牠才不會傷到其他釘蝦嘛！」

「是呀，我們哪捨得傷到那些寶貝啊！」榮恩生氣地喊道，此時他和哈利已被逼得退到海格小木屋的牆邊，仍忙著用火花止住釘蝦的攻勢。

「好，好，好……這看起來還挺有趣的。」

麗塔．史譏斜倚在海格院子的柵欄邊，冷眼望著眼前這場大混亂。她今天穿著一件鑲著紫色毛皮翻領的厚重深紫紅色斗篷，手腕上掛著她的鱷魚皮手提袋。

釘蝦把哈利和榮恩逼得走投無路，海格過來把整個身子撲到牠上面，把牠制伏。牠的尾巴爆出一堆火焰，把附近的南瓜莖葉全都烤焦了。

「妳是誰？」海格一面詢問麗塔．史譏，一面用繩圈套住釘蝦的螫刺，再綁緊繩子。

「麗塔．史譏，《預言家日報》的記者。」麗塔笑咪咪地答道，露出她閃閃發亮的金牙。

「鄧不利多不是叫妳以後不准再進到校園裡面來了嗎？」海格說，他微微皺起眉頭，從那頭被壓得有點扁的釘蝦身上爬起來，開始用力把牠拉到牠的同伴身邊。

麗塔裝出一副好像根本就沒聽到海格說話的模樣。

「這些迷人的生物叫什麼名字呀？」她笑咪咪地問道，嘴巴咧得比剛才更大了些。

「爆尾釘蝦。」海格咕嚕了一聲。

「真的嗎？」麗塔說，渾身上下全都流露出濃厚的興趣，「我以前從來沒聽過這種生物……牠們的原產地是在哪裡呀？」

哈利注意到，海格雜亂的黑鬍下浮現出一層淡淡的紅暈。他的心沉了下來，海格這些釘蝦**到底**是從哪裡弄來的？

妙麗似乎也想到了同樣的事情，趕緊接口說：「牠們真的非常有趣，對不對？你說是不是啊，哈利？」

「什麼？喔，是呀……哎喲……真的很有趣。」哈利被妙麗踩了一腳，連忙附議道。

「啊，原來**你**在這裡呀，哈利！」麗塔．史譏回過頭來，對哈利說，「所以你很喜歡上奇獸飼育學是不是？這是你最偏愛的科目之一嗎？」

「是的。」哈利非常堅定地表示，海格對他露出開心的笑容。

「太棒了，」麗塔說，「真的是太棒了。你教書教了很久嗎？」她又問了海格一句。

哈利注意到她的目光輪流掃過丁（他的臉頰上有一道深深的傷口）、文妲（她的長袍被燒得焦黑）、西莫（他正朝被燒傷的手指頭呵氣），然後停駐在小木屋的窗口上。班上大部分學生都站在那裡，鼻子貼在玻璃窗上默默觀望，準備等到危機解除時再走出去。

「這是我第二年教書。」海格說。

「太棒了……不曉得你願不願意接受我的採訪？跟大家分享一下你照顧奇獸的寶貴經驗？我想你一定曉得，《預言家日報》週三有一個關於動物學的專欄，我們可以替這些——呃——砰尾電蝦——做個專題報導。」

「是爆尾釘蝦。」海格熱心地表示，「呃——好呀，沒什麼不可以吧？」

哈利感到情況大大不妙，但麗塔在一旁虎視眈眈，他實在找不出辦法把他的感覺告訴海格，因此他只好默默站在一旁，眼睜睜地看著海格和麗塔．史譏兩人商量好，在這禮拜結束前到三根掃帚碰面，好好進行一場長時間的採訪。然後，從城堡傳來了下課的鐘聲。

「好，再見啦，哈利！」麗塔．史譏在看到哈利，榮恩及妙麗一同離開時愉快地表示，「那就週五晚上見囉，海格！」

「她會把他說的每一句話，全都加以扭曲。」哈利壓低聲音說。

「現在我只希望，那些釘蝦不是他從國外非法進口的就好了。」妙麗絕望地說。他們面面相覷——這正是海格可能會做出的事。

「海格以前就惹過一大堆麻煩，但鄧不利多也沒解雇他呀，」榮恩安慰他們，「最糟糕的情況，也只不過是要海格把釘蝦送走罷了。對不起……我剛才說最糟糕的情況？我其實是指最好的情況。」

哈利和妙麗放聲大笑，心情變得稍稍好了一些，於是他們三人一起走去吃午餐。

那天下午的兩堂占卜學，哈利可說是上得非常愉快。他們還是跟以前一樣畫占星圖做預言，但現在榮恩已跟他重新和好，因此這一切似乎又變得非常好玩了。當初他們兩人預言自己慘遭橫死時，崔老妮對他們兩人大為讚賞、青睞有加，但是他們現在居然膽敢在她解釋冥王星對於日常生活的各種不良影響時，老是在一旁吃吃竊笑，很快就把她惹火了。

「我個人是**認為**，」她用一種充滿神秘的低沉嗓音說著，卻無法掩蓋住她明顯的怒意，「我們之中的**某些人**，」——她意味深長地瞪著哈利——「要是能看到我昨晚在水晶球裡所看到的景象，或許就不會像現在這麼**輕浮**了。當時我正坐在這裡專心做手工，突然感到一股急著去觀察天體的強烈衝動，於是我站起來，坐到水晶球前面，深深望進球體透明的內部……你們猜猜看，裡面有什麼東西在跟我互相對望？」

「難道是一隻戴著超大眼鏡的醜老蝙蝠嗎？」榮恩壓低聲音說道。

哈利費了好大的勁，才勉強繃住臉沒笑出來。

「是**死神**，親愛的。」

芭蒂和文妲兩人都用手摀住嘴巴，露出極端害怕的表情。

「是的，」崔老妮教授說，並誇張地點了點頭，「他逐漸逼近，像兀鷹似地在上空盤旋，越飛越低……越飛越低，漸漸靠近城堡上方……」

她非常明顯地瞪著哈利，而他毫不掩飾地打了一個大呵欠。

「這類話她早就講過八十遍以上，我現在都已經聽得沒什麼感覺了。」哈利說，現在他們終於走到崔老妮教室下方的樓梯，重新呼吸到新鮮的空氣，「要是她每次預言我會死的時候，我都倒下來暴斃一次的話，那我早就變成活生生的醫學奇蹟了。」

「不，你會變成一種超級濃縮版的幽靈。」榮恩咯咯輕笑，此時他們正好跟迎面走來的血腥男爵擦身而過，而他那對圓睜的幽靈鬼眼惡狠狠地瞪視前方，「至少我們不用做功課，我真希望薇朵教授能開一大堆功課給妙麗，我最喜歡什麼事都不用做，看她一個人在……」

但妙麗並沒有來吃晚餐，當他們在晚餐後到圖書館去找她時，發現她也不在那裡。圖書館裡就只有維克多．喀浪一個人。榮恩在書架後徘徊了好一陣子，盯著喀浪，輕聲跟哈利討論他到底要不要跑過去找喀浪簽名——接著榮恩就發現他旁邊的書架後面躲了六、七個女生，她們也忙著討論同一件事情，於是他立刻對這個念頭失去了熱情。

「奇怪，她到底跑到哪裡去啦？」榮恩說，此時他已和哈利兩人回到了葛來分多塔。

「不曉得……胡言亂語。」

胖女士才剛往前敞開，他們背後就響起一陣急促奔跑的腳步聲，妙麗終於出現了。

「哈利！」她衝到他們身邊停下來，氣喘吁吁地說（胖女士揚起眉毛，低頭打量著她），「哈利，你一定要跟我去——你**一定**要跟我去看看，一件最神奇的事情發生了——拜託——」

她一把抓住哈利的手臂，想要拖著他沿著走廊往回走。

「怎麼啦？」哈利問道。

「等我們到那裡以後，你就會看到了——喔，快走呀——」

哈利回頭看著榮恩，榮恩迎上他的視線，顯然已被挑起了好奇心。

「好吧。」哈利說，跟著妙麗沿著走廊往回走，榮恩連忙趕上前去。

「喔，你們別管我了，」胖女士在他們背後生氣地喊道，「千萬別為了沒事打擾我而向我道歉，這我可擔待不起！我就這樣大大敞開著掛在這裡，一直等到你們回來，這總可以了吧？」

「好呀，謝啦。」榮恩回過頭去喊道。

「妙麗，我們到底要去哪裡呀？」哈利在她領著他們一口氣連下六層樓，並開始走下通往入口大廳的大理石階梯時，終於忍不住開口問道。

「你等一下就知道了，再等一分鐘就行了！」妙麗興奮地答道。

她一走到樓梯最下面就往左轉，快步走向西追在火盃吐出他和哈利的名字之後所穿越的那扇門。哈利以前從來沒走進來過，他和榮恩兩人跟著妙麗走下一列石階，但階梯下面並不是他們在前往石內卜地牢時，所看到的那種陰暗地下通道，而是一條點著明亮火炬的寬闊石廊，兩旁並裝飾著許多賞心悅目的圖畫，上面畫的主要是食物。

「喔，慢著……」哈利沿著石廊往前走，但在走到一半時突然緩緩說道，「等一下，妙麗……」

「幹嘛？」她轉過頭來望著他，她的臉上充滿了期盼。

「我知道這是怎麼回事了。」哈利說。

他用手肘頂了榮恩一下，並伸手指著妙麗背後的那幅圖畫，上面畫著一個裝滿水果的巨大銀碗。

「妙麗！」榮恩立刻就明白了，「妳又想引誘我們上當，去管那個什麼『吐』的鬼事了！」

「不，不，才不是呢！」她急急表示，「而且那也不叫『吐』，榮恩——」

「難道妳又替它改名字啦？」榮恩皺眉望著她說，「那我們現在是叫什麼呀？『家庭小精靈解放陣線』嗎？妳休想叫我突然闖進廚房，去叫他們不要工作，妳休想要我——」

「我又沒叫你這麼做！」妙麗不耐煩地說，「我剛才到這裡來，跟他們談了一會，我發現——喔，**快走呀**，哈利，我想快點帶你去看！」

她又抓住哈利的手臂，把他拉到那幅大水果碗的畫前面，伸出她的食指，開始朝上面的綠色大梨子搔癢。梨子咯咯輕笑、扭來扭去，並在瞬間變成了一個巨大的綠色門把。妙麗抓住門把，拉開房門，往哈利背後用力推了一下，逼他走進去。

哈利朝室內瞥了一眼，這是一個天花板挑高的大房間，面積大約跟上面的餐廳差不多大。石牆邊擺了許多堆積如山的閃亮黃銅炊具，對面還有一個巨大的磚頭壁爐，接著就有個小小的東西從房間中央朝他衝過來，一面還在尖聲大叫：「哈利波特，先生！**哈利波特！**」

下一秒，他突然感到自己變得完全不能呼吸，因為那個尖叫的小精靈，已一頭撞向他的橫隔膜，並緊緊抱住他，他覺得他的肋骨都快要被勒斷了。

「多——多比？」他喘著氣問道。

「就**是**多比，先生，是多比呀！」從他肚臍附近的某個地方，傳來一陣尖叫的嗓音，「多比一直好希望好希望能見到哈利波特，先生，而哈利波特現在終於來看他了，先生！」

多比鬆開手，往後退了幾步，笑吟吟地抬頭望著哈利，而他那對網球狀的綠色大眼中，盈滿了喜悅的淚水。他看起來幾乎跟哈利記憶中一模一樣，鉛筆般的細長鼻子，蝙蝠似的大耳朵，修長的手指與雙腿——唯一不同的是他身上的衣服，那跟以前比起來可說是有天壤之別。

當多比還在替馬份家工作的時候，他總是穿著同一件又髒又舊的枕頭套，但他現在身上穿的衣服，是哈利這輩子見過搭配得最詭異的。他搭配技巧的恐怖程度，甚至連魁地奇世界盃時的那些巫師都望塵莫及。他把一個茶壺保溫罩頂在頭上當帽子戴，上面還別了一些五顏六色的徽章，裸露的胸膛前掛著一條印著馬蹄圖案的領帶，配上一條看起來像是兒童運動短褲的褲子，另外再加上一雙不成套的怪襪子。哈利看到其中有一隻襪子，就是當初他從自己腳上脫下來，設計騙馬份先生賞給多比，讓多比因此獲得自由的黑襪子，另一隻襪子上面印滿了粉紅和橘色相間的條紋。

「多比，你在這裡做什麼？」哈利驚訝地問道。

「多比已經來霍格華茲工作了，先生！」多比興奮地尖叫道，「鄧不利多教授讓多比和眨眨到這裡來做事，先生！」

「眨眨？」哈利說，「她也在這裡？」

「是呀，先生，是呀！」多比說，他抓住哈利的手，拉著他從房中的四張木頭長餐桌中間穿過去，走進廚房裡面。哈利在經過時注意到，這幾張餐桌擺放的位置，就位於上面餐廳中的四張學院餐桌正下方。此刻桌上並沒有放食物，因為晚餐時間已經結束，但他猜想，一個鐘頭之前，他們必然是先在這幾張餐桌上擺滿菜餚，然後再施法讓食物穿越天花板，送到上方四張對應的餐桌上去。

這裡至少有上百名小精靈，分別站在廚房的各個地方，當多比領著哈利經過他們身邊時，他們全都笑吟吟地鞠躬行禮。他們身上穿著一模一樣的制服，一條上面蓋著霍格華茲盾徽的茶巾，斜綁在一邊肩上，就好像是在穿羅馬長外套似的，這跟眨眨過去的穿法完全相同。

多比在磚頭壁爐前停下腳步，伸手往前一指。

「眨眨，先生！」他說。

眨眨就坐在爐火前的一張凳子上，她顯然並沒有像多比一樣，隨便找幾件衣服亂穿。她穿著雅致的小裙子和短上衣，另外還配了一頂跟衣服十分相稱的藍帽，帽子上有兩個洞，正好讓她把她的大耳朵露出來。不過話說回來，多比的服裝雖然搭配怪異，但至少乾乾淨淨、保養得十分良好，看起來就像全新的一樣。而眨眨呢，卻顯然從不肯花心思照料她的衣服，她的短上衣上沾滿了湯漬，裙子也燒焦了一大塊。

「哈囉，眨眨。」哈利說。

眨眨的嘴唇在顫抖，然後她就突然放聲大哭，豆大的淚珠從她那對棕色大眼睛中滾下來，灑落到她的胸前，情況就跟上次她在魁地奇世界盃時的情形一模一樣。

「喔，天哪，」妙麗說，她和榮恩兩人此時也跟著哈利和多比一起走到了廚房最裡面，「眨眨，別哭嘛，拜託妳不要哭好不好……」

但眨眨卻哭得比先前更加厲害。站在旁邊的多比，卻反而笑吟吟地抬頭望著哈利。

「哈利波特要喝杯茶嗎？」他大聲尖叫，蓋過了眨眨的哭泣聲。

「呃——行，好呀。」哈利說。

他一說完，馬上就有六個家庭小精靈抬著一個大銀盤，從他背後快步跑過來，盤子上裝滿了茶壺。他們替哈利、榮恩和妙麗三個人準備茶杯、一罐牛奶和一大碟餅乾。

「服務真是太好了！」榮恩用大為感動的語氣讚賞。妙麗對他皺起眉頭，但那些家庭小精靈卻都露出開心的表情，他們深深鞠了一個躬，然後就退下離開。

「你到這裡多久了，多比？」哈利在多比替大家倒茶時問道。

「只有一個禮拜，哈利波特，先生！」多比高興地答道，「多比到這裡來找鄧不利多教授，先生。你也知道，先生，一個被解雇的家庭小精靈，想要找到新工作實在是不太容易，先生，真的是非常困難——」

聽到這句話，眨眨的哭聲變得比先前更響亮了，她那如壓扁番茄似的鼻子，淌出兩條直落到胸前的鼻涕，但她根本無意去把鼻涕擦乾淨。

「多比為了找工作，先生，在這個國家整整流浪了兩年！」多比尖聲叫道，「但多比找不到工作，因為多比現在要拿薪水！」

廚房裡的家庭小精靈，原本都非常感興趣地站在一旁觀看，默默聽他們說話，但現在卻全都別過臉去，就好像多比說了什麼見不得人的髒話似的。

但妙麗卻開口讚道：「做得好，多比！」

「謝謝妳，小姐！」多比說，並對她露齒微笑，「但大部分的巫師，都不會想要雇用一個要求領薪水的家庭小精靈，小姐。『世上哪有要薪水的小精靈！』他們說，然後就當著多比的面摔上大門！多比喜歡工作，但他也想穿衣服，他也想領薪水哪，哈利波特……多比喜歡自由！」

霍格華茲的家庭小精靈，現在開始側身挪動避開多比，就好像他有什麼可怕的傳染病似的。眨眨依然待在原來的地方，但卻把哭泣的音量明顯調高了許多。

「然後呢，哈利波特，多比跑去看眨眨，結果卻發現，眨眨也已經獲得自由了，先生！」多比開心地說。

一聽到這句話，眨眨就猛然從凳子上撲下來，趴在石板地上，用她那小小的拳頭狠狠捶擊地面，傷心地大哭大叫。妙麗急忙走過去跪在她身邊，想辦法安慰她，但不論怎麼勸怎麼哄，她還是依然故我地哭個不停。

多比在眨眨淒厲的哭嚎聲中，尖聲大叫地繼續說他的故事：「然後多比想到了一個好主意，哈利波特，先生！『多比和眨眨為什麼不兩個一起找工作呢？』多比說。『哪裡才會有需要用到兩個家庭小精靈的工作？』眨眨說。而多比一直想一直想，最後終於被他想到了，先生！**霍格華茲**！於是多比和眨眨就到這裡來見鄧不利多教授，先生，而鄧不利多教授雇用了我們！」

多比露出非常開心的笑容，他的眼中再度湧出喜悅的淚水。

「而且鄧不利多教授說，如果多比想要的話，先生，他就會付多比薪水！所以多比現在是一個自由的家庭小精靈，先生。多比每星期可以領到一個加隆的薪水，每個月還可以休一天假哩！」

「那實在太少了！」跪在地上的妙麗，在眨眨持續不斷的尖叫與捶擊聲中憤慨地喊道。

「鄧不利多教授本來要給多比一星期十個加隆薪水，還有週休兩天，」多比說，並突然微微打了個哆嗦，彷彿是一想到這種太過閒暇富裕的生活，就讓他感到恐怖至極，「但多比跟他殺價，小姐……多比喜歡自由，小姐，但他想要的並不多，小姐，他還是比較喜歡工作。」

「那鄧不利多教授付給**妳**多少薪水呀，眨眨？」妙麗親切地問道。

如果她以為這可以讓眨眨心情好轉，那她實在是大錯特錯。眨眨的確是不再哭了，但當她坐起來之後，卻用她那對巨大的褐色眼睛怒目瞪著妙麗，她的臉上仍沾滿了淚水，卻突然換上一副憤怒的表情。

「眨眨是個不知羞恥的家庭小精靈沒錯，但眨眨可還沒正在向人領薪水！」她尖著嗓子哇哇大叫，「眨眨還沒正在淪落到那種地步！眨眨覺得正在當個自由的小精靈，真是丟臉死了！」

「丟臉？」妙麗茫然地說，「但是——眨眨，好了啦！應該感到丟臉的是柯羅奇先生，而不是妳！妳又沒做錯什麼事，他卻對妳這麼壞——」

但一聽到這些話，眨眨就啪地一聲按住帽子上的洞，把耳朵壓扁，這樣她就一個字也聽不見了，接著她就尖聲大叫：「妳不能正在侮辱我的主人，小姐！妳不能正在侮辱柯羅奇先生！柯羅奇先生是一個好巫師，小姐！柯羅奇先生解雇壞眨眨一點錯也沒有！」

「眨眨現在有適應問題，哈利波特。」多比偷偷尖聲告訴哈利，「眨眨忘了，她現在已經沒有必要再衛護柯羅奇先生了。她現在可以大聲說出心裡的想法，但她卻沒辦法這麼做。」

「所以家庭小精靈是不能說出他們對主人的看法囉？」哈利問道。

「喔，不行，先生，不行呀，」多比說，神情突然變得非常嚴肅，「這是家庭小精靈奴隸制度的部分規定，先生。我們守口如瓶，替他們守住秘密，先生，我們維護家族的名聲，而且我們從來不會說他們一句壞話——不過鄧不利多教授告訴多比，說他並不要我們遵守這個規定。鄧不利多教授說我們可以——可以——」

多比忽然露出緊張的表情，並示意哈利靠近一些，哈利彎下身來。

多比悄聲說：「他說如果我們想要的話，我們可以叫他——叫他瘋癲怪老頭，先生！」

多比發出一陣駭異的傻笑。

「但多比並不想要這麼做，哈利波特，」他說，現在他的音量又重新恢復正常，而他連連搖頭，把耳朵甩得啪噠啪噠響，「多比非常喜歡鄧不利多教授，先生，並且覺得能為他保守秘密，是一件非常光榮的事。」

「不過，你現在真的能毫不顧忌地，說出你對馬份家的看法嗎？」哈利問道，並朝他咧嘴一笑。

多比那對巨大的眼睛中，閃過一絲恐懼的神情。

「多比──多比應該可以吧，」他不太有把握地答道，他挺起他那小小的肩膀，「多比可以告訴哈利波特，說他以前的主人是──是──**壞心腸的黑巫師！**」

多比在原地呆立了一會，渾身上下都在顫抖，顯然是被自己的大膽給嚇壞了──然後他猛然衝向最近的一張餐桌，開始惡狠狠地用頭去撞桌子，並不住口地尖聲叫道：「**壞多比！壞多比！**」

哈利一把抓住多比脖子後面的領帶，把他從桌邊拉開。

「謝謝你，哈利波特，謝謝你。」多比喘著氣說，並伸手揉他的頭。

「你只要再多練習幾次就行了。」哈利說。

「練習！」眨眨憤怒地尖叫，「你真的應該感到慚愧，多比，居然這樣說你自己的主人！」

「他們已經不再是我的主人了，眨眨！」多比反駁她，「多比已經不用再管他們會怎麼想了！」

「喔，你真是一個壞小精靈，多比！」眨眨呻吟道，淚水又再度從她臉上淌落下來，「我可憐的柯羅奇先生，沒有眨眨他正在怎麼辦呢？他正在需要我呀，他正在需要我的幫助呀！我這輩子都一直正在照顧柯羅奇家，在我之前是我的母親正在照顧，而在我母親之前，又是我的外婆正在照顧……喔，她們要是曉得眨眨現在已經自由了，天知道她們會正在怎麼說哩？喔，丟人哪，丟死人了！」她又再度把臉埋進她的裙子裡，扯起嗓門大哭大叫。

「眨眨，」妙麗堅定地表示，「我很確定，柯羅奇就算沒有妳，他也可以過得很好。我們見過他，懂了吧——」

「妳正在見到我的主人？」眨眨屏息問道，她再度把那張淚溼的面龐，從裙子裡抬起來，瞪大眼睛望著妙麗，「妳正在霍格華茲這裡見到他？」

「是的，」妙麗說，「他和貝漫先生都是三巫鬥法大賽的評審。」

「貝漫先生也來了？」眨眨尖叫道，哈利驚訝地發現（從榮恩和妙麗兩人臉上的表情來看，他們顯然也十分震驚），她竟然又變得滿臉怒容，「貝漫先生是一個壞巫師！一個非常壞的巫師！我的主人正在不喜歡他，喔，不，一點也不喜歡。」

「貝漫——是壞人？」哈利說。

「喔，是的，」眨眨連連點頭地答道，「我的主人正在告訴眨眨一些事情！但眨眨不說……眨眨——眨眨要替主人保守秘密……」

她又再度趴下來，哭成了一個淚人兒，他們可以聽到她把臉埋在裙子裡哭著說：「可憐的主人，可憐的主人，再也沒有眨眨在他身邊幫他了！」

接下來不論他們怎麼勸，也無法再讓眨眨說出一句理性的話。最後他們只好放棄，讓她一個人在那裡哭個夠。他們繼續喝茶，而多比一直開心地對他們述說，他恢復自由之後的生活，以及他打算用薪水來買些什麼東西。

「多比下次要買一件套頭毛衣，哈利波特！」他高興地說，伸手指著自己裸露的胸膛。

「我跟你說，多比，」榮恩說，他好像非常喜歡這位家庭小精靈，「今年聖誕節，我會把我媽替我織的套頭毛衣送給你，她每年都會替我織一件。你不討厭茶色吧？」

多比顯得非常開心。

「我們大概得先把它縮小一點，才能合你的尺寸，」榮恩說，「不過它跟你的茶壺保溫罩還滿配的呢。」

他們準備離開的時候，周圍許多小精靈全都爭先恐後湧過來，塞了些點心要他們帶回樓上吃。妙麗不肯拿，並帶著難過的表情，望著小精靈那種不停鞠躬哈腰的卑微模樣，但哈利和榮恩卻老大不客氣地塞了滿口袋的奶油蛋糕和派餅。

「多謝啦！」哈利對小精靈說，他們已全都圍聚在門邊準備跟客人告別，「再見了，多比！」

「哈利波特……多比可不可以偶爾上去看你，先生？」多比遲疑地問道。

「當然可以啦。」哈利說，多比露出開心的微笑。

「你們知道我在想什麼嗎？」榮恩說，此時他和妙麗及哈利已離開廚房，再度爬著那列通往入口大廳的階梯，「這麼多年來，我一直都覺得弗雷和喬治兩人很了不起，竟然能從廚房騙到那麼多食物——好啦，結果這其實一點也不難，是不是？他們根本就急著要把食物送出去嘛！」

「你們知道嗎？我覺得對那些家庭小精靈來說，這真的是一件最棒的事，」妙麗邊說邊領先爬上大理石階梯，「我是說多比到學校來工作這件事。這樣其他小精靈，就會看到他在獲得自由之後過得有多快樂，而在潛移默化之下，他們就會漸漸明白，知道自己也想要得到自由了！」

「那我們最好是趕快祈禱，叫他們千萬別太接近眨眨。」哈利說。

「喔，她會好起來的，」妙麗說，但她的語氣聽起來好像不太有把握，「等她從打擊中恢復過來以後，她就會開始習慣霍格華茲的生活了。那時候她就會了解，離開那個叫柯羅奇的男人，她的日子有多好過。」

「她好像很愛他呢。」榮恩口齒不清地說（他剛塞了滿口的奶油蛋糕）。

「不過，她好像不太看得起貝漫，是不是？」哈利說，「不曉得柯羅奇在家裡說了他什麼壞話？」

「大概是說他不是個好主管，」妙麗說，「讓我們面對現實吧……柯羅奇這麼說也的確有幾分道理，對不對？」

「我還是寧願替貝漫工作，也不要做老柯羅奇的屬下，」榮恩說，「至少貝漫還有點幽默感。」

「這話可千萬不能讓派西聽到。」妙麗淡淡地笑著說。

「沒錯，嗯，派西也不會想要替有幽默感的人工作，對不對？」榮恩說，現在他又挑了個巧克力閃電泡芙吃，「就算是有人戴上多比的茶壺保溫罩，全身光溜溜地在派西面前跳舞，他也看不出那有什麼好笑的。」

22

意料之外的任務

「波特！衛斯理！**你們專心一點好嗎？**」

麥教授氣沖沖的嗓音，如鞭響般劃過星期四的變形學教室，嚇得哈利和榮恩立刻抬起頭來。

就快要下課了，該做的練習也都做完了。那隻被他們變成天竺鼠的珠雞，現在已關進麥教授講桌上的大籠子裡（奈威變的天竺鼠身上仍帶著羽毛），而且他們也已經把黑板上的作業題目抄了下來（「請舉例說明，在施行跨種變形互換時，變形咒該進行什麼樣的調整」）。下課鈴聲即將響起，坐在教室最後一排的哈利和榮恩，剛才正忙著用兩根弗雷和喬治發明的假魔杖玩比劍遊戲，你來我往殺得不亦樂乎，但他們才一抬起頭來，榮恩手中的魔杖就忽然變成了一隻錫鸚鵡，而哈利手裡則抓了一個橡膠黑線鱈。

「現在波特和衛斯理已大發慈悲不再胡鬧，表現出他們這個年齡該有的規矩。」麥教授說，生氣地瞪了他們兩人一眼，哈利那隻黑線鱈的頭正好在此時垂下來，無聲地掉到地上——剛才在打鬥中被榮恩那隻鸚鵡的鳥喙切斷了頭——

「我這裡有件事要跟大家宣布。耶誕舞會就快要到了——這是三巫鬥法大賽傳統的一部分，同時也是讓我們跟那些外國賓客進行社交的大好機會。現在大家注意聽好了，這場舞會，只有四年級以上的學生能夠參加——不過，如果你們願意的話，也可以邀請低年級同學做舞伴——」

文妲．布朗發出一陣尖銳的笑聲，芭蒂．巴提朝她的肋骨用力頂了一下，她自己也在努力憋笑，憋得她臉上肌肉不停激烈抽動，她們兩人都回頭望著哈利。麥教授沒理她們，哈利覺得這實在是超級不公平，剛才麥教授可是兇巴巴地罵了他和榮恩一頓呢。

「大家必須穿上禮袍，」麥教授繼續說下去，「舞會將於聖誕節當天晚上八點鐘在餐廳舉行，直到午夜才結束。還有呢——」

麥教授故意賣關子似地掃視了一下全班同學。

「耶誕舞會當然是讓我們大家可以有機會——呃——把我們的頭髮放下來。」她用一種不以為然的語氣說。

文妲笑得比剛才更厲害了，她用雙手緊摀住嘴巴，免得笑出聲來。哈利這次倒是可以看出她發笑的原因：梳著嚴整髮髻的麥教授，露出一臉誰也休想要她把頭髮放下來的堅毅神情。

「但這並**不**表示，」麥教授繼續說下去，「我們會放鬆對霍格華茲學生行為的要求。若是有任何葛來分多的學生，做出有辱校風的舉動，我必然會感到非常非常痛心。」

下課鈴聲響起，大家全都忙著收拾書包，再將它甩到肩上，教室中就跟往常一樣陷入一片混亂。

麥教授在吵鬧聲中喊道：「波特——我有話要跟你說，請你過來。」

哈利暗自忖度，這大概是跟他那隻無頭橡膠黑線鱈有關，於是他悶悶不樂地走向講桌。

麥教授一直等到其他同學全都走光以後，才開口說：「波特，鬥士和他們的同伴——」

「什麼同伴？」哈利問道。

麥教授狐疑地打量著他，似乎以為他是故意在耍寶。

「你耶誕舞會的同伴，波特，」她冷冷地說，「你的**舞伴**。」

哈利感到他的腸子突然全都揪到一起。「舞伴？」

他覺得他的臉變紅了。「我不跳舞的。」他立刻表示。

「喔，是嗎，那我告訴你，」麥教授被激怒了，「這次你非跳不可。依照三巫鬥法大賽的傳統，舞會向來都是由鬥士和他的舞伴負責開舞。」

哈利心中突然出現一幅畫面：他自己戴著高帽、穿著燕尾服，而他身邊的女伴則穿著一種綴滿蕾絲花邊的禮服。他記得，佩妮阿姨每次要參加威農姨丈公司宴會的時候，都是這麼穿的。

「我不要跳舞。」他說。

「這是傳統，」麥教授堅決地表示，「你是霍格華茲的鬥士，你就必須盡身為學校代表的義務。所以趕快去替自己找個舞伴吧，波特。」

「可是——我不——」

「你聽到我說的話了，波特。」麥教授用一種沒得商量的語氣，斷然結束了這段談話。

＊＊＊

在一個禮拜之前，哈利一定會說，找舞伴跟對付匈牙利角尾龍比起來，實在是簡單多了。但既然他已經成功對付過角尾龍，而邀請女伴參加舞會的壓力又迫在眉睫，他現在反而寧願再去跟角尾龍大戰一回合。

今年有非常多的學生，登記要留在霍格華茲過聖誕節。哈利以前從來沒見過這樣的情形，當然啦，他自己每年都會留下來，因為他若是不這麼做的話，他就得回到水蠟樹街，不過呢，以前像他這樣自願留校的人，可說是少之又少。但在今年，所有四年級以上的學生，似乎全都準備留下來過節，在哈利看來，他們好像全都為那場即將來臨的舞會興奮得神魂顛倒——或者應該說，至少所有的女生都是如此。令人訝異的是，他突然發現，霍格華茲好像到處都是女生，而他以前竟然完全沒注意到。女生在走廊上說悄悄話並吃吃傻笑，女生在男生經過時尖叫大笑，女生興奮地互相交換情報，討論她們在聖誕節晚上要穿什麼樣的衣服……

「她們為什麼老是要成群結隊一起行動？」哈利問榮恩，此時大約十來個暗暗竊笑、並緊盯著哈利不放的女生，從他們面前經過，「這樣我們怎麼可能有辦法，趁她們落單的時候去邀她們呀？」

「乾脆拿套索套一個過來怎麼樣呀？」榮恩建議，「你想到要邀請誰了嗎？」

哈利沒有回答。他心裡很清楚，自己**想**邀的是誰，但他就是沒辦法鼓起勇氣展開行動……張秋比他高一個年級，她長得非常漂亮，她是一個非常優秀的魁地奇球員，而且也非常受男孩子歡迎。

榮恩好像知道哈利心裡在想些什麼。

「聽我說，你不會碰到困難的啦。你可是鬥士欸，而且你剛打敗了一頭匈牙利角尾龍。我敢打包票，一定會有一大堆女生，在排隊等著你邀她們做舞伴咧。」

榮恩為了維護他倆最近才好不容易恢復的友誼，已盡量把話中的諷刺意味降到最低。哈利大感驚訝的是，他的話居然還真有幾分道理。

就在第二天，一個哈利這輩子從來沒跟她說過話的赫夫帕夫三年級鬈髮女生，突然走過來找哈利，問說她可不可以跟他一起參加舞會。哈利實在是太過震驚，他連想都沒想，就立刻斷然拒絕。那個女孩一副備受傷害的樣子，轉身黯然離開，害哈利在接下來的魔法史課堂中，遭受到丁、西莫和榮恩等人的無情訕笑。隔天，又有兩個女孩過來問他，其中一個是二年級，另一個則是五年級（這把哈利給嚇得半死），看起來像是哈利要是膽敢拒絕的話，她就會一拳把他打倒在地。

「她其實長得還滿不錯的。」榮恩在好不容易止住笑聲後，相當公允地表示。

「她整整比我高一個頭欸，」哈利心有餘悸地說，「想想看，我要是跟她一起跳舞，那會是什麼可怕的蠢德行。」

他腦海中不斷迴響起妙麗對喀浪的評語：「她們根本就是因為他很有名才會喜歡他！」哈利心裡非常懷疑，如果他不是學校鬥士的話，那幾個毛遂自薦要做他舞伴的女孩，還會不會想要跟他一起參加舞會？接著他又想，要是張秋主動問他的話，那他還會不會在乎這個問題？

大致說來，哈利現在雖然得面對開舞的窘境，但在通過第一項任務之後，他的日子確實是比以前好過多了。在經過走廊時，已不再像以前一樣，老是遇到令人不快的事情，而他懷疑這主要是拜西追所賜——他總覺得，西追為了報答他提供龍的情報，很可能特地囑咐過赫夫帕夫的同學們，別再去煩哈利。同時那些「支持**西追．迪哥里**」的徽章，也不再像以前那麼無所不在了。當然啦，跩哥．馬份仍然是一逮到機會，就當著哈利的面大聲引述麗塔．史譏的文章，但他所引起的笑聲卻變得越來越少——最棒的是，《預言家日報》竟然沒刊登海格的專訪，這讓哈利的幸福感達到了最高點。

「說真的，她好像對奇獸並不是很感興趣。」海格說。現在他們正在上這學期的最後一堂奇獸飼育學，哈利、榮恩和妙麗立刻逮住機會，詢問他接受麗塔．史譏採訪時的情形。海格現在終於不再堅持一定要學生跟那些釘蝦直接接觸了，這讓他們大大鬆了一口氣。他們今天只需要平平安安地待在海格的小木屋後面，坐在一張大桌子旁邊，挖空心思準備一堆以前沒試過的食物，設法引誘釘蝦吃下去就行了。

「她只想聽我談你的事，哈利。」海格壓低聲音繼續說下去，「嗯，我告訴她，打從我去德思禮家接你那時開始，我們倆就變成了好朋友。『那這四年來你有沒有罵過他呀？』她問我，『他在課堂上是不是常跟你搗蛋？』我跟她說沒有，可是她好像一點也不高興。你會以為她是希望我說你壞話哩，哈利。」

「她當然是希望這樣啦，」哈利說，順手把切好的龍肝塊，扔進一個大鐵碗裡面，再抓起刀子繼續往下切，「她總不能老是把我寫成一個悲劇小英雄，這多無聊呀。」

「她是想換一個全新的角度來描寫哈利呀，海格，」榮恩一面剝火蜥蜴蛋，一面睿智地表示，「你應該把哈利說成是一個犯罪狂！」

「他才不是呢！」海格說，看來他是真的嚇壞了。

「她應該去訪問石內卜的，」哈利冷冷地說，「他隨時都可以為她提供一堆情報。『波特這傢伙一進學校，就一天到晚為非作歹……』」

「他真的這麼說嗎？」海格在榮恩和妙麗的大笑聲中問道，「這個嘛，你有時候是會鑽點小漏洞，哈利，但其實你還算挺乖的啦，對不對？」

「多謝啦，海格。」哈利咧嘴笑道。

「你聖誕節那天會去參加舞會嗎，海格？」榮恩問道。

「會呀，我大概會過去看看，」海格粗聲粗氣地說，「我想那應該不錯吧。你得負責開舞是吧，哈利？你要帶誰去呀？」

「還沒找到人。」哈利說，他感到自己的臉又開始變紅了，海格並沒有再繼續追問下去。

學期的最後一個禮拜，學校的氣氛變得越來越歡樂喧鬧。校園中到處都可以聽到關於耶誕舞會的謠言，但有一半以上哈利全都不相信——比方說：鄧不利多大手筆地向羅梅塔夫人買了八百桶加香料的熱酒。不過呢，他邀請「怪姊妹」到學校來表演的事，似乎就不是空穴來風。哈利從來就沒有聽巫師廣播節目的習慣，因此他根本就不曉得這個怪姊妹究竟是什麼人或是什麼東西，但那些從小聽巫廣（巫師無線廣播網）長大的人，全都露出一副欣喜若狂的模樣，因此他猜怪姊妹大概是一個非常有名的樂團吧。

有些老師知道學生現在根本就無心上課，所以乾脆就省點力氣，不再費神去教新的課程。瘦小的孚立維教授就是其中一位，他放縱學生在星期三的課堂上玩遊戲，並花了大半堂課滔滔不絕地告訴哈利，說哈利在三巫鬥法大賽的第一項任務中所施展出的召喚咒，實在是表現得太出色、太完美了。其他老師就沒有這麼慷慨了，舉個例子來說，當丙斯教授在吃力地吟哦出妖精叛亂事件的摘要筆記時，就絕對沒有任何事情能引他分心——既然連自己的死亡都無法阻止丙斯繼續教課，他們哪還敢奢望，像聖誕節這樣的小事能讓他停止上課呢。但話又說回來，不可思議的是，他竟然能夠將殘暴血腥的妖精叛亂，講得跟派西的大釜厚度報告一樣枯燥沉悶。麥教授和穆敵教授兩人，同樣也是扎扎實實地上到最後一秒，才大發慈悲放他們下課。石內卜自然也是如此，他寧願收養哈利，也不願讓學生在課堂上玩遊戲。他不懷好意地環顧他們，然後宣布說，他將會在這學期的最後一堂課測驗他們的解毒劑。

「他實在是太差勁了，」當天晚上，榮恩在葛來分多交誼廳中怨恨地說，「突然說要在最後一天考試，真是大大破壞了我們在學期結束前的好心情。」

「嗯……但我看你好像並不怎麼緊張嘛，對不對？」妙麗從她的魔藥學筆記上方露出兩隻眼睛，打量著榮恩說。榮恩正忙著用他的爆炸牌豎一座紙牌城堡——這可比麻瓜紙牌好玩多了，因為這些牌隨時都有可能會突然全部爆炸。

「現在是聖誕節嘛，妙麗，」哈利懶洋洋地表示，他坐在爐火邊的扶手椅上，第十次閱讀《與砲彈隊一同飛翔》。

妙麗同樣也用嚴厲的目光打量著他。「哈利，我本來以為，就算你不想研究解毒劑，至少還會去做一些比較有建設性的事情！」

「例如什麼呀？」哈利一面問道，一面仍忙著閱讀查德利砲彈隊的喬伊．傑金，奮力將搏格打向一名巴利堡蝙蝠隊追蹤手的精采片段。

「那個蛋呀！」妙麗嘶聲說。

「好了啦，妙麗，第二項任務要一直等到二月二十四日，才會開始舉行欸。」哈利說。

在第一項任務的慶功宴之後，哈利就把那枚金蛋鎖進樓上的行李箱裡，再也沒去看過它一眼。反正他還要再過兩個半月，才必須去搞清楚，那個淒厲的哭嚎聲到底是代表什麼意思。

「但你說不定得花上好幾個禮拜的時間，才有辦法解開這個線索呀！」妙麗說，「要是其他人全都已經曉得第二項任務的內容，卻只有你一個人還被蒙在鼓裡，那你不就成了白痴！」

「妳少來煩他了，妙麗，他總可以暫時喘口氣吧。」榮恩說，他將最後兩張紙牌疊到城堡上方，所有的紙牌突然在瞬間爆炸，把他的眉毛都燒焦了。

「挺好看的，榮恩……這顏色跟你的禮袍還滿配的嘛。」

喬治和弗雷走過來。他們在哈利、榮恩和妙麗三人的餐桌旁坐下來，而榮恩伸手摸摸自己的眉毛，想知道那究竟燒得有多焦。

「榮恩，可以把豬水鳧借我們用一下嗎？」喬治問道。

「不行，我已經派他出去送信了，」榮恩說，「幹嘛？」

「因為喬治想要邀請他參加舞會呀。」弗雷諷刺地說。

「當然是因為**我們**想要寄信嘛，你這個超級大笨蛋。」喬治說。

「你們兩個到底一直在寫信給誰啊?」榮恩問道。

「少管閒事了,榮恩,否則我就把你的鼻子也燒成焦炭。」弗雷揮著魔杖恐嚇道,「所以說……你們都已經找好舞伴了嗎?」

「還沒。」榮恩說。

「嗯,那你們動作最好快一點,老弟,要不然出色的女生就會全都被別人給邀走囉。」弗雷說。

「那你自己是要跟誰一起去參加舞會?」榮恩說。

「莉娜呀。」弗雷毫不害羞地立刻答道。

「什麼?」榮恩吃驚地問道,「你已經開口邀她了?」

「問得好,」弗雷說。他轉過頭去,朝著整個交誼廳喊道,「喂!莉娜!」

正坐在爐火附近跟西亞·史賓特閒聊的莉娜,轉過頭來望著他。

「什麼事?」她回喊道。

「要不要跟我一起參加舞會呀?」

莉娜用一種打量的眼光,看了看弗雷。

「好吧。」她說,然後她就回過頭去繼續跟西亞聊天,並忍不住咧開嘴,露出一絲微笑。

「看到了吧?」弗雷對哈利和榮恩說,「這實在太容易了。」

他站起來,打了個呵欠說:「那我們就只好去用學校的貓頭鷹囉,走吧,喬治……」

他們兩人離開。榮恩已不再摸他的眉毛,他的目光穿過紙牌城堡焦黑的殘骸,定定地望著哈利。

「我們真的**應該**展開行動了，你說是不是……趕快去邀個人來做舞伴。他說的沒錯，我們再不積極一點，說不定就真的沒人可邀，只好跟兩個醜山怪一起去參加舞會囉。」

妙麗聽了大為憤慨，結結巴巴地急急問道：「兩個……**什麼**，對不起？」

「呃——妳知道的嘛，」榮恩聳聳肩說，「我寧可一個人去，也不要跟——艾蘿．米金那種女生一起參加舞會。」

「她的青春痘最近少多了——而且她人真的很好！」

「她的鼻子是歪的。」榮恩說。

「喔，我懂了，」妙麗發怒道，「所以基本上，你是打算在那些願意理你的女生裡面，挑一個長得最漂亮的做你的舞伴，就算她的個性再差勁也無所謂是不是？」

「呃——是呀，差不多就是這樣。」榮恩說。

「我要去睡覺了。」妙麗沒好氣地說，接著她沒再多說一句話，就快步地朝女生寢室的樓梯走去。

＊＊＊

這段期間，霍格華茲的教職員不斷顯露出強烈的企圖心，急著想要給波巴洞和德姆蘭的訪客們留下最好的印象，他們現在似乎已打定主意要在聖誕節時，讓城堡展現出前所未有的迷人風姿。在他們布置完成後，哈利立刻注意到，今年城堡的華麗裝飾，的確是他入學以來最令人驚豔的一次。大理石階梯的扶手，裝上了持久不化的冰柱；那十二棵每年都會固定出現在餐廳中的聖誕樹，掛滿了琳瑯滿目的吊飾物，從會發光的冬青果實，到嗚嗚啼叫的金色貓頭鷹，可說是包羅萬象、無奇不有；盔甲全都被施了魔法，每當有人經過時，就會吟唱出耶誕頌歌。聽到一副連歌詞都搞不太懂的空頭盔，唱出「喔，來吧，所有忠實的信徒」，實在是令人感到挺震撼的。有好幾次，管理員飛七都不得不把皮皮鬼從盔甲裡面硬拖出來，因為他老是喜歡躲在裡面，趁歌曲中間停頓時，唱出他自己編的歌詞，而且全都粗鄙污穢得不堪入耳。

哈利依然沒有邀請張秋參加舞會。他和榮恩現在變得非常緊張，但就像哈利自己所說的，榮恩就算沒有舞伴，看起來也不至於像他那麼蠢，因為哈利得跟其他鬥士一起開舞。

「我看我最後只好去邀愛哭鬼麥朵了。」他悲觀地說，愛哭鬼麥朵是在二樓女生廁所中作祟的幽靈。

「哈利——我們只要咬緊牙關，放膽去做就行了。」榮恩在禮拜五早上表示，聽他的語氣，活像是他們兩人正計畫去突襲一座固若金湯的堡壘似的。「我們兩個一定要在今晚回到交誼廳以前，替自己找到一個舞伴——可以嗎？」

「呃……好吧。」哈利說。

但那天他每次瞥見張秋時——分別是在下課時間、午餐時，還有前去上魔法史的路途中——她的身邊總是圍著一大群朋友。難道她**從來不**獨自一個人行動嗎？難道他得埋伏在一旁，趁她去上廁所的時候，突然跑出去攔住她不成？但就算這樣也行不通——她好像甚至連去上廁所的時候，都會有四、五個女孩陪在她身邊。但他若是再不快點開口的話，她鐵定會被其他人邀走了。

在考石內卜的解毒劑測驗時，哈利根本就沒辦法專心，結果居然忘了把最重要的材料——一個毛糞石——加進去，這表示他會拿到一個大鴨蛋。但他並不在乎，他正忙著努力擠出所有的勇氣，好用來應付他待會所要面對的艱難任務。下課鈴聲一響，他就抓起包包，快步走向地牢大門。

「我們晚餐時再碰面吧。」他對榮恩和妙麗拋下一句話，就急忙衝上樓梯。

他只要請張秋跟他私下說句話就行了，這沒什麼……他匆匆忙忙地穿越擁擠的走廊，到處搜尋她的蹤影，然後就（比他原先預期的快多了）看到她正好從黑魔法防禦術教室走出來。

「呃——張秋？我可以跟妳說句話嗎？」

他們真應該把竊笑定為非法行為才對，哈利憤怒地想著，因為那群圍在張秋身邊的女生，現在全都在吃吃竊笑。但張秋並沒有笑，她說了聲：「好啊。」就跟著他一起走到她同學們聽不到的地方。

哈利轉身望著她，他突然感到胃部出現一陣詭異的痙攣，就跟下樓梯時不小心一腳踏空時的感覺差不多。

「呃。」他說。

他沒辦法開口邀她，他說不出口，但他非說不可。張秋站在那裡，滿臉迷惑地望著他。

哈利的舌頭還來不及運轉自如，就衝口說出了一句口齒不清的話。

「要果取餐揪會嗎？」

「對不起？」張秋問道。

「妳——妳要跟我一起去參加舞會嗎？」哈利說。他現在為什麼要臉紅呢？**為什麼**？

「喔！」張秋說，她的臉也變紅了，「喔，哈利，我真的非常抱歉，」她看起來確實是非常抱歉，「我已經答應跟別人一起去了。」

「喔。」哈利說。

這種感覺實在很奇怪，不久之前，他肚子裡的內臟，就像群蛇亂舞似地拚命扭動，但在轉眼間，他卻又感到肚子裡空空洞洞的，好像裡面的內臟全都不見了似的。

「喔，好吧，」他說，「沒關係。」

「我真的很抱歉。」她又說了一次。

「沒什麼。」哈利說。

他們站在原地互相對望，然後張秋開口說：「那麼——」

「嗯。」哈利說。

「那就再見了。」張秋說，她的臉依然脹得通紅。她轉身離開。

他還來不及阻止自己，就朝著她的背影喊道。

「妳要跟誰一起去？」

「喔——西追，」她說，「西追・迪哥里。」

「喔，很好。」哈利說。

他的內臟又重新回到腹中，但那感覺就好像是，它們趁剛才離開的時候，偷偷在自己裡面填滿鉛塊似的。

他完全忘了要吃晚餐，失魂落魄地慢慢走回葛來分多塔，他每往前走一步，張秋的聲音就在他耳邊嗡嗡迴響：「西追——西追．迪哥里。」他本來已經開始有點喜歡西追了——本來他已準備心胸寬大地容忍西追的種種不是：西追曾在魁地奇球賽中打敗過他、人不僅長得帥、廣受女孩子歡迎，而且還是大家最偏愛的鬥士等等。但現在哈利在剎那間清醒過來，看清一個事實：西追其實只是個中看不中用的漂亮男孩，他的腦容量大概還沒一只蛋杯大咧。

「仙子光暈。」他呆呆地對胖女士說——昨天晚上剛換了新的通關密語。

「是的，完全正確，親愛的！」她顫聲唱道，而她在往前敞開放哈利進去時，還不忘伸手調整她那新的金銀線髮帶。

哈利爬進交誼廳，朝四周望了一圈，驚訝地發現，榮恩正面如死灰地坐在遠方的一個角落。金妮坐在他身邊，好像正在用低柔安慰的語氣跟他說話。

「怎麼啦，榮恩？」哈利走過去坐到他們身邊問道。

榮恩抬頭望著哈利，臉上流露出一種盲目的驚恐神情。

「我為什麼要這麼做？」他狂亂地說，「我真不知道，自己怎麼會做出這種事！」

「什麼事？」哈利問道。

「他——呃——他剛才邀請花兒．戴樂古做他的舞伴。」金妮說。她雖然露出一臉拚命憋笑的表情，卻仍同情地輕拍榮恩的手臂。

「你做了**什麼**？」哈利問道。

「我不曉得我怎麼會做出這種事！」榮恩又開始急得喘氣，「我到底以為自己是誰呀？那邊有一大堆人——到處都是人——我真是瘋了——大家全都在看！我本來只是在入口大廳剛好經過她身邊——她正站在那裡跟迪哥里講話——然後我就像著了魔似的——跑過去邀她參加舞會！」

榮恩發出一聲呻吟，把臉埋到手裡。他繼續說下去，但聲音卻模糊得幾乎讓人聽不清，「她看著我的那種眼神，就好像我是隻噁心海蛞蝓似的。她連答都懶得回答一聲，然後——我也搞不清楚——我好像就突然恢復理智，趕緊落荒而逃。」

「她有迷拉的血統，」哈利說，「真的讓你猜中了——她的外婆是迷拉。這並不是你的錯，我敢說，剛才在你經過她身邊時，她一定是正在對迪哥里施展迷拉的魅惑魔法，所以你才會不小心中了她的魔法——但她這麼做純粹只是浪費時間，西追會跟張秋一起去參加舞會。」

榮恩抬起頭來。

「我剛才邀請她參加舞會，」哈利無精打采地說，「是她告訴我的。」

金妮臉上的笑意立刻消失。

「這真是瘋了，」榮恩說，「現在就只剩下我們兩個人還沒找到舞伴——對了，還有奈威。嘿——你猜他邀請誰去參加舞會？**妙麗！**」

「**什麼**？」哈利說，這個驚人的消息，完全轉移了他的注意力。

「沒錯，千真萬確！」榮恩說，他忍不住放聲大笑，臉上終於稍稍恢復了一點血色，

「這是他在魔藥學下課後自己跟我說的！他說妙麗一直都對他非常好，常常幫忙他寫功課什麼的——但她卻告訴他，她已經答應要跟別人一起去了。哈！說的跟真的似的。她只是不想跟奈威一起去罷了……有誰會想要跟他一起參加舞會呢？」

「別說了！」金妮不高興地說，「不要笑——」

然後妙麗就從畫像洞口爬了進來。

「你們兩個怎麼沒去吃晚餐？」她坐到他們身邊問道。

「因為——喔，你們兩個不要再笑了——因為他們剛才去邀請女生做他們的舞伴，結果兩個人都被拒絕了！」金妮說。

這句話讓哈利和榮恩的笑聲頓時停止。

「真是太感謝妳了，金妮。」榮恩沒好氣地說。

「所有的漂亮女生都被邀走了嗎，榮恩？」妙麗用高傲的態度問道，「現在看來，艾羅．米金也開始變得算是滿漂亮的了，對不對？好吧，我相信你一定可以在**某個地方**，找到一個願意理你的女生。」

但榮恩卻突然開始用一種全新的目光打量妙麗。「妙麗，奈威說得沒錯——妳真的**是**一個女生欸……」

「喔，你眼睛可真利呀。」她譏諷地說。

「所以——妳可以做我們其中一個人的舞伴啊！」

「不，我不可以。」妙麗厲聲說道。

「喔，好了啦，」他性急地說，「我們需要舞伴哪，要是大家全都有舞伴，只有我們兩個人落單，那我們不是糗斃了……」

「我不能做你們的舞伴，」妙麗說，她臉上出現了紅暈，「因為我已經答應要跟別人一起去了。」

「算了吧，妳才沒有呢！」榮恩說，「妳會這麼說，只是為了要擺脫奈威！」

「喔，是**這樣**的嗎？」妙麗說，她的眼中閃過一絲危險的光芒，「就因為**你**自己花了整整三年的時間，才發現到我是個女的，榮恩，你就以為**別人**也全都瞎了眼嗎？」

榮恩盯著妙麗，然後又開始咧嘴微笑。

「好，好，我們知道妳是一個女生，」他說，「可以了吧？那妳現在總願意跟我們一起去了吧？」

「我已經告訴過你了！」妙麗非常生氣地說，「我要跟別人一起去！」

接著她就又乒乒乓乓地快步衝回女生寢室。

「她說謊。」榮恩望著她的背影斷然表示。

「她沒有說謊。」金妮平靜地說。

「那她要跟誰一起去？」榮恩急急追問。

「我不會告訴你的，這是她的私事。」金妮說。

「好吧，」榮恩說，他顯得非常洩氣，「這真是越來越蠢了。金妮，現在，**妳**可以做哈利的舞伴，而我——」

「我不能，」金妮說，現在她的臉也脹紅了，「我要跟——跟奈威一起參加舞會。他在被妙麗拒絕以後，就來邀我做舞伴，而我想……嗯……反正他不邀我的話，我也沒辦法去參加舞會，我還不到四年級。」她露出非常難過的表情，「我現在要去吃晚餐了。」她說，接著她就站起來，低著頭走向畫像洞口。

榮恩瞪大眼睛望著哈利。

「怎麼搞的，他們全都昏頭啦？」他問道。

就在此時，哈利看到芭蒂和文妲從畫像洞口爬了進來。現在他們已經到必須採用非常手段的最後關頭了。

「你在這裡等一下，」他告訴榮恩，接著就站起來，直接走到芭蒂面前說：「芭蒂，妳可以跟我一起參加舞會嗎？」

芭蒂聽了又是一陣吃吃竊笑，哈利耐著性子，慢慢等笑聲平息下來，手指暗暗在長袍口袋中做出一個祈禱的手勢。

「可以，那就這樣吧。」她最後終於滿臉通紅地答道。

「謝了，」哈利說，心裡鬆了一口氣，「文妲——那妳可以跟榮恩一起去嗎？」

「她要跟西莫一起去。」芭蒂說，這兩個女孩又開始吃吃竊笑，而且笑得比先前更加厲害。

哈利嘆了一口氣。

「那妳可不可以想想看，還有誰可以跟榮恩一起參加舞會？」他壓低聲音問道，免得讓榮恩聽見。

「他不是可以去邀妙麗．格蘭傑嗎？」芭蒂說。

「她要跟別人一起去。」

芭蒂顯然非常吃驚。

「喔喔喔——跟**誰**？」她熱切地追問。

哈利聳聳肩。「不曉得，」他說，「那榮恩要怎麼辦？」

「嗯……」芭蒂緩緩表示，「我想我妹妹說不定可以……就是芭瑪，你知道吧……她在雷文克勞。你要的話，我可以幫你問問看。」

「好呀，那就麻煩妳了，」哈利說，「確定了就通知我一聲，好嗎？」

接著他就走回榮恩身邊，心裡不禁感到，為這場舞會花費這麼大的力氣，實在是太不值得了，並在心裡暗暗祈禱，拜託那個芭瑪．巴提千萬別長了個歪鼻子。

23

耶誕舞會

在假期中，四年級學生雖然有一大堆作業要做，但哈利一開始放假，就完全無心用功，因此他就跟其他所有人一樣，在聖誕節前的一個禮拜就開始完全放鬆心情，盡情地休閒玩樂。現在葛來分多塔幾乎就跟放假前一樣擁擠，而且它感覺上好像還比以前縮小了一些，這是因為，住在這裡的人都比往常聒噪多了。弗雷和喬治的金絲雀奶油大受歡迎，假期頭幾天，到處都可以看到有人突然全身長出羽毛。但沒過多久，所有葛來分多學生就全都學乖了。他們知道別人拿東西給你吃的時候，得特別小心提防，免得裡面藏了個金絲雀奶油，而喬治偷偷對哈利透露，說他和弗雷目前正忙著開發另一種新產品。哈利暗暗在心裡下定決心，以後不管弗雷和喬治給他什麼東西，就算只是一小片薯片，也絕對不能把它吞到肚裡去。他可沒忘了達力和吹舌太妃糖的慘劇。

現在已經開始下雪，城堡與校園全都覆蓋上一層厚厚的積雪。淡藍色的波巴洞馬車，看起來就像是一個灑滿糖粉的冰凍大南瓜，而旁邊海格的小木屋，則活像是沾滿糖霜的薑餅屋。德姆蘭校船的舷窗上結了一層冰，船具上布滿了白霜。廚房中的家庭小精靈使出渾身解數，精心烹調出比以前更出色的餐點，一道又一道營養豐富的熱騰騰燉菜與美味可口的甜點，似乎就只有花兒．戴樂古一個人，才有辦法雞蛋裡挑骨頭，硬是找出些毛病來抱怨一番。

「者些握格娃茲的食物惹量都太高了，」一天晚上，當他們跟在花兒身後（榮恩偷偷躲在哈利背後，生怕被花兒看到）走出餐廳時，聽到她正在壞脾氣地抱怨，「者樣會害窩喘不下窩的禮袍！」

「喔喔，說得還真可憐呢，」妙麗等花兒一走進入口大廳，就忍不住衝口而出，「那個人就只會想到她自己，你們說是不是？」

「妙麗——妳要跟誰一起去參加舞會？」榮恩說。

他這幾天老是冷不防地問她這個問題，希望能趁她毫無防備的時候，出其不意地嚇她一跳，好讓她一不留神就供出答案。但妙麗卻只是皺著眉頭說：「我才不要告訴你呢，你知道了只會拿這來嘲笑我。」

「你是在開玩笑吧，衛斯理？」他們背後響起馬份的聲音，「你該不會是說，真有人請**那個東西**去參加舞會？那個大門牙麻種？」

哈利和榮恩兩人都猛然回過頭來，但妙麗卻氣定神閒地朝著馬份背後揮手，並大聲喊道：「哈囉，穆敵教授！」

馬份的臉刷一下變得慘白，立刻往後一跳，慌亂地四處搜尋穆敵的身影。此時穆敵分明仍坐在教職員餐桌邊，忙著吃他的燉菜。

「難道你又想變成一隻抽筋的小雪貂了嗎，馬份？」妙麗尖刻地拋下一句，接著就和哈利、榮恩一起呵呵大笑地爬上大理石階梯。

「妙麗，」榮恩斜睨了她一眼，突然皺著眉頭說，「妳的牙齒……」

「我的牙齒怎麼啦？」她說。

「嗯，看起來不太一樣……我剛剛才注意到……」

「當然不一樣啦——難道你以為我會留下馬份害我長出的醜牙齒嗎？」

「不，我指的是，妳的牙齒看起來跟馬份下咒害妳之前很不一樣……看起來……變整齊了，而且——大小也完全正常了。」

妙麗突然露出非常淘氣的笑容，而這下連哈利也注意到了：這跟他記憶中妙麗的笑容，真的是大不相同。

「好，就告訴你們吧……在我去找龐芮夫人，請她替我把牙齒縮小的時候，她拿了一張鏡子放在我面前，要我等它們恢復成原來大小的時候，告訴她一聲，」她說，「而我只是……多等了一下才告訴她。」她的笑容變得更加燦爛了。「我爸媽一定不太高興，我好久以前，就勸他們讓我把牙齒縮小，但他們卻希望我繼續戴牙套。你們也曉得，他們兩個都是牙醫嘛，他們只是覺得，牙齒跟魔法根本就不應該——看！豬水鳧回來了！」

榮恩的那隻小貓頭鷹，現在正站在鑲上冰柱的樓梯扶手上方，瘋狂地嗚嗚啼叫，牠的腿上綁著一捲羊皮紙。經過的人全都在指著牠大笑，而一群三年級女生停下來讚嘆道：「喔，你們看那隻迷你貓頭鷹！**好可愛唷！**」

「你這個渾身羽毛的愚蠢小混蛋！」榮恩嘶聲說，急忙衝上樓梯，一把抓住豬水鳧，「你應該把信直接送給收信人！而不是要你飛來飛去到處招搖！」

豬水鳧的頭從榮恩的拳頭裡冒出來，繼續快樂地嗚嗚啼叫。那些三年級女生看來全都被嚇壞了。

「走開！」榮恩揮舞著他那隻抓著豬水鳧的拳頭，朝她們厲聲大喝，豬水鳧隨著他的拳頭在空中飛舞，叫得比剛才更大聲更快樂，「這給你——拿去吧，哈利。」榮恩在那群女生帶著又氣又怕的神情倉皇逃走時，壓低聲音對哈利說了一句。他把天狼星的回信從豬水鳧腿上扯下來，哈利立刻把信塞進口袋，接著他們就匆匆趕回葛來分多塔去看信。

交誼廳裡的所有人，全都在忙著趁假期盡情發洩一下多餘的精力，根本就沒空去理會其他人在做些什麼。哈利、榮恩和妙麗避開其他人，坐到遠處一扇逐漸堆滿積雪的陰暗窗邊，哈利開始低聲讀信：

親愛的哈利：

恭喜你順利從角尾龍面前通過，不管那個把你名字扔進火盃的傢伙是誰，我看他現在一定是高興不起來囉！我本來是想建議你用「結膜咒」，因為龍身上最脆弱的地方就是眼睛——

「這就是喀浪用的方法！」妙麗輕聲說。

——不過你的方法比較好，這讓我相當佩服。

但是你可不要得意忘形，哈利。你只不過才完成一項任務，那些陰謀設計讓你參加鬥法大賽的人，還是有非常多的機會來傷害你。你必須提高警覺——特別是當那個我們討論過的人，在你附近出現的時候——隨時留意，千萬別讓自己惹上麻煩。

繼續保持聯絡，一有異常的事情發生，就立刻通知我。

天狼星

「他的語氣簡直跟穆敵一模一樣，」哈利輕聲說，把信重新塞進長袍，「『隨時提高警覺！』聽他這麼說，你會以為我成天就閉著眼睛到處亂跑，老是把牆壁撞得砰砰響咧……」

「但他說得沒錯，哈利，」妙麗說，「你**還有**兩項任務要做呀。你現在真的應該把那個蛋拿出來看一看，開始研究它到底藏了什麼線索……」

「妙麗，他時間還多得很呢！」榮恩厲聲說，「要不要來下一盤棋呀，哈利？」

「好呀，可以啊，」哈利說。然後他看到妙麗臉上的表情，於是他又再加上一句：「好了啦，現在這裡吵得要命，妳說我怎麼有辦法專心呢？在這裡我甚至連那個蛋的聲音，都休想聽得見咧。」

「喔，我想也是。」她嘆了口氣，坐下來看他們兩人下棋，最後榮恩用一對有勇無謀的卒子和一個極端暴力的主教，興奮地將死哈利的棋子。

＊＊＊

哈利在聖誕節當天突然從夢中驚醒，他想知道自己為什麼會莫名其妙地忽然清醒過來，於是他睜開眼睛，赫然看到黑暗中有某個不知名的東西，正在用一對又大又圓的綠眼睛回望著他，而且他靠得非常近，甚至連鼻子都快要貼到他臉上去了。

「**多比！**」哈利大喊，嚇得連忙往旁一翻，想要避開那個家庭小精靈，但卻差點從床上滾下來，「你這是在**幹嘛！**」

「多比很抱歉，先生！」多比往後一跳，用他那細長的手指摀住嘴巴，不安地尖聲叫道，「多比只是想要來跟哈利波特說一聲『聖誕快樂』，把他的禮物送給他，先生！哈利波特自己說過，多比偶爾可以上來看看他的，先生！」

「沒關係，」哈利說，他的心跳雖已恢復正常，但呼吸仍然比平常急促許多，「只是——只是下次拜託你先戳我一下，這總可以吧，不要那樣突然無聲無息地貼到我面前……」

哈利拉開四柱大床的簾幕，抓起擱在床頭桌上的眼鏡戴上。他剛才的喊叫聲把榮恩、西莫、丁和奈威全都吵醒了，他們現在正瞇著惺忪睡眼，頂著蓬鬆亂髮，透過簾幕空隙朝外偷窺。

「有人攻擊你嗎，哈利？」西莫睡意矇矓地問道。

「沒事，是多比啦，」哈利低聲說，「繼續睡吧。」

「不……是禮物欸！」西莫看到他床角邊堆了一大疊禮物，開心地喊道。而榮恩、丁和奈威三人也認為，他們既然都已經醒了，乾脆就跟西莫一樣，也爬起來拆禮物算了。哈利轉頭望著多比，他正緊張兮兮地站在哈利床邊，顯然仍在為剛才嚇到哈利的事而感到擔憂。他在茶壺保溫罩頂端的環釦上，掛了一個聖誕裝飾品。

「多比可不可以把哈利波特的禮物送給他？」他試探地尖聲問道。

「當然可以啦，」哈利說，「呃……我也有個東西要送給你。」

這是謊話，他根本就沒替多比買禮物，但他立刻打開他的行李箱，掏出一雙揉成一團，看起來疙哩疙瘩、凹凸不平的襪子。這雙芥末黃色的襪子，是他所有襪子裡最舊最髒的一雙，而且還是從威農姨丈那裡接收過來的。襪子之所以會變得這麼凹凸不平，是因為哈利過去一年來，一直都把它用來當作測奸器的襯墊。他把測奸器從裡面掏出來，將襪子遞給多比說：「對不起，我忘了把它包起來……」

但多比卻非常開心。

「多比最喜歡、最喜歡的衣物就是襪子，先生！」他說，他脫下他那雙不對稱的襪子，換上威農姨丈的舊襪，「我現在總共有七雙襪子了，先生……可是，先生……」他一古腦把襪子直拉到最高處，頂端正好連接到他的短褲下方，並睜大眼睛說，「店裡的人弄錯啦，哈利波特，他們居然賣給你兩隻一模一樣的襪子！」

「哎呀，真是的，哈利，你怎麼沒注意到呢！」榮恩坐在他床上咧嘴笑道，現在他床上到處都是包裝紙，「我跟你說，多比——這給你——把這兩隻襪子拿去，這樣你就可以湊成兩雙正常的襪子穿啦，還有你的套頭毛衣。」

他扔給多比一雙他剛剛才拆開的紫羅蘭色新襪和一件衛斯理太太寄來的手織毛衣。

多比露出感激涕零的表情。「先生真是太仁慈、太善良了！」他尖聲叫道，眼中再度盈滿淚水，並向榮恩深深鞠了一個躬，「多比知道先生一定也是一位偉大的巫師，因為他是哈利波特最好的朋友，但多比並不曉得，他同樣也有著跟哈利波特一樣慷慨、一樣高貴、一樣無私的靈魂……」

「只不過是一雙襪子罷了，」榮恩說，他的耳朵周圍微微泛紅，但他看起來還是相當高興。「哇，哈利——」他剛拆開哈利送他的禮物，那是一頂查德利砲彈隊的帽子，「真酷！」他把帽子戴在頭上，帽子的顏色跟他的頭髮完全不配，看起來非常刺眼。

多比現在遞給哈利一個小小的包裹，裡面裝的禮物是——襪子。

「這是多比自己親手織的，先生！」小精靈高興地表示，「是多比用他的薪水買毛線來織成的，先生！」

左腳的襪子是鮮紅色，上面有著飛天掃帚的圖案；右腳的襪子是綠色，圖案卻換成了金探子。

「它們……它們真的是……好吧，謝了，多比。」哈利說，並把襪子穿上，這讓多比又再次喜極而泣。

「多比現在必須走了，先生，我們現在已經開始在廚房裡準備聖誕大餐了！」多比說，然後他就匆匆離開寢室，並在經過床邊時向榮恩和其他人揮手道別。

跟多比送的不對稱襪子比起來，哈利其他的禮物就令人滿意多了——德思禮家送的禮物自然不包括在內，裡面就單單只有一張面紙，創下有史以來的最差紀錄——哈利猜想他們顯然也跟他一樣，仍然沒忘記那齣吹舌太妃糖慘劇。妙麗送給哈利一本《英格蘭及愛爾蘭的魁地奇球隊》；榮恩送的是一袋裝得鼓鼓的屎炸彈；天狼星送了一把非常好用的小刀，上面附有可以打開所有鎖，解開一切結的萬能附件；而海格送的是一大盒零食，裡面裝滿了所有哈利最愛吃的東西——柏蒂全口味豆、巧克力蛙、吹寶超級泡泡糖和嘶嘶咻咻蜂。同時，衛斯理太太自然也按照慣例寄來了一包禮物，裡面裝了一件新套頭毛衣（這次是綠色，上面織了一隻龍的圖案——哈利猜想，查理大概曾對她清楚描述過角尾龍的所有特徵），還有一大堆自製百果餡餅。

哈利和榮恩到交誼廳跟妙麗會合，然後他們一起下樓去吃早餐。他們早上大部分時間都待在葛來分多塔裡，大家全都在那裡欣賞他們新收到的禮物，然後再回到餐廳，享用豐盛的午餐。餐桌上至少擺了一百隻火雞、聖誕布丁，以及一大堆克利八巫師餅乾。

他們在下午時到校園中去透透氣，放眼望去，校園中除了德姆蘭和波巴洞學生們在列隊前往城堡時所留下來的足印深溝之外，全都是一片潔白無瑕的美麗雪景。哈利和衛斯理兄弟打雪仗，但妙麗並未加入，只是站在一旁觀看，而且到了五點，她就說要先回樓上去準備參加舞會。

「什麼，妳要花三個鐘頭準備？」榮恩不敢相信地望著她說，接著他就因暫時分心而付出慘痛的代價，喬治正好在此時朝他扔了一個大雪球，不偏不倚地重重打中他的頭側。「妳到底要跟誰一起去呀？」他朝著妙麗的背影喊道，但她只是揮揮手，就爬上石階走進城堡失去蹤影。

由於舞會中同時也會供應豐富的大餐，今天並沒有像往常一樣舉行聖誕茶會。到了七點鐘，當天色已暗得讓他們沒辦法瞄準目標時，其他人也終於宣告休兵，不再繼續打雪仗，開始列隊返回交誼廳。胖女士跟她那位樓下的朋友紫羅蘭一起坐在畫框裡，兩人都已喝得酩酊大醉，畫像的最下方散落著許多酒心巧克力的空盒子。

「現子光殞，沒錯，就是這個！」她在他們說出通關密語時吃吃傻笑道，接著就往前敞開放他們進去。

哈利、榮恩、西莫、丁和奈威回到寢室換上禮袍，穿好以後大家全都顯得很不自在，但情況全都沒有榮恩那麼嚴重。他站在角落的長鏡前，帶著驚駭至極的表情，打量鏡中的自己。他再怎麼想辦法自欺欺人，都完全無法挽回這個事實：不管怎麼看，這件長袍都像是女生穿的禮服。他為了想讓它變得較有男子氣概一些，不顧一切地對上面的輪狀縐領與袖口花邊施展「切除咒」，效果相當不錯。至少現在他衣服上沒有花邊了，但他的咒術施得還是不夠漂亮，在他們一起下樓時，他的衣領袖口仍有著讓人沮喪的毛邊。

「我到現在還是想不通，你們兩個怎麼有辦法邀到全年級最漂亮的女生。」丁咕噥地說。

「靠我們的性感魅力呀。」榮恩悶悶不樂地說，順手拔掉袖口鬆脫的線頭。

交誼廳看起來有些奇怪，所有人全都換上五顏六色的長袍，不再像以往那樣放眼望去一片漆黑。芭蒂站在樓梯下面等待哈利，她看起來真是美極了，身上穿著一件鮮豔的粉紅色長袍，烏黑的長辮子上纏著金色髮帶，手腕上戴著一對閃爍生輝的金手鐲。哈利看到她這次居然沒在吃吃竊笑，心裡不禁暗暗鬆了一口氣。

「妳——呃——看起來很漂亮。」他笨拙地說。

「謝了，」她說，「芭瑪會在入口大廳跟你會合。」她對榮恩說。

「好，」榮恩說，並東張西望地打量四周，「妙麗在哪？」

芭蒂聳聳肩。「那我們可以下樓了嗎，哈利？」

「好啊。」哈利說，但心裡卻暗暗希望，自己可以待在交誼廳裡永遠都不要出去。弗雷此時正大步走向畫像洞口，並在經過時朝哈利眨了眨眼睛。

入口大廳中同樣也擠滿了學生，大家全都在那裡閒晃亂轉，等著八點到來，那時餐廳大門就會準時敞開，放他們進場。那些跟不同學院舞伴約在此處會合的人，現在正忙著擠過人群，尋找對方的身影。芭蒂找到了妹妹芭瑪，把她帶到哈利和榮恩面前。

「嗨。」芭瑪說，她穿著一件明亮耀眼的土耳其綠長袍，看起來跟芭蒂一樣漂亮出色。但榮恩這位舞伴，似乎讓她覺得並不怎麼滿意。她上下打量榮恩，她那對漆黑的眼睛，盯著他禮袍領口和袖口的毛邊上下看了一會。

「嗨。」榮恩說，但他根本沒在看她，而是忙著東張西望地往人群中搜尋，「喔，不……」他微微屈膝，躲到哈利背後，因為花兒．戴樂古正好在此時經過他們身邊。她穿著銀灰色的綢緞長袍，看起來美得驚人，陪伴在她身邊的人是雷文克勞的魁地奇隊長羅傑．達維。一直等到他們走遠消失之後，榮恩才再度挺起身來，繼續越過黑壓壓的頭頂四處搜尋。

「妙麗在哪？」他又問了一聲。

一群史萊哲林學生，正好在此時從那列通往他們地牢交誼廳的樓梯走出來。馬份走在最前面，他穿了一件黑天鵝絨高領長袍，哈利覺得這讓他看起來活像是一個窮酸牧師。潘西．帕金森緊抓著馬份的手臂，她穿的是一件綴了一大堆花邊的淡粉紅色長袍。克拉和高爾兩人都穿著綠色長袍，看起來簡直就像是兩塊長滿苔蘚的巨岩，同時哈利也非常高興地發現，他們兩人顯然都沒找到舞伴。

橡木大門突然敞開，大家全都轉過頭來，望著德姆蘭的學生們，在卡卡夫教授的帶領下走進城堡。喀浪走在隊伍最前面，跟在他身邊的是一個穿著藍袍的漂亮女孩，但哈利並不曉得她是誰。他越過他們的頭頂望過去，看到城堡前的草坪，現在已變成一個閃爍著點點仙子光暈的岩窟——這表示有數百個活生生的小仙子，此刻正坐在以魔法變出的玫瑰叢中，或是在那座看起來好像是聖誕老人與馴鹿的雕像上方振翅飛舞。

然後就響起麥教授的嗓音：「鬥士請到這裡來！」

芭蒂露出燦爛的笑容，調了一下她的手鐲，她和哈利對榮恩及芭瑪說了聲：「待會見。」接著就往前走去，而周遭吱吱喳喳的人群，紛紛讓路讓他們通過。麥教授穿了一件紅色格子呢禮袍，並在她的帽簷上加了一圈有點醜的薊花環。她囑咐鬥士們站在餐廳大門邊，讓其他人先進去。他們必須等其他學生們全都坐好之後，再列隊走進餐廳。花兒‧戴樂古和羅傑‧達維兩人站到最靠近門邊的位置，有幸能做花兒的舞伴，似乎讓達維為這天大的好運而樂昏了頭，他一直呆呆地盯著花兒，捨不得把目光移開。西追和張秋同樣也是站在哈利附近，哈利故意把臉別過去不看他們，免得還得過去跟他們寒暄。他的目光落到喀浪的女伴身上，他驚訝地張大嘴巴。

那是妙麗。

但她看起來一點都不像妙麗。她顯然在頭髮上動了一些手腳，現在她的頭髮看起來一點也不蓬亂毛躁，變得光滑閃亮，並在腦後挽成一個優雅的髮髻。她的長袍是用一種輕柔飄逸，微微帶些縐褶的藍布裁製而成，而不知怎地，甚至連她的儀態，看起來也變得跟平常很不一樣——這也許只是因為，她現在終於放下了老是掛在背上的二十幾本書。她同樣也露出微笑——但她的笑容有些緊張——而她縮小的門牙，看起來比過去更加明顯。哈利真想不通，自己以前為什麼會完全沒注意到。

「嗨，哈利！」她說，「嗨，芭蒂！」

芭蒂用一種難以置信且毫不恭維的目光，定定地凝視著妙麗。並不只是她一個人有這樣的反應，當餐廳的大門敞開，而圖書館那群喀浪球迷俱樂部會員，緩緩自他們身邊經過時，她們每個人都用極端憎惡的目光瞪著妙麗。潘西．帕金森跟馬份一起經過時，忍不住驚訝地張嘴望著妙麗，甚至連馬份都沒辦法找出任何侮辱性的字眼來攻擊她。不過呢，榮恩在經過時卻反常地目光直視前方，連看都不看妙麗一眼。

等大家全都進餐廳坐好之後，麥教授就叫鬥士和他們的舞伴一對一對地列隊排好，跟著她出場。他們跟著麥教授踏進餐廳，開始朝餐廳最盡頭的大圓桌走去時，所有人都給予他們熱烈的掌聲，大賽評審們正圍坐在圓桌邊等待著他們。

餐廳的牆壁上全都覆蓋著一層燦爛的銀霜，而在繁星點點的漆黑天花板下，縱橫交錯地懸掛著數百條槲寄生與常春藤編成的綵帶。平常的學院餐桌已失去蹤影，換成一百來張點著燈的小餐桌，每張桌子大約可坐十二個人。

哈利努力注意自己的步伐，免得不小心絆倒出糗。芭蒂似乎很喜歡這樣的場面，她笑吟吟地環視周遭的學生，硬拉著哈利轉來轉去，霸道得讓哈利感到自己活像頭被牽著鼻子走的狗明星。快走到主餐桌時，他瞥見了榮恩和芭瑪。榮恩瞇起眼睛，打量正從他面前經過的妙麗，芭瑪顯得滿臉不高興。

鬥士們走向主桌時，鄧不利多露出高興的笑容，但卡卡夫卻帶著跟榮恩一模一樣的表情，緊盯著朝他走來的喀浪和妙麗。魯多．貝漫今晚穿著一件有著大黃星圖案的豔紫色長袍，正在跟學生們一起熱情地用力拍手。而已換下平日那身黑色緞袍，換上一件薰衣草色飄逸禮服的美心夫人，也禮貌性地為他們鼓掌。但接著哈利卻突然發現，柯羅奇先生並沒有來，那個坐在第五個評審座位上的人，竟然是派西．衛斯理。

當鬥士與他們的舞伴走到主桌邊時，派西拉出他身邊的空椅，用熱切的目光望著哈利。哈利知道派西的意思，連忙走過去在他身邊坐下，他穿著一件簇新的深藍色長袍，臉上露出一副沾沾自喜的得意神情。

「我升官了，」哈利甚至還沒開口詢問，派西就自顧自地開口說，聽他那副了不起的語氣，你還會以為他接著就要開口宣布，他已晉升為宇宙最高統帥了呢。「我現在是柯羅奇先生的私人助理，我是代表他到這裡來參加舞會。」

「他為什麼不自己來？」哈利問道。他可不想整頓晚餐都坐在這裡，聽派西長篇大論的演說大釜底部厚度報告。

「柯羅奇先生身體不太好，可以說是非常不好。在魁地奇世界盃之後，他身體就一直很不對勁，但想也知道——這完全是因為工作過度嘛。他已經不像以前那麼年輕囉——他當然還是非常聰明，頭腦依然跟以前一樣靈活。但對整個魔法部來說，世界盃球賽可算是一場慘痛的失敗，然後柯羅奇先生又因為他的家庭小精靈，也就是那個叫什麼詐詐的惡劣行為，而受到非常嚴重的打擊。沒錯，他在事發之後，自然是立刻把她解雇了，但是——嗯，我自己是覺得，不管怎麼樣，他還是要繼續過日子啊，他需要有人照顧，而我想他必然是發現，在她走了以後，家裡的生活品質就開始大幅滑落，不再像以前那麼舒適了。接下來他又必須籌備鬥法大賽，另外還得替世界盃球賽收拾殘局——那個叫史識的討厭八婆，成天跟在我們身邊打轉——不，可憐的男人，現在總該讓他休息一下，好好過個安靜的聖誕節了吧。而我很高興，他知道有個他可以信賴的人，能代替他來擔任評審。」

哈利心裡非常想問派西，柯羅奇先生現在是不是還叫他「衛勒比」，但卻努力忍住沒問出聲。

桌上那些閃爍發光的金盤，裡面依然空無一物，但在每個盤子前方，都擺了一份小小的菜單。哈利遲疑地拿起他的菜單，往四周望了一圈——但卻根本就看不到侍者。不過呢，鄧不利多在仔細研究過他的菜之後，就用非常清晰的聲音，對著他的盤子說：「豬排！」

盤中立刻出現豬排，其他人一看之下，也開始有樣學樣，對著自己的盤子點菜。哈利抬頭瞄了妙麗一眼，想看看她對這種複雜的新用餐方式，又會有什麼慷慨激昂的看法——這自然是代表，那些家庭小精靈又平白添了許多繁重的工作吧？——但這次妙麗好像完全沒想到小精靈福進會的事。她跟維克多．喀浪兩人談得非常熱絡，而她似乎根本就沒注意到自己吃的是什麼東西。

哈利現在突然想到，他過去好像從來沒聽喀浪講過一句話，但喀浪現在的確是在講話，而且講得非常專注熱心。

「仄個嘛，沃們也有一座城堡，只是沒仄麼大，也沒仄麼舒服。」他對妙麗說，「沃們只有四層樓，而且只有在施魔法的時候，才會生起爐火。不過沃們的校園比仄哩還要大——但要是在懂天，沒多少陽光的時候，沃們就不太喜歡出去。但是在夏天的時候，沃們每天都會出去飛一下，飛過湖泊和山丘——」

「好了，好了，維克多！」卡卡夫大笑道，但他那雙冰冷的眼中，卻完全沒有一絲笑意，「現在可別再洩漏任何事情了，要不然你那位迷人的朋友，就會曉得到哪裡可以找到我們了！」

鄧不利多露出微笑，雙眼閃閃發亮，他說：「伊果，你這麼保密──別人說不定會以為，你根本就不歡迎訪客呢。」

「這個嘛，鄧不利多，」卡卡夫說，並大大咧開嘴，露出他的黃板牙，「我們大家不全都是這樣，全都非常保護自己的私人領域嗎？我們對於那託付給我們的知識殿堂，不全都是小心翼翼地盡心守護嗎？難道我們不應該為獨享學校的全部秘密而感到自豪，難道我們不應該去極力保護它們嗎？」

「喔，我從來都不敢太過自信，自以為知道霍格華茲的所有秘密，伊果。」鄧不利多和善地表示，「舉個例子來說，今天早上，我去上廁所的時候，不小心轉錯了彎，結果踏進了一個我從來沒去過的房間。這房間的格局非常漂亮，裡面有著相當豐富壯觀的夜壺收藏。可是後來當我想要再過去仔細瞧瞧的時候，卻發現那個房間已經消失了。但我仍然會密切注意它的行蹤，也許只有在早上五點半的時候，才能找得到它。要不然就是只有在上弦月時，才有機會能夠遇見它──但也有可能是，它只有在找廁所的人膀胱快漲破的時候，才願意出現。」

哈利忍不住噗哧一聲，朝盤中的匈牙利牛肉噴了一口氣。派西皺起眉頭，但哈利非常確定，剛才鄧不利多用非常細微的動作，對他輕輕眨了一下眼睛。

此時花兒．戴樂古正在對身邊的羅傑．達維，批評霍格華茲的布置這不好那不對。

「者些根本不算什麼，」她環顧餐廳燦爛閃爍的牆壁，不屑一顧地表示，「在窩們波巴洞的宮殿，每次一到省誕節，我們的宴會廳裡面，就會擺滿了冰雕。塔們當然是不會融化……看起來就好像是，窩們四周全都擺滿了發亮的大鑽石雕像。食物更是一級棒，而且窩們還有木仙子唱詩班，在窩們吃東西的時候，唱小夜曲替窩們伴奏。窩們才不會在走廊上擺些醜盔甲哩，而披披鬼要是敢進入波巴洞，我們就會**者樣**把塔趕走。」她急躁地伸手往桌上一拍。

羅傑．達維帶著滿臉暈陶陶的神情，癡癡地望著她發楞，而且他老是沒辦法將叉子上的食物對準自己的嘴巴。哈利覺得達維大概是看花兒看得太入迷了，因此根本就沒聽清楚她到底在講什麼。

「完全正確，」他立刻附和，並學花兒伸手往桌子上拍了一下，「就像**這樣**。沒錯。」

哈利打量餐廳中的景象。海格就坐在另一張教職員餐桌邊，他再度穿上那套毛茸茸的恐怖褐色西裝，並且正在抬頭凝視著主桌。哈利看到海格輕輕揮了揮手，於是他連忙回過頭來，發現美心夫人正朝海格揮手答禮，手上的貓眼石在燭光照耀下閃閃發亮。

妙麗現在正在教喀浪她名字的正確念法，他老是叫她「喵哩」。

「ㄇ——一——ㄠˋ——麗。」她用清楚而緩慢的語調念道。

「妙——哩哩。」

「好多了。」她說，迎上哈利的視線，並咧嘴一笑。

等到桌上的食物全都被一掃而空之後，鄧不利多站起來，並請學生也跟著照做。然後，他揮了揮魔杖，所有的餐桌就立刻退到牆邊，清出一大塊空地，接著他又施法在右手邊的牆邊，平空變出一個高高的舞台。舞台上放著一套鼓、幾把吉他、一支長笛，和幾根蘇格蘭風笛。

怪姊妹現在已在瘋狂熱情的掌聲中列隊走上舞台，他們全都留著毛茸茸的亂髮，而他們身上的黑長袍，也帶有一種刻意設計成破破爛爛的不羈風格。他們拿起樂器，而哈利原本一直在充滿興趣地望著他們，以至於差點忘了自己接下來要做些什麼。他現在猛然發現，餐桌上的燈都已全數熄滅，而其他鬥士和他們的舞伴，也開始紛紛站起身來。

「快呀！」芭蒂噓聲說，「我們應該去開舞了！」

哈利站起身來，不小心被他的禮袍絆了一下。怪姊妹開始奏出一支緩慢而哀傷的旋律，哈利踏進燈光明亮的舞池，並刻意避開所有人的目光（他可以看到西莫和丁正在吃吃暗笑地朝他揮手），接下來芭蒂就抓起他的雙手，一隻放到她的腰上，另一隻跟她自己的手緊緊交握。

還好，並沒有像他想像中那樣糟糕，哈利邊想著，邊在原地慢慢旋轉（由芭蒂負責帶舞）。他的目光一直定定地望著圍觀人群上方，沒過多久，其他人也開始踏進舞池，翩翩起舞，因此鬥士們已不再是注意力的焦點。奈威和金妮在他附近共舞——他注意到，金妮常常被奈威踩到腳，痛得到處閃躲——而鄧不利多正在跟美心夫人跳華爾滋，跟美心夫人一比，鄧不利多簡直就變成了個小矮人，他的帽尖甚至才剛夠搔到她的下巴，但話說回來，對一個身材這麼龐大的女人來說，她的舞姿已經算是非常優雅的了。瘋眼穆敵極端笨拙地跟辛尼區教授一起跳兩步舞，而她緊張兮兮地望著地面，生怕被他的木腿給踩到。

「襪子很漂亮，波特。」穆敵在舞過哈利身邊時嘶吼道，他的魔眼穿透長袍盯著哈利的腳。

「喔——是呀，這是家庭小精靈多比親手替我織的。」哈利咧嘴笑道。

「他真是讓我感到**毛骨悚然！**」芭蒂等穆敵拖著木腿咚咚地走開，就輕聲對哈利說，

「我覺得根本就應該**查禁**他那隻眼睛！」

哈利聽到風笛奏出最後一聲顫音，暗暗感到鬆了一口氣。怪姊妹停止演奏，餐廳中再度響起熱烈的掌聲，哈利立刻放開芭蒂。「我們先坐一下，好嗎？」

「喔——可是——這首曲子真的很棒呢！」芭蒂說，此時怪姊妹又開始演奏一首新的樂曲，節奏比剛才那首快多了。

「不，我不喜歡這首。」哈利撒謊道，並帶著她離開舞池，途中經過正在瘋狂起舞的弗雷和莉娜身邊。這兩人實在跳得太過激烈，把四周的人嚇得紛紛走避，免得被他們撞傷。然後哈利和芭蒂就走到正坐在桌邊發呆的榮恩和芭瑪身邊。

「怎麼樣？」哈利問榮恩，接著就坐下來，打開一瓶奶油啤酒。

榮恩沒有回答，他正在怒目瞪視在桌子附近跳舞的妙麗和喀浪。芭瑪雙手抱胸地坐在旁邊，蹺起二郎腿，一隻腳隨著音樂的節奏輕輕搖晃。每隔一會，她就會滿臉不悅地狠狠瞪榮恩一眼，他完全把她冷落在一旁。芭蒂坐到哈利另一邊，同樣也雙手抱胸，蹺起二郎腿，沒過多久，她就被一個波巴洞的男生邀去跳舞了。

「你不介意吧，哈利？」芭蒂問道。

「什麼？」哈利說，他正在專心望著張秋和西追。

「喔，沒什麼。」芭蒂沒好氣地說，接著她就跟那個波巴洞的男生一起離開。在樂曲結束之後，她並沒有再回到桌邊。

妙麗走過來，坐到芭蒂留下的空椅上，她跳舞跳得雙頰紅撲撲的。

「嗨。」哈利說，榮恩一言不發。

「好熱喔，對不對？」妙麗說，揮著手用力搧風，「維克多去拿飲料了。」

榮恩用冷得令人打顫的眼光盯著她。

「**維克多**？」他說，「難道他還沒要妳叫他**小維**嗎？」

妙麗驚訝地望著他。

「你是怎麼啦？」她問道。

「妳是真不知道還是假不知道？」榮恩尖刻地說，「這還用我來告訴妳？」

妙麗望著他，再將目光轉向哈利，而哈利只是聳聳肩。「榮恩，什麼——？」

「他是德姆蘭的學生！」榮恩啐道，「他正在跟哈利競爭！跟霍格華茲競爭！妳——妳這簡直就是——」榮恩顯然正在搜索枯腸，努力想找到某些強烈的字眼，好用來形容妙麗的滔天大罪，「**通敵叛校**，沒錯，這就是妳幹的好事！」

妙麗張大嘴巴。

「別傻了！」她楞了一會才開口說，「什麼**敵**！說真的——到底是誰一看到他來到我們學校，就興奮得不得了呀！是誰眼巴巴地想要找他簽名？又是誰在寢室裡擺了個他的模型啊？」

榮恩決定裝作沒聽見。「我想他應該是趁你們兩個都在圖書館的時候，過來邀妳做他的舞伴，是吧？」

「是啊，沒錯，」妙麗說，她的雙頰變得更加豔紅，「那又怎樣？」

「到底是怎麼發生的——是妳自己先跑過去，想要遊說他參加『**吐**』，是不是？」

「不，我才沒有呢！你要是**真**想知道的話，他——他說他每天都上圖書館，就是為了想找機會跟我說話，卻一直都鼓不起勇氣！」

妙麗說得非常快，臉上的紅暈也越來越深，變得跟芭蒂禮袍的顏色一模一樣。

「這樣啊，好吧——那可是他自己說的。」榮恩譏諷地說。

「你這話是什麼意思？」

「這不是很明顯嗎？他是卡卡夫的學生，沒錯吧？他知道妳跟誰走得很近……他只是想要利用妳接近哈利——好探出一些內幕——或是找機會對哈利下惡咒——」

妙麗臉上的表情，就好像是榮恩甩了她一個耳光似的。當她再次開口說話時，她的聲音在顫抖：「那我可以告訴你，他從來就沒問過我**一次**關於哈利的事情，一次也沒有——」

榮恩聽了立刻見風轉舵，改變策略繼續進攻。「那他就一定是希望妳能幫忙他解開那個金蛋的線索！我想，你們舒舒服服待在圖書館裡約會的時候，一定是兩個人交頭接耳地忙著討論——」

「我**從來就沒有**幫忙他研究過那個蛋的事！」妙麗顯得非常憤慨，「**從來就沒有**。你怎麼能說這種話——我當然希望哈利能贏得鬥法大賽的冠軍呀，哈利自己也知道這一點，對不對，哈利？」

「那妳表現的方式還真奇怪咧。」榮恩冷笑道。

「整個鬥法大賽的目的，就是要我們去認識外國的巫師，跟他們做朋友！」妙麗尖聲喊道。

「不，才不是這樣！」榮恩大叫，「是要我們去獲勝！」

大家開始轉頭望著他們。

「榮恩，」哈利平靜地說，「我不覺得妙麗跟喀浪一起參加舞會，有什麼不對的地方——」

但榮恩同樣也不理哈利。

「妳怎麼不趕快去找妳的小維呀，他找不到妳會擔心呢。」榮恩說。

「**不要叫他小維！**」妙麗跳起來，氣呼呼地衝過舞池，消失在人群中。

榮恩帶著一種既憤怒又滿足的複雜神情目送她離去。

「你到底要不要請我跳舞啊？」芭瑪問他。

「不要。」榮恩說，仍在怒目瞪視妙麗的背影。

「很好。」芭瑪厲聲說，接著她就站起來，走過去找芭蒂和那個波巴洞的男生，而他馬上就招來他的一個朋友加入他們，速度快得讓哈利幾乎以為，他其實是施召喚咒把人給召過來。

「妙——哩哩在哪裡？」一個聲音問道。

喀浪抓著兩瓶奶油啤酒走到他們桌邊。

「不知道，」榮恩執拗地表示，並抬頭望著他，「你把她給弄丟了，是不是？」

喀浪又露出一臉陰鬱乖戾的表情。

「浩吧，要是你看到她的話，跟她說沃已經那到飲料了。」他說，接著他就垂頭彎腰地走開了。

「你跟維克多．喀浪交上朋友啦，榮恩？」

派西匆匆趕過來，搓著雙手，露出一副志得意滿的傲慢神情。「太好了！這就是整個活動的宗旨，知道吧——促進國際魔法交流合作嘛！」

接著派西就迅速坐到芭瑪留下的空位上，這讓哈利覺得有些困擾。現在主桌已經全空了，鄧不利多教授正在跟芽菜教授跳舞，而魯多．貝漫則是跟麥教授湊成一對。美心夫人和海格跳著華爾滋擠過人潮，在舞池中殺出一條寬闊的道路，但卡卡夫卻已經失去蹤影。在舞曲結束時，大家又再度熱烈鼓掌，哈利看到魯多．貝漫在麥教授的手上吻了一下，接著就轉身擠過人群，但卻在途中被弗雷和喬治兩人給纏住。

「他們到底在做什麼，居然跑過去糾纏魔法部高層官員？」派西狐疑地盯著弗雷和喬治噓聲說，「真是**不懂**禮貌啊……」

但沒過多久，魯多．貝漫就成功擺脫掉弗雷和喬治，然後他瞥見哈利，朝哈利揮揮手，直接走到他們桌前。

「希望我弟弟們沒打擾到你，貝漫先生？」派西立刻表示。

「什麼？喔，這沒什麼，真的沒什麼！」貝漫說，「沒事，他們只是想再跟我提一下那些假魔杖的事情，問我能不能給他們一點行銷方面的建議。我已經答應他們，介紹一、兩個在桑科的惡作劇商店工作的人，跟他們認識認識……」

這個消息顯然讓派西很不高興，而哈利可以確定，他只要一回到家，就一定會馬上衝去向衛斯理太太打小報告。弗雷和喬治要是真想公開銷售他們的產品，那麼他們這個計畫近來可說是野心變得越來越大了。

貝漫張開嘴，似乎是想問哈利某件事情，但卻被派西轉移了注意力：「你認為鬥法大賽進行得怎麼樣，貝漫先生？**我們**部門覺得相當滿意——當然啦，火盃出的紕漏，」——他瞥了哈利一眼——「的確是令人感到有些遺憾，不過在那之後，一切似乎都進行得非常順利，你說是不是？」

「喔，是啊，」貝漫開心地說，「一切全都好玩得不得了。老巴堤現在怎麼樣了？真可惜他沒辦法來參加。」

「喔，我確定柯羅奇先生馬上就可以下床走動了，」派西露出一副很了不起的神情說，「但在目前這段時期，我個人非常樂意代他挑起這副擔子。當然啦，我負責的並不只是參加舞會這類小事——」他發出一陣輕快的笑聲——「喔，不是這樣的，我必須去負責處理，他這段缺席時間所突然冒出來的所有問題——你聽說阿里．拔什爾被人逮到偷渡一批托運飛天毛毯入境的事了嗎？然後我們又忙著設法說服那些外西凡尼亞人，要他們簽署國際決鬥禁止令，我在新年期間，會跟他們的魔法交流合作部門主管開一次會——」

「我們出去走走吧，」榮恩低聲對哈利說，「這樣才能擺脫派西……」

哈利和榮恩假裝是要去拿飲料，起身離開餐桌，慢慢繞過舞池偷偷溜出去，踏進入口大廳。大門是敞開的，當他們走下前門石階時，玫瑰花園中那些振翅飛舞的仙子光暈，就在他們前方一明一暗地閃爍發光。他們踏入花園中，發現周遭環繞著一叢叢灌木、一條條裝飾華麗的蜿蜒小徑，以及一座座巨大的石像。哈利可以聽到琤琤琮琮的濺水聲，聽起來好像是噴泉的聲音。到處都可看到人們成雙成對地散坐在石雕長椅上，哈利和榮恩開始沿著其中一條穿越玫瑰叢的蜿蜒小徑往前走去，但他們才走了一會，就聽到一個令人不快的熟悉嗓音。

「……我看不出這有什麼好大驚小怪的，伊果。」

「賽佛勒斯，你可不能就這樣蒙上眼睛，假裝什麼事也沒發生啊！」卡卡夫的嗓音顯得焦慮不安，並且刻意壓低音量，似乎是生怕被別人聽到，「這幾個月來，它是變得越來越清楚了，而我並不否認，我是真的開始感到擔心——」

「那就逃吧，」石內卜的聲音唐突地表示，「逃吧，我會找藉口替你掩飾的。不過呢，我自己要繼續待在霍格華茲。」

石內卜和卡卡夫繞過轉角，石內卜高舉魔杖，表情十分難看地把玫瑰叢給炸開。灌木叢中響起許多尖叫聲，並接二連三地冒出了幾團黑影。

「雷文克勞扣十分，法賽特！」石內卜在一個女孩跑過他面前時厲吼道，「赫夫帕夫同樣也扣十分，史特賓！」此時又有一個男孩跟在她後面衝過去。「你們兩個又在這裡做什麼？」他瞥見站在小徑前方的哈利和榮恩，立刻又加上了一句。哈利發現卡卡夫在看到他們倆站在那裡的時候，微微露出一絲慌亂的神情。他緊張地伸手摸他的山羊鬍，又開始用手指捲他的鬍子。

「在散步啊，」榮恩沒好氣地告訴石內卜，「這可沒犯規吧，是不是？」

「那就繼續往前走啊！」石內卜厲吼道，接著他就大步擦過他們身邊，他黑色長斗篷的下襬在他身後飛揚鼓起。卡卡夫跟著石內卜匆匆地離開了，哈利和榮恩繼續沿著小徑往前走去。

「到底是什麼事讓卡卡夫這麼擔心呀？」榮恩低聲問道。

「而且他什麼時候跟石內卜成了可以直呼名字的好朋友啦？」哈利緩緩表示。

他們現在已走到一座巨大的馴鹿石像前方，他們可以看到，從雕像上方冒出一陣陣高高噴起的噴泉水光。有兩個清晰可見的高大人影，正坐在一條石雕長椅上，欣賞月光照耀下的晶瑩水花，然後哈利聽到海格說話的聲音。

「我第一眼看到妳，我就曉得了。」他用一種古怪的沙啞嗓音說。

哈利和榮恩呆住了，這聽起來可不是他們隨隨便便就可以闖過去的一般場合……哈利回過頭來，看到在小徑附近的玫瑰叢邊，半掩半露出花兒．戴樂古和羅傑．達維的身影。他伸手輕拍榮恩的肩膀，頭往花兒他們的方向點了一下，意思是說，他們可以趁還沒被發現之前（哈利覺得花兒和達維現在好像忙得很，大概不會有心思去注意別的事），趕快回頭偷偷溜走。但榮恩一瞥見花兒，就嚇得瞪大眼睛，連連搖頭，拉著哈利躲到馴鹿背後的暗處。

「你曉得什麼，矮格？」美心夫人說，她那低沉的嗓音，透出一絲明顯的愉悅顫音。

哈利一點也不想聽到這些話，他知道海格在這樣的情況下，一定很不願意被人偷聽（他自己就一定不願意）——如果可能的話，他真恨不得能用手指塞住耳朵，並且大聲哼歌，但現在他自然不能這麼做。因此他只好設法轉移注意力，逼自己專心欣賞一隻正在石雕麋鹿背上爬動的甲蟲，但可惜的是，這隻甲蟲並未有趣到足以阻隔海格聲音的地步。

「我只曉得——妳跟我是一樣的……是妳的母親還是父親？」

「窩——窩不知道你這話是什麼意思，矮格……」

「我是因為我母親，」海格平靜地說，「她是英國最後剩下的幾個。當然，我已經不太記得她了……她早就離開我，懂了吧？那時我大概才三歲。不過呢，其實她本來也就不是很有母愛。嗯……這不是他們的天性，對吧？不知道她後來怎麼了……我只曉得她可能已經死了……」

美心夫人什麼也沒說，而哈利已在不知不覺中，將目光自甲蟲身上移開，越過馴鹿叉角望過去，並專注地側耳傾聽……他從來沒聽海格提起過小時候的事。

「她離開的時候，我爸的心都碎了。我爸瘦小得很哩，我才六歲的時候，只要他一來煩我，我就可以把他整個人拎起來，放到餐具櫥上去。這總是可以把他逗得呵呵大笑……」海格低沉的聲音微微哽咽，美心夫人一動也不動地靜靜傾聽，目光定定地凝視前方的銀色噴泉。「我爸撫養我長大……但在我開始上學念書的時候，他就死了。之後我就只好自己想辦法過活，而鄧不利多真的幫了我很多忙。他對我真的非常好，他是……」

海格掏出一條髒兮兮的絲質大手帕，用力擤擤鼻子，「好了……不管怎樣……我說得夠多了。那妳呢？是爸爸還是媽媽遺傳給妳的？」

但美心夫人卻突然站了起來。

「者裡冷得要命，」她說——但不論現在氣候如何，都絕對沒有她的嗓音那麼冰冷，「窩現在想回去了。」

「咦？」海格茫然地說，「不，不要走！我——我以前從來沒碰過另外一個！」

「領外一個**什麼**？請你說清楚。」美心夫人說，她的聲音冷得像寒冰。

哈利真想告訴海格，這個問題還是不答為妙。他站在暗影中，咬緊牙關，心裡存著萬一的希望，暗暗祈禱海格千萬不要——但這顯然並沒有用。

「當然是另一個巨人混血兒啊！」海格說。

「你竟敢說者種話！」美心夫人尖聲喊道。她的聲音如霧中號角般劃破寂靜的夜晚，哈利聽到後面傳來花兒和羅傑從玫瑰叢裡跌出來的聲音。「窩者輩子從來沒受過者麼大的侮辱！巨人問血兒！Moi[8]？窩只是——窩只是骨架比較大！」

她氣沖沖地往前衝，而在她憤怒地撥開灌木叢往前走去時，有一大群一大群五彩繽紛的小仙子，被她驚得振翅飛向空中。海格仍然呆坐在長椅上，望著她的背影，但天色太暗了，他們看不清他臉上的表情。然後，過了大約一分鐘之後，他才站起來大步離去，但他並不是返回城堡，而是踏入漆黑的校園，走向他的小木屋。

「好了，」哈利非常小聲地對榮恩說，「我們走吧……」

但榮恩並沒有移動。

「怎麼啦？」哈利盯著他問道。

榮恩轉頭望著哈利，他臉上的表情變得非常嚴肅。

「你早就知道了嗎？」他悄聲問道，「知道海格是巨人混血兒的事？」

「不知道，」哈利聳聳肩說，「那又怎樣？」

看到榮恩望著他的表情，他立刻就明白，這又再次透露出他對魔法世界的無知。他從小就是由德思禮夫婦撫養長大，而許多巫師們視為理所當然的事，對哈利來說全都是聞所未聞的新鮮事，不過在他升上高年級以後，他驚訝的次數也開始變得越來越少。現在他可以看出，大部分巫師在發現他有位朋友的母親是女巨人時，是絕對不會隨隨便便應一聲：「那又怎樣？」就

8. 此句為法文，意思是「我」。

了事的。

「我回城堡以後再跟你解釋，」榮恩小聲說，「走吧……」

花兒和羅傑．達維已經不見了，大概是躲進了更隱密的玫瑰叢裡。哈利和榮恩回到餐廳，芭蒂和芭瑪現在跟一大群波巴洞男生一起坐在遠方的桌邊，而妙麗又開始跟喀浪跳舞。哈利和榮恩走到一張遠離舞池的桌子邊坐下來。

「怎樣？」哈利迫不及待地詢問榮恩，「巨人有什麼不對勁嗎？」

「嗯，他們……他們……」榮恩努力思索，想要找到一個恰當的字眼，「不是很好。」他最後說了個薄弱無力的理由。

「誰管這些？」哈利說，「海格又沒什麼不好！」

「我知道他沒什麼不好，但……哎呀，難怪他會這麼保密，」榮恩搖著頭說，「我一直以為他是小時候中了個惡劣的暴食咒咧，所以都沒提起過這件事……」

「但就算他母親是個女巨人，那又怎麼樣呢？」哈利問道。

「這個嘛……只要是認識他的人全都不會在乎這一點，因為他們都會曉得，他這個人根本一點也不危險，」榮恩緩緩答道，「可是……哈利，巨人是非常兇惡的。就像海格自己說的，他們天性就是如此，他們就跟山怪一樣……大家都知道，他們就是喜歡殺戮，不過現在英國已經找不到巨人了。」

「他們怎麼了？」

「嗯，反正他們漸漸變得越來越少，然後又有一大群被正氣師殺光，但國外應該還有一些巨人……他們大部分都是藏在山裡……」

「我真不曉得，美心夫人以為她能騙得過誰？」哈利說，抬頭望著獨自坐在評審桌邊的美心夫人，她的臉色顯得極端陰沉鬱悶，「要是海格是巨人混血兒的話，她就鐵定也是。什麼骨架比較大……我看唯一骨架比她大的大概就只有恐龍了。」

哈利和榮恩就這樣窩在角落，低聲討論巨人的事，度過了下半場舞會，他們兩人一點也不想跳舞。哈利努力不去看張秋和西追，這會使他忍不住想要找個東西來讓他狠狠踹上幾下。

等到怪姊妹在午夜結束演奏時，大家再度給他們最後一陣熱烈的掌聲，然後學生們就開始依依不捨地慢慢晃到入口大廳。許多人都表示他們好希望舞會能再延長一些，但哈利卻很高興自己能夠回床上去睡覺。在他看來，這個聖誕節夜晚並不怎麼好玩。

一踏進入口大廳，哈利和榮恩就看到妙麗正在和準備返回德姆蘭校船的喀浪道晚安。她用非常冰冷的目光瞪了榮恩一眼，接著就一言不發地昂起頭，大步踏過他身邊，爬上大理石階梯。哈利和榮恩跟著她爬上樓梯，但才爬到一半，哈利就聽到有人在叫他。

「嘿——哈利！」

那是西追．迪哥里。哈利可以看到，張秋就站在下面的入口大廳中等西追。

「怎樣？」哈利在西追跑上樓梯朝他奔過來時冷漠地問道。

西追露出一副當著榮恩的面不太方便說的為難神情，於是榮恩只好聳聳肩，滿面怒容地繼續往上爬。

「聽我說……」西追等榮恩走遠以後，壓低聲音表示，「上次你告訴我龍的事，算我欠你一份人情。你知道那個金蛋是怎麼回事嗎？你的是不是一打開就不停哭叫？」

「沒錯。」哈利說。

「嗯……去泡個澡吧，好嗎？」

「什麼？」

「去泡個澡，還有——呃——帶那個蛋一起去，然後——呃——只要泡在熱水裡好好想一想。那可以幫助你想清楚……相信我。」

哈利凝視著他。

「我跟你說，」西追說，「去用級長專用的浴室。先找到五樓的糊塗鬼鮑瑞雕像，再往左邊數去第四扇門就是了，通關密語是「**松木清香**」。我得走了……我想要去道聲晚安——」

他再度對哈利咧嘴一笑，接著就匆匆跑下樓梯去找張秋。

哈利獨自走回葛來分多。這個建議還真是奇怪透頂，泡個澡怎麼可能幫忙他找出那個哭嚎的蛋裡到底暗藏了什麼玄機？西追是不是在耍他？西追是不是故意想害他出糗，好讓張秋在比較之下，替西追再多加上幾分？

胖女士和她的朋友小紫，現在正窩在畫像洞口上方的畫像中打盹。哈利必須扯開喉嚨大喊「仙子光暈」，才終於把她們給吵醒，但是他這樣大吼大叫的，卻又把她們兩個惹得非常不高興。他爬進交誼廳，發現榮恩和妙麗兩人正怒氣沖沖地吵得不可開交，他們兩人分別站在兩端，中間隔了整整十呎遠，正在朝對方厲聲怒吼，兩人的臉都脹得通紅。

「好，要是你真的不喜歡這樣的話，那你知道用什麼方法可以解決嗎？」妙麗吼道，現在她那優雅的髮髻已開始鬆脫，髮絲垂落下來，她的面孔因憤怒而扭曲。

「喔，是嗎？」榮恩回吼道，「什麼方法？」

「下次要是再有舞會的話，你就趕在別人開口前先來邀我，別再把我當成最後的退路！」

榮恩的嘴巴無聲地開闔蠕動，看起來活像是一隻離水的金魚，而妙麗急急轉身，乒乒乓乓地衝上通往女生寢室的樓梯，上床睡覺去了。榮恩轉頭望著哈利。

「嗯，」他露出大為震驚的表情，語無倫次地說，「嗯，這個——那只是證明……她完全搞不清事情的重點——」

哈利什麼也沒說，他很高興自己能跟榮恩重修舊好，不再像以前那樣形同陌路，因此他現在不太敢說出心裡的想法——但不知為何，他總覺得妙麗對於事情的重點，看得可比榮恩清楚多了。

24

麗塔．史譏的獨家報導

聖誕節隔天，大家全都睡到很晚。葛來分多交誼廳近來難得變得這麼安靜，而且在學生們懶洋洋的談話聲中，還不時此起彼落地點綴著許多呵欠聲。妙麗的頭髮又蓬了起來，她坦白對哈利招認，她為了參加舞會而用了一大堆「輕鬆亮髮魔藥」。「如果要每天弄，那實在是太麻煩了。」她淡淡地表示，並伸手撫摸歪腿的耳朵後面，讓他舒服得直打呼嚕。

榮恩和妙麗似乎已心照不宣地達成共識，絕口不提他們那天吵架的事。他們兩人彼此都相當友善，但卻顯得有些彆扭客氣。榮恩和哈利立刻把他們在無意間聽到海格和美心夫人對話的事，全都一五一十地告訴妙麗，但妙麗聽到海格具有一半巨人血統的消息，卻並沒有像榮恩那麼吃驚。

「嗯，我早就料到他一定有巨人的血統，」她聳聳肩說，「我知道他不可能是純種巨人，因為巨人至少都有二十呎高。但說真的，大家每次一提到巨人，就變得這麼歇斯底里，實在是有些反應過度。他們不可能**全都**那麼恐怖呀……這就跟大家對狼人的成見差不多……完全是固執的偏見嘛，你們說是不是？」

看榮恩臉上的表情，他似乎是很想說出一些尖酸刻薄的話，來駁斥妙麗的論點，但或許是因為不想再跟她大吵一架，所以他只是聊勝於無地趁妙麗不注意的時候，難以置信地搖搖頭了事。

他們在假期開始的第一個禮拜中，完全無心顧及功課，而現在終於到了他們應該努力收心，用功寫作業的時候了。在聖誕節之後，大家好像全都覺得日子過得有點無聊——但只有哈利一個人例外，他（又再度）開始感到有些緊張。

這主要是因為，在過完聖誕節以後，原本覺得非常遙遠的二月二十四日，感覺上好像突然逼近了許多，而他一直到現在都還沒開始研究金蛋裡藏的線索。因此他現在每次一回寢室，就會把金蛋從行李箱取出來，把它打開來專心傾聽它的哭嚎，暗暗祈禱這次能夠有奇蹟出現，讓他聽出聲音裡暗藏了什麼玄機。他絞盡腦汁苦苦思索，企圖想出除了三十把音樂鋸子之外，這聲音還能讓他聯想到什麼事物，但他不管再怎麼想，也怎麼都想不起過去曾聽過任何跟它類似的聲音。他把蛋重新關上，死勁猛搖幾下，再重新打開，想看看聲音會不會產生變化，結果卻還是一樣。他試著在淒厲的哭號聲中，大吼大叫地問金蛋問題，卻什麼也沒發生。他甚至還用力把蛋摔到房間的另一頭——不過他心裡也明白，這麼做是一點用也沒有。

哈利並沒有忘記西追給他的暗示，但他目前對西追的感覺非常不好，因此這表示，若是可以避免的話，他可是一點也不想去接受西追的幫助。況且，在哈利看來，西追如果真想幫忙的話，就應該把事情好好說明白。他當初可是把第一項任務的內容，全都對西追解釋得一清二楚——而西追竟然認為只是叫他去泡個澡，就算是做了公平的回報。好吧，他才不希罕這種毫無用處的幫助咧——不管怎樣，反正他就是不要某個老是跟張秋手牽手在走廊上晃蕩的人來幫他的忙。因此，新學期開學的第一天，哈利跟往常一樣，背著沉重的書本、羊皮紙和羽毛筆前去上課時，關於金蛋的隱憂，同樣也沉甸甸地壓在他的心頭，如影隨形地緊跟著他不放。

校園中依然堆著厚厚的積雪，溫室窗戶蒙上一層濃密的霧氣，因此他們在上藥草學的時候，根本無法看清窗外的景象。在這樣的天氣裡，大家全都不想到戶外去上奇獸飼育學，但就像榮恩所說的，那些釘蝦可能會讓他們暖和起來，因為牠們不是追著他們到處亂跑，就是會噴火噴得太猛，讓海格的小木屋整個燒起來。

不過，當他們到達海格的小木屋時，卻看到他家大門前，站了一個上了年紀的老女巫。她的灰髮修得奇短，下巴異常突出。

「走快點，上課鈴五分鐘之前就響了。」她對著努力邁過積雪，朝她走去的他們大聲吼道。

「妳是誰？」榮恩望著她問道，「海格到哪裡去了？」

「我是葛柏蘭教授，」她輕快地答道，「是你們奇獸飼育學的代課老師。」

「海格到哪裡去了？」哈利又大聲問了一次。

「他身體不舒服。」葛柏蘭教授不耐煩地答道。

哈利耳邊響起一陣令人不快的輕笑，他轉過身去。跩哥．馬份和其他的史萊哲林學生，正朝這邊走過來跟他們一起上課。他們全都顯得異常興奮，而且在看到葛柏蘭教授的時候，也沒有任何人露出一絲訝異的表情。

「請往這邊走。」葛柏蘭教授說，接著她就大步往前走去，繞過圈養波巴洞巨馬的小牧場，裡面的馬全都被凍得瑟縮顫抖。哈利、榮恩和妙麗跟著她往前走，但卻不停回過頭來望著海格的小木屋，窗簾全都拉了下來。海格真的是一個人躺在裡面養病嗎？

「海格出了什麼事嗎？」哈利快步趕到葛柏蘭教授身邊問道。

「這不用你管。」她說，似乎是覺得他多管閒事。

「我非管不可，」哈利發怒道，「他到底怎麼了？」

葛柏蘭教授好像根本就沒聽到他的話，她領著他們經過波巴洞馬住的小牧場，裡面的馬為了抵擋嚴寒的氣候，全都擠在一起互相取暖。然後她直接走向位於森林邊緣的一棵樹，樹邊拴著一頭高大美麗的獨角獸。

許多女孩一看到那隻獨角獸，就立刻發出一聲驚嘆：「喔喔喔喔喔！」

「喔，牠實在太美了！」文妲．布朗悄聲說，「這是她從哪裡找來的？獨角獸真的很難抓到欸！」

那頭獨角獸是如此潔白瑩亮，相較之下，甚至連周遭的雪地都顯得灰撲撲的。牠用那金色的蹄子緊張地刨抓地面，高高昂起牠那長著尖角的頭顱。

「男生退到後面去！」葛柏蘭教授吼道，猛然揮出手臂，狠狠撞到哈利的胸膛，「獨角獸只喜歡被女人摸。女生全都排到前面來，然後再小心朝牠走過去。走吧，放輕鬆點……」

她和女生們慢慢走向獨角獸，而男生全都被拋在後面，站在小牧場柵欄附近觀看。

等葛柏蘭教授一走出聽力所及範圍，哈利就轉過頭來問榮恩：「你覺得他到底是怎麼了？會不會是被釘蝦——」

「喔，你要是這麼想的話，那我可以告訴你，他並沒有受到攻擊，波特。」馬份柔聲說，「不是這樣的，他只是覺得太丟人了，不敢再露出他那張醜陋的大臉。」

「你這話是什麼意思？」哈利厲聲問道。

馬份把手探進長袍口袋，掏出一張折起來的報紙。

「這給你，」他說，「真遺憾告訴你這個消息，波特……」

他帶著得意的笑容，望著哈利一把抓過報紙，把它攤開來閱讀，而榮恩、西莫、丁和奈威全都湊到哈利背後一起看。那是一篇報導文章，最上面登了一張神情看起來非常奸詐鬼祟的海格照片。

鄧不利多的重大失誤

霍格華茲魔法與巫術學院的古怪校長阿不思．鄧不利多，在挑選學校教職員工時向來就獨排眾議、一意孤行地聘任具有爭議性的人選，**本報特約記者麗塔．史譏特別報導**。今年九月，他雇用了聲名狼藉、熱愛惡咒的退休正氣師阿拉特．「瘋眼」穆敵，到該校教授黑魔法防禦術，這個決定當時曾使魔法部眾多官員為之側目。眾所周知，穆敵具有只要有人在他面前突然動上一下，他就必定會出手攻擊的怪異習性。但若是與鄧不利多新近聘來擔任奇獸飼育學教職的半人類一比，瘋眼穆敵甚至可稱得上是和藹可親且極具責任感。

自承在三年級時被霍格華茲開除的魯霸．海格，在那之後就留在該校擔任獵場看守人，他對於這個鄧不利多所給予他的工作一直甘之如飴。然而到了去年，海格又再度運用他對校長的神秘影響力，在眾多比他更具資格的候選人中脫穎而出，額外獲得了奇獸飼育學教師的職位。

海格這名身材驚人龐大、外表兇惡野蠻的男子，在此之後就利用他新獲得的權力，開始以一系列的恐怖惡獸，來驚嚇他班上的學生。由於鄧不利多對此視若無睹，海格在一連串多數學生坦承是「非常嚇人」的課程中，連續讓數名學生變成殘廢。

「我被一隻鷹馬攻擊，而我的朋友文生．克拉被一隻黏巴蟲狠狠咬了一口。」一名叫做跩哥．馬份的四年級學生表示，「我們全都恨死海格了，但大家都非常怕他，所以只是敢怒不敢言。」

海格完全無意停止這種威嚇學生的惡劣行為。當《預言家日報》一名記者於上個月訪問他時，他坦白承認，他培育出一種他取名為「爆尾釘蝦」的生物，這是一種由人面蠍尾獅與火螃蟹雜交所繁殖出的高危險混種生物。當然，培育新品種奇獸，通常是一種必須受到奇獸管控部門嚴密監督的舉動，但海格似乎是認為自己不用受到這些瑣碎規定的限制。

「我只是覺得這挺好玩的。」他說完就立刻改變話題。

如果各位認為以上的行為還不夠聳動，那麼《預言家日報》記者現在要揭露另一個驚人的事實：海格其實並不是——雖然他一直裝得很像——一名純種巫師。事實上，他甚至不是純種人類。我們要在此驚爆獨家內幕，海格的母親，就是至今依然下落成謎的女巨人傳污髮。

在上個世紀中，嗜血而殘暴的巨人族因內戰頻仍、互相殘殺而瀕臨絕種。碩果僅存的少數巨人加入了「那個不能說出名字的人」的陣營，並在他的恐怖統治時期中，參與了一些最令人髮指的麻瓜大屠殺行動。

雖然許多投靠「那個不能說出名字的人」的巨人，都已被一心對抗黑暗勢力的正氣師所誅滅，但傳污髮卻不在此列，她有可能已逃往至今依然留存在外國山脈之間的某個巨人聚落。若是以海格在奇獸飼育學課堂上所表現出的古怪行徑做為指標，傳污髮的兒子顯然是遺傳了她殘酷的天性。

但怪異的是，據說海格已跟那名導致「那個人」法力全失——這也使得海格的母親與「那個人」的其他支持者趁勢隱匿行蹤——的男孩，建立起非常親密的友誼。或許哈利波特對於那些關於他大個子朋友的不快真相，至今依然一無所知——但阿不思．鄧不利多自然責無旁貸，他必須確保哈利與他同學們的安全，並對他們提出警告，讓他們了解與巨人混血兒結交究竟有多麼危險。

哈利看完報導，抬頭望著榮恩，榮恩的嘴巴微微張開。

「她是怎麼發現的？」他悄聲說。

但哈利氣的並不是這件事。

「你這話是什麼意思，說什麼『我們全都恨死海格了』？」哈利怒聲質問馬份，「還有那些關於**他**的鬼話？」——他指著克拉——「什麼叫做『被一隻黏巴蟲狠狠咬了一口』？牠們根本就沒有牙齒！」

克拉吃吃傻笑，顯然是感到很得意。

「嗯，我想這應該可以讓那個大白痴的教書生涯宣告結束，」馬份說，眼中閃過一到光芒，「巨人混血兒……而我居然還以為他是小時候吞了一整瓶生骨藥呢……所有的媽咪和爹地聽到這件事，全都會感到非常不高興的……他們會擔心自己的孩子被他吃掉嘛，哈，哈……」

「你——」

「那邊的人可以專心聽課嗎？」

葛柏蘭教授的嗓音飄送到男生這邊，女生現在全都圍在獨角獸四周，伸手輕輕撫摸牠。哈利實在是太生氣了，因此在他轉過身來，視而不見地望著那隻獨角獸時，那份《預言家日報》文章仍在他手中微微顫抖。葛柏蘭教授現在為了讓男生也能聽見，特意提高嗓門，一一列舉出獨角獸的眾多神奇特性。

「我真希望那個女的可以留下來教我們！」芭蒂．巴提在下課後，大家一起出發返回城堡去吃午餐時表示，「這才是我想像中的奇獸飼育學課嘛……用獨角獸那類的漂亮生物，而不是那些恐怖的怪獸……」

「那海格怎麼辦？」哈利生氣地問道，現在他們已爬上前門石階。

「他怎麼辦？」芭蒂用一種冷酷無情的語氣說，「他還是可以回去做他的獵場看守人啊，不是嗎？」

芭蒂在耶誕舞會之後就一直對哈利非常冷漠。他想他那時是應該多注意她一些，但他雖然沒怎麼理她，她好像也照樣玩得非常開心。她總是一逮到機會，就告訴任何願意聽的人，說她已經跟那個波巴洞的男孩約好，下週末要一起去活米村玩。

「這堂課真是太棒了，」妙麗在他們踏進餐廳後表示，「葛柏蘭教授說的那些關於獨角獸的事情，我居然連一半都沒聽——」

「妳看看這個！」哈利怒吼道，猛然把那篇《預言家日報》文章湊到她鼻子底下。

妙麗低頭閱讀，嘴巴張大，她的反應跟榮恩一模一樣。「那個叫史譏的可怕女人是怎麼發現的？該不會是海格自己**告訴**她的吧？」

「不可能，」哈利說，先行走到葛來分多餐桌，怒沖沖地倒在椅子上，「他連我們都沒說，不是嗎？我想她一定是因為海格不肯稱她的心，不願意告訴她一大堆我的壞話，所以她就到處刺探內幕來報復他。」

「說不定她是在舞會那天，聽到了他跟美心夫人的談話。」妙麗平靜地說。

「那我們就應該在花園裡看到她啊！」榮恩說，「再說，她不是已經不能再進到校園裡面來了嗎？海格說鄧不利多禁止她……」

「說不定她弄到了一件隱形斗篷，」哈利說，從鍋子裡舀了些雞肉燉鍋放到他的餐盤裡，卻在盛怒中把菜汁濺得到處都是，「躲在灌木叢裡偷聽別人講話，這就是她那種人會做出的事。」

「你是說，就跟你自己和榮恩做出的事一樣，對吧？」妙麗說。

「我們又不是故意要偷聽他說話！」榮恩憤慨地說，「我們是別無選擇！那個愚蠢的混蛋，竟然在那種大家都有可能聽到的地方，大剌剌地談他的巨人母親！」

「我們必須去看看他，」哈利說，「今天傍晚上完占卜學以後就去。跟他說我們希望他能回來上課……妳是**真的**希望他回來上課吧？」他盯著妙麗問道。

「我——嗯，我是不否認，換個老師上課還挺好的，至少我們總算上到一堂像樣的奇獸飼育學課——但我真的很希望海格能回來上課，我當然希望他回來啦！」妙麗在哈利憤怒目光的逼視之下，嚇得趕緊補上一句。

於是當天傍晚晚餐過後，他們三人就再度離開城堡，穿越冰封的校園，走到海格的小木屋。他們敲敲門，門後響起牙牙低沉的吠叫聲。

「海格，是我們！」哈利捶著門大叫，「快開門！」

但他依然毫無反應。他們可以聽到牙牙在嗚咽著用爪子抓門，卻還是沒人來開門。他們又繼續朝門上猛捶了整整十分鐘，榮恩甚至還跑到窗邊砰砰砰地敲窗戶，但屋中依舊無人回應。

「他為什麼要躲**我們**呢？」妙麗在他們終於宣告放棄，並開始返回學校時問道，「他總該知道，我們不會在意他有巨人血統吧？」

但海格好像真的很在意這件事。在接下來的一整個禮拜中，他們完全沒看到海格的身影。他在吃飯時並未出現在教職員餐桌，他們再也沒看到他在校園中四處走動，執行他獵場看守人的日常勤務，而葛柏蘭教授也繼續來代他上奇獸飼育學課。馬份只要一逮到機會，就會湊上前來幸災樂禍一番。

「想不想你那個混血朋友呀？」每當有老師在附近的時候，馬份就會趕緊利用機會悄聲詢問哈利，這樣哈利就沒辦法找他報仇，「想不想那個醜象人啊？」

學校准許學生在一月中旬時前往活米村度週末，讓妙麗大為驚訝的是，哈利居然也計畫要跟他們一起去。

「我還以為你會趁交誼廳好不容易安靜下來的時候，好好利用這機會做點事呢，」她說，「你真的應該定下心來研究那個金蛋了。」

「喔，我——我想我現在已經摸到一點頭緒了。」哈利撒謊。

「真的嗎？」妙麗聽了大為動容，「太棒了！」

哈利內疚得感到腹中一陣翻攪，但他決定置之不理。反正他現在還有整整五個禮拜可以研究那個金蛋的線索，時間還多得很呢……而且他要是去活米村的話，說不定還可以在那裡碰見海格，這樣他就有機會勸海格回來上課了。

他、榮恩及妙麗在星期六一同走出城堡，穿越冰冷潮溼的校園，走向學校大門。當他們經過停泊在湖上的德姆蘭校船時，身上只穿了件緊身游泳褲的維克多．喀浪，正好在此時走到甲板上。他瘦得皮包骨，但人不可貌相，他顯然是比他的外表要強壯多了，因為他接著就爬到船緣上，伸開手臂縱身一跳，躍入冰冷的湖水中。

「他瘋了！」哈利望著喀浪在湖中心載浮載沉的黑色頭頂說，「那一定冷死了，現在是一月欸！」

「他來的地方比這裡冷多了，」妙麗說，「我想他說不定還覺得滿溫暖的呢。」

「話是沒錯，但湖裡還有可怕的大烏賊啊。」榮恩說。但他的語氣聽起來一點也不擔心，事實上好像還滿期待似的。妙麗注意到他的語氣，不禁皺起眉頭。

「他人真的很好，你懂嗎？」她說，「他雖然是德姆蘭的學生，但他完全不是你想的那樣。他其實還比較喜歡我們這裡呢，這是他自己告訴我的。」

榮恩什麼也沒說，在舞會過後，他就從來沒提起過維克多．喀浪這個人。但在聖誕節的隔天，哈利在他床底下發現一隻迷你斷手，看起來非常像是從一個穿著保加利亞魁地奇球袍的小人偶身上，硬生生地拆下來的。

當他們沿著雪融的泥濘大街往前走去時，哈利一直睜大眼睛四處搜尋海格的蹤跡，等他確定海格並沒有待在任何商店裡閒逛之後，他就提議大家先去三根掃帚坐坐。

酒吧裡就跟往常一樣擁擠，但哈利只匆匆往所有餐桌掃了一眼，就知道海格並不在裡面。他的心沉了下來，意興闌珊地跟榮恩和妙麗走到吧台前，向羅梅塔夫人點了三瓶奶油啤酒。他悶悶不樂地暗想，早知道這樣的話，他還不如一個人留在學校去聽那個蛋尖聲哭叫。

「難道他**從來都不用**去辦公室嗎？」妙麗突然悄聲說，「你們看！」

她指著吧台後面的鏡子，哈利看到鏡中映出魯多．貝漫的倒影，他跟一群妖精一同坐在陰暗的角落。貝漫正在用非常快的速度，低聲跟妖精說話，而那些妖精全都雙手抱胸，看起來極具威脅性。

這的確是相當奇怪，哈利暗暗想著，今天是週末，又沒有進行鬥法大賽，自然也不需要勞動到評審大駕，貝漫為什麼會到三根掃帚來呢？他望著鏡中的貝漫，貝漫的臉上又再度出現緊張的表情，就跟那晚在黑魔標記出現之前，他在森林中所露出的表情一樣緊張。但接著貝漫就往吧台邊瞥了一眼，看到了哈利，他立刻站了起來。

「馬上回來，馬上回來！」哈利聽到貝漫粗率地對妖精們說了一聲，就快步越過酒吧走向哈利，臉上又重新露出他那孩子氣的笑容。

「哈利！」他說，「你好嗎？我就希望能在這裡碰到你！一切都還好吧？」

「很好，謝謝。」哈利說。

「我可不可以很快地跟你私下說幾句話，哈利？」貝漫急切地問道，「你們兩位應該可以給我們一點時間吧，可以嗎？」

「呃——好吧。」榮恩說，接著他就和妙麗一起離開去找位子坐。

貝漫帶著哈利沿著吧台往前走，走到遠離羅梅塔夫人的地方。

「嗯，我只是想再跟你說聲恭喜，你對付那頭角尾龍時的傑出表現，實在是精采至極，哈利，」貝漫說，「真的是一流的演出。」

「謝謝。」哈利說，但心裡明白貝漫不可能只是要說這些，因為他如果只是想恭喜哈利的話，他大可當著榮恩和妙麗的面說。不過，貝漫好像並不急著要吐露實情。哈利看到他瞄了鏡中的妖精一眼，牠們全都一言不發地坐在那裡，斜睨著漆黑的眼睛打量貝漫和哈利。

「真是一場惡夢，」貝漫發現哈利也在望著那些妖精，於是他壓低聲音對哈利說，「牠們的英文不是很好……這簡直就和魁地奇世界盃的時候，跟那些保加利亞人打交道的情況差不多……但至少**他們**還會用人類可以理解的肢體語言，對我比手畫腳一番。而這群傢伙呢，卻只會嘰哩咕嚕地說牠們的妖精語……可是妖精語我就只會說一個字眼——**不拉娃**，意思是『鶴嘴鋤』。我可不想隨隨便便說出這個字眼，免得牠們以為我是在恐嚇牠們。」他發出一陣短促而低沉的笑聲。

「牠們到底想要幹嘛？」哈利問道，他發現那些妖精依然在目不轉睛地緊盯著貝漫。

「呃——這個嘛……」貝漫說，他突然變得相當緊張，「牠們……呃……牠們想要找巴堤．柯羅奇。」

「牠們怎麼會到這裡來找他？」哈利說，「他不是在倫敦的魔法部上班嗎？」

「呃……老實說，我自己也不曉得他人在哪裡，」貝漫說，「他就這樣……就這樣突然不再來上班，到現在已經有一、兩個禮拜沒出現了。他的助理，也就是那個叫派西的年輕人，告訴我們說他是生病了。巴堤顯然有派貓頭鷹送信給派西傳達指示，但能不能請你不要把這件事告訴任何人，哈利？因為麗塔．史譏仍然在用盡各種手段到處刺探消息，而我可以打包票，她一定會把巴堤生病的事加以誇大渲染，描寫成某種奸詐的陰謀。她大概會說他也跟柏莎．喬金一樣，突然無緣無故地失蹤了呢。」

「你有柏莎．喬金的消息嗎？」哈利問道。

「沒有，」貝漫說，又再度露出緊張的神情，「當然啦，我是有請人去找……」（早該去找了，哈利心想。）「但事情顯得非常奇怪。她的確是有**到達**阿爾巴尼亞，因為她曾經在那裡，跟她表兄妹的子女碰過面。然後她就離開他們家，說是要到南邊去看一位阿姨……接著她就好像在路途中無聲無息地消失了。打死我都想不出，她到底是跑到哪裡去了……再怎麼看，她也不像是那種會跟人私奔的類型嘛……但事情還是一樣……我們這是在做什麼，怎麼討論起妖精和柏莎．喬金的事了呢？我其實是想要問你，」他壓低聲音，「你研究金蛋的工作，現在進行得怎麼樣了？」

「呃……還不錯。」哈利言不由衷地說。

貝漫似乎也曉得他沒說實話。

「聽我說，哈利，」他說（仍然把聲音壓得極低），「我對這整件事感覺非常不好……你就這樣糊裡糊塗地被迫參加鬥法大賽，你又沒有自願報名……要是……」（他的聲音變得細不可聞，哈利必須俯身向前，才能聽清楚他在說些什麼。）「要是我可以幫得上忙……提供一些正確的指示……你這孩子很討我喜歡……看看你在對付那頭龍的時候有多威風哪！……好，你只要說句話。」

哈利抬頭望著貝漫紅潤的圓臉，和那對睜得大大的嬰兒藍眼睛。

「我們不是只能靠自己的力量，來解開金蛋的線索嗎？」他說，小心翼翼地讓自己的語氣顯得輕鬆隨意，免得聽起來像是在指控這位魔法遊戲與運動部門的主管知法犯法。

「嗯……嗯，話是沒錯，」貝漫不耐地表示，「可是──好了啦，哈利──我們大家都希望霍格華茲能夠獲勝，沒錯吧？」

「那你有對西追表示要幫他的忙嗎？」哈利問道。

貝漫那張光滑面龐上的眉心部分，此時微微出現了一些縐褶。

「不，我沒有，」他說，「我──就像我剛剛說的，你這孩子很討我喜歡，我只是想幫……」

「喔，多謝了，」哈利說，「但我差不多就快研究出那個金蛋的線索了……大概再過個一、兩天就可以解開了。」

他不太確定自己為什麼要拒絕貝漫幫忙，他唯一能想到的理由就是，貝漫對他來說，幾乎可算是個陌生人。不知怎地，他總覺得這跟請榮恩、妙麗，或是天狼星提供意見很不一樣，接受貝漫的幫助，會讓他覺得自己好像是在作弊。

貝漫露出一副受到侮辱的表情，但弗雷和喬治正好在此時突然出現，因此他也沒辦法再多說什麼。

「哈囉，貝漫先生，」弗雷開朗地喊道，「可以請你喝杯飲料嗎？」

「呃……不用了，」貝漫說，用失望的眼神瞥了哈利最後一眼，「不，謝謝你們，孩子……」

弗雷和喬治兩人的表情，看起來幾乎就跟貝漫一樣失望，而貝漫仔細打量哈利，彷彿是在怪哈利潑了他一大盆冷水。

「好，我得快點走了，」他說，「真高興見到你們大家。祝你好運，哈利。」

他快步踏出酒吧，妖精們全都溜下椅子，跟著他一起走出去。哈利回頭去找榮恩和妙麗。

「他找你幹嘛？」哈利才剛坐下來，榮恩就迫不及待地問道。

「他表示要幫我解開金蛋的線索。」哈利說。

「他怎麼能做這種事！」妙麗露出震驚至極的表情，「他可是評審之一欸！而且你自己都已經快要研究出來了——沒錯吧？」

「呃……差不多了啦。」哈利說。

「嗯，要是鄧不利多曉得，貝漫竟然私下想要勸你作弊，他一定會覺得非常不高興的！」妙麗說，臉上仍然帶著深深不以為然的表情，「我只希望，他同樣也有試著去幫西追的忙！」

「他沒有，我問過了。」哈利說。

「誰要管迪哥里那傢伙有沒有人幫忙啊？」榮恩說，哈利在心中暗暗叫好。

「那些妖精看起來不是很友善，」妙麗啜著奶油啤酒說，「牠們跑到這裡來做什麼？」

「貝漫說牠們是要來找柯羅奇，」哈利說，「他還在生病，一直都沒去上班。」

「說不定是派西偷偷對他下毒，」榮恩說，「他大概是以為，要是柯羅奇死掉的話，他就可以晉升為國際魔法交流合作部門的主管了。」

妙麗用一種「少開這種玩笑」的眼神瞪了榮恩一眼，然後說：「真奇怪，妖精居然會想要找柯羅奇先生……牠們通常都是跟奇獸管控部門的人打交道。」

「柯羅奇會說一大堆不同的語言呀，」哈利說，「牠們大概是需要找個口譯吧。」

「怎麼，現在妳又開始關心那些可憐沒人愛的妖精啦？」榮恩詢問妙麗，「妳是不是打算再成立一個什麼『S.P.U.G.』之類的組織啊？醜妖精保護協會[9]嘛？」

「哈，哈，哈，」妙麗發出幾聲嘲諷的乾笑，「妖精才不需要別人保護咧。難道你們在丙斯教授教到妖精叛亂事件的時候，全都沒專心聽講嗎？」

「沒。」哈利和榮恩異口同聲地答道。

「好吧，牠們其實還滿會對付巫師的，」妙麗說，又啜了幾口奶油啤酒，「牠們非常聰明。牠們跟那些不會替自己爭取權益的家庭小精靈，可是完全不一樣的。」

「啊——喔。」榮恩望著門口說。

麗塔・史譏剛踏進酒吧。她今天穿著一件香蕉黃長袍，指甲塗成鮮豔的粉紅色，而那個大肚皮的攝影師也跟在她身邊。她先買好飲料，接著就跟攝影師一起越過人潮，走向他們三人附近的一張空桌。哈利、榮恩和妙麗一看到她走過來，就全都一起怒沖沖地瞪著她。她現在正在飛快地說話，而且看起來似乎是有件事讓她感到非常滿意。

「……他好像不太願意跟我們說話，你說是不是啊，包左？你想想看這是為了什麼？而且他幹嘛要在身邊帶了一大群妖精呢？說什麼帶牠們來觀光……簡直就是睜眼說瞎話嘛……他向來就是個滿口謊言的大騙子。有沒有嗅出什麼訊息呀？你覺得我們是不是應該好好挖點新聞出來啊？慘遭罷黜的前魔法運動部門主管魯多．貝漫……這個開頭夠漂亮吧，包左——現在我們只需要再找個合適的故事湊進去——」

「妳又在出詭計想要毀了別人的一生啦？」哈利大聲說。

有幾個人回過頭來。麗塔．史譏一看清說話的人是誰，那對藏在鑲著珠寶的眼鏡後方的眼睛就大大睜開。

「哈利！」她笑咪咪地說，「真是太棒了！你要不要過來跟我們一起——？」

「我死都不會走到距離妳十呎掃帚柄之內的地方！」哈利憤怒地說，「妳為什麼要對海格做這種事，嗄？」

麗塔．史譏抬起她那畫得又粗又濃的眉毛。

「我們的讀者有權利知道真相，哈利，我只不過是盡我應有的——」

「誰會在乎他是不是巨人混血兒？」哈利大叫，「他又沒什麼不好！」

整個酒吧全都變得鴉雀無聲，吧台後方的羅梅塔夫人原本正忙著把蜂蜜酒灌進細口瓶，而她現在呆呆地望著他們，顯然完全沒注意到，瓶子裡的酒早就滿得溢出來了。

麗塔．史譏的笑容稍稍黯淡了一些，但接著就馬上恢復原狀。她啪地一聲打開她的鱷魚皮

9. 全名為「Sociery for the Protection of Ugly Goblins」。

手提袋，取出她的速記筆說：「那麼你何不再讓我訪問一次，談談**你自己**心目中的海格呢，哈利？在那身健壯的肌肉後面，究竟藏了個什麼樣的男人？另外你還可以再談一談，你們兩人那種出人意料的友誼關係，還有你們結為知交的原因。你認為，你是不是把他當成父親的替代品呢？」

妙麗猛然站起身來，光看她那副緊握著奶油啤酒的模樣，你還會以為她握的是一顆手榴彈呢。

「妳這個可怕的女人，」她咬牙切齒地說，「妳什麼都不在乎，是嗎？妳只要有東西可以寫，不管什麼人、什麼事，妳全都不放在心上，是不是？甚至連魯多．貝漫——」

「坐下，妳這個愚蠢的小女孩，不懂的事情，妳最好是少開口。」麗塔．史譏冷冷地說，她的目光一落到妙麗身上，就立刻變得冷酷無情，「我知道一些魯多．貝漫幹的好事，說出來會把妳嚇得連頭髮都蓬起來……喔，但我看妳好像是**不**需要啦——」她盯著妙麗蓬鬆的頭髮加上一句。

「我們走，」妙麗說，「走吧，哈利——榮恩……」

他們起身離去，酒吧中許多人都轉頭望著他們。哈利在走到門前時，回頭瞄了最後一眼。麗塔．史譏此時已把速記筆取了出來，現在這枝筆正懸空豎在桌上一張羊皮紙上，飛快地來回移動。

「她下一個就會盯上妳了，妙麗。」榮恩等他們快步踏到外面的街道之後，就用一種低沉而擔心的語氣說。

「叫她來呀！」妙麗尖聲說，她氣得渾身顫抖，「她敢的話，我就讓她好看！說我是愚蠢的小女孩？喔，一定要找她報仇，先是哈利，接著又是海格……」

「妳最好還是別去招惹麗塔．史譏，」榮恩緊張地說，「我是說真的，妙麗，她會設法挖出一些事情來修理妳——」

「反正我爸媽又不會看《預言家日報》，她休想讓我怕得躲起來！」妙麗說，她現在邁開腳步，氣沖沖地往前疾走，哈利和榮恩沒辦法，只好也快步趕上前去。哈利只有在上次妙麗狠狠摑馬份一個耳光的時候，才看過她發這麼大的火，「而且海格不能再這樣躲下去了！他絕對**不應該**讓那種大爛人傷到他！我們**走**！」

接著她就拔足狂奔，一馬當先地領著他們沿著道路往回跑，穿越兩旁列著飛豬柱的校門，越過校園奔向海格的小木屋。

小木屋的窗簾依然全都拉了下來，他們快要走到時，耳邊就傳來牙牙的吠叫聲。

「海格！」妙麗猛捶著大門叫道，「海格，夠了！我們知道你在裡面！根本沒人會在乎你母親是不是女巨人，海格！你不能被那個叫史譏的卑鄙女人擊倒呀！海格，快出來呀，你現在也——」

大門忽地敞開。而妙麗才剛說到：「你現在也——」接著就硬生生地閉上嘴巴，這是因為，她發現她眼前的人竟然不是海格，而是阿不思．鄧不利多。

「午安。」他愉快地說，笑吟吟地低頭望著他們。

「我們——呃——我們想要見海格。」妙麗的聲音變小了許多。

「是，這我已經猜到了，」鄧不利多說，他的雙眼閃閃發光，「你們先進來好嗎？」

「喔……嗯……好啊。」妙麗說。

她、哈利和榮恩踏進小木屋，哈利一走進去，牙牙就衝過來撲到他身上，像發了瘋似地拚命狂吠，並企圖想要舔他的耳朵。哈利推開牙牙，環顧四周。

海格坐在他的餐桌上，桌上擱著兩個大茶杯。他看起來真是糟透了，他的臉髒得要命，兩眼腫得跟什麼似的，而他的頭髮赫然又到達了另一個極端。他顯然早就不再設法將頭髮梳得服貼柔順，他現在那副邋遢相，簡直就像是在頭上頂了一頂用雜亂鐵絲製成的假髮。

「嗨，海格。」哈利說。

海格抬起頭來。

「哈囉。」他用非常沙啞的聲音說。

「我想應該多準備一些茶。」鄧不利多說，他等哈利、榮恩和妙麗走進來之後，就立刻關上大門，掏出魔杖輕輕撫弄了一下，空中隨即出現一個旋轉式茶盤，另外還有一盤蛋糕。鄧不利多施法將茶盤移到餐桌上，所有人全都坐了下來。大家先沉默了一會，然後鄧不利多開口說：「剛才在格蘭傑小姐大吼大叫的時候，你有聽清楚她在說些什麼嗎，海格？」

妙麗的臉微微泛紅，但鄧不利多卻對她微微一笑，再繼續說下去：「照他們剛才那種恨不得破門而入的架式看來，妙麗、哈利和榮恩好像還是想要跟你做朋友。」

「我們當然還是想要跟你做朋友啊！」哈利凝視著海格說，「你該不會以為那個叫史譏的老母牛——對不起，教授。」他連忙望著鄧不利多補上一句。

「我的耳朵突然變聾了，完全聽不到你在說些什麼，哈利。」鄧不利多撫弄著大拇指，抬頭盯著天花板說。

「呃……好吧，」哈利不太好意思地說，「我只是想說——海格，你怎麼會以為，我們會在乎那個——女人——寫的鬼話——」

豆大的淚珠從海格那對甲蟲般的黑眼睛中滲出來，慢慢淌落到他雜亂糾結的鬍鬚裡面。

「我剛才告訴你的話，現在眼前就出現了活生生的鐵證，海格，」鄧不利多說，眼睛依然專注地盯著天花板，「我不是把信都拿給你看了嗎？有許多在這裡念過書的家長派貓頭鷹送信過來，他們全都還記得你，並且用非常明確的口吻告訴我，說我要是開除你的話，他們可是會提出抗議——」

「但並不是所有人，」海格啞著嗓子說，「不是所有人都希望我留下——」

「說真的，海格，你若是巴望全天下的人都能喜歡你，那你恐怕還得在這個小木屋關上一段非常長的時間。」鄧不利多說，現在他透過那付半月形的眼鏡，用嚴肅的目光凝視海格，「打從我到這所學校來擔任校長開始，我每個禮拜至少都會收到一封貓頭鷹送來的抱怨信，批評我的行事作風這不好、那不對的。但你說我該怎麼辦？把自己關在研究室裡，死都不跟任何人說話嗎？」

「你——你又不是巨人混血兒！」海格帶著哭音說。

「海格，你去看看我的親戚是什麼德行！」哈利激動地說，「你去看看德思禮那一家人！」

「說得好，這是個非常好的觀點，」鄧不利多教授說，「我自己的親兄弟阿波佛，被人告發說他對山羊施用不當符咒。報紙上登得好大，但阿波佛有躲起來嗎？不，他才沒有呢！他仍然抬頭挺胸地照樣過日子！當然啦，我不是很確定他到底識不識字，所以這大概也不能稱得上是勇敢……」

「回來教我們吧，海格，」妙麗輕聲說，「求求你回來好不好，我們真的都好想你喔。」

海格發出一聲哽咽，更多的淚水從他的面頰上滑落下來，滲進他雜亂的鬍鬚。鄧不利多站了起來。

「我不接受你的辭呈，海格，而且我希望你能在星期一就回來上課。」他說，「你必須在早上八點半，到餐廳來跟我一起吃早餐，不准找任何藉口推託。祝你們大家午安。」

鄧不利多接著就走向小木屋大門，只在途中停下來，搔了搔牙牙的耳朵。鄧不利多一帶上大門，海格就開始把臉埋在他那雙跟垃圾桶蓋差不多大的巨掌中低聲哭泣。妙麗一直在輕輕拍他的手臂，最後海格終於抬起頭來，睜著一對紅得要命的眼睛說：「真是了不起的人哪，鄧不利多……真了不起……」

「沒錯，他的確是。」榮恩說，「我可以吃片蛋糕嗎，海格？」

「自己來，」海格說，用手背揩揩眼睛，「啊，當然啦，他是說得沒錯——你們全都說得沒錯……我真是太蠢了……我老爸要是看到我前陣子那副蠢相，一定會覺得丟人死了……」淚水如珠串般地淌落下來，他抬起手來奮力擦乾眼淚，然後說，「我從來沒給你們看過我老爸的照片吧？等等……」

海格站起來，走到他的餐具櫥前，拉開一個抽屜，從裡面取出一張照片。照片中那位身材瘦小的巫師，有著一對跟海格一樣四周布滿皺紋的黑眼睛，他帶著滿臉的笑容，坐在海格的肩膀上。根據旁邊那株蘋果樹推斷，海格那時大概已經有七、八呎高，但他那時還沒有鬍子，臉蛋光滑圓潤，顯得非常年輕——他看起來最多不會超過十一歲。

「這是在我剛進霍格華茲念書的時候拍的，」海格用哽咽的聲音說，「我爸簡直要樂壞了……他本來還以為我不能當巫師，因為我媽……嗯，當然啦，其實我的魔法向來都不怎麼樣……但他至少沒看到我被學校開除。他死了，懂了吧，就在我二年級的時候……

「在我爸走了以後，全都是靠鄧不利多照顧我。他替我弄到一份獵場看守人的工作……他真的很信任人，願意給他們第二次機會……這就是他跟別的校長不一樣的地方，知道吧？只要你有天分，不管是誰都可以進霍格華茲念書。他知道有人的家庭雖然……嗯……不是很正派，但他們人可能還是不錯的。就是有些人不了解這一點，總是有些人不肯接受你……有人甚至還假裝自己只是骨架比較大，就是不肯抬頭挺胸地說——我就是我，而我一點也不覺得丟臉。『永遠也不要覺得丟臉，』我老爸以前告訴過我，『是會有些人不肯接受你，但這種人不值得你去為他們煩心。』他說得沒錯。我過去簡直就是個大白痴。我可以跟你們保證，我再也不要為**她**感到煩心了，什麼骨架比較大……去她的骨架比較大！」

哈利、榮恩和妙麗緊張地面面相覷，哈利寧願帶整整五十隻爆尾釘蝦去散步，也不願對海格承認自己偷聽到他跟美心夫人的對話，但海格只是自顧自地繼續說下去，完全沒意識到自己說錯了什麼話。

「你知道嗎，哈利？」他的目光終於離開他父親的照片，抬起頭來望著哈利，他的眼睛出奇地晶亮，「我剛認識你的時候，你讓我回想起當年的自己。爸跟媽都走了，而且你那時候也很害怕自己在霍格華茲會感到不適應，記得吧？你不確定自己真的能念得來……但現在看看你自己，哈利！居然成了學校的鬥士！」

他望了哈利好一會，然後用非常嚴肅的口吻說：「你知道我希望什麼嗎，哈利？我想要看到你贏，想得要命哪。這可以證明給大家看……就算不是純種巫師，也一樣可以辦得到，你不用為自己的出身感到丟臉。這可以對大家證明，鄧不利多的做法是對的，只要你有能力施魔法，任何人都可以到這兒來念書。你那個蛋研究得怎麼樣了，哈利？」

「很順利，」哈利說，「真的非常順利。」

海格那張悲傷的臉龐上，綻開一個帶淚的燦爛笑容，「這才是我的好孩子……你讓他們看看，哈利，讓他們好好見識一下，把他們全都打敗。」

對海格撒謊的感覺，就是跟對別人撒謊很不一樣。當天下午，哈利跟榮恩、妙麗一起返回城堡時，腦海中老是浮現海格在想像他贏得鬥法大賽時，那張鬍髮糾結的大臉上所出現的快樂表情。到了當天傍晚，那顆高深莫測的金蛋，比往常更加沉甸甸地壓在哈利的心頭，讓他感到良心極度不安，等到他躺到床上時，他已暗暗在心裡下定決心——現在該是他拋下驕傲，去檢查看看西追的暗示是否真有用處的時候了。

25 金蛋與魔眼

哈利不曉得他到底要泡澡泡多久，才能順利解開金蛋的秘密，因此他決定等到半夜再去，這樣他就可以愛泡多久就泡多久。儘管他非常不願意再多欠西追一份人情，但他還是決定去使用級長的浴室。那邊只有極少數的人才能進得去，所以他也不太可能會受到干擾。

哈利為這次冒險遠征，做了非常完善謹慎的計畫，因為他過去曾在深夜偷溜下床四處晃蕩時，被管理員飛七給當場活逮，他死都不想再重複一次相同的經驗。隱形斗篷自然是這次行動不可或缺的重要工具，為了再加上額外的保護措施，哈利決定把劫盜地圖也帶在身邊，這是除了隱形斗篷之外，哈利在犯規時最有用的輔助器材。這份地圖呈現出霍格華茲的全貌，甚至連校園中眾多的捷徑與密道也包括在內，最重要的是，它會用一些在走廊上四處遊走、並在旁邊加上姓名標籤的迷你小點，顯露出城堡中每個人的行蹤，因此要是有人接近浴室的話，哈利就可以事先得到警告。

星期四晚上，哈利偷溜下床，穿上隱形斗篷，躡手躡腳地悄悄走下樓，接著他就像海格帶他去看龍那天晚上一樣，站在畫像洞口前面等著門敞開。這次是由榮恩站在外面向胖女士說通關密語（「香蕉餡油炸餅」），「祝你好運！」榮恩在哈利悄悄經過他身邊時低聲表示，接著就爬進了交誼廳。

今晚藏在隱形斗篷下面的哈利，行動變得異常笨拙，這是因為他必須用一隻手夾住沉重的金蛋，另一隻手將地圖舉在眼前。眼前那條月光照亮的走廊，顯得空盪而寂靜，哈利每隔不久，就會察看一次地圖，這樣他就可以高枕無憂，確保自己絕不會在無意間撞見任何他想要避開的人了。當他到達糊塗鬼鮑瑞（一名神情茫然恍惚、手套左右戴反的巫師）的雕像前方時，他就按照西追的指示，順利找出正確的房門，彎身俯向門前，低聲念出通關密語：「**松木清香**。」

房門唧唧嘎嘎地敞開。哈利輕輕溜進去，拴上房門，脫下隱形斗篷，打量四周的環境。

他的第一個反應就是，單只是為了能使用這樣的浴室，就足以讓人深深渴望當上級長了。一盞點著蠟燭的華麗枝形吊燈架，讓室內充滿了柔和的光輝，這裡的一切全都是用純白的大理石製成，甚至連中央那個看起來活像是長方形空游泳池的凹陷處也不例外。池邊環繞著大約一百個水龍頭，而每一個把手上都鑲著一顆不同顏色的寶石，這裡甚至還有一個跳水板呢。窗邊懸掛著長長的白色亞麻窗簾，角落放著一疊潔白鬆軟的毛巾，牆上只掛了一幅鑲著金框的大畫像。畫中的主角是一隻正趴在岩石上熟睡的金髮美人魚，她的長髮覆蓋在臉上，髮絲隨著她的呼吸不停地起伏波動。

哈利將隱形斗篷、金蛋與劫盜地圖擱在地上，走上前去四處張望，他的腳步聲在室內激起響亮的迴音。這間浴室雖然是非常豪華壯觀——而且他也很想趕快去扭開幾個水龍頭試試看——但現在他人到了這裡，又開始忍不住懷疑，西追根本就是在故意耍他。這怎麼有可能幫助他解開金蛋的玄機呢？儘管如此，他還是將一條鬆軟的毛巾、隱形斗篷、劫盜地圖和金蛋，擱在那跟游泳池一樣大的浴池旁邊，然後跪下來，扭開了幾個水龍頭。

他立刻看出，這些水龍頭流出的是一些摻雜了各種不同泡泡浴精的熱水，但這卻跟他過去洗過的泡泡浴很不一樣。其中一個水龍頭，湧出的是跟足球一樣大的粉紅色與藍色氣泡，另一個則流出雪白色的泡沫，而那泡沫濃稠得讓哈利忍不住覺得，他要是敢去試的話，一定可以讓他整個身子全都浮在上面，第三個水龍頭讓水面上漂浮著一層香氣濃郁的紫煙。哈利就這樣把水龍頭開開關關地玩了好一陣子，而他最欣賞的是其中一種特殊效果，那可以讓水面上噴出一道在空中畫出大圓弧的美麗水柱。然後，等深深的浴池中裝滿了熱水、泡沫與氣泡之後（以浴池的尺寸來說，速度已經可算是非常快了），哈利就把所有水龍頭全都關上，脫下他的睡袍、睡衣褲和拖鞋滑入水中。

池水非常深，他的腳差點就碰不到地，而他真的把它當成游泳池，在水中來回游了一、兩趟，才重新游回池邊，站在水中，望著那個金蛋。雖然在四周飄浮著裊裊彩色輕煙的環境中，泡在滿是泡沫的熱水中泅泳，確實讓他感到非常享受，但他並沒有因此而腦中靈光一現，或是在瞬間感到頓悟。

哈利伸長手臂，用潮溼的手掌捧起金蛋，將它打開。浴室中立刻響起淒厲的哭號聲，在大理石牆間激起隆隆回聲，但除了回聲大得嚇人之外，它聽起來依然跟以前一樣神秘難解。他啪地一聲將它重新關上，暗暗擔心這聲音會把飛七給引過來，並忍不住開始懷疑，這就是西追設計騙他到這裡來的目的——接著他突然聽到有人開口說話，把他嚇得跳起來，一不小心把金蛋掉在地上，咔搭咔搭地滾過浴室地板。

「我要是你的話，我就會把它放到水**裡面**試試看。」

哈利在驚嚇中吞了一大口泡沫。他發出一陣模糊不清的咕嚕聲，從水中站了起來，看到一個有著超級苦瓜臉的幽靈女孩，正盤腿坐在其中一個水龍頭上。那是愛哭鬼麥朵，她通常都是窩在三層樓下的廁所馬桶裡面哭泣。

「麥朵！」哈利在盛怒中喊道，「我──我身上什麼也沒穿！」

池中的泡沫非常濃稠，所以這其實沒什麼關係，但他有一種很不好的感覺。他猜想麥朵根本就是打從他一進門開始，就躲在其中一個水龍頭裡面偷看他。

「在你下水的時候，我有把眼睛閉上，」她說，並透過她那厚重的鏡片朝他眨了眨眼，「你已經有**好幾百年**沒來看我了。」

「對喔……嗯……」哈利說，他微微彎下膝蓋，好百分之百地確定，麥朵除了他的頭之外，其他什麼也看不到，「但我根本就不應該走進妳的洗手間呀，對不對？那是給女生用的欸。」

「你以前從來就不在乎這些的，」麥朵難過地說，「你以前一天到晚都待在我那裡。」

她說得沒錯，但那是因為哈利、榮恩和妙麗當時發現，麥朵那間故障的廁所，正好可以讓他們用來偷偷熬煮變身水──這是一種非法魔藥，它可以讓哈利和榮恩在一個鐘頭的時限內，變成克拉和高爾兩人活生生的翻版，這樣他們就可以混進史萊哲林的交誼廳去刺探情報。

「我因為這件事而被痛罵了一頓，」哈利說，這句話有一半是事實。他的確是有一次在走出麥朵的洗手間時，被派西當場逮個正著，「所以我想還是別再去比較好。」

「喔……我知道了……」麥朵說，帶著一種生悶氣的表情，摳摳她下巴上的一顆青春痘，

「好吧……不管怎樣……你還是把那個蛋浸到水裡試試看吧，西追．迪哥里就是這麼做的。」

「難道妳也偷看過他嗎？」哈利憤慨地喊道，「妳到底是在幹嘛呀，特地在晚上溜到這裡來，偷看級長洗澡嗎？」

「有的時候，」麥朵用一種相當狡獪的語氣說，「但我以前可從來沒跑出來跟人說過話。」

「那我還真是榮幸呢，」哈利沉著臉說，「妳把眼睛閉上！」

他先確定麥朵確實用手把眼睛完全遮住，然後才爬出浴池，用毛巾將自己裹得密不透風，再走過去把金蛋撿起來。

他一回到池裡，麥朵就透過指縫朝外偷看，開口說：「那就快呀……在水裡面把它打開！」

哈利把蛋浸入滿是泡沫的水中，然後打開……這次它居然沒有淒厲哭嚎。它發出一種咕嘟咕嘟的歌聲，但由於池水阻隔的關係，哈利根本連一個字也聽不清。

「你得把你的頭也埋進水裡去啊，」麥朵說，她好像非常享受這種把哈利呼來喚去的感覺，「快呀！」

哈利深深吸了一口氣，然後沒入水中——現在，當他坐到裝滿泡沫的大理石浴池底部時，他聽到手中的金蛋唱出一首由怪誕嗓音所吟唱出的合唱曲。

前來尋找我們，到我們嗓音清晰的地方，
我們無法在陸地上面歌唱，

當你搜尋時，請仔細思量：
我們奪走你最不捨的珍藏，
你必須在一個鐘頭內四處尋覓，
並讓我們奪去的事物重返故鄉，
但過了一個鐘頭——前途將黯淡無光，
時機已晚，它將遠去，永不再回到你的身旁。

哈利放鬆肢體往上浮起，冒出滿是泡沫的水面，甩開覆在眼睛上的溼髮。

「聽到了嗎？」麥朵問道。

「是呀……『前來尋找我們，到我們嗓音清晰的地方……』這還用說，反正我是非去不可……等等，我必須再聽一次……」他重新沒入水中。

金蛋的歌曲在水底下整整重新演唱了三次，哈利才把它給完全記住。接著他在水中站了一會，絞盡腦汁苦苦思索，麥朵坐在一旁打量著他。

「我必須去找一種聲音在陸地上沒辦法讓人聽清楚的生物……」他緩緩地說，「呃……那到底是什麼東西呀？」

「你滿遲鈍的嘛，是不是？」

除了上次妙麗被變身水害得臉上長毛，背後多出一條尾巴那時之外，哈利可從沒看到愛哭鬼麥朵像現在這麼高興過。

哈利抬頭環顧浴室，默默思索……如果這些嗓音，只有在水中才能聽到的話，照理說，這應該是某種水中生物的聲音。他把這個想法告訴麥朵，而她對他露出得意的笑容。

「嗯，迪哥里也是這麼想的，」她說，「他待在那裡自言自語地嘮叨了好一陣子，說的就是你剛才想到的事。他實在是待太久了……久得連池裡的泡沫都快要消失了……」

「水中……」哈利緩緩地說，「麥朵……湖裡除了大烏賊之外，還住了些什麼樣的生物？」

「喔，那裡什麼都有呀，」她說，「我有時會下到湖裡去……要是有人趁我沒留神的時候沖我的馬桶，我就只好跟著一起被沖下去……」

哈利努力不去想像麥朵隨著馬桶裡的穢物，沿水管迅速溜進湖裡去的畫面，並開口說：「喔，那裡有沒有任何生物會說人話？等等——」

哈利的目光落向牆上那幅沉睡的美人魚畫像，「麥朵，湖裡該不會有**人魚**吧，有沒有？」

「喔喔，太棒了，」她說，厚重的鏡片閃閃發光，「迪哥里花的時間比你久多了！而且那還是因為**她**正好醒過來，」——麥朵猝然往美人魚的方向點了一下，苦瓜臉上露出了一副極端厭惡的神情——「在那邊吃吃傻笑、搔首弄姿，刻意展示她的魚鰭……」

「就是人魚對不對？」哈利興奮地說，「第二項任務，就是要我們到湖裡去找人魚，並且……並且……」

他突然意識到自己在說些什麼，就像洩了氣的皮球似地，興奮的感覺迅速消退。他不太會游泳，他過去根本沒什麼機會練習。達力小時候曾去上過游泳課，但佩妮阿姨和威農姨丈，根本就希望哈利有一天會不小心淹死，因此才懶得費事讓他去學什麼游泳。他是可以在這樣的浴池中來回游個一、兩趟，但那個湖泊又大又深……而且人魚想必是住在水底……

「麥朵，」哈利緩緩問道，「我要怎樣才能在水裡**呼吸**？」

一聽到這句話，麥朵眼中就又突然盈滿了淚水。

「你真是太不會做人了！」她低聲說，伸手在長袍中摸索著找手帕。

「我又哪裡惹到妳啦？」哈利一頭霧水地問道。

「居然在**我**面前提呼吸的事！」她尖聲說，在浴室裡激起響亮的回聲，「明明知道我不能……明明知道我有好幾百年……都沒有……」她把臉埋在手帕中，大聲地擤鼻涕。

哈利這才想起，麥朵向來就對自己已經死掉這件事非常敏感，但他認識的其他幽靈，就全都不會像她這麼小題大作。「抱歉，」他不耐煩地表示，「我沒有那個意思——我只是忘了……」

「喔，是的，誰會記得麥朵已經死了呢。」麥朵用她那對紅腫的眼睛望著哈利，哽咽地表示，「甚至在我還活著的時候，都不會有人注意到我不見了。他們花了好幾個鐘頭的時間，才找到我的屍體——這我自然曉得，因為我當時就坐在那裡等他們來。後來奧莉・轟碧走進洗手間——『妳是不是又躲在這裡生悶氣啦，麥朵？』她說，『狄劈教授要我來找妳——』然後她就看到了我的屍體……喔喔喔，我可以確定，她一直到死都忘不了這回事……我開始糾纏她，她走到哪裡，我就跟到哪裡，隨時提醒她不要忘了我，我就是這麼做的，我還記得，在她哥哥的婚禮上——」

但哈利根本就沒在聽，他正在重新思索那首人魚之歌。「我們奪走你最不捨的珍藏」，這聽起來似乎是他們打算偷走他的某樣東西，某樣他非得奪回來不可的東西。他們到底打算拿走什麼呀？

「——當然啦，她後來就跑到魔法部去告狀，不准我再偷偷跟蹤她，所以我就只好回到這裡，住在我的馬桶裡面囉。」

「很好，」哈利心不在焉地應了一聲，「好，我現在已經有很大的進展了……拜託妳再把眼睛閉上，我要出來了。」

他撿起放在浴池底部的金蛋，爬出來，把全身擦乾，再重新穿上他的睡衣褲和睡袍。

「你還會不會再抽空到我的洗手間來看我？」愛哭鬼麥朵在哈利撿起隱形斗篷時，悲傷地問道。

「呃，這個嘛……我盡量。」哈利說，但心裡卻暗暗想著，除非是全城堡的廁所全都堵住了，他才會再踏進麥朵的洗手間，「那就再見囉，麥朵……謝謝妳幫忙。」

「拜拜。」她憂鬱地說，而哈利在披上隱形斗篷時，看到她迅速竄回水龍頭裡面消失了。

哈利一踏入外面漆黑的走廊，就拿起劫盜地圖，檢查前方是否仍然暢行無阻。是的，飛七和拿樂絲太太的小黑點，現在依然安全地待在他們的辦公室裡……除了正在樓上獎品陳列室裡到處亂蹦亂跳的皮皮鬼以外，地圖上好像並沒有任何東西在移動……哈利開始朝葛來分多塔走去，他才往前踏了一步，地圖上有個地方突然引起他的注意力……那實在是太奇怪了。

皮皮鬼並**不是**地圖上唯一正在移動的東西，另外還有一個小點，正在左邊底部角落的房間中，飛快地四處竄動——那是石內卜的辦公室。但那個黑點旁標註的人名，並不是「賽佛勒斯．石內卜」……而是巴堤．柯羅奇。

哈利凝視著那個小點。柯羅奇先生現在應該是病得沒辦法去上班，也沒有來參加耶誕舞會——那他怎麼會在凌晨一點偷偷溜進霍格華茲呢？哈利仔細盯著那個小點，望著它在房中不停地兜圈子，並不時在各個地方停下來……

哈利猶豫不決地考慮了一會……然後他的好奇心戰勝了一切。他回過身來，朝相反的方向出發，走向距他最近的一道階梯，他要看看柯羅奇先生到底在搞什麼鬼。

哈利儘可能放輕腳步，悄悄溜下樓梯，但木板發出的吱嘎聲，與他睡衣摩擦的沙沙聲，卻依然讓畫像中的某些面孔好奇地轉過頭來張望。他沿著樓下的走廊往前走去，在中途撥開牆邊的一道繡帷，再從一道更狹窄的樓梯繼續往下走，這是一條可以讓他直接走到兩層樓下面的捷徑。他不時低頭望著那份地圖，心中暗暗詫異……不知怎地，他總覺得這好像跟柯羅奇先生的個性不太符合，像柯羅奇先生這樣一絲不苟、奉公守法的人，怎麼會在三更半夜偷溜進別人的辦公室四處打轉呢……

然後，在下樓的途中，哈利太過專心想著柯羅奇先生的怪異行為，完全沒留神自己在做些什麼，也沒注意到其他任何事物，以至於突然一腳踏空，一條腿不偏不倚地陷入那級奈威總是忘了跳過去的惡作劇樓梯。他笨拙地搖晃了一下，那顆在離水後仍然相當潮溼的金蛋，就從他的腋下滑了下來——他猛然往前一撲，想要抓住它，但已經來不及了。金蛋沿著長長的樓梯滾落下去，在每一級階梯上敲出一聲如大鼓般的洪亮撞擊聲——隱形斗篷也開始滑落——哈利連忙一把抓住斗篷，他手中的劫盜地圖卻因此而飄落下來，一連往下滑了六級階梯才停下來，地點大約就跟他卡在樓梯裡那條腿的膝蓋部位平行，因此他根本就拿不到。

金蛋穿越樓梯底部的繡帷滾了出去，在下面的走廊上猛然彈開，並開始大聲哭號。哈利立刻掏出魔杖，奮力掙扎著想要用魔杖去碰劫盜地圖，好讓它恢復一片空白，但劫盜地圖實在太遠了，他怎麼樣也碰不到——

哈利拉好隱形斗篷，直起身體仔細傾聽。他的眼裡充滿恐懼……然後幾乎就在同時——

「**皮皮鬼！**」

這聲令人膽寒的喊叫，一聽就知道是管理員飛七的聲音。哈利可以聽到他那急促雜亂的腳步聲變得越來越近，他在盛怒中扯開他那哮喘般的嗓音大吼大叫。

「幹嘛這麼大吵大鬧的？你是想把城堡裡的人全都吵醒是不是？我這次一定要逮到你，皮皮鬼，我一定逮到你，這次你……這是什麼玩意兒？」

飛七的腳步聲停了下來，接著響起一聲金屬互相碰撞的聲音，而哭嚎聲立刻停止——飛七顯然是把金蛋撿了起來，並將它關上。哈利的一條腿依然緊緊卡在那級魔法階梯裡面，他完全不敢移動，待在那裡靜靜傾聽。現在飛七隨時都可能會撥開繡帷走進來，想要在這裡逮到皮皮鬼……可是皮皮鬼並不在這裡……不過呢，他要是走上樓梯的話，就會發現劫盜地圖……而哈利身上雖穿著隱形斗篷，但地圖上仍會在他目前所在的位置，顯示出一個標上「哈利波特」的小黑點。

「金蛋？」飛七在樓梯下方輕聲說，「我的小甜心！」——拿樂絲太太顯然就跟在他身邊——「這可是三巫大賽的線索哪！這是其中一位學校鬥士的東西！」

哈利感到很不舒服，他的心怦怦狂跳——

「**皮皮鬼！**」飛七高興地吼道，「你這個小偷！」

他扯開下方的繡帷，哈利看到他那張雙頰下垂的可憎面孔，和那對眼珠朝上瞪著一片漆黑、空無一人（這是對飛七而言）階梯的淺色金魚眼。

「你躲起來了是吧？」他柔聲說，「我就要來抓你囉，皮皮鬼……你竟然跑去偷了個三巫大賽的線索，皮皮鬼……鄧不利多這次一定會把你趕出去，你這個卑鄙下流、愛偷東西的吵鬧鬼魂……」

飛七開始爬上樓梯，他那隻瘦巴巴的灰貓也緊跟在他的身後。拿樂絲太太那對跟牠主人出奇相似、如燈般明亮的眼睛，目不轉睛地望著哈利。哈利在這之前就曾懷疑過，隱形斗篷也許對貓並沒有效……他望著身披舊法蘭絨睡袍的飛七越走越近，急得胃中隱隱犯噁——他氣急敗壞地想要抽出他那條被卡住的腿，但卻只是讓它又多往下陷了幾吋——現在飛七隨時都可能會發現那張地圖，或是直接撞到他了——

「飛七？這是怎麼回事？」

飛七在距離哈利只有幾級階梯遠的地方停下來，轉過身去。樓梯底下站著那個唯一有辦法讓哈利目前處境變得更糟的人——石內卜。他穿著一件灰色長睡衣，氣得臉色發青。

「是皮皮鬼，教授，」飛七幸災樂禍地悄聲說，「他把這個蛋從樓梯上丟下來。」

石內卜立刻爬上樓梯，走到飛七旁邊。哈利咬緊牙關，心裡非常確定，他那咚咚響的心跳聲，馬上就會洩露自己的行蹤……

「皮皮鬼？」石內卜望著飛七手中的金蛋柔聲說，「但皮皮鬼無法進入我的辦公室……」

「這個蛋本來是放在你的辦公室裡嗎，教授？」

「當然不是，」石內卜厲聲喝道，「我剛才聽到碰撞聲和哭嚎聲——」

「沒錯，教授，就是這個蛋在作怪——」

「——所以我趕過來調查——」

「——是皮皮鬼扔的，教授——」

「——而我在經過我的辦公室的時候，看到裡面點著火炬，而且還有一個碗櫥的門沒關上！有人搜過我的辦公室！」

「但皮皮鬼不可能——」

「我知道他不可能，飛七！」石內卜厲聲喝道，「我施了一個咒語來封鎖我的辦公室，而這個咒語只有巫師才能破解！」石內卜抬頭望著樓梯，目光穿越哈利直接看著後方，然後再轉向下方的走廊，「我要你過來幫我搜出那個闖入者，飛七。」

「我——是，教授——可是——」

飛七滿臉渴望地抬頭看著樓梯上方，目光穿透哈利直接望向後方，而哈利可以看出，他非常不想放棄這個逮住皮皮鬼的絕佳機會。**走啊**，哈利在心中默默懇求，**跟石內卜一起走吧，快走啊**……拿樂絲太太站在飛七腿邊，不停地東張西望……哈利有一種很強烈的感覺：牠一定可以聞到他的味道……他幹嘛要在浴池裡加那麼多有香味的泡沫呢？

「事情是這樣的，教授，」飛七哀怨地表示，「校長這次非聽我的話不可了，皮皮鬼竟然偷了學生的東西，這說不定是我把他踢出城堡的唯一機會哪——」

「飛七，我才懶得去管那個討厭的吵鬧鬼魂，我在意的是我的辦公室——」

咚，咚，咚。

石內卜硬生生地閉上嘴巴，他和飛七兩人都低頭望著樓梯下面。哈利透過他們兩顆頭中間的空隙望過去，看到瘋眼穆敵正一跛一跛地走過來。穆敵在睡衣外披了件他的舊旅行用斗篷，像平常一樣拄著手杖。

「怎麼，在開睡衣派對嗎？」他朝著樓梯嘶吼道。

「石內卜教授和我聽到一些聲音，教授。」飛七連忙表示。「結果又是皮皮鬼老毛病犯了，到處亂扔東西——接著石內卜教授又發現有人闖進他的辦——」

「閉嘴！」石內卜對飛七噓聲說。

穆敵朝樓梯的方向往前踏了一步。哈利看到穆敵的魔眼掠過石內卜，然後非常明顯地，落到了他自己身上。

哈利的心猛然一震，**穆敵的目光可以穿透隱形斗篷**……只有他一個人能看出，眼前這幅畫面有多麼怪異……石內卜穿著睡衣，飛七緊抓著金蛋，而他哈利呢，則是卡在他們背後的樓梯裡無法動彈。穆敵那張如歪斜傷口般的嘴巴，驚訝地微微張開。他和哈利兩人注視著對方的眼睛，互望了好幾秒。然後穆敵閉上嘴巴，再度將他那隻藍眼轉向石內卜。

「我剛才沒聽錯吧，石內卜？」他緩緩問道，「有人闖進了你的辦公室？」

「這不重要。」石內卜冷冷地答道。

「正好相反，」穆敵嘶吼道，「這重要得很呢。有誰會想要闖進你的辦公室？」

「我敢說一定是學生，」石內卜說，哈利可以看到在石內卜那油膩膩的太陽穴上，有一根青筋正在劇烈地抖動，「以前也發生過這樣的情形，我私人儲藏櫃裡的魔藥材料忽然不翼而飛……顯然是被學生偷去調配非法藥劑……」

「你認為他們只是來偷魔藥材料，嗄？」穆敵說，「你辦公室裡該沒藏了些別的東西吧？」

哈利看到石內卜蠟黃的側面，現在脹成了難看的磚紅色，而他太陽穴邊的青筋跳得比剛才更加厲害。

「你知道我沒在裡面藏任何東西，穆敵，」他用一種柔和但卻充滿危險意味的語氣說，「你自己就相當徹底地搜過一遍。」

穆敵的臉上扭出一個笑容。「正氣師的特權嘛，石內卜。鄧不利多叫我盯著——」

「鄧不利多很信任我，」石內卜從齒縫中迸出一句，「我絕不相信他會命令你來搜我的辦公室！」

「鄧不利多當然信任你啦，」穆敵嘶吼道，「他向來就很容易信任別人，沒錯吧？他相信犯錯的人會洗心革面，願意給他們第二次機會。但我呢——我倒是認為，有些污點是永遠洗不清的，石內卜。永遠也洗不清的污點，你知道我指的是什麼嗎？」

石內卜突然做了一個很奇怪的動作，他猛然用右手抓住左臂前方，就好像那裡有某個東西傷到了他似的。

穆敵縱聲大笑。「回去睡覺吧，石內卜。」

「你可沒資格指使我做任何事！」石內卜斷聲說，他悻悻然地鬆開手，彷彿是在生自己的氣，「我跟你一樣，也有權利在天黑後到學校裡四處閒晃！」

「那你就晃到別的地方去吧，」穆敵說，但他的語氣充滿了恐嚇的意味，「我很期待能在漆黑的走廊上遇見你……順便告訴你，你掉了件東西……」

一陣強烈的驚恐竄遍哈利的全身，而他無能為力地望著穆敵指向那張劫盜地圖，它仍然靜靜躺在距離他六級遠的階梯上。當石內卜和飛七兩人都轉過頭去看地圖的時候，哈利已把什麼謹慎小心全都拋到了九霄雲外，他在斗篷下舉起雙手拚命揮舞，想要引起穆敵的注意力，並張大嘴巴用唇語說：「那是我的！**我的！**」

石內卜此時已伸出手去撿地圖，而他臉上突然露出一種恍然大悟的可怕表情——

「速速前，羊皮紙！」

地圖陡然飛向空中，從石內卜張開的手指縫溜過去，迅速飛向樓梯，落入穆敵手中。

「我弄錯了。」穆敵冷靜地表示，「這是我的東西——顯然是好久以前就掉在這裡了——」

但石內卜那對黑眼睛卻迅速掠過飛七懷裡的金蛋，再轉向穆敵手中的地圖，而哈利可以看出，他正在把兩件事湊到一起，推斷出一個結論，也就只有石內卜能夠……

「波特。」他輕聲說。

「這是什麼意思？」穆敵冷靜地問道，並折好地圖，塞進自己的口袋。

「波特！」石內卜怒吼，事實上他甚至還轉過頭來，不偏不倚地注視哈利所在的位置，彷彿是突然變得可以看到哈利似的，「那個金蛋是波特的金蛋，那張羊皮紙也是波特的東西。我以前看過，我認得它！波特就在這裡！波特就穿著隱形斗篷躲在這裡！」

石內卜像瞎子似地伸出手臂往前摸索，並開始往樓梯上走去。哈利清楚看到石內卜那超大的鼻孔朝外擴張，試著想要嗅出他人在哪裡——被完全困住的哈利，只好盡量把身體往後仰，努力避開石內卜的指尖，但現在隨時都可能會——

「這裡根本什麼也沒有，石內卜！」穆敵怒聲叫道，「不過呢，我倒是很高興能去跟校長報告，告訴他你是怎樣立刻就想把事情賴到哈利波特頭上！」

「你這話是什麼意思？」石內卜厲聲咆哮，他重新回過頭來望著穆敵，但雙手依然舉向前方。只要再往前挪上幾吋，就可以碰到哈利的胸膛了。

「我的意思是，鄧不利多一定會很想知道，到底是誰成天想害那個孩子受處罰！」穆敵說，跛著腿再朝樓梯的方向前進了幾步，「而我也是一樣，石內卜……我也很想知道呢……」火光在他那張殘缺不全的臉上明滅不定地閃動，使得他臉上的疤痕和鼻子上的缺口，顯得比平常更深更黑。

石內卜正低頭望著穆敵，因此哈利無法看到他臉上的表情。有好一陣子，完全沒有任何人移動或是開口說話，然後石內卜的手緩緩垂了下來。

「我只是想，」石內卜用一種力持鎮定的語氣說，「波特說不定又在放學後跑出來亂晃……這是他的老毛病了……他應該立刻停止這種行為，這是為了——為了他自己的安全著想。」

「喔，我曉得了，」穆敵柔聲說，「你把波特的嗜好全都記在心裡，是不是？」

接下來沉默了一會，石內卜和穆敵兩人仍在互相對望。拿樂絲太太發出一聲響亮的「喵」，牠仍然站在飛七腿邊不停地東張西望，想要找出哈利身上那股泡泡浴精香味，到底是從哪裡傳來的。

「我想回去睡覺了。」石內卜唐突地表示。

「這是你整個晚上最棒的一個想法。」穆敵說，「好了，飛七，你把那個蛋交給我——」

「不！」飛七說，他緊抓著蛋的模樣，活像那個蛋是他第一個寶貝兒子似的，「穆敵教授，這可是皮皮鬼惡劣行為的鐵證哪！」

「這是他從一名鬥士那裡偷來的東西，應該讓它物歸原主。」穆敵說，「把它交出來，快。」

石內卜並未再多說一句話，就大步走下樓梯，越過穆敵身邊走了出去。飛七對拿樂絲太太發出一聲如鳥鳴般的聲音，而牠茫然地望著哈利所在的位置，過了好幾秒才轉過身去，跟上牠主人的腳步。哈利的呼吸依然非常急促，他此時聽到了石內卜沿著走廊離去的腳步聲。飛七把金蛋交給穆敵，邊走邊低聲告訴拿樂絲太太：「別在意，我的小甜心……我們明天一大早就去見鄧不利多……告訴他皮皮鬼幹的好事……」接著一下子就走不見了。

房門砰地一聲關上。哈利低頭望著穆敵，看到他將手杖抬到最下面一級階梯上，開始吃力地爬向哈利，而他每爬上一級階梯，就會響起一聲悶悶的**咚**。

「剛才可真是驚險萬分哪，波特。」他低聲說。

「沒錯……我——呃……謝謝。」哈利虛弱地說。

「這是什麼東西？」穆敵問道，伸手從口袋中掏出劫盜地圖，並把它攤開。

「霍格華茲地圖。」哈利說，暗暗希望穆敵能快點把自己給拉出來，他的腿痛得要命。

「梅林的鬍子啊，」穆敵望著地圖輕聲喊道，他那隻魔眼像發了狂似地到處亂轉，「這……這張地圖可真是了不起，波特！」

「沒錯，它……還滿有用的，」哈利說，他現在已開始痛得流出了眼淚，「呃——穆敵教授，你可不可以幫我——？」

「什麼？喔！可以……當然可以……」

穆敵抓住哈利的兩條手臂往上一提，哈利的腿終於掙脫那級惡作劇樓梯，他立刻順勢爬到上面那級樓梯上。

穆敵仍在凝視那張地圖。「波特……」他緩緩表示，「你該不會剛好看到那個闖進石內卜辦公室的人吧，你看清他是誰了嗎？我是說，你有在這張地圖上看到他嗎？」

「呃……有啊，我是有看到……」哈利坦白承認，「那是柯羅奇先生。」

穆敵的魔眼往整張地圖上飛快地來回梭巡，他看起來好像是突然感到非常驚慌。

「柯羅奇？」他說，「你——你確定嗎，波特？」

「完全確定。」哈利說。

「好吧，但他現在已經不在這裡了。」穆敵說，他的魔眼仍在地圖上飛快地來回梭巡，「柯羅奇……那真是非常——非常有趣……」

接下來他幾乎有整整一分鐘沒說話，並依然在凝視著那張地圖。哈利可以看出，這個消息對穆敵來說有著某種重要的含意，而他非常想要知道那到底是什麼。他不知道自己有沒有膽量開口詢問，他有點怕穆敵……不過穆敵過去曾經幫助他避開一大堆麻煩……

「呃……穆敵教授……你覺得柯羅奇先生為什麼會想要去檢查石內卜的辦公室呢？」

穆敵的魔眼離開地圖，顫動著停駐在哈利身上。那是一種具有穿透力的銳利凝視，哈利不禁感到，穆敵好像正在對他進行評估，考慮該不該回答這個問題，或是該告訴他多少。

「我們這麼說好了，波特，」穆敵最後終於低聲表示，「他們說，老瘋眼簡直像著了魔似的拚命想要逮住黑巫師……但瘋眼要是跟巴堤・柯羅奇一比，那可真是不算什麼——簡直就是**望塵莫及**。」

接著他就繼續凝視那張地圖，哈利非常渴望能聽穆敵再多說一些。

「穆敵教授？」哈利又開口問道，「你認為……這會不會跟……說不定柯羅奇先生，是覺得有些事情不太對勁……」

「比方說是什麼？」穆敵尖銳地說。

哈利暗暗考慮自己到底敢說出多少，他不想讓穆敵以為，有某個在霍格華茲外面的人在替他提供情報，這說不定會讓穆敵開始逼問他天狼星的行蹤。

「我不曉得，」哈利喃喃地說，「最近發生了一些怪事，對不對？這些《預言家日報》上全都有登……魁地奇世界盃出現黑魔標記，還有那些食死人什麼的……」

穆敵那兩隻不對稱的眼睛全都睜得老大。

「你真是個機靈的孩子，波特，」他說，魔眼又滴溜溜地重新轉向劫盜地圖，「柯羅奇可能也是這麼想的，」他緩緩表示，「非常有可能……最近到處都可以聽到一些古怪的謠言——這自然是麗塔・史譏推波助瀾的結果。這讓許多人都變得緊張兮兮的，」他那歪斜的嘴唇扭出一個殘酷的笑容，「喔，我生平最痛恨的，」他喃喃地說，他似乎並不是在跟哈利說話，而是在自言自語，同時他的魔眼定定地停駐在地圖左下角的位置，「就是那些逍遙法外的食死人……」

哈利凝視著他，難道穆敵真的是哈利心裡想的那個意思嗎？

「我現在要問**你**一個問題，波特。」穆敵用一種較為公式化的口吻表示。

哈利的心沉了下來，他早就知道，該來的總是逃不掉。穆敵就要問他這張地圖是從哪裡弄來的了，因為它的確是一個非常可疑的魔法物品——但若是照實供出地圖落到他手中的經過，遭殃的可不只是他一個人而已，甚至還會連累他自己的父親、弗雷和喬治．衛斯理，以及他們的前任黑魔法防禦術老師路平教授背上罪名。穆敵把地圖揮到哈利面前，哈利打起精神準備應付——

「這可不可以借給我？」

「喔！」哈利說。他非常喜愛這張地圖，但在另一方面，聽到穆敵並未質問他地圖的來路，讓他不禁大大鬆了一口氣，而且他顯然是欠穆敵一份人情，「好，可以呀。」

「好孩子，」穆敵嘶吼道，「可以大大派上用場……這說不定**恰好就是**我一直在找的東西……好了，上床去吧！波特，走吧……」

他們一起爬到樓梯頂端，一路上穆敵仍在仔細檢查那張地圖，彷彿那是他這輩子從沒見過的稀世奇珍似的。他們一言不發地走到穆敵辦公室門前，穆敵在此停下腳步，抬頭望著哈利說：

「你有沒有考慮過要做一名正氣師，波特？」

「沒有。」哈利大吃一驚地答道。

「你可以考慮一下，」穆敵說，他點點頭，若有所思地望著哈利，「沒錯，我是說真的……對了，順便問你一聲，我猜你今天晚上，該不會只是帶那個蛋出來散步吧？」

「呃——不是，」哈利咧嘴笑道，「我是在研究藏在裡面的線索。」

穆敵朝他眨眨眼，那隻魔眼又開始發了狂似地到處亂轉。「夜間散步的確是一種最能激發靈感的方法，波特……那就明天早上見了……」他又重新低頭望著劫盜地圖，走進他的辦公室，並關上了房門。

哈利慢慢走回葛來分多塔，一路上專心想著石內卜和柯羅奇的事情，暗暗思索這一切到底是怎麼回事……既然柯羅奇只要願意的話，就可以動身進入霍格華茲，那他幹嘛要裝病呢？他認為石內卜辦公室裡藏了些什麼東西？

而穆敵覺得他，哈利，應該去做一名正氣師！這種想法還挺有趣的……但在十分鐘之後，當哈利靜靜地躺在四柱大床上，而金蛋和隱形斗篷也已安安穩穩地鎖進行李箱時，他不知為何卻開始想到，在決定選擇正氣師做為終生志業之前，他要先去查查看，其他正氣師身上究竟有多少疤痕。

26 第二項任務

「你不是說過，你已經解開那個金蛋的線索了嗎？」妙麗氣憤地質問。

「妳小聲點行不行！」哈利沒好氣地說，「我只不過是要——再好好推敲一下，這總可以吧？」

他、榮恩和妙麗三人獨占一張桌子，坐在符咒課教室最後一排。他們今天應該練習召喚咒的反符咒——「驅逐咒」，但房間裡若老是有東西飛來飛去，很容易就造成不幸的意外，因此孚立維教授索性發給每個學生一堆墊子，讓他們用來練習驅逐咒。這樣就算墊子沒瞄準目標，也不會有任何人受傷。這個想法在理論上說來是不錯，但實際效果卻不怎麼樣。奈威瞄準目標的能力實在是太差了，老是不小心錯讓一些比墊子更重的東西飛過房間——比方說孚立維教授。

「拜託妳暫時忘了那個蛋好不好？」哈利噓聲說，此時孚立維教授正帶著聽天由命的表情，颼地一聲掠過他們身邊，落在一個大櫃子上面，「我想跟你們說石內卜和穆敵的事……」

對想要私下談話的人而言，這堂課可說是提供了最佳掩護，因為大家全都玩得樂瘋了，根本就沒空去注意到他們。在接下來的半個鐘頭中，哈利斷斷續續地將他昨晚的冒險行動，全都鉅細靡遺地悄悄告訴他們。

「石內卜說穆敵也搜過他的辦公室？」榮恩正在揮動魔杖驅逐一個墊子（墊子猛然竄到空

中，把芭蒂的帽子打了下來），他一聽之下，眼睛立刻亮了起來，帶著濃厚的興趣悄聲問道，「什麼……你覺得穆敵會到這裡來，是不是就是為了要盯住石內卜和卡卡夫啊？」

「嗯，我不曉得鄧不利多有沒有叫穆敵盯住他們，但他顯然就是在做這樣的事情，」哈利說，心不在焉地隨手揮了一下魔杖，他的墊子立刻做出一種很像是腹部平擊水面跳水法的怪動作，從桌子上掉了下去，「穆敵說，鄧不利多會讓石內卜待在這裡，只是因為他想要給石內卜第二次機會什麼的……」

「什麼，」榮恩睜大眼睛說，他的下一個墊子旋轉著高高竄向空中，撞到枝形吊燈架，再重重摔落到孚立維的講桌上，「哈利……說不定穆敵是認為，把你名字扔進火盃的人就是**石內卜！**」

「喔，榮恩，」妙麗懷疑地搖著頭說，「我們以前曾經以為石內卜想要謀殺哈利，結果卻發現他是想要救哈利的命，還記得嗎？」

她揮杖驅逐一個墊子，它高飛越過房間，不偏不倚地落進那個他們大家全都該瞄準的盒子裡去。哈利望著妙麗，默默思索……石內卜的確是救過他一命，但問題是，石內卜過去在學校念書時非常憎恨哈利的父親，而他現在同樣也把哈利視為眼中釘。石內卜很喜歡扣哈利分數，也絕不會放過任何可以處罰他的機會，甚至還建議學校讓哈利休學呢。

「我才不管穆敵是怎麼說的呢，」妙麗繼續說下去，「鄧不利多又不是笨蛋。他信任海格和路平教授，雖然大多數人都不會雇用他們，但他還是堅持自己的看法。而事實證明，他的看法是對的，所以他應該也不會看錯石內卜才對啊，就算石內卜那個人是有一點——」

「——邪惡。」榮恩立刻接口說，「好了啦，妙麗，那妳告訴我，為什麼所有想抓黑巫師的人，全都要去搜他的辦公室啊？」

「柯羅奇先生幹嘛要裝病呢？」妙麗根本不理榮恩，「這事還真有點奇怪，他病得沒辦法來參加耶誕舞會，但只要他想的話，他卻又可以在半夜溜到我們這裡來？」

「妳只不過是因為那個叫眨眨的小精靈，所以看柯羅奇不順眼。」榮恩說，順手把一個墊子送去撞窗戶。

「那**你**還不是故意要把石內卜想成心懷詭計的大壞蛋。」妙麗說，施法讓她的墊子乾淨俐落地飛入盒子裡去。

「如果這是石內卜的第二次機會，那我倒是想知道，他在這之前究竟是幹了什麼好事？」哈利冷冷地說，令他大感驚訝的是，他的墊子這次居然直接飛過房間，整整齊齊地落在妙麗的墊子上。

* * *

天狼星希望哈利能把霍格華茲發生的所有怪事全都向他報告，而哈利遵照他的囑咐，在那天晚上就派褐鴞送了封信給他，把柯羅奇先生闖進石內卜辦公室的事，以及穆敵與石內卜兩人的對話，全都鉅細靡遺地告訴他。然後哈利就認真地把他的所有注意力，轉向眼前最迫切的問題：如何在二月二十四日那天，設法在水底存活一個鐘頭。

榮恩認為最好是再用召喚咒——哈利過去曾跟他解釋過潛水筒的功用，榮恩完全看不出，哈利為什麼不能從最近的麻瓜城裡，召喚一個潛水筒來用用。妙麗立刻將這個計畫攻擊得體無完膚，她清楚地指出，首先呢，哈利根本不可能在有限的一個小時之內，學會如何操作潛水筒；其次，就算他能辦到的話，他也會因為違反巫師保密法令，而被取消參賽資格——要希望一個潛水筒在越過鄉野飛往霍格華茲途中，完全不被任何麻瓜看到，根本就是不可能的事。

「當然啦，最理想的解決方式，就是你用變形術把自己變成一艘潛水艇之類的東西，」她說，「要是我們學過人類變形術就好了！但我們要一直等到六年級才能上得到，而且你要是不懂就自己亂施法的話，很可能會出嚴重的差錯……」

「是啊，我可不想頭上頂著一根潛望鏡到處招搖。」哈利說，「我想大不了就乾脆故意在穆敵面前攻擊別人，這樣他說不定就會代我動手，施個……」

「但我想他並不會讓你自己選擇要變成什麼東西，」妙麗認真地表示，「不，我看你還是想辦法找個有用的符咒，這樣勝算最大。」

因此，哈利雖感到自己很快就會把這輩子該待在圖書館的時間，一下子全都用光，但他還是再度一頭栽進那些塵封的巨冊，尋找任何有可能幫助人類在沒有氧氣的環境中，存活一整個小時的符咒。不過，他、榮恩和妙麗雖然利用午餐、傍晚，以及整個週末的時間，查遍了整個圖書館——雖然哈利請麥教授寫了一張特准他使用禁書區的許可單，甚至還向那位暴躁易怒、長得活像是頭禿鷹的圖書館長平斯夫人尋求協助——依然一無所獲，完全找不到任何可以讓哈利在水中待上一整個小時，並活著回來跟他們述說水中歷險記的有用符咒。

那股令人熟悉的焦慮驚慌感又再度侵襲哈利，他現在根本沒辦法專心上課。哈利過去總是理所當然地把湖泊當成校園中的一景，沒去多加注意，但現在每當他走近教室的窗戶時，他的目光總是不由自主地被它所吸引。一大池鐵灰色的冰冷湖水，它那漆黑冰寒、深不可測的湖底，現在看來簡直就像月亮一般遙遠。

現在就跟哈利在面對角尾龍之前的情形一樣，時間突然過得飛快，就好像是有人對時鐘施了魔法，讓它加快腳步似的。離二月二十四日只剩下一個禮拜了（還有一點時間）……還剩下五天了（我一定馬上就可以找到某種方法）……只剩三天（拜託讓我找到某個方法吧……**拜託……**）

轉眼間就只剩下兩天的時間，哈利又開始吃不下東西了。星期一早餐唯一讓他感到高興的事，就是那隻褐鴞替他送來了天狼星的回信。他扯下綁在褐鴞腿上的羊皮紙，把它攤開，而他看到的是天狼星有史以來寫給他最短的一封信。

叫這隻貓頭鷹把下次去活米村的日期送回來給我。

哈利把那張羊皮紙翻過來，檢查紙的背面，希望能在那裡看到其他的字跡，但仍是一片空白。

「是下下個週末，」妙麗悄聲說，她已從哈利背後看到了信上的內容，「這給你——用我的羽毛筆把日期寫上去，直接派這隻貓頭鷹把信送過去。」

哈利匆匆在天狼星的信背面寫下日期，再將信重新綁到褐鴞腿上，望著牠再度振翅飛走。他到底在期待什麼？難道是某個關於如何在水底生存的建議嗎？他太急著把石內卜和穆敵的事情全都告訴天狼星，以至於完全忘了在信上提到金蛋的線索。

「他要知道下次活米村週末的日期幹嘛？」榮恩問道。

「不曉得，」哈利無精打采地答道，剛才看到貓頭鷹時，胸中所燃起的那股短暫快樂，此刻已完全消失無蹤，「走吧……去上奇獸飼育學課了。」

哈利並不知道，海格究竟是想要為爆尾釘蝦對大家所造成的折磨做些彌補，還是因為現在釘蝦總共就只剩下兩隻活口，或者他純粹只是想要證明，凡是葛柏蘭教授會的他也全都在行。他回來上課之後，就開始繼續葛柏蘭教授沒教完的獨角獸課程。結果證明，海格不僅對怪獸瞭若指掌，對獨角獸的知識同樣也是非常深刻豐富，不過他顯然是認為，獨角獸沒有毒牙這一點，實在是讓人感到非常掃興。

今天他設法抓到了兩頭小獨角獸，牠們跟成年獨角獸很不一樣，渾身都是閃亮的純金色。芭蒂和文妲一看到牠們，就忍不住連連發出驚喜讚嘆的聲音，甚至連潘西．帕金森都必須努力繃住臉，才能掩蓋住她對牠們的喜愛。

「牠們比成年獨角獸醒目得多，」海格對全班同學解說，「牠們在大約兩歲的時候，身上的毛會轉成銀色，而到了四歲左右才會長出角。牠們一直要到成長完全，也就是大約七歲的時候，身上的毛才會變成純白色。牠們在小時候比較容易信任別人……也沒那麼討厭男生……來吧，靠近點，你們可以拍拍牠們……也可以拿幾塊糖去餵牠們吃……」

「你還好吧，哈利？」海格等其他人全都圍到獨角獸寶寶身邊時，微微移到一旁，低聲詢問哈利。

「還可以。」哈利說。

「只是緊張是不是，嗄？」海格問道。

「是有一點。」哈利說。

「哈利，」海格說，伸出一隻巨掌往哈利肩膀上拍了一下，害他被壓得忍不住彎下膝蓋，「在我看到你對付那頭角尾龍以前，我是很替你擔心，但我現在曉得了，你這小子只要有心去做，沒什麼事能難得倒你。我一點兒也不擔心，你絕對不會有事的，你解開那個線索了嗎？」

哈利點點頭，但甚至就在他點頭的同時，他心中突然湧出一股非理性的衝動，想要對海格坦白承認，他根本就不曉得要怎樣才能在湖底整整存活一個鐘頭。他抬頭望著海格——海格也許有時會下到湖裡，去對付那些水裡的生物吧？畢竟校園中的所有生物，全都是他在負責照顧——

「你一定會贏的，」海格嘶吼道，又往哈利肩上拍了一下，而這次他感到自己的腳明顯地往泥巴地裡陷了一、兩吋，「我就是知道，我可以感覺得到。**你一定會贏的，哈利。**」

哈利實在不忍心抹去海格臉上那個充滿信心的快樂笑容。他硬擠出一個微笑，裝出一副對小獨角獸深感興趣的模樣，湊上前去跟其他人一起輕拍逗弄牠們。

* * *

在第二項任務的前一天傍晚，哈利感到自己就像是陷入了一個活生生的夢魘。他非常清楚地意識到，縱使現在奇蹟出現，讓他找到一個適合的符咒，他也不可能在一夜之間就練得操縱自如。他怎麼能允許這種事發生呢？他為什麼不早點開始研究金蛋的線索？他為什麼上課時不好好專心聽講——要是有老師曾在課堂上提到在水裡呼吸的方法，那他豈不是太冤了嗎？

當窗外的夕陽開始西沉時，他、榮恩和妙麗仍坐在圖書館裡，各自窩在他們桌上的一大疊書後面，發狂似地拚命翻閱書頁，尋找有用的符咒。哈利每當看到書上出現「水」這個字時，他的心就會猛然一跳，但絕大多數都只不過是「取兩品脫清水，半磅切碎的魔蘋果葉，和一隻蠑螈……」之類的資料。

「我看是沒希望了，」坐在哈利書桌對面的榮恩斷然表示，「根本什麼也沒有，**什麼也沒有**。最接近我們理想的，就是那個用來讓泥水坑和池塘變乾的『乾旱咒』，但這個咒可沒強到能把整個湖泊變乾的地步。」

「一定有的，一定能找到某個有用的符咒，」妙麗喃喃地說，伸手把蠟燭拉到面前。她的眼睛累得發痠，因此在她埋首研讀《古老與被遺忘的魔法符咒》細小的印刷字體時，她的鼻子差點就快要貼到書上去了，「他們絕對不會要你們去做一件不可能完成的任務。」

「但他們偏偏就是這麼做了，」榮恩說，「哈利，你明天乾脆就直接走到湖邊，把頭伸進水裡對那些人魚大吼大叫，要牠們把偷去的東西還給你，看牠們會不會把東西丟出來。你就只有這個辦法了，兄弟。」

「一定有方法可以做得到！」妙麗沒好氣地說，「一定會有的！」

她好像是把圖書館缺乏關於這個題目的有用資料，視為對她個人的莫大侮辱，圖書館過去從來沒讓她失望過。

「我知道我該怎麼做了，」哈利說，索性趴下來把頭擱在《淘氣巫師的惡作劇寶典》上休息，「我應該像天狼星一樣，學習做一名化獸師。」

「好耶，這樣你隨時都可以把自己變成一隻金魚！」榮恩說。

「或是一隻青蛙。」哈利打了個呵欠說。他已經筋疲力竭。

「你必須花上好幾年的時間，才能成為一名化獸師，接下來你還得去登記註冊，」妙麗心不在焉地表示，現在她正瞇眼望著《怪異魔法困境及其解決方式》的索引，「麥教授不是告訴過我們嗎，還記得吧……你必須先去向魔法不當使用局登記註冊……告訴他們你變成的是哪一種動物，身上又有什麼樣的花紋之類的，這樣你才不會濫用這種能力……」

「妙麗，我只是在開玩笑，」哈利疲倦地表示，「我知道我絕對不可能在明天早上變成一隻青蛙……」

「喔，這根本一點用也沒有，」妙麗說，啪地一聲闔上《怪異魔法困境及其解決方式》，「世上哪有人會想要把自己的鼻毛變捲呀？」

「這我倒是願意試試看，」弗雷．衛斯理的聲音在他們耳邊響起，「這樣就可以變成大家的話題人物呀，你們說是不是？」

哈利、榮恩和妙麗抬起頭來，弗雷和喬治兩兄弟不知何時已從書架後面冒了出來。

「你們兩個跑到這裡來做什麼？」榮恩問道。

「來找你呀，」喬治說，「麥教授要找你，榮恩。還有妳，妙麗。」

「為什麼？」妙麗驚訝地問道。

「不曉得……不過她的表情看起來有點恐怖。」弗雷說。

「她要我們把你們帶到她的辦公室。」喬治說。

榮恩和妙麗轉頭望著哈利，哈利感到他的心往下沉。麥教授是不是打算好好痛罵榮恩和妙麗一頓？按照規定，他應該是只能靠自己的力量去執行任務，麥教授會不會是已經注意到，他們兩人實在是幫他太多忙了？

「我們等下會回到交誼廳去找你，」妙麗站起來跟榮恩一同離去時，匆匆告訴哈利，「盡量多搬一些書回去，好嗎？」他們兩人都顯得憂心忡忡。

「好。」哈利不安地答道。

到了八點整，平斯夫人就熄掉所有的燈，走過來把哈利趕出圖書館。哈利把他能搬得動的書全都帶走，他一路上被書的重量壓得東倒西歪，搖搖晃晃地返回了葛來分多交誼廳，接著他就把一張桌子拉到角落，坐下來繼續翻書搜尋。《怪魔法師的狂魔法》裡什麼也找不到……《中世紀魔法指南》也是一樣……而在《十八世紀符咒選集》、《海洋中的可怕居民》，或是《你不知道自己所擁有的力量，以及在了解後該如何去運用它們》裡面，也完全沒有提到任何一件水中光榮壯舉。

歪腿爬到哈利腿上，蜷臥著身子發出低沉的呼嚕聲。哈利周圍的人紛紛起身離去，交誼廳漸漸空了下來。人們不停走過來，用一種跟海格一樣充滿信心的愉快語氣，祝哈利明天早上鴻運高照、大展神威。他們顯然全都深深相信，哈利明天必然會大顯身手，有著跟第一項任務同樣精采的表現，在比賽中大獲全勝。哈利感到自己喉嚨裡彷彿卡了個高爾夫球，完全無法出聲答話，因此他只是點點頭。到了差十分十二點時，交誼廳裡就只剩下他和歪腿。他已經把剩下的書全都查完，但榮恩和妙麗卻依然沒有回來。

現在真的完了，他暗暗告訴自己。你根本就做不到，你現在只要在明天早上，走到湖邊去告訴評審……

他試著想像他對評審解釋自己無法參加比賽時的情形。他在腦海中描繪出貝漫雙眼圓睜的驚愕神情，和卡卡夫露出滿口黃牙的滿足笑容，他幾乎可以聽到花兒．戴樂古在說：「窩就知道……塔太小了，塔只是一個小男生。」他看到馬份在群眾面前展示他的「**波特是大爛貨**」徽章，看到海格垂頭喪氣、難以置信的面孔……

哈利猛然站起身來，完全忘了歪腿還躺在他身上；歪腿摔到地上，氣得嘶嘶怒吼，老大不高興地瞪了哈利一眼，然後就將牠那瓶刷似的尾巴高高舉向空中，大搖大擺地轉身走開。但此時哈利已迅速衝上通往寢室的螺旋梯……他要上去拿隱形斗篷，然後再回到圖書館，要是有必要的話，他會在那裡待上一整夜……

「路摸思。」十五分鐘後，哈利在打開圖書館大門時輕聲念道。

他藉著魔杖頂端的亮光，躡手躡腳地在書架間走動，抽出更多的書籍——厄咒書與符咒書、關於人魚及水底怪獸的書、關於著名巫師與女巫、魔法發明，以及任何有可能會順帶提到水中求生資料的書。他抱著這些書走到一張桌邊，坐下來開始工作，就著魔杖細細的光束翻閱搜尋，並不時低下頭來看看錶……

凌晨一點……凌晨兩點……而唯一能讓他繼續奮戰下去的方法，就是一遍又一遍地不斷告訴他自己，**下一本書……下一本書就可以找到了……下一本……**

＊＊＊

級長浴室裡那張畫像中的美人魚在縱聲大笑，哈利泡在她岩石邊那池滿是泡沫的水裡，像軟木塞似地在水中載浮載沉，而她卻惡作劇地將火閃電高高舉在他頭頂上方。

「來拿呀！」她不懷好意地吃吃笑道，「來呀，快跳啊！」

「我沒辦法，」哈利喘著氣說，一面急著想把火閃電搶回來，一面還得忙著掙扎不要沉到水裡去，「把它還給我！」

但她卻只是嘲笑他，並拿掃帚柄猛戳他的腹側。

「很痛欸——拿開——哎喲——」

「哈利波特必須醒來，先生！」

「不要再戳我了——」

「多比一定要戳哈利波特，先生，他一定要醒來！」

哈利張開眼睛，他依然是在圖書館裡。身上的隱形斗篷在他睡著時滑了下來，而他有半邊臉是緊貼在《魔杖在手，萬事無憂》的書頁上。他坐起來，扶好眼鏡，明亮的日光讓他忍不住連連眨眼。

「哈利波特必須快一點！」多比尖聲說，「第二項任務再過十分鐘就要開始了，哈利波特——」

「十分鐘？」哈利啞聲說，「十——**十分鐘**？」

他低頭看錶，多比說得沒錯，現在已經九點二十了。哈利感到彷彿有一塊沉甸甸的大石頭，猛然掉落到他的心上。

「快點，哈利波特！」多比扯著哈利的袖子尖聲說，「你現在應該跟其他鬥士一起到湖邊集合了，先生！」

「來不及了，多比，」哈利絕望地說，「我不打算去執行任務了，我根本不曉得該——」

「哈利波特**要**去執行任務！」小精靈尖聲叫道，「多比曉得哈利波特沒找對書，所以多比就替他找到了！」

「什麼？」哈利說，「但**你**又不知道第二項任務是什麼——」

「多比知道的，先生！哈利波特要到湖裡去找他的『餵你』——」

「找我的什麼？」

「——把他的『餵你』從人魚那邊帶回來！」

「什麼是『餵你』啊？」

「你的『餵你』啊，先生，你的『餵你』——就是那個把套頭毛衣送給多比的『餵你』啊！」

多比扯扯他短褲上面那件縮小的茶色毛衣。

「**什麼**？」哈利倒抽了一口氣，「他們帶走……他們帶走了**榮恩**？」

「哈利波特最不捨的東西，先生！」多比尖聲說，「而過了一個鐘頭——」

「——『前途將黯淡無光，』」，哈利滿臉驚恐地望著小精靈，口中喃喃背誦，「『時機已晚，它將遠去，永不再回到你的身旁……』多比——我該怎麼做？」

「你得把這吃下去，先生！」小精靈尖聲說，並把手伸進他的短褲口袋，掏出一團看起來又黏又滑，活像是灰綠色老鼠尾巴的東西，「在你進到湖裡去以前，先把這吃下去，先生——魚鰓草！」

「這有什麼功用？」哈利望著魚鰓草問道。

「它能讓哈利波特在水裡呼吸，先生！」

「多比，」哈利急急問道，「聽著——你確定這是真的嗎？」

他可還沒忘記，上次多比企圖「幫助」他，結果卻害他落到右手骨頭完全消失的悲慘下場。

「多比相當確定，先生！」小精靈認真地表示，「多比聽到一些事情，先生，他是個家庭小精靈，他得走遍城堡去生爐火、擦地板哪。多比聽到麥教授和穆敵教授在教職員休息室裡說話，提到下一項任務的事……多比不能讓哈利波特失去他的『餵你』！」

哈利心中的疑慮一掃而空，他跳起來，扯下隱形斗篷，塞進他的包包，再一把抓過魚鰓草，放進他的口袋，接著就快步跑出圖書館，多比緊跟在他的身後。

「多比現在本來應該是待在廚房裡的，先生！」多比在他們衝到走廊上時尖聲叫道，「他們會開始找多比的——祝你好運了，哈利波特，先生，祝你好運！」

「待會見了，多比！」哈利喊道，接著他就開始沿著走廊全速往前衝刺，一步連跨三級地跑下樓梯。

入口大廳裡還有幾名硬是拖到最後一刻才動身的慢郎中，而他們全都是剛吃完早餐走出餐廳，正往橡木大門走去，準備出去觀賞第二項任務。他們望著哈利飛也似地跑過他們身邊，推開柯林和丹尼．克利維兩兄弟，縱身跳下石階，衝入晴朗而寒冷的校園。

當他吃力地跑過草坪時，他看到那些在十一月時環繞在龍圍場四周的座位，此時已全都移到湖對岸，排成一列列高起的看台，而從湖水中的倒影可以看出，台上的人多得簡直就快要坐不下了。當哈利用最快的速度往前飛奔，繞過湖這一頭的轉角，往湖邊那張鋪著金布的評審桌跑去時，群眾興奮雜亂的聒噪聲越過湖面傳過來，迴盪出怪異的隆隆回聲。西追、花兒和喀浪站在評審桌邊，凝視著正朝他們全速衝過來的哈利。

「我……來了……」哈利氣喘吁吁地說，收住腳步在泥地中停下來，一不小心濺污了花兒的長袍。

「你跑到哪裡去了？」一個官腔十足的嗓音不以為然地說，「就快要開始執行任務了！」

哈利環顧四周，派西．衛斯理就坐在評審桌邊——柯羅奇先生這次還是沒有來。

「好了啦，好了啦，派西！」魯多．貝漫打圓場地說，他看到哈利終於出現，心裡顯然是大大鬆了一口氣，「你讓他先喘口氣再說嘛！」

鄧不利多對哈利露出微笑，但卡卡夫和美心夫人兩人，看到他卻好像一點也不高興……從他們臉上的表情看來，剛才他們顯然是以為他不會來執行任務了。

哈利彎下腰來，雙手握住膝蓋，大口大口地喘氣。他感到腹側一陣巨痛，彷彿是肋骨間插了把刀子似的，但他現在已沒有時間休息一會，讓痛楚漸漸平息下來了。魯多．貝漫已開始在鬥士之中往來走動，讓他們在湖邊以間隔十呎的距離排隊站好。哈利站在隊伍最旁邊，而他隔壁是喀浪。喀浪身上穿著游泳褲，並已將魔杖掏了出來。

「還好嗎，哈利？」貝漫將哈利自喀浪旁邊帶開，讓他再往旁邊挪了幾呎，並悄聲問道，「知道你等一下要做什麼了嗎？」

「知道了。」哈利邊揉著肋骨邊喘氣答道。

貝漫抓住他的肩頭緊握了一下，然後就返回評審桌。他就像上次在魁地奇世界盃時一樣，用魔杖指著自己的喉嚨念道：「哄哄響！」他的聲音就立刻轟隆隆地越過黝黑的湖水，傳向對岸的看台。

「好，我們的鬥士們現在都已準備好要去執行他們的第二項任務，比賽將於我的哨音聲響後開始計時。他們必須在一個鐘頭之內，將他們失去的東西重新取回來。一……二……三！」

尖銳的哨音劃破寒冷凝滯的空氣，激起淒厲的迴音，看台上爆發出一陣熱烈的歡呼喝采聲。哈利沒費神去看其他鬥士們在做些什麼，就逕自脫下鞋襪，從口袋中抓出一把魚鰓草，塞進嘴裡，涉水走進湖中。

湖水冰寒無比，他腿上的皮膚感到一陣燒灼般的痛楚，彷彿他涉過的並不是冰凍的湖水，而是炙熱的火焰。他往水深處走去，溼漉的長袍重得讓他感到舉步維艱。現在水已淹過他的膝蓋，他的雙腳很快就凍得僵硬麻木，而水底黏滑多縫的平滑石頭，又常讓他滑得站不住腳。他拚命地用力嚼魚鰓草，它吃起來黏黏的有點噁心，而且跟橡膠一樣堅韌，感覺上很像是章魚的觸鬚。他在刺骨的冰水淹到腰部時停下來，把魚鰓草吞到肚子裡去，站在那裡靜觀其變。

他可以聽到觀眾的笑聲，他知道自己看起來一定很蠢，完全沒展現出任何法力，只是傻楞楞地直接走到湖裡去。他身上沒被水浸溼的部分，全都被凍得布滿了雞皮疙瘩。他的下半身浸在冰冷的水裡，一陣殘酷的微風吹動他的髮梢，他忍不住開始劇烈地顫抖。他刻意不去看觀眾席，笑聲變得越來越響亮，史萊哲林更是發出陣陣奚落的噓聲……

然後，突然之間，哈利感到彷彿有一個隱形的枕頭，猛然蓋住他的口鼻。他試著吸氣，但這卻讓他覺得頭暈目眩。他快要窒息了，他的脖子兩側突然感到一陣劇痛——

哈利啪地一聲用手握住喉嚨，赫然摸到他的耳朵下方出現了兩道大裂縫，正在寒冷的空氣中啪搭啪搭地拍動……**他長出了魚鰓**。他連想都沒想，就毫不猶豫地做出在這種情形下唯一合理的舉動——縱身撲進水中。

他吞進的第一口冰冷湖水，感覺上彷彿就像是生命的氣息。他的頭已經不暈了，他又吞了一大口水，感到湖水平順地從他的鰓流出去，並將氧氣輸送到他的腦袋。他將雙手伸到面前低頭察看。在水中看來他的手變成鬼氣森森的慘綠色，而且上面還長了蹼。他扭過身來檢查他的光腳丫——他的腳變長了許多，腳趾間同樣也長了蹼，看起來就像是他腳上長出了一對蛙鞋似的。

而且現在湖水一點也不冰了……反而讓他覺得清涼舒適，並且非常輕柔……哈利又划了一下水，那對蛙鞋般的雙腳使他毫不費力地在水中迅速前進，讓他不禁為它強勁的動力感到讚嘆不已。同時他也注意到，他可以看得非常清楚，完全不需要眨眼。他很快就游到遠離岸邊的湖心，湖水已深得看不見底。他翻轉過來，往下朝湖底的方向游過去。

當他迅速掠過一幅黝黑模糊的奇異風景上方時，他開始感到一種窒人的寂靜。他只能看清方圓十呎以內的景物，因此當他在水中迅速游動時，感覺就好像是從前方的黑暗中，浮現出一幅又一幅瞬息萬變的風景：在水中款擺的雜亂海草叢林，以及散落著幽光閃爍石頭的寬廣泥原。他往湖中央游去，越游越深，他的眼睛大大張開，目光越過周遭散發著詭異灰光的湖水，望向後方的陰影，那裡的湖水顯得黯淡且不透明。

小魚如銀鏢般在他身邊一閃而過。有一、兩次，他以為自己看到前方彷彿有較大的東西在移動，但當他游近時，卻發現那只不過是一節發黑圓木，或是一叢濃密的海草。四周完全看不到其他鬥士、人魚或是榮恩的蹤跡——甚至連大烏賊也不見蹤影，這點倒是讓他暗暗感激不已。

一片深達兩呎的淺綠色海草，向前綿延至一望無際的遠方，看起來就像是一片太過繁茂的草原。哈利的雙眼眨也不眨地望著前方，企圖在陰暗中辨識出具體的形影……然後在毫無預警的情況下，有某個東西抓住了他的腳踝。

哈利扭過身來，看到水草叢中冒出一隻滾帶落，這是一種頭上長角的小型水中怪物，牠正用牠那長長的手指，緊抓住哈利的一條腿，並露出牠的森森尖牙——哈利連忙將他那長了蹼的手伸進長袍，摸索著尋找他的魔杖——等到他好不容易抓到魔杖時，又有另外兩隻滾帶落從水草中冒出來，一把揪住哈利的長袍，想要把他拉下去。

「嘶嘶退！」哈利叫道，但卻沒發出任何聲音……他的嘴裡冒出一個大水泡，而他的魔杖並未朝滾帶落發射火花，而是朝牠們射出一道看起來像是沸水的水柱。牠們被水柱擊中，綠色的皮膚上出現紅腫的斑點。哈利奮力將腿從滾帶落手中掙脫出來，用最快的速度往前游去，並不時地回過頭來，胡亂發射幾道熱水。他感到老是有其他滾帶落撲過來想要抓他的腳，於是他雙腳不停地猛踢猛蹬。最後，他終於感到他的腳踢中了一個長了角的頭顱，於是他回過頭來，看到一隻被踢昏頭的滾帶落兩眼發直地在水中漂浮，而牠的同伴們朝哈利揮舞拳頭，再度沉入海草中。

哈利稍稍放慢速度，將他的魔杖塞進長袍，打量四周的環境，並凝神傾聽。他在水中繞了一圈，周遭的寂靜變得比先前更加令人窒息。他知道他現在必然已沉入湖水更深處，但除了那些款擺搖曳的水草之外，四周完全看不到有任何東西在移動。

「你進行得怎麼樣啦？」

哈利覺得自己差點就嚇得心臟病發作，他急急回過身來，看到前方漂浮著愛哭鬼麥朵朦朧的身影，而她正透過她那厚重的珍珠白眼鏡凝視著他。

「麥朵！」哈利想要大叫——但還是一樣，他並未發出任何聲音，只是從嘴裡冒出一個非常大的氣泡。愛哭鬼麥朵倒是發出一陣吃吃笑聲。

「你到那裡去試試看！」她指著前方說，「我不跟你一起去了……我不太喜歡牠們，我每次只要一靠近，牠們就會游過來追我……」

哈利對她豎起大拇指表達謝意，接著他就再度出發，並刻意游高一點，與水草保持一段距離，免得又被其他潛伏在裡面的滾帶落纏上。

感覺上他好像又繼續往前游了至少二十分鐘，現在正游過一片廣袤無邊的黑色泥地，並在行經處激起濃濁的黑色漩渦。然後，在過了許久許久之後，他終於聽到了斷斷續續的人魚蠱惑歌聲。

你必須在一個鐘頭內四處尋覓，
並讓我們奪去的事物重返故鄉……

哈利加快速度往前游去，沒過多久，他就看到在前方污濁的泥水中，浮現出一塊巨大的岩石。石頭上有著人魚的畫像，牠們手握魚叉，正在追趕一個看起來像是大烏賊的東西。哈利游過岩石，跟著人魚的歌聲往前游去。

……你的時間已去掉一半，別再拖延遊蕩
以免你所尋找的東西在這裡腐爛身亡……

在周遭陰暗的環境中，突然自四面八方浮現出一堆沾滿海藻的簡陋石頭住處。在那些黝黑的窗口，哈利看到一張張的面孔——但這些面孔跟級長浴室裡的美人魚畫像，完全沒有半點相同的地方……

這些人魚有著灰綠色的皮膚，與雜亂的墨綠色長髮。牠們的眼睛是黃色，而參差不齊的爛牙也是同樣的顏色，脖子上戴著一串粗粗的圓石項鍊。牠們在哈利經過時斜睨著他，甚至還有一、兩隻人魚手裡握著魚叉，用強而有力的銀色魚尾奮力拍水，從牠們的洞窟游出來，好看清楚一些。

哈利飛快地往前游去，一路上不停地東張西望，沒過多久，眼前的石頭住處變得越來越多。有些住處四周圍了一圈水草花園，他甚至還看到有家門前的椿木邊，拴了一頭滾帶落寵物。現在人魚開始從四面八方冒出來，帶著濃厚的興趣打量著他，朝他長了蹼的手和魚腮指指點點，並交頭接耳竊竊私語。哈利飛快地游過一個轉角，而他眼前出現了一幅非常怪異的畫面。

在一個看起來像是海洋版村莊廣場的地方，有一大群人魚正漂浮在廣場邊的房子前方。一個人魚唱詩班正在廣場中心歌唱，呼喚鬥士們來到牠們身旁，他們背後矗立著一座相當簡陋的雕像，一個用巨石劈成的巨大人魚，石頭人魚的尾巴上緊緊綁著四個人。

榮恩是被綁在妙麗和張秋兩人中間，另外有一個看起來還不到八歲的小女孩，她那頭如雲般的銀髮，讓哈利一看就曉得她一定是花兒．戴樂古的妹妹。他們四個人顯然都在沉睡，他們的頭垂到肩膀上，嘴裡不停冒出一串串氣泡。

哈利飛快地游向人質，他有些擔心那些人魚拿魚叉來攻擊他，但他們什麼也沒做。那些將人質捆在雕像上的水草繩又黏又滑，而且非常堅韌。在那一瞬間，哈利忽然想到了天狼星在聖誕節時送他的小刀——現在正鎖在他的行李箱裡，擱在四分之一哩外的城堡中，完全派不上用場。

他環顧四周，他們周圍的人魚有很多都帶著魚叉。他飛快地游到一名蓄著綠色長鬍、帶著鯊魚牙短項圈，足足有七呎高的人魚面前，試著比手畫腳地表示自己想跟他借魚叉。那個人魚縱聲大笑，並搖搖頭。

「我們是不會幫忙的。」他用一種沙啞刺耳的嗓音說。

「**拜託！**」哈利激動地吼道（但卻只是從嘴裡冒出一些氣泡），並伸手想要把魚叉從人魚手裡硬扯過來，但人魚卻用力把魚叉拉回去，仍在搖著頭大笑。

哈利回過身來，東張西望地四處搜尋。只要找到某個尖銳的東西……任何東西都行……湖底散置著一些石頭，他往下游到湖底，抓了一片特別尖銳的石頭，再重新游到雕像前方。他開始拿石頭朝榮恩身上的繩索亂割亂砍，足足奮戰了好幾分鐘之後，才好不容易把繩子割斷。榮恩昏迷不醒漂浮在距離湖底幾吋遠的地方，隨著水流的波動微微飄蕩。

哈利回過頭來，其他鬥士依然不見蹤影。他們到底是在搞什麼鬼？他們動作為什麼不快一點呢？他轉頭望著妙麗，舉起那片呈鋸齒狀的石頭，開始去割她身上的繩索——

他立刻就被好幾雙強勁有力的灰手給抓住，六隻人魚硬把他從妙麗身邊拉開，並搖著牠們那長滿綠髮的頭顱縱聲大笑。

「把你自己的人質帶走，」其中一個人魚告訴他，「讓其他人留下來……」

「不行！」哈利狂怒地說——卻只是從嘴裡吐出了兩個大氣泡。

「你的任務是要尋回你自己的朋友……就讓其他人留下來吧……」

「**她**也是我的朋友啊！」哈利指著妙麗喊道，他的嘴唇無聲無息地冒出一串銀色的氣泡，「而且**她們兩個**我也不能見死不救！」

張秋的頭垂到妙麗的肩膀上，那個銀髮小女孩看起來非常蒼白，臉色發青。哈利掙扎著想要擺脫那些人魚，但牠們卻緊抓著他不放，並笑得比剛才更加厲害。哈利慌亂地東張西望，其他鬥士到底跑到哪裡去了？要是他先把榮恩帶到水面上，然後再趕回來救妙麗和其他人，不曉得這樣時間來不來得及？那時他還能再順利找到他們嗎？他低頭看看錶，想知道究竟還剩多少時間——他的錶已經停了。

但接著他周圍的人魚，突然全都開始興奮地指著他的頭頂上方。哈利抬起頭來，看到西追正往他們游過來。他的頭上罩著一個巨大的氣泡，這讓他的五官顯得怪異地拉寬拉長。

「我迷路了！」西追帶著驚恐的表情用唇語說，「花兒和喀浪馬上就來了！」

哈利大大鬆了一口氣，望著西追從口袋中掏出一把刀，割斷張秋身上的繩索。他拉著她往上游去，一下就失去了蹤影。

哈利環顧四周，靜靜等待。花兒和喀浪到底跑到哪裡去了？時間一分一秒地過去，照那首人魚歌的說法，只要超過一小時，人質就會死掉……

人魚開始興奮地尖聲怪叫，原先緊抓住哈利的人魚也鬆開手，回頭張望。哈利轉過頭去，看到有某個奇形怪狀的東西，正朝他們游過來：一個人身鯊魚頭怪物，身上只穿了件游泳褲……那是喀浪。他顯然是對自己施了變形術——但卻不是很成功。

那個鯊魚人直接游到妙麗面前，張開血盆大口，想要咬斷她身上的繩索。問題是，按照喀浪這些新牙齒的位置，想要去咬任何比海豚小的東西，都可說是難如登天，而哈利相當確定，喀浪只要稍不留神，就會把妙麗給活活咬成兩半。哈利連忙游過去，朝喀浪肩膀上用力捶了一下，並遞出那片尖銳的石頭。喀浪接過石頭，開始去割妙麗身上的繩索。他只用了短短幾秒，就順利把繩子割斷。他伸手攬住妙麗的腰，沒再回頭多看一眼，就開始帶著她飛快地游向水面。

現在該怎麼辦？哈利氣急敗壞地想著。要是他可以確定花兒一定會來就好了……但她卻依然不見蹤影，看來已經是沒有別的辦法可想了……

他一把抓起喀浪剛才扔掉的石頭，但現在那些人魚卻將榮恩和小女孩團團圍住，並朝他連連搖頭。

哈利掏出魔杖。「走開，別擋路！」

他只是從嘴裡冒出了一些氣泡，但他非常明顯的感覺到，那些人魚完全明白他的意思，因為牠們的笑聲突然停止了。牠們的黃眼睛定定地望著哈利的魔杖，並露出害怕的神情。哈利現在雖然是單槍匹馬獨對人魚大軍，但他可以從牠們臉上的表情看出，牠們對魔法很不在行，甚至可說是沒比大烏賊高明多少。

「我現在數到三！」哈利大叫，他嘴裡只冒出一大串氣泡，但他豎起三根指頭，好讓牠們了解他的意思，「一……」（他放下一根手指）——「二……」（他放下第二根手指）——

他們四散逃開。哈利趕緊衝上前，用力去割那些將小女孩綁在雕像上的繩索，最後終於順利把繩子割斷。他一手纜住小女孩的腰，另一手揪住榮恩的長袍後領，蹬腳離開湖底朝上游去。

他游得非常慢，他沒辦法再用他那雙長了蹼的手撥水前進，他奮力踢動他那雙如蛙鞋般的腳，但榮恩和花兒的妹妹，卻重得活像是兩個裝滿馬鈴薯的袋子，拉得他直往下沉……他望著天空的方向，但他知道他現在必然還在水底深處，因為眼前的湖水是如此黑暗無光……

人魚們也隨著他一起往上游，他可以看到牠們輕鬆自如地在他周圍泅泳，冷眼望著他在水裡拚命掙扎前進……牠們會不會時間一到，就把他拉回湖底深處？牠們該不會吃人吧？哈利的雙腿一直在奮力踢水，累得快要游不動了，而榮恩和小女孩的重量，也讓他的肩膀感到痛得要命……

現在他的呼吸變得極端困難，他的脖子兩側又開始感到疼痛……他越來越清楚地意識到，他吸進嘴裡的水有多麼潮溼難耐……前方的湖水現在已變得明亮許多……他可以看到上方的陽光……

他用力踢動他那如蛙鞋般的雙腳，卻發現它們已變回普通的人腳……湖水透過他的嘴巴湧入肺裡……他開始感到頭暈目眩……但他知道再往上游個十呎，就可以重新接觸到陽光與空氣……他一定要游到那裡……他非游到不可……

哈利拚命地快速踢動雙腿，他感到他腿上的肌肉似乎全都在尖叫抗議。他的腦袋中彷彿浸滿了水，他無法呼吸，他需要氧氣，他必須繼續往前游，他絕對不能停——

然後他感到他的頭衝出湖面，冰冷清冽的甘美空氣，讓他潮溼的面龐感到微微刺痛。他深深吸了一大口氣，覺得自己過去好像從來就沒好好地真正呼吸過似的，接著他就氣喘吁吁地把榮恩和小女孩同樣也拉上水面。許多滿頭綠髮的粗獷頭顱，也隨著他一同從四面八方冒出水面，但牠們全都對他露出微笑。

看台上的觀眾一片嘩然，他們在尖叫大喊，似乎所有的人全都站了起來。哈利覺得他們好像是以為榮恩和小女孩已經死了，但他們錯了……榮恩和小女孩都已經睜開眼睛，小女孩顯得既害怕又困惑，但榮恩卻只是噴出一大口水，在陽光下瞇起眼睛。他轉向哈利，對他說：「真是溼死了，你說是不是？」接著他就發現花兒的妹妹，「你幹嘛把她也帶上來？」

「花兒一直沒出現，我不能把她丟在那裡不管。」哈利喘著氣說。

「哈利，你這個大笨蛋，」榮恩說，「你該不會把那首歌的內容當真吧？鄧不利多怎麼可能會讓我們淹死呢！」

「可是那首歌說——」

「那只是為了要讓你們在預定時間之內趕回來罷了！」榮恩說，「我希望你可沒浪費時間，留在那裡充什麼英雄好漢！」

哈利雖覺得自己很笨，卻也有些惱羞成怒。榮恩當然不會把這當真啦，**他**一直都在睡覺，他根本就不能體會在湖底被一群手持魚叉，看起來活像是要殺人的人魚包圍住，那種感覺究竟有多麼陰森詭異。

「好了，」哈利沒好氣地說，「幫我一起帶她游過去吧，我想她應該不太會游泳。」

他們拉著花兒的妹妹越過湖水，游向那些正站在岸邊眺望的裁判，二十隻人魚如護送儀隊般伴著他們一同往前游，並吟唱出他們那首尖銳刺耳的恐怖歌曲。

哈利可以看到龐芮夫人正在小題大作地忙著照料妙麗、喀浪、西追和張秋，他們身上全都裹著厚厚的毯子。哈利和榮恩快要游到岸邊時，鄧不利多和魯多．貝漫站在那裡笑吟吟地望著他們，但派西卻一臉慘白、看起來不知怎地比平常年輕許多，而且還劈劈啪啪地踩著水趕去迎接他們。美心夫人則是忙著拉住花兒．戴樂古，花兒顯然已陷入一種歇斯底里的狀態，拚命掙扎著想要重新衝進湖裡去。

「佳兒！**佳兒！塔還活著嗎？塔有沒有受傷**？」

「她沒事！」哈利想要告訴她，但他累得甚至連話都說不出來，更別說是喊叫了。

派西抓住榮恩，把他拖回岸上（「放手，派西，我沒事啦！」），鄧不利多和貝漫兩人伸手把哈利拉上來。花兒終於掙脫美心夫人的掌握，衝過來抱住她的妹妹。

「都是那些滾帶落……塔們攻擊窩……喔，佳兒，窩還以為……窩還以為……」

「你過來。」哈利耳邊響起龐芮夫人的聲音，她抓住哈利，把他拖到妙麗和其他人身邊，用毯子把他緊緊裹住，讓他感到自己活像是穿上精神病人專用的緊身衣似的，接著她又硬往他的喉嚨裡灌了一些滾燙的藥水，他的耳朵冒出了白煙。

「哈利，做得好！」妙麗喊道，「你辦到了，你完全靠你自己的力量找出了辦法！」

「嗯，這個——」哈利說。他本來是想把多比的事情告訴她，但他接著就注意到卡卡夫正盯著他瞧。卡卡夫是現場唯一沒有離開座位的評審，而且在所有評審中，也只有他在看到哈利、榮恩和花兒的妹妹安全返回岸上時，完全沒有露出任何欣喜與安心的表情。「是呀，你說得沒錯。」哈利答道，並刻意略微提高嗓門，故意說給卡卡夫聽。

「妳的頭髮上又一隻水甲蟲，妙哩哩。」喀浪說。

哈利有一種感覺，覺得喀浪好像是想要把她的注意力，重新拉回到他自己身上。也許他是想提醒她，不要忘了他剛才才把她從湖裡救出來，但妙麗卻不耐煩地揮揮手把水甲蟲撥掉說：「可是你時間超過滿久的，哈利……你是不是花了很久的時間才找到我們？」

「不……我其實沒找多久……」

哈利越來越覺得自己真是笨死了。現在他已經回到岸上，因此事實似乎擺在眼前，在鄧不利多所籌劃的完善安全措施之下，是絕對不可能只因為鬥士沒出現，就讓人質死掉。他為什麼當時不拉了榮恩就走呢？這樣他就會第一個回到岸上……西追和喀浪可沒多浪費時間去擔心其他人的安危，他們並沒有把人魚的歌當真……

鄧不利多現在正蹲在水邊，專心地跟一個長相特別兇惡粗野，看起來像是人魚首領的女人魚說話。他發出一種尖銳刺耳的聲音，就跟人魚在水面上的嗓音一模一樣，鄧不利多顯然會說人魚語。最後他終於挺起身來，轉過來對其他評審說：「我想在我們評分前，先來開個會吧。」

評審們隨即圍在一起商量。龐芮夫人走過去，把榮恩從派西的手裡解救出來。她把他帶到哈利和其他人身邊，給了他一條毯子和一些胡椒嗆魔藥，然後再走去找花兒和她的妹妹。花兒的面孔和手臂上到處都是傷痕，而且她的長袍也破了，但她卻好像對此毫不在意，也不肯讓龐芮夫人替她清洗傷口。

「照顧佳兒。」她告訴龐芮夫人，接著就轉向哈利，「你救了塔，」她屏息說，「雖然塔不是你的人質，你還是救了塔。」

「是啊。」哈利說，心裡後悔得要死，要是他那時別理那三個女生，讓她們繼續綁在雕像上就好了。

花兒彎下腰來，在哈利兩頰上各吻了一下（他感到自己臉燙得像火燒似的，而且就算他耳朵再冒出煙來，他也絕不會感到訝異），接著她又對榮恩說：「還有你也是——你也綁了忙——」

「是呀，」榮恩露出非常期盼的表情說，「對對對，我也幫了一點小忙——」

花兒也同樣俯下身來吻了他，妙麗氣得快要爆炸了，但就在那時，他們身邊突然轟隆隆地響起魯多·貝漫被魔法放大的聲音，讓他們全都嚇得跳了起來，看台上的觀眾也在瞬間變得鴉雀無聲。

「各位先生，各位女士，我們目前已做出結論。人魚女首領魔克絲剛才把湖底發生的事情，全都告訴我們了，我們決定以五十分為滿分，來為每一位鬥士評定分數，成績如下……

「花兒·戴樂古小姐，她雖然在使用氣泡頭咒時，展現出卓越的技巧，但卻在前往目的地途中受到滾帶落攻擊，無法救回她的人質。我們決定給她二十五分。」

看台上響起一陣掌聲。

「窩應該得零分的。」花兒咕噥地說，搖了搖她那美麗的頭。

「西追·迪哥里先生，他同樣也使用氣泡頭咒，雖然他比規定的一個鐘頭時間晚了一分鐘，但卻是第一位成功救回人質的鬥士。」赫夫帕夫的觀眾爆出一陣熱烈的歡呼聲，哈利看到張秋滿臉發光地望了西追一眼，「因此我們決定給他四十七分。」

哈利的心沉了下來。要是連西追都比規定時間晚了一分鐘，那他還用說嗎？

「維克多·喀浪先生使用的是不完全的變形術，但卻相當有效，同時他也是第二位順利把人質帶回來的鬥士。我們決定給他四十分。」

卡卡夫拍手拍得比誰都用力，而且還露出一臉非常了不起的神情。

「哈利波特先生使用的是效果絕佳的魚鰓草，」貝漫繼續說下去，「他是最後一個回來，而且遠超過規定的一個鐘頭時間。不過呢，人魚女首領告訴我們，說波特先生其實是第一個找到人質的鬥士，而他之所以會拖延這麼久才回來，完全是因為他不只是想要救出他自己的人質，而是下定決心要讓所有的人質安全回到岸上。」

榮恩和妙麗兩人都用一種半是生氣、半是同情的目光望著哈利。

「大部分評審，」——說到這裡，貝漫狠狠瞪了卡卡夫一眼——「都認為這種行為展現出非凡的道德勇氣，應該給予滿分鼓勵。不過呢……波特先生的分數是四十五分。」

哈利的心猛然一震——現在他是跟西追積分相同，同時領先。榮恩和妙麗驚得楞住了，他們先呆呆地望了哈利一會，接著才開始放聲大笑，跟其他群眾一同用力鼓掌。

「聽到了吧，哈利！」榮恩在喧囂聲中喊道，「原來你不是笨——你是展現出道德勇氣哪！」

花兒同樣也在拚命鼓掌，但喀浪看起來卻一點也不高興。他試著想要再跟妙麗說話，但她正忙著為哈利歡呼，根本沒空去聽。

「第三項，同時也是最後一項任務，將於六月二十四日黃昏時舉行，」貝漫繼續說下去，「我們將會在預定日期的一個月之前，通知鬥士們任務的內容。謝謝大家對鬥士們的支持。」

結束了，哈利迷迷糊糊地想著，此時龐芮夫人已開始催促鬥士和人質快點回城堡去把溼衣服換掉……終於結束了，他已順利通過這一關……現在他在六月二十四以前，都可以無憂無慮地開心過日子了……

當他爬上前門石階，返回城堡時，他暗暗在心中作下決定，下次他到活米村去時，他要替多比買一大堆襪子，讓多比在未來的一年三百六十五天裡，天天都有新襪子穿。

27 獸足歸來

第二項任務所造成的最佳後果之一，就是現在大家全都非常想聽到當時在湖底所發生的種種細節，因此榮恩這次總算可以分享哈利的光環，成為注意力的焦點。哈利注意到，榮恩每重講一次，他的故事版本就會出現一些細微的變化。在一開始，他的敘述似乎還是完全根據事實；至少是跟妙麗的說法相當吻合——鄧不利多在麥教授的辦公室裡，施法讓他們陷入沉睡，並在事先對他們保證，這麼做絕不會對他們造成任何危險，而且只要他們一冒出水面，就會立刻醒過來。但是一個禮拜之後，榮恩卻開始繪聲繪影地描述一個關於綁架的驚悚故事，說他如何單槍匹馬地對抗整整五十名全副武裝的人魚，而最後他們必須把他打倒，才有辦法將他綁起來。

「但我早就把魔杖藏在袖子裡，」他活靈活現地告訴芭瑪·巴提，在榮恩成為眾人注意的焦點之後，她對榮恩的態度似乎變得熱情多了，而且每當他們在走廊上相遇時，她都會跑過來跟榮恩說幾句話，「我要是想的話，隨時都可以去對付那些人魚白痴。」

「你說你要怎麼做，難道是朝他們打鼾嗎？」妙麗沒好氣地出言諷刺。大家發現她竟然是維克多·喀浪最不捨失去的事物之後，一天到晚都有人拿這件事來取笑她，因此她的脾氣變得相當暴躁易怒。

榮恩的耳朵變紅了，而在這之後，他又乖乖恢復先前那個被魔法迷昏沉睡的版本。

進入三月之後，氣候變得乾燥多了，但每當他們走進校園時，無情的寒風仍會讓他們的臉跟手凍得發僵。早上的郵件也常常遲到，因為貓頭鷹老是被風吹得偏離航道。在星期五早餐時，那隻哈利派去通知天狼星下次活米村週末日期的褐鴞，終於帶著一身被吹得亂七八糟的羽毛，狼狽不堪地飛了回來。哈利才剛把天狼星的回信取下來，牠就迫不及待地立刻飛走，一副怕哈利再派牠去送信的樣子。

天狼星的回信幾乎就跟他上封信一樣簡短。

星期六下午兩點，到離開活米村的道路盡頭（過了德維與班吉商店）的台階旁等著。盡量多帶些食物過來。

「他該不會已經回到活米村了吧？」榮恩難以置信地問道。

「看起來好像就是這個意思，不是嗎？」妙麗說。

「我真不敢相信他會這麼做，」哈利緊張地表示，「要是他被抓到的話……」

「但他逃了這麼久也沒出事啊，對不對？」榮恩說，「而且現在也沒有一大堆催狂魔在那裡到處亂竄啦。」

哈利把信折好，默默思索。要是他對自己誠實一點的話，他其實真的好想好想再見到天狼星。因此，在他走向通往地牢的階梯，前去上當天下午最後的課程——兩堂魔藥學——時，他的心情顯然變得比往常愉快多了。

馬份、克拉和高爾，還有潘西・帕金森那群史萊哲林三姑六婆，現在正圍成一團站在教室門外。他們全都在望著某個哈利看不到的東西，並開心地吃吃竊笑。在哈利、榮恩和妙麗走近時，潘西那張像哈巴狗似的臉孔，就突然從高爾寬闊的肩膀邊冒出來，興奮地盯著他們看。

「他們來囉，他們來囉！」她吃吃笑道，而那群史萊哲林學生隨即散開。哈利看到潘西手裡抓著一本雜誌——《女巫週刊》。封面那張會動的照片，顯示出一個笑得露出整排牙齒的鬈髮女巫，她正舉起魔杖，指著一個大海綿蛋糕。

「妳可以在裡面找到一些妳會感興趣的東西唷，格蘭傑！」潘西大聲說，將雜誌扔給妙麗，妙麗帶著吃驚的表情接過雜誌。就在那一刻，地牢的門突然敞開，石內卜示意要大家走進教室。

妙麗、哈利和榮恩就像往常一樣，直接走向地牢最後面的座位。等到石內卜回過身去，背對著他們，開始在黑板上寫下今日熬煮魔藥所需要用到的材料時，妙麗就立刻把雜誌藏到桌子底下，開始飛快地輕輕翻閱。在翻到一半時，妙麗終於看到了他們想要找的東西，哈利和榮恩也湊過來一起看。在哈利的彩色照片之下，有著一篇題為〈**哈利波特的秘密傷心事**〉的短文：

他或許跟別的男孩很不一樣——但他同樣也必須經歷青春期所有的苦澀傷痛，**麗塔・史譏報導**。自父母親悲劇性的死亡讓他痛失摯愛之後，現年十四歲的哈利波特原本以為，他可以從他在霍格華茲的固定女友，也就是麻瓜家庭出身的妙麗・格蘭傑那裡尋得慰藉。但他卻完全沒有料到，不久之後，在他那充滿失落的生命中，又將遭受到另一波情感上的重擊。

格蘭傑小姐這名相貌平庸，卻野心十足的女孩，似乎對於名巫師有著特別的偏好，而光只是哈利一個名人，顯然並不能讓她感到滿足。自從保加利亞隊的搜捕手，同時也是上屆魁地奇世界盃的英雄人物維克多．喀浪來到霍格華茲之後，格蘭傑小姐就一直周旋於這兩個男孩之間，玩弄他們的感情。喀浪顯然已被狡猾多謀的格蘭傑小姐深深迷住，他不僅開口邀請她前往保加利亞與他共度暑假，甚至還特別強調他「過去從來沒對其他女孩有過這樣的感覺」。

然而，格蘭傑小姐之所以能擄獲這兩個不幸男孩的心，或許並不是憑仗她那令人不敢恭維的天生魅力。

「她真的是長得很醜，」一名漂亮活潑的四年級女孩潘西．帕金森表示，「但她絕對有能力可以調配出愛情魔藥，她還滿聰明的啦。我想她就是用這個伎倆在搞鬼。」

霍格華茲自然禁止學生調配愛情魔藥，而阿不思．鄧不利多顯然也應該對這件事展開調查。同時，所有為哈利波特祝福的人，必然會深深希望，下次他不會再錯用感情，找到一個真正值得他去愛的好女孩。

「我就跟妳說嘛！」榮恩在妙麗低頭看文章時，噓聲對她說，「我不是**告訴**過妳，千萬不能去招惹麗塔．史譏！她簡直就把妳描述成一個──狐狸精！」

妙麗聽了立刻收起驚愕的表情，噗哧一聲笑了出來。

「**狐狸精**？」她重複了一遍，回過頭來望著榮恩，憋笑憋得全身抖動。

「我媽就是這麼叫她們的。」榮恩喃喃地說，他的耳朵又開始變紅了。

「要是麗塔就只能寫出這樣的東西，那她根本就是完全搔不到癢處，」妙麗把《女巫週刊》扔到旁邊的空椅子上，仍在吃吃笑個不停，「真是一篇毫無新意的無聊垃圾。」

她回頭望著史萊哲林的學生，他們全都在目不轉睛地盯著她和哈利，想看看他們兩人讀了文章以後，是不是感到心情低落。妙麗帶著嘲諷的微笑，朝他們揮了揮手，接著她、哈利和榮恩開始打開包包，取出調配聰明魔藥所需的材料。

「不過呢，有件事很奇怪，」十分鐘之後，妙麗在搗聖甲蟲時突然停下手來，將杵懸空舉在碗上方，若有所思地說，「麗塔．史譏怎麼會曉得呢……？」

「曉得什麼？」榮恩立刻問道，「妳該不會**真的有**調配愛情魔藥吧？」

「別傻了，」妙麗厲聲吼道，又開始繼續搗她的聖甲蟲，「才沒呢，只是……她怎麼會曉得，維克多邀我暑假時去找他玩呢？」

妙麗說這些話時臉脹得通紅，而且刻意避開榮恩的視線。

「什麼？」榮恩說，手裡的杵咚地一聲，重重掉到桌面上。

「他一把我從湖裡拉上岸，就馬上開口邀我去玩，」妙麗低聲說，「他才剛把他的鯊魚頭去掉，就立刻跟我說了。龐芮夫人把毯子拿給我們，然後他就把我拉到旁邊，免得讓評審聽到，他說，我要是在暑假沒什麼其他事的話，我可不可以去——」

「那妳是怎麼回答的？」榮恩問道，他已重新抓起他的杵猛搗猛磨，但由於他一直緊盯著妙麗，所以他磨的其實是離藥碗足足有六吋遠的桌面。

「而且他**確實**說過，他過去從來沒對其他女孩有過這樣的感覺，」妙麗繼續說下去，她臉紅得讓哈利幾乎可以感覺到她身上冒出的熱氣，「但麗塔．史譏怎麼可能會聽到他說的話呢？她當時又不在場……或者她其實是躲在某個地方偷看？說不定她**早就**弄到了一件隱形斗篷，說不定她偷偷溜進校園來看第二項任務……」

「那妳是怎麼**回答**的？」榮恩又問了一次，並用杵往桌子上狠狠敲了一下，把桌面上撞出了一個凹痕。

「嗯，我當時正忙著注意你和哈利兩人的情況——」

「雖然妳的社交生活的確是非常多采多姿，格蘭傑小姐，」他們背後響起一個冰冷的嗓音，「但我必須請你們別在我的課堂上討論這種事情。葛來分多扣十分。」

石內卜早已趁他們剛才講話的時候，悄悄走到他們桌邊。全班同學現在全都轉頭望著他們。坐在地牢另一端的馬份，趕緊利用這個機會，朝哈利現了一下他的「**波特是大爛貨**」徽章。

「啊……而且還把雜誌藏在桌子底下偷看？」石內卜又補上一句，並一把抓起那本《女巫週刊》，「葛來分多再扣十分……喔，這也難怪……」石內卜的目光落向麗塔．史譏的文章，他的黑眼閃過一道光芒，「波特可不能漏掉任何一篇關於他的新聞剪報嘛……」

史萊哲林學生們的哄笑聲響遍了整間地牢，而石內卜的薄嘴唇扭出一個難看的微笑。哈利憤怒至極地發現，他竟然開始對著全班同學大聲朗讀。

「哈利波特的秘密傷心事……天哪，天哪，波特呀，你現在到底又出了什麼毛病呀？他或許跟別的男孩很不一樣……」

哈利現在可以感覺到他的臉熱得發燙。石內卜每念完一句，就故意先停下來，讓史萊哲林學生們痛快地大笑幾聲，然後再繼續念下去。被石內卜這麼一念，這篇文章聽起來簡直比原先還要糟糕十倍。

「……所有為哈利波特祝福的人，必然會深深希望，下次他不會再錯用感情，找到一個真正值得他去愛的好女孩。實在是太感人了，」石內卜捲起雜誌，在史萊哲林學生們持續不斷的笑聲中冷笑道，「好吧，看來我最好還是把你們三個人分開吧，這樣你們才能暫時忘掉你們那混亂的愛情生活，定下心來好好調配魔藥。衛斯理，你留在這裡。格蘭傑小姐，妳到那裡去跟帕金森小姐一起坐。波特——你去坐我講桌前那張空桌。現在就去，快啊。」

哈利在盛怒中把他的魔藥材料和包包一古腦地全都扔到大釜裡，再拖著大釜走向地牢前方的空桌。石內卜也跟著往前走，坐回他的講桌，在一旁盯著哈利重新把東西從大釜裡掏出來。哈利打定主意就是不去看石內卜，繼續專心搗他的聖甲蟲，並暗暗想像每隻被他搗爛的聖甲蟲，全都長了張跟石內卜一模一樣的面孔。

「這些報章雜誌對你的注意力，似乎讓你那原本就已經夠自大的腦袋，變得比以前更加膨脹，波特。」石內卜等班上其他同學又開始做他們自己的事情時，輕聲開口說。

哈利並沒有回答，他知道石內卜是故意想要激怒他，石內卜以前就做過這類的事。他顯然是巴不得能找到藉口，在下課前狠狠扣葛來分多五十分才甘心。

「你或許是有個不當的錯覺，誤以為你在整個魔法世界，可說是無人不知，無人不曉，」石內卜繼續說下去，他的聲音壓得極低，這樣就沒有人會聽到他說的話（雖然哈利的聖甲蟲現在已被研成細粉，但他仍在狠狠地搗個不停），「但我才懶得管報上有多常登你的照片咧。對我來說，波特，你只不過是個不把校規放在眼裡的討厭小鬼。」

哈利把甲蟲粉倒進他的大釜，開始切薑。他的手氣得微微顫抖，但他依然低頭斂目，彷彿根本就沒聽到石內卜在說些什麼。

「所以我要清楚地警告你，波特，」石內卜用一種更輕柔、但也更危險的語氣繼續說下去，「不管你是什麼微不足道的小名人——只要再讓我逮到你闖進我的辦公室——」

「我根本連你辦公室的門都沒碰過！」哈利氣得忘了自己正在裝聾作啞，不假思索地衝口而出。

「少跟我撒謊，」石內卜嘶聲說，他那對深不可測的黑眼睛，深深望進哈利的眼底，「非洲樹蛇皮、魚鰓草，這兩樣都是從我的私人儲藏櫃裡偷出來的，而我很清楚是誰下的手。」

哈利迎上石內卜的視線，打定主意絕對不眨眼睛，也不露出一絲心虛的表情。事實上，這兩樣東西也的確不是他從石內卜那裡偷來的。妙麗在他們二年級的時候偷了非洲樹蛇皮——他們需要用它來調製變身水——石內卜當時雖然懷疑過哈利，卻找不出任何證據來定他的罪，而魚鰓草自然是多比偷的。

「我聽不懂你在說什麼。」哈利面不改色地撒謊道。

「你正好在有人闖進我辦公室那天晚上偷溜下床！」石內卜嘶聲說，「別以為我不曉得，波特！你給我聽著，瘋眼穆敵或許已加入了你的波特迷俱樂部，但我可不吃你這一套，我絕不能容忍你的惡劣行為！你要再敢半夜晃進我的辦公室，波特，我就要你好看！」

「好啊，」哈利冷冷地答道，轉過身去繼續切薑，「下次我要是忍不住想跑到你那裡去的話，我會把你這些話放在心上的。」

石內卜的眼睛閃過一道光芒，他突然把手探進他的黑色長袍。哈利在那慌亂的一刻，還以為石內卜是要掏出魔杖來對他下詛咒——但接著他就看到石內卜取出了一個裝著清澈透明液體的小水晶瓶。哈利張大眼睛望著它。

「你知道這是什麼嗎，波特？」石內卜問道，他的雙眼又再度散發出危險的光芒。

「不知道。」哈利這次倒是沒有撒謊。

「這是『吐真劑』——一種效果超強的自白魔藥。只要三滴，就可以讓你當著全班同學的面，洩露出你心中最不可告人的秘密，」石內卜惡毒地表示，「你給我聽著，要使用這種魔藥，必須受到魔法部的嚴格控制。你要是再不檢點一些，你說不定會發現我不小心**失手**——」他輕輕晃動水晶瓶，「把它滴進你晚餐喝的南瓜汁裡去。然後呢，波特……我們就會知道，你到底有沒有踏進我的辦公室了。」

哈利什麼也沒說，他再度轉向他的薑塊，抓起小刀，又開始繼續切。那個自白魔藥聽起來真的很不妙，而且哈利也覺得，石內卜確實有可能會把藥下在自己的食物裡，這種事他是做得出來的。哈利只要一想到石內卜若是真的這麼做，而他自己可能會洩露出什麼樣的秘密時，他就不禁暗暗捏了一把冷汗……除了擔心會讓一大堆人惹上麻煩之外——首先妙麗和多比就絕對逃不掉——他心裡還藏了其他好多不想讓別人知道的秘密……例如他和天狼星一直保持聯絡的事……還有——想到這裡，他的腹中抽搐了一下——他對張秋的感情……他將切好的薑塊也倒進大釜，心裡暗自盤算，他是不是應該效法穆敵，以後就只喝自己準備的飲料。

地牢外響起一陣敲門聲。

「進來。」石內卜的語氣已恢復正常。

大門敞開，班上同學全都回過頭來張望，卡卡夫教授走了進來。他在所有人的注視下，走向石內卜的講桌。他的神情看起來非常激動，又開始用手指去捲他的山羊鬍。

「我們必須談談。」卡卡夫一走到石內卜面前，就唐突地表示。他幾乎連嘴巴都沒張開，似乎是打定主意不讓其他人聽到他說的話，這讓他顯得活像是一個技術奇差的腹語術表演者。哈利依然盯著他的薑塊，卻在暗中專心傾聽。

「我下課後再跟你談，卡卡夫……」石內卜低聲說，但卡卡夫立刻打斷他的話。

「我現在就要跟你談，這樣你就沒辦法溜走了，賽佛勒斯，你一直在躲我。」

「下課再說。」石內卜厲聲說。

哈利舉起量杯，假裝在檢查他的犰狳膽汁倒得夠不夠多，偷偷斜瞄了他們兩人一眼。卡卡夫顯得憂心忡忡，而石內卜則是滿臉怒容。

在接下來的課程中，卡卡夫一直在石內卜的講桌後面往來徘徊。他似乎是下定決心，絕不讓石內卜在下課後溜走。哈利非常想知道卡卡夫到底要說些什麼，因此他特地選在下課鈴響前兩分鐘，故意打翻他那瓶犰狳膽汁，這樣他就有藉口在其他同學吵吵鬧鬧地走出教室門口時，躲到他的大釜後面擦地板。

「什麼事這麼急？」他聽到石內卜噓聲詢問卡卡夫。

「**這個**。」卡卡夫說，哈利悄悄從大釜後面往外偷窺，看到卡卡夫拉起他左邊的長袍袖口，讓石內卜看他手臂內側的某個東西。

「怎樣？」卡卡夫說，他的嘴唇仍然努力保持不動，「你看到了嗎？它以前從來沒這麼明顯過，自從──」

「快遮起來！」石內卜怒喝道，他的黑眼迅速掃過整間教室。

「但你一定也已經注意到──」卡卡夫用激動的語氣說。

「我們待會再說，卡卡夫！」石內卜啐道，「波特，你在做什麼？」

「把地上的犰狳膽汁擦乾淨，教授。」哈利一臉無辜地答道，並挺起身來，舉起手中那塊溼透的破布給石內卜看。

卡卡夫急忙回過身來，大步踏出地牢，他顯得既擔心又憤怒。哈利可不想單獨跟盛怒中的石內卜待在一起，於是他連忙把書本和魔藥材料塞回包包，用最快的速度衝出去，趕去向榮恩和妙麗報告他剛才親眼看到的事實。

＊　＊　＊

第二天中午，他們走出城堡時，看到一輪黯淡的銀日，在校園中灑落下柔和的光芒。今天的天氣似乎是今年以來最暖和的，當他們走到活米村時，他們三人已全都把斗篷脫下來搭在肩上。哈利的包包裡裝滿了天狼星吩咐他帶的食物，他們從午餐桌上偷了十二隻雞腿、一整條麵包和一瓶南瓜汁。

他們到「高級巫師服飾」去替多比買禮物，他們挑了一大堆他們所能找到最俗豔、最恐怖的襪子，玩得非常開心。其中一雙襪子上面有著閃閃發亮的金銀星圖案，另外還有一雙在臭得太厲害時就會大聲尖叫。到了一點半時，他們就開始沿著大街經過德維與班吉商店，朝村莊邊緣走去。

哈利以前從來沒往這個方向走過，蜿蜒的巷道領著他們進入活米村周圍的荒涼鄉野，這裡的房子比較少，但院子卻明顯大了許多。整個活米村是坐臥於一座山的陰影下，而他們此刻就是往這座山的山腳下走去。他們繞過一個轉角，看到小巷盡頭有一塊台階。一頭渾身毛茸茸、非常龐大的黑狗，嘴裡叼了幾張報紙，正將前爪搭在柵欄上等著他們，牠看起來非常眼熟……

「哈囉，天狼星。」哈利在他們走到牠身邊時出聲招呼。

天狼星急切地嗅嗅哈利的包包，搖了一下尾巴，接著轉身就走，穿越前方那片雜木叢生的上坡地，直接走向岩石密布的山腳下。哈利、榮恩和妙麗爬過台階，跟著他往前走。

天狼星領著他們走到遍地都是巨石岩塊的山腳下。他自己有著四隻獸掌，因此這對他來說自然不算什麼，但哈利、榮恩和妙麗很快就累得喘不過氣來。他們開始跟著天狼星往山上爬去，隨著天狼星晃動的尾巴，沿著一條蜿蜒陡峭且碎石滿地的小路，往上爬了大約半個鐘頭，被太陽烤得汗流浹背。哈利的背包肩帶，在他肩上勒出深深的痕跡。

最後，前方的天狼星終於失去蹤影，當他們走到他剛才消失的地方時，看到那裡的岩石上有一條狹窄的縫隙。他們擠進去，發現自己踏入了一個陰暗涼爽的洞窟。鷹馬巴嘴就拴在洞窟最裡面的大石頭旁邊，身體一半是灰馬，一半是巨鷹的巴嘴，瞥見他們時，那對兇惡的橘眼立刻閃出一道光芒。他們三人全都朝牠深深鞠了一個躬，而巴嘴用高傲的目光盯了他們一會，接著就彎下牠那布滿鱗片的前爪膝蓋，讓妙麗衝過去撫摸牠那長滿羽毛的脖子。哈利望著那頭黑狗，牠現在已變成了他的教父。

天狼星身上穿著一件破破爛爛的灰色長袍，那是他在離開阿茲卡班時穿的舊衣。他的黑髮比上次在爐火中出現時長了一些，而且又重新變得蓬亂不堪，他看起來非常瘦。

「雞肉！」他取下嘴裡的舊《預言家日報》，隨手扔在地上，啞著嗓子喊道。

哈利拉開背包，取出一袋雞腿和麵包遞給他。

「謝了，」天狼星說，他打開袋子，抓起一隻雞腿，坐到洞窟地上，張口用牙齒撕下一大塊肉，「我大半是靠吃老鼠過活，我可不能在活米村偷太多食物，免得讓他們注意到我。」

他抬頭朝哈利咧嘴一笑，哈利也咧開嘴，但卻笑得相當勉強。

「你到這裡來做什麼，天狼星？」他問道。

「來盡我做教父的責任啊，」天狼星說，並津津有味地啃著雞骨頭，看起來簡直跟狗沒有兩樣，「別替我擔心，我現在可是一隻可愛的流浪狗呢。」

他仍在咧嘴微笑，但看到哈利臉上的焦慮表情，他的語氣終於變得嚴肅了一些：「我想要待在現場就近監視。你上封信……好，我們這麼說吧，事情真的是越來越可疑了。這些日子以來，只要有人把《預言家日報》丟掉，我就會去撿過來看，照上面的新聞看來，顯然並不是只有我一個人在窮擔心。」

他朝洞窟地上那些泛黃的《預言家日報》點了一下頭，榮恩撿起報紙，攤開來閱讀。

哈利依然凝視著天狼星。「要是你被抓到怎麼辦？要是有人看到你怎麼辦？」

「反正這附近就只有你們三個和鄧不利多知道我是化獸師。」天狼星聳聳肩答道，又繼續狼吞虎嚥地啃他的雞腿。

榮恩用手肘輕輕頂了哈利一下，並將《預言家日報》遞給他。報紙一共有兩張，第一張上面的標題是〈巴提．柯羅奇的神秘怪病〉，而第二張則是〈魔法部女巫依然下落不明——魔法部長現已親自表示關切〉。

哈利低頭望著那篇關於柯羅奇的報導。一篇片段的辭句映入他的眼簾：在十一月後就不曾於公開場合出現……家中顯然無人居住……聖蒙果魔法疾病與傷害醫院不願做出任何評論……魔法部拒絕證實柯羅奇罹患絕症的謠言……

「上面寫得好像他就快死掉似的，」哈利緩緩表示，「但他既然有辦法跑到這裡來，就表示他病得沒那麼嚴重……」

「我哥哥是柯羅奇的私人助理，」榮恩告訴天狼星，「他說柯羅奇是工作過度才會生病。」

「我告訴你們，上次我在很近的距離看過他，他看起來的確是滿臉病容，」哈利緩緩表示，眼睛依然緊盯著那篇報導，「就是在火盃吐出我名字那天晚上……」

「這是他解雇眨眨所應得的報應，不是嗎？」妙麗冷漠地表示。她伸手撫摸巴嘴，巴嘴則嘎扎嘎扎地嚼著天狼星給牠的雞骨頭，「我敢說他現在一定已經感到後悔了——現在沒她在那裡照顧他，他一定覺得日子變得難過多了。」

「妙麗現在滿腦子都是那些家庭小精靈。」榮恩低聲告訴天狼星，滿臉不悅地瞥了妙麗一眼。但天狼星卻露出很感興趣的表情問道：「柯羅奇解雇了他的家庭小精靈？」

「沒錯，就是在魁地奇世界盃那時候。」哈利說，接著他就把當時天空出現黑魔標記，眨眨被人發現握著哈利的魔杖躺在出事現場，以及柯羅奇先生大發雷霆的事情，全都告訴天狼星。

哈利說完之後，天狼星又站起來，開始在洞窟中來回踱步。「我來把事情重新整理一下，」過了好一陣子，他才揮著一根還沒啃過的雞腿開口說，「你們是在頭等包廂裡，第一次見到眨眨。她當時是在替柯羅奇占位子，對不對？」

「對。」哈利、榮恩和妙麗異口同聲地答道。

「但柯羅奇根本就沒來看比賽？」

「是沒有，」哈利說，「我記得他說他太忙了。」

天狼星一言不發地繞著洞窟兜圈子踱步，然後他開口說：「哈利，你在離開頭等包廂之前，有檢查過魔杖還在不在口袋裡嗎？」

「嗯……」哈利努力回想，「沒有，」最後他終於答道，「我在走進森林前都不需要用到它。然後等我把手伸進口袋的時候，才發現裡面就只剩下一副全效望遠鏡。」他凝視著天狼星，「你是說，那個召喚出黑魔標記的人，是在頭等包廂裡偷走了我的魔杖？」

「有可能。」天狼星說。

「眨眨才沒有偷魔杖呢！」妙麗尖聲說。

「包廂裡並不是只有那個小精靈，」天狼星說，當他繼續開始踱步時，他的眉頭皺了起來，「你們後面還坐了些什麼人？」

「坐了一大堆人，」哈利說，「有保加利亞部長……康尼留斯．夫子……馬份全家……」

「馬份全家！」榮恩突然喊道，聲音大得在洞窟中轟隆隆地迴響，而巴嘴緊張地昂起頭顱，「我敢說一定是魯休思．馬份！」

「還有其他人嗎？」天狼星問道。

「沒有了。」哈利說。

「有，還有一個人，魯多．貝漫也在那裡。」妙麗提醒他。

「喔，沒錯……」

「我對貝漫完全不了解，只曉得他以前是溫伯黃蜂隊的打擊手，」天狼星說，他依然在來回踱步，「他是個什麼樣的人？」

「他人還不錯啦，」哈利說，「他老是主動表示要幫忙我通過三巫鬥法大賽。」

「是嗎？」天狼星說，他的眉頭皺得更深了，「我很好奇，他究竟為什麼要這麼做？」

「他說我很討他喜歡。」哈利說。

「嗯……」天狼星說，並露出若有所思的神情。

「在黑魔標記出現以前，我們在森林裡有看到他。」妙麗告訴天狼星，「還記得嗎？」她問哈利和榮恩。

「話是沒錯，但他並沒有待在森林裡，不是嗎？」榮恩說，「我們一把暴動的事告訴他，他就立刻趕去營區了。」

「這你怎麼曉得？」妙麗反駁道，「你哪會知道他到底用消影術去了哪裡？」

「別扯了，」榮恩不敢相信地說，「難道妳是說，妳認為黑魔標記是魯多．貝漫召來的嗎？」

「他的嫌疑比眨眨大多了。」妙麗固執地表示。

「我就跟你說嘛，」榮恩意味深長地望著天狼星說，「妙麗滿腦子全都是那些家庭——」

但天狼星卻舉手制止榮恩再說下去。「當天空出現黑魔標記而他們發現那個小精靈握著哈利的魔杖待在出事現場時，柯羅奇做了什麼？」

「衝進灌木叢裡搜查，」哈利說，「但並沒有人躲在那裡。」

「當然啦，」天狼星低聲說，又開始來回踱步，「他自然希望犯案的是別人，而不是他自己的家庭小精靈……接著他就解雇了她？」

「是的，」妙麗用一種慷慨激昂的語氣說，「他會解雇她，就只是因為她沒聽他的話乖乖待在帳篷裡，讓她自己被暴民踩死——」

「妙麗，**拜託**妳暫時忘了那個小精靈好不好！」榮恩說。

但天狼星卻搖搖頭表示：「她對柯羅奇的評價，可比你要中肯多了，榮恩。你若是想了解一個人的為人，就應該好好去觀察，他是怎樣對待地位比他低的人，而不是只去看他如何跟同等地位的人相處。」

他用一手按住他那滿面鬍碴的臉孔，顯然是在努力思索，「在很多重要場合，巴堤．柯羅奇都一直沒有現身……在魁地奇世界盃時，他這麼費事地叫他的家庭小精靈去替他占位子，結果卻根本就懶得來看比賽。他花了那麼多的工夫來重新舉辦三巫鬥法大賽，結果也是一樣，突然就完全不來參加任何活動……這實在不像是柯羅奇會做出的事。他在這之前，要是曾請過一天病假的話，我就立刻把巴嘴活活吞到肚子裡去。」

「所以你認識柯羅奇囉？」哈利說。

天狼星的臉沉了下來。在突然之間，他看起來又變得跟哈利初次見到他那晚一樣地猙獰可怕。那時哈利仍然以為，天狼星是一個無惡不做的殺人犯。

「喔，我是認識柯羅奇，」他平靜地說，「當初就是他下令把我送進阿茲卡班——甚至沒經過審判。」

「**什麼**？」榮恩和妙麗異口同聲地說。

「你是在開玩笑吧！」哈利說。

「不，我不是在開玩笑，」天狼星說，又咬了一大口雞肉，「你們難道不知道，柯羅奇以前是魔法執法部門的主管嗎？」

哈利、榮恩和妙麗都搖搖頭。

「當時大家都看好他會成為下一任魔法部長，」天狼星說，「巴堤．柯羅奇是一個很了不起的巫師，他的法力非常高強——同時也充滿了權力慾。喔，他絕對不是佛地魔的支持者，」他看到哈利臉上的表情，連忙補上一句，「不，巴堤．柯羅奇向來都立場鮮明，對黑暗勢力深惡痛絕。但當時反對黑暗勢力的人非常多……嗯，這你們不會懂的……你們還太小……」

「上次在世界盃球賽的時候，我爸也是這麼說的，」榮恩的聲音隱隱透出一絲怒氣，「你為什麼不乾脆說出來，試試我們聽不聽得懂呢？」

天狼星瘦削的面孔上掠過一絲笑容。「好，我就試試看吧……」

他踱向洞窟深處，再重新折回來，然後才開口說：「你們現在試著開始想像，佛地魔全盛時期的情形。你們不知道誰是他的支持者，你們不知道誰在暗中替他工作，而誰又是可以信賴的朋友；你只曉得，他可以完全控制別人，讓他們不由自主地做出許多可怕的事情。你為你自己、你的家人和你的朋友感到擔心害怕，而且老是有新的消息傳過來，告訴你又有更多的人死亡，更多的人失蹤，更多的人遭受酷刑折磨……魔法部慌了手腳，完全不曉得該怎麼辦，並試著想把事情壓下來，不讓麻瓜知道，但就在這段時間裡，麻瓜也開始有人死亡。到處都是一片風聲鶴唳，充滿了恐懼……大家人心惶惶……一片混亂……這就是當時的情況。

「嗯，像這樣的時代，一方面可以引出某些人最高尚的情操；但在另一方面，也會觸發某些人最卑劣的天性。柯羅奇在一開始，操守或許還算是不錯——這我並不清楚。他在魔法部中迅速崛起，並開始採用雷厲風行的殘酷手段，來對付所有佛地魔的支持者。他賦予正氣師一些新的權力，比方說，讓他們除了抓人之外，還有權力將嫌犯就地正法。當時跟我一樣未經審判，就直接被送到催狂魔手中的巫師大有人在。柯羅奇以暴制暴，他批准讓大家用不赦咒來對付嫌犯。我可以說，他已經變得跟大多數黑暗勢力的人一樣殘酷無情了。但我可以告訴你們，當時有許多人都支持他的做法——有非常多的人認為他處理事情的方法是正確的，而且還有一大堆巫師女巫在大聲疾呼要他接任魔法部長。在佛地魔失蹤時，大家都認為，柯羅奇要登上最高權位，只不過是時間早晚的問題。但接著就發生了一件相當不幸的事……」天狼星露出冷酷的微笑，「柯羅奇自己的親生兒子，被人逮到跟一群設法逃過阿茲卡班的食死人混在一起。他們當時顯然正在計畫想要找到佛地魔，並協助他東山再起。」

「柯羅奇的**兒子**也被抓了？」妙麗屏息問道。

「沒錯，」天狼星說，順手將吃剩的雞骨頭扔給巴嘴，再衝過去抓起地上的麵包，一把撕成兩半，「我可以想像，老巴堤這下可真是嚇了一跳。他應該多花點時間待在家裡陪陪家人，是不是？他偶爾也該早點離開辦公室嘛……好好去了解一下自己的兒子。」

他又開始狼吞虎嚥地啃一大塊麵包。

「他的兒子**真的是**食死人嗎？」哈利問道。

「不曉得，」天狼星說，仍拚命把麵包往嘴裡塞，「他被送進來的時候，我已經在阿茲卡班待了一陣子了，這些事情，我大部分都是在出來之後才聽說的。這個孩子確實是被人逮到跟一群可疑的傢伙混在一起，而我可以用性命擔保，那群傢伙絕對百分之百全都是食死人——但他也有可能就跟那個家庭小精靈一樣，只不過是時運不濟，剛好在不對的時間，走到不對的地點。」

「那柯羅奇有沒有想辦法替他的兒子脫罪？」妙麗悄聲問道。

天狼星發出一陣活像是狗吠的笑聲。「柯羅奇替他兒子脫罪？妳不是挺清楚他是個什麼樣的人嗎，妙麗？任何有可能會危害到他名譽的事物，全都得跟他一刀兩斷，他畢生最大的志業就是成為魔法部長，他已為這個目標貢獻了一輩子的心力。你們親眼看到他解雇了一個忠心耿耿的家庭小精靈，就只是因為她害他再度跟黑魔標記扯上關聯——這還不能讓你們看清他的為人嗎？柯羅奇的父愛，充其量也只夠讓他允許兒子接受審判，但聽說這場審判其實只是給他一個藉口，讓他有機會向大家顯示出，他究竟有多恨那個男孩……審判結束後，他就直接把他送進了阿茲卡班。」

「他把他的親生兒子交給了催狂魔？」哈利輕聲問道。

「沒錯，」天狼星說，現在他的臉上完全不帶一絲戲謔的意味，「我透過我牢房大門的欄杆，親眼看到催狂魔把他帶了進來，他看起來最多不會超過十九歲。牠們把他關在我附近的牢房裡，天一黑他就開始尖叫著要找他母親。但沒過幾天，他就安靜下來了……他們最後全都會安靜下來……只有在睡夢中才會尖叫……」

在那一刻，天狼星眼中那種空洞麻木的神情，變得比以往更加明顯，彷彿是在眼後拉上了某道無形的簾幕。

「所以他現在還關在阿茲卡班囉？」哈利問道。

「不，」天狼星不帶感情地說，「不，他現在已經不在那裡了。他在關進來一年以後就死了。」

「他**死**了？」

「死的人不只是他一個，」天狼星用怨恨的語氣說，「大部分人都在那裡被逼瘋了，也有很多人最後開始絕食。他們已喪失了生存的意志，每當有人快要死去時，你總是可以立刻察覺得到，因為催狂魔可以感覺到死亡的氣息，而牠們這時就會開始變得非常興奮。那個孩子在被送進來的時候，看起來已經病得不輕了。柯羅奇是魔法部的重要官員，因此他和他太太獲准在孩子臨終前，到監獄來見他最後一面。巴堤．柯羅奇半拖半扛地拉著他太太經過我的牢房，那是我最後一次見到他。他太太顯然沒過多久就死了，悲傷過度。她就跟那個孩子一樣，身體變得越來越消瘦虛弱。柯羅奇並沒有過來處理他兒子的屍體，我親眼看到催狂魔把他埋在堡壘外面。」

天狼星將已湊到嘴邊的麵包拋到一旁，抓起那瓶南瓜汁，仰頭一飲而盡。

「所以老柯羅奇就在他以為自己快要功成名就時，在一夜間失去了一切，」他用手背揩揩嘴巴，繼續說下去，「在前一刻，他還是一個英雄人物，馬上就可以當上魔法部長……而在下一刻，他的兒子死了、太太死了、家族蒙羞，而且呢，根據我逃出來以後所聽到的消息，他的聲望顯然大幅跌落。在那個孩子死了以後，人們就對他多了一份同情，開始想要知道，像他這麼一個家世良好的優秀男孩，為什麼會誤入歧途。結論是，他的父親從來就不關心他。所以康尼留斯．夫子登上高位，而柯羅奇則被旁調到國際魔法交流合作部門。」

接下來是很長的沉默。哈利回想起在魁地奇世界盃時，柯羅奇在森林裡低頭望著他那不聽話的家庭小精靈時，他的眼珠子是如何瞪得暴凸出來。然後他就想到，天狼星說的這些事，想必就是眨眨在黑魔標記下面被人發現時，柯羅奇為什麼會反應這麼激烈的真正原因。這讓他重新回想起他的兒子、過去的醜聞，以及他在魔法部失寵的種種辛酸往事。

「穆敵說柯羅奇像著了魔似地拚命想要逮住黑巫師。」哈利告訴天狼星。

「沒錯，我聽說他在這方面是變得有些過度熱中，」天狼星點點頭說，「你要是問我的話，我想他仍然以為，他只要能再逮到一個食死人，就可以重新拾回過去的聲望。」

「所以他就偷偷溜到這裡來，去搜石內卜的辦公室！」榮恩帶著勝利的表情望著妙麗說。

「是的，但這件事完全不合理。」天狼星說。

「怎麼會不合理！」榮恩激動地說。

但天狼星搖搖頭說：「聽我說，要是柯羅奇真打算要調查石內卜，那他為什麼不乾脆到這裡來評鬥法大賽呢？這可以為他提供一個理想的藉口，好讓他定時到霍格華茲來盯住石內卜。」

「所以你也認為，石內卜很可能真有什麼陰謀囉？」哈利問道，卻被妙麗打斷。

「聽著，我不管你們怎麼說，但鄧不利多信任石內卜──」

「喔，少來了，妙麗，」榮恩不耐煩地表示，「我知道鄧不利多很聰明很了不起，但這並不表示就沒人能騙得過他呀，一個真正夠聰明的黑巫師想必可以──」

「那石內卜幹嘛在我們一年級的時候救哈利的命？他為什麼不乾脆讓哈利死了算了？」

「這我怎麼會曉得──說不定他是怕鄧不利多把他趕出去──」

「你覺得呢，天狼星？」哈利大聲問道，榮恩和妙麗立刻停止鬥嘴，凝神傾聽。

「我想，他們兩個說的都有幾分道理，」天狼星若有所思地望著榮恩和妙麗說，「在我發現石內卜在這裡教書以後，我就一直想不通，鄧不利多為什麼要雇用他。石內卜向來就很迷黑魔法，他在學校的時候，就是因為這點而相當出名。那時候他是個面目可憎、油腔滑調、頭髮油膩的孩子。」天狼星補上一句，哈利和榮恩咧嘴笑著互望了一眼，「石內卜剛進學校的時候，知道的詛咒就比半數七年級學生還要多，而且常跟他混在一起的那群史萊哲林學生，後來幾乎每一個都變成了食死人。」

天狼星扳開手指，開始一個一個地數名字：「羅西兒和韋克──他們兩個在佛地魔失勢的前一年，就被正氣師誅殺。雷斯壯家──他們是一對夫妻──被關進了阿茲卡班。艾福瑞——我聽說他堅稱自己是受到蠻橫咒的控制才會胡作非為，所以最後能夠順利脫身——他至今仍然逍遙法外。據我所知，從來就沒人指控過石內卜是食死人——但這並不代表什麼。他們有一大堆人都沒被逮到，而石內卜這傢伙也的確夠聰明、夠狡猾，絕對有辦法讓他自己避開麻煩。」

「石內卜跟卡卡夫很熟，但他不想讓別人知道。」榮恩說。

「沒錯，你們真該看看，昨天卡卡夫衝進魔藥學教室的時候，石內卜臉上那副表情！」哈利立刻說，「卡卡夫想要跟石內卜談一談，他說石內卜一直在躲他。卡卡夫看起來真的很擔心，他讓石內卜看他手臂上的某個東西，但我看不到那是什麼。」

「他讓石內卜看他手臂上的某個東西？」天狼星說，他顯然是一頭霧水。他心煩意亂地用手指攏攏他那髒兮兮的頭髮，然後再聳聳肩說，「嗯，我不曉得那是什麼意思……但卡卡夫要是真的很擔心，而且跑去找石內卜商量的話……」

天狼星凝視洞窟牆壁，然後露出一個受到挫折的苦笑說：「但事實還是一樣，鄧不利多信任石內卜。我知道有些鄧不利多信任的人，其他大多數人都會覺得不敢苟同，但如果石內卜真的替佛地魔工作過的話，我想鄧不利多是絕不會讓他在這裡教書的。」

「那穆敵和柯羅奇幹嘛那麼想去搜石內卜的辦公室？」榮恩執拗地表示。

「嗯，這個嘛，」天狼星緩緩答道，「我看瘋眼這個人是有可能一進到霍格華茲，就急著想要搜查每一個老師的辦公室。他把這份黑魔法防禦術教職的工作看得太認真了，我想**他**根本就不相信任何人，而在他經歷過那麼多事情之後，他會有這樣的反應，也不令人感到意外。但我可要為穆敵說句話，他若是可以避免的話，就絕對不會輕易下手殺人，他總是盡量生擒犯人。他是很冷酷無情沒錯，但他並沒有淪落到像食死人那般殘忍的地步，但柯羅奇呢……他就不一樣了……他真的生病了嗎？如果是的話，那他何必硬撐著病體溜到石內卜的辦公室呢？他若是沒生病……那他這麼做究竟有什麼目的？他在世界盃球賽時，到底是在忙著處理什麼了不得的大事，以至於從頭到尾都沒踏進頭等包廂一步？在他應該到這裡來擔任鬥法大賽評審的時候，他又跑去做什麼事了呢？」

天狼星又陷入沉默，雙眼依然凝視著洞窟的牆壁。巴嘴垂頭往布滿石塊的地面上搜索，希望能再找到幾根剛才沒注意到的雞骨頭。

最後，天狼星終於抬頭望著榮恩說：「你說你哥哥是柯羅奇的私人助理？那你可不可以找個機會，問他最近有沒有見到柯羅奇？」

「我試試看，」榮恩不太有把握地表示，「但我最好小心一點，免得讓他以為我覺得柯羅奇有什麼陰謀詭計。派西愛死柯羅奇了。」

「你順便再問問看，他們現在到底有沒有找到任何關於柏莎．喬金的線索。」天狼星指著第二張《預言家日報》說。

「貝漫跟我說還沒有。」哈利說。

「是，這篇報導上有引用他的話，」天狼星朝報紙點了一下頭，「哇啦哇啦地嚷著說柏莎的記性有多差。嗯，說不定柏莎後來個性變了，但我記憶中的柏莎，可一點也不健忘——甚至可說是完全相反。她人是有點遲鈍，但只要是八卦她就全都記得一清二楚。這以前就讓她惹過很多麻煩，她從來就不曉得什麼時候該乖乖閉上嘴。我可以看出，她對魔法部來說等於是個負擔……也許這就是貝漫為什麼過這麼久都沒去找她的原因……」

他重重嘆了一口氣，揉揉他那貓熊般的眼睛，「現在幾點了？」

哈利低頭看錶，接著他才想起來，上次在湖中待了一個鐘頭後，他的錶就停了。

「現在是三點半。」妙麗說。

「你們該回學校去了，」天狼星站起身來，「注意聽我說……」他特別盯著哈利說——「我不要你們偷溜出學校來看我，懂嗎？只要派貓頭鷹送信給我就行了。要是有怪事發生，我還是希望你們能立刻通知我。但你絕不能未經許可就私自離開霍格華茲，要是有人想攻擊你的話，這等於是為他們提供絕佳的下手機會。」

「到目前為止，除了一隻龍和一群滾帶落之外，根本就沒人攻擊過我。」哈利說。

但天狼星卻皺眉瞪著他。「我不在乎這麼過日子……反正只要等到六月鬥法大賽結束後，我就可以暢快地呼吸了。對了，你們記住，要是你們三個人在談話中提到我的話，就用『塞鼻子』這個代號來稱呼我，好嗎？」

天狼星把餐巾和空瓶遞給哈利，走過去拍拍巴嘴跟他道別。「我跟你們一起走到村子附近，」天狼星說，「看看能不能再弄到一份報紙。」

他先變形成龐大的黑狗，再跟他們一起離開洞窟，然後他們就跟著他走下山坡，越過巨石累累的野地，回到台階旁邊。他讓他們三人各拍了他一下頭，接著就轉過身去，開始奔跑繞過村莊郊區。

哈利、榮恩和妙麗往前踏進活米村，然後再走向霍格華茲。

「不曉得派西知不知道柯羅奇這些事？」榮恩在他們踏上通往城堡的車道時表示，「他說不定根本就不在乎……這大概還會讓他變得更崇拜柯羅奇咧。沒錯，派西這個人最愛的就是規定。他會說柯羅奇鐵面無私，甚至不會為自己的兒子違反規定。」

「但派西絕不會把自己的親人丟給催狂魔。」妙麗嚴厲地表示。

「這我可不敢確定，」榮恩說，「要是他認為我們阻礙到他的事業……妳也曉得，派西的野心大得很……」

他們爬上前門石階，踏進入口大廳，聞到從餐廳飄送出的晚餐食物香味。

「可憐的老塞鼻子，」榮恩深深吸了一口氣說，「他想必是真的很喜歡你，哈利……想想看他竟然得靠吃老鼠過活。」

28 柯羅奇先生的瘋病

星期天早上，哈利、榮恩和妙麗在吃過早餐後，就到貓頭鷹屋去寄信給派西，按照天狼星的囑咐，在信中詢問他最近是否見過柯羅奇先生。他們這次是派嘿美送信，因為牠實在太久沒工作了。他們透過貓頭鷹屋窗口目送牠遠去消失，接著就走到廚房，去把新買的襪子送給多比。

家庭小精靈們興高采烈地歡迎他們，不停地鞠躬行禮，衝來衝去地忙著替他們泡茶。多比看到禮物簡直是欣喜若狂。

「哈利波特對多比真是太好了！」他尖聲叫道，伸手擦拭他那對大眼睛滾出的豆大淚珠。

「你那個魚腮草救了我一命呢，多比，我是說真的。」哈利說。

「這些閃電泡芙還有沒有多的？」榮恩問道，並轉頭望著周圍那圈忙著微笑鞠躬的家庭小精靈。

「你才剛吃過早餐欸！」妙麗沒好氣地說，但馬上就有四個小精靈，端著一個裝滿閃電泡芙的大銀盤，快步衝到他們面前。

「我們應該弄點食物送去給塞鼻子。」哈利低聲說。

「好主意，」榮恩說，「也該給小豬一點事做了。你們可不可以再多給我們一些食物？」

他對周圍的小精靈說，他們立刻開心地鞠了個躬，接著就急匆匆地趕去準備更多的食物。

「多比，眨眨呢？」妙麗問道，並東張西望四處搜尋。

「眨眨就坐在爐火前，小姐。」多比輕聲說，他的耳朵微微垂了下來。

「喔，天哪。」妙麗一瞥見眨眨就失聲低呼。

哈利同樣也轉過頭來望著壁爐。眨眨就坐在跟上次同一張凳子上，但她這陣子顯然是自暴自棄，讓自己變成了個髒鬼，以至於乍見之下，她簡直就跟後面那些被煙燻黑的磚頭融成一體，完全看不出還有個小精靈坐在那裡。她的衣服又破又爛且污穢不堪，手裡抓著一瓶奶油啤酒，雙眼茫然地瞪著爐火，坐在矮凳上的身軀微微搖晃。就在他們注視著她的時候，她忽然打了一個大嗝。

「眨眨現在一天要喝六瓶奶油啤酒。」多比悄聲告訴哈利。

「嗯，但這種酒並不是很強。」哈利說。

但多比卻搖搖頭。「這對家庭小精靈來說已經夠強的了，先生。」他說。

眨眨又打了一個嗝。那些剛才送閃電泡芙過來的小精靈，不以為然地瞥了她一眼，接著就轉身回去繼續工作。

「眨眨是想家呢，哈利波特，」多比難過地悄聲說，「她想要回家。眨眨還是把柯羅奇先生當作她的主人，先生，不管多比怎麼勸，告訴她現在她的主人是鄧不利多教授，她就是不肯聽。」

「嘿，眨眨，」哈利說，他突然靈機一動，走過去彎下腰來對她說，「妳知不知道柯羅奇先生究竟是怎麼了？他已經不再來擔任三巫鬥法大賽的評審了。」

眨眨的雙眼閃過一道光芒，她用那對巨大的瞳孔緊盯著哈利。她的身子又開始輕輕搖晃，然後她開口說：「主——主人已經正在不——嗝——來了嗎？」

「沒錯，」哈利說，「我們在第一項任務以後，就沒再見過他。《預言家日報》說他病了。」

眨眨晃得更厲害了，她眼神渙散地望著哈利說：「主人——嗝——病了？」

她的下唇開始抖動。

「但我們不確定那是不是真的。」妙麗連忙表示。

「主人正在需要他的——嗝——眨眨！」小精靈嗚咽地說，「主人不能——嗝——沒人——嗝——照顧……」

「妳應該曉得，其他人要是沒人照顧，還不是可以自己做家事，眨眨。」妙麗毫不留情地表示。

「眨眨——嗝——可不只是正在——嗝——替柯羅奇先生做家事而已！」眨眨憤慨地尖聲叫道，身子晃得更加厲害，把奶油啤酒潑到她那早已污跡斑斑的短上衣上，「主人——嗝——正在信任眨眨哪——嗝——還對眨眨透露他最重要——嗝——最秘密——」

「什麼？」哈利問道。

但眨眨卻激烈地搖頭，把奶油啤酒潑得全身都是。

「眨眨會替——嗝——她的主人保守秘密，」她用叛逆不馴的語氣說，她現在晃得非常厲害，並瞪著一對鬥雞眼，抬起頭來蹙眉望著哈利，「你正在——嗝——多管閒事，你就是正在這樣。」

「眨眨不能用這種口氣跟哈利波特說話！」多比生氣地說，「哈利波特既高貴又勇敢，哈利波特才不會多管閒事呢！」

「他就是正在多管閒事——嗝——刺探我主人的——嗝——私事跟秘密——眨眨是一個優秀的家庭小精靈——嗝——眨眨口風很緊——嗝——不管別人——嗝——怎樣刺探打聽——嗝——」在毫無預警的情況下，眨眨的眼皮突然垂下來，整個人從凳子滑落到爐火前的地板上，開始大聲打鼾。奶油啤酒的空瓶滾落到石板地上。

六名家庭小精靈，帶著嫌惡的表情匆匆趕上前來。其中一人撿起地上的空瓶，而其他人則忙著把一條方格大桌布蓋在眨眨身上，並且將邊邊全都包住塞好，把眨眨整個人完全遮住。

「我們很抱歉讓你們看到這種情況，先生和小姐呀！」一個靠近他們的小精靈尖聲叫道，他帶著非常羞愧的表情連連搖頭，「我們希望你們不要以為，我們全都是眨眨這副德行，先生和小姐呀！」

「她心情不好啊！」妙麗顯然是被激怒了，「你們為什麼要把她遮起來，而不試著去安慰安慰她呢？」

「對不起，小姐呀，」家庭小精靈又深深鞠了一個躬，「但家庭小精靈有工作要做，有主人要伺候，他們是沒有權利心情不好的。」

「喔，看在老天的份上！」妙麗生氣地說，「你們大家全都注意聽我說！你們跟巫師同樣

「派西的回信沒那麼快到啦，」榮恩說，「我們昨天才派嘿美把信送出去。」

「不，我不是在等那個，」妙麗說，「我訂了一份《預言家日報》，我受夠了，我可不想什麼事情都得史萊哲林來告訴我們。」

「好主意！」哈利說，他也開始抬頭望著那些貓頭鷹，「嘿，妙麗，我看妳運氣不錯嘛——」

一隻灰色貓頭鷹朝妙麗飛過來。

「可是牠身上沒帶報紙啊，」她帶著失望的表情說，「這是——」

但她困惑地發現，不僅只是這隻灰鴞降落到她的餐盤前方，而且牠後面還緊跟著四隻草鴞、一隻褐鴞和一隻灰林鴞。

「妳究竟訂了幾份報紙啊？」哈利問道，並一把抓起妙麗的高腳杯，免得被那一大群貓頭鷹撞翻，現在牠們正爭先恐後地想要擠到妙麗面前，搶第一個把信交給她。

「這到底——？」妙麗說，並取下灰鴞腿上的信，打開來開始閱讀，「喔，真是的！」她急急啐了一聲，氣得臉都脹紅了。

「怎麼啦？」榮恩問道。

「這——喔，真是荒唐——」她猛然把信遞給哈利，他看到這封信並不是用手寫的，似乎是用《預言家日報》上的印刷字母剪貼而成。

妳是**一個邪惡的女孩**。**妳**根本**配不上**哈**利**波特。滾回**妳**的麻瓜窩去**吧**。

「全都是這類的信！」妙麗把信一一拆開，氣急敗壞地說，「『哈利波特可不是像妳這種貨色高攀得上的……』、『根本就應該把妳扔到煮沸的青蛙卵裡活活燙死……』，**哎喲！**」

她拆開最後一個信封，而一股帶著強烈汽油味的黃綠色液體，立刻湧出來流到她的手上，接著她的手就開始冒出一個個的黃色大疔瘡。

「未稀釋的泡泡莖膿汁！」榮恩小心翼翼地拾起信封聞了一下，然後說。

「噢！」妙麗說，她拿了一張餐巾紙想要把手擦乾淨，眼裡忍不住冒出淚水。她的手現在看起來活像是戴了一雙結滿疙瘩的厚手套。

「妳最好趕快去醫院廂房，」哈利說，此時妙麗身邊的貓頭鷹已全都振翅飛走，「我們會跟芽菜教授說妳是去看病……」

「我早就警告過她！」榮恩在妙麗護著雙手快步衝出餐廳時表示，「我早就警告過她，千萬別去招惹麗塔．史譏！看看這封信……」他抓起一封妙麗留下來的信開始朗讀，「『我在《女巫週刊》上看到妳是如何欺騙哈利波特的感情，那個孩子過去吃的苦已經夠多了，下次只要我一找到夠大的信封，我就要寄個詛咒讓妳嚐嚐厲害』，我的天哪，她最好是注意一下自己的安全。」

妙麗並沒有來上藥草學。當哈利和榮恩走出溫室，走去上奇獸飼育學時，他們正好看到馬份、克拉和高爾三人走出城堡，步下前門石階。潘西．帕金森跟她那群史萊哲林女生緊跟在他們背後，不停地竊竊私語並吃吃傻笑。潘西一看到哈利，就揚聲喊道：「波特，你跟你女朋友鬧翻啦！她早餐的時候為什麼看起來那麼難過呀？」

哈利根本不理她，他不想讓她知道《女巫週刊》的文章造成了多大的麻煩，免得讓她感到幸災樂禍。

海格在上一堂課告訴過他們，獨角獸的課程已宣告結束，而他此時正站在小木屋門前等待他們，腳邊堆著一些敞開的板條箱。哈利一看到那堆板條箱，他的心就開始往下沉——那該不會是另一批剛孵化的釘蝦吧？——但當他走近時，卻發現箱子裡裝了一大堆嘴巴長長的毛茸茸黑色生物。牠們的前爪出奇地扁平，看起來活像是一對鏟子，牠們正眨著眼睛抬頭仰望全班同學，看來似乎是對自己受到這麼多注意力，感到有些困惑。

「這是玻璃獸，」海格等全班同學都圍過來以後，就開口說，「牠們大多都是在礦脈裡被人發現，牠們喜歡亮晶晶的東西……你們看。」

其中一隻玻璃獸突然高高跳起，想要把潘西．帕金森的錶從她手上咬下來，她嚇得尖叫，並趕快跳向後方。

「很有用的尋寶小偵探，」海格開心地說，「我們今天就用牠們來好好樂一樂。看到那兒了吧？」他指著一大片新翻過的土地，那正是哈利昨天在貓頭鷹屋窗口看到他挖掘的地方。「我在那兒埋了一些金幣。誰選的玻璃獸挖到的金幣最多，我就會賞給他一個獎品。現在把你們身上的貴重物品全都取下來，到這兒挑一隻玻璃獸，準備把牠放開。」

哈利脫下手錶，塞進口袋裡，他的錶早就停了，他現在只不過是因為習慣才繼續戴著它。他走過去選了一隻玻璃獸，牠把牠那長長的嘴巴塞進他的耳朵，熱烈地嗅個不停，牠真的還挺可愛的。

「等一下，」海格低頭望著板條箱說，「這兒還剩一隻玻璃獸……是誰沒來上課？妙麗呢？」

「她有事得去醫院廂房。」榮恩說。

「我們待會再跟你解釋。」哈利低聲說。潘西．帕金森正豎起耳朵仔細聽。

這是他們有史以來最好玩的一堂奇獸飼育學課。玻璃獸如魚得水地在土地上輕鬆地鑽進鑽出，而且每一隻都會快步跑回那個把牠們放開的學生面前，將金幣吐到他們手中。榮恩的玻璃獸效率特別高，沒過多久，榮恩的腿上就堆滿了金幣。

「可不可以把牠們買回家當寵物養？」他興奮地問道，此時他的玻璃獸又重新鑽進土中，讓他的長袍上濺滿了泥巴。

「你媽會不高興的，榮恩，」海格咧嘴笑道，「這些玻璃獸會破壞房子。我看現在金幣已經差不多全都找到了，」開始在那片土地中往來踱步，而玻璃獸仍繼續在四周鑽進鑽出，「我總共只埋了一百個金幣。喔，妳來啦，妙麗！」

妙麗正越過草坪朝他們走來，她的手上綁滿了繃帶，看起來情緒非常低落。潘西．帕金森帶著濃厚的興趣打量著她。

「好，我們來瞧瞧大家的成績！」海格說，「數數你們的金幣！你不用打鬼主意去偷這些錢，高爾，」他補上一句，並瞇起他那對甲蟲似的黑眼睛，「這是矮妖的金幣，再過幾個鐘頭就會變不見。」

高爾滿臉不高興地把口袋裡的金幣全都掏出來。在經過計算之後，榮恩的玻璃獸顯然成績最好，因此海格給了他一大片蜂蜜公爵的巧克力當作獎品。鈴聲越過校園傳到他們耳中，宣告午餐時間到來。班上其他同學全都出發返回城堡，哈利、榮恩和妙麗卻留下來，幫忙海格把玻璃獸重新放回箱子裡去。哈利注意到，美心夫人正透過她的馬車窗口望著他們。

「妳的手怎麼啦，妙麗？」海格帶著擔心的表情問道。

妙麗把今天早上接到謾罵信函，和一個裝滿泡泡莖濃汁信封的事，全都一五一十地告訴海格。

「啊啊，千萬別把這放在心上，」海格低頭望著她柔聲說，「麗塔．史譏在報上寫了我媽的事情以後，我自己也接到過幾封這樣的信。『你這個怪物根本就應該抓起來宰掉』、『你母親殺了無辜的人，所以你如果還要臉的話，就趕快自己跳湖自殺吧』。」

「不！」妙麗震驚地喊道。

「這是真的，」海格一面說，一面把裝著玻璃獸的板條箱，搬到小木屋牆邊，「他們只是一些神經病，妙麗。妳下次要是再收到的話，千萬別打開，直接把它扔進火裡燒掉就行了。」

「妳錯過了一堂很棒的課，」哈利在他們走回城堡途中告訴妙麗，「那些玻璃獸還滿不錯的。你說是不是，榮恩？」

但榮恩卻皺眉望著海格送他的巧克力，他看來好像是在為某件事感到非常困擾。

「怎麼啦？」哈利問道。「味道不對嗎？」

「不是，」榮恩冷淡地說。「你為什麼沒把金幣的事告訴我？」

「什麼金幣？」哈利說。

「我在魁地奇世界盃時給你的那些金幣，」榮恩說，「我用來付全效望遠鏡費用的那些矮妖金幣，就是我在頭等包廂那個地方給你的錢。你為什麼沒告訴我它們消失了？」

哈利花了一段時間，才搞清楚榮恩到底在說什麼。

「喔……」他說，他終於回想起這件事，「我不曉得……我根本沒注意到它們不見了。我那時候擔心的是我的魔杖，你該記得吧？」

他們爬上石階踏進入口大廳，然後走進餐廳去吃午餐。

「那種感覺一定很棒，」榮恩等他們安坐下來，開始動手取烤牛肉和約克郡布丁時，突然沒頭沒腦地開口說，「錢多得連一整個口袋的加隆不見了，居然會完全沒注意到。」

「聽著，我那天晚上心裡有別的事要操心！」哈利不耐煩地說，「我們全都一樣，難道你忘了嗎？」

「我不曉得矮妖的金幣會消失，」榮恩喃喃地說，「我還以為，我已經把欠你的錢還清了呢。你在聖誕節的時候，根本就不應該再送我那頂查德利砲彈隊的帽子。」

「我們忘了這件事，好嗎？」哈利說。

榮恩用叉子叉起一個烤馬鈴薯，惡狠狠地瞪著它發楞，然後他開口說：「我恨死當窮人了。」

哈利和妙麗面面相覷，他們兩人都不曉得該說什麼。

「我這是在說廢話，」榮恩說，仍在怒目瞪著他的馬鈴薯，「弗雷和喬治想要多賺點錢，實在不能夠怪他們。真希望我也能多賺點錢，真希望我有一隻玻璃獸。」

「好啊，這樣我們就曉得下次聖誕節該送你什麼禮物了。」妙麗開朗地表示。接著她就發現榮恩還是悶悶不樂，於是她又開口說，「好了啦，榮恩，你還不算是最倒楣的呢，至少你的手指沒長滿膿包。」妙麗的手指又腫又僵，因此她刀叉用得不是很順手，「我**恨透**那個叫史譏的女人了！」她突然怒氣大發地喊道，「我誓死一定要找她報仇！」

* * *

在接下來的一個禮拜，妙麗仍繼續收到一堆謾罵信函，雖然她乖乖聽從海格的建議，沒再拆開過任何一封信，但有些存心想讓她好看的人，卻寄來了幾封咆哮信。這些信全都直接在葛來分多餐桌上轟然爆炸，尖叫著大聲辱罵妙麗，讓整個餐廳的人全都聽得一清二楚。現在甚至連那些沒看過《女巫週刊》的人，也開始對傳說中的「哈利——喀浪——妙麗」三角戀情瞭若指掌。哈利最後終於煩不勝煩，根本懶得再去跟別人解釋，妙麗並不是他的女朋友。

「只要我們別去理它，」他告訴妙麗，「這件事就會慢慢平息下來……上次她寫了那篇關於我的報導以後，大家還不是一下子就覺得無聊了——」

「我只是想知道，她明明被禁止踏進校園，怎麼還有辦法去偷聽別人私下談話！」妙麗生氣地說。

在他們上完下一堂黑魔法防禦術課時，妙麗特地在下課後留下來，去找穆敵教授問問題。班上其他同學全都迫不及待地想要離開，穆敵剛才讓他們做了一次非常嚴格的厄咒偏向測驗，以至於有很多人身上都受了點小傷。哈利被「抽筋耳咒」擊中，情況相當嚴重，因此他在走出教室時，一直用雙手緊緊按住耳朵。

「好了，麗塔絕對不是用隱形斗篷！」妙麗在五分鐘之後，氣喘吁吁地趕到入口大廳，去跟哈利和榮恩會合，硬把哈利的一隻手，從他那對晃動的耳朵上拉下來，好讓他能聽得見，「穆敵說在執行第二項任務那天，他並沒有在評審桌或是湖泊附近任何地方看到過她！」

「妙麗，這件事要是叫妳算了有用嗎？」榮恩說。

「休想！」妙麗執拗地表示，「我要知道她為什麼能聽到我跟維克多說的話！**還有**她怎麼會發現海格媽媽的事！」

「說不定她是在妳身上裝了隻小機器蟲竊聽。」哈利說。

「蟲？」榮恩茫然地說，「什麼……你是指在她身上放隻跳蚤之類的玩意兒嗎？」

哈利開始對他解釋隱藏式麥克風和竊聽錄音設備的功用。

榮恩聽得入迷，妙麗卻插嘴道：「你們兩個難道**從來**沒看過《霍格華茲：一段歷史》嗎？」

「何必看呢？」榮恩說，「反正妳已經把它背得滾瓜爛熟，我們只要問妳就行啦。」

「麻瓜用來代替魔法的所有設備——電器呀、電腦呀、雷達裝置，還有其他所有這類物品——它們只要一放到霍格華茲附近，就會失靈故障，因為這裡的空氣中充滿了魔法。不，麗塔・史譏顯然是使用魔法偷聽談話，她一定是……要是我能找出她用的是什麼方法就好了……喔喔，如果那是非法的話，她就給我小心了……」

「我們要操心的事難道還不夠多嗎？」榮恩問她，「現在我們又得開始跟麗塔・史譏結下血海深仇了是不是？」

「我又沒要你幫忙！」妙麗厲聲吼道，「我自己會去做！」

說完她就大步踏上大理石階梯，甚至沒回頭再瞥上一眼。哈利相當確定，她現在是要到圖書館去找資料。

「我們要不要來打個賭，賭她回來時會抱著一盒『我恨麗塔．史譏』徽章？」

但妙麗並沒有要哈利和榮恩幫助她進行她對麗塔．史譏的復仇計畫，他們兩人對此非常感激，因為在復活節假期之前，他們的工作量達到前所未有的最高峰。哈利只要一想到妙麗除了做他們所有的功課之外，居然還騰得出時間，去查關於偷聽的各種魔法資料，就不禁大為咋舌。光只是做功課，就已經夠讓他感到筋疲力竭的了，但他絕不會忘了固定寄食物包裹去給住在山洞裡的天狼星；去年暑假之後，他一直忘不了長期挨餓是什麼樣的滋味。他總是會在包裹裡附上一封信，告訴天狼星目前一切如常，而且他們也還沒收到派西的回信。

嘿美直到復活節假期將結束時才返回學校。派西的回信是附在衛斯理太太寄給他們的一包復活節彩蛋裡面，哈利和榮恩兩人的蛋都大得像龍蛋，裡面還裝滿了自製太妃糖，但妙麗的蛋卻比雞蛋還要小。她一看到她的蛋，臉就垮了下來。

「你媽看不看《女巫週刊》，榮恩？」她輕聲問道。

「看啊，」嘴巴裡塞滿太妃糖的榮恩答道，「她是為了看上面登的食譜。」

妙麗傷心地望著她的迷你蛋。

「妳要不要看派西寫了什麼？」哈利趕緊問她。

派西的信寫得很短，而且充滿了怒氣。

我已經跟《預言家日報》說過很多次了，柯羅奇先生目前正在休假，這是他平常辛苦工作應得的報償。他現在會固定派貓頭鷹送信來傳達指示，不，我是沒有親眼看到他，但我想大家總該相信，我可以認出自己上司的筆跡吧。除了要想辦法平息這些荒唐的謠言之外，我已經有夠多事情要忙的了。以後除非有要緊的事，拜託你們就別再來煩我了。祝復活節快樂。

* * *

往年夏季學期一開始，通常意味著哈利必須為魁地奇球季的最後一場比賽接受嚴格的訓練。但今年呢，他卻換成要為三巫鬥法大賽的第三項，也是最後一項任務進行準備。可是他直到現在還不曉得自己到底該做些什麼，一直到五月的最後一個禮拜，麥教授在變形課下課時把他留了下來。

「你必須在今天晚上九點鐘前往魁地奇球池，波特，」她告訴他，「貝漫先生會在那裡對鬥士們宣布第三項任務的事情。」

因此在當晚八點半，哈利在交誼廳中跟榮恩和妙麗道別，獨自走到樓下。當他越過入口大廳時，西追正好從赫夫帕夫交誼廳走上來。

「你覺得這次會是什麼任務？」西追問哈利，他們兩人一同走下石階，踏入陰暗多雲的夜晚，「花兒老是提到地下隧道，她覺得這次很可能會叫我們去尋寶。」

「那還好嘛。」哈利說，暗暗想著到時候只要去向海格借隻玻璃獸來替他尋寶就行了。

他們越過黑暗的草坪，走到魁地奇球場，再從看台中間的走道穿過去，踏進球池。

「他們到底在這裡做了什麼？」西追猛然停下腳步，憤慨地喊道。

魁地奇球池已不再像過去那般光滑平坦，看來就好像是有人在上面建了一大堆蜿蜒曲折、縱橫交錯，並往四面八方延展而去的長矮牆。

「這是籬笆！」哈利彎下腰察看最近的一道矮牆說。

「哈囉！」一個愉快的嗓音喊道。

魯多·貝漫、花兒和喀浪一起站在球池中央，哈利和西追開始跨過籬笆朝他們走去。在他們走近時，花兒對哈利露出親切的微笑。自從哈利將她妹妹從湖裡救出來以後，她對他的態度就變得完全不同了。

「嗯，你們覺得怎麼樣呀？」貝漫等哈利和西追跨過最後一道籬笆，就開心地問道，「它們長得很不錯吧？再多給它們一個月，海格就可以讓它們長到二十呎高。別擔心，」他注意到哈利和西追臉上的不悅神情，趕緊咧嘴笑著補上一句，「任務一結束，馬上就會讓你們的魁地奇球池回復原狀！現在注意聽我說，你們想必可以猜到，我們在這裡建的是什麼東西了吧？」

大家沉默了一會，然後——

「迷宮。」喀浪咕嚕一聲。

「答對了！」貝漫說，「一座迷宮。第三項任務其實非常簡單。三巫大賽獎盃，就放在迷宮正中央。最先碰到獎盃的鬥士，就可以獲得滿分。」

「窩們只要穿越迷宮就行了嗎？」花兒問道。

「裡面會有一些障礙，」貝漫踮了一下腳，開心地表示，「海格提供了許多生物……另外還設了些符咒要你們去破解……反正全都是這一類的關卡啦，懂了吧？現在仔細聽好，這項任務是由積分領先的兩位鬥士先踏入迷宮，」貝漫對哈利和西追兩人咧嘴一笑，「然後再輪到喀浪先生……花兒小姐最後入場。但你們大家只要努力去做，同樣都會有獲勝的機會，這主要是看你們是否能順利通過關卡。聽起來很好玩吧，嗄？」

哈利實在太清楚海格碰到這類的場合，可能會提供哪一類的生物，因此他心知肚明，知道這絕對不可能有什麼好玩的，不過他還是跟其他鬥士一起禮貌地點點頭。

「很好……大家要是沒什麼問題的話，那我們就回城堡去吧，好嗎？這裡有點冷……」

他們開始慢步走出尚未長成的迷宮時，貝漫快步趕到哈利身邊。哈利感覺到，貝漫好像又要主動表示想幫他忙了，但喀浪正好在此時往哈利肩膀上拍了一下。

「沃可以跟你說句法嗎？」

「喔，可以啊。」哈利略感訝異地答道。

「你可以跟沃散散步嗎？」

「好啊。」哈利好奇地答道。

貝漫顯得有些不安。「要我在這裡等你嗎，哈利？」

「不用了，沒關係，貝漫先生。」哈利努力忍著沒笑出來。「我想我自己就可以找到路回到城堡，多謝了。」

哈利和喀浪一起走出球場，但喀浪並未沿著他平常的路線走回德姆蘭校船，反而往森林的方向走去。

「我們為什麼要往這裡走？」哈利問道，此時他們經過海格的木屋，與燈火通明的波巴洞馬車。

「沃不想北別人聽見。」喀浪簡短地答道。

當他們走到一片靠近波巴洞馬兒小牧場的安靜空地時，喀浪終於在樹林陰影下停下腳步，轉頭望著哈利。

「沃想要知道，」他皺眉瞪眼地問道，「你跟妙哩哩是什麼關係？」

哈利本來看喀浪那副神秘兮兮的模樣，還以為喀浪有什麼比這嚴重多了的事情要說，此時他不禁驚訝地抬頭望著喀浪。

「沒什麼，」他說。但喀浪依然皺眉瞪眼地凝視他，哈利突然再度意識到喀浪的個子有多高，於是他連忙開口說得清楚一些，「我們是朋友。她不是我的女朋友，我們從來就沒有那樣的關係。這全都是那個叫史譏的女人捏造出來的。」

「妙哩哩常常提到你。」喀浪說，並帶著懷疑的神情打量哈利。

「是呀，」哈利說，「因為我們是**朋友**嘛。」

他真不敢相信，自己居然會和維克多．喀浪，這位享譽國際的魁地奇球員進行這樣的談話。這感覺就像是現年十八歲的喀浪，已把他哈利放在同等地位看待——把他當作一個真正的對手——

「你從來妹油……你妹油……」

「沒有。」哈利非常堅定地答道。

喀浪看起來心情好些了。他又望了哈利一會，然後說：「你飛得很棒，沃在第一項任務的時候有刊到。」

「謝謝，」哈利咧嘴露出開心的笑容，突然感到自己變高了許多，「我在魁地奇世界盃時看到你的演出。隆斯基詐騙法，你真的是——」

但喀浪背後的樹林中忽然有某個東西動了一下，哈利過去曾有些經驗，知道森林裡潛伏了什麼樣的怪物，因此哈利立刻下意識地一把抓住喀浪的手臂，拉著他掉過頭來。

「仄是什麼東西？」

哈利搖搖頭，凝神望著他剛才看到有東西在動的地方。他把手伸進長袍，摸索著尋找他的魔杖。

但在下一刻，就有一名男子踉踉蹌蹌地從一株高大的橡樹後走出來。一開始哈利還沒認出他是誰……緊接著他就看出，那是柯羅奇先生。

他看起來似乎已在森林中遊蕩了好幾天。他長袍的膝蓋部位磨損裂開，沾滿了血跡，臉到處都是擦傷的痕跡。他滿面鬍渣、氣色灰敗，神情顯得十分疲憊。他原先光潔整齊的頭髮與鬍子，現在顯然都需要好好清洗修剪一番。但他那怪異的外表，若是跟他現在詭異的舉止比起來，實在是不算什麼。柯羅奇先生不停地比手畫腳，口中念念有辭，彷彿是正在跟某個只有他才能看到的人交談。他讓哈利清楚地回想起，有次他跟德思禮家出門逛街時看到的一個老流浪漢，那個老人同樣也是發了瘋似地忙著跟空氣說話。當時佩妮阿姨連忙抓住達力的手，把他拉到對街避開那瘋子；威農姨丈則是在不久之後，慷慨激昂地對全家發表了一篇關於乞丐與無業遊民的冗長演說。

「踏不是評審嗎？」喀浪望著柯羅奇先生問道，「踏不是你們魔法部的人嗎？」

哈利點點頭，遲疑了一會，然後緩緩走到柯羅奇先生面前，但柯羅奇根本連看都不看他一眼，仍然繼續忙著跟旁邊的一棵樹說話：「……等你辦好之後，衛勒比，就派隻貓頭鷹送信給鄧不利多，跟他確認預定參加鬥法大賽的德姆蘭學生人數，卡卡夫剛去信表示會有十二個人參加……」

「柯羅奇先生？」哈利小心翼翼地喊道。

「……然後再另外派隻貓頭鷹送信給美心夫人，因為卡卡夫現在已經把人數增加到整整十二人，她說不定也想要帶同樣多的學生過來……就這麼做吧，衛勒比，可以嗎？可以嗎？可以……」柯羅奇先生的眼珠子暴凸出來。他站在那裡瞪著那棵樹，對著它無聲地喃喃自語，然後他就搖搖晃晃地歪到一旁，跪倒在地上。

「柯羅奇先生？」哈利大聲喊道，「你沒事吧？」

柯羅奇兩眼上翻。哈利轉頭望著喀浪，他此時已跟著哈利走進樹林，帶著吃驚的表情低頭望著柯羅奇。

「踏到底是怎麼了？」

「不曉得，」哈利低聲說，「聽我說，你最好去找個人過來——」

「鄧不利多！」柯羅奇先生喘著氣說。他伸手揪住哈利的長袍，把哈利拉進了一些，他的雙眼卻望著哈利頭頂上方，「我必須……見……鄧不利多……」

「好啊，」哈利說，「只要你站起來，柯羅奇先生，我們就可以走回——」

「我做了……傻……事……」柯羅奇先生喘著氣說。他看起來簡直就是個瘋子，他的眼珠瞪得暴凸出來，並滴溜溜地滾個不停，一條口水從唇角淌落到他的下巴。他似乎必須費勁力氣，才能好不容易擠出一個字，「必須……告訴……鄧不利多……」

「站起來，柯羅奇先生，」哈利用響亮而清晰的聲音說，「站起來，我帶你去找鄧不利多！」

柯羅奇先生的眼珠滾向前方，正眼望著哈利。

「你……是誰？」他悄聲問道。

「我是這個學校的學生。」哈利說，回過頭來想要找喀浪求援，但喀浪卻躊躇不前，露出極端緊張的表情。

「你不是……**他的**？」柯羅奇先生悄聲問道，嘴唇撇了下來。

「不是。」哈利答道，他根本搞不清柯羅奇到底在說什麼。

「是鄧不利多的？」

「沒錯。」哈利說。

柯羅奇又把他拉近了一些，哈利試著把長袍從柯羅奇手中抽出來，但他實在握得太緊了。

「警告……鄧不利多……」

「你放開我，我馬上去找鄧不利多過來，」哈利說，「你放手啊，柯羅奇先生，我去替你找鄧不利多……」

「謝謝你，衛勒比，等你辦完之後，我想要喝杯茶。我太太跟兒子馬上就要到了，我們今天晚上要跟夫子夫婦倆，一起去聽場音樂會。」柯羅奇先生現在又開始滔滔不絕地跟一棵樹說話，彷彿根本就沒注意到哈利就站在旁邊，這讓哈利大為震驚，以至於沒發現柯羅奇已鬆手放開他。「是的，我兒子最近拿到了十二項普等巫測證明，真的是非常令人滿意，是的，謝謝你，是的，我真的很以他為榮。現在聽我說，你要是可以把那份關於安道爾公國魔法部長的備忘錄拿給我，我想我還有時間可以草擬一封回信……」

「你跟他一起待在這裡！」哈利對喀浪說，「我去找鄧不利多，我去會比較快，我知道他辦公室在哪裡——」

「踏瘋了。」喀浪低頭望著柯羅奇遲疑地說，柯羅奇仍在對那棵樹嘰哩咕嚕地說個不停，顯然是把樹當成了派西。

「你跟他一起待在這裡。」哈利說，開始站起身來，但這個動作卻似乎又觸動了柯羅奇先生身上的某個機關。他的態度又突然完全改變，一把抱住哈利的膝蓋，把哈利拉回地上。

「不要……丟下……我！」他悄聲說，他的眼珠子又再度暴凸出來，「我……逃出來……必須去警告……必須去告訴……去見鄧不利多……是我的錯……全都是我的錯……柏莎……死了……全都是我的錯……我的兒子……是我的錯……告訴鄧不利多……哈利波特……黑魔王……比以前更強……哈利波特……」

「你放開我，我就去找鄧不利多，柯羅奇先生！」哈利說。他憤怒地回過頭來望著喀浪說，「你幫幫忙好嗎？」

喀浪帶著極端憂慮的表情走上前來，蹲在柯羅奇先生身邊。

「看住他，別讓他跑掉，」哈利說，用力掙脫柯羅奇先生的掌握，「我會把鄧不利多帶過來。」

「你可以快一點嗎？」喀浪在他背後喊道，哈利已全速衝出森林，狂奔越過漆黑的校園。校園中空無一人，貝漫、西追和花兒已失去蹤影。哈利快步衝上前門石階，穿越橡木大門，爬上大理石階梯，快速奔向二樓。

五分鐘之後，哈利已沿著一條空蕩蕩的走廊往前狂奔，衝向位於走廊中央的一座石像鬼雕像。

「檸——檸檬雪寶！」他氣喘吁吁地對石像鬼說。

這是進入一條隱密階梯的通關密語，而這道階梯正通往鄧不利多的辦公室——至少在兩年前確實是如此。但現在通關密語顯然已經變了，因為那座石像鬼雕像，並沒有突然活過來跳到一旁。它依然一動也不動地站在原處，用不懷好意的目光瞪著哈利。

「動啊！」哈利對它喊道，「快點！」

但霍格華茲可從來沒有任何事物，單只是因為有人朝它們大吼大叫，就會乖乖聽話移動的，他自己也曉得這一點用也沒有。他來回打量黑暗的走廊。也許鄧不利多現在是在教職員休息室裡面？他開始用最快的速度衝向樓梯——

「**波特！**」

哈利連忙停下來回頭張望。

石內卜剛從石像鬼雕像後方的隱密樓梯走出來。就在他示意哈利走過去的時候，石牆立刻在他背後滑動闔上。「你在這裡做什麼，波特？」

「我必須見鄧不利多教授！」哈利說，又開始沿著走廊往回跑，再收住腳步，停在石內卜面前，「是柯羅奇先生……他剛剛出現了……他在森林裡……他要──」

「這是什麼鬼話？」石內卜說，黑眼睛惡狠狠地瞪著哈利，「你在胡說些什麼？」

「柯羅奇先生！」哈利叫道，「魔法部的柯羅奇先生！他不知道是生病還是怎麼了──他在森林裡，他想要見鄧不利多！只要告訴我通關密語──」

「校長忙得很呢，波特。」石內卜說，他的薄嘴唇扭出一個難看的微笑。

「我必須去告訴鄧不利多！」哈利喊道。

「你沒聽到我說的話嗎，波特？」

哈利可以看出，石內卜現在可是開心得很，能在哈利這麼驚恐慌亂的時候，斷然拒絕哈利的要求，顯然讓他感到非常痛快。

「聽著，」哈利生氣地說，「柯羅奇不太對勁──他──他瘋了──他說他想要警告──」

石內卜背後的石牆忽然滑開，鄧不利多站在石牆洞口，他穿著一件綠色長袍，臉上露出微微好奇的表情。

「有什麼問題嗎？」他望著哈利和石內卜兩人問道。

「教授！」哈利說，趕在石內卜開口前，連忙從他身邊閃出來，「柯羅奇先生在這裡──

他就在森林裡，他有話想跟你說！」

哈利原本以為鄧不利多一定會問他一些問題，但他鬆了一口氣地發現，鄧不利多竟然什麼也沒問。「帶路吧，」鄧不利多立刻表示，接著他就跟在哈利背後，沿著長廊往前大步走去，留下石內卜一個人孤零零地站在石像鬼旁邊，而他看起來甚至比平常還要醜陋一倍。

「柯羅奇先生說了什麼，哈利？」鄧不利多在他們快步衝下大理石階梯時問道。

「說他想要警告你……說他做了一些可怕的事……他提到他的兒子……和柏莎．喬金……還有……還有佛地魔……說佛地魔力量變強了……」

「真的嗎？」鄧不利多說，接著他就加快步伐，迅速奔向漆黑的夜色。

「他看起來很不正常，」哈利快步趕到鄧不利多身邊說，「他好像根本就不曉得自己人在哪裡。他一直在說個不停，似乎以為派西．衛斯理就站在他身邊，然後他又突然變了個樣，說他必須見你……我讓維克多．喀浪留下來看住他。」

「是嗎？」鄧不利多急急問道，接著他的步伐就跨得比剛才還要大，哈利必須用跑得才能跟得上，「還有沒有別人看到柯羅奇先生？」

「我不曉得，」哈利說，「我那時正在跟喀浪說話，貝漫先生剛跟我們說完關於第三項任務的事情。我們兩個留在後面，沒跟他們一起走，然後我們就看到柯羅奇先生從森林裡走出來——」

「他們在哪裡？」鄧不利多問道，此時波巴洞馬車在黑暗中隱約可見。

「就在這裡，」哈利說，他快步趕到鄧不利多前面，帶路穿越樹林。他現在已聽不到柯羅奇的聲音了，但他知道該往哪裡走。那裡跟波巴洞馬車沒隔多遠……就在這附近的某個地方……

「維克多？」哈利喊道。

沒有人回答。

「他們本來在這裡，」哈利對鄧不利多說，「他們本來絕對就是在這附近……」

「路摸思。」鄧不利多念道，他點亮魔杖並舉向前方。

魔杖細細的光束掠過一根根漆黑的樹幹，照亮了地面，然後落在一雙腳上。

哈利和鄧不利多連忙趕上前去。喀浪躺在森林地面上，他似乎已昏迷過去。柯羅奇先生已完全失去蹤影。鄧不利多彎腰俯向喀浪，輕輕掀開他的眼皮。

「中了昏擊咒。」他輕聲說。他凝神環視周遭的樹林，魔杖燈光將他的半月形眼鏡照得閃閃發亮。

「要不要我去叫人過來？」哈利問道，「要我去找龐芮夫人嗎？」

「不用，」鄧不利多立刻表示，「你待在這裡。」

他將魔杖舉到空中，指著海格小木屋的方向。哈利看到有某個銀色的東西從魔杖頂端竄出來，如鬼鳥般迅速掠過樹林。然後鄧不利多又再度俯向喀浪，用魔杖指著他低聲念道：「ㄉㄉ復。」

喀浪張開眼睛，他的神情顯得十分恍惚。他一看到鄧不利多，就努力想要坐起來，但鄧不利多卻按住他的肩膀，要他乖乖躺著別動。

「踏攻擊沃！」喀浪伸手摸著頭低聲說，「那個老瘋子攻擊沃！沃只是回頭想看看波特到底走到哪裡，踏就從背後攻擊沃！」

「你先躺一會。」鄧不利多說。

一陣驚天動地的腳步聲傳到他們耳中，接著海格氣喘吁吁地跑過來，牙牙緊跟在他的身後。他手裡握著他的石弓。

「鄧不利多教授！」他瞪大眼睛喊道，「哈利——這是怎麼——？」

「海格，我要你去把卡卡夫教授找過來，」鄧不利多說，「他的學生受到攻擊。等辦完這件事以後，請你再去向穆敵教授示警——」

「不必了，鄧不利多，」一個咻咻喘的嘶吼聲接口說道，「我已經來了。」穆敵手持發亮的魔杖，拄著手杖一跛一跛地朝他們走過來。

「該死的腿，」他忿忿地說，「要不然我早就到了……出了什麼事？石內卜說是跟柯羅奇有關……」

「柯羅奇？」海格茫然地說。

「拜託你快去找卡卡夫，海格！」鄧不利多厲聲說。

「喔，好……馬上就去，教授……」海格說，接著他就轉身踏進黝黑的樹林失去蹤影，牙牙連忙用小跑步跟上去。

「我不曉得巴提．柯羅奇人在哪裡，」鄧不利多告訴穆敵，「但我們非找到他不可。」

「我這就去。」穆敵嘶吼道，他舉起魔杖，一跛一跛地踏入森林。

接下來鄧不利多和哈利兩人都沒再開口說過一句話，最後他們終於聽到一陣顯然是海格和牙牙奔回來的腳步聲。卡卡夫快步跟在他們後面，他穿著他那件光滑閃亮的銀色皮裘，臉色慘白，神情顯得異常激動。

「這是怎麼回事？」他一看到躺在地上的喀浪，以及站在旁邊的鄧不利多和哈利，就立刻大聲喊道，「到底出了什麼事？」

「有人攻擊沃！」喀浪說，現在他已坐起來，並伸手揉他的頭，「那個叫柯羅奇先生，還是什麼名字的人——」

「柯羅奇攻擊你？**柯羅奇**攻擊你？那個三巫大賽的評審？」

「伊果……」鄧不利多開口解釋，但卡卡夫卻已挺起身來，裹緊毛裘，氣得臉色發青。

「你耍詐！」他指著鄧不利多沉聲怒喝，「這是一個陰謀！你和你們的魔法部設下圈套，把我騙到這裡來，鄧不利多！這根本就不是一場公平的競爭，先是你明明知道波特年齡不夠，卻還是暗中動手腳讓他參加比賽！現在你又有一個魔法部的朋友，企圖讓**我的**鬥士失去戰鬥力！你平常滿口仁義道德，鄧不利多，說什麼要促進國際巫術交流合作，重新建立起舊有的關係，要大家忘了過去的差異與歧見，但這整件事卻讓我感到表裡不一，腐敗至極——這就是我對**你**的看法！」

卡卡夫朝鄧不利多腳邊吐了一口痰。海格用迅雷不及掩耳的動作，一把揪住卡卡夫的皮裘前襟，把他拎到半空中，砰地一聲將他狠狠按到旁邊一棵樹上。

「快道歉！」海格厲聲怒吼，用大拳頭頂住卡卡夫的咽喉，壓得他窒息似地拚命喘氣，雙腳懸在空中晃來盪去。

「海格，**住手！**」鄧不利多喊道，雙眼閃過一道光芒。

海格鬆開那隻把卡卡夫釘在樹上的手，卡卡夫沿著樹幹猛然滑落下來，歪七扭八地摔倒在樹根之間。一些細枝和樹葉落下來，撒到他的頭上。

「請你把哈利送回城堡，海格。」鄧不利多急急表示。

海格惡狠狠地瞪了卡卡夫一眼，大聲喘著氣說：「我看我還是留在這兒比較好，校長……」

「我要你把哈利送回學校，海格，」鄧不利多態度堅決地重複了一遍，「直接把他帶到葛來分多塔。哈利──我要你乖乖待在那裡，不管你急著想去做什麼事──也許你想派貓頭鷹去送封信什麼的──全都可以等到明天早上再去處理，你懂我的意思嗎？」

「呃──懂。」哈利望著他答道。鄧不利多怎麼會曉得，自己心裡剛才正在暗暗盤算，要立刻派豬水鳧送信給天狼星，把發生的事情全都告訴他呢？

「我讓牙牙留在這兒陪你，校長。」海格說，依然用恐嚇的目光瞪著卡卡夫，而卡卡夫癱在樹下，整個人狼狽不堪地跟皮裘和樹根糾纏在一起，「待在這兒，牙牙。走吧，哈利。」

他們一言不發地經過波巴洞馬車，朝城堡的方向走去。

「他好大的狗膽，」海格在他們大步走過湖畔時嘶聲吼道，「竟然敢這樣指責鄧不利多。說得活像是鄧不利多真做了什麼鬼祟的勾當，說得活像是鄧不利多一心想要讓**你**在大賽拿到第一名。他在擔心哪！我過去從來沒看到鄧不利多像最近這麼擔心過。還有你！」海格突然氣沖沖地怒斥哈利，讓哈利吃驚得抬起頭來望著他，「你到底在搞什麼鬼，幹嘛跟那個可惡的喀浪到處亂晃？他可是德姆蘭的學生哪，哈利！他可以就在這兒下惡咒害你哩，你說是不是？難道穆敵沒教過你嗎？想想看，他居然把你一個人引到別的地方——」

「喀浪人還不錯啊！」哈利說，此時他們已爬上石階踏進入口大廳，「他才不是想要下惡咒害我呢，他只是想要跟我談妙麗的事——」

「我也正打算要找時間好好說妙麗幾句，」海格嚴厲地表示，乒乒乓乓地跺腳踏上樓梯，「你們這些人，最好少跟那些外國人混在一塊，省得惹上一身閒氣。他們根本連一個都不能信任。」

「咦，你以前不是跟美心夫人處得滿好的嗎？」哈利惱怒地問道。

「不准你在我面前提到她！」海格說，有好一陣子，他看起來的確是相當嚇人，「我早就看穿她的真面目了！故意跑來討我歡心，想要從我口裡套出第三項任務的線索。哈！他們根本連一個都不能信任！」

海格的心情實在是太差了，因此當哈利在胖女士前方跟他道別時，心裡甚至還鬆了口氣，感到如釋重負。他從畫像洞口爬進交誼廳，接著就快步走到榮恩和妙麗坐的角落，把剛才發生的事情告訴他們。

29 夢境

「這樣看來，」妙麗揉著額頭說，「不是柯羅奇先生攻擊維克多，就是有某個人趁維克多沒注意的時候，同時攻擊他們兩個人。」

「一定是柯羅奇幹的，」榮恩立刻表示，「所以在哈利和鄧不利多趕到的時候，他才會不在現場。他已經開溜了嘛。」

「我可不這麼想，」哈利搖著頭說，「他看起來好像真的很虛弱——我想他是沒辦法施展消影術的。」

「你根本**不能**在霍格華茲校園裡施展消影術，你到底要我跟你說多少次啊？」妙麗說。

「好吧……那你們聽聽看這有沒有可能，」榮恩興奮地說，「事實上是喀浪攻擊柯羅奇——不，等等——接著他再對自己施昏擊咒！」

「然後柯羅奇先生就跟空氣一樣消失了，對不對？」妙麗冷冷地說。

「喔，對喔……」

天剛破曉，哈利、榮恩和妙麗一大早就偷偷溜出寢室，一起匆匆趕到貓頭鷹屋去寄信給天狼星。現在他們站在窗邊，眺望霧濛濛的校園。他們三人全都雙眼浮腫，臉色蒼白，因為他們昨晚談柯羅奇先生的事情談得忘了時間，直到深夜才上床休息。

「我們再來重新整理一次吧，哈利，」妙麗說，「柯羅奇先生到底說了什麼？」

「我不是告訴過妳，他說的話其實沒什麼意義，」哈利說，「他說他想要去警告鄧不利多某件事情。他有清楚提到柏莎．喬金，而且他好像認為她已經死了。他一直說事情都是他的錯……他還提到了他的兒子。」

「嗯，那的確**是**他的錯呀。」妙麗脾氣暴躁地說。

「他瘋了，」哈利說，「他大概有一半的時間，好像以為他的太太和兒子都還活著，而且還一直嘮嘮叨叨地跟派西說工作的事，吩咐派西做這個做那個的。」

「還有……再跟我說一遍，他究竟是怎麼說『那個人』的？」榮恩遲疑地問道。

「我不是跟你說過了嗎？」哈利無精打采地重複一遍，「說他變得越來越強了。」

接下來大家都沉默了一會。

然後榮恩硬裝出一副信心十足的口吻說：「但就像你說的，他已經瘋了，所以我看這八成是在胡說八道……」

「佛地魔的事情是他在神智最清醒的時候提到的，」哈利不理會榮恩嚇得畏縮的動作，逕自說下去，「他說話結結巴巴的，好像很難把兩個字連在一起，但他好像只有在那時候，才真正知道自己人在哪裡，知道他想要做什麼事。他一直不停地說他必須去見鄧不利多。」

哈利收回望向窗外的目光，抬頭凝視上方的屋椽。這裡的眾多棲木有一半是空著的，每隔不久，就會有一隻貓頭鷹嘴裡叼著一隻老鼠，完成夜間狩獵歸來，振翅從其中一個窗口飛進屋中。

「要不是被石內卜攔住的話，」哈利怨恨地說，「我們說不定可以及時趕到那裡。『校長忙得很呢，波特……這是什麼鬼話，波特？』他為什麼不能乖乖走開別擋路呢？」

「說不定他就是不想讓你們趕到那裡！」榮恩立刻表示，「說不定——慢著——你想他走到森林要花多少時間？你覺得他有沒有可能在你和鄧不利多之前趕到那裡？」

「除非他把自己變成蝙蝠。」哈利說。

「這也不是沒有可能。」榮恩喃喃地說。

「我們必須去找穆敵教授，」妙麗說，「我們必須搞清楚，他到底有沒有找到柯羅奇先生。」

「他要是把劫盜地圖帶在身上，應該很容易就可以找到。」哈利說。

「除非柯羅奇已經走出校園，」榮恩說，「地圖只能顯現出校園範圍之內的人，不是嗎——」

「噓！」妙麗突然噓了一聲。

有人正在爬樓梯走向貓頭鷹屋。哈利可以聽到有兩個人在爭論不休，聲音越靠越近。

「——那分明就是勒索，我們可能會因為這惹上天大麻煩哪——」

「——我們本來也是想維持君子風度呀，但現在已經逼不得已，非得跟他一樣耍手段不可了。他一定不希望讓魔法部知道他以前——」

「我告訴你，你要是把這用白紙黑字寫下來，那就叫勒索！」

「好，但如果這可以讓我們好好大撈一筆，你應該也會覺得不錯吧？」

貓頭鷹屋的大門砰地一聲敞開。弗雷和喬治踏過門檻走進來，他們一看到哈利、榮恩和妙麗，就驚得停下腳步。

「你們到這裡來做什麼？」榮恩和弗雷同時開口問道。

「來寄封信。」哈利和喬治異口同聲地答道。

「什麼，在這種時間來寄信？」妙麗和弗雷齊聲說。

弗雷咧嘴微笑。「好吧——那我們乾脆誰也不要問誰，這樣總可以吧！」他說。

他手裡抓著一個封上的信封，哈利朝它瞥了一眼，但弗雷不知是有意還是無意動了一下手，正好把上面的名字遮住。

「嗯，那就別讓我們耽擱你們的寶貴時間了。」他戲謔地鞠了一個躬，並伸手指向大門。

榮恩並沒有移動。「你們要勒索誰？」他問道。

弗雷臉上的笑容立刻消失。哈利看到喬治先偷偷跟弗雷使了個眼色，然後對榮恩露出笑容。

「別傻了，我只是在開玩笑。」他輕鬆地表示。

「聽起來不像。」榮恩說。

弗雷和喬治互相對望。

然後弗雷突然開口說：「我以前就告訴過你，榮恩，如果你想明哲保身的話，最好還是別多管閒事。我看不出你有什麼理由多事，不過——」

「要是你真的去勒索別人，那我就不是在管閒事，這也等於跟我有關呀——」榮恩說，

「喬治說得沒錯，你這麼做很可能會替自己惹上非常大的麻煩。」

「我已經告訴過你，我只是在開玩笑。」喬治說。他走到弗雷身邊，抽出弗雷手中的信，開始將信綁到離他最近的一隻貓頭鷹腿上，「你說話的口氣，跟我們那位親愛的老哥真是越來越像囉，榮恩。你只要再這樣繼續維持下去，有朝一日一定可以當上級長的。」

「胡說，我才不像他呢！」榮恩發怒道。

喬治把那隻草鴞帶到窗口，牠立刻展翅飛去。

他轉過頭來對榮恩咧嘴一笑說：「好了，這下你就不用再嘮嘮叨叨地管教別人啦。待會見囉。」

他和弗雷一起走出貓頭鷹屋，哈利、榮恩和妙麗面面相覷。

「你們想，他們會不會是知道一些和最近這些怪事有關的內幕？」妙麗悄聲問道，「知道某些跟柯羅奇有關的事？」

「不可能，」哈利說，「他們要是知道這麼嚴重的事，一定會去找人報告，他們會去告訴鄧不利多的。」

榮恩卻露出不安的表情。

「怎麼啦？」妙麗問他。

「嗯……」榮恩緩緩表示，「我可不敢確定他們會不會這麼做。他們……他們最近簡直是想賺錢想瘋了，我早就注意到了，前陣子我常跟他們混在一起——就是在——你也知道——」

「就是在我們兩個不講話的時候，」哈利替他把話說完，「沒錯，但勒索信……」

「我指的是他們想開惡作劇商店的事，」榮恩說，「我本來還以為，他們是說說罷了，只是故意想要去惹媽生氣，但他們這次好像是玩真的，他們是真的想開一家店。再過一年他們就從霍格華茲畢業了，他們一天到晚都在說，他們現在必須好好考慮一下自己的未來，但爸根本就沒辦法幫他們忙，所以他們需要一大堆金子，才有辦法創業。」

現在連妙麗也露出不安的表情。「喔，可是……他們就算想要弄到錢，也不至於去做什麼犯法的事呀，他們應該不會吧？」

「他們不會？」榮恩懷疑地表示，「我不曉得……他們向來就把犯規當成家常便飯，不是嗎？」

「話是沒錯，但這是**法律**欸，」妙麗帶著害怕的神情說，「這又不是什麼愚蠢的校規……他們要是真的勒索被抓到，受到的懲罰一定比勞動服務嚴重百倍！榮恩……也許你最好去把這件事告訴派西……」

「妳瘋了嗎？」榮恩說，「告訴派西？他很可能會效法鐵面無私的柯羅奇先生，立刻把他們兩個送交法辦。」他凝視窗口，剛才弗雷和喬治的貓頭鷹就是從這裡振翅飛去，然後他開口說，「走啦，我們去吃早餐吧。」

「你們覺得現在去找穆敵教授，會不會太早了點？」妙麗在他們走下螺旋梯時問道。

「會，」哈利說，「要是我們一大早就摸黑去把他吵醒的話，他大概會直接把我們轟出門外，他會以為我們是想趁他睡覺的時候去攻擊他。我們等天亮再去吧。」

魔法史課以前從來沒過得這麼慢過。哈利不停低頭去看榮恩的錶，因為他終於下定決心，把他那支壞錶給扔了。但榮恩的錶卻走得奇慢無比，害他差點以為這支錶也失靈了呢。他們三人全都累得要命，恨不得趴到桌上大睡一場，甚至連妙麗都沒像往常一樣孜孜不倦地做筆記，而是用手托著頭，瞪著一雙無神的眼睛，茫然地凝視丙斯教授。

等到下課鈴聲終於響起時，他們立刻踏進走廊，匆匆走向黑魔法防禦術教室，穆敵教授正好從裡面走出來。他看起來跟他們一樣滿臉倦容，那隻正常眼睛的眼瞼垂了下來，讓他的臉看起來比平常更不對稱。

「穆敵教授？」哈利在他們擠過人群朝他走去時喊道。

「哈囉，波特。」穆敵嘶吼道。他那隻魔眼緊盯著兩名正從他旁邊經過的一年級生，嚇得他們緊張兮兮地連忙加快腳步。接著這隻魔眼又朝後一翻望著腦後，繼續盯著他們，目送他們繞過轉角消失，然後他才開口說：「進來吧。」

他退到一旁，讓他們走進空蕩蕩的教室，然後再一跛一跛地跟著走進來，帶上房門。

「你有找到他嗎？」哈利直接了當地問道，「有找到柯羅奇先生嗎？」

「沒有。」穆敵說。他走到他的講桌邊坐下，輕哼一聲伸直他的木腿，掏出他的小酒瓶。

「你有用劫盜地圖嗎？」哈利問道。

「當然有啦，」穆敵說，仰頭痛飲了一大口。「我是學你的方法，波特，用召喚咒把它從我的辦公室召到森林。地圖上找不到他。」

「所以他**真的**是施展消影術囉？」榮恩說。

「**你根本就不能在校園裡施展消影術，榮恩！**」妙麗說，「另外還有一些別的方法，可以讓他消失不見啊，是不是，教授？」

穆敵的魔眼微微顫動地停駐在妙麗身上。

「妳可以考慮將來做個正氣師，」他告訴她，「妳的頭腦很清楚，格蘭傑。」

妙麗開心得脹紅了臉。

「嗯，他也沒有隱形，」哈利說，「劫盜地圖可以顯現出隱形的人。那麼他一定是已經離開校園了。」

「但他究竟是單憑自己的力量？」妙麗急切地問道，「還是有同黨幫忙？」

「對呀，可能是有人——有人把他拉上飛天掃帚，帶著他一起飛走啊，對不對？」榮恩立刻說，滿懷希望地望著穆敵，似乎是也想聽穆敵稱讚他具有正氣師的特質。

「我們是不能把綁架排除在外。」穆敵嘶吼道。

「所以說，」榮恩說，「你認為他有可能是在活米村嗎？」

「他可能是在任何地方，」穆敵搖著頭說，「我們唯一能確定的，就是他不在這裡。」他打了一個大呵欠，臉上的疤痕往兩邊伸展，歪斜的嘴巴咧開來，露出一口缺了好幾顆的爛牙。

然後他開口說：「現在聽好，鄧不利多告訴過我，說你們三個很喜歡當偵探，但柯羅奇這件事，你們可是完全使不上力。現在魔法部會開始找他，鄧不利多已經通知他們了。波特，你只要專心管你的第三項任務就行了。」

「什麼？」哈利說，「喔，沒錯……」

自從昨晚他跟喀浪一起離開之後，他就再也沒想到過那座迷宮。

「這項任務應該是正好符合你的專長，」穆敵說，他抬頭望著哈利，搔搔他那布滿疤痕和鬍渣的下巴，「我從鄧不利多那裡聽說，你對這類的任務有相當豐富的經驗。你在一年級的時候，就成功地衝破一連串守護魔法石的關卡，沒錯吧？」

「那時候我們幫了一些忙，」榮恩立刻表示，「我和妙麗幫了一些忙。」

穆敵咧嘴一笑。「嗯，那你們就再幫忙他為這項任務進行準備吧，在我看來他這次是贏定了，」他說，「不過呢，目前這段時間……你得隨時提高警覺，波特。隨時提高警覺。」他又拿起小酒瓶喝了一大口，他的魔眼滴溜溜地轉向窗戶。透過窗口可以看到德姆蘭校船最高處的船帆。

「你們兩個，」——他的正常眼睛盯著榮恩和妙麗——「你們兩個千萬別讓波特一個人落單，好嗎？我自己是一直在監視這一切，但事情還是一樣……監視的人自然是越多越好。」

＊　＊　＊

第二天早上，天狼星就讓他們派去的貓頭鷹送信回來。牠振翅飛落到哈利面前，而在同一時間，一隻嘴裡叼著一份《預言家日報》的灰林鴞，也正好降落在妙麗前方。她取下報紙，匆匆翻閱了前幾頁，說：「哈！柯羅奇的事她根本沒聽到半點風聲！」然後就湊過去跟榮恩和哈利一起讀天狼星的回信，看看他對於昨晚發生的神秘事件有什麼看法。

哈利——你到底是在搞什麼鬼，竟然跟維克多．喀浪一起走進森林？我要你在下封信裡對我保證，說你絕對不會再在晚上跑出去跟任何人散步！有某個非常危險的人物正潛伏在霍格華茲。照我看來事情很明顯，他們是不想讓柯羅奇跟鄧不利多碰面，當時他們說不定就躲在你附近的暗處，你很有可能會被謀殺。

你的名字會進入火盃絕對不是偶然。要是有人想要攻擊你的話，現在他就只剩下最後一次的下手機會了。盡量跟榮恩和妙麗待在一起，不要在天黑後離開葛來分多塔，並且開始為第三項任務進行準備工作。練習昏擊咒和繳械咒，另外再多學一些厄咒，總是可以派得上用場。柯羅奇的事你完全無能為力，別再去管這件事，只要專心照顧好你自己就行了。我等你回信對我保證，說你絕不會再不守規矩跑出去亂晃。

天狼星

「他倒訓起我來啦，他好意思罵我不守規矩出去亂晃？」哈利把天狼星的信折好，放進口袋，不太服氣地說，「他也不想想看，他自己在學校的時候是什麼德行！」

「他是擔心你呀！」妙麗厲聲說，「穆敵和海格也是一樣！所以你就聽聽他們的話吧！」

「在這一整年裡，根本就從來沒人企圖攻擊過我呀，」哈利說，「完全沒人對我做過任何事——」

「只不過是把你的名字扔進了火盃，」妙麗說，「而他們會這麼做，一定是有理由的，哈利。塞鼻子說得沒錯，也許他們是在等待適當的時機，也許他們是準備在你執行任務的時候下手。」

「聽著，」哈利不耐煩地說，「就算塞鼻子說得對，的確是有某個人為了綁走柯羅奇，而對喀浪施了昏擊咒。好吧，那他們在森林裡**應該**就躲在我們附近，對不對？但他們卻一直等到我走開才採取行動，沒錯吧？所以照這看來，他們的目標並不是我，你們說是不是啊？」

「要是他們在森林裡謀殺你，那他們就沒辦法把這裝成是意外事件！」妙麗說，「但要是你在執行任務時死掉的話——」

「但他們還是毫無顧忌地對喀浪下手啦，對不對？」哈利說，「他們為什麼不乾脆在那時候把我殺掉呢？他們可以動些手腳，讓事情看起來像是我和喀浪決鬥，結果兩敗俱傷呀。」

「哈利，這我也想不通，」妙麗洩氣地說，「我只曉得最近發生了許多怪事，那讓我覺得很不對勁……穆敵說得沒錯——塞鼻子說得也沒錯——你必須立刻開始為第三項任務進行準備了。而且你還得寫封信給塞鼻子，對他保證說你絕不會再一個人偷偷溜出去了。」

* * *

當哈利只能待在室內不能出去時，霍格華茲校園竟變得比以前誘人百倍。接下來的幾天，他的閒暇時間不是用來跟妙麗和榮恩一起上圖書館去查厄咒的資料，就是偷偷溜進一間空教室去練習符咒。哈利現在集中心力學習他從來沒施展過的昏擊咒，但問題是，他要練習這種符咒，榮恩和妙麗兩人就不得不捨命陪君子，被整得慘兮兮。

「我們為什麼不乾脆把拿樂絲太太抓過來？」榮恩在星期一午餐休息時間提出建議，此時他正四肢攤平地躺在符咒教室正中央。這已經是他連續第五次被昏擊咒擊中，然後再被叫醒過來，「我們可以用她來練練昏擊咒啊。要不然你也可以去找多比嘛，哈利，我可以跟你打包票，只要是能幫得上你的忙，不管是上刀山、下油鍋他全都會願意去做。我並不是在抱怨或什麼的……」他揉著屁股小心翼翼地站起身來，「但我全身都痛得要命……」

「哼，誰叫你不對準墊子！」妙麗不耐煩地說，伸手理理那堆他們上驅逐咒時用過的軟墊，孚立維教授把它們放在櫃子裡沒帶走，「你只要往後一倒就行啦！」

「妳要是中了昏擊咒，根本就不可能對得準，妙麗！」榮恩生氣地說，「咦，不是該輪到妳了嗎？」

「嗯，這個嘛，反正哈利現在已經抓到訣竅了，」妙麗慌忙表示，「而且我們也不用擔心繳械咒，他好幾百年前就已經會了……我想我們今天傍晚，應該開始來練練這些厄咒了。」

她低頭望著他們在圖書館擬出的單子。

「我覺得這看起來很不錯，」她說，「這個障礙惡咒。不管別人是用什麼方法攻擊你，這個咒語都可以讓它速度變慢，哈利，我們就從這個咒語開始練習吧。」

上課鈴聲響起。他們匆匆把墊子塞回孚立維教授的櫃子，偷偷溜出教室。

「那就晚餐時再見囉！」妙麗說，接著她就出發前去上算命學，哈利和榮恩則走向北塔去上占卜學。炫目的金色陽光透過高窗流瀉而入，在走廊上灑落下一道道寬闊的光影，窗外的天空明亮鮮豔得彷彿上了一層瓷釉。

「崔老妮的教室一定熱得要命，她從來都不肯把爐火熄掉。」榮恩說，此時他們已開始爬上那道通往銀梯與活板門的階梯。

他說得沒錯，這間燈光昏暗的房間的確是酷熱逼人，爐火湧出的芳香煙霧比以前更加濃厚。哈利越過房間，走到一扇簾幕低垂的窗戶旁邊坐下，不禁感到頭微微發暈。他趁崔老妮教授目光望著別處，忙著解開她那被燈勾住的披肩時，偷偷把窗戶打開了大約一吋寬的細縫，然後靠坐在他的印花布扶手椅上，讓微風吹進來輕拂他的面龐，這實在是舒服得不得了。

「親愛的，」崔老妮教授說，坐到全班同學正前方的翼形扶手椅上，用她那對被鏡片放大的怪眼環視大家，「我們的運星占卜課程幾乎已經全都上完了。不過，今天恰好是觀察火星種種影響的絕佳機會，因為它目前正好走到一個最最有趣的位置。請大家全都看這裡，我來把燈光熄掉……」

她揮揮魔杖，室內的燈光立刻全數熄滅，現在爐火變成房中唯一的光源。崔老妮教授彎下腰，然後再挺起身來，從椅子底下取出一個罩著圓頂玻璃罩的迷你太陽系星球模型。這是個非常美麗的東西。在玻璃罩下方，浮著九個行星和一輪炙熱的太陽，而在每個行星周圍，各自圍著一圈閃爍發光的小衛星。崔老妮教授開始指出火星與海王星形成的迷人角度，哈利無精打采地望著她。帶著香氣的濃煙湧過來吞沒他的全身，窗口透進的微風輕拂過他的面龐。他可以聽到有隻昆蟲在窗簾後面某處，發出輕微的嗡嗡聲，他的眼皮垂了下來……

他現在正騎在一隻雕鴞背上，越過澄藍的天空，飛向山坡高處一棟爬滿常春藤的老屋。他們越飛越低，哈利感到舒爽的涼風迎面吹來，最後他們穿越樓上一扇黑暗的破窗，飛進屋中。他們沿著一條陰暗的走廊，飛向盡頭處的一個房間……他們從門口飛進去，來到一個窗戶釘上木條的黑暗房間……

哈利從雕鴞的背上爬了下來……他現在正望著牠振翅越過房間，降落到一張背對著他的椅子上……椅子旁邊的地板上有兩個黑影……兩個黑影都在移動……

其中一個黑影是一條巨蛇……另一個則是一個男人……一個禿頭的矮男人，一個有著尖鼻子和水汪汪雙眼的男人……他正躺在爐前的地板上，不停地哮喘啜泣……

「算你走運，蟲尾，」在雕鴞剛才降落的椅子深處，響起一個冰冷高亢的嗓音，「你的確是非常幸運。你犯下的愚蠢大錯，並沒有造成任何損害。他死了。」

「我的主人！」躺在地上的男人喘著氣說，「我的主人，我真是……我真是太高興……太抱歉了……」

「娜吉妮，」冰冷的嗓音說，「妳的運氣不好，我不會拿蟲尾來餵妳了……但這沒關係，沒關係……反正還有哈利波特……」

巨蛇發出一陣嘶嘶聲，哈利可以看到牠的舌頭在竄動。

「聽著，蟲尾，」冰冷的嗓音說，「也許我該再提醒你一下，讓你好好記住，我絕不會再容忍你犯下另一次大錯……」

「我的主人……不……我求求你……」

一根魔杖的尖端從椅子裡冒出來，指向蟲尾。「咒咒虐。」冰冷的嗓音念道。

蟲尾厲聲尖叫，淒厲得彷彿他身上的每根神經都著了火似的，尖叫聲在哈利耳邊轟隆隆地迴響，他的額頭感到一陣燒灼般的痛楚。他同樣也開始放聲大叫……佛地魔會聽到他的聲音，會知道他躲在那裡……

「哈利！**哈利！**」

哈利睜開眼睛，他正用雙手蒙住臉，躺在崔老妮教授的教室裡。他的疤仍然痛得要命，他眼中忍不住盈滿淚水。這不是做夢，他是真的在痛。全班同學全都圍在他四周，榮恩蹲在他身邊，露出一臉嚇壞的神情。

「你還好吧？」榮恩問道。

「他當然不好啦！」崔老妮教授說，她看起來興奮得不得了，那對大眼睛猛然逼向哈利，緊盯著他說：「是怎麼回事，波特？是預兆？還是幻影？你到底看到了什麼？」

「沒什麼，」哈利撒謊。他坐起來，可以感覺到自己在發抖。他忍不住回過頭去，望著他背後的暗處，佛地魔的嗓音聽起來是如此接近……

「你剛才按住你的疤！」崔老妮教授說，「你按著你的疤在地上打滾！快說吧，波特，這類事我見得多囉！」

哈利抬頭望著她。

「我想我必須去醫院廂房，」他說，「頭痛得很。」

「親愛的，你顯然是受到我房中那股特殊千里眼波動的刺激！」崔老妮教授說，「你要是現在離開的話，也許會錯過一個能讓你看到更深更遠的難得機會呀——」

「我現在什麼也不想看，只想快點把我的頭痛治好。」哈利說。

他站起來，班上同學退向後方，他們看起來都顯得相當緊張。

「待會見。」哈利輕輕跟榮恩說了一聲，接著就逕自抓起包包，走向活板門，完全不理會崔老妮教授的反應。她露出非常失望的表情，彷彿是有件天大的樂事突然被硬生生取消似的。

哈利在走下銀梯之後，並沒有往醫院廂房的方向走去。他根本就無意要到那裡去，天狼星曾告訴過他，他的疤要是再痛的話，應該怎麼做，他決定聽從天狼星的建議：他要直接去鄧不利多的辦公室。他沿著走廊往前走去，一路上仍在想著他夢中看到的一切……這個夢就跟那場在水蠟樹街時把他嚇醒的夢，一樣地栩栩如生……他在心裡重新回想夢中的細節，努力把它們牢牢記住……他聽到佛地魔指責蟲尾犯下一件愚蠢大錯……但那隻鴞帶來了好消息，犯下的錯誤已設法彌補過來。有某個人死了……所以蟲尾就不用成為巨蛇的食物……而他哈利呢，就得代替蟲尾葬身蛇腹……

哈利走到那座守護鄧不利多辦公室入口的石像鬼前方時，因為想得太過專心，以至於完全沒注意到它，仍然繼續往前走去。接著他眨了眨眼，轉過頭來，才發現自己走過了頭，連忙往回走到它正前方。然後他才想到，他根本就不曉得這裡的通關密語。

「檸檬雪寶？」他不太有把握地說。

石像鬼並沒有移動。

「好吧，」哈利凝視著它說，「梨子糖。呃……甘草魔杖。嘶嘶咻咻蜂。吹寶超級泡泡糖。柏蒂全口味豆……喔，不，這他不愛吃，對吧？……喔，拜託你打開好不好？」他生氣地說，「我真的非見他不可，我有急事。」

石像鬼依然不動如山。

哈利朝它踢了一腳，但這根本毫無用處，反而讓他自己的大腳趾痛得死去活來。

「巧克力蛙！」他用單腳站立，氣沖沖地喊道，「羽毛筆糖！蟑螂串！」

石像鬼立刻活過來，並跳到一旁。哈利眨眨眼。

「蟑螂串？」他吃驚地說，「我只是開玩笑……」

他連忙竄進牆上的裂縫，踏上一道螺旋石梯。他背後的入口一關上，石梯就開始緩緩往上移動，將他帶到一扇光澤閃亮，上面有著黃銅門環的橡木門前。

他可以聽到辦公室裡的交談聲。他從移動的石梯上踏出來，遲疑不決地站在那裡靜靜傾聽。

「鄧不利多，我看不出這到底有什麼關連，完全看不出來！」這是魔法部長康尼留斯．夫子的聲音，「魯多說柏莎這個人很容易迷路，我也同樣認為，照理說我們現在也應該找到她了，但情況還是一樣，我們並沒有任何證據顯示這跟犯罪有關呀，鄧不利多，根本就找不出證據嘛！而且硬要把她失蹤的事，去跟巴堤．柯羅奇扯上關連，同樣也是空穴來風！」

「那麼你認為巴堤．柯羅奇到底是出了什麼事，部長？」穆敵嘶吼的嗓音問道。

「我認為這有兩種可能，阿拉特。」夫子說，「首先呢，柯羅奇可能是終於精神崩潰了——看看他過去的歷史，我想大家都會同意，這實在是大有可能——他發瘋了，所以就走失了，亂晃到某個地方——」

「如果真是這樣的話，那他亂晃的速度實在是快得驚人。」鄧不利多沉著地表示。

「要不然就是——嗯……」夫子的語氣顯得有些尷尬，「嗯，好吧，這點我等看到他被人發現的地方再做評斷，但你剛才說，那就在波巴洞馬車附近？鄧不利多，你該知道那個女人**是**什麼吧？」

「我認為她是一位非常能幹的女校長——而且她舞也跳得很棒。」鄧不利多平靜地說。

「鄧不利多，拜託！」夫子生氣地說，「你覺不覺得，你是因為海格的關係，所以才對她懷有好感？這也許會讓你造成偏見呢！他們可不是全都那麼溫和無害——但說真的，我可不敢確定，海格能不能稱得上是溫和無害，看看他那種像怪獸似的眼神——」

「我對美心夫人，就跟我對海格一樣信任。」鄧不利多說，他的語氣跟先前一樣平靜，「而我認為有偏見的可能是你自己，康尼留斯。」

「我們暫時擱下這個話題好嗎？」穆敵嘶吼道。

「好，好，那我們到校園去吧。」夫子不耐煩地表示。

「不，我不是指這個。」穆敵說，「是波特有話要跟你說，鄧不利多，他現在就站在門外。」

30 儲思盆

辦公室房門突然敞開。

「哈囉，波特，」穆敵說，「進來吧。」

哈利走進房中。他以前曾來過鄧不利多的辦公室一次；這是一個非常美麗的圓形房間，牆上掛滿了霍格華茲歷任校長與女校長的畫像，他們現在全都在熟睡，胸膛隨著呼吸微微起伏。康尼留斯・夫子站在鄧不利多的書桌邊，跟以往一樣穿著他那件細條紋斗篷，手裡握著一頂檸檬綠圓頂禮帽。

「哈利！」夫子走上前來，愉快地喊道，「你好嗎？」

「很好。」哈利撒謊。

「我們正談到那天晚上柯羅奇在校園出現的事，」夫子說，「當時是你先發現到他的是吧？」

「是，」哈利說。但接著他又覺得，他根本就沒必要假裝自己沒偷聽到他們的談話，於是他又補上一句，「但我那時候並沒有看到美心夫人，何況她要躲起來還挺困難的，你說是不是？」

鄧不利多在夫子背後對哈利露出微笑，他的眼睛閃閃發光。

「這倒是沒錯，嗯。」夫子顯得有點尷尬。「我們現在正要去校園裡看看，哈利，真抱歉……我看你還是先回去上課好了——」

「我有話要跟你說，教授。」哈利連忙望著鄧不利多說，他用銳利的眼神飛快地瞄了哈利一眼。

「那你先待在這裡等我，哈利，」他說，「我們檢查校園不會花太多時間的。」

他們一行人默默走過他身邊，走出房間並帶上房門。過了一、兩分鐘之後，哈利聽到下方走廊上穆敵木腿發出的咚咚聲漸漸遠去消失。他抬頭打量四周。

「哈囉，佛客使。」他說。

鄧不利多教授的鳳凰佛客使，就站在門邊的金色棲木上。牠的體型跟天鵝差不多大，有著一身燦爛華麗的猩紅與金色羽毛，現在正搖著長尾巴，親切地對哈利眨眨眼。

哈利坐到鄧不利多書桌前的椅子上，接下來的好幾分鐘，他就坐在那裡，望著那些在畫框中打盹的前任校長與女校長，默默思索他剛才聽到的一切，並用手指輕撫額上的疤痕。現在他的疤已經不痛了。

坐在鄧不利多的辦公室裡，知道不久之後，他就可以傾吐心事，把自己的夢境告訴校長，他感到平靜多了。哈利抬頭望著書桌後面，那頂補釘斑斑、破破爛爛的分類帽，就擱在牆邊的架子上。帽子旁邊的玻璃匣中，放著一把劍柄上鑲著紅寶石的華麗銀劍，哈利一眼就認出，那就是他在二年級時從分類帽中抽出的寶劍。它是葛來分多創辦人高錐客．葛來分多過去所使用的劍。

哈利凝視著它，暗暗回想當初在他感到完全絕望時，這把劍前來解救他脫難時的情景。他突然注意到，玻璃劍匣上有著一片閃爍跳躍的銀光。他回過頭來尋找銀光的來源，他看到一道銀燦燦、閃亮亮的銀白色光芒，從他背後一個沒關好的黑色櫥櫃中流瀉出來。哈利遲疑了一會，先偷瞄佛客使一眼，然後才站起身來，越過辦公室，打開櫥櫃的門。

櫃子裡放了一個淺淺的石盆，盆的邊緣有著古怪的雕刻圖案，都是一些哈利看不懂的古代神秘文字與符號。銀光是盆裡裝的東西所發出來的，它跟哈利以前看過的東西全都不一樣。他根本看不出這些物質究竟是液體還是氣體，它的顏色是一種略帶白色的亮銀，並且一直在不停地移動。它的表面就如微風吹過水面般掠過一陣漣漪，然後又如雲彩般漸漸散開，輕柔地打著漩渦。它看起來就像是光變成液體——或是風變成了固體——哈利實在不知道該怎麼去形容它。

他想要去碰碰它，看看它摸起來究竟是什麼樣的觸感，根據他在魔法世界中將近四年的經驗判斷，他知道貿然把手伸進一個盛滿不明物質的盆子裡，是一件非常愚蠢的事。於是他從長袍裡掏出魔杖，慌慌張張地看了看辦公室四周，然後往盆子裡的東西戳了一下。盆中那些銀色物質的表面，開始飛快地打著漩渦。

哈利彎下身來，把頭伸進櫃子裡。那些銀色物質現在已變得透明，看起來就像是玻璃似的。他低頭望下去，以為自己會看到下方的石頭盆底——但他卻在那些神秘物質的表面下，看到一個巨大的房間，他現在彷彿就像是正在透過一扇圓形的天窗，俯瞰下方的房間。

這個房間光線相當陰暗，他猜想這大概是在地底下，因為四周完全看不到一扇窗戶，只有燈架上插著火炬，就跟霍格華茲用來照亮牆壁的設備相當類似。哈利的臉越湊越近，鼻尖都快要貼到那玻璃般的表面上去了。他看到在房間四周，圍著一圈看來像是一列列逐漸高升的長椅座位，上面坐滿了一排又一排的巫師與女巫。房間的正中央放著一張空椅，這張椅子讓哈利有一種陰森不祥的感覺，它的扶手上纏著鐵鍊，就好像坐在上面的人，通常都是被鐵鍊捆住似的。

這到底是什麼地方？這絕對不是霍格華茲，他從來沒在城堡裡看過像這樣的房間。況且，這個位於石盆底下的神秘房間，裡面坐的全都是成人，哈利十分確定，霍格華茲根本就沒有那麼多的老師。他覺得他們像是正在等待某件事情，雖然他只能看到他們巫師帽的帽尖，但他依然可以看出，他們好像全都面對著同一個方向，沒有人在交談。

石盆是圓的，這個房間看來應該是正方形，因此哈利沒辦法看清房間角落到底有何動靜。他歪著頭，把臉壓得更低，努力想要看清楚些……

他的鼻尖碰到了那個他猛盯著瞧的不明物質表面。

鄧不利多的辦公室猛然往前傾斜，哈利被拋向前方，一頭栽進石盆中的神秘物質——他的頭並沒有撞到石頭盆底，他在某種冰冷漆黑的物質中不斷地往下墜，感覺就像是被吸進一個黑暗的漩渦——

突然之間，他發現自己正坐在石盆內的房間中，一張位於盡頭處、並且比其他座位都要高的長椅上。他抬頭望著高聳的石頭天花板，原本以為可以看到那扇他剛才透過那裡朝下俯瞰的圓形天窗，但除了一大片黝黑堅固的石頭之外，什麼也看不到。

哈利的呼吸變得急促濁重，他開始環顧四周。房中沒有任何一個巫師或是女巫（他們至少足足有兩百人）盯著他瞧，他們似乎沒有一個人注意到，剛才有一個十四歲的男孩從天花板上掉下來，坐到了他們中間。哈利轉頭望著坐在他旁邊的巫師，立刻驚訝地發出一聲響亮的喊叫聲，在寂靜的房中激起隆隆迴音。

他就坐在阿不思．鄧不利多身邊。

「教授！」哈利用一種窒息般的耳語說，「我很抱歉──我不是故意的──我只是想看看你櫃子裡的那個石盆──我──我們現在是在哪裡？」

但鄧不利多既沒有移動，也沒有開口回答，他根本就不理哈利。他跟房中的其他巫師一樣，專注地凝視房間遠處的角落，那裡有一扇門。

哈利不知所措地望著鄧不利多，然後轉頭望著周遭默默觀望的群眾，最後再將目光轉回鄧不利多，接著他突然恍然大悟……

哈利以前曾有過一次類似的經驗，當時他發現自己到達了某個沒有人能看見他，也無法聽到他聲音的地方。那次他是從一本魔法日記的書頁掉進去，直接墜入某個人的記憶中……除非是他弄錯了，現在顯然是舊事重演，他又再度陷入類似的情境……

哈利舉起右手，猶豫了一會，然後往鄧不利多面前猛揮了幾下。鄧不利多既沒有眨眼，也不曾轉頭望著哈利，甚至連動都沒動上一下。哈利現在終於完全確認了，鄧不利多再怎麼不想理他，也不會無動於衷到這等地步的。他此刻顯然是進入了某段記憶，而這個坐在他身邊的人，自然也不是現在的鄧不利多。但看來時間不會是太久以前……坐在他旁邊的鄧不利多同樣也是滿頭銀髮，跟現在的鄧不利多一樣。但這到底是什麼地方？而這些巫師究竟在等待什麼？

哈利更仔細地打量周遭的環境。他幾乎可以確定，這個房間就跟他剛才未墜入盆中時所推測的一樣，的確是位於地底下——他覺得這不太像是一個房間，反倒像是一間地牢。這個地方有一種陰森冷峻的氛圍，牆上看不到一幅畫像，甚至也沒有任何裝飾，只有這些環繞在房間四周層層高升，並且排列得十分密集的長椅。這些座位的排列位置顯然是經過特別設計，刻意要讓坐在上面的人，可以一覽無遺地看到那張扶手上繞著鐵鍊的椅子。

哈利還來不及推斷出這個房間究竟是什麼地方，就聽到了一陣腳步聲。地牢角落的門突然敞開，三個人走了進來——或者應該說是一個人，和兩名把他夾在中間的催狂魔。

哈利的五臟六腑彷彿在瞬間凍結成冰。催狂魔這種用斗篷帽將臉完全遮住的高大生物，正用牠們那枯槁腐爛的雙手，各抓住中間那個人的一隻手臂，開始緩緩滑向房間正中央的椅子。那個夾在牠們中間的男人，看起來好像快要昏過去了，哈利覺得這實在不能怪他……哈利雖然曉得，催狂魔無法在一段記憶中對他伸出魔掌，但他並沒有忘記牠們那種恐怖至極的力量。當催狂魔將那個男人放到纏著鐵鍊的椅中，再輕飄飄地滑出房間時，周遭觀望的群眾，全不禁微微瑟縮了一下。牠們滑了出去，房門再度關上。

哈利低頭望著坐在椅子上的男人，赫然發現他是卡卡夫。

卡卡夫不像鄧不利多，他看起來比現在年輕多了，他的頭髮和山羊鬍尚未泛白。他穿的並不是那件光澤閃亮的皮裘，而是一件又薄又破的長袍，他正在發抖。就在哈利望著他的時候，椅子扶手上的鐵鍊突然發出金光，並且如蛇般竄起，開始纏繞住他的手臂，將他綁在椅子上。

「伊果·卡卡夫。」哈利左邊響起一個簡潔明快的嗓音。哈利轉過頭來，看到柯羅奇先生就站在他旁邊那張長椅正中央。柯羅奇的頭髮仍是黑的，臉上的皺紋比現在少得多，看起來精明幹練，機警敏捷，「你從阿茲卡班被帶到這裡來為魔法部作證。你對我們表示，你有重要的情報要告訴我們。」

被緊綁在椅子上的卡卡夫儘可能挺直身軀。

「我這裡是有些情報，先生，」他說，雖然他的語氣顯得十分害怕，但是哈利仍然可以感覺到那股熟悉的油腔滑調態度，「我很希望能為魔法部效勞。我當然希望能幫得上忙，我——我知道魔法部正企圖要——要逮捕黑魔王的最後一批餘黨。只要我能辦得到，我絕對是赴湯蹈火在所不辭的……」

周遭的長椅響起一片嗡嗡耳語。有些巫師和女巫用充滿興趣的眼神打量卡卡夫，其他人卻表示對他的話深感懷疑。然後哈利相當清楚地聽到，從鄧不利多的另一邊傳來一個熟悉的嘶吼嗓音：「爛貨。」

哈利俯向前方，這樣他就可以越過鄧不利多，看到旁邊的人。瘋眼穆敵就坐在那裡——他的外表跟現在看起來大不相同。他的臉上看不到那隻詭異的魔眼，只有兩隻正常的眼睛。這兩隻眼睛正盯著卡卡夫，全都瞇了起來，流露出強烈的憎惡。

「柯羅奇會放了他，」穆敵壓低聲音對鄧不利多輕聲說，「他們兩個談成了一筆交易。我花了整整六個月的時間，才好不容易逮到他，但現在只要他供出的名字夠多，柯羅奇就一定會放了他。我看我們先聽聽他的情報，再直接把他扔還給催狂魔算了。」

鄧不利多用他那又長又歪的鼻子，發出一聲不以為然的輕哼。

「啊，我忘了……你不喜歡催狂魔，沒錯吧，阿不思？」穆敵帶著嘲諷的微笑說。

「沒錯，」鄧不利多平靜地說，「我的確是不喜歡牠們。長久以來我一直覺得，魔法部跟牠們這樣的生物結盟合作，實在是大大失策。」

「但是對他這種爛貨……」穆敵輕聲說。

「你說你要告訴我們一些名字，卡卡夫，」柯羅奇先生說，「那就請說吧。」

「你必須了解，」卡卡夫慌忙表示，「『那個不能說出名字的人』行事向來非常保密……他寧願我們——我是指他的支持者——但我現在已經深深悔悟了，我真後悔當初怎麼會跟他們一起同流合污——」

「說得跟真的似的。」穆敵冷笑道。

「——我們從來不曉得其他同黨是誰——只有他一個人才知道我們所有人的姓名——」

「他這麼做倒的確是相當明智，卡卡夫，免得有像你這樣的叛徒，把他們全都出賣。」穆敵低聲說。

「你不是說你會告訴我們**一些**名字嗎？」柯羅奇先生說。

「我——我是會告訴你，」卡卡夫屏息說，「而且請你們注意，這些人可全都是重要黨羽，我親眼看到他們聽從他的命令。我提供這些情報，是為了要向世人證明，我已經完完全全地棄絕他，而我心裡充滿了無限悔恨——」

「名字是？」柯羅奇先生厲聲說。

卡卡夫深深吸了一口氣。

「第一個是安東寧．杜魯哈，」他說。「我——我曾經看到他用酷刑折磨無數的麻瓜和——

和那些不支持黑魔王的人。」

「而且你還在一旁敲邊鼓幫忙咧。」穆敵低聲說。

「我們已經抓到了杜魯哈，」柯羅奇說，「他在你入獄之後不久被捕。」

「真的嗎？」卡卡夫瞪大眼睛說，「我——我真是太高興了！」

但他看起來卻一點也不高興。哈利可以看出，這消息對他來說是一個非常嚴重的打擊。他手裡握的一張王牌現在已經失效了。

「還有別的嗎？」柯羅奇冷冷地問道。

「怎麼，當然有……還有羅西兒，」卡卡夫急忙地說。「伊凡．羅西兒。」

「羅西兒已經死了，」柯羅奇說，「他同樣也在你入獄後不久被捕。但他寧可奮戰至死，也不願乖乖就逮，結果在打鬥中被格斃。」

「他也帶走了我身上一點東西。」穆敵在哈利右邊悄聲說。哈利再度回過頭來望著他，看到他正把他鼻子上的大缺口指給鄧不利多看。

「羅——羅西兒的確是罪該萬死！」卡卡夫說，現在他的語氣已透出一絲真正的驚恐。哈利可以看出，他已開始擔心，他握有的情報其實對魔法部完全沒有任何用處。卡卡夫的目光飛快地朝角落的房門瞄了一眼，催狂魔顯然仍站在門外等待。

「還有嗎？」柯羅奇問道。

「有！」卡卡夫說，「還有崔佛——他是殺死麥金農家的幫兇！莫賽博——他對蠻橫咒特別拿手，他用這個咒語逼迫無數人做出許多可怕的事！羅克五是一個奸細，他在魔法部臥底，替

『那個不能說出名字的人』提供有用的情報。」

哈利可以看出，這次卡卡夫總算正中目標。觀望的群眾響起一片嗡嗡低語。

「羅克五？」柯羅奇先生說，朝一名坐在他前面的女巫點了點頭，她立刻往她的羊皮紙上振筆疾書，「神秘部門的奧古斯都．羅克五？」

「就是這個名字，」卡卡夫急切地說，「我認為他已經建立了一個完整的情報網，在魔法部內外各個適當位置，安插了一些臥底巫師，來替他蒐集情報——」

「不過呢，崔佛和莫賽博這兩個人我們早就曉得了，」柯羅奇先生說，「很好，卡卡夫，如果只有這些的話，你就回阿茲卡班去等我們決定——」

「不只是這些！」卡卡夫氣急敗壞地喊道，「等一下，我這裡還有別的名字！」

哈利在火炬照耀下看到他冒出豆大的汗珠，他蒼白的皮膚與烏黑的頭髮和鬍子形成強烈的對比。

「石內卜！」他大叫，「賽佛勒斯．石內卜！」

「石內卜已在審判會中洗清嫌疑，」柯羅奇冷冷地說，「由阿不思．鄧不利多親自替他擔保。」

「不！」卡卡夫大叫，用力扯著那些將他綁在椅子上的鐵鍊，「我可以對你保證！賽佛勒斯．石內卜絕對是一個食死人！」

鄧不利多已站了起來。「關於這一點，我已經在這裡作過證，」他平靜地表示，「賽佛勒斯．石內卜過去的確是一名食死人。不過，他早在佛地魔王敗亡之前，就已經重返我們的陣營，並冒著極大的危險替我們做內應。他現在就跟我自己一樣，絕對跟食死人扯不上關聯。」

哈利轉頭望著瘋眼穆敵，他在鄧不利多背後露出一副非常懷疑的表情。

「很好，卡卡夫，」柯羅奇冷冷地說，「你是幫了我們一些忙，我會重新檢閱你的案件。目前你先返回阿茲卡班……」

柯羅奇先生的聲音變得越來越微弱。哈利環顧四周，地牢宛如煙霧凝成一般，在轉瞬間迅速消融。周遭的一切全都在融化消失，他現在只能看見自己的身體，其他全是一片黑暗的漩渦……

然後地牢又重新恢復原狀。哈利這次坐的地方跟先前並不一樣，他現在仍坐在最高的一排長椅上，但左手邊的人卻換成了柯羅奇先生。房中的氣氛也顯得很不一樣，大家看起來都比較輕鬆，甚至可說是相當愉快。環繞在牆邊的巫師和女巫們，現在正在嘰嘰喳喳的聊天，活像是到這裡來看球賽似的。一名坐在對面中間位置上的女巫吸引住哈利的目光，她有著一頭短短的金髮，身上穿了一件深紫紅色長袍，正忙著吸吮一根青綠色的羽毛筆。她分明是比現在年輕許多的麗塔·史譏。哈利轉過頭來，看到鄧不利多又再度坐到他身邊，但身上卻穿著一件跟剛才不一樣的長袍。柯羅奇先生看起來比先前疲憊多了，而且神情顯得更加嚴厲，臉色也變得更加憔悴……哈利知道這是怎麼一回事了。這是一段不同的記憶，一個不同的日子……一場不同的審判。

角落的門敞開，魯多·貝漫走進房中。

但出現在他眼前的並不是年華老去的魯多·貝漫，而是正當盛年，顯然是處於他魁地奇生涯最高峰的魯多·貝漫。此時的他身材高瘦且健壯挺拔，鼻子也尚未被打斷。貝漫帶著緊張的表情，坐到那張圍著鐵鍊的椅子上，但他並未遭受到跟卡卡夫一樣的待遇，鐵鍊並沒有竄起來捆住他，這也許讓他恢復了一些勇氣，因此他抬起頭來，朝周遭的群眾瞥了一眼，舉手跟其中一、兩人打招呼，並努力擠出一絲微笑。

「魯多·貝漫，你到此出席我們所召開的魔法法律議會，為幾項關於食死人活動的指控進行答辯，」柯羅奇先生說，「我們所聽到的證詞對你相當不利，而我們現在正準備進行判決。在我們宣布判決之前，你還有什麼證詞需要補充說明的嗎？」

哈利真不敢相信自己的耳朵。**魯多·貝漫是一個食死人**？

「只有一句話，」貝漫帶著不好意思的微笑說，「嗯——我曉得自己是有點笨——」

周圍的座位上有一、兩個巫師和女巫露出縱容的微笑。柯羅奇先生顯然並沒有跟他們一樣的感覺，他開始用一種極端嚴厲且充滿憎惡的表情，低頭逼視魯多·貝漫。

「你這小子從來就沒說過一句實話，」哈利背後有某個人冷言冷語地對鄧不利多低聲說。他回過頭來，再度看到穆敵也坐在那裡，「我要不是知道他這傢伙向來就蠢得要命，我還會以為他是腦袋被搏格打壞了呢……」

「魯多·貝漫，你被指控對佛地魔王的黨羽通風報信，」柯羅奇先生說，「因此我建議判處你在阿茲卡班至少服刑——」

但周遭的長椅立刻響起一片憤怒的鼓噪聲，牆邊有好幾個巫師和女巫已搖著頭站了起來，甚至還朝柯羅奇先生揮舞拳頭。

「我已經告訴過你，我根本就不曉得是怎麼回事！」貝漫瞪大他那對圓圓的藍眼睛，在群眾的喧囂聲中滿臉誠摯地喊道，「我什麼都不曉得！老羅克五是我爸的朋友……打死我也想不到他竟然是『那個人』的爪牙！我還以為我是在替我們這邊陣營蒐集情報咧！而且羅克五老是說他稍後要替我在魔法部找份差事……你也知道，就是等我的魁地奇生涯結束以後……我的意思是，我總不能挨搏格打，挨上一輩子吧，你們說是不是？」

群眾間響起一陣吃吃竊笑。

「這得交給陪審團來投票表決，」柯羅奇先生冷漠地表示。他轉頭望著地牢右手邊的方向，「請陪審團舉手進行表決……認為該判貝漫徒刑的請舉手……」

哈利望著地牢右手邊的方向，沒有任何一個人舉手。四周有許多巫師和女巫開始鼓掌，陪審團中有一名女巫站了起來。

「什麼事？」柯羅奇吼道。

「我們只是想在此向貝漫先生致賀，恭喜他在上星期六代表英格蘭對抗土耳其的比賽，有著如此精采絕倫的演出。」女巫喘著氣說。

柯羅奇先生看起來簡直快要氣炸了，現在地牢中響起一片喝采聲，貝漫笑吟吟地站起來鞠躬答禮。

「卑鄙的無賴，」柯羅奇先生在貝漫走出地牢時忿忿地坐下來，對鄧不利多罵道，「羅克五的確是替他安排了一份差事……魯多．貝漫要來跟我們一起工作，這還真是魔法部的不幸……」

接著地牢又再度融解消失，等到重新恢復原狀時，哈利轉頭打量四周。他和鄧不利多仍然坐在柯羅奇先生旁邊，但這裡的氣氛卻跟剛才有著天壤之別。室內一片死寂，只有柯羅奇先生旁邊那名看起來弱不禁風的纖細女巫，不時發出一聲無淚的低泣，她用顫抖的雙手抓著手帕，緊摀住自己的嘴巴。哈利抬頭望著柯羅奇，發現他的氣色比先前更加灰敗憔悴，他太陽穴邊有一根青筋在不停跳動。

「把他們帶進來。」他說，他的聲音在寂靜的地牢中轟轟迴響。

角落的房門再度敞開，六名催狂魔押著四個人走進來。哈利看到有人轉頭望著柯羅奇先生，有幾個人還在交頭接耳竊竊私語。

地牢中央現在放著四張扶手圍著鐵鍊的椅子，催狂魔將這四個人分別放在椅子上。其中一名身材最粗壯的男人，面無表情地抬頭凝視柯羅奇；另一個比較瘦，看起來也比較緊張的男人，飛快地瞄了周圍的群眾一眼；接下來是一個有著濃密閃亮黑髮與厚重眼瞼的女人，她坐在鐵鍊椅上那副神氣的模樣，活像是一名坐在王位上的女皇；最後是一個大約才十八、九歲的男孩，他看起來簡直就像是已經被石化了似的。他在發抖，他那稻草色的頭髮，整個披下來蓋住臉，布滿雀斑的皮膚就跟牛奶一般雪白。柯羅奇身邊那個纖細的女巫，開始不停地前後晃動，用手帕摀著嘴低聲嗚咽。

柯羅奇站起來，低頭望著前面的四個人，臉上寫滿了深深的恨意。

「你們到此出席我們所召開的魔法法律議會，聽我們對你們進行判決，你們犯下如此令人髮指的滔天大罪——」

「父親，」那個有著稻草色頭髮的男孩說，「父親……求求你……」

「——在這法庭幾乎可說是前所未聞，」柯羅奇提高嗓門，壓過他兒子的聲音，「我們目前所聽到的證詞，全都對你們極為不利。你們四人被控綁架一名正氣師——法蘭克．隆巴頓——並對他施展酷刑咒，以為可以從他嘴裡套出你們那位流亡中的主人，也就是『那個不能說出名字的人』目前的行蹤——」

「父親，我沒有！」那個被鐵鍊綁住的男孩尖叫道，「我發誓我真的沒有，父親，求求你不要再把我丟給催狂魔——」

「此外你們還被控，」柯羅奇先生沉聲大喝，「當你們發現無法從法蘭克．隆巴頓那裡套出任何情報時，你們又轉而對他的妻子施展酷刑咒。你們陰謀計畫要讓『那個不能說出名字的人』重新獲得力量，好恢復你們在他全盛時期那種殘酷暴虐的生活。現在我請求陪審團——」

「母親！」下方的男孩利尖叫道，柯羅奇身邊那個弱不禁風的瘦小女巫，忍不住哭了出來，身子不停地前後晃動，「母親，妳勸他不要這樣，母親，我真的沒有，不是我做的！」

「我現在請求陪審團，」柯羅奇先生大叫，「如果你們跟我個人一樣，也認為犯下這般重大惡行的罪犯，應該在阿茲卡班監禁終生，就請你們舉起手來。」

地牢右手邊的巫師和女巫，不約而同地全部舉起手來。四周的群眾就跟剛才替貝漫鼓掌一般，又開始用力拍手，他們臉上帶著殘酷的勝利表情，男孩開始厲聲尖叫。

「不！母親，不！我沒有做，我真的沒有做，我什麼都不曉得！不要把我送回去，求求妳不要讓他們這麼做！」

催狂魔輕飄飄地滑進房中，男孩的三個同伴默默從座位上站起來。那個眼瞼厚重的女人抬頭望著柯羅奇喊道：「黑魔王將會東山再起，柯羅奇！把我們扔進阿茲卡班去吧，我們會在那裡等著！他將會東山再起，前來解救我們，並給予我們遠超過他任何手下的豐厚獎賞！只有我們對他忠貞不二！只有我們企圖想要找到他！」

那個男孩仍在拚命想要掙脫催狂魔的掌握，但哈利可以看出，牠們那種冷入骨髓、足以把人吸乾的恐怖魔力，已開始對他造成影響。當那個女人大步踏出地牢時，男孩仍在繼續拚命掙扎，群眾發出一陣訕笑聲，還有一些人忍不住站了起來。

「我是你的兒子！」他抬頭對著柯羅奇尖叫，「我是你的兒子啊！」

「你不是我的兒子！」柯羅奇先生怒吼，他的眼珠子突然暴凸出來，「我根本就沒有兒子！」

他身邊那個弱不禁風的女巫倒抽了一大口氣，猛然倒落在座位上。她昏過去了，柯羅奇顯然並沒有發現。

「把他們帶走！」柯羅奇對著催狂魔咆哮，嘴裡噴出一大堆口水，「把他們全都帶走，就讓他們待在那裡腐爛發臭吧！」

「父親！父親，這真的不關我的事啊！不！不！父親，求求你！」

「哈利，我想現在你該回到我的辦公室去了。」哈利耳邊響起一個平靜的嗓音。

哈利驚跳了一下，他連忙環顧四周，然後他轉頭望著他的另一邊。

阿不思．鄧不利多坐在他右手邊，正在望著催狂魔把柯羅奇的兒子拖走——他的左手邊也坐了一個鄧不利多，這個阿不思．鄧不利多正在望著他。

「走吧。」左邊的鄧不利多說，並伸手抓住哈利的手肘。哈利感到自己開始浮向空中，周遭的地牢又再度融化消失。接著有一段短暫的時間，四周只是一片漆黑，然後他感到自己彷彿是用慢動作，在空中翻了個觔斗，在一片似乎是鄧不利多陽光充盈辦公室裡的炫目光芒中，雙腳安安穩穩地踏到地面。石盆在他面前的櫃子中閃爍發光，而阿不思．鄧不利多就站在他的身旁。

「教授，」哈利喘著氣說，「我知道我不應該——我不是故意的——櫃子的門沒關好——」

「我可以理解。」鄧不利多說。他端起石盆，帶著它走到書桌前，放在光澤閃亮的桌面上，然後坐到書桌後的椅子上。他示意哈利坐到他的對面。

哈利坐下來，望著那個石盆。裡面的東西又恢復原先那種銀白色的模樣，在他的注視下微微波動並打著漩渦。

「這是什麼？」哈利顫聲問道。

「這個嗎？這叫儲思盆，」鄧不利多說，「我有時候會覺得腦袋裡塞了太多的記憶和思緒，相信你應該懂得這種感覺。」

「呃。」哈利說，事實上他可從來沒有過這樣的感覺。

「在這種時候，」鄧不利多指著石盆說，「我就會用到儲思盆。這東西可以把你腦袋裡過多的念頭吸出來，倒進盆子裡，等你有空的時候再去仔細檢查。你該知道，用這樣的形式檢查思緒，比較容易看清它們的模式和彼此間的關聯。」

「你是說……這些東西是你的**思緒**？」哈利問道，低頭凝視盆中那些打著漩渦的白色物質。

「完全正確，」鄧不利多說，「讓你看看吧。」

鄧不利多從長袍中掏出魔杖，將尖端戳入他太陽穴邊的銀髮。當他放下魔杖時，上面似乎黏了一些頭髮——但接著哈利就看清楚，事實上那是一縷閃爍發光的物質，就跟儲思盆中那些古怪的銀白東西一模一樣。鄧不利多把這些新吸出的思緒放進盆中，哈利震驚地發現，自己的面孔就浮在表面上微微晃動。

鄧不利多用他那雙修長的手，分別握住儲思盆的兩端，用一種像是淘金者正在淘洗金沙的動作，開始輕輕地旋轉搖晃它……哈利看到他自己的臉漸漸轉變成石內卜的面孔，石內卜張開嘴，用一種略帶迴音的嗓音，對著天花板說：「它又回來了……卡卡夫的也一樣……比以前更明顯更清楚……」

「我不用任何協助，也可以看出其中的關聯，」鄧不利多嘆著氣說，「但別管這些了。」他的目光越過他的半月形眼鏡上方，仔細地盯著哈利，哈利正張大嘴巴，驚訝地望著仍然繼續在盆中旋轉晃動的石內卜面孔，「在夫子先生到這裡來跟我碰面的時候，我正在使用儲思盆，所以我收得相當匆忙，沒把它給放好。我顯然是沒把櫃子關緊，它自然會引起你的注意。」

「我很抱歉。」哈利囁嚅地表示。

鄧不利多搖搖頭。

「好奇並不是罪過，」他說，「但我們在面對自己的好奇心時，必須特別謹慎小心……確實是這樣……」

他微微皺起眉頭，用魔杖尖端朝盆中的思緒戳了一下。盆中立刻冒出一個人影，一個大約十六歲，看起來滿臉不高興的胖女孩，她雙腳站在盆中，身體開始緩緩旋轉。她完全沒注意到哈利和鄧不利多教授，當她開口說話時，她的嗓音也跟石內卜一樣微微帶著迴音，彷彿聲音是從石盆深處傳出來似的：「他對我施了一個厄咒，鄧不利多教授，我只不過是嘲笑了他幾句，先生，我只是說，我上個星期四看到他在溫室後面跟芙羅倫斯親嘴……」

「但為什麼呢？柏莎，」鄧不利多悲傷地說，抬頭望著那個正在默默旋轉的女孩，「妳為什麼一開始要去跟蹤他呢？」

「柏莎？」哈利望著她悄聲問道，「就是那個——那個柏莎．喬金嗎？」

「是的，」鄧不利多說，又往盆中的思緒戳了一下。柏莎沉了下去，裡面的物質又再度變成不透明的銀白色，「那是我記憶中還在學校念書時的柏莎。」

儲思盆發出的銀光照亮了鄧不利多的面孔，哈利在剎那間突然驚覺，這位校長看起來是多麼衰老。哈利當然知道鄧不利多的年紀很大了，但不知怎地，他過去從來沒真正把鄧不利多看作是一個老人。

「好了，哈利，」鄧不利多平靜地表示，「在你陷入我的思緒之前，你說你有事情想要告訴我。」

「是的，」哈利說，「教授——我剛才正在上占卜學，而我——呃，這個——我睡著了。」

說完之後他遲疑了一會，不知道自己會不會被校長痛罵一頓，但鄧不利多只是淡淡地說：「這我可以理解，繼續說下去。」

「嗯，我做了一個夢，」哈利說，「我夢到了佛地魔王。在夢裡，他正在用酷刑折磨蟲尾……你知道蟲尾是——」

「我知道他是誰，」鄧不利多立刻接口說，「請繼續說下去。」

「佛地魔收到一封鴞送來的信。他說了一些話，意思好像是說蟲尾犯的愚蠢大錯已經完全彌補過來。他說有某個人死了，然後他又表示，他不會拿蟲尾來餵蛇——他的椅子旁邊有一隻蛇——他說他要拿我代替蟲尾來餵蛇。然後他就對蟲尾施展酷刑咒——而我的疤也開始發疼，」他說，「接著我就痛醒了，那實在是太痛了。」

鄧不利多只是定定地注視著他。

「呃——我說完了。」哈利說。

「我知道，」鄧不利多平靜地說，「我知道了。現在告訴我，你的疤除了在暑假那次讓你痛醒之外，在今年其他時候還有沒有發疼過？」

「沒有，我——你怎麼曉得它在暑假時讓我痛醒的事？」哈利震驚地問道。

「並不是只有你一個人在跟天狼星通信，」鄧不利多說，「自從他去年離開霍格華茲以後，我同樣也一直跟他保持聯絡。是我建議他待在那個山洞裡，我認為他躲在那裡最安全。」

鄧不利多站起來，開始在書桌後不斷地來回踱步。他不時用魔杖尖端戳戳他的太陽穴，取出另一縷閃亮的銀色思緒，注入儲思盆中。盆中的思緒開始飛快地轉著漩渦，因此哈利已無法再辨識出其中任何事物，現在那看起來只是一團五彩繽紛的朦朧光影。

「教授？」哈利在過了幾分鐘之後輕聲問道。

鄧不利多停止踱步，轉頭望著哈利。

「真抱歉。」他輕聲說，走到書桌前坐了下來。

「你——你知道我的疤為什麼會痛嗎？」

鄧不利多用非常專注的目光，望了哈利好一會，然後才開口說：「我有個想法，但也只是個想法而已……我自己是認為，每當佛地魔王靠近你，或是當他感到一股特別強烈的恨意時，你的疤就會開始發疼。」

「但……這是為什麼呢？」

「這是因為，一個失敗的咒語，使你和他兩人之間形成某種連結，」鄧不利多說，「那並不是一道普通的疤痕。」

「所以你是認為……那個夢裡的事……全都是真的囉？」

「很有可能，」鄧不利多說，「可以說——大概就是這樣沒錯，哈利——你在夢中有看到佛地魔嗎？」

「沒有，」哈利說，「只看到他坐的椅子背面。不過——那也沒什麼好看的嘛，對不對？我的意思是，他根本就沒有身體，不是嗎？但是——那他怎麼有辦法舉起魔杖呢？」哈利緩緩表示。

「果真如此？」鄧不利多喃喃地說，「果真如此……」

接下來鄧不利多和哈利兩人有好一陣子都沒再開口說話。鄧不利多凝視著房間對面，不時用魔杖尖端頂住太陽穴，將更多的閃亮銀色思緒倒進儲思盆，注入那一大堆沸騰翻滾的銀色物質中。

「教授，」哈利最後終於忍不住開口問道，「你覺得他的力量真的越變越強了嗎？」

「佛地魔嗎？」鄧不利多說，目光越過儲思盆盯著哈利。那是一種獨特且具有穿透力的銳利目光，哈利過去也曾在其他一些時候領教過同樣的目光，而他每一次都覺得自己在鄧不利多面前無所遁形，彷彿鄧不利多的雙眼具有一種甚至連穆敵的魔眼都望塵莫及的神秘力量，可以完完全全看穿他的心意，「這也跟剛才一樣，我只能告訴你我的猜測。」

鄧不利多又嘆了口氣，看起來比先前更加衰老、更加疲憊。

「在佛地魔逐漸開始累積勢力的年代，」他說，「其中一個顯著的特色，就是一連串的失蹤事件。柏莎．喬金在謠傳佛地魔最後藏身的地方，無聲無息地完全消失。柯羅奇先生也失蹤了……就在我們這個校園裡面失去蹤影。此外還有第三個人失蹤，但我很遺憾，魔法部對此毫不重視，因為失蹤的人是一個麻瓜。他的名字是法蘭克．布萊斯，就住在佛地魔父親以前住的村子裡，去年八月以後，就再也沒人看到過他。你也曉得，我跟我大多數的魔法部朋友不太一樣，我會去看麻瓜的報紙。」

鄧不利多用非常嚴肅的表情望著哈利說：「在我看來，這些失蹤事件全部是有關聯性的。魔法部並不同意我的看法──剛才你在我辦公室外等著的時候，大概都已經聽到了。」

哈利點點頭。他們兩人又再度沉默下來，而鄧不利多仍不時用魔杖取出腦中的思緒。哈利覺得自己好像該走了，但強烈的好奇心卻讓他仍賴在椅子上不動。

「教授？」他又開口喊道。

「什麼事，哈利？」鄧不利多說。

「呃……我可不可以問你……剛才我在儲思盆裡看到那些……那些法庭的事？」

「可以，」鄧不利多沉重地答道，「我參加過很多次審判，但其中有幾場審判，讓我記憶特別深刻……尤其是在現在……」

「你知道——你知道剛才你來找我那時候的審判會嗎？就是審判柯羅奇兒子的那一場？嗯……他們說的是不是奈威的父母？」

鄧不利多用非常銳利的目光看了哈利一眼。

「難道奈威從來沒告訴過你，他為什麼是由奶奶撫養長大的嗎？」他問道。

哈利搖搖頭，而在搖頭的同時，哈利不禁在心中暗暗詫異，為什麼自己跟奈威相交將近四年來，從來就沒想過要問他這個問題。

「是的，他們說的就是奈威的父母。」鄧不利多說，「他的父親法蘭克跟穆敵教授是同行，同樣也是一位正氣師。就像你剛才聽到的一樣，在佛地魔失去力量之後，他的餘黨用酷刑折磨隆巴頓夫妻，想要套出他的下落。」

「所以他們已經死了？」哈利輕聲問道。

「不，」鄧不利多說，他的聲音充滿了怨恨，哈利過去從來沒聽到他用這樣的語氣說過話，「他們瘋了。他們兩人都住在聖蒙果魔法疾病與傷害醫院，我相信奈威常在放假時跟奶奶一起去探望他們，他們根本就不認得他了。」

哈利驚駭莫名地坐在那裡發楞。他以前從來不曉得……這整整四年來，他從來就沒費神去關心過這件事……

「隆巴頓夫妻事件非常出名，」鄧不利多說，「這是發生在佛地魔失去力量之後，就在大家全都以為，自己總算苦盡甘來，可以開始平平安安過日子的時候，卻出現這樣的慘事。這項攻擊事件使得群情激憤，魔法社會興起一股前所未有的怒潮。當時魔法部受到非常大的壓力，急著想要逮到罪魁禍首，但不幸的是，隆巴頓夫妻的證詞——以他們當時的情況——全都不是很可靠。」

「所以說，柯羅奇先生的兒子也有可能根本沒涉案囉？」哈利緩緩問道。

鄧不利多搖著頭答道：「這我完全不曉得。」

哈利又開始一言不發地坐在那裡，望著儲思盆中那些不斷轉著漩渦的物質發楞。他心裡還急著想問另外兩個問題……但這些問題所牽涉到的犯罪者，目前仍然活在世上……

「呃，」他說，「貝漫先生……」

「……在那之後，他就再也不曾被指控涉入黑暗勢力的活動。」鄧不利多平靜地表示。

「好，」哈利連忙答道，他再度低頭望著儲思盆中的物質，鄧不利多已不再注入新的思緒，因此它們現在打漩渦的速度變慢了許多，「還有……呃……」

但儲思盆似乎已代他把問題說了出來，盆中又再度浮現出石內卜的面孔。鄧不利多低頭瞥了一眼，接著就抬頭望著哈利。

「石內卜教授也是一樣。」他說。

哈利深深地望進鄧不利多淺藍色的雙眸，他還來不及阻止自己，就忍不住衝口說出他心裡真正想問的問題：「你為什麼會認為他已經不再支持佛地魔了呢，教授？」

鄧不利多迎上哈利的視線，跟他對望了一會，然後才開口說：「這是我和石內卜教授兩人之間的事，哈利。」

哈利一聽就曉得這次的會面已經宣告結束，鄧不利多並沒有露出生氣的表情，但他的語氣帶有一絲話就到此為止的決斷意味，哈利知道自己該走了。他站起來，鄧不利多也起身送客。

「哈利，」他在哈利走到門邊時表示，「請不要把奈威父母親的事告訴任何人。他有權利決定等他準備好的時候，再讓別人知道。」

「是，教授。」哈利說，轉身準備離去。

「還有——」

哈利回過頭來。

鄧不利多站在儲思盆前，盆中銀白的光點照亮他的面龐，而他看起來比先前更加衰老。他凝視了哈利好一會，然後才開口說：「祝你第三項任務順利成功。」

31 第三項任務

「鄧不利多也覺得『那個人』的力量又變強了？」榮恩悄聲問道。

哈利現在已把他在儲思盆裡看到的一切、鄧不利多在事後告訴他的所有事情，以及對他展示出的種種奇妙景象，幾乎一五一十地告訴榮恩和妙麗——哈利自然也不會忘了通知天狼星，他一離開鄧不利多的辦公室，就馬上派貓頭鷹送了封信過去。當天晚上，哈利、榮恩和妙麗又再度坐在交誼廳中，一直長談到深夜。他們反覆討論這些事情，到了最後，哈利不禁感到腦袋發脹，而他終於體會到，鄧不利多所說的那種腦袋裡塞滿思緒，非得把它們吸出來才會舒服的情形，究竟是什麼樣的感覺了。

榮恩凝視交誼廳中的爐火。雖然今天晚上天氣相當暖和，但哈利卻好像看到榮恩在微微發抖。

「而且他信任石內卜？」榮恩說，「鄧不利多明明曉得，石內卜以前是食死人，但卻還是信任他？」

「是的。」哈利說。

妙麗已經有整整十分鐘沒有開口說話，她雙手抱頭地坐在那裡，盯著自己的膝蓋發楞。哈利覺得她看起來似乎也需要找個儲思盆來用用。

「麗塔．史譏。」她最後終於低聲說。

「妳現在居然還有空去擔心麗塔．史譏的事？」榮恩難以置信地說。

「我不是在擔心她的事，」妙麗對自己的膝蓋說，「我只是在想……還記得她在三根掃帚對我說的話嗎？『我知道一些魯多．貝漫幹的好事，說出來會把妳嚇得連頭髮都蓬起來。』所以她指的就是這件事對不對？她有去採訪貝漫的審判會，所以她會知道，他曾經替食死人提供過情報。眨眨也是一樣，你們該記得吧……『貝漫先生是一個壞巫師！』貝漫逃脫法律制裁，一定讓柯羅奇先生覺得很生氣，他很有可能會在家裡提到這件事。」

「話是沒錯，但貝漫又不是故意要去通風報信，對不對？」

妙麗聳聳肩。

「而夫子認為，攻擊柯羅奇的人是**美心夫人**？」榮恩轉頭望著哈利問道。

「是的，」哈利說，「但他會這麼說，只不過是因為，柯羅奇是在波巴洞馬車附近失蹤的。」

「我們怎麼會從來沒想到她呢？」榮恩緩緩表示，「我告訴你們，她百分之百有巨人的血統，但她卻死都不肯承認——」

「她當然不肯承認啦，」妙麗抬起頭來厲聲說，「你去看看海格，看他被麗塔．史譏發現他母親的事以後，究竟變得有多慘。你再看看夫子，他只不過是因為她有一半巨人血統，就不分青紅皂白地判定她有嫌疑。誰想要遭受這樣的偏見呀？我要是知道，說實話會帶給我什麼樣的悲慘下場，我大概也會說我只是骨架比較大。」

妙麗低頭看看錶。

「我們到現在還沒做任何練習！」她震驚地說，「我們本來應該要練習障礙惡咒的！我們明天非開始練習不可！走吧，哈利，你該去睡一下了。」

哈利和榮恩慢慢爬上樓梯，回到寢室。哈利在換睡衣時，轉頭望著奈威的床。他為了遵守對鄧不利多的承諾，並沒有把奈威父母親的事情告訴榮恩和妙麗。哈利摘下眼鏡，爬上他的四柱大床，心中暗暗想像，若是他父母親還活在世上，但卻根本就不認識他，那會是什麼樣的滋味。哈利的孤兒身分，經常讓他獲得陌生人的同情，但現在他聆聽著奈威的鼾聲，不禁感到，奈威實在比他更值得同情。哈利靜靜躺在黑暗中，心中突然對那些用酷刑折磨隆巴頓夫妻的人，感到一股強烈的憤怒與恨意……他回想起當柯羅奇的兒子和他的同伴被催狂魔拖走時，群眾所發出的嘲笑聲……他完全可以了解他們的感受……他又想到那個面孔像牛奶一樣慘白，不斷在厲聲尖叫的男孩，然後才猛然一驚地意會到，他早在被捕後一年就死了……

這是佛地魔的錯，哈利在黑暗中凝視著四柱大床的罩頂，心中暗暗想著，這全是佛地魔的錯……他才是拆散這些家庭，奪去所有人性命的罪魁禍首……

＊＊＊

考試就快要開始了，而且剛好是在執行第三項任務那天結束，榮恩和妙麗兩人現在應該好好複習功課，但他們卻花費大半心力，幫忙哈利進行準備工作。

「這你不用擔心啦，」在哈利提醒他們兩人該去念點書，他可以暫時一個人自己練習時，妙麗卻不耐煩地表示，「至少我們的黑魔法防禦術一定可以拿到高分，我們在課堂上可從來沒學過這麼多的厄咒。」

「我們大家以後不都是要當正氣師嗎，這可是很好的訓練呢。」榮恩興匆匆地說，並試著對一隻嗡嗡飛進房間的黃蜂施展障礙惡咒，讓牠一動也不動地停在半空中。

進入六月以後，城堡中的氣氛又開始變得既興奮又緊張。第三項任務預定在學期結束前一個禮拜舉行，大家全都熱切期盼它快點到來。哈利利用所有的空閒時間，來練習各式各樣的厄咒。他對這次任務比前兩次有信心多了，雖然它必然會跟以前一樣困難並且充滿危險，但穆敵說得沒錯：哈利早在這之前，就已成功對付過一些怪獸，並順利闖過好幾個魔法關卡。這次他至少事前得到通知，還有機會為即將面對的難關進行準備。

麥教授老是在學校各處撞見他們，最後她終於煩不勝煩，乾脆允許哈利在午餐時間，使用空出來的變形學教室。他很快就學會了使攻擊者速度變慢，從而妨礙攻擊威力的障礙惡咒、可以讓他把擋路固體物炸開的消除咒，以及一個非常有用的方向咒。這個符咒是妙麗發現的，它可以讓哈利的魔杖指向北方，這樣他在迷宮裡就不會走錯方向了。但是他在練習屏障咒時，卻遇到了一些困難。這個符咒原本可以在他四周形成一圈暫時性的隱形牆，好讓他可以避開威力較低的詛咒，但妙麗卻施出一個技術高超的果醬腿惡咒，把他的屏障擊得粉碎，害哈利跌跌撞撞地在房間裡晃了十分鐘，妙麗才好不容易找到一個反惡咒來讓他恢復正常。

「你已經算是練得很不錯了，」妙麗替他打氣，低頭望著那張魔法清單，把哈利已經學會的咒語畫掉，「裡面有些一定可以派得上用場。」

「你們過來看看，」榮恩站在窗邊，望著下方的校園說，「馬份到底在搞什麼鬼？」

哈利和妙麗走過去看，馬份、克拉和高爾正站在下面一棵樹的樹蔭下。克拉和高爾看起來似乎是在替馬份把風，兩個人臉上都露出得意的笑容，馬份把手湊到嘴邊，正在對著自己的手心說話。

「他看起來好像是在用無線電對講機。」哈利好奇地說。

「不可能，」妙麗說，「我不是跟你說過了嗎？這類物品一到霍格華茲附近，就全都會失靈故障。好了，哈利，」她輕快地喊道，離開窗口，重新回到房間中央，「我們再來練習屏障咒吧。」

＊＊＊

天狼星現在天天都派貓頭鷹送信過來，他跟妙麗一樣，似乎也打算先專心協助哈利通過最後一項任務，然後再來操心其他的事。天狼星每封信都不忘提醒哈利，不論霍格華茲校園外發生了什麼事，那全都不是他的責任，何況他也沒有能力去做任何事。

佛地魔的力量若是真的變強的話（他這麼寫道），那我首先考慮到的，就是如何確保你的安全。你在鄧不利多的保護下，他休想對你伸出魔掌，但事情還是一樣，你絕對不能去冒險：先專心設法安全通過迷宮，然後我們再來操心別的事。

六月二十四日就快要到了，哈利的心情也變得越來越緊張，不過這次已經比他在第一項和第二項任務之前的情形，要好得太多了。首先呢，他這次確實是有竭盡全力，來為執行任務進行準備工作，因此心理上感覺踏實許多。還有呢，現在就只剩下這最後一個難關了，所以不管他表現得是好是壞，比完之後，鬥法大賽就宣告結束，那時他就可以大大鬆一口氣了。

* * *

舉行第三項任務當天早上，大家吃早餐時，葛來分多餐桌顯得特別吵鬧。在貓頭鷹郵件抵達時，哈利收到天狼星寄來的幸運卡。那只是一張折起來的羊皮紙，上面蓋了一個泥巴狗腳印，但哈利一樣還是非常感激。一隻嗚角鴞依照慣例將一份《預言家日報》送到妙麗面前，她翻開報紙，朝頭版瞥了一眼，接著就噗的一聲，把嘴裡的南瓜汁全都吐到了上面。

「怎麼啦？」哈利和榮恩望著她齊聲問道。

「沒什麼。」妙麗連忙答道，想要把報紙推到他們看不見的地方，卻被榮恩一把抓起。

他望著報紙頭條，然後說：「真是的，幹嘛偏選在今天？那頭**老母牛！**」

「什麼？」哈利問道，「又是麗塔．史譏嗎？」

「不是。」榮恩說，他跟妙麗一樣，想要把報紙推到看不見的地方。

「上面有寫到我是不是？」哈利問道。

「沒有啦。」榮恩的語氣一聽就知道是在說謊。

哈利還來不及抓起報紙，跩哥．馬份的嗓音就從史萊哲林餐桌傳過來，飄送到他耳邊。

「嘿，波特！**波特**！你的頭怎麼啦？你沒事吧？你該不會突然發瘋，衝過來打我們吧？」

馬份手裡也抓著一份《預言家日報》，史萊哲林餐桌邊的人全都在吃吃竊笑，扭過身來想要看哈利的反應。

「讓我看看，」哈利對榮恩說，「把報紙給我。」

榮恩心不甘情不願地把報紙遞給哈利。哈利把報紙翻過來，赫然看到他自己的照片，下面還有一個橫跨全版的大標題：

哈利波特「精神失常且極具危險性」

曾經擊敗「那個不能說出名字的人」的男孩，目前精神狀況很不穩定，並可能具有相當的危險性。**本報特約記者麗塔．史譏特別報導**。關於哈利波特怪異行徑的驚人證據，近來已開始逐漸披露，這使得有識之士不禁開始懷疑，他是否適合參加三巫鬥法大賽這類對參賽者要求極高的競賽，甚至有人認為，他根本就不該在霍格華茲上課。

據《預言家日報》記者所採訪到的獨家新聞顯示，波特經常在學校裡昏倒，並且常有人聽到他抱怨說額上的疤痕（也就是「那個人」企圖謀殺他時所遺留下來的詛咒痕跡）開始發疼。上個星期一，《預言家日報》記者親眼看到，波特在占卜學課上到一半的時候，聲稱他的疤痕痛得非常厲害，使他沒辦法再繼續上課，接著就立刻衝出教室。

聖蒙果魔法疾病與傷害醫院的醫學權威指出，「那個人」對波特的攻擊，很可能對他的心理造成極深遠的影響，而波特一再表示他的疤痕仍在發疼，也反映出他內心根深蒂固的混亂狀態。

「他甚至有可能是裝出來的，」一名專家表示，「這樣可以引起別人的注意。」

然而，《預言家日報》卻挖掘出哈利波特一些令人擔憂的事實。過去在霍格華茲校長阿不思．鄧不利多的極力隱瞞之下，魔法世界大眾全都對此一無所知。

「波特會說爬說語呢，」霍格華茲四年級學生跩哥．馬份透露，「在一、兩年前，學校有很多學生受到攻擊，大多數人看到波特在決鬥社活動時突然大發脾氣，派蛇去對付另一個男孩以後，就認定這些攻擊事件絕對跟他脫不了關係。但後來這些事全都被壓下來了，而且他還跟狼人和巨人交朋友呢。我們全都認為，為了力量，不管什麼事他都做得出來。」

爬說語這種可以跟蛇交談的能力，長久以來都被視為是一種黑魔法。事實上，我們這個時代最著名的爬說嘴，正是「那個人」。一名不願透露姓名的黑魔法防禦聯盟成員特別聲明，他認為所有會說爬說語的巫師「都應該接受仔細的調查。我個人對能跟蛇交談的人，向來都有著高度的懷疑，因為蛇經常被用來施行一些最可怕的黑魔法。根據過去的歷史，蛇這種生物向來就是跟壞人同流合污。」同樣地，「只要是會跟狼人和巨人這種邪惡生物打交道的巫師，天性顯然都具有暴力傾向。」

阿不思・鄧不利多實在不應該允許這樣的男孩參加三巫鬥法大賽。第三項任務將於今晚舉行，有些人害怕波特會為了在鬥法大賽中獲勝，不顧一切地轉而學習黑魔法。

「根本就是亂寫一通嘛，不是嗎？」哈利折起報紙，輕鬆地表示。

馬份、克拉和高爾現在正坐在史萊哲林餐桌邊嘲笑他，他們伸出一根手指，敲敲自己的腦袋，裝出瘋子似的古怪鬼臉，再伸出舌頭像蛇一般地連連晃動。

「但她怎麼會曉得，你在上占卜學的時候疤突然發疼呢？」榮恩說，「她根本就不可能會到那裡，她根本就不可能會聽到——」

「窗戶是開著的，」哈利說，「我有把窗戶打開透透氣。」

「你們是在北塔頂端欸！」妙麗說，「你的聲音再怎麼樣也傳不到校園！」

「對了，妳不是說，要去查有什麼魔法可以竊聽嗎？」哈利說，「那妳快告訴我，她到底是怎麼聽到的啊？」

「我是有在查呀！」妙麗說，「可是我……我……」

妙麗臉上突然出現一種做夢般的怪異神情，她緩緩舉起一隻手，用手指梳理她的頭髮。

「妳沒事吧？」榮恩皺眉望著她問道。

「沒事。」妙麗屏息說。她又用手指梳理了一下頭髮，然後再把手湊到嘴邊，做出一副好像是在對隱形對講機說話的模樣，哈利和榮恩面面相覷。

「我有一個想法，」妙麗茫然瞪著前方說，「我想我知道了……因為這麼做的話，就沒有人能夠看到了……甚至連穆敵都不能……而且她這樣就可以停到窗台上……但她應該不行這麼做啊……她**絕對**沒有得到許可……我想我們逮到她了！只要再讓我到圖書館去查查看——做最後確認！」

妙麗一說完，就抓起書包，快步衝出餐廳。

「喂！」榮恩在她背後喊道，「我們再過十分鐘就要考魔法史了欸！天哪，」他轉頭望著哈利說，「她居然不怕考試遲到，我看她是真的很恨那個叫史譏的女人。待會到了丙斯教授的教室，你在大家考試的時候要幹嘛——還是看書嗎？」

做為三巫的鬥士，哈利不用參加期末考。到目前為止，每一場考試他都坐在教室後面，為第三項任務尋找有用的厄咒。

「大概吧。」哈利對榮恩說，麥教授就在此時沿著葛來分多餐桌朝他走過來。

「波特，早餐後鬥士請到餐廳旁的房間集合。」她說。

「但任務要到晚上才會舉行啊！」哈利說，不小心把炒蛋掉到長袍前襟上，他很害怕自己弄錯了時間。

「這我知道，波特。」她說，「我們邀請鬥士的家人，到這裡來觀賞最後一項任務，你懂的，這只是讓你們有機會先跟他們打聲招呼。」

她轉身離去，哈利瞪大眼睛望著她的背影。

「難道她真以為德思禮他們會來嗎？」他茫然地詢問榮恩。

「我不曉得，」榮恩說，「哈利，我得走了，要不然就趕不上丙斯的考試了，待會見囉。」

「別理他，」西追皺起眉頭，在他父親背後壓低聲音說，「自從麗塔．史譏那篇關於三巫鬥法大賽的文章登出來以後，他就一直很不高興——你也曉得，她寫得好像是霍格華茲就只有你一名鬥士。」

「但他根本就懶得去糾正她，不是嗎？」阿默．迪哥里在哈利、衛斯理太太和比爾一起走出房門時，用大得足以讓哈利聽到的聲音說，「沒關係……那你就讓他好好見識一下，小追。你以前不是打敗過他一次嗎？」

「麗塔．史譏這個人就是愛譁眾取寵，到處興風作浪，阿默！」衛斯理太太生氣地說，「這你應該清楚得很，你可是在魔法部上班欸！」

迪哥里先生彷彿是想要衝口說出一些氣話，但他的太太卻按住他的手臂，所以他只是聳聳肩，轉過身去。

哈利、比爾和衛斯理太太，在陽光普照的校園中散步，哈利帶他們去參觀波巴洞馬車與德姆蘭校船，度過了一個非常愉快的早晨。渾拚柳是在衛斯理太太畢業之後才栽下的，她簡直就被這棵樹給迷住了。同時她也花了相當長的一段時間，細細追憶當年那位在海格之前的獵場看守人，一個叫做歐哥的男人。

「派西好嗎？」哈利在他們繞過溫室時問道。

「不太好。」比爾說。

「他心情糟透了，」衛斯理太太壓低聲音，往周遭瞥了一眼說，「魔法部不想讓柯羅奇先生失蹤的事曝光，但他們有傳派西去問話，調查關於柯羅奇先生派貓頭鷹送指示給他的事。他們好像認為，那些信有可能並不是柯羅奇自己寫的。派西現在受到很大的壓力，他們今晚沒讓他來代替柯羅奇先生擔任第五位評審，康尼留斯．夫子今晚會過來擔任評審。」

他們回到城堡吃午餐。

「媽——比爾！」榮恩一坐到葛來分多餐桌邊，就目瞪口呆地問喊道，「你們怎麼會在這裡？」

「我們來看哈利執行最後一項任務啊，」衛斯理太太愉快地說，「說真的，可以不要窩在家裡煮飯，到這裡來調劑一下，感覺還真不錯呢。你考試考得怎麼樣呀？」

「喔……還可以啦，」榮恩說，「妖精叛亂事件那一大堆人名我老是記不住，所以乾脆自己發明了幾個名字。這沒關係的啦，」他說，無視於衛斯理太太嚴厲的表情，伸手取了一個康瓦耳餡餅，「反正牠們全都是叫什麼鬍子臉伯卓啦，或是邋遢鬼厄果之類的，好編得很。」

弗雷、喬治和金妮也走過來加入他們，哈利這頓飯吃得非常愉快，感覺就好像是回到了洞穴屋似的。他完全忘了要擔心傍晚即將開始舉行的第三項任務，一直到妙麗在他們午餐吃到一半忽然出現時，他才回想起她剛才露出靈機一動的表情，似乎是看穿了麗塔．史識的詭計。

「妳是不是要告訴我們——？」

妙麗面帶警告地搖搖頭，並迅速瞥了衛斯理太太一眼。

「哈囉，妙麗。」衛斯理太太說，語氣顯得比往常生硬許多。

「哈囉。」妙麗說，她看到衛斯理太太冷漠的表情，她的笑容立刻黯淡下來。

哈利的目光朝她們兩人臉上來回梭巡，然後開口說：「衛斯理太太，妳該不會真的相信麗塔．史識在《女巫週刊》上寫的那篇垃圾吧？妙麗根本就不是我的女朋友。」

「喔！」衛斯理太太說，「怎麼會——我當然不會相信啦！」

但在這之後，她對妙麗的態度就變得親切多了。

哈利、比爾和衛斯理太太接著到城堡附近散步，消磨掉一整個下午，然後再回到餐廳用晚餐。魯多．貝漫和康尼留斯．夫子已坐在教職員餐桌邊。貝漫看起來相當快活，但坐在美心夫人身邊的康尼留斯．夫子卻板著一張臉，也不跟任何人講話。美心夫人專注地望著她的餐盤，哈利覺得她的眼睛好像紅紅的。坐在餐桌另一邊的海格，不停地斜眼偷瞄她。

今晚的餐點比平常豐盛許多，但哈利現在已開始感到緊張，所以吃得不多。當上方的魔法天花板，漸漸自天藍色轉為暗紫色時，鄧不利多自教職員餐桌邊站了起來，室內立刻安靜下來。

「各位先生，各位女士，再過五分鐘，我就要請大家動身前往魁地奇球池，去觀賞三巫鬥法大賽第三項，也是最後一項任務。現在請鬥士們先跟貝漫先生一起前往運動場。」

哈利站起來，葛來分多餐桌邊的學生們拍手為他加油。妙麗和衛斯理一家人全都開口祝他好運，接著他就跟西追、花兒和喀浪一同走出餐廳。

「你感覺還好吧，哈利？」貝漫在他們走向通往校園的石階時問道，「有把握嗎？」

「還可以。」哈利說。這可以算是實話，他是很緊張沒錯，但他不斷暗暗在心中複習他練習過的所有厄咒和符咒，確定自己全都記得一清二楚，這讓他感到心裡踏實許多。

他們踏進魁地奇球池，這裡現在已變得讓人完全認不出來了。球池邊緣圍了一圈二十呎高的籬笆，他們正前方的籬笆有一道裂縫，那就是這座廣大迷宮的入口。裡面的通道看起來黑漆漆的，令人感到毛骨悚然。

五分鐘之後，觀眾開始走進看台，當數百名學生排隊走向他們的座位時，四周立刻響起了一片興奮的交談聲與轟隆隆的腳步聲。天空現在已轉變為澄淨的深藍，而夜晚的星星也開始陸續出現。海格、穆敵教授、麥教授與孚立維教授踏進體育場，走到貝漫與鬥士們面前。他們全都在帽子上戴了一顆會發亮的紅色星星，只有海格一個人例外，他是把星星別在鼴鼠皮背心後面。

「我們會在迷宮外面巡邏，」麥教授對鬥士說，「你們要是遇到麻煩，或是想要求助，就往空中發射紅色火花，我們會立刻派人過去救你們，懂嗎？」

鬥士們點點頭。

「你們去吧！」貝漫愉快地對四名巡邏隊員說。

「祝你好運囉，哈利。」海格悄聲說，接著他們四人分別往不同的方向走去，前往迷宮周圍各自的位置站崗。貝漫用魔杖指著自己的喉嚨，低聲念道：「哄哄響。」他那被魔法放大的聲音隨即響遍了整個看台。

「各位先生，各位女士，三巫鬥法大賽的第三項，也是最後一項任務，馬上就要展開了！讓我先在這裡向大家報告目前的積分排名順序！有兩位鬥士積分相同，以八十五分同時領先——西追．迪哥里先生和哈利波特先生，兩位同樣都代表霍格華茲！」熱烈的歡呼喝采聲，把禁忌森林中的鳥嚇得振翅飛向越來越黑的天空，「以積分八十分排名第二的是——德姆蘭學院的維克多．喀浪先生！」又是一陣掌聲，「排名第三的是——波巴洞學院的花兒．戴樂古小姐！」

哈利可以隱約分辨出，衛斯理太太、比爾、榮恩和妙麗就坐在看台中間位置，正在禮貌性地為花兒鼓掌。他朝他們揮揮手，他們也笑吟吟地朝他揮手。

「好……哈利和西追，現在注意聽我的哨聲！」貝漫說，「三——二——一！」

他吹出一聲短促的哨音，哈利和西追立刻快步走進迷宮。

高聳的籬笆在小徑上灑落下黑暗的陰影，不曉得是因為籬笆太高太密，還是因為它們被施了魔法，他們一踏進迷宮，四周群眾的喧鬧聲，就立刻消失無蹤。哈利覺得自己彷彿又進入了水中世界，他掏出魔杖，低聲念道：「路摸思。」聽到西追也在背後念出同樣的咒語。

往前走了大約五十碼左右，他們到達了一個分岔路口，兩人互相對望。

「待會見。」哈利說，接著他就往左邊走去，而西追則走向右邊。

哈利聽到貝漫的哨音第二次響起，喀浪也進入了迷宮。哈利加快腳步，他選擇的道路上似乎什麼也沒有。他往右轉，急急往前走去，並將魔杖高高舉在頭上，儘可能想要看得遠一些，但還是什麼也看不到。

遠方再度響起貝漫的第三聲哨音，現在所有鬥士都已經進入迷宮了。

哈利不停回頭張望。他又開始感到，似乎有人在偷偷盯著他瞧。隨著時間一分一秒地流逝，上方的天空逐漸轉暗成海軍藍色，而迷宮也變得越來越黑暗。他走到了第二個分叉路口。

「指引我方向。」他將魔杖平放在手掌上，悄聲對魔杖說。

魔杖轉了一圈，指向他右方堅固的籬笆。那是北方，因此他知道他必須往西北方走，才能到達迷宮中心。他最好是走左邊那條叉路，再儘可能快點重新轉向右方。

前方的小徑依然空無一物，當哈利踏上一條往右的岔路，開始往前走時，他發現前方還是暢行無阻。哈利不曉得這是為什麼，但路上沒碰到任何阻礙，反而讓他感到十分不安。他走了那麼久，現在總該碰到一些關卡了吧？這感覺就像是迷宮故意想讓他造成錯覺，誤以為這裡安全無虞而鬆懈下來似的。然後他突然聽到背後出現一些動靜，哈利舉起魔杖準備發動攻擊，但出現在魔杖光束下的人卻是西追，他剛從右手邊一條小徑匆匆跑過來。西追帶著驚恐至極的表情，而他的長袍袖口正在冒煙。

「海格的爆尾釘蝦！」他嘶聲說，「牠們大得嚇人——我好不容易才逃開！」

他搖搖頭，接著就踏上另一條小徑，一溜煙地跑不見了。哈利也急著想離釘蝦越遠越好，於是他再度快步往前走去。當他繞過一個轉角之後，他看到——

一個催狂魔正輕飄飄地朝他滑過來，這個十二呎高的怪物，面孔藏在斗篷帽裡，將兩隻腐爛且布滿斑點的手伸向前方，盲目地靠感覺朝他漸漸逼近。哈利可以聽到牠嘎嘎響的吸氣聲，他感到一陣冰冷潮溼的寒意，在不知不覺中籠罩住他的全身，他知道自己該怎麼做……

他努力回想他記憶中最快樂的念頭，集中心力專心想著等他走出迷宮之後，和榮恩及妙麗一同狂歡慶祝的快樂景象，並舉起魔杖喊道：「疾疾，護法現身！」

一頭銀色的雄鹿自哈利的魔杖頂端冒出來，疾馳奔向催狂魔，催狂魔連忙往後退去，一不小心踩到自己的長袍下襬摔倒在地……哈利可從來沒聽說有哪個催狂魔會絆倒。

「等一下！」他大叫，並跟在他的銀色護法後面往前進逼，「你是一隻幻形怪！叱叱，荒唐！」

在一聲響亮的「啪」之後，幻形怪砰然爆炸，化做一縷淡淡的輕煙，那頭銀色雄鹿也消失了，哈利真希望牠能留下來跟他作伴……接著他就再度高舉魔杖，用最快的速度往前走去，並儘可能放輕腳步，豎起耳朵仔細傾聽。

左轉……右轉……再左轉……他有兩次走到了死巷。他再度施展方向咒，發現自己往東邊走得過頭了。他往回走，再朝右一轉，看到前方飄浮著一片古怪的金霧。

哈利舉起魔杖照亮那片金霧，小心翼翼地朝它走去，它看起來像是某種魔法，他不曉得自己有沒有辦法把它炸開。

「噗噗消！」他說。

符咒直接穿透金霧，但它卻絲毫不受影響。他早該曉得這根本就不會有用的，消除咒只能除去固體物品。要是他就這樣直接走進霧中，會發生什麼事呢？他究竟該冒險走進去，還是索性折回去找別的路？

就在他猶豫不決時，突然響起一聲劃破寂靜的尖叫聲。

「花兒？」哈利喊道。

周遭一片寂靜，他轉頭環顧四周。她出了什麼事？她的尖叫聲好像是從前方傳過來的。他深深吸了一口氣，快步衝進那片魔法金霧。

世界在瞬間變得上下倒轉，哈利整個人反過來懸掛在地上，頭髮全都豎起來，眼鏡顫巍巍地吊在鼻子上，隨時都可能會墜入那片深不可測的天空。他伸手把眼鏡按在鼻尖上，膽戰心驚地懸掛在那裡。那感覺就像是草地已變成了天花板，而他的雙腳則被黏在草地上似的。他下方那片布滿閃亮繁星的漆黑天空，往四面八方延伸至無垠的遠方。他感到他若是試著移動一隻腳的話，說不定就會從地面上掉下去。

好好思考一下，他告訴自己，並感到一股熱血沖上他的腦門，**好好思考一下……**

但他練習過的符咒中，完全找不到一個可以用來對抗瞬間天地倒轉的有效魔法。他有膽子移動雙腳嗎？他可以聽到脈搏怦怦跳動的聲音。他現在有兩條路可走——試著移動雙腳，或是發射紅色火花，等人來拯救，並就此宣告這場任務執行失敗。

他閉上眼睛，這樣他就不會看到下方那片廣袤無垠的空間，再用盡全身力氣，把他的右腳從那片草坪天花板上拔起來。

世界立刻恢復正常，哈利往前跪倒在感覺無比美好的堅實地面上，嚇得暫時全身癱軟無力。他深深吸了一口氣，讓自己鎮定下來，然後再重新站起身來，快步趕向前方。當他衝出金霧時，回過頭來瞥了一眼，看到那在月光照耀下，一閃一閃地對他發出無邪的光芒。

他在兩條路交會口停下腳步，搜索花兒的行蹤。他非常確定剛才的尖叫聲就是花兒發出來的，她到底遇見了什麼？她還好嗎？他並沒有看到紅色火花——這代表她已經順利脫險，還是她情況太過危急，根本就沒辦法抽出魔杖？哈利往右邊的叉路走去，心中感到越來越不安……同時他也忍不住暗暗猜想，**已經有一名鬥士出局了……**

獎盃顯然就在附近某個地方，而照剛才的尖叫聲聽來，花兒似乎已經完全喪失了得勝機會。他都已經走到這一步了，不是嗎？要是他真的能贏呢？自從他發現自己成為鬥士之後，這是他心中第一次再度閃現出，那幅他在全校同學面前高舉三巫獎盃的畫面……

接下來他有整整十分鐘的時間，一路上什麼也沒碰到，只是不斷地走到死巷。他有兩次在同一個地方轉錯了邊，最後他終於發現一條新路線，並開始沿著這條路往前走去，他的魔杖燈光微微晃動，在旁邊的樹籬牆上灑落下他搖曳不定的扭曲身影。然後他繞過另一個轉角，眼前赫然出現一隻爆尾釘蝦。

西追說得沒錯——牠**真的**是大得嚇人。牠足足有十呎長，看起來活像是一隻巨大的蠍子。牠長長的螯刺往上捲起弓到背上，哈利用魔杖指向牠，牠厚重的盔甲在哈利魔杖燈光照耀下微微發光。

「咄咄失！」

符咒擊中釘蝦的盔甲，再反彈回來。哈利及時閃過，卻聞到一股頭髮燒焦的味道，他的頭頂被燒焦了。釘蝦的尾巴爆出一團火焰，朝他飛了過來。

「噴噴障！」哈利喊道。符咒擊中釘蝦的盔甲，再反彈回來。哈利踉踉蹌蹌地往後退了幾步，摔倒在地，「**噴噴障！**」

釘蝦在距離他僅有幾吋遠的地方突然停下來——他成功擊中了牠腹部無殼保護的嫩肉。哈利氣喘吁吁地拖著身子避開牠，奮力朝相反的方向往前跑去——障礙惡咒無法持久，釘蝦的腿隨時都可能會再動起來。

他踏上左邊的道路，接著就走到了死巷，再轉向右方，又碰到另一個死巷。他強迫自己停下來，心臟忍不住怦怦狂跳，他再度施展方向咒，然後從原路折回去，踏上另一條通往西北方的道路。

他沿著這條新路往前走了好幾分鐘時，突然聽到旁邊那條跟他平行的小徑上響起了某些聲音，驚得他立刻停下腳步。

「你這是在幹嘛？」西追的聲音喊道，「你到底在搞什麼鬼？」

接著他就聽到咯浪的聲音。

「咒咒虐！」

西追的喊叫聲在瞬間響遍四周，哈利嚇得全速往前飛奔，想要找到路趕去西追那邊。但他發現根本就找不到通路過去，因此他試著再施展消除咒。這個咒語並不是很有效，只在籬笆上燒穿了一個小洞，哈利奮力把腿插進去，死勁地朝那堆濃密的荊棘與樹枝亂踹亂踢，最後終於硬生生清出一個缺口。他掙扎著從缺口穿過去，長袍被扯得裂開，然後他轉頭望著右邊，看到西追正躺在地上不停地抽搐痙攣，而咯浪就站在旁邊。

哈利掏出魔杖，指向咯浪，咯浪正好在此時抬起頭來，看到哈利立刻轉身逃跑。

「咄咄失！」哈利喊道。

這個符咒正中目標，擊到咯浪的背。他當場僵立原地，往前一栽，一動也不動地趴倒在草地上。哈利連忙衝到西追身邊，他已停止抽搐，躺在地上用手摀著臉，不停地喘氣。

「你沒事吧？」哈利一把抓住西追的手臂，粗聲問道。

「沒事，」西追喘著氣答道，「我還好……我真不敢相信……他偷偷摸摸跟在我後面……我聽到他的腳步聲，轉過頭來，看到他正用魔杖指著我……」

西追站起來，仍在顫抖，他和哈利一同低頭望著咯浪。

「我真不敢相信他會做出這種事……我本來覺得他人還不錯。」哈利凝視著喀浪說。

「我也是。」西追說。

「你剛才有沒有聽到花兒在尖叫？」哈利問道。

「有，」西追說，「你想這會不會也是喀浪幹的好事？」

「我不曉得。」哈利緩緩答道。

「我們就把他留在這裡嗎？」西追低聲說。

「不行，」哈利說，「我看我們還是射出紅色火花吧，這樣就會有人過來把他抬出去……要不然他大概會被釘蝦吃掉。」

「他活該。」西追低聲說，但他還是舉起魔杖，朝空中射出一串紅色火花，火花在喀浪上空盤旋，標示出他所在的位置。

哈利和西追兩人東張西望地在黑暗中站了一會，然後西追開口說：「好了……我想我們該往前走了……」

「什麼？」哈利說，「喔……沒錯……好……」

這真是奇怪的一刻。他和西追剛才曾短暫結為同盟，共同對抗喀浪——現在他們兩人又重新想起，他們其實是競爭對手。他們沿著漆黑的小徑，一言不發地往前走去，然後哈利往左轉，西追往右轉，就此分道揚鑣。沒過多久，西追的腳步聲就聽不見了。

哈利繼續往前走，途中仍不停使用方向咒，好確定自己沒走錯方向。現在這等於是他和西追兩人之間的戰爭了，他想要最先走到獎盃前的欲望，變得比先前更加強烈，但他仍然無法相信，喀浪居然會做出這種事。穆敵告訴過他們，對人類施用不赦咒，將會被判在阿茲卡班終生監禁。喀浪就算再想要贏得三巫獎盃，也不至於願意冒這麼大的風險……哈利加快腳步。

他仍然常常走到死巷，但四周變得越來越漆黑，因此他確定自己已逐漸深入迷宮中心。然後，就在他沿著一條又長又直的小徑，大步往前走去時，他再度看到前方出現了一些動靜。他的魔杖光束照亮了一隻罕見的生物，一隻他只有在《怪獸的怪獸書》圖片上看過的生物。

那是一頭人面獅身獸，牠有著如巨獅般的身體，長著尖爪的腳掌，和一根尾端長了一簇棕毛的微黃長尾，但牠的頭看起來卻像是一個女人。哈利走近時，牠將那對細長的杏眼轉過來盯著他。哈利遲疑不決地舉起魔杖，牠並沒有蹲伏下來，擺出準備撲擊的姿勢，只是在小徑上不停地左右來回踱步，阻擋住他的去路。

然後牠用一種低沉沙啞的聲音說：「你已非常接近你的目標，最快的路線就是通過我走過去。」

「那……那就請妳讓開好嗎？」哈利說，他心裡其實很清楚，自己根本就是在說廢話。

「不行，」牠說，仍在不停地來回踱步，「除非你能解開我的謎語。你若是第一次就答對──我就讓你通過。答案錯誤──我就攻擊你。保持沉默──我會讓你毫髮無傷地離開。」

哈利感到他的胃彷彿在瞬間裂開了好幾道缺口，這種事是妙麗的專長，他自己可是一竅不通。他暗暗衡量自己究竟有多少勝算。反正要是謎語太難的話，他也可以保持沉默，不受傷害地從這裡離開，再想辦法去找另外一條路線，走到迷宮中央。

「好吧，」他說，「我可以聽謎語了嗎？」

人面獅身獸彎下後腿，坐在道路正中央，開始朗誦：

首先設想一名偽裝身分的人，
他買賣機密，說的話沒有半句是真。
其次，告訴我最後才能改善的事物為何，
是最中之中還是最終之終？
最後再告訴我當你苦苦沉吟，
搜索字眼時所最常發出的聲音。
現在把它們連在一起，回答我這個疑問，
有哪種生物你死都不願去親吻？

哈利張嘴瞪著牠。

「我可不可以再聽一次……說慢一點好嗎？」他遲疑地問道。

牠朝他眨眨眼，露出微笑，再把這首詩重新朗誦了一遍。

「這是要我把所有線索湊到一起，猜出一種我不想去親吻的生物？」哈利問道。

牠只是露出牠那神秘的笑容，哈利把這當作是默認，哈利在心中暗暗思索。他不願意去親吻的生物多得要命，而他第一個想到的就是爆尾釘蝦，但他隱隱感覺到這個答案並不正確。他必須試著去解開線索……

「一個偽裝身分的人，」哈利望著牠喃喃念道，「他不說真話……呃……所以那應該是──一個騙子。不，我不是猜這個答案！一個──一個間諜（spy）？這個我等一下再來好好想想看……可不可以請妳再念一次下面的線索？」

牠再次朗誦後面的詩句。

「最後才能改善的事物，」哈利重複念道，「呃……不曉得……最中之中（middle）……可不可以再念一次最後幾句？」

牠告訴他最後四句詩。

「一種在苦苦沉吟、搜尋字眼時最常聽到的聲音，」哈利說，「呃……那是……呃……等一下──『呃』！那個聲音就是『呃』（er）！」

人面獅身獸對他露出微笑。

「間諜（spy）……呃（er）……間諜……呃……」哈利說，現在換成他自己在來回踱步，「一個我死都不願去親吻的生物……**一隻蜘蛛**（spider）！」

人面獅身獸臉上的笑意變得更深了。牠站起來，伸伸那兩條長長的前腿，然後走到一旁，讓他通過。

「謝了！」哈利說，他真不敢相信自己居然會這麼聰明，接著他就快步衝向前方。

他一定快走到了，就快走到了……他的魔杖告訴他，現在他的方向並沒有錯。只要他不會再碰到任何可怕的東西，他說不定就有機會獲勝……

他前方有一個分岔路口。「指引我方向！」他再次對魔杖悄聲念道，魔杖滴溜溜地旋轉，指向他右手邊的道路。他沿著道路往前狂奔，看到前方出現一團光亮。

三巫獎盃就在前方一百碼處的底座上發出閃爍的光芒。哈利才剛開始拔足狂奔，就看到一個黑影從前方的小徑衝出來。

西追會比他先跑到那裡。西追全速衝刺奔向獎盃，哈利知道自己絕對趕不上他，西追人比他高，腿也比他長——

接著哈利就看到有某個龐大的東西，從他左邊籬笆上方冒了出來，並開始沿著一條與他那條道路交叉的道路，迅速往前移動。牠的速度非常快，再這樣繼續下去，西追必然會一頭撞上牠，但西追的眼睛一直緊盯著獎盃，根本就沒看到牠——

「西追！」哈利大喝，「看你左邊！」

西追及時轉過頭來，連忙縱身往旁一撲，免得跟那個東西相撞，但卻在慌忙中不小心絆倒在地。哈利看到西追的魔杖從他手裡飛出來，而一隻巨大的蜘蛛正好在此時踏上小徑，開始朝西追節節進逼。

「咄咄失！」哈利再度喊道，符咒擊中蜘蛛那毛茸茸的龐大黑色身軀，但照達成的效果看來，他還不如朝牠扔石頭反倒來得省事。蜘蛛猛然一震，拖著長腿迅速掉轉方向，朝哈利奔過來。

「咄咄失！噴噴障！咄咄失！」

但這一點用也沒有——這隻蜘蛛也許是體積太過龐大，或是魔力極端高強，反正這些符咒全都傷不到牠，只是讓牠變得更加暴怒——哈利在驚駭中瞥見八隻閃閃發光的黑眼睛，以及如剃刀般鋒利的鉗爪，接著蜘蛛就逼近他的眼前。

哈利被蜘蛛的前腿拎到半空中，他拚命掙扎，想要用腿去踢牠。他的腿碰到牠的鉗爪，下一刻，他就感到一陣難以忍受的劇痛——他可以聽到西追也同樣在喊著：「咄咄失！」但他施展的符咒就跟哈利剛才一樣，完全沒有任何效用——蜘蛛再度張開鉗爪，哈利舉起魔杖大叫：「去去，武器走！」

這個符咒生效了——繳械咒讓蜘蛛放開了他，但這表示哈利將從十二呎高空狠狠摔到地上，他那條已經受傷的腿，無法承受身體的重量，全身癱在地上。哈利連想都沒想，就使出他剛才對付釘蝦的方法，高舉魔杖瞄準蜘蛛的腹下叫道：「咄咄失！」而西追正好也在此時喊出同樣的咒語。

兩人同時施展符咒，終於發揮了單打獨鬥時所無法達到的效果——蜘蛛往旁一倒，壓扁了旁邊的籬笆，毛茸茸的長腿歪七扭八地癱在路上。

「哈利！」他聽到西追大叫，「你沒事吧？牠有沒有壓到你？」

「沒。」哈利氣喘吁吁地回喊道。他低頭望著他的腿，血淋淋地非常嚇人。他可以看到蜘蛛的鉗爪在他破裂的長袍上，留下了一種濃稠黏膩的分泌物。哈利想要站起來，但他的傷腿卻抖得非常厲害，完全沒辦法支撐他的重量。他靠著籬笆，大口大口地喘氣，轉頭環顧四周。

西追就站在距離三巫獎盃一呎遠的地方，獎盃在他身後發出閃爍的光芒。

「去拿吧，」哈利氣喘吁吁地對西追說，「去呀，快去拿吧。你已經在那裡了。」

但西追並沒有移動，他只是站在那裡望著哈利。然後他轉頭凝視獎盃，哈利看到他的面孔在獎盃的金光下露出渴望的神情。西追又再度回頭望著哈利，他現在必須用手緊抓著樹籬，才能穩住身軀。

西追深深吸了一口氣。「你去拿，應該是你贏，你在這裡已經連續救了我兩次了。」

「哪有這種規定。」哈利說。他覺得很生氣，他的腿痛得要命，剛才為了擺脫那隻蜘蛛，弄得自己全身發疼。他這麼這麼地努力，但就跟上次西追先他一步，成功邀到張秋做舞伴時的情形一樣，這次他終究還是被西追給打敗，「誰先走到獎盃那裡，誰就能獲勝，而那個人就是你。我告訴你，要我用這條腿賽跑，我根本休想會贏。」

西追離開獎盃，搖著頭往前跨了幾步，走向那隻中了昏擊咒的蜘蛛。

「不。」他說。

「拜託你不要這麼光明磊落好不好，」哈利暴躁地說，「快去把它拿起來呀，這樣我們就可以離開這個鬼地方了。」

西追看著哈利緊抓住樹籬，努力想穩住身軀。

「當初是你告訴我關於龍的事情，」西追說，「要是你沒在事先告訴我第一項任務的內容，我說不定在第一回合就會被刷下來。」

「但我也已經得到回報啦。」哈利倉卒地說，努力想用長袍把腿上的鮮血擦乾淨，「你幫我解開那個蛋的線索——所以我們扯平了。」

「也是有人先幫了我。」西追說。

「反正我們已經扯平了啦。」哈利說，小心翼翼地試著用傷腿站立。他一把重量放到傷腿上，那條腿就開始劇烈顫抖，他剛才在被蜘蛛扔下來時扭傷了腳踝。

「你第二項任務的分數，本來應該比這更高的，」西追固執地表示，「你為了想救出所有人質而留下來沒走，我也應該這麼做的。」

「因為就只有我一個人，會蠢到真的把那首歌當真！」哈利忿忿地說，「快去拿獎盃！」

「不。」西追說。

他跨過蜘蛛糾結扭曲的長腿，走到哈利身邊。哈利凝視著他，西追是認真的，他轉身放棄了赫夫帕夫好幾個世紀以來，都不曾獲得的崇高榮耀。

「去吧。」西追說。似乎是用盡了他所有的決心，才好不容易擠出這句話，但現在他繃著臉，雙手環抱胸前，看來好像是下定決心了。

哈利將目光自西追臉上移開，望著那個獎盃。在那光輝燦爛的一刻，他彷彿看到自己抓著獎盃走出迷宮。他看到自己將三巫獎盃高高舉向空中，聽到群眾震耳欲聾的喝采聲，而張秋那張閃耀著崇拜光輝的面孔，也變得前所未有地清晰……接著這幅畫面就漸漸褪色消失，而他發現，自己正在凝視西追那張模糊不清的固執面孔。

「我們兩個一起。」哈利說。

「什麼？」

「我們兩個同時去拿獎盃，所以還是霍格華茲獲勝。我們兩個不分勝負，同獲冠軍。」

西追凝視著哈利，他垂下手臂。「你——你確定嗎？」

「是的，」哈利說，「是的……我們兩個是互相幫忙，才能順利完成任務，不是嗎？我們兩個都走到了這裡，就讓我們一起去拿吧。」

在那一瞬間，西追看來好像不敢相信自己的耳朵，接著他臉上就綻放出一個笑容。

「就聽你的，」他說，「過來吧。」

他抓住哈利的臂膀，扶著哈利一跛一跛地走向那個放置獎盃的底座。他們走到獎盃前方，兩人各伸出一隻手，分別懸在獎盃兩邊閃亮的把手上空。

「數到三，一起動手吧？」哈利說，「一——二——三——」

他和西追各抓住一隻把手。

哈利立刻感到，他肚臍後頭某個地方猛然被拉向前方，他的雙腳離地飛起。他無法放開三巫獎盃的把手，獎盃拉著他在呼嘯的風聲與繽紛的漩渦中往前飛去，而西追緊跟在他的身邊。

32 肉、血和骨

哈利感到他的雙腳重重摔到地面上，他的傷腿一彎，往前栽倒在地。他終於鬆手放開三巫大賽獎盃，抬起頭來。

「我們現在在哪裡？」他問道。

西追搖搖頭。他站起來，把哈利拉到身邊，他們一起打量周遭的環境。

他們已完全脫離霍格華茲校園，顯然已飛了好長的一段路——也許有好幾百哩遠——現在甚至連城堡周圍的山巒都已經看不見了。他們此刻是站在一個雜草叢生的漆黑墓園裡，在他們右手邊的一株大紫杉樹後，浮現出一座小教堂的黑影。他們左邊矗立著一座山丘，哈利可以隱約看出，山坡上有一棟漂亮的老屋。

西追低頭望著三巫大賽獎盃，然後再抬頭望著哈利。

「有人跟**你**說這個獎盃是一個港口鑰嗎？」他問道。

「沒有，」哈利說。他正在打量周遭的墓園。這裡一片死寂，顯得有些陰森詭異，「這也算是任務的一部分嗎？」

「我不曉得，」西追說，他的語氣聽起來有些緊張，「你覺得我們是不是該把魔杖掏出來？」

「好呀。」哈利說，暗自慶幸這個建議是由西追先提出來，不用他自己開口。

他們掏出魔杖。哈利不停地東張西望，打量周遭的環境。他又再度感到那種被人監視的怪異感覺。

「有人來了。」他突然開口說。

他們瞇起眼睛，努力在黑暗中看清前方的景象，他們看到，前方有個黑影正在逐漸逼近，沿著兩排墳墓間的通道，朝他們走過來。哈利無法看清他的臉，但根據他走路的模樣，和他雙手抬起的姿勢，他可以看出，他正在扛著某個東西。這個身分不明的人顯然個子很矮，穿著一件罩住頭的連帽斗篷，完全掩蓋住他的面孔。而且——他又走近了幾步，他們之間的距離也變得越來越短——他注意到那個人懷裡抱的東西，看起來很像是一個嬰兒……或者那只不過是一件捲起來的長袍？

哈利微微垂下魔杖，斜瞄了西追一眼。西追滿臉困惑地回望著他，然後他們兩人又重新回過頭去，望著那逐漸逼近的人影。

他在距離他們只剩六呎遠的地方，停在一個高聳的大理石墓碑旁邊。在那短暫的一瞬間，哈利和西追兩人，跟那個矮小的人影，只是站在原地對望。

然後在毫無預警的情況下，哈利的疤痕突然感到一陣劇痛。那是一種他這輩子從來沒經歷過的強烈痛楚，他用雙手蒙住臉，魔杖從手裡滑落下來。他雙腿一彎，倒在地上，眼前一片漆黑，他的頭痛得就像是快要裂開了。

他聽到在遠處上方某處，響起一個高亢冰冷的嗓音：「**把多出來的人殺掉！**」

接著就響起一陣咻咻聲，另一個嗓音在黑夜中尖聲叫道：「啊哇呾喀呾啦！」

哈利眼前閃過一道炫目的綠光，刺得他雙眼發疼，他聽到有某個沉重的東西跌落在他旁邊的地上。他的疤痕疼得比先前更加厲害，痛得他忍不住開始乾嘔，然後疼痛就忽然消失了。他睜開陣陣刺痛的雙眼，心裡非常害怕，不敢去面對自己即將看到的景象。

西追呈大字狀躺在哈利身邊。他死了。

在那恍如永恆的一剎那，哈利深深凝視著西追的面孔，望著他那對茫然呆滯、不帶任何表情，有如一座廢棄空屋窗口的灰色雙眸；望著他那張微微張開，顯得有些吃驚的嘴巴。然後，在哈利的心還來不及接受他親眼看到的事實，還來不及感到除了麻木不仁之外的任何感覺之前，他發現自己被拉了起來。

那個穿著斗篷的矮男人，此刻已放下他的包袱，點亮他的魔杖，把哈利拖到那個大理石墓碑前方。哈利在被迫轉過身來，壓到墓碑上之前，透過魔杖搖曳不定的光芒，瞥見了墓碑上的名字。

湯姆．瑞斗

那個罩著斗篷的男人，現在開始施法變出細繩，緊緊綁住哈利，把他整個人從脖子到腳踝牢牢捆在墓碑上。哈利可以聽到，從斗篷帽下傳來又急又淺的呼吸聲。他拚命掙扎，而那個男人揍了他一拳——用一隻少了一根手指的手揍了他一拳。哈利頓時明白，那個藏在斗篷帽下的人是誰了。那是蟲尾。

「是你！」他屏息說。

蟲尾現在已停止施法變出細繩，但他並沒回答，他正在忙著檢查繩子綁得夠不夠緊，當他用手撫過繩結時，他的手指不由自主地顫抖。蟲尾確定哈利已被緊緊綁在墓碑上完全無法動彈，他就從斗篷內掏出一塊黑布，粗魯地塞進哈利嘴中，然後一句話也沒說，就轉身離開哈利，匆匆走開。哈利沒辦法發出聲音，也看不到蟲尾到底走到哪裡去了，他無法轉頭望著墓碑後方，只能看到正前方的景象。

西追的屍體躺在大約二十呎外的地上，而三巫大賽獎盃，就放置在他後方不遠處，在星光照耀下發出閃爍的光輝。哈利的魔杖躺在他自己腳邊，那個哈利原本以為是小嬰兒的長袍包袱就擱在附近，放置在墳墓底部，似乎正在斷斷續續地抖動。哈利望著那個包袱，他的疤痕又再度感到一陣燒灼般的痛楚……剎那間他突然明白過來，他並不想去看長袍裡究竟藏了什麼東西……他不想讓那個包袱敞開……

他聽到腳邊響起一陣聲音，他低下頭來，看到一頭巨蛇正蜿蜒滑過草地，開始繞著那個與哈利綁在一起的墓碑打轉。蟲尾那咻咻喘的急促呼吸聲，又變得越來越響亮。照他的聲音聽來，他似乎正奮力把某個沉重的東西推過來。接著他就又出現在哈利的視線範圍，哈利看到，他將一個石頭大釜推到了墳墓下方。大釜裡面裝滿了看起來像是水的液體——哈利可以聽到四處潑濺的水聲——而且它比哈利所有用過的大釜，都還要龐大許多，這是個足以讓一名成年男子坐在裡面的巨大石釜。

地上那個長袍包袱裡的東西，現在動得比先前更加頻繁，似乎努力想要掙脫包袱爬出來。蟲尾忙著拿魔杖往大釜底部念咒施法，大釜下方突然冒出一堆嗶啪作響的火焰。巨蛇連忙迅速滑行，竄入黑暗中失去蹤影。

大釜中的液體似乎很快就燒熱了，液體表面不僅開始咕嘟嘟地冒泡，同時著火似地射出了一堆火星。蟲尾忙著照料爐火，蒸汽變得越來越濃，逐漸吞沒了他的身影，斗篷下的動作變得越來越明顯激烈，哈利再度聽到那個高亢冰冷的嗓音。

「**快點！**」

現在整片水面已被火星照耀得明亮晶瑩，看起來彷彿是鑲上了一層鑽石。

「已經準備好了，我的主人。」

「現在……」那個冰冷的嗓音說。

蟲尾掀開地上的長袍，露出裡面的東西，哈利發出一聲大叫，卻被蟲尾塞在他嘴裡的那團布完全堵住。

那感覺就好像是蟲尾突然掀開一塊石頭，露出某個黏黏滑滑、噁心醜陋，而且還沒有眼睛的東西——但情況比這還要糟糕，還要糟糕百倍。蟲尾帶來的那個東西，形狀看起來像是一個蹲伏的人類小孩，除此之外，牠卻可以算是哈利這輩子看過最不像小孩的怪物。牠身上沒有毛髮，渾身布滿鱗片，看起來是一種微微泛紅、暗沉粗糙的黑色。牠的手腳細長瘦弱，而牠的面孔——這絕不是一張小孩的面孔——非常扁平，看起來跟蛇很像，還有對閃閃發光的紅色眼睛。

那個東西似乎沒有任何行動能力，牠抬起細瘦的手臂，抱住蟲尾的脖子，讓蟲尾把牠抱起來。蟲尾在抱起牠的時候，斗篷帽因用力而落向後方，而在他把那個生物抱到大釜邊緣時，哈利在火光照耀下看到，蟲尾那張蒼白虛弱的臉上，露出了明顯的嫌惡神情。在那一瞬間，魔藥表面跳躍的火星，照亮了那個生物的臉，哈利看清了牠那張邪惡扁平的面孔。然後蟲尾就將那個生物放入大釜，在一陣嘶嘶聲之後，牠就沉入水中消失不見。哈利聽到牠那瘦弱的身體，輕輕一聲撞到了大釜底部。

讓牠淹死吧，哈利想著，他的疤痕痛得讓他快要撐不下去了，拜託……讓牠淹死吧……

蟲尾正在講話，他的聲音在顫抖，似乎已經嚇得魂不附體。他舉起魔杖，閉上雙眼，對著寂靜的黑夜說：「**無意中獻出的父親之骨，你將使你的兒子重獲新生！**」

哈利腳下的墳墓表面突然裂開。哈利在驚恐中看到，一縷細細的灰煙在蟲尾指揮下竄入空中，再輕輕落到大釜裡面。那如鑽石般的水面嘶嘶作響地忽然裂開，朝四面八方射出無數火星，轉變成一種看起來似乎有毒的鮮豔藍色。

現在蟲尾開始嗚咽低泣，他從長袍裡掏出一把又長又薄，閃閃發光的銀色匕首。他的嗓音變成一種被嚇呆了似的啜泣聲，「**自——自願奉獻的——僕人——之肉——你將——讓你的主人——恢復生命。**」

他把右手伸到自己面前——那隻缺了一根手指的右手。他用左手用力握住匕首，猛然朝上一揮。

哈利直到慘事發生前一秒鐘，才頓時意會到蟲尾要做什麼——他儘可能緊緊閉上眼睛，卻無法阻擋那劃破夜色的淒厲尖叫，尖叫聲刺入哈利體內，彷彿他自己也被匕首捅了一刀似的。他聽到有某個東西倒落在地上，聽到蟲尾痛苦至極的喘氣聲，然後是一聲令人作嘔的潑濺聲，有某個東西落進了大釜裡面。哈利根本不敢看……但魔藥此時已轉變為一片火紅，散發出炫目的光芒，竄入哈利緊閉的眼瞼……

蟲尾痛得連連喘氣，不停呻吟。哈利直到蟲尾痛苦的氣息吹到他自己臉上時，才赫然發現蟲尾站在他的面前。

「強——強行奪取的……仇人之血……你將……使你的仇敵重新復活。」

哈利完全無力去阻止事情的發生，他身上的繩子實在是綁得太緊了……他瞇眼望著下方，看到那柄閃亮的銀色匕首，正在蟲尾僅剩的一隻手中微微抖動，他絕望地拚命掙扎，努力想要掙脫身上的繩索。他感到匕首尖端刺入他右手臂內側，鮮血隨即染溼了他那裂開的長袍袖口。仍在痛得連連喘氣的蟲尾，伸手往口袋裡摸索，掏出一個小玻璃瓶，湊到哈利的傷口旁，讓鮮血滴入瓶中。

他帶著哈利的鮮血，踉踉蹌蹌地走回大釜旁邊，將鮮血倒入大釜中。裡面的液體在瞬間轉變為炫目的白色。蟲尾完成任務之後，就雙腿一彎，跪倒在大釜旁邊，然後再猛然往旁一歪，躺到地上，抱住他那血淋淋的殘肢，不住地喘氣哭泣。

大釜正在逐漸沸騰，朝四面八方射出如鑽石般的燦爛星光，它的光芒是如此明亮耀眼，使得周遭的一切在相形之下，全都轉為一片如天鵝絨般的漆黑，什麼事也沒發生……

讓牠淹死吧，哈利暗暗祈禱，希望他們有地方出了差錯……

然後大釜發出的光芒在瞬間熄滅，開始源源不絕地湧出一股濃厚的白色水蒸汽，掩蓋住哈利眼前的景象，因此他再也看不清蟲尾、西追或是其他任何事物，只能看到在空中瀰漫的煙霧……這顯然是出了差錯，他暗暗想著……牠已經淹死了……拜託……拜託讓牠死掉吧……

但接著他的目光就穿透前方的霧氣，他在一陣冷入骨髓的強烈恐懼中，看到一個高大且骨瘦如柴的男人黑影，緩緩自大釜中冒了出來。

「替我穿上長袍。」從氤氳的水氣後傳來一個高亢冷漠的嗓音，而蟲尾一面低泣呻吟，一面護住自己的斷手，爬過去撿起地上的黑色長袍，再撐著站起身來，努力用一隻手將長袍從他主人頭上套下去。

那個瘦削的男人跨出大釜，凝視著哈利……而哈利迎上他的視線，望著那張這三年來不斷出現在他夢魘中的面孔。這個面孔比骷髏頭還要慘白，有著一雙張大瞪視的猩紅色眼睛，和一個像蛇一般扁平、鼻孔只是兩道細縫的鼻子……

佛地魔王重生了。

33

食死人

佛地魔的目光自哈利身上移開，開始檢查自己的身體。他的雙手看起來就像是兩隻蒼白的大蜘蛛，他用細長的白手指，輕輕愛撫過他的胸膛、他的手臂和他的面孔。他那對有著貓般細長瞳孔的紅眼，在黑暗中散發出更加明亮的光芒。他舉起雙手，彎彎手指，臉上露出專注入迷，欣喜若狂的表情。他完全沒注意到正躺在地上抽搐流血的蟲尾，也不理會那隻已重新滑行回來、再度嘶嘶作響地在哈利腳下盤旋的巨蛇。佛地魔伸出他那隻手指長得不成比例的手，探進口袋深處，抽出一根魔杖。他同樣也溫柔地愛撫這根魔杖，並用它指著蟲尾，蟲尾立刻離地飛起，撞上那個綁著哈利的墓碑，並摔落到墳墓底部，身體歪七扭八地癱在地上哭泣。佛地魔將他的猩紅色雙眼轉向哈利，發出一陣高亢冰冷的陰沉笑聲。

蟲尾的長袍現在沾滿了閃閃發亮的血跡，他用長袍裹住他的斷手。「我的主人……」他哽咽地說，「我的主人……您答應過……您答應過我……」

「舉起你的手臂。」佛地魔懶洋洋地說。

「喔，主人……謝謝您，主人……」

他伸出他那血流不止的殘肢，但佛地魔又再度縱聲大笑。「我是指另一隻手，蟲尾。」

「主人，求求您……**求求您**……」

佛地魔俯下身來，一把抓起蟲尾的左手。他把蟲尾的長袍袖口拉到手肘上方，哈利看到蟲尾的皮膚上有某個東西，某個看起來像是豔紅色刺青的東西——一個從嘴裡吐出一條蛇的骷髏頭——正是魁地奇世界盃時，出現在天空的記號：黑魔標記。佛地魔完全不理會蟲尾壓抑不住的哭聲，仔細地檢查那個記號。

「它回來了，」他輕聲說，「他們全都會注意到它……現在，我們等著看吧……現在我們馬上就會曉得了……」

他用他那又長又白的食指按住蟲尾的手臂內側。

哈利額上的傷疤再度感到一陣燒灼般的劇痛，而蟲尾發出一聲淒厲的哭嚎。佛地魔已將手指自蟲尾的記號上移開，哈利看到它現在已變成一塊烏黑。

佛地魔挺直身軀，臉上露出一種殘酷的滿足神情，他昂起頭來，環視黑暗的墓園。

「在他們感覺到它的時候，究竟會有多少人有足夠的勇氣返回陣營？」他悄聲說，閃亮的紅眼定定地注視天上的繁星，「又有多少人會蠢到膽敢缺席逃避？」

他開始在哈利和蟲尾面前來回不停地踱步，目光毫不間斷地掃視漆黑的墓園。大約過了一分鐘，他再度低頭望著哈利，他那張如蛇般的面龐上扭出一個殘酷的笑容。

「哈利波特，你就站在我先父的遺骨上，」他輕柔地嘶聲說，「一個愚蠢的麻瓜……跟你那位親愛的母親非常相像。不過呢，他們兩個都還挺有用的，你說是不是？你母親在你小時候為了保護你而死……而我殺了我的父親，看看他在死後究竟是多麼有用……」

佛地魔再度縱聲狂笑，他來回不停地踱步，邊走邊凝神打量周遭的環境，而那隻巨蛇依然在草叢裡盤旋打轉。

「你看到山坡上那棟房子了嗎，波特？我父親生前就住在那裡。我的母親是村子裡的女巫，她愛上了他，但她一對他表明自己的真實身分，他就狠心拋棄了她……我父親並不喜歡魔法……

「我甚至還沒出生，他就離開了她，回到他的麻瓜父母身邊。波特，她在生我的時候難產而死，把我丟給麻瓜孤兒院撫養長大……但我發誓一定要找到他……我找他報了仇，那個把他自己名字給了我的傻瓜……**湯姆．瑞斗**……」

他仍在不停地踱步，紅眼飛快地掃視一個又一個的墓碑。

「我這是在說些什麼，居然回想起家族史來了……」他平靜地說，「我怎麼會變得這麼多愁善感呢……但你看，哈利！我**真正**的家人回來了……」

四周突然響起一片斗篷揮動的颼颼聲。巫師們紛紛在墓碑之間、紫杉樹後，以及每一個陰暗處施現影術現身。他們全都罩著斗篷帽，戴著面具。他們一個接一個地走上前來……動作顯得緩慢而謹慎，似乎是不敢相信自己的眼睛。佛地魔一言不發地站在那裡，等待他們。然後有一名食死人跪下來，爬到佛地魔面前，低頭親吻他黑長袍的下襬。

「主人……主人……」他輕聲喃喃喊道。

他後面的食死人也跟著照做，他們每個人都跪下來，膝行走到佛地魔腳邊，親吻他的長袍，然後再退回去，重新站起身來，默默在湯姆．瑞斗的墳墓、哈利、佛地魔，以及仍癱在地上抽搐低泣的蟲尾四周，圍成一個圓圈。他們在圓圈中留下了一些空隙，似乎是在等更多的人來加入他們。但佛地魔卻好像並不認為還會有人來，他抬頭環顧那些藏在斗篷帽下的面孔。此時雖然並沒有風吹過，但整個圓圈卻響起一片沙沙聲，彷彿是圓圈忍不住打了一個哆嗦。

「歡迎你們，食死人，」佛地魔平靜地說，「十三年了……距離我們上次碰面，已經有整整十三年的時間了。但你們仍能立刻回應我的呼喚，彷彿那只是昨天才發生的事……所以我們大家依然是以黑魔標記結盟的同盟夥伴！**我們真的是這樣嗎？**」

他縮回他那張恐怖的面孔，用力嗅了幾下，而他那細縫般的鼻孔也往旁擴張。

「我聞到罪惡的氣味，」他說，「空氣中瀰漫著一股罪惡的臭味。」

周遭的圓圈又打了一下哆嗦，彷彿圓圈中的每一名成員都渴望能夠遠離佛地魔，但卻全都不敢這麼做。

「我看到你們大家，全都安然無恙並且健康良好，法力也沒受到任何損害——大家現身的速度可真是快啊！——而我問我自己……這群巫師為什麼就從沒有趕來援助他們的主人，他們不是宣誓過要對他永遠效忠的嗎？」

沒有一個人開口說話。沒有一個人移動半吋，唯一例外的只有躺在地上的蟲尾，他仍在為他那血流不止的手臂低聲啜泣。

「我自己回答這個問題，」佛地魔悄聲說，「他們必然是相信我已經毀了，他們認為我已經死了。他們又偷偷溜回我敵人的陣營，辯稱說他們自己既天真又無知，而且還被妖術控制……

「然後我又問我自己，他們怎麼可能相信，我永遠不會東山再起了呢？他們不是在許久以前，就已經曉得我為了保護自己免於死亡，早就準備了一套完整的防護措施嗎？他們不是曾在我凌駕魔法族群的全盛時期，親眼見證過我那無與倫比的強大法力了嗎？

「而我自己回答這個問題，也許他們是相信，世上可能存在著另一股更加偉大，甚至可以徹底摧毀佛地魔王的力量……也許他們現在已宣誓效忠另外一個人了……這個人也許就是那位為了擁護平民百姓和麻種麻瓜而不遺餘力的人權鬥士──阿不思·鄧不利多？」

一聽到鄧不利多的名字，圓圈中的成員就出現一陣騷動，有些人開始喃喃低語並連連搖頭。

佛地魔不理會他們的反應：「這讓我感到失望……我承認我的確是非常失望……」

其中有個人突然撲向前方，在圓圈中留下一個缺口。他倒在佛地魔腳下，從頭到腳抖個不停。

「主人！」他尖叫道，「主人，原諒我！原諒我們大家吧！」

佛地魔開始縱聲大笑，他舉起魔杖：「咒咒虐！」

倒在地上的食死人痛苦地翻滾扭動，並發出淒厲的尖叫。哈利非常確定，這聲音必然會傳到周圍的住宅區……讓警察過來吧，他絕望地想著……只要有任何人……任何東西……

佛地魔舉起魔杖，那個受到酷刑折磨的食死人平躺在地上，不停地喘氣。

「起來，艾福瑞，」佛地魔柔聲說，「站起來。你求我原諒你？我不會原諒，我也不會遺忘。整整十三年的漫長歲月……我要你先為這十三年做些補償，然後我才會原諒你。這裡的蟲尾目前已經償還了一些債務，是不是，蟲尾？」

他低頭望著仍在啜泣的蟲尾。

「你回到我身邊，並不是出於忠貞，而是因為你對你那些老朋友的恐懼。你受到這樣的痛苦完全是罪有應得，蟲尾。這你該知道吧？」

「是的，我的主人，」蟲尾呻吟著說，「求求您，主人……求求您……」

「不過，你仍然幫助我復體重生，」佛地魔低頭打量躺在地上哭泣的蟲尾，冷冷地表示，「像你這般一無是處、叛逆不忠的人卻幫助了我……而佛地魔王賞罰分明，幫助我的人必將獲得報償……」

佛地魔再度舉起魔杖，在空中畫圈子旋轉。魔杖所經之處開始出現一道像是融化白銀似的東西，閃閃發亮地浮在半空中。一開始它只是一團混亂的光影，接著它就開始扭動，凝聚成一隻閃爍發光的假手，散發出跟月光一般明亮的光輝。它迅速飛到下方，自動安裝在蟲尾淌血的手腕上。

蟲尾的啜泣聲頓時停止，他發出刺耳而急促的呼吸聲，抬起頭來，不敢相信地凝視那隻銀手，現在它已天衣無縫地跟他的手臂連結為一，看起來就好像是戴了一隻燦爛奪目的手套似的。他彎彎那些發光的手指頭，然後顫抖著從地上撿起一根小樹枝，將它揉得粉碎。

「我的主人，」他悄聲說，「主人……它真是太美了……謝謝您……**謝謝您**……」

他膝行爬向前方，低頭親吻佛地魔的長袍下襬。

「但願你對我的忠貞永不會再動搖，蟲尾。」佛地魔說。

「不會的，我的主人……永遠不會，我的主人……」

蟲尾站起來，走到圓圈中空出的位置站好，望著他那隻強壯的新手，他的臉上依然閃爍著淚光。佛地魔現在開始走向站在蟲尾右邊的男人。

「魯休思，我狡猾的朋友，」佛地魔停在那個男人面前悄聲說，「我聽說，你雖然對世人展現出一副高尚正派的可敬面孔，但你私底下並未捨棄舊有的行事作風。我相信，只要是碰到能夠折磨麻瓜的行動，你仍然會一馬當先，絕對不落人後吧？然而你卻從來沒試圖尋找過我，魯休思……我必須承認，你在魁地奇世界盃所做出的壯舉，的確是相當有趣……但你為什麼不把這份精力導入正途，用來尋找並援助你的主人呢？」

「我的主人，我一直都在隨時留意，」魯休思．馬份的嗓音立即從斗篷帽下傳送出來，「如果能找到任何您出現過的跡象，聽到一絲關於您行蹤的風聲，我就會毫不猶豫地馬上趕到您的身邊，絕對沒有任何事物能夠阻止我——」

「然而在去年夏天，當一名忠貞的食死人，朝天空射出我的記號時，你為什麼一看到就落荒而逃呢？」佛地魔懶洋洋地說，馬份先生立刻閉上嘴巴，「是的，這些我全都知道，魯休思……你真讓我失望……希望你未來能對我忠心一些。」

「當然啦，我的主人，當然……您真仁慈，謝謝您……」

佛地魔繼續往旁移動，然後停下來，凝視馬份和下一個人中間的空位——這裡大得可以站兩個人。

「這裡原本應該站著雷斯壯夫婦，」佛地魔平靜地說，「但他們已埋葬在阿茲卡班。他們對我忠貞不二，寧可被關進阿茲卡班，也絕對不肯背棄我……日後當阿茲卡班被我們攻破時，雷斯壯夫婦將會獲得他們夢想不到的崇高榮耀。催狂魔將會加入我們的陣營……牠們天生就是我們的盟友……我們將召回那些被放逐的巨人……我將會讓我所有忠實的僕人，全都返回我的身邊，並將這些萬人畏懼的恐怖生物，組成一隻強大的軍隊……」

他繼續往旁走去。其中有些食死人，他看到了只是一言不發地走過他們面前，卻停駐在其他一些人面前，並開口對他們說話。

「麥奈……蟲尾告訴我，說你現在是在替魔法部撲滅危險野獸是嗎？你很快就可以得到比這更好的犧牲品了，麥奈。佛地魔王會負責替你供應祭品……」

「謝謝您，主人……謝謝您。」麥奈喃喃地輕聲說。

「這裡呢，」佛地魔移向兩個最高大魁梧的斗篷人影，「我們還有克拉……你這次總該可以表現得比較好了吧，可以嗎，克拉？你呢，高爾？」

他們笨拙地鞠了一個躬，遲鈍地喃喃低語。

「是，主人……」

「我們會的，主人……」

「你也是一樣，諾特。」佛地魔在經過一個彎腰縮身、躲在高爾先生影子裡的人影時，平靜地開口表示。

「我的主人啊，我匍匐在您腳下，我是您最忠實的——」

「夠了。」佛地魔說。

他已走到圓圈最大的一個缺口前，他站在那裡，用他那對空洞的紅眼仔細打量那個缺口，彷彿可以看到有人站在那裡。

「這裡我們有六名缺席的食死人……其中有三個已為我喪生。一個太過懦弱，不敢回來加入我們……他將會為此付出代價。另外一個呢，我想他是已經永遠離開我了……自然不能讓他活命……而最後一個，他仍然是我最忠實的僕人，而且他已經重新回來為我效忠了。」

食死人開始一陣騷動，哈利看到他們的目光越過面具，飛快地斜睨掃視，與身邊的夥伴互瞥了一眼。

「那個忠貞的僕人，現在正待在霍格華茲。就是在他的努力之下，我們這位小朋友才會在今晚來到這裡……

「是的，」佛地魔說，他那無嘴唇的嘴巴咧開來，扭出一個笑容，而周遭那圈巫師們閃閃發亮的眼睛，現在全都望向哈利。「哈利波特大駕光臨，跟我們一同參加我的重生宴會，你們甚至可以稱他為我的榮譽貴賓。」

接下來是一片沉默，然後蟲尾右邊的食死人踏向前方，從面具下傳來魯休思．馬份的聲音。

「主人，我們渴望能知道……我們請求您告訴我們……您是如何達到這樣的……這樣的奇蹟……您是用什麼方法重新返回我們身邊……」

「啊，說來話長，魯休思，」佛地魔說，「而事情的開始——與結束——全都跟我這位小朋友脫不了關係。」

他懶洋洋地走過去，站在哈利身邊，因此整個圓圈的巫師，全都將目光轉到他們兩人身上。那隻巨蛇依然在哈利腳下盤旋。

「你們當然都曉得，他們把這個男孩叫做我的命中煞星吧？」佛地魔柔聲說，紅眼緊盯著哈利。哈利的疤痕又感到一陣燒灼般的劇痛，痛得他差點忍不住放聲尖叫。「你們大家都知道，在我企圖殺死他的那一晚，我失去了我的法力和我的身體。他的母親為了救他而死——並在無意間給了他一種保護力量。我承認，我事先完全沒想到這一點……我無法碰觸那個男孩。」

佛地魔伸出一根長長的白手指，湊到哈利面頰旁邊。「他的母親在他身上留下她犧牲的痕跡……這是一種古老的魔法，我應該記得的，我會忽略它實在是愚蠢至極……但這無所謂，我現在可以碰他了。」

哈利感到那根長白手指的冰冷指尖碰到了他，他覺得他的頭痛得快要裂開了。

佛地魔在他耳邊柔聲輕笑，然後移開手指，繼續跟那群食死人說話：「我承認是我判斷錯誤，我的朋友們。那個女人的愚蠢犧牲，讓我的咒語偏離了方向，並逆火反彈擊中了我自己。啊啊……那真是難以忍受的痛苦，我的朋友們，這是我完全沒料到的情況。我被迫脫離我的身體，我變得比靈魂還不如，比最卑下的幽靈還不如……但是我仍然活著。我究竟算是什麼，甚至連我自己都弄不清楚……而我呢，在通往永生不朽的道路上，向來就走得比其他任何人更長更遠。你們都知道我的目標——去征服死亡。現在我受到考驗，而事實證明，我過去有一、兩樣實驗確實有效……因為那個咒語原本可以毀滅一切生命，但我卻沒有被殺死。儘管如此，我依舊是法力全失，變得跟世上最脆弱的生物一樣軟弱無能，並且也找不到任何方法來幫助我自己……這是因為我沒有身體，而所有可能對我有幫助的符咒，全都需要使用到魔杖……

「我記得，那時我只能不眠不休、夜以繼日、每分每秒從不間斷地強迫自己生存下去……我在一個遙遠的地方安頓下來，藏在森林裡靜靜等待……我確定必然會有一名我忠貞的食死人前來尋找我……他們之中將會有某一個人過來，施展我所無法行使的魔法，讓我復體重生……但我的等待卻完全落空……」

那群圍成一圈靜靜傾聽的食死人，又打了一陣哆嗦。佛地魔先讓這陣恐怖的沉默逐漸凝聚高升，然後才再繼續說下去，「我只剩下一種法力，我可以占據其他生物的軀體。但我不敢去人多的地方，因為我知道，正氣師仍在到處搜尋我的蹤跡。我有時會住在動物體內——我最偏愛的自然是蛇……但住在牠們體內，並沒有比做一個純粹的靈魂好多少，因為牠們的身體全都不適合施展魔法……而我占據牠們的身體，也會縮短牠們的性命，牠們全都撐不了多久……

「然後……在四年前……我似乎終於找到了復活的方法。一個巫師——年輕、愚昧又容易上當——他在我視之為家的森林中，經過我的面前。喔，他似乎就是我夢寐以求的機會……因為他正好就是鄧不利多那所學校的老師……我沒花多少工夫，就讓他屈服於我的意志之下……他帶我回到這個國家，過了一段時間之後，我占據了他的身體，好在他執行我的命令時就近監督。但我的計畫失敗了，我沒有偷到魔法石，並未獲得永生。我遭受到挫折……挫折，而那次從中作梗的人，依然是哈利波特……」

接下來又是一陣沉默，沒有任何事物在移動，甚至連紫杉樹梢的葉片都靜如止水。食死人更是幾乎文風不動，而他們面具下那些閃閃發光的眼睛正在注視著佛地魔，注視著哈利。

「這個僕人在我離開他的身體之後就死了，而我又變得跟先前一樣脆弱，」佛地魔繼續說下去，「我回到我那遙遠的藏身處，而我不打算對你們否認，那時我確實曾感到恐懼，害怕我永遠也無法再恢復我的力量……是的，那或許是我一生中最黑暗的時刻……我不敢奢望還會有另一個巫師自動送上門來……而我現在也不再抱有任何希望，期待會有任何一名食死人關心我的下落了……」

有一、兩名巫師在圓圈中不安地移動，但佛地魔並沒有注意到。

「然後，在不到一年前，當我幾乎已完全放棄希望時，事情終於發生了……有一名僕人回到了我的身邊：那就是這裡的蟲尾，他當初詐死逃過審判，結果卻被那些他曾經視為朋友的人識破行藏，逼得他走投無路，於是他決定返回他的主人身邊。他前往那個長久以來謠傳我在那藏身的國家，搜尋我的蹤影……當然，他在路途中遇到的老鼠幫了他不少忙。蟲尾跟老鼠有一種古怪的密切關係，是不是，蟲尾？他那些污穢的小朋友告訴他，在阿爾巴尼亞森林深處，有一個牠們大家全都避之唯恐不及的地方。在那裡有許多像牠們這樣的小動物，會被一個黑影占據身體，並因此喪失性命……

「但他返回我身邊的旅程卻並不是很順利，沒錯吧，蟲尾？有天晚上，就在他希望能找到我的那座森林邊緣，他因為肚子餓，到當地一間客棧去吃點東西……結果你們猜他在那裡碰見誰了，不就是魔法部的柏莎．喬金嗎？

「現在看看命運之神是多麼厚愛佛地魔王。這原本可能會成為蟲尾的末日，而我最後一絲復活的希望，也可能就此宣告破滅。但蟲尾——在此展現出我從沒想到他竟然會擁有的聰明才智——成功說服柏莎跟他一起在晚上出去散步。他制伏了她……把她帶到我面前，而原本或許會毀了一切的柏莎．喬金，竟然成為我夢想不到的珍貴禮物……這是因為——在經過稍稍勸誘之下——她變成了一座不折不扣的豐富情報寶藏。

「她告訴我，三巫鬥法大賽今年將會在霍格華茲舉行。她知道有一名忠心的食死人，只要我跟他聯絡的話，他必然會非常樂意幫我的忙。她告訴我許多許多的事情……但我用來攻破她身上記憶咒的法術，威力實在太過強大，因此她的心智和身體都受到了無法彌補的傷害。現在她已發揮過她的功能，完全失去了利用價值。我無法占據她的身體，我除掉了她。」

佛地魔露出他那恐怖的微笑，他的紅眼顯得空洞而無情。

「蟲尾的身體自然也不適合讓我附體，這是因為，大家全都認為他已經死了，他要是被人看到的話，必然會引起太多的注意力。不過呢，我正好就需要一個像他這樣強壯幹練的僕人，而蟲尾雖然是一名非常差勁的巫師，他還是可以遵照我的指示辦事，讓我回到我自己的身體，一個發育不全的脆弱身體，讓我暫時住在裡面，等待我真正重生時所不可或缺的重要材料……我自己發明了一、兩種符咒……而我親愛的娜吉妮也幫了一點小忙，」——佛地魔的紅眼轉向那隻仍在不斷盤旋轉動的巨蛇——「一種由獨角獸血，以及娜吉妮所提供的毒液，所混合調配出的魔藥……我很快就回復成一個幾乎可說是人類的形體，並有足夠的體力可以旅行了。

「現在我對魔法石已不再懷抱任何希望，因為我知道鄧不利多會負責確保讓它失去效用。但我樂意在追尋不朽之前，再度去擁抱世俗的生命。我把眼光降低了一些……我只好設法去恢復我過去的身體，以及我過去的力量。

「我知道為了要達成這個目標——也就是今晚讓我復活的魔藥，那是一種古老的黑魔法——我需要用到三種效用極強的材料。嗯，其中有一樣等於是唾手可得，不是嗎，蟲尾？自願貢獻的僕人之肉……

「當然，要取得我父親之骨，代表我們必須來到此地，來到這個埋葬他的地方。至於仇敵之血呢……蟲尾原本要我隨便找個巫師就行了，不是嗎，蟲尾？任何痛恨我的巫師都行……這樣的人現在仍然多得很。我知道，我若是想要東山再起，並變得比我淪落前更加強大的話，那我就必須去使用一個特定的人的鮮血。我要哈利波特的血，我要那個在十三年前奪去我法力的人的鮮血，那麼他母親過去給予他的保護所殘留的力量，也同樣會注入我的血管之中……

「但要如何才能逮到哈利波特呢？他受到非常嚴密的保護，我想這甚至連他自己都不清楚。那是鄧不利多在多年以前，在他開始為這男孩的未來進行安排的時候，所親自設計出的保護措施。鄧不利多施了一種古老的魔法，因此那個男孩只要是跟他的親戚們待在一起，就可以確保他安全無虞，甚至連我都沒辦法在那裡對他下手……然後呢，當然還有魁地奇世界盃……我想，在他離開他的親戚和鄧不利多的時候，他身邊的保護力量可能會減弱一些，但那時我的力量還不夠強，無法在一大群魔法部巫師面前，公然進行綁架。在比賽結束之後，這個男孩就會返回霍格華茲，從早到晚都待在那個熱愛麻瓜的歪鼻子白痴眼前，那我要怎樣才能逮住他呢？

「這還用說……當然是運用柏莎．喬金所提供的情報。用我那名忠心耿耿的食死人，讓他待在霍格華茲伺機而動，設法將那個男孩的名字投入火盃。用我那名食死人，來確保那個男孩能夠贏得鬥法大賽——也就是讓他最先碰到三巫大賽獎盃——我的食死人已將那個獎盃變成了一個港口鑰，而它將會把他帶到這裡，讓他遠離鄧不利多的協助與保護，投入我等待已久的懷抱。而他現在就在這裡……這個你們全都相信是我命中煞星的男孩……」

佛地魔緩緩移向前方，將面孔轉向哈利。他舉起魔杖：「咒咒虐！」

那是一種哈利從未經歷過的恐怖劇痛，他的每根骨頭彷彿都在燃燒，他的頭痛得就像是沿著疤痕裂成了兩半，他的眼珠在頭顱中瘋狂地轉動，他希望這一切能快點結束……希望自己能失去知覺……能夠死去……

然後疼痛就消失了，哈利波特全身癱軟地掛在那根將他和佛地魔父親墓碑綁在一起的繩索上。他抬起頭來，越過一團朦朧的霧氣，看到那對閃亮的紅眼睛，食死人的笑聲在寂靜的夜色中隆隆迴盪。

「你們看到了吧，竟然還有人以為，這個男孩的力量會強過我，我認為這實在是愚蠢至極，」佛地魔說，「我不希望你們任何人心中還存有一絲這樣的錯覺。哈利波特能夠逃過我的咒語，純粹只是僥倖而已。而我現在要殺了他來證明我的力量，就在此時此地，在你們所有人面前。現在他已沒有鄧不利多在身邊幫助他，也沒有母親來為他而死。我會給他一次機會，我會讓他跟我決鬥，這樣你們大家就不會再懷疑，我們兩個究竟是誰比較強了。再等一下就好了，娜吉妮。」他悄聲喊道，而那隻巨蛇隨即滑行越過草地，竄到那圈靜靜站在一旁觀望的食死人旁邊。

「現在解開他的繩索，蟲尾，把他的魔杖還給他。」

34 呼呼，前咒現

蟲尾走向哈利，哈利連忙站穩腳步，趕在繩索解開之前支撐住他全身的重量。蟲尾抬起他那隻新生的銀手，掏出塞在哈利嘴中的布團，再猛然伸手一揮，那些將哈利綁在墓碑上的繩索立刻斷裂。

那一瞬間，哈利曾經考慮要逃跑，但他站在這片雜草叢生的墓園中，傷腿不停地在顫抖，周遭的食死人也排緊隊伍，在他和佛地魔四周圍成一個更加緊密的圓圈，原來那些缺席食死人所遺留下的空隙也完全被填滿了。蟲尾跨出圓圈，走到西追的屍體附近，帶著哈利的魔杖走回來，粗魯地把魔杖硬塞進哈利手裡，甚至連看都沒看他一眼。然後蟲尾就走回他圓圈中的位置站好，跟其他食死人一起靜靜觀望。

「學校有教過你該如何決鬥吧，哈利波特？」佛地魔柔聲問道，他的紅眼在黑暗中閃閃發亮。

這句話讓哈利回想起，他兩年前在霍格華茲短暫參加過決鬥社的往事，感覺上那好像已經是上輩子的事了……他在那裡只學到了一個繳械咒：去去，武器走……但就算他能夠成功奪去佛地魔的魔杖，那又有什麼用呢？他現在身邊圍了一群食死人，難道要他一個人孤軍奮鬥，獨自去對付至少三十名敵人嗎？他過去所學到的一切，都不可能對他目前的處境有任何幫助。他知道他即將面對的，就是那個穆敵再三警告他們要特別留意的毒招……無法抵擋的「啊哇呾喀呾啦」索命咒——佛地魔說得沒錯——這次他並沒有母親在身邊為他而死了……他目前可說是毫無保護、孤立無援……

「我們先互相鞠躬，哈利，」佛地魔說，並微微彎腰，但他那張蛇般的面孔，卻一直仰起正對著哈利，「來呀，我們必須遵守這些正確的細節……鄧不利多也會希望你能表現出一些禮貌……對死神鞠躬吧，哈利……」

食死人又再度放聲大笑，佛地魔那張無唇的嘴巴也在微笑。哈利並沒有鞠躬，他絕不會讓佛地魔在動手殺他之前，把他當作猴子耍……他絕不會讓佛地魔稱心如意……

「我說，**鞠躬**。」佛地魔舉起魔杖說——哈利感到他的脊椎猛然往前一彎，彷彿有一隻隱形的巨掌，正冷酷地將他壓向前方，食死人笑得比先前更加厲害了。

「很好，」佛地魔柔聲說，他一舉起魔杖，哈利背上的壓力也立刻消失，「現在你像個男子漢地面對著我……驕傲地挺起胸膛，就跟你父親臨死前一樣……

「現在——我們來決鬥吧。」

佛地魔舉起魔杖，哈利還來不及設法保護自己，甚至還來不及開始移動，他又再度被酷刑咒擊中。那種痛楚是如此強烈，耗乾了他所有的精力，他再也不曉得自己現在人在哪裡了……炙熱的利刃刺透他全身上下的每一吋肌膚，他的頭痛得似乎就快要爆裂了，他發出一聲他這輩子最響亮淒厲的尖叫聲——

然後疼痛消失了。哈利翻身爬了起來。他在不由自主地顫抖，就跟蟲尾在手被砍斷之前的情況一模一樣。他踉踉蹌蹌地歪到旁邊，撞到那堵由冷眼旁觀的食死人所圍成的人牆，而他們用力將他推回佛地魔身邊。

「休息一會，」佛地魔說，他那細縫般的鼻孔興奮地朝外擴張，「暫停一下……很痛吧，是不是，哈利？你該不會希望我再對你施展一次吧，要不要啊？」

哈利沒有回答，那對無情的紅眼告訴他，他就快要像西追一樣地死去了……他就要死了，而他對此完全無能為力……但他可不會任由自己被當成猴子耍。他絕對不要服從佛地魔的命令……他絕不會搖尾乞憐……

「我在問你，你到底要不要我再對你施展一次？」佛地魔柔聲問道，「回答我！噩噩令！」

這是哈利這輩子第三次感到那種感覺，就好像腦袋裡所有思緒全都在瞬間一掃而空……啊，這真是幸福，完全不用去思考，他整個人感到輕飄飄的，就好像是在做夢一般……只要回答「不」就行了……說「不」……只要回答「不」……

我絕不回答，他腦袋後方響起一個更加堅定的嗓音，我絕對不會回答……

只要回答「不」……

我絕不回答，我絕對不說……

只要回答「不」……

「**我絕不回答！**」

哈利突然大聲喊出最後一句話，回聲響遍了整個墓園，他感到自己彷彿是被潑了滿頭冷水似的，那種如夢境般的感覺立刻消失——酷刑咒在他全身上下所殘留下來的疼痛又迅速湧回來——他猛然一驚地回過神來，意識到他所面對的是什麼……

「你絕不回答？」佛地魔平靜地說，現在那些食死人的笑聲已經停止了，「你絕對不肯說『不』？哈利，在你死以前，我要教會你服從的美德……也許我該再讓你嘗一下疼痛的滋味？」

佛地魔舉起魔杖，但這次哈利已有所防備。他運用魁地奇所訓練出來的絕佳反應力，往旁撲倒在地上，順勢滾到佛地魔父親的大理石墓碑後方，隨即聽到墓碑被擊中的碎裂聲，他逃過了咒語。

「我們可不是在玩捉迷藏，哈利，」佛地魔那柔和冰冷的嗓音，在食死人的笑聲中朝哈利逐漸逼近，「你是不可能躲得過我的。這是不是表示，你對我們的決鬥已經感到厭煩了呢？這是否表示，你寧願我盡快做個了結呢，哈利？出來吧，哈利……那就出來再戰一回合吧……很快就會結束了……說不定根本一點也不痛……這我並不清楚……我從來沒死過……」

哈利蹲伏在墓碑後面，他知道自己的死期到了。他完全沒有任何逃生的希望……也沒有人前來對他伸出援手。當他聽到佛地魔離他越來越近時，他腦袋裡只有一個念頭，一個超越恐懼，甚至不可理喻的念頭——他絕不要像個玩捉迷藏小孩似的，蹲在這裡等死；他絕不要跪在佛地魔腳下等死……他要跟他父親一樣，站起來抬頭挺胸地面對死亡。就算沒有任何方法能夠讓他脫險，他也要不屈不撓地奮戰至死……

佛地魔尚未將他那張蛇般的面孔探到墓碑後方，哈利就站了起來……他緊緊抓住魔杖，奮力刺向前方，從墓碑後方跳出來，面對佛地魔。

佛地魔已準備發動攻擊，就在哈利大叫：「去去，武器走！」時，佛地魔也開口喊道：

「啊哇咀喀咀啦！」

一道綠光自佛地魔的魔杖尖端激射而出，而哈利的魔杖也在同一時間爆出一道紅光——兩道光束在空中撞個正著——突然間，哈利的魔杖就像有電流通過似地開始不停震動。他抓著魔杖的手好像突然變得不聽使喚，而現在就算是想要鬆開魔杖，也已經做不到了——就在此刻，哈利的眼前出現了一道細細的光束，將兩根魔杖連結在一起，但這道光束的顏色非紅非綠，而是一種燦爛的深金色——哈利用驚愕的目光沿著光束望過去，看到佛地魔那些細長的白手指，同樣也在用力握住一根不停搖晃震動的魔杖。

然後——哈利事先完全沒有心理準備——他感到自己的雙腳突然離地飛起。他和佛地魔兩人都飛到空中，而他們的魔杖依然被一線閃爍的金光連結在一起。他們飄離佛地魔父親的墓碑，降落在一片寬敞開闊、完全沒有一座墳墓的空地上……食死人在大叫，他們在請求佛地魔給他們指示。他們包圍過來，重新在哈利和佛地魔四周圍成一個圓圈，巨蛇緊跟在他們身後滑行過來，有些人正在掏出魔杖——

那條連結哈利和佛地魔的金線開始碎裂，但兩根魔杖依然緊緊連結在一起，金線分裂出上千條光線，分別呈弧形高飛到哈利和佛地魔上空，在他們四面八方縱橫交錯，最後交織成一張籠罩住他們全身的半圓形金網，一座光之牢籠。食死人如胡狼般在光網外倉皇地環繞奔竄，而他們的喊叫聲彷彿突然被消音似地，變得模糊不清……

「不准輕舉妄動！」佛地魔對食死人尖聲叫道，哈利看到他那對紅眼瞪得大大的，驚駭地望著眼前發生的異象。佛地魔奮力想要掙脫那根將他和哈利兩人的魔杖連結在一起的光線，哈利用兩手將魔杖抓得更緊，而那條金線依然不曾斷裂，「在聽到我的命令之前，絕對不准輕舉妄動！」佛地魔對食死人大叫道。

然後一種超凡脫俗的美麗聲音突然響遍四周……哈利和佛地魔周圍那座光線織成的金網正在不停地震動，這聲音就來自於網中的每一道光線。哈利立刻就認出了那個聲音，雖然他這輩子就只聽過那麼一次……那是鳳凰的歌聲……

這對哈利來說就像是一支希望之歌……這是他這輩子聽過最美麗、同時也最令人欣喜的聲音……他感到歌聲彷彿不是在四周迴盪，而是在他體內鳴響……這個聲音將他與鄧不利多連結在一起，彷彿有個朋友在他耳邊殷殷囑咐……

不要讓連結的光線斷掉。

我知道，哈利告訴那樂聲，我知道我一定不能讓它斷掉……就在他這麼想的時候，這項任務立刻變得比剛才困難許多。他的魔杖震動得比先前更加厲害了……而他和佛地魔之間的那道光束也開始出現變化……現在看起來就好像是有許多巨大的光珠，正在那道連結魔杖的金線上來回不停地滑動——當光珠開始緩慢穩定地朝他的方向移動時，哈利感到手中的魔杖突然抖動了一下……現在光珠是從佛地魔那裡開始朝他漸漸逼過來，他感到手裡的魔杖在劇烈地抖動……

當距離最近的一粒光珠逐漸逼近哈利的魔杖尖端時，他感到手中的魔杖木材變得滾燙無比，讓他不禁擔心它會突然起火燃燒。光珠靠得越近，哈利的魔杖也就震動得更加激烈。他非常確定，他的魔杖只要一碰到光珠，就會立刻報銷，他感到手中的魔杖似乎就快要變得粉碎——

他集中他的每一分心力，全神貫注地逼使光珠重新滑向佛地魔，他的耳邊迴盪著鳳凰的歌聲，他的目光顯得狂亂而專注……慢慢地，光珠終於以非常緩慢的速度，顫動著停了下來，然後再同樣緩慢地開始朝相反的方向移動……現在變成佛地魔的魔杖開始激烈地震動……佛地魔露出驚駭至極，幾乎可說是恐懼的神情……

一粒光珠停在距離佛地魔魔杖尖端幾吋遠的地方，在那裡不停地顫動，哈利不明白自己為什麼要這麼做，也不曉得這麼做可能會達到什麼樣的目的……但他此刻卻展現出他這輩子從未有過的絕佳專注力，專心將那粒光珠逼向佛地魔的魔杖……慢慢地……非常緩慢地……它開始沿著金線往前移動……它顫巍巍地抖動了一會……然後觸到了佛地魔的魔杖……

佛地魔的魔杖立刻發出一陣迴音裊裊的痛苦尖叫……然後——佛地魔的紅眼驚駭地大大張開——一隻濃煙凝成的人手從魔杖尖端飛出來，隨即消失不見……蟲尾斷手的鬼影……又是一陣陣痛苦的喊叫聲……然後有某個更大的東西開始從佛地魔的魔杖尖端冒出來，一個彷彿是由最濃密凝聚的煙霧所形成的龐大灰影……那是一個人頭……現在又出現了胸膛和雙臂……那是西追．迪哥里的身體。

哈利原本可能會在此時嚇得鬆手放開魔杖，但他的本能讓他下意識地繼續握緊魔杖，因此甚至當西追．迪哥里的幽靈（那真的**是**幽靈嗎？它看起來是如此清晰）彷彿就像是擠過一條特別狹窄的隧道，整個身體從佛地魔的魔杖尖端冒出來時，連結兩根魔杖的金色光線依然不曾斷裂……這個西追的影子站起來，抬頭打量那根金色光線，並開口說話。

「握緊魔杖，哈利。」它說。

它的嗓音顯得遙遠且充滿了迴音。哈利望著佛地魔……他那對瞪得大大的紅眼依然帶著震驚的表情……他顯然也跟哈利一樣，完全沒料到會發生這種情形……哈利隱隱約約地聽到，那些正在圓頂金網周圍竄動的食死人，發出一陣陣驚恐的喊叫聲……

魔杖再度發出痛苦的尖叫……然後又有另一個東西從尖端冒了出來……出現了第二個濃煙凝成的人頭，緊接著是雙臂和軀幹……一個哈利曾在夢中見過的老人，此刻就跟西追剛才一樣，硬生生地從魔杖尖端擠了出來……而他的幽靈，或是他的影子，或不管那是什麼東西，落到了西追的影子旁邊。他拄著手杖，帶著微微詫異的表情，仔細打量哈利和佛地魔、那座金網，以及那兩根連在一起的魔杖……

「所以他真的是一個巫師囉？」那個老人緊盯著佛地魔說，「那個傢伙殺了我……你去跟他打啊，小子……」

此時魔杖尖端又冒出了一個人頭……而這個有如煙霧凝成雕像般的灰色人頭，顯然是一個女人……哈利現在努力穩住手中的魔杖，兩隻手臂都在不停地顫抖。他看到她落到地上，跟其他影子一樣挺起身軀，抬頭張望……

柏莎．喬金的影子睜大眼睛，打量眼前的戰場。

「現在千萬別鬆手！」她喊道，而她的嗓音就跟西追一樣充滿迴音，彷彿是從非常遙遠的地方傳過來似的，「不要讓他擊中你呀，哈利——千萬不要鬆手！」

她和其他兩個模糊的人影，開始沿著金網內緣繞圈子踱步，而食死人則圍在金網外迅速竄動……佛地魔的手下亡魂，在圍著兩名決鬥者繞圈子走動時，嘴裡念念有辭，不停地輕聲細語，悄聲用鼓勵的話語替哈利打氣，並嘶聲對佛地魔吐出一些哈利聽不見的詞句。

現在又有另一個人頭，從佛地魔的魔杖尖端冒了出來……哈利才瞥了一眼，就知道那會是什麼人……他早就知道了，彷彿在西追自魔杖冒出的那一刻，他就已經料到它必定會出現……而他會知道，是因為那個現在出現在他眼前的女人，是今晚冒出的亡魂中他最最思念的一位……

那個長髮年輕女子的霧影，就跟柏莎．喬金一樣落到地上，挺起身來，注視著他……哈利的手臂現在劇烈地顫抖，他迎上她的視線，望著他母親如鬼魂般的面龐。

「你父親就快要到了……」她輕聲說，「他想要見你……你不會有事的……抓緊……」

接著他就出現了……先是他的頭，然後是他的身體……那是一個頭髮跟哈利一樣凌亂的高大男人。詹姆．波特那煙霧凝成的模糊形體，從佛地魔的魔杖尖端冒了出來，落到地上，跟他的妻子一樣挺起身來。他走到哈利身邊，低頭望著他，用一種跟其他影子一般遙遠且迴音裊裊的嗓音開口說話。他的聲音非常輕，因此現在正因手下亡魂在周圍往來梭巡而嚇得臉色發青的佛地魔，完全無法聽見他說的話……

「等連結的光線斷掉之後，我們就只能再在這裡多逗留一會……但我們會替你爭取到一些時間……你得趕快跑到港口鑰那裡，它會把你送回霍格華茲……你聽懂了嗎，哈利？」

「我懂。」哈利喘著氣答道。他努力想要握緊魔杖，但它現在就像是一條滑不溜丟的魚，在他的手中不停地滑來竄去。

「哈利……」西追的影子悄聲說，「你可以把我的屍體帶回去嗎？把我的屍體帶回去給我的父母……」

「我會的。」哈利說，他拚命握緊魔杖，用力得不禁皺起了臉。

「現在就去，」他父親的嗓音悄聲說，「準備開始跑……現在就去吧……」

「**就是現在！**」哈利喊道。反正這根魔杖他現在連一秒鐘都握不住了，他用盡全力一掙，把魔杖拉到上方，連結的金線立刻斷裂。那座光之牢籠在瞬間消失無蹤，鳳凰的歌聲也漸漸平息──但那些佛地魔手下亡魂的霧影卻並未散去──他們正包圍住佛地魔，遮住他的視線，不讓他看到哈利──

哈利開始拔足狂奔，快得彷彿他以前從沒真正跑步過似的，並在途中奮力撞開了兩名嚇得發傻的食死人。他躲在墓碑後方迂迴前進，感到食死人正在後方對他發射詛咒，並聽到詛咒擊中墓碑的聲音──他努力避開詛咒與墳墓，全速衝向西追的屍體，他已不再感覺到腿痛，只是全神貫注地做他該做的事──

「**用昏擊咒對付他！**」他聽到佛地魔在尖叫。

在距離西追十呎遠的地方，哈利為了躲避一束束紅光，撲到一座大理石天使雕像後方，並看到天使的翅膀尖端被咒語擊得粉碎。他將魔杖握得更緊，從天使背後衝出去──

「噴噴障！」他怒吼，胡亂將魔杖朝背後一揮，指向那群正在跑著追他的食死人。

背後傳來一聲悶哼，他想他至少已經擋住了一個敵人，但他沒時間回頭察看。他縱身一躍跳過獎盃，而背後又響起更多發射咒語的爆炸聲，於是他連忙撲倒在地。當他倒在地上，伸手去抓西追的手臂時，又有更多的光束掠過他的頭頂──

「走開！讓我來殺他！他是我的！」佛地魔尖叫道。

哈利的手此時已握住西追的手腕，他和佛地魔之間隔著一座墓碑，但西追重得要命，他根本就搬不動，而獎盃又在他碰不到的地方——

佛地魔的紅眼在黑暗中散發出如火焰般的光芒。哈利看到他的嘴唇扭出一個微笑，看到他舉起魔杖。

「速速前！」哈利用魔杖指著三巫大賽獎盃喊道。

獎盃竄到空中，朝他疾飛過來——哈利伸手抓住它的把手——

他聽到佛地魔憤怒的尖叫聲，就在同一時間，他感到肚臍後方猝然一震，整個人立刻被拉向前方，這代表港口鑰已經生效了——它帶著他在一團狂風與色彩的漩渦中迅速離去，西追跟在他的身邊……他們就要回去了……

35

吐真劑

哈利感覺自己砰地一聲，就直挺挺地倒落在地上，他的面孔貼著草地，青草的氣味竄進他的鼻孔。剛才在港口鑰帶著他移動時，他就閉上了眼睛，現在依然緊閉雙眼不肯張開。他完全無法移動，他全身上下的每一分精力，似乎都已消耗殆盡。他的頭暈得要命，感到身下的土地彷彿就像是船甲板似地，正在不停地搖晃。哈利為了穩住自己的身軀，將他仍握在手裡的兩樣東西握得更緊了一些──三巫大賽獎盃那光滑冰冷的把手，以及西追的屍體。他覺得他只要放開其中任何一樣，就會輕飄飄地滑走，陷入那片逐漸在頭腦邊緣聚集成形的黑暗世界。他剛才驚嚇過度，並且累得筋疲力竭，因此他只是賴在地上不動，聞著青草的氣味，靜靜等待……等待某個人做出某件事……等待某件事情發生……而在這段時間中，他額上的疤痕一直在隱隱作痛……

一陣喧譁的聲音朝他湧過來，震得他耳膜發疼，他感到困惑不已。到處都是說話聲、腳步聲與尖叫聲……他依然躺在那裡，皺起臉想要抵擋住那些聲音，彷彿那只是一場即將消失的夢魘……

然後有一雙手粗魯地抓住他，把他翻過來。

「哈利！**哈利！**」

他張開眼睛。

他正在仰望繁星點點的夜空，阿不思．鄧不利多就蹲在他的身邊。一片黑壓壓的人潮環繞在他們四周，推擠著越靠越近。哈利可以感覺到他頭下的土地，正在轟隆隆地迴響出他們腳步聲。

他已回到迷宮邊緣，他可以看到上方的看台，朝他們走來的人影，還有天上的星星。

哈利放開獎盃，卻把西追抓得更緊了一些。他抬起空出來的手，抓住鄧不利多的手腕，鄧不利多的面孔在他眼前忽隱忽現。

「他重生了，」哈利悄聲說，「他重生了，佛地魔重生了。」

「怎麼啦？發生什麼事了？」

哈利上方出現康尼留斯．夫子上下顛倒的面孔，那張臉一片慘白，露出驚駭至極的神情。

「我的天哪——迪哥里！」那張臉低聲說，「鄧不利多——他死了！」

這句話開始被不斷地重複述說，那些靠近他們的模糊人影，屏息對他們周圍的人說出這句話……接著就有其他人放聲大喊——淒厲尖叫——對著夜空吼出——「他死了！」「他**死了**！」「西追．迪哥里！**死了**！」

「哈利，放開他。」他聽到夫子的聲音說，他感到有人想要將他的手從西追癱軟無力的屍體上掰開，但哈利卻死都不肯鬆手。

然後鄧不利多那張依然模糊不清的面孔，突然貼近他的眼前。「哈利，你現在也無法再幫助他了。事情已經結束了，放手吧。」

「他要我把他帶回來，」哈利喃喃地說——對他來說，把這件事解釋清楚似乎非常重要，「他要我把他帶回他父母身邊……」

「是的，哈利……放手吧，現在……」

鄧不利多彎下腰來，用一種像他這種又老又瘦的男人極為罕見的驚人力氣，把哈利從地上拉起來，扶著讓哈利站好。哈利全身搖搖晃晃，他的頭陣陣劇痛，傷腿已無法再支撐住他身體的重量。他們周圍的人潮互相推擠，爭先恐後地想要再走近一些，一片黑壓壓的人影朝他逼過來——「發生什麼事了？」「他怎麼了？」「**迪哥里死了！**」

「我們得把他送到醫院廂房！」夫子正在大聲說，「他病了，他受傷了——鄧不利多，迪哥里的父母，他們就在這裡，他們就在看台上……」

「我帶哈利去，鄧不利多，我帶他去——」

「不，我看最好還是——」

「鄧不利多，阿默．迪哥里正在往這裡跑過來……他就快要到了……你是不是應該先跟他說一聲——免得他一眼就看到——」

「哈利，待在這裡別動——」

女生尖聲大叫，並在歇斯底里地哭泣……這幅景象在哈利眼前詭異地忽閃忽現……

「沒事了，孩子，我帶你去……走吧……去醫院廂房……」

「鄧不利多叫我待在這裡。」哈利啞聲說，他的疤痕陣陣劇痛，讓他覺得自己好像就快要吐出來了，他的視線變得比先前更加模糊。

「你得躺下來……走吧，快……」

某個比哈利高大強壯的人，半拉半扛地帶著他穿越驚恐的人群。當那個男人扶著哈利，開始在人潮中擠出一條通路走向城堡時，哈利聽到群眾在不停地驚呼、尖叫與大喊。他們穿越草坪，經過湖泊與德姆蘭校船。一路上哈利除了那個扶他的男人所發出的重濁呼吸聲之外，什麼也聽不見。

「發生了什麼事，哈利？」那個男人在把哈利拉上前門石階時，終於開口問道。**咚**，**咚**，**咚**。他是瘋眼穆敵。

「獎盃是一個港口鑰，」哈利在他們穿越入口大廳時答道，「它把我和西追帶到一個墓園……而佛地魔就在那裡……佛地魔王……」

咚，**咚**，**咚**。他們爬上了大理石階梯……

「黑魔王在那裡？然後發生了什麼事？」

「殺了西追……他們殺了西追……」

「然後呢？」

咚，**咚**，**咚**。他們沿著走廊往前走……

「調配一種魔藥……讓他身體長回來……」

「黑魔王的身體長回來了？他重生了？」

「那些食死人來了……然後我們決鬥……」

「你跟黑魔王決鬥？」

「我逃過了……我的魔杖……做了些古怪的事情……我看到我的爸媽……他們從他的魔杖冒出來……」

「過來，哈利……到這裡來，坐下吧……你現在沒事了……把這喝下去……」

哈利聽到鑰匙插進鎖孔的摩擦聲，並感到有人往他手裡塞了個杯子。

「喝下去……這樣你會覺得舒服一些……好了，哈利，現在我想聽聽事情的詳細經過……」

穆敵幫忙哈利把杯子裡的東西倒入喉嚨，他喉中感到一股辛辣灼熱的胡椒味，嗆得他連連咳嗽。穆敵的辦公室現在變得清晰了一些，而穆敵自己也是一樣……他看起來就跟夫子一樣慘白，他的兩隻眼睛，眨也不眨地盯著哈利的面龐。

「你說佛地魔重生了，哈利？你確定他已經重生了？他是怎麼辦到的？」

「他從他父親的墳墓裡，還有蟲尾和我自己身上，各取了一些東西……」哈利說。他感到他的頭腦變得清醒了一些，他額上的疤痕也沒痛得那麼厲害了。雖然辦公室裡十分陰暗，但他現在已可以清楚看到穆敵的面孔，也仍然可以聽到從遠方魁地奇球池飄送過來的大喊與尖叫聲。

「黑魔王從你身上取了什麼東西？」穆敵問道。

「血。」哈利說，並舉起他的手臂。他的袖子被蟲尾的匕首割破了。

穆敵非常緩慢地長長吁了一口氣。「那食死人呢？他們出現了嗎？」

「是的，」哈利說，「有一大堆人……」

「那他是怎麼對待他們的？」穆敵平靜地問道，「他原諒他們了嗎？」

哈利突然全都記起來了。他剛才就應該告訴鄧不利多，他應該一回來就馬上說的——「有一個食死人潛伏在霍格華茲，有一個食死人就躲在這裡——他把我的名字扔進了火盃，他設法讓我順利贏得比賽——」

哈利想要站起來，但卻被穆敵推回椅子上。

「我知道那個食死人是誰。」他平靜地說。

「是卡卡夫嗎？」哈利狂亂地問道，「他在哪裡？你抓到他了嗎？你把他關起來了嗎？」

「卡卡夫？」穆敵發出一陣古怪的笑聲，「卡卡夫在今天晚上，一感覺到他手臂上的黑魔標記開始灼痛，就嚇得立刻落荒而逃了。他出賣了許多黑魔王的忠貞支持者，根本就不敢去見他們……但我想他是逃不了多久的，黑魔王向來就非常善於追捕敵人。」

「卡卡夫**走**了？他逃跑了？可是——難道不是他把我的名字扔進火盃嗎？」

「不是，」穆敵緩緩答道，「不，並不是他。把你的名字扔進火盃的人是我。」

哈利雖然每個字都聽得一清二楚，但他卻死都不肯相信。

「不，那不會是你，」他說，「你不會做這種事……你不可能會做這種事……」

「我保證那絕對是我做的。」穆敵說，他的魔眼滴溜溜地轉動，然後定定地盯著門口。哈利知道，他這是在檢查是否有人站在門外偷聽，而就在同一時間，穆敵已抽出魔杖，指向哈利。

「所以他是原諒他們了？」他說，「原諒那些逍遙法外的食死人？原諒那些設法逃過阿茲卡班的叛徒？」

「什麼？」哈利說。

他望著穆敵手中那根指著他的魔杖，這只是一個差勁的玩笑，這一定就是。

「我在問你，」穆敵平靜地說，「他究竟有沒有原諒那些從來沒設法去找過他的人渣？那些靠不住的狡猾懦夫，甚至沒膽量為了他而進入阿茲卡班服刑。那些叛逆不忠、一無是處的下流東西，他們有膽子在魁地奇世界盃時戴上面具，蹦蹦跳跳地到處招搖，但他們一看到我發射到天空的黑魔標記，就全都嚇得抱頭鼠竄。」

「**你**發射……你到底在說什麼呀？」

「我告訴過你，哈利……我告訴過你的。我生平最痛恨的，就是那些逍遙法外的食死人。他們在我主人最需要他們時，無情地背棄了他。我希望他會嚴厲地懲罰他們，我希望他會用酷刑折磨他們。你快告訴我，說他出手傷害了他們呀，哈利……」穆敵的面孔突然亮了起來，露出一個瘋狂的微笑，「你快告訴我，說他對他們表示，只有我，就只有我一個人對他忠心不渝……甘願冒一切風險，設法將他最想要的東西送到他面前……那就是**你**。」

「你不會……這——這不可能會是你……」

「是誰把你的名字列在其他學校名下，扔進了火盃？是我。是誰把所有可能會傷害到你，或是妨礙你贏得鬥法大賽的人全都嚇跑？是我。是誰慫恿海格帶你去看龍？是我。是誰幫助你看清唯一能讓你打敗龍的方法？**是我**。」

穆敵的魔眼此時已不再望著大門，而是定定地注視著哈利。他斜睨著眼，嘴歪得比平常更加厲害。「要指引你順利通過這些任務，並且不引起任何人懷疑，哈利，實在不是件容易的事。我必須運用我的每一分機智狡獪，這樣才能不著痕跡地協助你獲勝，免得讓人懷疑到我頭上。要是讓你贏得太容易的話，鄧不利多一定會大大起疑。最好是讓你一開頭就有不錯的表現，只要你一踏進那個迷宮——那時我就會有機會除掉其他鬥士和種種障礙，讓你的路途變得暢行無阻。但你的愚昧無知也同樣讓我大傷腦筋，第二項任務……那是我最擔心的時候，害怕我們會就此一敗塗地。我一直在盯著你，波特，我知道你並沒有解開金蛋的線索，所以我必須再給你另一個暗示——」

「你才沒有呢，」哈利啞聲說，「那個線索是西追告訴我的——」

「是誰先叫西追把金蛋放在水裡打開的？是我。我相信他一定會把這個情報傳給你，你們這些正派人可真是容易操縱呢，波特。你告訴西追關於龍的情報，而我確定他必然是一心想要回報你這份人情，他果真如此。但即使在你知道以後，波特，即使在你知道以後，你看起來好像也很可能會把事情給搞砸。你在圖書館的時候……我一直在盯著你。難道你不曉得，你需要的那本書，其實就擱在你的寢室裡面嗎？我早就把它放在那裡了，我把它交給那個叫做隆巴頓的男孩，你還記得吧？《神奇的地中海水生植物及其特性》，它可以告訴你所有你需要的魚鰓草資料。我原本以為你會逢人就問，儘可能找人幫你的忙，隆巴頓就會馬上告訴你。但你並沒有……你並沒有這麼做……你那驕傲獨立的脾氣，差點就壞了大事。

「那麼我該怎麼辦呢？設法去找另一個不會引人疑竇的管道，把這情報傳給你。你在耶誕舞會時告訴過我，說有一個叫多比的家庭小精靈，送了你一件聖誕禮物。我把那個小精靈叫到教職員辦公室，要他拿髒長袍去洗。我故意在他面前，提高嗓門跟麥教授談起那些會被帶去的人質，並大聲猜測波特會不會想到要使用魚鰓草。而你的小精靈朋友一聽之下，就立刻跑到石內卜的儲藏櫃去偷東西，再匆匆趕去找你……」

穆敵的魔杖依然不偏不倚地指向哈利的心臟，而在他背後那面掛在牆上的仇敵鏡中，有許多模糊的影子正在移動。「你在湖中實在待得太久了，波特，我還以為你已經淹死了呢！但幸好鄧不利多錯把你的愚蠢當作高貴，並為這一點讓你高分過關，我這才放下心來。

「當然，你今晚在迷宮中本來是不應該那麼輕鬆的，」穆敵說，「那是因為我當時正好在迷宮周圍巡邏，所以我可以透過外面的籬笆看清裡面的情形，好施咒語把你前方的眾多阻礙清除掉。我在花兒．戴樂古經過時用昏擊咒對付她，我對喀浪施展蠻橫咒，這樣他就可以替我把西追解決掉，並且替你清除阻礙，讓你在走向獎盃時一路上暢行無阻。」

哈利凝視穆敵，他實在搞不懂怎麼可能會有這種事……鄧不利多的朋友，名聞遐邇的正氣師……他曾經親手逮捕過這麼多食死人……這根本說不通……完全說不通……

仇敵鏡中的模糊人影漸漸變得越來越鮮明清晰，哈利可以越過穆敵的肩膀，看到鏡中有三個人影正在逐漸往前逼近。但穆敵並沒有看到他們，他的魔眼定定地望著哈利。

「黑魔王沒辦法殺死你，波特，而他是**多麼**想要你的命啊！」穆敵悄聲說，「想想看，他要是發現我為他做的事，他會給我多大的獎賞啊！我把你送到他面前——把他重生過程中最需要的東西交給了他——然後我又替他結束了你的性命。我將會獲得遠超過其他任何食死人的至高榮寵，我將會變成他最珍貴、最親密的心腹……甚至比兒子還要親密許多……」

穆敵正常的眼睛暴凸出來，魔眼定定地望著哈利。大門是拴著的，哈利知道自己根本來不及掏出魔杖……

「黑魔王和我，」穆敵說，他現在已逼近哈利身邊，低頭斜睨著哈利，看起來簡直就是個十足的瘋子，「有很多的共同點。舉個例子來說，我們兩人都有一個非常令人失望的父親……簡直就是令人失望透頂。我們兩個都是以父親的名字命名，哈利，並因此而感到莫大的屈辱。而且我們兩個都很樂意……非常非常樂意地……去殺死我們的父親，來確保黑暗秩序萬世長存！」

「你瘋了，」哈利說——他無法控制自己——「你瘋了！」

「你說我瘋了？」穆敵說，他不由自主地提高嗓門，「那我們等著瞧吧！現在黑魔王已經獲得重生，還有我在旁邊支持著他，我倒想看看究竟是誰瘋了！他重生了，哈利波特，你並沒有擊敗他——而現在——是我擊敗了你！」

穆敵舉起魔杖，他張開嘴巴，哈利連忙將手伸進長袍——

「咄咄失！」他眼前閃過一道炫目的紅光，隨著一聲驚天動地的碎裂碰撞聲，穆敵的辦公室大門轟然爆開——

穆敵朝後摔倒在辦公室地板上。哈利的目光仍然注視著剛才穆敵面龐所在的位置，他看到阿不思．鄧不利多、石內卜教授和麥教授三人在仇敵鏡裡回望著他。他轉過頭去，看到他們三人就站在門口，鄧不利多站在最前面，舉起魔杖指向前方。

在那一刻，哈利才第一次完全了解到，為什麼人們會說，鄧不利多是唯一一位能讓佛地魔感到畏懼的巫師。在鄧不利多低頭望著瘋眼穆敵那失去意識的軀體時，他的臉上出現一種遠超過哈利任何想像的恐怖神情。

鄧不利多的面孔上完全看不到一絲慈祥的微笑，而他鏡片後的雙眼也不再閃閃發亮。那張衰老面孔上的每一根線條，全都充滿了冰冷的憤怒。鄧不利多渾身散發出一種威風凜凜的強者神采，彷彿他整個人都在發光發熱。

鄧不利多踏進辦公室，將一隻腳伸進穆敵失去意識的身體下，把他踢得翻轉過來，露出他的面孔。石內卜跟著走了進來，凝視著牆上的仇敵鏡，鏡中依然可以看到他那張正在怒目瞪視房間的面孔。

麥教授直接走向哈利。

「來吧，波特，」她悄聲說。她唇邊的細紋在陣陣抽搐，看來就好像是快要哭出來了，「來吧……去醫院廂房……」

「不。」鄧不利多厲聲說。

「鄧不利多，他必須去──你看看他──他今天晚上已經受夠了──」

「他要留下來，米奈娃，因為他必須了解，」鄧不利多斷然表示，「了解是接受的第一步，而唯有先接受，才有可能痊癒。他必須知道今晚是誰讓他遭受到如此嚴酷的試煉，以及背後的原因。」

「穆敵，」哈利說，他直到現在還是完全不敢相信，「怎麼可能會是穆敵？」

「這並不是阿拉特．穆敵，」鄧不利多平靜地說，「你根本不認識阿拉特．穆敵。真正的穆敵，絕不會在今晚發生這種事情之後，把你從我眼前帶走。他一把你帶走，我就曉得了──所以我就跟了過來。」

鄧不利多彎身俯向穆敵癱軟的身體，把手探進他的長袍。他從裡面掏出了穆敵的扁平小酒瓶，和一組串在圓環上的鑰匙，然後他轉身望著麥教授和石內卜。

「賽佛勒斯，請你去把你藥效最強的自白魔藥取出來，然後再到廚房，把那個叫做眨眨的家庭小精靈一起帶到這裡來。米奈娃，麻煩妳到海格的小木屋，妳會在那裡看到，有頭大黑狗坐在南瓜田裡。把那頭狗帶到我的辦公室，跟他說我馬上就會去找他，然後再請妳回到這裡。」

石內卜或是麥教授即使覺得這些指示相當奇怪，但完全沒露出一絲困惑的神情，兩人都立即轉身離開辦公室。鄧不利多走向那個有著七個鑰匙孔的行李箱，將第一支鑰匙插進孔中，打開箱子，裡面放了一大堆符咒書。鄧不利多闔上行李箱，將第二支鑰匙插進第二個鎖孔中，再度打開行李箱。符咒書已經不見了，這次裡面放了各式各樣壞掉的測奸器、一些羊皮紙和羽毛筆，另外還有一個看起來像是銀色隱形斗篷的東西。哈利驚愕地望著鄧不利多將第三支、第四支、第五支、第六支鑰匙，分別插入各自的鑰匙孔，而他每次重新打開行李箱，箱子裡裝的東西都不一樣。然後他將第七支鑰匙插進孔中，再掀開箱蓋——哈利忍不住發出一聲驚呼。

他看到了一個類似坑洞的地方，一個地下室，而那個躺在下方大約十呎處的地板上，外表看起來飢餓消瘦，並顯然正在沉睡的人影，就是真正的瘋眼穆敵。他的木腿不見了，在那原本應該覆蓋著魔眼的眼瞼下，眼窩看起來似乎是空的，而他那頭灰白的頭髮缺了一大片。哈利震驚至極地望著眼前的景象，目光在箱中沉睡的穆敵，和那失去知覺躺在辦公室地板上的穆敵之間往來梭巡。

鄧不利多爬進行李箱中，緩緩沉下身去，輕盈地跳落到穆敵的身邊，他俯向穆敵。

「中了昏擊咒——被蠻橫咒控制——非常虛弱，」他說，「他們自然必須讓他繼續維持生命。哈利，把那個騙子的斗篷扔下來，阿拉特快凍僵了。看來必須請龐芮夫人檢查一下他的狀況，但他好像並沒有什麼立即性的危險。」

哈利立刻照辦，鄧不利多將斗篷蓋在穆敵身上，把他全身裹得緊緊的，再從行李箱爬出來。接著他就抓起擱在桌上的扁平小酒瓶，扭開瓶蓋，把它翻轉過來，一種黏稠的液體潑到了地板上。

「變身水，哈利，」鄧不利多說，「你看這是多麼簡單，而又是多麼聰明。因為穆敵向來就**只肯**喝他那小酒瓶裡的飲料，這一點是出了名的。這個騙子自然得把真正的穆敵留在身邊，這樣他才可以繼續調製魔藥。你看他的頭髮……」鄧不利多低頭望著行李箱中的穆敵說，「這一年來，那個騙子一直在剪他的頭髮用，你看到他的頭髮有多麼參差不齊了嗎？但我想，在這麼刺激的一晚，我們這位冒牌穆敵，很可能會忘了跟平常一樣，照規定時間按時服用變身水……忘了在整點時間……在每一個鐘頭服用……我們等著看吧。」

鄧不利多拉出辦公桌後的椅子坐下來，注視著地上那失去知覺的穆敵，哈利也望著他。時間在沉默中一分一秒地過去……

然後，地上那個男人的面孔，就在哈利眼前開始出現變化。疤痕逐漸消失，皮膚變得光滑。缺了一大塊的鼻子也變得完整無缺，並且開始縮小。那頭鬃毛般的蓬亂灰白長髮漸漸縮短，並且轉變成稻草色。隨著一聲響亮的**咚**聲，木腿突然掉了下來，並在原來的地方重新長出一條正常的人腿。在下一刻，魔眼球就從那個男人的臉上迸出來，而一隻真正的眼睛取代了它原先的位置。魔眼球滾過地板，仍在朝四面八方不停地旋轉。

哈利看到他面前躺著一個膚色蒼白，臉上微帶著幾顆雀斑，並有著一頭亂蓬蓬金髮的男人。他知道他是誰。哈利過去曾在鄧不利多的儲思盆裡看過他，曾親眼望著他被催狂魔拖離法庭，而他那時仍在企圖讓柯羅奇先生相信他是無辜的……但現在他眼睛四周布滿了皺紋，看起來蒼老許多……

外面的走廊傳來一陣急促的腳步聲。石內卜回來了，眨眨緊跟在他的身後，麥教授就在他們後面。

「柯羅奇！」石內卜說，並猛然收住腳步站在門口，「巴堤．柯羅奇！」

「我的天哪。」麥教授說，同樣也猛然停下腳步，凝視著那個躺在地上的男人。

蓬頭垢面、渾身污穢不堪的眨眨，從石內卜腿後探出頭來，望著眼前的景象。她的嘴巴大大張開，發出一聲淒厲的尖叫，「巴堤主人，巴堤主人，你正在這裡做什麼？」

她撲到那個年輕男人的胸膛上。「你正在殺了他！你正在殺了他！你正在殺了主人的兒子！」

「他只是中了昏擊咒，眨眨，」鄧不利多說，「請妳讓開。賽佛勒斯，你把魔藥拿來了嗎？」

石內卜遞給鄧不利多一個小玻璃瓶，裡面裝著一種清清如水的液體，這就是他曾在課堂上拿來恐嚇過哈利的吐真劑。鄧不利多站起來，彎身俯向那個躺在地上的男人，將他拉到仇敵鏡下方，讓他靠牆坐好。鄧不利多、石內卜和麥教授的鏡中倒影，仍在怒目瞪視他們所有人。眨眨仍然跪在地上，用手蒙住臉不停地顫抖。鄧不利多掰開那個男人的嘴巴，朝裡面滴了三滴吐真劑，然後他用魔杖指著那個男人的胸膛念道：「ㄉㄉ復。」

柯羅奇的兒子張開眼睛，他的面孔呆滯、目光渙散。鄧不利多在他面前跪下來，好讓他們兩人的面孔保持平行。

「你可以聽到我的聲音嗎？」鄧不利多平靜地問道。

那個男人的眼瞼一陣抖動。

「可以。」他喃喃地說。

「我要你告訴我們，」鄧不利多柔聲說，「你是如何來到這裡？你是用什麼方法逃出阿茲卡班？」

柯羅奇顫抖著深深吸了一口氣，然後就開始用一種不帶任何感情的平板語氣說，「我的母親救了我。她知道她就快要死了，她求我父親解救我，說這是她臨終前的最後一個要求。他雖然從來沒有愛過我，但他卻真的很愛她。他同意了，他們一起來看我。他們給了我一劑裡面放了我母親頭髮的變身水，她自己服了一劑裡面放了我頭髮的變身水，我們兩個就這樣互相變成對方的模樣。」

眨眨渾身顫抖地連連搖頭。「別再說了，巴堤主人，別再說了，你正在替你父親惹上麻煩！」

柯羅奇又深深吸了一口氣，用同樣平板的聲音繼續說下去。「催狂魔看不見。他們感覺到有一個健康的人，和一個垂死的人走進阿茲卡班；他們同樣也感覺到有一個健康的人，和一個垂死的人離開監獄。我父親把我偷渡出去，我偽裝成我的母親，以免有囚犯透過牢門張望並拆穿我們。

「我母親不久之後就死在阿茲卡班。她一直小心地喝著變身水，撐到最後一刻。她帶著我的容貌，以我的身分下葬，大家都相信她就是我。」

那個男人的眼皮又一陣抖動。

「那麼，在你父親把你帶回家以後，他是如何對待你的？」鄧不利多平靜地問道。

「他假裝我母親過世，舉辦了一場不對外公開的簡單葬禮，墳墓是空的。我在家庭小精靈的照顧下漸漸恢復健康，然後我必須隱藏起來，我必須受到控制。我父親必須施展一大堆符咒，才能制得住我。因為我在恢復力量以後，就一心想回去找我的主人……回去為他效勞。」

「你父親是用什麼方法制住你？」鄧不利多問道。

「蠻橫咒，」柯羅奇說，「我受到我父親的控制，被迫不分日夜地一直穿著隱形斗篷。我總是跟家庭小精靈形影不離，她看守我，同時也照顧我。她憐憫我，她勸我父親偶爾對我好一點，用來獎勵我的良好表現。」

「巴堤主人，巴堤主人，」眨眨把臉埋在手裡哭泣著說，「你不應該正在告訴他們，我們正在會惹上麻煩的……」

「有其他任何人發現你還活著嗎？」鄧不利多柔聲說，「除了你父親，還有家庭小精靈之外，還有任何人知情嗎？」

「有，」柯羅奇說，他的眼皮又是一陣抖動，「是我父親辦公室裡的一個女巫，柏莎．喬金。她帶文件到我家來給我父親簽名，他當時不在家。眨眨請她到家裡坐，然後再回到廚房找我。但柏莎．喬金聽到眨眨跟我說話的聲音，她跑過來察看，而她聽到的內容，已足以讓她猜出，藏在隱形斗篷下的是什麼人了。我父親回到家裡，她向他質問，他對她施了一個非常強的記憶咒，讓她把發現的事情全都忘光。但那個符咒的力量實在是太強了，他說那已經對她的記憶力造成永久性的傷害。」

「誰叫她正在要刺探我主人的私事呢？」眨眨哭泣地說，「她為什麼就不能正在別來管我們呢？」

「告訴我魁地奇世界盃的情形。」鄧不利多說。

「眨眨說服我父親讓我去看球賽，」柯羅奇仍用毫無抑揚頓挫的單調嗓音說，「她花了好幾個月的時間來勸他，說我已經有許多年沒離開家門一步了。我以前最愛魁地奇了。讓他去吧，她說。他會穿著他的隱形斗篷，他可以去看看比賽。就讓他出門一次，去呼吸一點新鮮空氣。她說我母親也一定會希望讓我出去走走，她告訴我父親，說我母親是為了替我爭取自由而死，她救我並不是為了要讓我在監禁中度過一生。他最後終於同意了。

「這次行動經過非常謹慎的計畫。我父親在當天一大早，就把我和眨眨帶到頭等包廂。眨眨要是碰到人，就說她是在替我父親占位子，而我則是披著隱形斗篷坐在那裡。等大家全都離開包廂以後，我們再走出來。眨眨看起來只是孤零零一個人，永遠都不會有人知道這件事。

「但眨眨並不曉得，我的力量已變得越來越強了。我已經開始對抗我父親的蠻橫咒，有時我幾乎已重新恢復成原來的自己。在某些短暫的時刻，我似乎已脫離了他的控制。當我們坐在頭等包廂中的時候，事情就發生了。我彷彿從沉睡中醒過來，我發現我自己坐在群眾中，跟大家一起在看球賽，而我看到我前面一個男孩的口袋裡冒出了一截魔杖。在我進入阿茲卡班之前，他們就不准我再擁有魔杖了。我偷了那根魔杖，眨眨並不曉得。眨眨非常怕高，她那時正用手蒙著臉。」

「巴堤主人，你這個壞孩子！」眨眨悄聲說，淚水從她的指縫間淌落下來。

「所以你拿了魔杖，」鄧不利多說，「那你用它來做了什麼？」

「我們回到帳篷，」柯羅奇說，「然後我們就聽到了他們的聲音，我們聽到了食死人的聲音，那些從來沒進過阿茲卡班的人，那些從來沒為我主人吃過苦的人。他們背棄了他，他們並未像我一樣受到束縛。他們可以自由地去尋找他，但他們並沒有這麼做，他們只不過是在戲弄麻瓜。他們的嗓音喚醒了我，我的頭腦多年來都沒這麼清醒過了。我很生氣，我擁有魔杖，我想要去攻擊他們，來懲罰他們對我主人的不忠。我父親已經離開帳篷，去設法解救那些麻瓜。眨眨看到我這麼生氣，她簡直快要嚇壞了。她用他們小精靈特有的魔法，把我和她自己綁在一起。她把我拉出帳篷，把我拉進森林，遠遠避開那些食死人。我掙扎著不肯跟她走，我想要回到營區。我想要讓那些食死人見識一下，什麼才叫做真正對黑魔王忠貞不二，並好好給這些不忠的叛徒一些教訓。我用偷來的魔杖，朝天空發射了黑魔標記。

「魔法部的巫師立刻趕過來，他們到處發射昏擊咒。其中有一個符咒射進了我和眨眨藏身的樹叢，我們之間的束縛立刻被破解，我們都中了昏擊咒。

「當眨眨被人發現的時候，我父親知道我一定就在附近。他走進眨眨被人發現的灌木叢裡搜尋，感覺到我躺在地上。他等其他魔法部巫師離開森林以後，就用蠻橫咒帶我離開，回到家中。他解雇了眨眨，她讓他感到失望。她讓我拿到了一根魔杖，還差點讓我逃走。」

眨眨發出一聲絕望的哭喊。

「現在家裡就只剩下我和父親兩個人，然後……然後……」柯羅奇的頭在脖子上連連晃動，臉上綻出一個瘋狂的咧笑，「我的主人就來找我了。

「一天晚上，他躺在他僕人蟲尾的懷裡，在深夜來到我們家。我的主人已發現我還活著，他在阿爾巴尼亞抓到了柏莎・喬金，他用酷刑折磨她，她告訴他一大堆事情，她告訴他關於三巫鬥法大賽的事情；她告訴他，那個老正氣師穆敵，就要去霍格華茲任教。他不停地用酷刑折磨她，最後終於破解了我父親施在她身上的記憶咒。她告訴他，我已經逃出了阿茲卡班。她告訴他，我父親為了阻止我去尋找我的主人，只好一直把我關起來。因此我主人一聽就知道，我依然是他忠心的僕人——也許是他所有僕人裡最忠心的一個。我的主人根據柏莎所提供的情報，想出了一個計畫。他需要我，他在將近午夜時來到我們家，當時是我父親開的門。」

柯羅奇臉上的笑意變得更深更濃，彷彿是回想起他這輩子最甜美的一段記憶。眨眨那對茫然失神的褐眼，從手指縫間露了出來，她似乎已驚駭得完全說不出話來。

「事情發生得非常快，我父親被我主人用蠻橫咒制住，現在輪到我父親自己遭受監禁，並且受到控制了。我主人逼迫他像往常一樣，繼續去處理公事，表現出完全正常的模樣，而我獲得釋放。我清醒過來，又重新恢復成我自己，在經過這麼多年之後，我終於又真正活過來了。」

「那麼佛地魔王究竟要你做什麼？」鄧不利多說。

「他問我是否甘願不計任何風險為他效勞，這我自然甘願。我這輩子最大的夢想，最強烈的野心，就是去為他效勞，去對他證明我自己的價值。他告訴我，他需要在霍格華茲安置一名忠心的僕人。這個僕人必須盡量不著痕跡地指引哈利波特通過三巫鬥法大賽。這個僕人必須盯住哈利波特，確保他能拿到三巫大賽獎盃，並且把獎盃變成一個港口鑰，把第一個碰到它的人，帶到

林，繞到他們後方，然後再走過來跟他們碰面，我跟鄧不利多說是石內卜叫我到這裡來的。

「鄧不利多要我去找我的父親，我走回到我父親屍體旁邊，望著地圖，等到所有人都離開以後，我就對我父親的屍體施展變形術，他變成了一根骨頭……我穿上隱形斗篷，將骨頭埋在海格小木屋前那片新掘過的土地裡。」

現在室內變得鴉雀無聲，只聽得見眨眨持續不斷的哭泣聲。

然後鄧不利多開口說：「而今晚……」

「我主動表示要在晚餐前將三巫大賽獎盃帶到迷宮裡面，」巴堤．柯羅奇悄聲說，「我把它變成了港口鑰，我主人的計畫生效了。他重新恢復力量，而他將賜給我，其他巫師所夢想不到的莫大榮寵。」

他的臉上再度出現一個燦爛的瘋狂笑容，接著他的頭就垂到了肩膀上，而眨眨在他身邊不停地哭喊啜泣。

36

分道揚鑣

鄧不利多站起來。他帶著憎惡的神情，低頭望了巴堤．柯羅奇好一會。然後他再度舉起魔杖，一條條繩索從魔杖頂端飛出來，扭動著纏繞住巴堤．柯羅奇，把他緊緊綑住。

他轉向麥教授。「米奈娃，在我帶哈利上樓的時候，能不能請妳待在這裡負責看守？」

「當然可以。」麥教授說。她露出微微有些反胃的神情，彷彿剛看到了某個令人作嘔的人物。但是當她抽出魔杖指向巴堤．柯羅奇時，她的手卻顯得相當穩定。

「賽佛勒斯，」鄧不利多轉向石內卜，「麻煩你去請龐芮夫人到這裡來，我們必須把阿拉特．穆敵送到醫院廂房。然後再請你到校園裡去找康尼留斯．夫子，把他帶到這間辦公室，他必然會想要親自審問柯羅奇。你告訴他，他要是想找我的話，我在半個鐘頭內會趕到醫院廂房。」

石內卜沉默地點點頭，快步走出房間。

「哈利？」鄧不利多柔聲喊道。

哈利站起來，身子又再度開始搖晃。剛才他在聽柯羅奇說話時，完全沒注意到他的腿傷，但現在疼痛又全都以排山倒海之勢重新湧了回來，同時他也意識到自己在發抖。鄧不利多抓住他的手臂，扶著他踏入黑暗的走廊。

「我要你先去我的辦公室，哈利，」他在他們沿著通道往前走時平靜地表示，「天狼星正在那裡等我們。」

哈利點點頭。他現在有一種麻木呆滯且非常不真實的感覺，但他一點也不在乎，甚至還為此感到慶幸。他不願去回想在他碰到三巫大賽獎盃之後所發生的一切；他不願去細細審視那些不斷掠過他腦海，並且如照片般鮮明的記憶。瘋眼穆敵躺在行李箱中；蟲尾抱著他的斷手，猛然跌落到地上；佛地魔從蒸汽騰騰的大釜中冒了出來；西追……死了……西追要哈利把屍體帶回去交給他的父母……

「教授，」哈利囁嚅地說，「迪哥里先生和迪哥里太太在哪裡？」

「他們跟芽菜教授在一起，」鄧不利多說。剛才在審問巴堤·柯羅奇時，他的語氣從頭到尾都顯得非常平靜，但此時他的嗓音卻首度微微出現一絲顫音，「她是西追的學院導師，而且也最了解他。」

他們已走到石像鬼前方，鄧不利多說出通關密語，石像鬼立刻跳到旁邊，於是他和哈利踏上移動的螺旋梯，來到那扇橡木門前，鄧不利多推開房門。

天狼星就站在裡面，他的面孔看起來跟他剛逃出阿茲卡班時一樣蒼白憔悴。在眨眼間，他就快步越過房間走過來。「哈利，你沒事吧？我就知道──我就知道遲早會發生這種情形──到底發生了什麼事？」

他用顫抖的雙手，把哈利扶到書桌前方的椅子上坐好。

「到底發生了什麼事？」他用更加急迫的語氣問道。

鄧不利多開始將巴堤・柯羅奇剛才招供的一切，全都一五一十地告訴天狼星。哈利並沒有在專心聽，他非常累，全身上下的每一塊骨頭全都在發疼。他只想安安靜靜地坐在那裡，完全不受到任何干擾，就這樣一個小時又一個小時地坐下去，直到他陷入沉睡，再也不用去想到或是感覺到任何事情。

他耳邊響起一陣翅膀拍動的柔和聲響。鳳凰佛客使已離開牠的棲木，展翅飛過辦公室，降落到哈利的腿上。

「哈囉，佛客使。」哈利輕聲說，他撫摸鳳凰那身美麗的紅金色羽毛。佛客使意態安詳地抬起頭來，對他眨了眨眼。牠那溫熱沉重的身體，有著某種奇異的撫慰力量。

鄧不利多已停止說話，他坐到書桌後方，正對著哈利。他望著哈利，但哈利卻刻意避開他的視線。鄧不利多就要來詢問他了，他就要來逼哈利重新回想那所有過程了。

「我必須知道，當你在迷宮中碰到那個港口鑰之後，究竟發生了什麼事？哈利。」鄧不利多說。

「我們總可以把這留到明天早上再說吧，鄧不利多？」天狼星粗聲說。他伸手按住哈利的肩頭，「讓他去睡吧，先讓他休息一下。」

哈利心中對天狼星湧起一股強烈的感激，但鄧不利多卻完全不理會天狼星說的話。他彎身俯向哈利，哈利非常不情願地抬起頭來，深深注視那對藍色的眼睛。

「我若是認為，」鄧不利多溫和地說，「先施展魔法讓你好好睡一覺，讓你拖延一段時間，再去回想今晚發生的一切，會對你有所幫助的話，那麼我一定會這麼做的。但我知道事情並非如此，暫時麻痺痛楚，只會讓你在最後不得不面對它時，情況變得比以前更加嚴重。你已經展現出遠超過我預期的崇高勇氣，我現在請你再一次展現出你的勇氣。我請你告訴我們，究竟發生了什麼事？」

鳳凰發出一聲輕柔的顫音，樂聲在室內震動迴盪，而哈利感到彷彿有一滴滾燙的液體滑過他的喉嚨，落進胃裡，溫暖了他的全身，並讓他感到力氣倍增。

他深深吸了一口氣，開始把事情告訴他們。在他述說的時候，今晚出現過的所有畫面，彷彿又一幕幕地重新掠過他的眼前。他看到那劑讓佛地魔重生的魔藥閃爍發光的表面；他看到食死人紛紛在他們周圍的墳墓區施展現影術現身；他看到西追的屍體靜靜躺在獎盃旁邊。

天狼星仍用手緊按住哈利的肩頭，其中有一、兩次，他忍不住發出一種似乎是準備開口說話的聲音，但卻被鄧不利多伸手制止。哈利很高興鄧不利多這麼做，因為當他一開始傾吐之後，便感到一口氣把它全部說完，顯然是比被打斷後再繼續要容易得多。他甚至有種如釋重負的感覺，似乎感到某種有毒的東西，正從他的體內，一點一滴地被吸走。他以極大的毅力支撐自己說下去，因為他覺得，一旦說完發生的一切，心裡就會舒坦許多。

但是當哈利講到蟲尾用匕首刺傷他的手臂時，天狼星仍忍不住發出了一聲激動的喊叫，而鄧不利多突然站起來，把哈利嚇得驚跳了一下。鄧不利多繞過書桌，叫哈利把手背伸直，哈利給他們看他那被割破的長袍袖口和下面的傷痕。

「他說跟其他巫師的血比起來，用我的血會讓他的力量變得更強。」哈利告訴鄧不利多，「他說我的——我的母親留給我的保護力量，也同樣會傳到他身上。他說得沒錯——他現在碰到我的時候已經不會痛了，他碰了我的臉。」

在那短暫的一瞬間，哈利覺得自己好像看到鄧不利多眼中似乎閃過一絲勝利的光芒。但在下一刻，哈利就確定這純粹只是他的想像，因為當鄧不利多走回他書桌後方的座位時，他看起來非常衰老疲憊，就跟哈利過去曾見過的一樣。

「很好，」他說，並再度坐下來，「佛地魔已經克服了那道特殊的障礙。哈利，請你繼續說下去。」

哈利繼續述說，他解釋佛地魔是如何從大釜中冒出來，並努力回想佛地魔對食死人發表的長篇演說，儘可能把他所記得的部分全都告訴他們。然後他又告訴他們，佛地魔是如何解開他身上的繩索，把魔杖還給他，準備跟他決鬥。

但是當他講到那道把他和佛地魔兩人的魔杖連結在一起的金色光線時，他卻忽然感到喉頭一哽。他試著繼續說下去，但那些從佛地魔魔杖冒出的人影彷彿歷歷在目，記憶如潮水般湧入他的腦海中。他可以看到西追冒了出來，看到那個老人，柏莎．喬金……他的母親……他的父親……

當天狼星終於開口打破沉默時，哈利不禁感到有些貼心。

「魔杖連結在一起？」他說，並將目光從哈利身上轉向鄧不利多，「為什麼？」

哈利抬頭望著鄧不利多，他的臉上不帶任何表情。

「呼呼，前咒現。」他喃喃地說。

他迎上哈利的視線，而他們兩人之間恍如電光石火般，閃過一道心照不宣的隱形光束。

「是符咒倒轉效應嗎？」天狼星尖聲問道。

「完全正確，」鄧不利多說，「哈利的魔杖和佛地魔的魔杖之中，有著同樣的魔法物質，它們各裝了一根來自於同一隻鳳凰的尾羽。事實上，就是**這**一隻鳳凰。」他又補上一句，並伸手指向那隻正安詳棲息在哈利腿上的紅金色鳥兒。

「我的魔杖裡的羽毛是從佛客使身上拔下來的？」哈利吃驚地問道。

「是的，」鄧不利多說，「四年前，奧利凡德先生在你走出他的商店之後，就立刻寫信給我，說你買下了第二根魔杖。」

「那麼魔杖要是碰到它的兄弟，會出現什麼樣的情況？」天狼星問道。

「它們在互相對抗的時候，會沒有辦法發揮正常的功能。」鄧不利多說，「不過，要是魔杖的主人強迫魔杖對戰的話……那就會發生一種非常罕見的效應。

「其中一根魔杖將會逼使另一根魔杖，開始回溯呈現出它先前施展的符咒——以倒轉的次序陸續冒出來。首先是最近施展的一個符咒……然後它之前的符咒再依序出現……」

他用詢問的目光望著哈利，哈利點點頭。

「這表示，」鄧不利多盯著哈利的面龐，緩緩地說，「西追必然會以某種形體再度出現。」

哈利再點點頭。

「迪哥里復活了嗎？」天狼星尖聲問道。

「世上沒有任何符咒，可以重新喚醒死者，」鄧不利多沉痛地表示，「出現的只是一種倒轉的迴音罷了。魔杖頂端將會冒出一個西追生前的影子……我沒說錯吧，哈利？」

「但他有對我說話。」哈利說。他突然又開始顫抖，「那個……西追的鬼魂，或不管那是什麼東西，他有開口說話。」

「那是一種迴音，」鄧不利多說，「它可以保存西追的外貌和個性。我猜想，其他影子也會相繼出現……先前死於佛地魔魔杖之下的人……」

「一個老人，」哈利說，他仍然感到喉頭發酸，「柏莎．喬金，還有……」

「你的父母？」鄧不利多輕聲問道。

「是的。」哈利說。

天狼星那隻握住哈利肩頭的手，現在抓得比剛才更緊，讓哈利肩膀發疼。

「那根魔杖先前謀殺的人，」鄧不利多點點頭說，「依照倒反的順序一一出現。當然，你若是繼續讓魔杖保持連結的話，還會有更多的人出現。很好，哈利，這些迴音，這些影子……他們做了什麼？」

哈利開始描述，那些從魔杖尖端冒出的影子，是如何沿著金網內緣往來梭巡，佛地魔似乎相當畏懼他們，然後哈利父親的影子告訴他該怎麼做，而西追說出了他的最後一個要求。

講到這裡，哈利發現自己再也說不下去了，他回頭望著天狼星，卻看到天狼星已把臉埋進手中。

哈利突然察覺到佛客使已經從他腿上飛走，鳳凰展翅飛落在地上。牠將牠那美麗的頭顱擱在哈利的傷腿上，一串濃稠的珍珠白眼淚從牠眼中滴下來，淌落在那道被蜘蛛割裂的傷口上。疼痛立刻消失，皮膚迅速痊癒，他的腿完全好了。

「我要再告訴你一遍，」鄧不利多在鳳凰飛向空中，重新回到門邊的棲木時說，「你今晚展現出遠超過我期望的超凡勇氣，哈利。你所展現出的勇氣，可以說跟那些在佛地魔全盛期，因反抗他而喪失性命的巫師們不相上下。你一肩挑起唯有成年巫師才能承受的重擔，並發現你自己有能力去承擔——你已經把我們該知道的事情全都告訴我們了。你跟我一起去醫院廂房吧，我不想讓你在今晚回到寢室。服下一劑安眠魔藥，好好清靜一下……天狼星，能不能請你待在他身邊？」

天狼星點點頭，並站了起來。他又重新變形成一頭大黑狗，跟哈利和鄧不利多一起走出辦公室，伴隨著他們走下一列階梯，到達醫院廂房。

鄧不利多一推開門，哈利就看到衛斯理太太、比爾、榮恩和妙麗團團圍在龐芮夫人身邊，她則露出一臉又累又煩的表情。他們顯然是在苦苦逼問她哈利人在哪裡，而他又發生了什麼事。

哈利、鄧不利多和那隻黑狗一踏進房中，所有人就全都急急回過身來，而衛斯理太太發出一聲壓抑的尖叫。「哈利！喔，哈利！」

她快步走向哈利，但鄧不利多卻搶先一步，擋在他們兩人中間。

「茉莉，」他說，並朝她舉起一隻手，「請先聽我說幾句話，哈利今晚經歷了一場恐怖的嚴酷試煉，他剛才已在我的要求下，將當時的情況重新回想了一遍。他現在需要的是安詳的睡眠，以及安靜的環境。如果他希望你們大家留下來陪伴他，」他又補上一句，同時也回頭望著榮恩、妙麗和比爾，「你們可以留在這裡，但我希望你們在他準備好之前，不要去問他任何問題。特別是在今晚，最好是連提都別提。」

衛斯理太太點點頭，她的臉色非常蒼白。她突然轉過身來對榮恩、妙麗和比爾三人開火，就好像他們正在大吵大鬧似的，她噓聲說，「你們聽到了嗎？他需要安靜！」

「校長，」龐芮夫人望著天狼星變成的大黑狗說，「請問這是——？」

「這隻狗暫時會留在哈利身邊，」鄧不利多簡單地答道，「我可以對妳擔保，這隻狗受過良好的訓練，他會非常守規矩的。哈利——那我就先等你睡醒再說吧。」

哈利聽到鄧不利多請其他人不要去詢問他任何問題，心裡不禁對這位校長湧出一股難以形容的感激。這並不是說他不想讓他們待在身邊，但他只要一想到他必須再重新解釋一遍，必須再重新回想一次當時的情況，便完全無法忍受。

「我跟夫子碰面以後，會馬上回來看你，哈利。」鄧不利多說，「我希望你明天繼續待在這裡，等我對全校師生說過話以後再露面。」他轉身離開。

在龐芮夫人把哈利帶到附近一張床邊時，他瞥見那個真正的穆敵，現在正一動也不動地躺在房間最盡頭的一張床上，他的木腿和魔眼就擱在床頭桌上。

「他沒事吧？」哈利問道。

「他會好起來的。」龐芮夫人說。她遞給哈利一套睡衣褲，再拉上他周圍的簾幕。他脫下長袍，換上睡衣褲，爬到床上。榮恩、妙麗、比爾、衛斯理太太和黑狗此時已走到簾幕旁邊，分別坐到他兩旁的椅子上。榮恩和妙麗現在用一種幾乎可說是小心翼翼的眼神望著他，活像是怕他怕得要命似的。

「我還好啦，」他告訴他們，「只是累了。」

衛斯理太太拉拉他那已經夠整齊的床單，眼中盈滿了淚水。

龐芮夫人剛才匆匆走進她的辦公室，現在她帶著一個高腳杯，和一個裝著紫色魔藥的小瓶子走了回來。

「你必須把這全都喝光，哈利，」她說，「這種魔藥可以讓你安詳入睡，完全不受夢境干擾。」

哈利接過高腳杯，喝了幾口，立刻感到自己開始昏昏欲睡。他周遭的一切，全都開始變得模糊不清。醫院廂房四周的燈光，似乎正透過床邊的簾幕友善地朝他眨眼睛。他感到自己的身體深深陷入溫暖的羽毛床墊，還來不及喝完魔藥，來不及再多說一句話，就筋疲力竭地沉沉睡去。

＊＊＊

哈利醒過來，感到溫暖無比，但卻睏得要命，因此他並沒有張開眼睛，想要再多睡一會。房中依然燈光昏暗，他確定現在必然還是夜晚，而且覺得自己根本就沒睡多久。

然後他聽到四周的耳語聲。

「他們要是再不閉嘴，就會把他給吵醒！」

「他們到底在吵什麼啊，總不會又有事情發生了，是吧？」

哈利張開眼睛，但眼前卻是一片朦朧。有人摘下了他的眼鏡。他可以看到衛斯理太太和比爾陪在他身邊，並隱約辨識出他們模糊的輪廓，衛斯理太太已站了起來。

「那是夫子的聲音，」她悄聲說，「而那是麥米奈娃的聲音，沒錯吧？但他們究竟是在吵什麼呀？」

現在哈利也可以聽到他們的聲音，有人正一路大喊大叫地朝醫院廂房跑過來。

「我很遺憾，但事情還是一樣，米奈娃——」康尼留斯．夫子正在大聲說。

「你根本就不應該把牠帶進城堡！」麥教授大喊，「要是鄧不利多發現——」

哈利聽到醫院廂房的大門砰地一聲被推開。比爾重新拉上簾幕，而圍在哈利床邊的所有人，全都轉頭望著門口，因此並沒有人注意到哈利已坐起來，並重新戴上眼鏡。

夫子大步走進病房，麥教授和石內卜緊跟在他的身後。

「鄧不利多在哪裡？」夫子詢問衛斯理太太。

「他又不在這裡，」衛斯理太太生氣地說，「這是醫院廂房，部長，你難道不認為你最好是——」

大門正好在此時再度敞開，鄧不利多昂首闊步地走進病房。

「這是怎麼回事？」鄧不利多厲聲問道，目光從夫子移到麥教授身上，「你們為什麼要在這裡打擾病人？米奈娃，妳真讓我吃驚——我請妳負責看守巴堤．柯羅奇——」

「現在已經沒必要去看守他了，鄧不利多！」她尖聲喊道，「部長已經負責處理好了！」

哈利過去從來沒看到麥教授這樣失控過，她的面頰上出現一片片憤怒的紅潮，她的雙手握成拳頭，氣得渾身顫抖。

「我們告訴夫子先生，說我們已經抓到那名陰謀策劃出今晚事件的食死人時，」石內卜低聲說，「他似乎是感到自己的安全受到威脅，堅持要召一名催狂魔過來陪他進入城堡。他把牠帶到巴堤．柯羅奇那間辦公室——」

「我告訴他，你是絕不會同意的，鄧不利多！」麥教授怒聲咆哮，「我告訴他，你絕對不會允許催狂魔踏進城堡，但是——」

「我親愛的女士！」夫子怒聲咆哮，哈利同樣也從來沒看他這麼生氣過，「身為魔法部部長，我自然有權決定，在我面對可能具有危險性的場合時，是否需要帶保鏢——」

但麥教授卻扯起嗓門，壓過夫子的聲音。

「那個——那個東西一走進房間，」她渾身顫抖地指著夫子尖聲叫道，「牠就立刻撲到柯羅奇身上，並且——並且——」

在麥教授努力想要找到適當的辭句來描繪當時的情形時，哈利的胃中不禁感到一陣寒意。她就算不說他也可以明白她的意思，他知道那個催狂魔做出了什麼事。牠已對巴堤．柯羅奇執行牠那致命的催狂魔之吻，將他的靈魂從嘴裡吸出來，他現在已變得比死還要慘了。

「照目前所有的傳聞看來，他顯然是罪有應得！」夫子怒聲咆哮，「他可能是好幾件命案的主謀！」

「但是他現在卻沒辦法做口供了，康尼留斯，」鄧不利多說，他目不轉睛地緊盯著夫子，彷彿直到現在才第一次看清他似的，「他現在已無法再提供證詞，告訴我們他為什麼要殺害這些人了。」

「他為什麼要殺害他們？真是的，這還用說嗎？」夫子怒聲咆哮，「他是個不折不扣的瘋子啊！我聽米奈娃和賽佛勒斯告訴我，他好像還自以為他這麼做，完全是根據『那個人』的指示咧！」

「佛地魔王確實是**給過**他指示，康尼留斯。」鄧不利多說，「這些人之所以會喪命，只不過是一個能讓佛地魔重新恢復力量的完整計畫，所造成的附帶結果罷了。這個計畫生效了，佛地魔現在已經重生了。」

看夫子的表情，彷彿是有人朝他臉上重重揮了一拳似的。他呆呆地回望鄧不利多，顯得神情恍惚並連連眨眼，似乎是完全無法相信剛才自己所聽到的話。

他瞠目結舌地望著鄧不利多，開始語無倫次地表示：「『那個人』……復活了？真是荒唐至極。夠了，鄧不利多……」

「米奈娃和賽佛勒斯顯然也已經告訴過你，」鄧不利多說，「我們聽到巴堤．柯羅奇親口招供。他在吐真劑的效用下，坦白告訴我們，他當初是如何偷渡出阿茲卡班，而佛地魔——從柏莎．喬金口中探出他仍然活在世上——又是如何把他從他父親手中解救出來，並利用他去誘捕哈利。這個計畫生效了，而我可以告訴你，佛地魔已經在柯羅奇的協助下重生了。」

「喂喂，鄧不利多，」夫子說，而哈利驚愕地看到，他的臉上竟然露出一絲隱約的笑意，「你——你該不會把這些話當真吧？『那個人』——重生了？夠了，真是夠了……當然啦，柯羅奇也許真的**相信**他自己是奉『那個人』的命令行事——但要我相信這種神經病的瘋話，鄧不利多……」

「哈利今晚一碰到三巫大賽獎盃，就立刻被送到了佛地魔面前，」鄧不利多堅定地表示，「他親眼看到佛地魔王重生的經過。請你現在跟我到辦公室去，我會把事情全都對你解釋清楚。」

鄧不利多回頭瞥了哈利一眼，發現哈利已經醒過來，但接著他就搖搖頭說：「我不能讓你在今晚詢問哈利。」

夫子臉上依然帶著那個古怪的微笑。

他同樣也瞥了哈利一眼，然後再轉過頭來望著鄧不利多說：「你——呃，這個嘛——該不會真相信哈利說的話吧，鄧不利多？」

沒有任何人開口說話，然後天狼星的吼叫聲打破了沉默。他頸上的毛蓬了起來，並對夫子露出他的利齒。

「我當然相信哈利，」鄧不利多說，他的雙眼現在發出逼人的光芒，「我聽到柯羅奇坦白招供，而我也聽到哈利描述他在碰觸到三巫大賽獎盃之後所發生的種種事情。這兩個故事聽起來都合情合理，足以讓去年夏天柏莎．喬金失蹤後所發生的一切異狀，全都得到了解答。」

夫子臉上依然掛著那個怪異的笑容。他這次又先瞥了哈利一眼，才開口答道：「你真的相信佛地魔王已經重生了？就只不過是聽了一個瘋狂謀殺犯的片面之詞，和一個……呃……像這樣的男孩……」

夫子又瞄了哈利一眼，而哈利突然了解這是怎麼回事了。

「你看了麗塔．史譏的報導，夫子先生。」哈利平靜地說。

榮恩、妙麗、衛斯理太太和比爾全都嚇得跳了起來，他們沒有一個人知道哈利已經醒了。

夫子的臉微微泛紅，但他臉上卻露出一副挑釁般的執拗神情。

「要是我看了又怎樣？」他望著鄧不利多說，「要是我說我已經發現，這個男孩有某些事情，全都被你瞞著不告訴我，那你該怎麼說？一個爬說嘴是吧，嗄？而且老是出現一些怪裡怪氣的毛病——」

「我猜想，你指的應該是哈利疤痕發疼的事吧？」鄧不利多冷冷地說。

「所以你承認，他的確是有這種毛病囉？」夫子立刻接口說，「是頭痛？夢魘？或者可能只是——一種幻覺？」

「聽我說，康尼留斯，」鄧不利多說，朝夫子的方向往前踏了一步，哈利感到，他似乎又再次散發出他剛才對年輕的柯羅奇施展昏擊咒時，那種難以形容的強者神采，「哈利的頭腦就跟你我一樣清醒，他額上的疤痕並沒有讓他的腦袋變得糊塗。我相信每當佛地魔王靠近他，或是當他感到一股特別強烈的殺意時，他的疤痕就會開始發疼。」

夫子往後退了半步，避開鄧不利多，但他臉上的表情，卻依然跟先前一般固執，「請你原諒我，鄧不利多，但我從沒聽說過，詛咒疤痕居然會具有警鈴的功能……」

「聽著，我親眼看到佛地魔重生了！」哈利大喊。他想要爬下床，但卻被衛斯理太太推回床上，「我看到了食死人！我可以把他們的名字全都告訴你！魯休思．馬份——」

石內卜突然震動了一下，但是當哈利轉頭望著他的時候，石內卜已將目光重新轉回夫子身上。

「馬份早就已經洗清嫌疑了！」夫子說，並露出一臉受到侮辱的神情，「他可是來自於一個非常古老的家族——而且他熱心公益、樂善好施——」

「麥奈！」哈利繼續說下去。

「他也已經洗清嫌疑了！現在正在替魔法部工作呢！」

「艾福瑞——諾特——克拉——高爾——」

「你只不過是在重複那些早在十三年前，就已經洗清食死人嫌疑，獲判無罪開釋的人名罷了！」夫子生氣地說，「這些名字說不定是你在以前的審判紀錄中找出來的呢！看在老天的份上，鄧不利多——這個男孩在上學期末也是天花亂墜地說了個莫名其妙的故事——他的故事現在越編越荒誕不經了，而你居然還要相信他——那個男孩可以跟蛇交談呢，鄧不利多，你還認為他可以信賴嗎？」

「你這個傻瓜！」麥教授喊道，「西追．迪哥里！柯羅奇先生！他們的死可絕不是神經病突然發瘋濫殺的結果！」

「那妳拿出證據來呀！」夫子大叫，現在他的憤怒跟麥教授不相上下，一張臉脹成了紫色，「在我看來，你們大家好像全都打定主意，非得造成一陣恐慌，動搖我們這十三年來好不容易才建立起的一切！」

哈利實在不敢相信自己的耳朵。他一直覺得夫子是個親切和藹的人，雖然有一點喜歡作威作福，有一點傲慢浮誇，但基本上來說還算是一個敦厚的好人。但現在站在他眼前的，卻是一名怒氣騰騰的矮小巫師，毫無道理地拒絕去接受，他那舒適美好且秩序井然的世界即將破碎瓦解——拒絕去相信佛地魔可能已經東山再起了。

「佛地魔已經重生了，」鄧不利多又重複了一次，「你若是能立刻接受這個事實，夫子，並且採取必要的措施，你或許仍然有可能挽救大局。第一步，同時也是最重要的一步行動，就是將催狂魔的勢力撤出阿茲卡班——」

「荒唐至極！」夫子再次叫道，「撤出催狂魔！我要是提出這種建議，包管馬上就會丟官！我們有一半的人，完全是因為知道有催狂魔在替我們看守阿茲卡班，所以晚上才能睡得安穩！」

「但我們其他人晚上卻睡得更不安穩，康尼留斯。因為他們知道，你把佛地魔王最危險的黨羽，全部交給那些只要他一開口，就立刻會投入他陣營的生物負責看守！」鄧不利多說，「牠們是不會對你繼續效忠的，夫子！佛地魔可以給予牠們的權力與享樂，是你永遠也比不上的！等他得到催狂魔做為後盾，而他過去的黨羽又重新回到他身邊之後，你要想阻止他重新獲得他在十三年前所擁有的權勢，就會變得加倍困難了！」

夫子張開嘴巴，然後又重新閉上，似乎是完全找不到適當的字眼來表達心中的憤怒。

「你必須採取的第二步行動——並且必須立刻去做，」鄧不利多強調，「就是派遣使者去找巨人。」

「派使者去找巨人？」夫子尖叫道，顯然又恢復了說話的能力，「這又是在發什麼瘋啊？」

「對他們伸出友誼之手，現在就去做，否則就會太遲了。」鄧不利多說。「要不然佛地魔就會像過去一樣，說服他們相信，在所有巫師裡面，就只有他一個人，會願意讓他們享有權力與自由！」

「你——你該不會是當真吧！」夫子屏息說，他連連搖頭地直往後退，好離鄧不利多越遠越好，「要是被魔法社會大眾聽到風聲，知道我去跟巨人接洽的話——大家恨死他們了，鄧不利多——這下我的事業就真的完蛋了——」

「你已經被蒙蔽了，」鄧不利多說，他現在提高嗓門，他周圍那圈充滿能量的氣場，現在變得非常明顯，而他的雙眼也再度散發出逼人的光芒，「被你自己對於職位的戀棧所完全蒙蔽了，康尼留斯！你把所謂的純粹血統看得太過重要了，你向來都是如此！你無法看清，真正重要的並不是一個人的出身，而是他未來的表現！你的催狂魔剛才毀了一個古老純種家庭的最後一名後裔——而你看看那個人把自己的人生搞成什麼樣子！我現在告訴你——你若是依照我剛才建議的步驟去做，那麼不論你是否能繼續留任，你都將會青史留名，而後世將會把你看作是我們有史以來最勇敢，同時也最偉大的一位魔法部長。但你若是拒絕採取行動——那麼歷史同樣也會記載得一清二楚，就是因為你袖手旁觀，才給了佛地魔第二次機會，任由他來摧毀這個我們一心想要重新建立起的世界！」

「這簡直就是精神錯亂，」夫子說，又往後退了一步，「真是瘋了……」

接下來是一片沉默，龐芮夫人用雙手摀住嘴，一動也不動地站在哈利的床腳邊。衛斯理太太仍然站在哈利身旁，並用手按住他的肩膀，不讓他站起來。比爾、榮恩和妙麗三人瞪大眼睛望著夫子。

「如果你還是執意要閉上雙眼，不肯去正視事情的真相，康尼留斯，」鄧不利多說，「那麼我們必然是得分道揚鑣了，你就照你的想法去採取適當的行動，而我呢——我也會採取我認為適當的行動。」

鄧不利多的語氣完全不帶一絲恐嚇的意味，那聽起來只不過是一句單純的宣言，但夫子一聽之下，渾身的寒毛全都豎了起來，就好像鄧不利多是拿著魔杖朝他進攻似的。

「喂喂，現在你給我聽著，鄧不利多，」他說，並豎起一根手指，充滿威脅意味的連連晃動，「我一直都給你絕對的自由，讓你全權治理學校。我非常敬重你，或許我並不同意你的某些決定，但我依然保持沉默，從不過問。沒有多少人會像我這樣，允許你無視於魔法部的規定，任意雇用狼人，把海格留在學校，或是擅自決定學生的教材，但你若是想要對抗我——」

「我唯一想要對抗的人，」鄧不利多說，「就只有佛地魔王。如果你也打算對抗他的話，康尼留斯，那麼我們還是屬於同一個陣營。」

夫子似乎完全不知該如何回答，他的小腳前後踮動了一會，並用雙手轉動他的圓頂禮帽。最後，他終於開口說話，而他的語氣流露出一絲懇求的意味：「他不可能重生啊，鄧不利多，他怎麼可能會……」

石內卜大步往前走去，越過鄧不利多身邊，邊走邊將他左手的長袍袖子拉上來。他猛然揮出前臂，湊過去讓夫子看，而夫子嚇得朝後退縮。

「看這裡，」石內卜用刺耳的嗓音說，「這裡，黑魔標記。一個鐘頭前它燒成了焦黑色，現在它已經沒那麼清楚了，但你還是可以看得出來。在每一個食死人身上，都有著黑魔王烙上的這個記號。這是一種讓我們分辨同黨的暗號，同時也是他召喚我們的一種方法。在他碰觸到任何一名食死人的黑魔標記時，我們就必須立即施消影術離開原處，再施現影術趕到他身邊。這一年來，這個記號變得越來越清晰。卡卡夫也是一樣，你想卡卡夫今晚為什麼要逃跑？我們兩個都感到記號開始灼痛，我們兩個都曉得他已經重生了。卡卡夫害怕黑魔王找他報復，他實在出賣過太多他的食死人夥伴，他們絕對不會歡迎他重返陣營。」

夫子又往後退了一步，刻意避開石內卜，並連連搖頭。剛才石內卜說的話，他似乎是連一個字也不相信。他帶著明顯的厭惡神情，凝視石內卜手臂上那個醜陋的記號，然後再抬起頭來，望著鄧不利多悄聲說：「我不曉得你和你的職員究竟是在玩什麼花樣，鄧不利多，但我已經聽夠了。我沒什麼好說的了，我明天會再跟你聯絡，鄧不利多，討論這所學校的管理問題。我得趕回魔法部去了。」

就在快要走到大門時，他突然停下腳步，並轉過身來，大步往回踏進病房，走到哈利床邊。

「你的獎金，」他沒好氣地說，從手袋中掏出一大袋金幣，扔到哈利的床頭桌上，「一千加隆。本來應該舉行一場頒獎儀式，但照目前的狀況……」

他將他的圓頂禮帽戴在頭上，走出房間，砰地一聲摔上房門。他一離開，鄧不利多就轉頭望著那群圍在哈利床邊的人。

「我們有工作要做，」他說，「茉莉……我想我應該可以得到妳和亞瑟的支持吧？」

「當然可以，」衛斯理太太說。她甚至連嘴唇都變得慘白，但她的神情卻顯得十分堅毅果決，「他很清楚夫子的為人。這些年來，亞瑟就是因為喜愛麻瓜，才使得他在魔法部一直不受重用，夫子認為他缺少魔法族群應有的驕傲。」

「我需要派人傳話給他，」鄧不利多說，「我們必須立刻通知所有可能會願意相信真相的人，而亞瑟正好可以就近聯絡魔法部中那些不像康尼留斯一樣短視的巫師。」

「我去找我爸，」比爾站了起來，「我現在就去。」

「太好了，」鄧不利多說，「把事情全告訴他，告訴他我很快就會直接跟他聯絡。不過他行事必須謹慎一點，要是讓夫子以為我在干涉魔法部——」

「這交給我處理就行了。」比爾說。

他拍拍哈利的肩膀，在他母親面頰上吻了一下，穿上他的斗篷，接著就立刻大步踏出房間。

「米奈娃，」鄧不利多轉向麥教授說，「我要海格盡快到我辦公室來見我。同時——如果她願意的話——也請美心夫人一起過來。」

麥教授點點頭，一言不發地轉身離去。

「帕琵，」鄧不利多對龐芮夫人說，「麻煩妳到穆敵教授的辦公室去看看好嗎？妳在那裡會看到一個傷心欲絕，名字叫做眨眨的家庭小精靈。看看妳可以為她做些什麼，然後再把她帶回廚房，我想多比會替我們照顧她的。」

「好——好啊！」龐芮夫人帶著吃驚的表情說，接著她也離開了。

鄧不利多先檢查房門是否關好，再等龐芮夫人的腳步聲遠去消失之後，才再度開口說話。

「現在呢，」他說，「應該讓我們這裡的兩位成員彼此相認了。天狼星……請你恢復原形。」

大黑狗抬頭望著鄧不利多，接著他在剎那間就變成了一個男人。

站在床邊的衛斯理太太放聲尖叫，連忙往後一跳。

「天狼星．布萊克！」她指著他尖叫道。

「媽，不要叫了！」榮恩喊道，「沒事的啦！」

石內卜既沒有放聲尖叫，也沒有跳向後方，但他臉上卻露出一副又怒又怕的複雜神情。

「他！」他望著天狼星厲聲咆哮，而天狼星臉上也露出同樣的憎惡神情，「他在這裡做什麼？」

「他是我請過來的，」鄧不利多說，目光在他們兩人身上來回梭巡，「就跟你一樣，賽佛勒斯。我信任你們兩個人，現在已經到了你們該放下舊有的歧見，開始彼此信任的時候了。」

哈利覺得鄧不利多這個要求簡直就像是要太陽打西邊出來似地不可能，天狼星和石內卜兩人正用充滿強烈厭惡的眼神互相對望。

「好吧，在短期內，」鄧不利多的語氣帶有一絲不耐，「我只要求你們兩人不公開表示敵意就行了，你們握握手吧。現在你們是站在同一陣營，我們沒多少時間了，除非我們這幾個少數知道真相的人，能夠團結一致、同舟共濟，否則我們必然會全軍覆沒。」

天狼星和石內卜非常緩慢地——但卻依然用一種恨不得對方去死的神情怒目對望——朝對方走去，握了握手，他們似乎才剛碰到就立刻鬆開手。

「這樣我們就可以再繼續說下去了，」鄧不利多說，再度踏到他們兩人中間，「現在我有事情要分別交給你們兩個去做，夫子的態度雖然並不令人意外，但卻已經改變了一切。天狼星，我要你立刻出發。請你去向雷木思．路平、阿拉貝拉．費，以及蒙當葛．弗列契——也就是那些老夥伴們——示警。你先在路平那裡躲一陣子，我會跟你們聯絡。」

「可是——」哈利說。

他希望天狼星能留下來，他不想這麼快就再度跟他道別。

「你很快就可以再見到我，哈利，」天狼星轉頭望著他說，「我向你保證。但我必須去把我所能做的事情做好，這你應該懂吧？」

「是，」哈利說，「是……我當然懂。」

天狼星抓住他的手，飛快地握了一下，對鄧不利多點點頭，接著就重新變形成一隻黑狗，越過房間跑向大門，伸出一隻前爪扭動門把，然後就離開了。

「賽佛勒斯，」鄧不利多轉頭望著石內卜說，「你知道我要你做什麼。如果你願意……如果你已經準備好……」

「我準備好了。」石內卜說。

他臉色看起來比平常蒼白一些，而他那對冷漠的黑眼睛也閃現出怪異的光芒。

「那就祝你好運了。」鄧不利多說，臉上微微帶著一絲擔憂的神情，望著石內卜默默走向門口，昂首闊步地隨著天狼星一起遠去消失。

過了好幾分鐘以後，鄧不利多才再度開口說話。

「我得到樓下去一趟，」他最後終於開口表示，「我必須去見迪哥里夫婦。哈利——把剩下的魔藥喝下去，我待會再回來找你們。」

鄧不利多一離開，哈利就頹然倒落在枕頭上，妙麗、榮恩和衛斯理太太全都在望著他。有非常長的一段時間，完全沒有一個人開口說話。

「你得把剩下的魔藥全都喝下去，哈利，」衛斯理太太最後終於表示。她在伸手去拿藥瓶和高腳杯的時候，手碰到了擱在床頭櫃上的金幣袋，「你好好睡一覺吧，暫時試著什麼也別去想……只要想你打算用這筆獎金去買什麼東西就行了！」

「我不想要那些金幣，」哈利用一種完全不帶感情的語氣說，「你們拿去吧！隨便誰要都可以。我不應該贏的，那應該是西追的獎金。」

他在走出迷宮以後，就開始斷斷續續地努力去對抗的那種情緒，此刻彷彿就快要決堤而出。他可以感到他的內眼角有一種灼熱刺痛的感覺，他用力眨眼，抬頭看著天花板。

「那不是你的錯，哈利。」衛斯理太太悄聲說。

「是我要他跟我一起去拿獎盃的。」哈利說。

現在連他喉嚨裡也出現那種灼熱的感覺了。他希望榮恩能把目光移開。

衛斯理太太把魔藥放到床頭櫃上，俯下身來，伸手抱住哈利。在他記憶中，他從來就沒被人這樣抱過，這就像是母親的擁抱。當衛斯理太太將他擁入懷中時，他當晚所看到的一切，全都以排山倒海之勢朝他襲來。他母親的面孔、他父親的聲音、西追躺在地上死去的景象，全都開始在他腦海中飛快地旋轉，他就快承受不住了，而他必須緊皺著臉，才能努力按捺住那聲掙扎著想要從他體內竄出來的悲痛哭號。

接著突然響起一聲響亮的撞擊聲，衛斯理太太和哈利迅速分開。妙麗站在窗邊，她手裡緊握著某個東西。

「對不起。」她悄聲說。

「你的魔藥，哈利。」衛斯理太太立刻說，並用手背揩揩眼睛。

哈利一口氣把它全部喝光，藥效立刻發揮，一股不可抗拒的濃濃睡意，如巨浪般沖過他的全身。他躺回枕頭上，什麼也不想了。

37 開始

當哈利在事後一個月回顧當時的情景時，他發現在接下來的日子中，他記得的事情非常少，那感覺彷彿就像是他已經歷過太多事情，以至於心中無法再容納任何新的事物。他記得的少數幾個回憶，都令他感到十分痛苦。其中最令人心痛的也許就是他在第二天早上，和迪哥里夫婦會面的經過。

他們並沒有為發生的慘事而責怪他，相反地，他們兩人都謝謝他把西追的屍體帶回來交給他們。迪哥里先生大部分時間都在哭泣，迪哥里太太似乎已傷心過度，反而流不出一滴眼淚。

「所以他並沒有受什麼苦，」她在聽完哈利述說西追死時的情景後表示，「而且畢竟，阿默……他死前剛贏得鬥法大賽，所以他那時一定很快樂。」

當他們起身準備離去時，她彎身俯向哈利說：「現在請你自己好好保重。」

哈利抓起床頭桌上的那袋金幣。

「你們把這拿去，」他低聲對她說，「這應該是西追的獎金，是他先走到那裡的，你們把它拿去吧——」

但她卻避開他往後退去，「喔，不，這是你的，親愛的，我們不能……你留著吧。」

＊＊＊

哈利在第二天晚上回到葛來分多塔，妙麗和榮恩告訴他，鄧不利多在當天早餐時曾對全校師生們說過話。鄧不利多只是請求他們不要去煩哈利，吩咐大家別去追問他，或是纏著要他述說迷宮中所發生的事情。哈利注意到，他在走廊上碰到的大多數人，都會刻意從他身邊繞過去，並且迴避他的視線。有些人甚至在他經過時，還用手遮住嘴互相咬耳朵。他猜想他們有很多人都對麗塔．史識那篇文章深信不疑，認為他這個人腦筋不太正常，並且具有潛在的危險性。也許他們已開始對西追的死因，漸漸形成他們自己的一套看法。他發現自己並不怎麼在乎，他最喜歡跟榮恩和妙麗待在一起，他們會談些別的事情，或是兩人一起下棋，讓哈利坐在旁邊靜一靜。哈利覺得他們三人似乎已經達成了一種心照不宣的默契，他們三人都在等待某個跡象或是某個訊息，告訴他們霍格華茲校外的情況——而他們知道，在事情尚未確定之前，就去妄自揣測將來的發展，對事情可說是於事無補。其間只有一次，在榮恩告訴哈利，衛斯理太太在返家前曾跟鄧不利多碰過面時，他們才稍稍碰觸到這個話題。

「她是去問他，你這個暑假可不可以直接到我們家，」他說，「但他希望你至少一開始先回到德思禮家。」

「為什麼？」哈利問道。

「她說鄧不利多自有他的道理，」榮恩搖著頭陰沉地說，「我想我們必須信任他，對不對？」

除了榮恩和妙麗之外，唯一能讓哈利覺得可以跟他談談的人，就只有海格了。現在他們根本就沒有黑魔法防禦術老師，所以也不用再去上課。他們利用某個週四下午，到海格的小木屋去找他。那是一個陽光燦爛的晴天，牙牙一看到他們走來，就立刻跳出敞開的大門，一面大聲狂吠，一面拚命地搖尾巴。

「是誰？」海格喊道，接著他就走到門前，「**哈利！**」

他大步走上前來迎接他們，伸出一隻手臂用力摟了哈利一下，再揉揉哈利的頭髮說：「真高興看到你，老弟，真高興看到你。」

他們一踏進海格的小木屋，就看到爐火前那張木頭餐桌上，擺了兩套跟水桶一樣大的茶杯茶碟。

「剛才跟歐琳喝了杯茶，」海格說，「她剛走。」

「誰呀？」榮恩好奇地問道。

「當然是美心夫人啊！」海格說。

「所以你們兩個和好啦，是嗎？」榮恩問道。

「我不曉得你在說什麼。」海格輕鬆愉快地答道，從餐具櫥裡取出了幾個茶杯。等他泡好茶，並拿了盤烤得半生不熟的餅乾分送給大家之後，他就坐下來靠在椅子上，用他那對黑甲蟲般的眼睛仔細打量哈利。

「你還好吧？」他用粗嗄的聲音問道。

「還好。」哈利說。

「不，你才不好哩。」海格說，「你當然不好啦，但你會好起來的。」

哈利什麼也沒說。

「我早就料到，他一定會再回來，」海格說，哈利、榮恩和妙麗全都震驚地抬頭望著他，「早在好多年前，我就已經曉得了，哈利。我曉得他就在那兒，慢慢等待時機。事情遲早都會發生，好吧，現在真的已經發生了，我們就得想辦法來應付。我們要去跟他鬥啊！趁現在他還不成氣候的時候，說不定還有辦法去阻止他。這就是鄧不利多的計畫，鄧不利多真是個了不起的人哪，只要有他跟我們在一塊兒，我就不會太擔心。」

海格抬起他那粗亂的濃眉，望著他們臉上那懷疑的表情。

「坐在這兒窮擔心也沒用啊，」他說，「該來的總是會來的，來了我們再想辦法去應付，這不就結了。鄧不利多把你做的事情全都告訴我了，哈利。」

海格望著哈利，挺起胸膛說：「甚至連你父親也不會比你做得更好，我可想不出有什麼比這更好的讚美了。」

哈利微笑回望著他，這是他多日來第一次露出笑容。

「鄧不利多要你做什麼，海格？」他問道，「那天晚上……他叫麥教授去請你和美心夫人來見他。」

「有些小事要我在暑假時去辦，」海格說，「但這是機密，我不能跟別人提起這件事，甚至連你們都不行。歐琳——就是你們的美心夫人啦——說不定會跟我一塊兒去。我看她應該是會去，我想我已經說服她了。」

「這件事跟佛地魔有關嗎？」

海格聽到這個名字，嚇得畏縮了一下。

「有可能，」他言辭閃爍地敷衍道，「聽著……現在誰要跟我一塊兒去看看最後一隻釘蝦呀？我是在開玩笑——開玩笑的啦！」他看到他們臉上的表情，連忙再補上一句。

＊＊＊

在返回水蠟樹街的前一天晚上，哈利在寢室中整理行李時，心情非常沉重。他很怕去參加學期末的餞別宴會，通常大家都把這看作是一場歡樂的慶祝會，因為學校會在那時宣布學院盃冠軍得主。哈利離開醫院廂房以後，他就開始刻意不在人多的時候走進餐廳，寧可等到大家都快要走光的時候才進去用餐，這樣他才能避開其他同學們的目光。

當他、榮恩和妙麗走進餐廳時，他們一眼就注意到，以往特有的宴會布置顯然已經取消了。過去在餞別宴會時，通常都是以獲勝學院的色彩來布置餐廳。然而在今晚，教師餐桌後方的牆上卻掛著黑色帷幕，哈利一看就知道這是用來悼念西追的。

真正的瘋眼穆敵坐在教職員餐桌邊，他的木腿和魔眼都已經回歸原位。他看起來出奇地神經質，每當有人開口跟他說話，他就會嚇得跳起來。哈利一點也不怪他，穆敵在他自己的行李箱整整被關了十個月，他原先那種疑神疑鬼，害怕受到攻擊的老脾氣，自然會變本加厲。卡卡夫教授的位子是空著的。哈利走過去跟其他葛來分多學生們坐在一起，他忍不住好奇地猜想，卡卡夫現在究竟是在哪裡？不曉得佛地魔是否逮到了他。

美心夫人還在，她就坐在海格旁邊，他們兩人正在輕聲交談。沿著餐桌望過去，可以看到坐在麥教授旁邊的石內卜。當哈利望著他的時候，他的目光在哈利臉上逗留了一會，他的表情顯得莫測高深。他看起來還是跟以前一樣臭著一張臉，非常惹人討厭，在石內卜移開目光望向他處之後，哈利仍注視著他相當長的一段時間。

在佛地魔重生的那天晚上，石內卜究竟奉鄧不利多的命，去做了什麼事？而且為什麼……**為什麼**……鄧不利多會這麼相信，石內卜是真正站在他們這一邊呢？石內卜是他們的間諜，鄧不利多在儲思盆裡是這麼說的。石內卜「冒著極大的危險」替他們作內應來對抗佛地魔，他是否又重新開始進行同樣的工作了呢？也許他已經跟食死人聯絡過了？假裝他從沒有真正變節投靠鄧不利多，假裝他就跟佛地魔一樣，只不過是在靜靜等待時機？

哈利的冥想被鄧不利多教授所打斷，他已在教職員餐桌邊站起身來。餐廳裡的聲浪原本就比往常的餞別宴會時安靜許多，此刻更是變得鴉雀無聲。

「又是一年，」鄧不利多說，環視所有學生，「宣告結束了。」

他暫時停下來，目光落向赫夫帕夫餐桌。在他站起來之前，這裡是全校最安靜消沉的一張餐桌，而現在桌邊那些學生們的面孔，顯得比餐廳其他人更加憂傷、也更加蒼白。

「我今晚有很多話要跟你們大家說，」鄧不利多說，「但我首先必須先在此坦承，我們的確是失去了一個非常好的人，他原本應該是坐在這裡，」——他指向赫夫帕夫餐桌——「跟我們一起享受盛宴。我請大家都站起來，舉起你們的杯子，敬西追．迪哥里。」

他們聽從他的吩咐，在一陣椅子劃過地面的摩擦聲中，餐廳中的每一個人都站起來，舉起他們的高腳杯，用一種低沉的咕噥聲輕輕複述：「敬西追．迪哥里。」

哈利在人群中瞥見張秋，她的臉上靜靜淌落下兩行淚水。當他們再度坐下來時，哈利低下頭來望著餐桌。

「西追可說是赫夫帕夫的學生典範，他具有許多這個學院所特有的素質」鄧不利多繼續說，「他是一位忠實善良的朋友，他勤奮努力，並且心地光明磊落，正直無欺。不論你們跟他熟不熟，他的死都已經影響到你們所有的人。因此我認為，你們有權利知道，事情究竟是怎麼發生的。」

哈利抬起頭來，凝視鄧不利多。

「西追．迪哥里是被佛地魔王殺害的。」

餐廳中迅速響起一片驚恐的耳語，大家全都用既懷疑又恐懼的目光望著鄧不利多。鄧不利多望著他們，靜靜等交談聲漸漸平息下來，他的神情顯得無比地平靜。

「魔法部，」鄧不利多繼續說下去，「並不希望我把這件事告訴你們。你們有些人的父母，要是知道我這麼做的話，很可能會被嚇壞——這也許是因為，他們不相信佛地魔王已經重生了；也有可能是因為，他們認為你們年紀還小，我不應該把這種事告訴你們。但我一直都相信，在大多數的情況下，事實總是比謊言要好得多。而若是把西追的死歸咎於意外，或是他自己莽撞行動所導致的後果，都會侮辱了我們對他的記憶。」

現在餐廳中每一張嚇得目瞪口呆並寫滿恐懼的面孔，全都轉過來望著鄧不利多……或者該說是幾乎每一張面孔。哈利看到坐在史萊哲林餐桌邊的跩哥·馬份，正在低聲告訴克拉和高爾某件事情。哈利感到胃中猛然升起一股灼熱且令人作嘔的怒火，他強迫自己回過頭來望著鄧不利多。

「另外我也必須提到某個跟西追的死有關的人，」鄧不利多繼續說下去，「而我指的自然是哈利波特。」

有些人先轉頭望著哈利，再迅速將目光轉回鄧不利多臉上，餐廳的人海中彷彿掠過一陣輕微的漣漪。

「哈利波特設法逃過佛地魔王的追殺，」鄧不利多說，「他冒著生命危險，把西追的屍體帶回霍格華茲。不論在各方面看來，他都展現出一種少數巫師在面對佛地魔王時，所能顯示出的崇高勇氣，我要為這一點向他致敬。」

鄧不利多帶著莊重的神情轉向哈利，再一次舉起他的高腳杯，餐廳中所有的人幾乎跟著照做。他們就像剛才輕輕念出西追的名字一般，輕輕念出哈利的名字，並飲酒向他致敬。但在眼前一片站立的人群中，哈利可以透過空隙看到，馬份、克拉、高爾和其他許多史萊哲林學生，全都倨傲不服地坐在位子上不動，連碰都沒碰高腳杯一下。鄧不利多畢竟沒有魔眼，所以他並沒有看到他們。

等到所有人重新坐下來之後，鄧不利多繼續開口說：「三巫鬥法大賽的目的，是為了要促進與提升魔法族群彼此之間的了解。而根據最近所發生的事情——也就是佛地魔王重生這件事——

判斷，這樣的緊密連結關係，變得比以前更加重要。」

鄧不利多的目光自美心夫人與海格，移向花兒．戴樂古和其他波巴洞學生，最後再落到史萊哲林餐桌邊的維克多．喀浪和德姆蘭的學生身上。哈利看到喀浪露出一副提防戒備，甚至可說是驚嚇的神情，似乎是害怕鄧不利多會說出什麼嚴厲無情的話。

「這個餐廳中的每一位賓客，」鄧不利多說，他的目光依然停留在德姆蘭學生們臉上，「只要願意的話，隨時歡迎你們回到這裡。我要再一次告訴你們大家——鑑於佛地魔王已經重生這件事實，我們唯有聯合在一起才能團結壯大，若是各自為政，那麼我們將只是一盤散沙。

「佛地魔王向來就非常善於分化與散播敵意，他挑撥離間的功夫幾乎可說是已經出神入化。我們唯有展現出同樣強大堅定的友誼與信任，才有辦法去對抗他。只要我們目標一致，並且敞開心胸，不同的生活習慣和語言是不會成為我們的障礙的。

「我相信——我是如此地希望我弄錯了——我們全都得面對艱難的黑暗時刻。這個餐廳中的某些人，已直接在佛地魔王手中受到傷害。有許多人的家庭都因為他而被拆散，在一個禮拜之前，一名學生永遠地離開了我們。

「請記得西追，請記得他。未來當你們面臨抉擇，不知該選擇正確或是容易的道路時，請記得當年曾有一位善良、仁慈，並且勇敢的男孩，只不過在無意間經過佛地魔王面前，就遭遇到什麼樣的下場。請記得西追．迪哥里。」

＊＊＊

哈利的行李已經打包好了，嘿美也乖乖待在行李箱上的鳥籠裡。他、榮恩和妙麗站在擁擠的入口大廳中，跟其他四年級生一起等馬車前來載他們去活米村車站。這同樣也是個美麗的夏日，他想當他在晚上返回水蠟樹街時，那裡應該是炎熱且樹蔭深深，花圃上綻放著一片恣意的繽紛色彩，但這個念頭完全無法讓他感到高興。

「阿利！」

他轉過頭來，花兒・戴樂古快步衝上前門石階，踏進城堡。哈利可以看到，在她背後遠處的校園中，海格正在幫忙美心夫人替兩頭巨馬重新套上馬具，波巴洞馬車就快要出發了。

「窩希望窩們很快就可以再見面，」花兒走到他面前，對他伸出一隻手說，「窩希望能在者裡找工作，好讓窩的英文進步一點。」

「妳已經說得很棒了。」榮恩用一種似乎快要窒息的嗓音說，花兒對他微笑，而妙麗怒目瞪視。

「再見了，阿利，」花兒說，轉身準備離去，「真高興認識你！」

哈利望著花兒飛快地越過草坪，奔向美心夫人，她那頭銀色長髮在陽光下如波浪般地飄動，他的心情不禁稍稍好轉了一些。

「不曉得德姆蘭校船要怎樣回去？」榮恩說，「卡卡夫現在已經不在船上了，你們覺得他們到底會不會開那艘船呀？」

「卡卡夫從來不開船的，」一個粗嗄的聲音說，「踏都待在船艙，讓沃們來負責工作。」

喀浪走過來跟妙麗道別，「沃可以跟妳說句話嗎？」他問她。

「喔……可以……好啊。」妙麗顯得有些手足無措，接著她就隨著喀浪穿越人群，失去了蹤影。

「妳最好快一點！」榮恩朝著她的背影大叫，「馬車馬上就要到了！」

他讓哈利負責注意馬車，而在接下來的幾分鐘，他一直在伸長脖子，越過人潮四處搜尋，想看看喀浪和妙麗到底是在幹什麼。他們沒過多久就回來了，榮恩緊盯著妙麗，但她的臉上看不出任何表情。

「沃喜歡迪哥里，」喀浪突然沒頭沒腦地對哈利說，「踏一直對我很客氣，一直都是。雖然沃是從德姆蘭來的——而且跟卡卡夫在一起。」他怒目瞪視地補上一句。

「你們找到新校長了嗎？」哈利問道。

喀浪聳聳肩。他跟花兒剛才一樣，伸出手來跟哈利握手，然後再握住榮恩的手。

榮恩露出一副內心正在天人交戰的痛苦表情，在喀浪準備轉身離去時，他忽然大聲說：「你可以替我簽名嗎？」

當喀浪帶著驚訝但卻欣喜的表情，替榮恩在一張羊皮紙上簽下他的名字時，妙麗別過臉去，微笑望著遠處那些無人駕駛的馬車。它們現在正滾過私人車道，緩緩朝他們駛過來。

＊　＊　＊

現在的天氣跟去年九月他們從王十字車站前往霍格華茲的時候比起來，實在可說是有天壤之別。天空一碧如洗，完全看不到半朵雲彩。哈利、榮恩和妙麗三人共享一間廂座，豬水鳧又再度被蓋在榮恩的禮袍下，免得牠嗚嗚叫個不停吵死人。嘿美把頭埋在翅膀下打瞌睡，而歪腿蜷縮在一個空位上，看起來活像是一個毛茸茸的薑黃色大椅墊。當火車載著他們迅速駛向南方時，哈利、榮恩和妙麗也開始進行他們這整個禮拜以來，最開誠布公且毫無顧忌的一場談話。哈利感到鄧不利多在餞別宴會中的演說，彷彿以某種方式打破了他的限制。現在他在談論那些發生的事情時，已不再像以前那麼痛苦了。在他們談到鄧不利多目前會採取什麼樣的行動來阻止佛地魔時，午餐推車正好在此時出現，打斷了他們的談話。

妙麗買好東西回來，把錢放進書包，取出一份她放在包包裡帶上車的《預言家日報》。

哈利望著那份報紙，不確定自己是不是真的想知道上面寫了些什麼。妙麗看到他望著那份報紙，就平靜地表示：「上面什麼也沒寫，你可以自己翻翻看，真的是什麼也沒有。我每天都會檢查，只有在第三項任務之後的第二天，報上登了一小篇報導，說你贏得鬥法大賽冠軍。他們甚至根本就沒提到西追，連一個字也沒寫。我自己是覺得，一定是夫子把消息全都壓了下來。」

「但他再怎麼樣也沒辦法讓麗塔不寫呀，」哈利說，「她怎麼可能捨得放棄這種上好題材呢？」

「喔，麗塔在第三項任務之後，就再也沒寫過一篇報導。」妙麗用一種似乎另有隱情的古怪壓抑語氣說，「事實上，」她繼續補充說明，現在她的聲音微微有些顫抖，「麗塔・史譏會有好一陣子封筆不寫了，除非她希望我洩漏**她**的秘密。」

「妳到底在說什麼呀？」榮恩問。

「我已經發現到她是用什麼方法，在無法進入校園的情況下，偷聽到別人私底下的談話。」妙麗匆匆解釋。

哈利早就覺得，妙麗這幾天來一直都很想要把這件事情告訴他們，但由於最近發生太多事情，所以她一直忍著沒說。

「她是怎麼辦到的？」哈利立刻問道。

「妳是怎麼發現的？」榮恩盯著她問道。

「嗯，其實是你給了我靈感，哈利。」她說。

「我？」哈利一頭霧水地說，「怎麼說？」

「**竊聽蟲**呀。」妙麗開心地說。

「妳不是說它們全都會失靈——」

「喔，不是那種**機器**竊聽蟲，」妙麗說，「不是啦，你曉得嗎……麗塔・史譏，」——妙麗的聲音微微顫抖，隱約流露出一絲勝利感——「是一名並未登記註冊的化獸師，她可以變成——」

妙麗從她的包包裡取出一個封緊的小玻璃罐。

「——一隻甲蟲。」

「妳是在開玩笑吧，」榮恩說，「妳該不會……這該不會就是……」

「喔，沒錯，這就是她。」妙麗朝他們揮舞著玻璃罐，開心地答道。罐子裡有一些小樹枝和葉子，還有一隻又肥又大的甲蟲。

「這絕對不會——妳是在開玩笑——」榮恩悄聲說，並把罐子湊到眼前。

「不，我才不是在開玩笑呢，」妙麗笑吟吟地說，「我是在醫院廂房的窗台上抓到她的。你們要是非常仔細地看，就可以看出她觸鬚周圍的花紋，跟她戴的那付醜眼鏡一模一樣。」

哈利仔細看那隻甲蟲，發現妙麗說的果真沒錯，同時他也想起一件事情。「在我們聽到海格告訴美心夫人他媽媽是巨人那天晚上，我們旁邊那座雕像上就有一隻甲蟲！」

「就是這麼回事，」妙麗說，「而且我和維克多在湖邊說完話以後，維克多從我頭髮裡抓出了一隻甲蟲。除非是我完全弄錯了，但我想在你疤痕發疼那天，麗塔顯然就停在占卜學教室的窗台上。她這一整年都在嗡嗡亂飛到處刺探消息。」

「在我們看到馬份站在那棵樹下的時候……」榮恩緩緩表示。

「他正在跟她說話，她那時就停在他手中，」妙麗說，「他當然知道那是她變的啦，所以她那些關於史萊哲林學生的訪問就是這麼來的。只要能夠告訴她一大堆關於你和海格的壞話，他們才懶得管她的行為合不合法呢。」

妙麗將玻璃罐從榮恩手中取回來，微笑地望著那隻甲蟲，牠正在憤怒地嗡嗡撞擊玻璃。

「我告訴她，等我們回到倫敦以後，我就會放她出來。」妙麗說，「我對這個玻璃罐施了一個『不破咒』，所以她沒辦法施變形術恢復原形。而且我還叫她在接下來的一整年中，要是想寫文章就只能寫她自己，少再去搬弄別人的是非。看看這樣可不可以改掉她那專門捏造事實、寫別人壞話的習慣。」

妙麗帶著安詳的微笑，將甲蟲重新放進她的書包。

廂座大門忽然被拉開。

「非常聰明，格蘭傑。」跩哥．馬份說。

克拉和高爾站在他的背後。他們三人全都顯得意興風發，哈利從來沒看過他們像現在這麼志得意滿、這麼不可一世、這麼盛氣凌人過。

「所以說，」馬份緩緩表示，微微往前一步踏入廂座，轉頭環視他們，嘴唇微微抖動，露出一絲得意的笑容，「妳抓到了某個可憐的記者，而波特現在又重新變成鄧不利多最偏愛的男孩，真是了不起。」

他臉上的笑意變得更深了，克拉和高爾斜眼打量他們。

「所以我們就盡量不去想它是不是？」馬份柔聲問道，目光一一掠過他們三人臉上，「假裝它根本就沒發生對不對？」

「出去。」哈利說。

自從馬份在鄧不利多發表悼念西追的演說時，私下跟克拉和高爾咬耳朵之後，哈利就再也沒有靠近過他。哈利可以感到他耳邊轟然響起一陣隆隆聲，他伸手緊握住長袍裡的魔杖。

「你選擇了失敗的一邊，波特！我早就警告過你！我告訴過你，要你小心選擇同伴，還記得嗎？就在進霍格華茲第一天，我們在火車上碰到的時候？我叫你少跟這類賤民混在一起！」他朝榮恩和妙麗的方向點了一下頭，「現在已經太遲了，波特！現在黑魔王已經重生了，首先遭殃的就是他們這些賤種！第一批要除掉的就是麻種和那群熱愛麻瓜的笨蛋！嗯——等等，我說錯了——迪哥里才是第一——」

彷彿是有一整盒煙火在廂座裡砰然爆炸，一陣在四面八方爆開的強光炫得哈利感到刺眼，一連串的砰砰聲震得他耳膜發疼，他眨了眨眼睛，低頭望著地面。

馬份、克拉和高爾全都失去知覺地躺在廂座門口，他、榮恩和妙麗都已站了起來，他們三人剛才都分別施展了不同的厄咒，但這麼做的並不是只有他們三人。

「我們過來看看，他們三個究竟打算幹什麼好事。」弗雷淡淡地表示，並抬腿從高爾身上跨過去，走進廂座。他把魔杖拿在手裡，喬治也是一樣，他也跟著弗雷走進來，並故意踩了馬份好幾腳。

「這效果還挺有趣的，」喬治低頭望著克拉說，「是誰施了『熔燒咒』？」

「是我。」哈利說。

「奇怪，」喬治輕鬆地表示，「我用的是果醬腿惡咒，看來這兩種咒語不能混在一起用，他好像長了滿臉的小觸鬚。好了，我們可不能讓他們躺在這裡，他們難看死了。」

榮恩、哈利和喬治開始又踢又推又滾地把昏迷不醒的馬份、克拉和高爾——他們三人看來都被這種雞尾酒式的惡咒攻擊整得慘不忍睹——搬到走廊上，然後再回到廂座裡面，關上大門。

「要不要來玩一盤爆炸牌呀？」弗雷掏出一副牌問道。

在玩爆炸牌玩到第五盤時，哈利決定開口詢問他們。

「那你現在可以告訴我們了嗎？」他問喬治，「你們到底要勒索誰呀？」

「喔，」喬治陰沉地答道，「**那個**呀。」

「那沒什麼，」弗雷不耐煩地搖著頭說，「不是什麼重要的事，反正現在已經沒事了。」

「我們已經放棄了。」喬治聳聳肩說。

但哈利、榮恩和妙麗卻繼續苦苦哀求，最後弗雷終於說：「好吧，好吧，要是你們真想知道的話……是魯多．貝漫。」

「貝漫？」哈利尖聲說，「你是說他也涉入——」

「才不呢，」喬治悶悶不樂地說，「不是那樣的事，那個蠢蛋，他才沒那種頭腦咧。」

「好吧，那是什麼事？」榮恩問道。

弗雷遲疑了一會，然後才開口說：「你們還記得，我們兩個在魁地奇世界盃時跟他打賭的事嗎？記得我們那時賭愛爾蘭獲勝，但喀浪會抓到金探子嗎？」

「記得。」哈利和榮恩緩緩答道。

「好，那個蠢蛋付給我們的是愛爾蘭隊吉祥物扔出的矮妖金幣。」

「所以呢？」

「所以呢，」弗雷不耐煩地說，「它就消失啦，對不對？第二天早上，錢就不見了！」

「可是——那應該是個意外吧，對不對？」妙麗說。

喬治發出一陣充滿怨恨的笑聲。「沒錯，我們一開始就是這麼想的。我們還以為只要寫封信給他，說他弄錯了，他就會把錢吐出來。但這一點用也沒有，我們的信他連理都不理。我們在他到霍格華茲來的時候，一直想辦法找他談這件事，但他總是用各式各樣的藉口避開我們。」

「到了最後，他的態度變得相當惡劣。」弗雷說，「他說我們年紀太小，根本就不應該賭博，說他什麼也不會給我們。」

「所以我們就請他把錢還給我們。」喬治滿臉怒容地說。

「他該不會拒絕吧！」妙麗屏息說。

「一口拒絕。」弗雷說。

「但那可是你們所有的積蓄欸！」榮恩說。

「這還用你說，」喬治說，「當然啦，我們後來終於搞清楚這是怎麼回事。李‧喬丹他爸同樣也是向貝漫要錢要半天都要不回來，結果發現原來他跟妖精之間起了很大的糾紛，他欠了牠們一大堆金幣。在魁地奇世界盃以後，一群妖精在樹林裡逮到了他，把他身上的金幣全都洗劫一空，但那還是不夠償還他的債款。牠們一路跟著他到霍格華茲，監視他的一舉一動。他已經賭得傾家蕩產了，根本連兩個加隆都湊不出來。你曉得那個白痴打算用什麼方法來還妖精錢嗎？」

「什麼方法？」哈利問道。

「他用你來打賭哪，老弟，」弗雷說，「他乾脆孤注一擲賭個大的，賭你會贏得鬥法大賽，他用你來跟妖精打賭。」

「**難怪**他一直想要幫忙我贏得比賽！」哈利說，「好吧——我是贏啦，對不對？所以他就可以把金幣還給你們了！」

「才不呢，」喬治搖著頭說，「妖精跟他一樣奸詐，牠們說你是跟迪哥里打成平手，而且漫賭的是你一人獨勝。所以貝漫就只好逃啦，他在第三項任務之後就逃跑了。」

喬治重重地嘆了口氣，接著又開始繼續發牌。

接下來的旅程過得相當愉快；事實上，哈利真希望這段旅程可以延續一整個夏天，這樣他就可以永遠不要到達王十字車站……但他已在這艱難的一年中學習到一個教訓，時間絕對不會因為有某件不愉快的事情橫在眼前，就因此而過得慢一些。沒過多久，霍格華茲特快車就漸漸減緩速度，駛進九又四分之三月台。學生們開始準備下車，走道上又如往常一般變得一片混亂，聒噪不堪。榮恩和妙麗拖著行李箱，奮力從馬份、克拉和高爾身邊擠過去。

但哈利卻待在原處不動。「弗雷——喬治——等一下。」

雙胞胎兄弟轉過頭來。哈利打開他的行李箱，掏出他的三巫大賽獎金。

「拿去。」他說，硬把錢袋塞進喬治手中。

「什麼？」弗雷大吃一驚地說。

「拿去，」哈利堅定地重複了一次，「我不想要。」

「你在發什麼神經呀。」喬治說，試著想要把錢袋推還給哈利。

「不，我不是在發神經，」哈利說，「你們拿去吧，用這筆錢來發明一些好東西，這是給惡作劇商店的開店基金。」

「他**真的**是在發神經。」弗雷用一種幾乎可說是敬畏的語氣說。

「聽我說，」哈利堅定地表示，「你們要是不拿的話，我就乾脆把它扔到排水溝裡去。我不想要這筆錢，我也不需要用到它，但我非常需要好好地笑一笑，我們全都需要好好地笑一笑。

我有一種感覺，要不了多久，我們就會比現在更需要盡情大笑幾聲。」

「哈利，」喬治用手掂掂錢袋的重量，虛弱地說，「這裡面少說也有一千加隆。」

「沒錯，」哈利咧嘴笑道，「想想看這可以做出多少個金絲雀奶油。」

雙胞胎兄弟瞪大眼睛望著他。

「只要別告訴你媽這筆錢是哪來的就行了……提到這一點，我想她現在大概已經不像以前那麼希望你們進魔法部上班了……」

「哈利……」弗雷才剛開口，哈利就掏出了他的魔杖。

「聽著，」他斷然表示，「把它拿去，要不我就要對你們施厄咒了。我現在可是學會了一些很有用的法術。但請你們幫我一個忙，好嗎？替榮恩另外買一些別的禮袍，就說是你們送的。」

他們還來不及再多說一個字，哈利就從馬份、克拉和高爾三人身上跨過去，離開了廂座，而馬份他們依然躺在地上，渾身布滿了遭受厄咒攻擊的痕跡。

威農姨丈站在路障後面等待，衛斯理太太就站在他附近。她一看到哈利，就用力抱緊他，並附在他耳邊悄聲說：「我想鄧不利多再過一陣子就會讓你到我們家來過暑假。繼續保持聯絡，哈利。」

「再見囉，哈利。」榮恩拍拍他的背說。

「拜拜，哈利！」妙麗說，然後她做了某件她過去從來沒做過的事，在他面頰上吻了一下。

「哈利——謝謝。」喬治喃喃地說，而弗雷站在他身旁熱烈地點頭附和。

哈利朝他們眨眨眼，接著就轉向威農姨丈，跟著他默默走出車站。哈利在爬進德思禮家汽車後座時，暗暗告訴自己，現在根本就還沒必要去擔心。就像海格說的，該來的總是會來的……當它來臨時，他會設法去努力對抗。

國家圖書館出版品預行編目資料

哈利波特④火盃的考驗 / J.K. 羅琳 著；彭倩文譯. -- 二版. -- 臺北市：皇冠, 2021. 03
面; 公分. --(皇冠叢書；第4894種) (Choice；336)
譯自：Harry Potter and the Goblet of Fire
ISBN 978-957-33-3639-6 (平裝)

873.57　　109017494

皇冠叢書第4894種
CHOICE 336

哈利波特④
火盃的考驗

【繁體中文版20週年紀念】

Harry Potter and the Goblet of Fire

作　　者—J.K. 羅琳（J.K. Rowling）
譯　　者—彭倩文
發 行 人—平　雲
出版發行—皇冠文化出版有限公司
臺北市敦化北路120巷50號
電話◎02-27168888
郵撥帳號◎15261516號
皇冠出版社(香港)有限公司
香港銅鑼灣道180號百樂商業中心
19字樓1903室
電話◎2529-1778　傳真◎2527-0904
總 編 輯—許婷婷
責任編輯—蔡承歡
美術設計—王瓊瑤
著作完成日期—2000年
二版一刷日期—2021年3月
二版八刷日期—2023年12月
法律顧問—王惠光律師
有著作權・翻印必究
如有破損或裝訂錯誤，請寄回本社更換
讀者服務傳真專線◎02-27150507
電腦編號◎375336
ISBN◎978-957-33-3639-6
Printed in Taiwan
本書特價◎新臺幣699元/港幣233元